MANSFIELD PARK

JANE AUSTEN

MANSFIELD PARK
OU
LES TROIS COUSINES

traduit de l'anglais
par Henri Villemain

Édition revue, complétée et préfacée
par Hélène Seyrès

ARCHIPOCHE

Titre original : *Mansfield Park*

Si vous désirez recevoir notre catalogue et
être tenu au courant de nos publications,
envoyez vos nom et adresse, en citant ce
livre, aux Éditions Archipoche,
34, rue des Bourdonnais 75001 Paris.
Et, pour le Canada,
à Édipresse Inc., 945, avenue Beaumont,
Montréal, Québec, H3N 1W3.

ISBN 978-2-35287-022-7

Préface

La romancière Jane Austen, fille de pasteur, est née le 16 décembre 1775, à Steventon, dans le comté du Hampshire, au sud de l'Angleterre. Elle est morte le 17 juillet 1817, à Winchester, dans le même comté, sans doute d'une forme de tuberculose. Elle a écrit six grands romans, considérés comme des classiques. *Raison et sentiments* (1811), *Orgueil et préjugés* (1813), *Mansfield Park* (1814) et *Emma* (1816), présentés comme dus « à une lady » ou, pour les derniers, « à l'auteur de *Raison et sentiments* », ont été publiés de son vivant, cependant que les éditions de *Northanger Abbey* et *Persuasion* (1818), préparées par l'un de ses frères, sont parues après sa mort.

La traduction française présentée ici, revue et complétée d'après la deuxième édition anglaise, est parue à Paris, chez J. G. Dentu, en 1814. Intitulée *Mansfield Park ou les Trois Cousines,* elle a été publiée en quatre volumes *in 12*, de deux cents pages en moyenne.

Le traducteur, Henri Villemain, est très représentatif du temps. Outre des romans et des poèmes, il a publié, à Nantes, un chant de la garde d'honneur de l'Empereur, puis consacré, en 1804, un ouvrage aux tentatives d'invasion de l'Angleterre depuis les Romains. On a sans doute fait appel à lui pour cette connaissance précise de la côte Sud de l'Angleterre et de la marine britannique, au temps du blocus maritime. L'intérêt de sa traduction tient à une grande connaissance des manières en usage dans l'aristocratie. Beaucoup plus fidèle au texte que l'adaptatrice de *Raison et sentiments,* le premier roman de Jane Austen publié en

France, Henri Villemain est aussi plus proche du sens voulu par l'auteur que nombre de traductions récentes. Les critiques soulignent que, sous l'Empire, les lecteurs comprenaient à demi-mot les références aux événements tels que les révoltes de chômeurs dues à la baisse des exportations, les émeutes à propos du théâtre, la réputation suspecte des comédiennes et des pièces de théâtre étrangères, le premier mariage, scandaleux, du prince de Galles avec une catholique, annulé à la demande du roi, et, bien entendu, les campagnes et les guerres. Henri Villemain sait tout cela, et il faudrait consulter bien des ouvrages universitaires pour se rendre compte de la justesse de ses décisions.

Seconde fille et septième enfant d'une famille qui en compte huit, Jane Austen semble avoir été encouragée à écrire par son père, le révérend George Austen. Elle aurait appris un peu de latin, outre le français et l'italien. Elle a lu Jean-Jacques Rousseau et peut-être Mme de Genlis, dont les ouvrages pédagogiques intéressaient son frère Henry, l'histoire d'Angleterre d'Oliver Goldsmith, ainsi que les romans de Samuel Richarson, d'Henry Fielding et de Laurence Sterne. Elle apprécie chez ces auteurs le sens de la composition, le style, l'art de tourner en ridicule la vanité et l'hypocrisie, ainsi que la description de la vie quotidienne. On sent cette influence dans la manière dont elle campe, dans *Mansfield Park,* ses personnages secondaires, qui ont souvent des traits comiques, tels le Dr Grant, le jeune Yates, lady Bertram ou Mme Norris. En outre, elle indique que tous les membres de sa famille sont de « grands lecteurs de romans », et elle-même a une connaissance exhaustive des textes écrits par des romancières anglaises.

Son père a réuni une grande bibliothèque, à laquelle ses filles ont libre accès. Il apparaît qu'il devait être difficile d'interdire à Jane ce que l'on accordait à ses aînés, et que le révérend Austen se préoccupait de voir ses enfants se former très tôt le goût – un conseil de Mme de Genlis. Sa décision n'est pas sans mérite, car une partie du courant évangéliste de l'Église anglicane, à laquelle il appartient, est hostile au roman. De plus, il encourage ses enfants à lire à haute voix et à commenter leurs lectures – des pratiques louées par Edmund Bertram, dans *Mansfield Park*, comme préparatrices à l'art oratoire et à l'aisance en société. Enfin, il les aide à monter des pièces de théâtre entre amis.

Dès l'âge de douze ans, Jane Austen compose ainsi de brèves comédies (*La Visite*, *Le Mystère*) et des « romans » de quelques pages, qui sont des pastiches. L'ensemble de sa production littéraire des années 1787 à 1793 est aujourd'hui regroupée sous le titre de *Juvenilia*. Quand elle entreprend ses grands romans, Jane Austen adopte peu à peu les mots les plus nouveaux. Cependant, comme il manque encore dans la langue quelques substantifs et de nombreux verbes réfléchis, dont l'usage ne sera admis qu'à la fin du xixᵉ siècle, elle recourt à des périphrases ou à des répétitions, bien transposées par Henri Villemain. L'utilisation du vocabulaire français dont la haute société émaille ses discours est faite avec assurance. De même que les grands poètes du temps, Wordsworth, Southey ou Coleridge, Jane Austen paraît avoir été plutôt francophile au départ, mais quand elle écrit *Mansfield Park*, l'attachement à la culture française devient pour elle synonyme de légèreté. Elle préfère la sobriété au bavardage et au pathos des romans populaires, n'emploie pas de provincialismes et a horreur de la vulgarité. Sa délicatesse, son tact sont tels qu'elle se contente de faire allusion aux déclarations d'amour. L'une des meilleures études de sa psychologie et de son style demeure celle de Pierre Goubert.

Jane Austen a laissé une abondante correspondance, souvent adressée à sa sœur Cassandra. Ces lettres apportent un complément d'information jugé indispensable aux chercheurs. On y voit, par exemple, la romancière en quête de solutions pour voyager en compagnie de l'un ou l'autre des membres de sa famille, car une jeune femme de la bonne société ne se déplace pas seule. Dans *Mansfield Park*, cette habitude oblige Fanny Price à attendre un mois de plus à Portmouth qu'on vienne la chercher. Un autre respect des convenances limite les relations par correspondance : jamais les jeunes gens ne s'écrivent directement. Les garçons contournent la difficulté, comme Edmund Bertram ou Henry Crawford, en adressant un message à une sœur ou une cousine, qui le transmettra.

Un regret concernant la correspondance de Jane Austen : deux périodes coïncidant avec la composition de *Mansfield Park* y sont peu ou pas représentées. Dans ses lettres, l'auteur ne va jamais à la ligne et se contente de tirer un trait de plume, quand elle achève une phrase, change d'idée ou glisse un aparté. Elle conserve cette habitude dans ses manuscrits. On tient aujourd'hui ces tirets pour un élément important de son style ; ils rythment sa pensée et restituent sa respiration. La romancière paraît avoir approuvé la présentation définitive de ses textes, car, le 11 décembre 1815, elle écrit à John Murray, qui prépare une nouvelle édition de l'ouvrage : « Je vous retourne *Mansfield Park*, aussi bien revu pour une seconde édition, me semble-t-il, que je suis capable de le faire. »

Commencé en février 1811, *Mansfield Park* a été achevé en juin 1813. Trois œuvres de jeunesse l'ont annoncé : les « romans » épistolaires de *Love and Friendship* – à l'orthographe encore incertaine –, des *Trois Sœurs*, et surtout de *Lady Susan*, composé vers 1793-1794, puis retranscrit en 1805. Lady Susan est une veuve d'une grande beauté, mais despotique et cruelle, qui veut imposer à sa fille un mariage avec un homme riche, mais sot, afin de s'assurer à elle-même la sécurité financière. Jane Austen a revu ses premiers textes jusqu'en 1809.

Durant cette période de transition, la romancière a du mal à écrire pour un public plus large que celui de sa famille et à intéresser un éditeur. Pour qu'elle y parvienne, il faut que son expérience s'enrichisse. Ses parents l'emmènent vivre à Bath, où elle apprend à tirer partie de la vie culturelle et des possibilités d'observation qu'offre cette ville d'eaux, même si, comme Fanny Price, elle préfère la campagne et le calme à la ville et au bruit. Ensuite, sa sœur et elle se résignent à ne pas se marier, la première, parce que son fiancé, chapelain dans la marine, meurt des fièvres dans les Caraïbes, et la seconde, pour une raison demeurée mystérieuse. Enfin, selon le critique Warren Roberts, après la mort du révérend Austen, survenue en 1805, Jane traverse une crise morale, en 1807, et se voit « emplie de surprise et de honte », en songeant à son enfance, insouciante et gaie. Après cette période de doute, elle lit ses premières œuvres à ses neveux et nièces adolescents, et leur enthousiasme l'incite, dit-on, à écrire des romans plus étoffés. Elle aspire à la fois à la reconnaissance de sa valeur et à l'indépendance financière. Ses deux premiers grands romans rencontrent un succès d'estime, aussi en entreprend-elle un plus ambitieux, *Mansfield Park.*

Jane Austen y met en scène trois ou quatre familles provinciales, selon son habitude. Comme dans *Lady Susan*, celles-ci sont constituées de grands propriétaires terriens, d'aristocrates et d'ecclésiastiques. À l'exception de M. Yates, les personnages semblent avoir eu une ascension sociale récente, car M. Rushworth lui-même n'est pas très sûr de ses droits de chasse. Par contraste, l'héroïne principale est d'origine modeste. Fanny Price, fille d'un lieutenant de la marine royale, aux faibles revenus et aux nombreux enfants, est adoptée par son oncle maternel, un baronnet qui a déjà deux garçons et deux filles. Si le fils cadet s'efforce d'acclimater sa jeune cousine, les autres la considèrent avec indifférence ou mépris. Surviennent de riches Londoniens. Garçons et filles trouveront-ils l'amour dès la première rencontre ? Comme dans les contes de fées, les épreuves se succèdent et qui en triomphe connaîtra le bonheur.

Jane Austen explore la société en mutation du tournant du siècle, ses habitudes, ses goûts, ses craintes, ses faiblesses, et elle analyse la manière dont les jeunes filles s'y font une place. La fracture sociale est alors si marquée que les serviteurs – dix-sept à Mansfield – et les métayers demeurent pour la plupart muets et que leurs très rares réactions sont rapportées par les personnages principaux. L'un d'eux, Henry Crawford, parfois généreux sur son domaine, se refuse à demander son chemin auprès des paysans des autres et se montre avec eux d'une rare insolence : « J'ai *dit* à un homme qui travaillait dans une haie que c'était Thornton Lacey, et il en a convenu. » (ch. 25.)

R. W. Chapman, qui a préparé, en 1923, la première édition moderne des romans de Jane Austen, a établi une chronologie pour *Mansfield Park* en s'appuyant sur les dates des fêtes, fournies par Jane Austen. Il en conclut que l'action des tomes II à IV se situe vraisemblablement entre le 22 décembre 1808 – le bal de Fanny – et le 7 mai 1809 – Edmund se confie –, même si Pâques n'est pas « tard », cette année-là. On en déduit que le mariage de Sir Thomas Bertram, qui a eu lieu « il y a une trentaine d'années », remonte à 1778, et que son voyage aux Antilles débute à la fin de l'été 1806. Ces précisions ont leur importance, à nos yeux, car elles permettent de suivre l'évolution des mentalités entre l'Ancien Régime et le début du XIXe siècle. Jane Austen est l'un des rares auteurs qui décrivent avec naturel et élégance la vie quotidienne sous l'Empire, comme l'en félicitent les premiers lecteurs dont elle a recueilli les opinions entre 1814 et 1815. Il nous faut recourir aux études de spécialistes pour en saisir toutes les implications.

À l'exemple de la famille Austen, on peut se contenter, lors d'une première lecture, de préférer tel personnage, tel dénouement ou tel autre roman de l'auteur. On est alors dans la situation d'Henry Austen, le frère et « agent littéraire » de l'auteur. Le 3 mars 1814, Jane Austen écrit à Cassandra : « Il… loue vivement la caractérisation des personnages. Il les comprend tous, aime bien Fanny, et devine, je crois, comment tout cela finira. » Le 5, elle précise : « Henry vient de me dire qu'il aime de plus en plus mon *Mansfield Park*.

Il en est au troisième tome. Je crois, à présent, qu'il a changé d'avis à propos de la fin. » Et le 9, elle annonce avec satisfaction : « Henry a terminé *Mansfield Park* et son approbation ne se dément pas. Il juge la deuxième partie du dernier tome très intéressante. »

Mais le roman est si riche et si complexe que l'on est tenté de le reprendre, et c'est alors que l'éclairage apporté par les critiques prend tout son sens. Les thèmes sur lesquels Jane Austen entend faire réfléchir ses lecteurs sont avant tout les suivants : le conservatisme accru d'un courant de l'Église anglicane, l'éducation des filles, l'évolution d'une héroïne romanesque et sensible comme Fanny Price, le charme et les dangers du théâtre, la crise du pouvoir à la tête de l'État, le colonialisme et l'esclavage, le développement de la flotte et le port de Plymouth, et, enfin, le rôle nouveau de l'Angleterre dans un monde bouleversé par les guerres d'indépendance et de conquête.

Une partie de la classe dominante, grands propriétaires terriens et administrateurs des Indes en tête, s'appuie sur une forme nouvelle du courant évangéliste, avec l'intention de renforcer l'idéologie conservatrice, de défendre la primauté de la morale et, pour ce faire, elle souhaite accorder un rôle plus important à la femme dans la classe moyenne. Le frère aîné de Jane, James Austen, représente cette tendance. Dans *Mansfield Park*, c'est Edmund Bertram qui annonce son intention de vivre dans sa paroisse et de s'occuper de sa congrégation. Mary Crawford souligne bien que c'est sur les femmes que son influence s'exercera. Le 29 janvier 1813, Jane Austen écrit à Cassandra : « À présent, je vais tenter d'écrire autre chose, et ce sera un changement complet de sujet : l'ordination. » Certains auteurs, dont Chapman, considèrent qu'il s'agit là du thème central de *Mansfield Park*. Il paraît plus raisonnable de penser que la romancière écrit ou revoit l'un des chapitres où elle en parle (9 ou 34), car elle a commencé le roman deux ans auparavant et l'achèvera en juin 1813. D'autres critiques pensent qu'elle entend parler de la fidélité aux engagements, de l'art de vivre en accord avec sa conscience, ou encore, de la remise en ordre de la société par des réformes. Edmund annoncerait l'acceptation de l'idée de nation dans tout le Royaume-Uni, l'imposition de l'ordre moral aux générations suivantes, victoriennes, et son corollaire, la montée de l'impérialisme.

Toutefois, Jane Austen ne croit pas que la perfection soit de ce monde, et elle ne veut ni faire d'Edmund un prophète, ni de Fanny une sainte. Elle leur attribue donc quelques faiblesses : aveuglement et égoïsme, parfois, pour l'un, naïveté excessive, jalousie et impatience, pour l'autre.

Virginia Woolf admirait surtout deux scènes dans *Mansfield Park*, qui illustrent justement les faiblesses humaines. Dans la première, Fanny se lance, devant Edmund, dans une envolée lyrique sur l'harmonie de la Nature, par une nuit d'été – et c'est l'une des rares évocations de la divinité –, mais son futur pasteur de cousin se détourne de la contemplation du ciel pour admirer trois jeunes filles qui chantent en s'accompagnant au piano (11). Virginia Woolf trouve dans la seconde une « curieuse atmosphère de symbolisme », car Maria Bertram s'y trouve arrêtée par une grille, dans un parc, et se compare à l'étourneau en cage que Laurence Sterne ne parvient pas à libérer, dans son *Voyage sentimental en France* (1788) : « "Je ne puis sortir", dit l'oiseau. » (11.) Ce qui la frappe, c'est le parallèle établi par Sterne entre la cage et la Bastille, et le fait que la notion d'emprisonnement est avant tout, pour lui, sous le contrôle de l'esprit. D'autres critiques ont estimé que Fanny Price était plus proche de l'étourneau que sa cousine Maria. Alors que ses compagnons bravent les interdits et choisissent la liberté autour d'elle, elle n'ose bouger. Comme l'oiseau, a-t-elle jamais eu envie de s'échapper ?

Appréciée par les uns, jugée insipide par les autres, Fanny Price est tantôt suivie de loin par Jane Austen dans ses interactions avec les autres personnages, et tantôt devient son porte-parole. Alors que Maria et Julia Bertram, mais également Mary Crawford, ont reçu une éducation coûteuse, faite d'apprentissage par cœur et d'acquisition des arts d'agrément, nul ne s'est soucié de leur inculquer des principes moraux. Au mieux, elles sont musiciennes, et l'hanovrienne Mary joue fort bien de la harpe, comme le roi George III.

Edmund, adaptant pour Fanny l'enseignement qu'il a lui-même reçu, l'aide à acquérir tôt le goût de la lecture et le sens de la réflexion. Il insiste aussi pour qu'elle fasse du sport tous les jours : marche ou promenade à cheval. Fanny juge donc avec clarté et s'appuie sur l'expérience pour agir selon le droit. Selon Claudia L. Johnson, Fanny est là pour démontrer l'intérêt du jugement individuel, de la bonne connaissance de soi, de la liberté de choix appuyée sur la raison, qui permet de surmonter les faiblesses et de rester dans la bonne voie, car « le bon sens, tel celui dont elle était pourvue, vient toujours à la rescousse lorsqu'on fait sérieusement appel à lui » (41). Elle suivra le conseil de Pindare, « Deviens telle que tu es », et aura un mariage fondé sur l'estime et l'affection. L'union idéale favoriserait l'établissement d'une relation « sur un pied d'égalité et sans appréhension », comme celle qui unit la jeune fille à son frère William, ou Mary à Henry Crawford.

Janet Todd a présenté trois essais remarquables sur Fanny Price, dus à des spécialistes de la situation de la femme au XIXe siècle : Nina Auerbach, Marylea Meyersohn et Margaret Kirkham. La première voit dans Fanny une héroïne aux qualités « inhumaines », une « orpheline » qui ne connaît la satisfaction qu'une fois tout son entourage plongé dans le malheur. Elle annoncerait le « Prométhée moderne » de Mary Shelley, *Frankenstein* (1817), ou la Jane Eyre de Charlotte Brontë (1847).

Marylea Meyersohn pense de son côté qu'à dix-huit ans, après une enfance traumatisante, Fanny ne veut pas passer à l'âge adulte et refuse la sexualité. Fanny observe, écoute, sait tout sur tout le monde, et s'accroche au peu de sécurité qu'elle a obtenu, à sa tante Bertram, à sa chambre, au banc proche du fossé qui délimite la propriété de Sotherton, et elle regarde les autres s'embarquer pour Cythère, vivre le songe d'un jour d'été. C'est ce qui pousse Mary Crawford à demander : « Dites-moi, s'il vous plaît, si elle a ou non fait ses débuts ? » (8).

Margaret Kirkham, elle, considère que le thème central de *Mansfield Park* est l'éducation des filles. Elle suppose que Jane Austen a eu connaissance d'un ouvrage de Mary Wollstonecraft consacré à la défense des droits de la femme ou de ses romans. Cet auteur, qui vivait à Paris sous la Révolution, s'oppose à Rousseau, qui voit en Sophie de l'*Émile* l'épouse idéale, une femme infantile, et à Mme de Staël, qui accorde à ses héroïnes plus de sensibilité que de raison et en fait des « objets de pitié, voire de mépris ». Le dramaturge allemand Kotzebuhe, dont une pièce bouleverse Mansfield, partage cette dernière opinion. Il est vrai que Jane Austen désapprouve l'assujettissement de la femme : les trois sœurs Price, la tante des Crawford et l'indulgente Mme Grant se montrent incapables d'inculquer des principes moraux aux adolescents.

Harold Bloom, de l'université de Yale, a réuni à son tour une anthologie de textes critiques sur *Mansfield Park*. Il juge que Fanny Price descend en droite ligne des protestants, dont la volonté, disait John Locke, ne pouvait être influencée que de l'intérieur, et non par le roi ou son Église. Fanny refuse de céder aux pressions de son oncle, d'Edmund, de sa tante Norris ou des Crawford, car elle perçoit le manque de sincérité de chacun d'entre eux et estime que leur point de vue ne la concerne pas. C'est aussi l'attitude de Jane Austen à l'égard de sa famille, des ecclésiastiques intransigeants, du prince régent ou de son bibliothécaire : elle se réfugie dans l'ironie.

Dans l'anthologie d'Harold Bloom, Nina Auerbach et Margaret Kirkham enrichissent encore nos connaissances sur l'« inappréciable », l'inégalable Fanny Price, et A. M. Duckworth propose une étude approfondie sur l'embellissement des domaines, un thème important dans les ouvrages de Jane Austen. La romancière défend sur ce point l'héritage du passé, qu'il s'agisse d'avenues d'arbres centenaires ou de bâtiments anciens. Elle n'est pas toujours bien suivie sur ce point. Si Fanny est déçue par l'absence de mystère de la chapelle de Sotherton, ce n'est pas sous l'influence des romans « gothiques », mais parce qu'elle fréquentait, à Portsmouth, une remarquable chapelle du XIIe siècle – on le voit plus loin. De plus, si elle évoque Jacques II, roi d'Écosse et de Grande-Bretagne au XVIIIe siècle, c'est pour mieux souligner qu'en dépit de sa loyauté envers la monarchie régnante des Hanovre l'Église anglicane garde la nostalgie des Stuart.

L'épisode de la pièce de théâtre, montée peu après la visite du domaine de Sotherton, divise aussi les critiques. P. J. M. Scott en a pourtant levé la plupart des ambiguïtés. Bien des lecteurs savent que Jane Austen a acquis une expérience considérable du théâtre en voyant jouer, dans son enfance, pièces de répertoire et comédies légères par ses frères. Dans *Mansfield Park*, elle observe : « L'amour du théâtre est chose si répandue, et le désir de monter sur scène, si vif chez les jeunes gens… » Mais devant l'entreprise de ses cousins, Fanny Price, elle, note que chacun fait preuve d'« égoïsme plus ou moins déguisé », et elle est tout aussi hostile qu'Edmund au projet. Sa répugnance paraît souvent exagérée. Elle a pourtant trois solides fondements. Selon Lionel Trilling, son attitude tient d'abord à la crainte, héritée de Platon, de voir la noirceur ou la grossièreté d'un personnage déteindre sur celui qui l'incarne. Fanny proteste aussi contre la révolution de palais qu'organise Tom Bertram en l'absence de son père, envahissant son bureau, sa salle de billard, détournant les domestiques de leurs travaux, engageant des frais pour son seul plaisir avant d'inviter tout le voisinage à voir ses sœurs sur scène. Jane Austen marque ainsi son hostilité envers les dérives dues à la construction de petites salles privées, dont l'habitude se répand dans l'aristocratie. Cela entraîne l'introduction, dans les familles, de comédiennes de Londres, réputées pour leur amoralité, ou, comme dans l'entourage du prince régent, l'organisation de fêtes dégénérant en orgies, comme en garde le souvenir la célèbre chanson enfantine « Georgie Porgie », où le prince « embrassait les filles et les faisait pleurer ». À propos du crépuscule de l'Ancien Régime, qui se prolonge durant toute cette décennie, en Grande-Bretagne, M. de Laborie a constaté à quel point le degré de corruption élégante était élevé dans la haute société, et combien les femmes y étaient ouvertement compromises ou imprudemment légères. Or, Tom se propose de s'attribuer des répliques féminines et de jouer plusieurs personnages n'appartenant pas à sa classe sociale : fermier, maître d'hôtel, valet... Il est vrai qu'à la création de la pièce on jugeait piquant que le rôle du jeune premier soit tenu par une comédienne.

La troisième objection de Fanny tient au choix de la pièce d'August von Kotzebuhe, un libre-penseur allemand, pour une représentation familiale. *Das Kind der Liebe* (l'enfant de l'amour) a été adaptée en anglais par la comédienne Elizabeth Inchbald sous le titre *Les Serments des amants*. Chapman en publie le texte à la suite de son édition de *Mansfield Park*. Ce qu'en dit Jane Austen suffit cependant à faire comprendre que ce n'est qu'un prétexte pour établir des parallèles entre le caractère des personnages et celui des jeunes Bertram et de leurs amis. Treize ans plus tard, Victor Hugo va écrire dans la préface de *Cromwell* : « Le théâtre est un point d'optique. Tout ce qui existe dans le monde, dans l'histoire, dans la vie, dans l'homme, tout doit et peut s'y réfléchir, mais sous la baguette magique de l'art. » Or, en dépit de prétentions libérales, de la présentation d'une fille-mère repentie, qui finit bien, et d'une ingénue riche, qui a le front de demander à son précepteur de l'épouser, puisqu'il n'est pas en mesure de le faire, la pièce de Kotzebuhe manque de qualités artistiques. Kingsley Amis la trouvera bien innocente.

Enfin, Jane Austen souligne que les jeunes gens ne devraient pas jouer à un moment où leur père est peut-être sur l'Atlantique, entre les Caraïbes et l'Europe : l'état de la mer, les vaisseaux de guerre et les corsaires mettent sa vie en danger. De plus, les répétitions incitent l'aînée des filles à se comporter d'une manière que Sir Thomas désapprouverait. Quant à la Londonienne Mary Crawford, qui accepte le rôle de l'ingénue, elle a l'audace de demander à la ronde : « À quel gentilhomme, parmi vous, vais-je avoir le plaisir de faire des avances ? » (15).

L'effervescence est à son comble. Fanny assiste aux répétitions, apprend tous les rôles, sert de répétitrice, coud des costumes… et consent à tenir un petit rôle. C'est la première des trois tentations auxquelles elle cède.

Le père de famille tombe du ciel plus tôt qu'on ne l'attendait et impose un strict protestantisme : il anéantit le théâtre et brûle les exemplaires de la pièce. Les sots, les ambitieux, les vaniteux, les filles faibles et le père noble se sont montrés tels qu'en eux-mêmes. Toutefois, les jeunes gens ont vu évoluer leurs sentiments, et Fanny ne s'est plus contentée de pousser les hauts cris auprès d'un fossé. Elle l'a franchi et a participé à une activité collective. Elle est prête à faire une discrète entrée dans le monde.

Un acteur-né s'est en outre révélé. Henry Crawford a montré l'intelligence, la grâce et la culture qui font les grands interprètes. Il a conscience de s'être trouvé dans un état de grâce, car il confiera à Fanny : « Cela ressemble à un rêve, un rêve agréable ! Je me souviendrai toujours de notre expérience de théâtre d'amateurs avec un plaisir infini… Je ne me suis jamais senti aussi heureux » (23). Et c'est à lui que Jane Austen confie le soin de révéler ses goûts personnels en matière de théâtre : elle lui fait lire à haute voix un passage d'*Henry VIII*, de Shakespeare, sans doute le monologue où le cardinal Wolsey soutient s'être toujours comporté avec honneur et loyauté envers son souverain. Pour la romancière, Henry Crawford est rachetable, et Fanny peut le guider, car elle comprend que la vie est un perpétuel débat moral, qu'il faut dominer l'égoïsme, les souffrances, et faire preuve d'audace pour mériter d'être libre. Comme la nation anglaise, Fanny sera mise à l'épreuve avant de triompher.

Après avoir connu la tentation du théâtre, Fanny va se laisser flatter par celle que représente Mary Crawford, sa connaissance du monde, de la mode et de la musique. Elle accepte de se lier d'amitié avec elle – et l'acceptation ou le refus de l'amitié féminine est l'un des thèmes les plus importants des romans de Jane Austen. La troisième tentation surviendra après que Fanny a partagé quelques mois la médiocre existence de ses parents naturels. Elle se demandera si elle ne devrait pas épouser, sans amour, un jeune homme riche, afin de recueillir au moins l'une de ses sœurs. Elle a alors la possibilité de changer le dénouement de l'histoire, si elle renonce à ses principes, mais elle s'y refuse.

L'année 1814 est marquée par l'essor du roman historique. En juillet – *Mansfield Park* est paru en juin –, Walter Scott fait paraître de façon anonyme *Waverley*, qui remporte un succès immédiat. Il y évoque la campagne de Charles Edward Stuart en Écosse, et sa défaite, en 1745, devant le fils de George II. En 1816, James Clarke, jusqu'alors bibliothécaire du régent et nommé secrétaire pour l'Angleterre de Léopold de Saxe-Cobourg, suggère à Jane Austen de choisir un thème dans l'histoire de cette Maison et de dédier l'ouvrage à ce prince. Elle lui répond, le 1er avril 1816 : « Je ne serais pas plus capable d'écrire un [tel] roman qu'un poème épique. » Pourtant, James Clarke n'a pas tort. Il a sûrement pris conscience que dans *Mansfield Park*, très apprécié du régent, Jane Austen avait su rendre le climat du régime et la ferveur populaire que suscitaient alors les victoires de la flotte britannique.

Il est vrai qu'elle ne cite pas de faits précis. Elle se contente de mentionner l'anticipation de Laurence Sterne à propos du démantèlement de la Bastille, ainsi que l'inquiétude des familles quand les Bertram ou les Price prennent la mer. Néanmoins, le critique Roger Sales juge que la romancière n'a pu ignorer la publication, après la première dépression nerveuse de George III (1788), par l'un des chefs du parti Whig, proche du régent, Edmund Burke, de ses *Réflexions sur la Révolution française* (1790), où ce dernier compare l'État à un grand domaine qui doit être protégé des innovations et transmis tel qu'on l'a reçu à la génération suivante, ce qui est l'attitude de Sir Thomas. D'autres spécialistes, dont Warren Roberts, tiennent les guerres du Consulat et de l'Empire pour l'un des thèmes majeurs de *Mansfield Park*.

C'est le personnage de William Price qui permet de comprendre la rapidité avec laquelle l'Angleterre s'assure la maîtrise des mers. William fait ses débuts de marin en Méditerranée – après Aboukir, en 1798 –, puis au large de l'Espagne – Trafalgar, 1805 –, avant de se rendre aux Antilles (24), puis de revenir en Méditerranée et de faire escale à Gibraltar. Il envisage une campagne en Inde, où l'expansion anglaise se poursuit depuis le milieu du XVIIIe siècle, et lady Bertram lui commande deux châles du Cachemire, dont la mode se répand. Au passage, Jane Austen mentionne l'existence d'un autre frère de Fanny, qui sert à bord d'un navire marchand faisant la liaison régulière avec l'Inde, et l'on voit que la consommation du thé et du sucre se répand alors même dans les familles modestes, comme celle des Price. Enfin, William est promu aspirant de marine et part croiser, dit-on, au large des Pays-Bas, devant l'île du Texel. Il participe ainsi au blocus de l'Europe du Nord.

L'Angleterre a en effet mis un frein à la libre circulation sur les mers en exigeant des navires marchands qu'ils payent des droits de douane dans les ports britanniques, car le pays vit désormais surtout du commerce de transit. Les Français ripostent en saisissant tout navire ainsi visité par la flotte anglaise. Les conquêtes s'étendent, les alliances se font et se défont pour soutenir ou s'opposer au blocus. Un million de soldats français meurent.

William Price a des points communs avec Charles Austen, le plus jeune des frères de Jane, et celui auquel elle était le plus attachée. Charles avait envoyé à chacune de ses sœurs une croix en topaze, et, plus fortuné que William, une chaîne en or. Les scènes où Fanny insiste pour porter au bal la croix offerte par William, et celle où son frère se présente pour la première fois à elle en uniforme d'officier ont d'émouvants accents d'authenticité.

Francis et Charles Austen ont fait une brillante carrière dans la marine, et la romancière cite le nom de plusieurs vaisseaux sur lesquels ils ont navigué. Le *Canopus* et l'*Elephant*, dont Francis est le capitaine, en 1813, l'*Endymion* et le *Cleopatra*, sur lesquels Charles a servi. Le *Canopus* et le *Cleopatra* évoquent la récente expédition de Bonaparte en Égypte et les travaux des jeunes polytechniciens, de l'âge des Crawford et Bertram, qui ont enthousiasmé l'Europe, fait renaître l'intérêt pour l'Antiquité, l'Orient, et anéanti les étroites interprétations bibliques qui limitaient la création du monde à six mille ans. Enfin, c'est la flotte anglaise qui a rapatrié les derniers membres de l'expédition, après avoir bouleversé, là aussi, la situation politique, notamment en Turquie et en Égypte.

Entre la première et la deuxième édition de *Mansfield Park*, les marins de la famille Austen auraient suggéré à leur sœur de modifier les passages concernant l'ancrage à un ponton flottant du navire de William, dans la rade de Portsmouth. Jane Austen notera avec plaisir que « l'amiral Foote… s'est dit surpris que j'aie été si bien capable de décrire [ces] scènes ».

Cependant, dans le roman, le voyage décisif est celui qu'entreprend Sir Thomas à destination d'Antigua, à la fin de l'été 1806 – si l'on complète la chronologie de Chapman avec les indications fournies par l'auteur. Antigua, l'une des plus anciennes colonies anglaises aux Antilles, est alors sur le déclin par rapport à la Jamaïque. Sir Thomas y possède au moins une plantation, à l'origine de sa récente fortune. C'est elle qui lui a permis d'acquérir un manoir anglais, d'assurer son élection au Parlement et de choisir une femme pour sa beauté et ses manières, non pour sa dot.

Jusqu'à l'époque de son mariage, vers 1778, les treize colonies américaines étaient le débouché naturel du commerce des esclaves et de la mélasse d'Antigua. Le Trésor anglais s'efforçait de maintenir l'équilibre entre les revenus des planteurs des Antilles et ceux des distillateurs de Nouvelle-Angleterre, en taxant le sucre raffiné et en interdisant l'importation de rhum étranger. Il n'y avait cependant pas d'échanges entre le sucre, le rhum et le café et les produits manufacturés en Angleterre, si bien que John Stuart Mill comparera les rapports des colonies à la métropole à ceux de la campagne et de la ville. Un déséquilibre se crée à partir du moment où l'un des Premiers ministres de George III cherche à faire régler aux colonies américaines les frais de leur administration, et, pour sauver la Compagnie des Indes orientales, impose à ces mêmes colonies le monopole anglais de la distribution du thé.

Dès lors, les affaires de Sir Thomas périclitent. Après l'élaboration de la Déclaration d'indépendance américaine, en juillet 1776, c'est la création des États-Unis, en 1783, puis la Révolution française. Thomas Jefferson cherche à acquérir la Floride auprès de l'Espagne, puis achète la Louisiane à la France. Tous les ports américains se ferment. La lutte entre l'Angleterre et l'Europe se durcit à partir de 1804. Les plantations françaises des Caraïbes travaillent davantage et à moindre coût. Si les profits du sucre étaient de 2,5 % en 1800, pour les planteurs anglais, sept ans plus tard, ces derniers produisent à perte. Le Brésil et l'île Maurice, dans l'océan Indien, se mettent à la culture de la canne à sucre, et l'Europe, à celle de la betterave, cependant que l'industrie sucrière s'y développe.

L'autre profit tiré d'Antigua, le commerce des esclaves, est à son tour compromis. Jane Austen s'intéresse à cette région du monde depuis que l'un de ses frères et le fiancé de Cassandra y ont fait campagne. On considère qu'elle a eu connaissance d'un ouvrage de Thomas Clarkson, paru à Londres en 1788, puis à Paris l'année suivante, et intitulé *Essai sur les désavantages politiques de la traite des Nègres.* C'est Fanny Price, dans *Mansfield Park*, qui s'interroge, sans doute d'un point de vue religieux, sur les entraves ainsi apportées à la liberté individuelle. Lors du retour d'Antigua de Sir Thomas, elle demande à Edmund : « Ne m'avez-vous pas entendu l'interroger sur le commerce des esclaves, hier soir ? » (21).

Or, Clarkson passe en revue l'existence des Noirs dans vingt-six « habitations » d'Antigua, dont les propriétaires sont cruels ou humains. Il se place d'un point de vue nataliste et juge que « l'idée que les planteurs ne peuvent cultiver sans avoir recours à la traite répugne à la raison ». Recoupant ses observations avec d'autres effectuées à la Jamaïque, il conclut qu'il faut demander aux hommes un travail modéré, ne pas recourir aux mauvais traitements, leur assurer une nourriture suffisante et accorder aux femmes des « chambres commodes » pour s'occuper des enfants en bas âge, afin d'endiguer leur mortalité. Cinquante ans plus tard, Anthony Trollope constatera que, pendant la récolte de la canne à Cuba, les Noirs travaillent seize heures par jour, ne reçoivent que deux repas et n'ont pas de journée de repos ; le reste de l'année, on les maintient en activité douze heures par jour, et le dimanche leur est accordé.

Les révoltes se multiplient. Après la rébellion Tacky, à la Jamaïque (1760), les Anglais ont adopté de sévères lois au sujet des esclaves, mais l'inquiétude renaît avec le soulèvement de Saint-Domingue, contrecoup de la Révolution française – en 1794, la Convention a aboli, pour un court temps, l'esclavage –, et de la guerre entre la France et l'Espagne. En parallèle, des libéraux anglais assurent la diffusion des ouvrages de Tom Paine sur les droits de l'homme et le siècle de raison. À Sheffield, au nord de Mansfield, ils publient des déclarations telles que : « L'esclave est un homme, l'homme, un citoyen, et le citoyen, une partie intégrante de l'État. »

Cette façon de penser devient si générale que l'importation directe des Noirs d'Afrique est interdite par l'Angleterre en 1807. À voir la terreur que Sir Thomas inspire à ses filles et les pressions qu'il exerce sur sa nièce, on peut penser que son régisseur et lui se comportent envers les Africains comme avec « un troupeau de bœufs », selon l'expression de Clarkson, et usent les esclaves en cinq ou six ans. L'émancipation débutera en 1833 dans les Antilles anglaises, y sera élargie en 1838, et ne deviendra définitive qu'en 1848 dans les îles françaises.

Le critique Edward Saïd pense que *Mansfield Park* est l'un des grands romans anglais qui reflètent le passage à l'impérialisme. La plantation d'Antigua des Bertram annoncerait la mine de San Tomé, dont parle Joseph Conrad dans *Nostromo*, la société d'exploitation de l'hévéa évoquée par E. M. Forster dans *Howards End*, et les régions lointaines où ont fait fortune des personnages des *Grandes Espérances*, de Dickens, et de *La Prisonnière des Sargasses*, de Jean Rhys, ainsi, bien entendu, que la famille Rochester, dans *Jane Eyre*.

Enfin, Jane Austen, qui se contente d'évoquer un climat général d'instabilité, peut aussi penser aux combats que se livrent Anglais et Américains sur la frontière canadienne, dans la région des grands lacs, au cours de la « seconde guerre d'indépendance » de 1812. Tom Bertram, qui a regagné Mansfield avant son père, a donc bien des raisons de demander au pasteur de son village : « C'est une étrange affaire, ce qui se passe là-bas, en Amérique, docteur Grant !... Quelle est votre opinion ? » (12).

Le séjour de Sir Thomas à Antigua est surtout rapproché par les critiques de la double vacance du pouvoir, qui survient d'abord en 1787-1788, lorsque se manifeste pour la première fois le désordre sanguin – la porphyrie – dont souffre le roi George III, puis en 1811, et Jane Austen en tient également compte, car c'est le moment où elle commence à écrire *Mansfield Park*. Le roi devient fou par intermittence, et, en dépit des difficultés constitutionnelles que soulève la reine Charlotte, c'est le prince de Galles qui se voit accorder des pouvoirs presque équivalents à ceux dont il disposera après son accession au trône, en 1820.

Il paraît bien que Jane Austen donne à Sir Thomas des traits de caractère de George III : il a la détermination obstinée du roi, son besoin de stabilité, son intérêt pour la production agricole et les chevaux, ses recours à la ruse envers sa nièce, son amour excessif pour ses enfants, auxquels il a du mal à accorder l'indépendance, ses talents de comédien, son goût pour la musique, son désir de donner la priorité à l'agriculture et de symboliser l'ordre traditionnel anglais. Enfin, après qu'il a subi des échecs répétés, Sir Thomas inspire de la compassion, comme le roi après sa maladie, et sa patience envers son épouse mérite le respect.

Outre William Roberts et Edward Saïd, des spécialistes tels que Michael Williams, Roger Sales ou Anne Cupper Ruderman se sont intéressés au parallèle existant entre les Bertram père et fils, d'ascension sociale récente, et les électeurs de Hanovre, qui se succèdent sur le trône d'Angleterre depuis moins d'un siècle et qui ne cessent de s'opposer les uns aux autres. George III détestait son Allemand de grand-père, et le futur George IV ne supporte pas la vie retirée qu'apprécient son père et la reine Charlotte.

Ainsi, Roger Sales note que Tom, régent de Mansfield, déclare à son frère cadet : « Je connais mon père aussi bien que vous, et je veillerai à ce que ses filles ne fassent rien pour le chagriner. Prenez soin de ce qui vous concerne, Edmund, et moi, je m'occuperai du reste de la famille » (13). De leur côté, les femmes cherchent à intervenir dans la gestion de l'État ou du domaine. La reine Charlotte, puis la princesse Caroline réclament une part officielle des responsabilités – et Jane Austen s'est déclarée en faveur de la princesse Caroline. La tante Norris et Fanny Price rivalisent auprès de l'incapable lady Bertram. Depuis Portsmouth, Fanny rêve de supplanter Mme Norris, « une compagne agitée, trop zélée, trop portée à grossir le danger pour rehausser son importance » (45). Elle y parviendra.

Quant à Tom, âgé de vingt-cinq ans en 1806, il a mené, au sortir de l'université d'Oxford, l'existence extravagante du prince de Galles et de sa coterie, qui perdent des fortunes à Brighton, Bath et Weymouth ou sur le champ de courses de Newmarket. Malgré tout, son père le soutient dans l'espoir qu'il épousera la fille d'un aristocrate de souche ancienne. Lorsque Tom s'endette trop, Sir Thomas l'emmène à Antigua pour le couper de ses amis, mais il le laisse rentrer pour l'ouverture de la chasse, en septembre, et, dès son retour, Tom reprend son mode de vie et manifeste un fort penchant pour l'homosexualité.

Jane Austen, qui appartient encore, par certains côtés, au XVIIIᵉ siècle, conserve une certaine liberté d'expression. Pour montrer à quel point les Londoniens manquent de principes, c'est la jeune Mary Crawford qu'elle charge d'une allusion claire aux pratiques homosexuelles de certains officiers de la marine (6). Tom, comme le prince régent, se réforme, au moins pour un temps. Il va devenir pour son père « ce qu'il devait être ». On regrette qu'il demeure à l'arrière-plan de l'histoire et ne joue aucun rôle dans son dénouement. Avec ce personnage, la romancière a sans doute voulu attirer aussi l'attention sur les insuffisances de l'éducation des jeunes gens et sur les habitudes d'excès, prises par les plus fortunés dès l'université.

Toutefois, en Angleterre, on met à l'actif du régent d'avoir laissé gouverner les ministres choisis par son père, et non ses amis libéraux, prêts à renoncer à la guerre contre la France et à abandonner l'Europe à Napoléon. Les succès remportés en Espagne et sur les mers conduisent les Anglais à remanier les alliances... et à vaincre à Waterloo. On veut retenir du régent, que l'on surnommait « le grand Corinthien » ou « George le Magnifique », sa protection des artistes, d'architectes tels que John Nash, en particulier à Brighton – où Maria Bertram va en voyage de noces –, et la construction de beaux quartiers, à Londres, autour de Regent's Park. Les Crawford invitent d'ailleurs Fanny à visiter la capitale pour lui montrer l'église St.-George, à Hanover Square, le symbole même de la monarchie (45). On admire encore le style Regency et l'interprétation réussie par des artisans, dont Sheraton, de motifs tirés de l'Antiquité ou de traditions chinoise, japonaise et moghole. Enfin, l'un des grands mérites du prince est d'avoir été l'un des premiers à reconnaître le talent de Jane Austen.

Le régent a bien servi son pays également en développant la flotte, ainsi que le montre l'épisode de Portsmouth, auquel Jane Austen consacre une dizaine de chapitres, dans *Mansfield Park*.

Le bourg de Portsmouth existe depuis le Moyen Âge, et la « base navale » depuis le XVe siècle, mais c'est à partir de la fin du XVIIIe siècle que les arsenaux ont connu un rapide essor sur le chenal du Spithead, en face de l'île de Wight. On estime à trois mille le nombre d'hommes qui y travaillent et y vivent quand Fanny Price regagne sa ville natale après dix ans d'absence, et la trouve métamorphosée. Entre 1804 et 1808, on vient de toute l'Angleterre pour assister à l'installation de machines nouvelles et à l'utilisation de techniques de pointe, et c'est pour la guerre que travaille, en premier lieu, l'industrie.

Jane Austen donne un aperçu de la vie des habitants en mentionnant la construction de vaisseaux de guerre, puis la plate-forme du bord de mer, d'où les canons saluent les mouvements de la flotte et, enfin, la promenade dominicale sur les remparts, d'où l'on aperçoit les bateaux à bord desquels des Français sont retenus prisonniers. Fanny, envoyée là par son oncle pour reprendre conscience de la réalité et du milieu défavorisé dont elle est issue, découvre le mode d'existence grossier des marins, qui se réunissent pour jouer aux cartes, empestent l'alcool à force de boire des grogs, jurent à tout propos et ne se changent que le dimanche. La romancière prend pourtant soin de souligner que cette vie difficile, incertaine, est compensée par un grand intérêt pour la politique et un sentiment de fierté à l'égard de la marine royale. C'est avant tout dans ce milieu que se développe l'idée de nation, par-delà les particularismes régionaux, et qu'une fois la menace d'invasion écartée on prend conscience de la domination maritime du pays, ainsi que de l'intérêt vital des entreprises coloniales et des possibilités d'ascension sociale qu'elles ouvrent.

Cette prise de conscience est accélérée par la correspondance échangée avec les enfants qui voyagent à travers le monde, et surtout, comme Jane Austen le souligne à trois reprises, par la lecture des gazettes. Le nombre des journaux triple, en effet, ces années-là. Dans *Mansfield Park*, ce sont les Londoniens et les marins qui suivent les nouvelles. C'est la gazette à la main que Tom Bertram interroge son pasteur à propos de l'Amérique (12). Par la suite, c'est Henry Crawford, neveu d'un amiral – et dont la fortune récente s'explique parce qu'il est le fils d'un spéculateur ? d'un fournisseur de la marine ? – qui est abonné « depuis des années » à un quotidien publiant les mouvements des navires (24). Enfin, dans un passage où la fine ironie de Jane Austen fait merveille, c'est le lieutenant de marine invalide Price qui lit les échos mondains d'un journal londonien, emprunté à un voisin – l'abonnement coûte deux à trois livres par semaine –, et c'est dans un style superficiel que sa fille apprend le scandale qui va changer le cours de sa vie (46).

Durant tout le séjour de Fanny à Portsmouth, Jane Austen entend proposer pour modèle le cadet William Price. Elle lui oppose le riche et dilettante Henry Crawford, qui vient passer deux jours dans le port et se montre plus intéressé par les « aventures » de l'aspirant de marine et les dangers qu'il a courus que par son rôle dans la défense des intérêts du pays. Pour créer Crawford, la romancière se serait inspirée de personnages byroniens, tel l'imprévisible et satanique Harold. En mars 1814, elle écrira à Cassandra qu'elle vient de lire *Le Corsaire*, de Byron. Très proche de Harold, le corsaire est de taille moyenne et, sans être beau, paraît irrésistible aux femmes. Crawford lui ressemble sur ces deux points, mais, plus ouvert, il inspire aussi aux jeunes gens le désir de cultiver son amitié. C'est de loin le personnage le plus complet de *Mansfield Park*.

Roger Sales note que ce jeune homme a des réflexes de prédateur ou de chef de guerre, et qu'il exerce une véritable fascination sur la romancière elle-même, pour qui, selon lui, les motifs et les actions des dandys, des pères et des sportifs – les chasseurs de la Régence – gardent une part de mystère.

Toujours excellent acteur, Crawford « joue » au soldat dans le décor que lui offre Plymouth. Il choisit les chantiers navals et la chapelle de la garnison pour tenter de circonvenir une nouvelle proie féminine, à l'insu de leur entourage, puis il s'offre quelques bons repas à l'auberge réputée de la Couronne, en compagnie de camarades officiers (41 et 42).

Auparavant, il avait fait une guerre de mouvement, disparaissant vers la capitale ou les villes d'eaux, puis ressurgissant sans crier gare, ce qui est caractéristique des dandys de la Régence, tel Brummel. Bon organisateur de ces voyages impromptus, excellent cavalier et conducteur d'attelage, il sait aussi user de son influence dans la capitale pour parvenir à ses fins et manœuvrer l'oncle dont il sera l'héritier.

Roger Sales le qualifie de « Napoléon des salons », car en dépit de ses bonnes manières superficielles, de ses profonds saluts et de son attention au confort des femmes, il compte toujours sur l'élément de surprise pour s'inviter chez les Bertram (28) ou se présenter aux aurores chez les Price (41 et 42). Son charisme est tel qu'il obtient la permission de voir jeunes filles et jeunes femmes « à toute heure » ou de leur parler dans la rue. Et pourtant, il n'est pas non plus désireux de se fixer. Il ne s'intéresse aux femmes qu'aussi longtemps qu'elles lui résistent ; il lui faut en triompher.

On regrette cependant pour Henry Crawford qu'une indépendance financière acquise dès l'adolescence ne l'ait pas incité à choisir une profession ou que tous les jeunes gens de sa classe d'âge n'aient pas été appelés à participer à l'effort de guerre du pays, dès 1803. Crawford a tant de possibilités intellectuelles qu'il se serait illustré dans les arts, la haute administration ou sur les champs de bataille. S'il avait su renoncer à la vanité et à l'égoïsme d'une adolescence trop prolongée, il aurait acquis une véritable valeur humaine et aurait contribué au bien-être des siens et au développement de sa patrie. Mais comme son pendant, le fils prodigue Tom Bertram, et comme George IV lui-même, qui n'influencera presque plus la politique durant son règne, entre 1820 et 1830, Crawford est menacé de sombrer dans l'obscurité. On déplore d'autant plus que sa sœur et lui ne jouent pas un rôle plus positif que ce sont les seuls personnages tout à fait libres de leurs choix, et que leur vitalité, leur esprit français, et leur affection mutuelle les rendent toujours intéressants.

Parvenue au milieu de sa vie, Jane Austen ne condamne plus de personnages à la guillotine, comme il lui arrivait de le faire dans ses textes de jeunesse. Par un effet saisissant de travelling, ou plutôt de grue, tel qu'en emploie le cinéma, elle s'éloigne et s'élève au-dessus de ceux qui ont évolué dans *Mansfield Park* et en absout la plupart, même si elle est plus sévère à l'égard des femmes que des hommes. Elle réserve sa tendresse pour Fanny Price, l'héroïne d'une sensibilité extrême qui a su dépasser ses craintes pour défendre la morale et opposer le bon sens, la compassion et un amour dénué de calcul à l'ambition et l'égoïsme, et elle déclare : « J'ai la satisfaction de savoir que ma Fanny a été heureuse » (47).

Jane Austen demeure ainsi fidèle à l'idéologie conservatrice de son milieu, sans s'aveugler sur ses limites. Elle juge, comme les romanciers du siècle précédent, que l'Angleterre est une société d'individus libres, et que chacun est capable de s'élever dans l'échelle des valeurs, à condition de faire appel à son esprit d'entreprise. Elle rejoint l'analyse du père de Robinson Crusoé, pour qui « l'état moyen, une longue expérience me l'a fait reconnaître comme le meilleur dans le monde et le plus convenable au bonheur ». Fanny Price

31

n'aspire pas à autre chose. Au passage, les critiques qui se persuadent qu'elle s'élèvera dans la société au point de devenir la maîtresse du Parc de Mansfield se trompent. Tom Bertram est toujours en vie. Il est fort possible, toutefois, qu'il n'ait pas d'héritier direct.

Tous les lecteurs ne sont pas aussi satisfaits que Jane Austen de son plaidoyer en faveur du contentement plutôt que de la passion. Les internautes et les autres imaginent donc toutes sortes de fins différentes au roman ou en transposent l'action à notre temps, et se demandent à propos des personnages : que seraient-ils devenus ? Certains voient les jeunes Bertram à la tête d'une société de l'industrie sucrière ou d'une multinationale. Tom et ses sœurs en seraient le président et les vice-présidentes, cependant que Fanny en serait la cheville ouvrière. Edmund aurait une émission religieuse à la télévision ou s'illustrerait dans une organisation humanitaire. On peut aussi imaginer qu'ils jouent un rôle dans le tourisme aux Caraïbes ou qu'ils aient tous émigré en Virginie, au Canada, en Australie ou en Afrique du Sud. Ils s'apprêteraient à aller explorer Mars. Les possibilités sont infinies. Jane Austen elle-même se serait peut-être laissé tenter à ouvrir un site et à écrire une suite…

Hélène SEYRÈS

1

Il y a une trentaine d'années, Mlle Maria Ward, de la petite ville de Huntingdon, n'ayant pour toute fortune que sept mille livres, eut la chance de captiver le cœur de Sir Thomas Bertram, du Parc de Mansfield, dans le comté de Northampton, et de se trouver élevée au rang d'épouse d'un baronnet, bénéficiant ainsi de tous les avantages qu'offrent une grande demeure et un important revenu. Tout Huntingdon se récria sur les avantages d'un tel mariage, et son oncle, homme de robe, reconnut qu'elle aurait dû posséder au bas mot trois mille livres de plus pour pouvoir y prétendre. Elle avait deux sœurs, qui paraissaient devoir profiter de son élévation, et ceux de leurs amis qui estimaient l'aînée des sœurs de Mlle Maria, Mlle Ward, et la cadette, Mlle Frances, tout aussi jolies qu'elle, ne se faisaient aucun scrupule de leur prédire des mariages presque aussi avantageux. Mais il n'y a pas au monde autant d'hommes d'une grande fortune que de jolies femmes qui les méritent. Mlle Ward, après avoir attendu cinq ou six ans, fut obligée d'accepter un ami de son beau-frère, le révérend Norris, qui n'avait que fort peu de biens personnels, et Mlle Frances fut encore plus mal partagée. Le mariage de l'aînée des demoiselles Ward ne fut pas, au fond, aussi dédaignable que cela. Sir Thomas se fit un plaisir de procurer à son ami le bénéfice de Mansfield, aussi M. et Mme Norris s'engagèrent-ils dans la carrière de la félicité conjugale avec à peine moins d'un millier de livres par an. Mais Mlle Frances se maria, selon la formule consacrée, pour désobliger sa famille, et en s'unissant à un lieutenant de vaisseau sans éducation, sans fortune ni relations, elle y réussit à merveille. Il lui aurait été difficile de plus mal choisir. Sir Thomas avait de l'influence, et par principe comme par fierté, par envie d'agir comme il convenait et par désir de voir toutes les personnes qui lui étaient alliées dans une situation respectable, il aurait été heureux de l'employer, afin d'améliorer celle de la sœur de lady Bertram ; mais la profession du mari était telle qu'aucune autorité ne pouvait s'exercer en sa faveur ; et avant qu'il n'ait trouvé un autre moyen de lui venir en aide, les deux sœurs avaient mis un terme à leurs relations. Cette rupture était le résultat naturel du comportement des deux parties, celui auquel aboutit presque toujours un mariage imprudent. Pour s'épargner des remontrances inutiles, Mme Price n'avait écrit à sa famille au sujet de son mariage qu'après l'avoir contracté. Lady Bertram, qui était une femme de mœurs paisibles, et d'un caractère conciliant et indolent, se serait contentée de cesser tous liens avec sa sœur et de n'y plus songer, mais l'entreprenante Mme Norris ne s'estima satisfaite qu'après avoir écrit une longue lettre de reproches à Fanny, pour mieux souligner la folie de sa conduite et la menacer de toutes les conséquences fâcheuses qui pourraient en résulter. Mme Price en fut blessée et irritée ; et comme dans sa réponse elle laissait éclater sa rancune contre ses deux sœurs, et accumulait les réflexions irrespectueuses à propos de l'orgueil de Sir Thomas, Mme Norris ne put la garder pour elle, et tout commerce fut interrompu entre elles pendant une période considérable.

La distance entre leurs demeures était si grande, leur position dans le monde, si différente, que durant les onze prochaines années, il aurait dû leur être impossible de suivre le déroulement de leur existence mutuelle, aussi Sir Thomas était-il d'autant plus surpris d'entendre Mme Norris annoncer, de temps à autre, d'une voix indignée que Fanny avait encore mis au monde un enfant. Au bout de ces onze ans, cependant, Mme Price ne fut plus à même de nourrir de l'orgueil ou du ressentiment, ni de demeurer coupée de ceux qui pouvaient lui porter secours. Une famille nombreuse qui continuait à s'accroître, un mari qui n'était plus en service actif, mais qui n'en appréciait pas moins la bonne compagnie et la boisson, en même temps qu'un très faible revenu pour subvenir à leurs besoins la poussèrent à regagner les amis qu'elle avait négligés de façon aussi inconsidérée. Elle écrivit donc à lady Bertram une lettre où elle évoquait avec regrets et tristesse sa surabondance d'enfants et son manque de moyens dans presque tous les autres domaines, de manière à la disposer, ainsi que ses proches, à une réconciliation. Elle était sur le point de mettre au monde un neuvième enfant, et après avoir déploré cet état de choses et demandé leur protection pour l'enfant à venir, elle ne cachait pas combien, selon elle, ils pourraient jouer un rôle, par la suite, dans l'établissement des huit autres déjà en vie. L'aîné, un bon garçon de dix ans, plein d'ardeur et de bonne volonté, désirait ardemment faire son chemin dans le monde, mais comment pouvait-elle l'y aider ? Ne pourrait-il pas être un jour utile à Sir Thomas pour la mise en valeur de sa plantation des Antilles ? Tous les emplois, même les plus modestes, lui conviendraient. Autrement, que penserait Sir Thomas si on l'envoyait à l'académie militaire de Woolwich ? Ou enfin, de quelle manière fallait-il procéder pour envoyer un jeune garçon aux Indes orientales ?

Cette lettre ne resta pas sans effet. Elle rétablit la concorde et l'affection. Sir Thomas dispensa des conseils amicaux et des listes de professions, lady Bertram expédia de l'argent et un trousseau de bébé, et Mme Norris écrivit toutes les lettres.

Telles furent les suites immédiates de la démarche de Mme Price, mais au cours des douze mois qui suivirent, il en résulta pour elle un avantage plus considérable. Mme Norris confiait volontiers à son entourage qu'elle ne parvenait pas à bannir de sa pensée sa pauvre sœur et sa famille, et s'il avait déjà été fait beaucoup pour elle, elle semblait désireuse d'aller plus loin ; et elle finit par émettre le souhait de voir la pauvre Mme Price tout à fait soulagée de la charge et de la dépense de l'un de ses trop nombreux enfants. « Pourquoi ne prendraient-ils pas soin, ensemble, de sa fille aînée, alors âgée de neuf ans, un âge qui demandait plus d'attention que la pauvre mère ne pouvait en accorder. La gêne et la dépense ne seraient rien pour eux, comparées à la générosité dont témoignerait cette action. » Lady Bertram accepta sur-le-champ la proposition, et déclara :

— Je crois que nous ne pourrions mieux faire ; demandons que l'on nous envoie cette enfant.

Sir Thomas ne voulut pas donner aussitôt son consentement sans restrictions. Il formula des critiques, fit part de ses hésitations ; c'était prendre là une grave responsabilité ; il fallait aussi assurer un avenir convenable à une jeune fille élevée de la sorte, sinon ce serait une marque de cruauté, non de générosité, que de l'arracher à sa famille. Il pensait à ses quatre enfants, à ses deux fils, à l'amour entre cousins, etc. Mais il n'eut pas plutôt commencé à exposer en détail ses réticences que Mme Norris l'interrompit pour répondre à toutes les objections, formulées ou non :

— Mon cher Sir Thomas, je vous comprends à merveille, et je rends justice à la générosité et à la délicatesse de vos intentions, qui sont en accord avec votre conduite habituelle ; et je conviens volontiers avec vous, pour l'essentiel, qu'il importe de faire du mieux que l'on peut pour l'établissement d'un enfant que l'on prend en charge, et bien entendu, je serais la dernière personne au monde à refuser de donner mon obole en une telle occasion. Comme je n'ai pas d'enfants moi-même, à qui pourrais-je laisser le peu que j'ai à léguer sinon à ceux de mes sœurs ; et je suis sûre que M. Norris est un homme trop juste pour…, mais vous savez que je suis une femme qui n'aime ni les vaines paroles ni les professions de foi. Ne renonçons pas à un beau geste pour une bagatelle. Si l'on donne à la jeune fille une bonne éducation et qu'on l'introduise comme il convient dans le monde, il y a dix à parier contre un qu'elle trouve à bien s'établir, sans qu'il en coûte davantage à aucun d'entre nous. L'une de nos nièces, Sir Thomas, si vous le permettez, ou plutôt l'une des *vôtres*, ne saurait grandir ici sans être vue avec faveur dans tout le voisinage. Je ne dis pas qu'elle devrait y être traitée avec autant d'égards que ses cousines, et j'imagine qu'elle ne le serait pas, mais elle se trouverait introduite dans la bonne société de ce pays dans des circonstances si favorables, que selon toute probabilité elle ferait un excellent mariage. Vous craignez pour vos fils... Mais ne voyez-vous pas que c'est la chose *la moins* susceptible d'arriver au monde, élevés comme frères et sœurs, ainsi qu'ils le seraient ? Voilà qui est moralement impossible. Je n'ai jamais entendu parler d'un exemple de ce genre. C'est même le plus sûr moyen de prévenir l'établissement de semblables liens. Supposez qu'elle devienne une jolie fille et que dans sept ans d'ici, Tom ou Edmund la rencontrent pour la première fois ? J'ose dire qu'il y aurait là quelque danger à redouter. La seule pensée qu'on ait pu la laisser grandir au loin, pauvre et négligée, suffirait pour que l'un ou l'autre de ces chers, ces aimables garçons en tombe amoureux. Mais si on l'élève avec eux dès à présent, quand même aurait-elle la beauté d'un ange qu'à leurs yeux elle ne serait jamais autre chose qu'une sœur.

— Il y a beaucoup de vrai dans ce que vous dites, répliqua Sir Thomas, et je suis loin de vouloir élever des barrières imaginaires à un plan qui devrait si bien prendre en compte leurs situations respectives. Je voulais simplement souligner qu'il ne fallait pas s'engager à la légère ; et que, s'il doit rendre service à Mme Price, et nous faire honneur, il convient d'assurer à l'enfant, ou nous considérer comme liés par la promesse de lui assurer à l'avenir, quelles que soient les circonstances, une pension convenable pour une personne de bonne famille, si on ne lui propose pas le genre d'union que vous envisagez pour elle avec tant d'enthousiasme.

— Je vous comprends tout à fait, s'écria Mme Norris ; vous êtes la générosité et la considération mêmes, et je suis certaine que nous ne serons jamais en désaccord sur ce point. Vous le savez, je suis toujours prête à faire de mon mieux pour le bonheur de ceux que j'aime ; et bien qu'il me soit impossible de jamais ressentir pour cette petite fille la centième partie de l'attachement que j'éprouve pour vos deux enfants, ni de la considérer en aucune manière comme si elle était mienne, il me paraîtrait détestable de la négliger. N'est-elle pas la fille de ma sœur ? Et pourrais-je supporter de la voir dans le besoin aussi longtemps que j'aurais un morceau de pain à lui donner ? Mon cher Sir Thomas, en dépit de tous mes défauts, j'ai bon cœur, et aussi pauvre que je sois, je me priverais du nécessaire plutôt que de manquer de générosité. Aussi, si vous n'y voyez pas d'inconvénients, j'écrirai demain à ma pauvre sœur, et je lui ferai part de notre proposition ; et, dès que la question sera réglée, je me chargerai moi-même de faire venir l'enfant à Mansfield ; vous n'aurez aucun souci sur ce point. Vous savez que je ne ménage jamais ma peine. J'enverrai Nanny à Londres pour ce faire. Elle pourra sans doute coucher chez son cousin, le sellier, et il sera entendu que l'enfant l'y rejoigne. Sa famille trouvera sans peine le moyen de la faire monter de Portsmouth à Londres par la diligence, en la confiant à une personne qui fait le voyage. J'imagine qu'il y a toujours quelque respectable femme de marchand qui se rend dans la capitale.

Sir Thomas ne fit plus d'objections, si ce n'est qu'il s'opposa à la descente chez le cousin de Nanny. On choisit donc un lieu de rendez-vous plus respectable, bien que moins économique, et, la question étant considérée comme réglée, on se mit à jouir par avance du plaisir qu'allait procurer un projet aussi généreux. Ce contentement, en toute justice, n'aurait pas dû être réparti de façon égale entre eux, car si Sir Thomas était bien résolu à se montrer conséquent dans ses actions et à devenir le protecteur réel de l'enfant, Mme Norris n'avait pas la moindre intention d'effectuer quelque dépense que ce soit pour son entretien. Elle était prodigue de démarches, de paroles et d'intrigues, et nul ne s'entendait mieux qu'elle à dicter aux autres leur libéralité ; mais son amour de l'argent était égal à sa passion du commandement, et elle savait tout aussi bien ménager le sien que prodiguer celui des autres. Comme son mariage lui avait valu un revenu inférieur à celui qu'elle avait longtemps espéré, elle avait cru bon d'adopter une stricte économie, et ce qui avait commencé comme une mesure de prudence était devenu un choix délibéré, comme l'objet d'une sollicitude qui lui semblait nécessaire, alors qu'elle n'avait pas d'enfants à pourvoir. S'il lui avait fallu subvenir aux besoins d'une famille, Mme Norris n'aurait peut-être jamais mis de l'argent de côté, mais comme elle n'avait aucun souci de la sorte, rien ne l'empêchait de faire montre de frugalité, ni d'atténuer le plaisir d'ajouter chaque année à un revenu que son mari et elle ne dépensaient jamais entièrement. Comme elle entendait maintenir un principe qu'elle chérissait, et qu'elle n'éprouvait pas de véritable affection pour sa sœur, il lui était impossible de s'attribuer plus que le mérite d'avoir initié et mis en branle une action charitable aussi coûteuse. Néanmoins, elle se connaissait peut-être si mal elle-même qu'en regagnant à pied le presbytère, après cette conversation, elle était pleine de joie à la pensée de se montrer la sœur et la tante la plus généreuse du monde.

Quand le sujet revint dans la conversation, Mme Norris développa plus avant son point de vue, mais quand lady Bertram lui demanda tranquillement, « Ma sœur, l'enfant ira-t-elle tout d'abord chez vous ou chez nous ? », Sir Thomas eut la surprise de l'entendre répondre qu'elle serait dans l'impossibilité absolue de s'en charger personnellement. Il avait pensé que la petite serait la très bienvenue au presbytère, ou que sa compagnie serait désirée par une tante qui n'avait pas d'enfants ; or, il découvrait qu'il s'était lourdement trompé. Mme Norris regrettait que dans l'état actuel des choses il fût tout à fait hors de question que la petite fille s'installât chez elle. La mauvaise santé du pauvre M. Norris l'interdisait ; il était aussi incapable de supporter le bruit d'un enfant que de voler ; s'il se remettait un jour de ses attaques de goutte, les choses en iraient tout autrement ; elle serait alors heureuse de prendre son tour et ne tiendrait aucun compte de la gêne que cela entraînerait ; mais dans l'immédiat, le pauvre M. Norris réclamait chaque minute de son temps et la moindre allusion à un tel projet le mettrait dans tous ses états.

— Alors, il est préférable qu'elle vienne chez nous, dit lady Bertram, avec le plus grand calme.

Après un court silence, Sir Thomas ajouta avec dignité :

— Oui, que cette maison soit la sienne. Nous nous efforcerons de remplir notre devoir envers elle, et elle aura au moins l'avantage d'avoir des compagnes de son âge et d'être suivie de façon régulière par une institutrice.

— Très juste ! s'écria Mme Norris, et ce sont là deux considérations notables. Il importera peu à Mlle Lee d'avoir trois jeunes filles à instruire au lieu de deux. Cela ne fera aucune différence. Je regrette simplement de n'être pas en mesure de me rendre plus utile ; mais vous comprenez que je fais tout ce qui est en mon pouvoir. Je ne suis pas de celles qui s'épargnent ; et Nanny ira la chercher, quoiqu'il m'en coûte de perdre pour trois jours ma principale conseillère. Je suppose, ma sœur, que vous installerez la petite dans la mansarde blanche, près de l'ancienne chambre des enfants ? Ce sera, et de loin, le meilleur endroit pour elle, à côté de Mlle Lee, non loin des fillettes et à proximité des femmes de chambre qui pourront l'aider à s'habiller, vous comprenez, et s'occuper de ses vêtements ; car je suppose que vous n'envisagez pas de demander à Ellis de veiller sur elle en plus des autres. Pour tout avouer, je ne vois pas où vous pourriez la mettre ailleurs.

Lady Bertram ne mit aucune opposition.

— J'espère qu'elle aura de bonnes dispositions, reprit Mme Norris, et qu'elle se montrera sensible à la chance exceptionnelle d'avoir de tels amis.

— Si elle avait de trop graves défauts, dit Sir Thomas, par souci de préserver nos enfants nous ne pourrions la garder au sein de notre famille, mais il n'y a pas lieu d'appréhender des conséquences aussi fâcheuses. On trouvera sans doute beaucoup à changer chez elle, et il faut s'attendre à ce qu'elle soit d'une grossière ignorance, qu'elle ait des inclinations peu élevées et des manières déplorables, pourtant ce ne sont pas là des défauts incurables, ni dangereux, selon moi, pour ceux qui l'approcheront. Si mes filles avaient été *plus jeunes* qu'elle, j'aurais beaucoup hésité avant d'introduire ici une telle compagne, mais dans le cas présent, j'espère qu'il n'y aura rien à craindre pour les unes et tout à gagner pour l'autre dans cette association.

— C'est exactement ce que je pense, s'écria Mme Norris, et je le disais ce matin même à mon mari. Le seul fait, pour l'enfant, d'être avec ses cousines, lui ai-je fait remarquer, sera en soi une éducation ; et même si Mlle Lee ne lui enseignait rien, ses cousines seules lui apprendraient à devenir bonne et intelligente.

— J'espère qu'elle ne fera pas de misères à mon petit carlin, dit lady Bertram. Je viens juste d'obtenir de Julia qu'elle le laisse tranquille.

— Nous allons rencontrer quelques difficultés, Mme Norris, observa Sir Thomas, au moment où il faudra établir une distinction entre ces jeunes filles, quand elles grandiront ; et pour préserver dans l'esprit de *mes filles* la conscience de ce qu'elles sont, sans les inciter à juger leur cousine comme étant d'une condition trop humble pour elles ; et, sans trop décourager cette dernière, à lui faire comprendre qu'elle n'est pas une *demoiselle Bertram*. Je tiens cependant à ce qu'elles deviennent de très bonnes amies, et ne permettrai à aucun prix que mes filles fassent preuve de la moindre arrogance à l'égard de leur parente ; elles ne sauraient toutefois être traitées sur un pied d'égalité. Leur rang, leur fortune, leurs droits, leurs espérances, différeront toujours. C'est un point d'une grande délicatesse, et vous devrez nous assister dans nos efforts pour adopter la meilleure ligne de conduite.

Mme Norris était tout disposée à le seconder ; et bien qu'elle ait convenu avec lui qu'il s'agissait d'un problème très délicat à résoudre, elle lui fit espérer qu'à eux deux, ils en viendraient facilement à bout.

Mme Norris n'écrivit pas en vain à sa sœur, on le croira sans peine. Mme Price fut plutôt surprise de voir le choix se porter sur une fille, alors qu'elle avait tant de beaux garçons, mais elle n'en accepta pas moins l'offre avec reconnaissance, assurant que sa fille avait de bonnes aptitudes et un excellent caractère, et se dit persuadée qu'elle ne leur fournirait jamais l'occasion de la renvoyer. Elle ajouta que la petite était délicate et de faible constitution, mais que le changement d'air lui ferait sans doute beaucoup de bien. Pauvre femme ! elle estimait sans doute qu'un changement d'air eût convenu à nombre de ses enfants.

2

La petite fille fit le long voyage sans incidents, et Mme Norris, qui était allée la chercher à Northampton, s'enorgueillit d'être la première à l'accueillir, puis de la présenter au reste de la famille et la recommander à leur indulgence.

Fanny Price, à cette époque, venait d'avoir dix ans, et même si, de prime abord, elle n'avait rien pour charmer, elle n'avait rien non plus de repoussant qui pût déplaire à ses parents. Elle était petite pour son âge, avait le teint mat et ne possédait aucun trait remarquable ; craintive et timide à l'excès, elle se repliait sur elle-même dès qu'on lui prêtait attention ; en dépit de sa gaucherie, toutefois, elle n'était pas vulgaire ; elle avait une voix douce, et quand elle parlait, elle prenait un air avenant. Sir Thomas et lady Bertram la reçurent avec beaucoup de bonté, et le premier, voyant combien elle avait besoin d'encouragements, s'efforça de se la concilier du mieux possible, bien qu'il lui fallût lutter contre son air habituel d'une extrême et fâcheuse gravité ; tandis que lady Bertram, sans se donner moitié autant de peine ou énoncer une parole là où il en prononçait dix, devint aussitôt, en s'aidant d'un sourire bienveillant, moins redoutable que son époux.

Leurs enfants étaient tous à la maison, et ils jouèrent fort bien leur rôle avec affabilité et gaieté dans cet accueil ; les fils, surtout, qui, avec leurs seize et dix-sept ans, et leur haute stature, paraissaient être déjà adultes aux yeux de la petite cousine. Les deux filles, plus jeunes, redoutaient davantage leur père ; elles se montrèrent d'autant plus mal à l'aise que, de façon peu judicieuse, il choisit l'occasion pour leur adresser des remarques personnelles. Néanmoins, elles avaient trop l'habitude de la société et des louanges pour faire naturellement montre de timidité, et leur confiance en elles-mêmes s'accrut devant le peu d'assurance de la petite, et c'est avec un paisible détachement qu'elles furent en mesure d'examiner son visage et sa robe.

La nature avait doté tous ces enfants de remarquables qualités physiques. Les garçons avaient de la prestance, et les filles étaient d'une grande beauté. Tous étaient élancés et précoces dans leur développement, si bien que la différence d'apparence physique entre les cousins était aussi frappante que celle de l'éducation dans leur aisance à s'exprimer, et nul n'aurait supposé que les jeunes filles avaient si peu d'écart, et que deux ans seulement séparaient la cadette de Fanny. Julia Bertram n'avait en effet que douze ans, et Maria, un an de plus. Durant ce temps, la petite visiteuse était aussi malheureuse que possible. Ayant peur de tous, elle avait honte d'elle-même, regrettait le foyer qu'elle avait quitté et n'osait lever les yeux, était à peine audible lorsqu'elle parlait et ne pouvait s'empêcher de pleurer. Depuis Northampton, Mme Norris n'avait cessé de souligner la prodigieuse chance dont elle était bénéficiaire, la reconnaissance extraordinaire et l'excellente conduite dont elle devait faire preuve pour la mériter, et sa tristesse s'augmentait plus encore à la pensée de se montrer ingrate en n'étant pas heureuse. La fatigue d'un aussi long voyage aggrava bientôt son malaise. Les paroles débonnaires et bien intentionnées de Sir Thomas devinrent aussi vaines que les prières instantes de Mme Norris lui demandant d'être calme et docile ; vains, le sourire de lady Bertram et son invitation à s'asseoir auprès d'elle et du carlin sur le sofa, et vaine aussi la présentation d'une tarte aux groseilles à maquereaux, destinée à la consoler ; elle put à peine en avaler deux bouchées avant que les larmes ne l'étouffent ; et comme le sommeil paraissait devoir être son meilleur réconfort, on l'emmena se coucher pour mettre un terme à son chagrin.

— Voilà un début qui n'est pas très prometteur, déclara Mme Norris, lorsque Fanny eut quitté le salon. Après toutes les recommandations que je lui avais faites en cours de route, je me serais attendue à ce qu'elle se conduise mieux. Je lui avais dit combien son avenir dépendait, dès le début, de son bon comportement. J'espère que l'on ne verra pas chez elle de tendance à la bouderie – sa pauvre mère y était très portée ; il convient cependant de montrer de l'indulgence envers une enfant de cet âge –, et je ne sais pas si ses regrets d'être partie de chez elle sont vraiment à son désavantage, car en dépit de toutes ses insuffisances, c'était tout de même son foyer, et elle ne peut encore comprendre tout ce qu'elle a gagné à en changer ; il est donc bon d'user de modération en toutes choses.

Il fallut cependant plus de temps que Mme Norris ne l'avait envisagé pour réconcilier Fanny avec sa nouvelle vie à Mansfield Park, et avec l'éloignement de tous ceux auxquels elle était accoutumée. Sa sensibilité était très vive et trop peu comprise pour qu'on y prêtât une attention suffisante. Si personne n'avait l'intention de se montrer désagréable envers elle, nul ne se donnait non plus la peine de la rassurer. Le jour de congé accordé le lendemain aux demoiselles Bertram pour leur permettre de faire connaissance et de jouer avec leur petite cousine ne permit guère d'établir d'intimité entre elles. Les deux sœurs se firent une idée défavorable de Fanny en découvrant qu'elle n'avait que deux larges ceintures pour ses robes et n'avait jamais étudié le français ; et quand elles s'aperçurent qu'elle était peu impressionnée par le morceau à quatre mains qu'elles avaient eu la grande bonté d'interpréter pour elle au piano, elles se bornèrent à lui offrir les jouets auxquels elles tenaient le moins, puis l'abandonnèrent à elle-même, tandis qu'elles allaient se consacrer à leur passe-temps favori du moment, la confection de fleurs artificielles ou le gâchage du papier doré.

Qu'elle fût près ou loin de ses cousines, dans la salle de classe, au salon ou au jardin, Fanny ne cessait d'être misérable, car tout lui inspirait de la crainte. Les silences de lady Bertram la déconcertaient, l'air sévère de Sir Thomas l'emplissait d'angoisse et de respect, et les exhortations de Mme Norris la paralysaient d'effroi. Les aînés, parmi ses cousins, l'humiliaient par des réflexions sur sa taille et la décontenançaient en soulignant sa timidité. Mlle Lee s'étonnait de son ignorance et les femmes de chambre dénigraient son trousseau ; et lorsqu'à ces soucis venait s'ajouter le souvenir de ses frères et sœurs, auprès desquels elle avait toujours tenu un rôle important comme camarade de jeux, répétitrice ou garde-malade, une peine accablante étreignait son jeune cœur.

Le caractère imposant et le luxe de la demeure l'étonnaient mais ne la consolaient pas. Les pièces étaient trop grandes pour qu'elle s'y déplaçât à son aise ; et elle redoutait d'endommager le moindre objet qu'elle effleurait, aussi se glissait-elle à pas de loup d'un endroit à un autre dans un état de terreur constante, si bien qu'elle rebroussait souvent chemin et regagnait sa chambre pour y pleurer ; et la petite fille dont il était question, le soir, au salon, et qui paraissait si sensible à son extraordinaire bonne fortune, ainsi qu'on l'avait souhaité, mettait fin aux épreuves de la journée en s'endormant dans les larmes. Une semaine s'était ainsi écoulée sans que ses manières tranquilles et passives aient laissé soupçonner sa détresse, lorsque son cousin Edmund, le plus jeune des fils de Sir Bertram, la trouva en pleurs dans l'escalier qui menait à sa chambre.

— Qu'avez-vous, ma chère petite cousine, lui demanda-t-il avec toute la douceur de son excellente nature ; que vous arrive-t-il donc ?

Et prenant place près d'elle, il s'efforça de lui faire surmonter la confusion qui s'était emparée d'elle pour s'être ainsi laissé surprendre, et il la persuada de lui parler à cœur. Était-elle malade ? Quelqu'un s'était-il mis en colère contre elle ? S'était-elle querellée avec Maria et Julia ? Se trouvait-il dans ses leçons quelque chose qu'elle ne comprenait pas et qu'il pourrait lui expliquer ? En bref, avait-elle besoin de quelque chose qu'il pût lui procurer ? Longtemps, il n'obtint d'autre réponse que des « Non, non – pas du tout – non, merci », mais il persévéra, et aussitôt qu'il fit allusion à la maison paternelle, les sanglots redoublèrent et il comprit où le bât blessait. Il entreprit de la consoler.

— Vous regrettez d'avoir quitté votre maison, ma chère petite Fanny, et cela montre que vous êtes une fille très gentille ; mais n'oubliez pas que vous êtes ici parmi des parents et des amis qui vous aiment, et qui désirent vous rendre heureuse. Sortons nous promener dans le parc, et vous me parlerez de vos frères et de vos sœurs.

En poursuivant sur ce sujet, Edmund apprit que même si tous étaient chers à sa cousine, il y en avait un auquel elle pensait plus souvent qu'aux autres. C'était de William dont elle parlait le plus volontiers et qu'elle souhaitait le plus revoir. William, l'aîné, avait un an de plus qu'elle, et c'était son fidèle compagnon, son ami ; il prenait sa défense devant leur mère – dont il était le favori –, toutes les fois où elle avait des ennuis. « William ne voulait pas qu'elle s'en aille ; il lui avait dit qu'elle lui manquerait vraiment beaucoup. » « William lui écrirait sans doute ? » « Oui, il avait promis de le faire, mais il lui avait demandé d'écrire la première. » « Et quand lui

écrirait-elle ? » Elle baissa la tête et répondit d'une voix hésitante : « Elle ne savait pas, car elle n'avait pas de papier. »

— Si c'est là toute la difficulté, fit-il, je vous donnerai du
papier et tout ce qu'il faudra, afin que vous puissiez écrire
quand il vous plaira. Seriez-vous heureuse d'écrire à William ?

— Oui, très.

— Eh bien, faisons-le tout de suite. Venez avec moi dans
la salle du petit déjeuner ; nous y trouverons là tout ce qu'il
faut et nous serons certains d'avoir la pièce à nous tout seuls.

— Mais, cousin, ira-t-elle à la poste ?

— Oui, vous pouvez y compter ; elle partira avec le reste
du courrier, et comme votre oncle l'affranchira, elle ne coûtera rien à William.

— Mon oncle ! s'exclama Fanny, l'air effrayé.

— Oui, quand vous aurez terminé cette lettre, je la donnerai à mon père pour qu'il l'affranchisse.

Fanny trouva que c'était une démarche d'une grande
audace, mais elle n'opposa plus de résistance ; ils se rendirent ensemble à la petite salle à manger, où Edmund sortit
du papier et tira des lignes à la règle avec toute la bonne
volonté dont le frère de Fanny aurait pu témoigner, et sans
doute aussi avec plus d'adresse. Il demeura près d'elle tout
le temps qu'elle écrivit, tailla sa plume avec son canif, et
l'aida de son orthographe, selon les besoins. Outre toutes ces
attentions, auxquelles elle était déjà si sensible, il fit preuve
d'une gentillesse particulière pour son frère. Il lui adressa
de sa main un message cordial et glissa une demi-guinée
sous le cachet. Fanny éprouva une émotion si intense qu'elle
se crut incapable de l'exprimer, mais son attitude et les
quelques mots qu'elle prononça traduisirent parfaitement sa
gratitude et sa joie, et son cousin commença à s'intéresser à
elle. Il lui parla plus longuement et, à l'entendre, il se persuada qu'elle avait un cœur compatissant et un vif désir de
bien faire ; et il se rendit compte qu'elle méritait qu'on lui
accordât davantage d'attention, tant pour la conscience aiguë
qu'elle avait de sa situation que pour son extrême timidité.

Il ne lui avait jamais fait délibérément de la peine, mais il comprenait à présent qu'elle avait besoin qu'on lui témoigne davantage de gentillesse, et dans cette perspective, il entreprit de dissiper les craintes que lui inspiraient tous ceux qui l'entouraient, lui prodigua des conseils sur la manière de jouer avec Maria et Julia, et lui recommanda de se montrer aussi aimable que possible.

À dater de ce jour, Fanny se sentit plus à l'aise. Elle savait qu'elle avait un ami, et la bienveillance dont faisait preuve son cousin Edmund envers elle lui donnait plus de courage pour affronter les autres. La demeure lui parut moins étrange, et ses habitants, moins redoutables ; et si elle continuait à craindre certains d'entre eux, du moins commençait-elle à connaître leurs manières d'être et comment s'y conformer. Toutes les petites traces de rusticité et de gaucherie qui avaient tout d'abord tant troublé la tranquillité des autres, ainsi que la sienne, s'effacèrent d'elles-mêmes, et Fanny ne fut plus terrorisée par la présence de son oncle, et ne tressaillit plus autant au son de la voix de sa tante Norris. Ses cousines trouvèrent en elle, à l'occasion, une compagne acceptable. Bien qu'elles l'aient jugée indigne d'être leur associée de tous les instants, du fait de son jeune âge et de sa faible résistance, leurs jeux ou leurs entreprises rendaient parfois bien utile la présence d'une troisième participante, surtout quand cette dernière était d'une nature souple et conciliante, et si leur tante leur demandait quels étaient ses défauts ou que leur frère Edmund la leur recommandait, elles devaient bien admettre que « Fanny avait plutôt bon caractère ».

Edmund lui montrait toujours les mêmes prévenances, et elle n'endurait de la part de Thomas que les plaisanteries dont un jeune homme de dix-sept ans use volontiers à l'égard d'une fillette de dix ans. Il entrait alors dans la vie, plein d'ardeur, et avec toutes les dispositions libérales d'un fils aîné, qui se sent prédestiné à la prodigalité et à la recherche de son bon plaisir. Son attitude à l'égard de sa petite cousine était donc conforme à son rang et à ses droits ; et il lui fit quelques très jolis présents, sans cesser de se moquer d'elle.

Comme Fanny gagnait en apparence et s'enhardissait, Sir Thomas et Mme Norris éprouvèrent davantage de satisfaction d'avoir mis en œuvre leur plan charitable, et ils s'accordèrent très vite à penser que même si elle était loin d'avoir une intelligence éveillée, elle était docile et paraissait ne pas devoir leur causer trop de soucis. Ils n'étaient pas les seuls à tenir ses capacités en piètre estime. Fanny savait lire, tenir une aiguille et écrire, mais on ne lui avait jamais rien appris d'autre. Aussi, quand ses cousines se rendirent compte à quel point elle ignorait de choses qui leur étaient familières, elles la crurent d'une stupidité extrême, et durant les deux ou trois premières semaines l'une ou l'autre ne cessèrent d'en rapporter des exemples au salon.

— Chère maman, croyez-vous que ma cousine n'est pas capable de reconstituer le puzzle de la carte de l'Europe ! ou ma cousine ne connaît pas les principaux fleuves de Russie ; ou bien, elle n'a jamais entendu parler de l'Asie mineure ; ou encore, elle ignore la différence entre l'aquarelle et le pastel ! Comme c'est étrange ! Avez-vous jamais entendu parler d'une telle sottise !

— Ma chère, répondait leur tante, toujours bien intentionnée, voilà qui est très déplorable de sa part, mais il ne faut pas s'attendre à ce que tout le monde soit aussi précoce que vous-même ou ait hérité de votre facilité d'apprentissage.

— Mais ma tante, elle est vraiment trop ignorante ! Savez-vous ce qu'elle a répondu, hier soir, quand on lui a demandé comment elle ferait pour se rendre en Irlande ? Qu'elle prendrait le bateau pour l'île de Wight. Elle ne pense qu'à l'île de Wight, et elle l'appelle *l'Île* tout court, comme s'il n'en existait pas d'autres au monde… Je suis sûre que j'aurais eu honte de moi, si je n'en avais pas su davantage bien avant d'avoir son âge. Je ne me souviens pas de n'avoir jamais eu connaissance d'une foule de choses dont elle n'a pas la moindre idée. Que de temps s'est écoulé, ma tante, depuis que nous apprenions par cœur la liste chronologique des rois d'Angleterre, avec la date de leur accession au trône et les principaux événements de leur règne…

— Oui, renchérit sa sœur, et celle des empereurs romains en remontant jusqu'à Septime Sévère, sans compter une grande partie de la mythologie païenne et puis tous les métaux, les alliages, les planètes et les philosophes de renom.

— C'est tout à fait exact, mes chéries, mais vous avez la chance d'avoir une mémoire extraordinaire, et votre pauvre cousine n'en a sans doute pas du tout. Il existe toutes sortes de mémoires, comme en toutes choses, et il vous faut donc vous montrer indulgentes envers votre cousine et avoir pitié de ses difficultés. Et n'oubliez pas que vous qui êtes précoces et intelligentes, vous devez toujours rester modestes, car ainsi que vous le savez déjà, il vous reste encore beaucoup à apprendre.

— Oui, je sais bien que je dois continuer à étudier jusqu'à ce que j'aie dix-sept ans. Mais je vous citerai encore un exemple de la bizarrerie et de la bêtise de Fanny. Savez-vous qu'elle affirme ne vouloir apprendre ni la musique ni le dessin ?

— À coup sûr, ma chère enfant, voilà qui est très sot, en effet, et qui révèle un grand manque de talents et d'amour-propre. Néanmoins, tout bien considéré, je ne sais pas s'il ne vaut pas mieux qu'il en soit ainsi, car, comme vous le savez – et cela grâce à moi –, si votre papa et votre maman sont assez bons pour l'élever avec vous, il n'est pas du tout indispensable qu'elle devienne aussi accomplie que vous l'êtes ; il est même souhaitable, au contraire, qu'il subsiste une différence entre vous.

Tels étaient donc les conseils que Mme Norris prodiguait à ses nièces pour les aider à se former l'esprit, et il ne faut donc pas s'étonner qu'en dépit de leurs aptitudes prometteuses et de leur avance sur le plan de l'instruction, elles aient eu de graves insuffisances en matière d'acquisitions moins souvent dispensées, telles que la connaissance de soi, la générosité et l'humilité. Elles recevaient une éducation en tous points remarquable sauf sur le plan du développement du caractère. Sir Thomas ne s'apercevait pas de ce qui leur manquait, car bien qu'il se soit soucié d'elles, il ne leur témoignait pas ouvertement son intérêt, et ses manières réservées endiguaient le flot de leur affection.

Lady Bertram, quant à elle, ne prêtait pas la moindre attention à l'éducation de ses filles. Elle n'avait pas le loisir de s'en soucier. C'était une femme habillée avec élégance, qui passait ses journées assise sur un sofa à exécuter de longs travaux d'aiguille sans grande utilité et sans beauté, se préoccupant davantage de son carlin que de ses enfants, mais faisant preuve d'une grande indulgence envers ces derniers dans la mesure où ils ne la gênaient pas, et qui se laissait guider par Sir Thomas pour toutes les décisions importantes, et par sa sœur, pour les questions qui en avaient moins. Si elle avait disposé de plus de temps libre pour le consacrer à ses filles, elle aurait sans doute jugé que son intervention n'était pas nécessaire puisqu'elles étaient sous la responsabilité d'une gouvernante ou de maîtres spécialisés, et qu'elles n'avaient sans doute besoin de rien de plus. Quant aux difficultés rencontrées par Fanny pour apprendre, elle trouvait que c'était bien malheureux, mais que certaines personnes étaient peu douées, et que Fanny n'avait qu'à se donner plus de mal ; elle-même ignorait ce que l'on pouvait faire de plus pour y remédier, et hormis son manque de compréhension, il fallait reconnaître que la pauvre petite n'était pas méchante, et qu'elle la trouvait efficace et rapide quand il s'agissait de transmettre des messages ou d'aller chercher ce dont elle-même avait besoin.

En dépit de ses lacunes et de sa timidité, Fanny s'accoutumait à vivre à Mansfield Park, et quand elle eut appris à transférer en sa faveur une bonne part de l'attachement qu'elle portait à son premier foyer, elle grandit sans être trop malheureuse parmi ses cousins. Ni Maria, ni Julia n'étaient foncièrement méchantes ; et même si Fanny était souvent traitée par elles de façon humiliante, elle avait une trop faible opinion d'elle-même pour se sentir blessée.

Vers l'époque où Fanny s'installa à Mansfield, lady Bertram, cédant à un léger ennui de santé et à beaucoup d'indolence, renonça à aller habiter l'hôtel particulier de Londres qu'elle avait jusqu'alors occupé à chaque printemps, et elle demeura toute l'année à la campagne, laissant Sir Thomas remplir ses fonctions au Parlement, sans se soucier de savoir si son absence augmenterait ou diminuerait le bien-être de son mari. C'est donc en province que les demoiselles Bertram continuèrent à exercer leur mémoire, à jouer du piano à quatre mains, et qu'elles grandirent et se développèrent ; et leur père voyait leur apparence physique, leurs manières et leurs aptitudes s'améliorer de telle sorte qu'elles dissipaient toutes ses incertitudes. Son fils aîné, qui se montrait insouciant, et même extravagant, lui avait déjà causé beaucoup de soucis, mais il n'attendait que de bonnes choses de ses autres enfants. Aussi longtemps que ses filles conserveraient le nom de Bertram, elles lui donneraient une grâce nouvelle ; et il comptait bien qu'au moment où elles l'abandonneraient, elles accroîtraient encore les respectables alliances auxquelles il était associé ; et le caractère d'Edmund, son bon sens foncier et sa droiture d'esprit annonçaient qu'il aurait à cœur de se rendre utile et saurait assurer son bonheur, ainsi que celui de tous ceux qui lui seraient liés. Il voulait devenir pasteur.

Au milieu des peines et des joies que lui procuraient ses enfants, Sir Thomas n'oubliait pas de faire de son mieux pour ceux de Mme Price ; il pourvoyait libéralement à l'éducation de ses fils, et les aidait à s'engager dans la voie de leur choix, dès qu'ils étaient assez âgés ; et Fanny, quoique demeurant séparée de sa famille, éprouvait la plus vive satisfaction lorsqu'elle apprenait les services qui lui étaient rendus ou les nouvelles de la moindre amélioration de sa position sociale ou de son existence. Au cours de toutes ces années, elle avait eu une fois, et une fois seulement, le bonheur d'être réunie avec William. Elle n'avait revu aucun autre membre de sa famille ; nul ne semblait envisager qu'elle pût retourner chez elle, ne serait-ce que pour une visite, et parmi les siens, nul ne semblait la regretter. Toutefois, peu après son départ de Plymouth, William, qui avait choisi d'entrer dans la marine, avait été invité à venir passer une semaine auprès d'elle, dans le comté de Northampton, avant de s'embarquer. On imagine volontiers avec quel enthousiasme ils manifestèrent leur affection mutuelle quand ils se retrouvèrent, les heures de joie intense et les moments d'entretien grave qu'ils partagèrent, ainsi que la confiance en l'avenir et l'enthousiasme que conserva le jeune garçon jusqu'au dernier moment, et le désespoir de la petite fille quand il la quitta. Fort heureusement, cette visite avait eu lieu pendant les vacances de Noël, à un moment de l'année où Fanny pouvait aussitôt se tourner vers Edmund pour chercher du réconfort ; et ce dernier lui dit des choses si intéressantes sur ce qui attendait William et sur ce qu'il allait devenir du fait de sa profession qu'elle en vint peu à peu à admettre que la séparation aurait son utilité. L'amitié d'Edmund ne lui fit jamais défaut, et son passage d'Eton à Oxford n'apporta d'autres changements aux bienveillantes dispositions qu'il avait à son égard que de lui donner de plus fréquentes occasions de les manifester. Sans chercher à montrer qu'il en faisait pour elle plus que les autres, ni craindre de lui accorder trop d'attention, il veillait toujours fidèlement sur ses intérêts, et tenait compte de sa sensibilité, s'efforçant de mieux faire comprendre ses qualités et de vaincre le manque de confiance qui l'empêchait de les mettre en évidence, et il lui prodiguait des conseils, des consolations et des encouragements.

Maintenue à distance, comme elle l'était, par le reste de leur entourage, il ne pouvait parvenir, par son seul soutien, à l'amener au premier plan, mais ses attentions étaient de la plus haute importance pour le développement de son esprit, et pour accroître ses joies. Il savait qu'elle était intelligente, qu'elle avait un esprit pénétrant et du bon sens, qu'elle aimait lire, ce qui peut être en soi une éducation, à condition d'être convenablement dirigé ; et si Mlle Lee lui enseignait le français et l'écoutait réciter à haute voix sa leçon quotidienne d'histoire, c'était lui qui recommandait les livres avec lesquels elle charmait ses heures de loisir, qui formait son goût et rectifiait son jugement ; il lui rendait ses lectures utiles en en discutant avec elle, et il accroissait l'attirance qu'elle ressentait pour elles par de pertinents éloges. En retour de semblables services, elle en était venue à l'aimer plus que quiconque, à l'exception de William ; son cœur se partageait entre les deux.

3

Le premier événement d'importance survenu dans la famille fut la mort de M. Norris, qui eut lieu alors que Fanny avait une quinzaine d'années, et il en résulta d'inévitables changements et des innovations. Quand Mme Norris quitta le presbytère, elle demeura tout d'abord au Parc de Mansfield, puis s'installa dans l'une des petites maisons du village, qui appartenait à Sir Thomas, et elle se consola de la perte de son mari en se disant qu'elle pourrait très bien se passer de lui, et de la diminution de son revenu en se rangeant à l'évidente nécessité d'une économie plus stricte.

Le bénéfice était destiné à Edmund, et si son oncle était mort quelques années plus tôt, il aurait été accordé à quelque ami, qui aurait joui de ce revenu jusqu'à ce que le jeune homme ait l'âge de recevoir l'ordination ; mais avant que ne se produise cet événement, l'extravagance de Tom avait été telle qu'il fallut prendre d'autres mesures pour la prochaine collation, et obliger le plus jeune à payer pour les plaisirs de l'aîné. Il existait à vrai dire un autre bénéfice à la disposition de la famille, qui le réservait à Edmund ; mais bien que cette circonstance ait en partie apaisé la conscience de Sir Thomas, il ne pouvait s'empêcher de ressentir l'injustice d'une telle action, aussi s'attacha-t-il à en convaincre son fils aîné, dans l'espoir d'obtenir des effets plus durables que tout ce qu'il avait pu dire ou faire jusque-là.

— Je rougis pour vous, Tom, lui dit-il de son air le plus digne. Je rougis de l'expédient auquel j'en suis réduit, et il me semble qu'en cette occasion, les sentiments que vous éprouvez en tant que frère doivent faire pitié. Vous avez privé Edmund pour dix, vingt ou trente ans, et peut-être même pour la vie, de plus de la moitié du revenu qui aurait dû être le sien. Peut-être sera-t-il un jour en mon ou en votre pouvoir – du moins je l'espère – de lui procurer un meilleur bénéfice ; mais il ne faudra pas oublier qu'aucun bénéfice de cette sorte ne lui accordera un revenu supérieur à ce que ses droits naturels lui auraient donné, et que rien, en fait, n'équivaudra à l'avantage certain qui était le sien et auquel il est à présent contraint de renoncer, du fait de vos pressantes dettes.

Tom l'écouta avec quelque confusion et quelques regrets, mais il se déroba aussi vite que possible et, réflexion faite, il se dit bientôt avec un joyeux égoïsme qu'en premier lieu il n'était pas moitié si endetté que certains de ses amis, qu'ensuite son père s'était montré bien importun dans cette affaire, et qu'enfin, selon toute vraisemblance, le prochain ecclésiastique, quel qu'il pût être, mourrait très vite.

Après la mort de M. Norris, la cure fut accordée à un certain Dr Grant, qui vint donc résider à Mansfield, et comme il s'agissait d'un homme vigoureux de quarante-cinq ans, il sembla qu'il déjouerait les calculs de M. Tom Bertram. Mais « non, c'était là un homme au cou de taureau, de type apoplectique, qui, bien gavé de bonnes choses, allait bientôt passer dans l'autre monde ».

Il avait une femme, d'environ quinze ans sa cadette, mais pas d'enfants, et selon la coutume, tous deux furent d'abord annoncés en termes élogieux dans tout le voisinage comme des gens aimables et fort respectables.

Le moment était maintenant venu où Sir Thomas s'attendait à ce que sa belle-sœur prît à son tour leur nièce en charge, car les changements survenus dans la situation de Mme Norris, et l'avancement en âge de Fanny, semblaient devoir, d'une part, écarter les objections émises à l'origine au sujet de leur coexistence sous le même toit, et de l'autre, la rendre sans conteste des plus souhaitables ; et comme les circonstances lui étaient plus défavorables, à la suite de pertes récentes subies sur ses terres des Antilles et de l'extravagance de son fils aîné, il devenait pour lui plutôt souhaitable d'être soulagé des dépenses entraînées par son entretien et de l'obligation de pourvoir à son avenir. Il était si persuadé qu'un tel arrangement serait adopté qu'il en parla à sa femme comme d'une chose vraisemblable ; aussi, la première fois que le sujet revint à l'esprit de cette dernière, comme il se trouvait que Fanny était présente, elle remarqua avec flegme :

— Ainsi, Fanny, vous allez nous quitter pour vivre chez ma sœur. Comment cela vous plaira-t-il ?

La surprise de Fanny fut telle qu'elle se contenta de reprendre les paroles de sa tante :

— Je vais vous quitter ?

— Oui, ma chère enfant ; pourquoi vous en étonner ? Vous êtes demeurée cinq ans chez nous, et ma sœur a toujours eu l'intention de vous prendre avec elle à la mort de M. Norris. Mais que cela ne vous empêche pas pour autant de venir bâtir mes patrons.

Cette nouvelle fut aussi désagréable qu'inattendue pour Fanny. Elle n'avait jamais vu sa tante Norris lui témoigner la moindre gentillesse, et n'éprouvait donc pour elle aucune affection.

— Je serais très fâchée de partir, dit-elle d'une voix tremblante.

— Oui, je veux bien croire que vous le serez ; c'est *tout* naturel. Je pense que vous avez été aussi peu contrariée que possible, depuis votre entrée dans cette maison.

— J'espère que je ne suis pas une ingrate, ma tante, dit Fanny, modestement.

— Non, ma chère, j'espère aussi que vous ne l'êtes pas. J'ai toujours trouvé que vous étiez une bonne petite fille.

— Et je ne vivrai plus jamais ici ?

— Plus jamais, ma chère enfant, mais il est certain que vous serez logée de façon confortable. Cela ne fera guère de différence pour vous, que vous habitiez l'une ou l'autre maison.

Fanny sortit de la pièce le cœur lourd ; elle ne trouvait pas la différence aussi faible que cela, et n'envisageait pas d'aller habiter chez son autre tante avec la moindre satisfaction. Dès qu'elle revit Edmund, elle lui fit part de sa détresse.

— Cousin, dit-elle, il se prépare quelque chose qui ne me plaît pas du tout ; et bien que vous m'ayez souvent per suadée de me réconcilier avec des choses qui ne me plaisaient pas tout d'abord, vous n'y parviendrez pas cette fois. Je vais aller vivre définitivement chez ma tante Norris.

— Vraiment !

— Oui, ma tante Bertram vient de me l'apprendre. La décision est prise. Je quitterai le Parc de Mansfield pour la Maison blanche dès que ma tante y sera installée, je suppose.

— Eh bien, Fanny, si ce projet ne vous déplaisait pas, je le trouverais excellent.

— Oh, cousin !

— Votre réserve mise à part, tout le reste paraît en sa faveur. Ma tante agit comme une personne pleine de bon sens, si elle souhaite vous avoir auprès d'elle. Elle se choisit une amie et une compagne idéale, et je suis heureux que son amour de l'argent ne l'en empêche pas. Vous serez pour elle ce que vous devriez être. J'espère que cela ne vous chagrine pas trop, Fanny.

— En vérité, si. Je ne puis l'approuver. J'aime cette maison et tout ce qui s'y trouve. Je n'aimerai rien, là-bas ; vous savez combien je me sens mal à l'aise auprès de ma tante.

— Je ne saurais défendre son attitude envers vous quand vous étiez petite, mais elle s'est comportée de même avec nous, à peu de chose près. Elle n'a jamais su comment se faire aimer des enfants. Toutefois, vous êtes à présent d'un âge à être mieux traitée. Je crois qu'elle se conduit déjà mieux, et lorsque vous serez sa seule compagne, vous acquerrez *forcément* de l'importance à ses yeux.

— Je n'aurai jamais d'importance pour personne.

— Qu'est-ce qui vous en empêchera ?

— Tout, ma situation, ma sottise et ma maladresse.

— Pour ce qui est de la sottise et de la maladresse, ma chère Fanny, vous n'en avez jamais eu une once, si ce n'est en vous attribuant de façon impropre de telles insuffisances. Il n'y a aucune raison au monde pour que vous ne preniez pas de l'importance aux yeux de ceux qui vous connaissent. Vous avez du bon sens, un aimable caractère, et je sais que vous avez du cœur, et que vous ne recevez jamais de marques de bonté sans vouloir les rendre. Je ne connais pas de meilleures qualités pour devenir une amie et une compagne.

— Vous êtes trop généreux, dit Fanny, qui rougissait de recevoir de tels éloges. Comment pourrai-je jamais vous remercier comme je le devrais d'avoir une aussi favorable opinion de moi ? Ah, cousin, s'il me faut partir, je me souviendrai de votre bonté jusqu'à mon dernier souffle.

— En vérité, Fanny, j'espère ne pas être oublié à une distance aussi courte que celle qui nous sépare de la Maison blanche. Vous en parlez comme si vous partiez à deux cents lieues d'ici, alors que vous serez seulement à l'autre bout du parc. Mais vous ferez presque autant partie de notre cercle qu'auparavant. Les deux familles se réuniront tous les jours de l'année. Il n'y aura qu'une différence, c'est que comme vous vivrez avec votre tante, on vous mettra en avant, comme il se doit. *Ici*, il y a trop de gens derrière lesquels vous vous cachez ; mais avec elle, vous serez forcée d'exprimer votre opinion.

— Ah ! ne dites pas cela.

— Il le faut, et je le dis avec plaisir. Mme Norris est bien plus compétente que ma mère pour se charger de vous, à présent. Son tempérament la porte à faire beaucoup pour ceux à qui elle s'intéresse, et elle vous contraindra à mettre en valeur vos talents naturels.

Fanny poussa un soupir, puis elle dit :

— Je ne puis envisager la chose comme vous ; mais il me faut croire que vous pensez d'une manière plus juste que moi ; et je vous suis très reconnaissante de chercher à me réconcilier avec ce que je ne puis éviter. Si je pouvais me persuader que ma tante se soucie vraiment de moi, je serais enchantée de compter pour quelqu'un ! *Ici*, je sais que je ne compte pour personne, et pourtant, j'aime tant ce lieu…

— Ce lieu, Fanny, vous ne le quitterez pas, même si vous n'habitez plus la maison. Vous aurez tout autant accès au parc et aux jardins qu'auparavant. Que votre fidèle petit cœur ne s'effraye pas d'un changement de pure forme. Vous vous promènerez dans les mêmes allées, choisirez des livres dans la même bibliothèque, verrez les mêmes gens, monterez le même cheval.

— Tout cela est vrai. Eh oui, ce cher vieux poney gris. Ah ! cousin, quand je me rappelle à quel point je redoutais de le monter, et quelles terreurs j'éprouvais lorsqu'on me disait que cela me ferait sans doute du bien – Ah ! comme je tremblais quand je voyais mon oncle ouvrir la bouche dès qu'il était question de chevaux ! –, et quand je pense avec quelle gentillesse vous vous donniez du mal pour me faire entendre raison et me persuader de renoncer à mes craintes, me convaincre que cela me plairait en peu de temps, et quand je me rends compte à quel point vous aviez vu juste, j'en viens à espérer que vous puissiez toujours prédire l'avenir aussi bien.

— Et moi, je suis tout à fait sûr que vivre avec Mme Norris sera aussi bénéfique pour la formation de votre esprit que l'équitation l'a été pour votre santé, et tout aussi propre à assurer votre bonheur futur, au bout du compte.

Ainsi prit fin une conversation qu'ils auraient tout aussi bien pu s'épargner, étant donné le service qu'elle allait rendre à Fanny, car Mme Norris n'avait pas la moindre intention de s'en charger. S'il lui arrivait d'y songer, étant donné la situation, c'était comme d'une chose qu'il fallait éviter avec soin. Afin qu'on n'attendît pas d'elle un tel geste, elle avait arrêté son choix sur la plus petite maison bourgeoise de la paroisse de Mansfield ; la Maison blanche étant juste assez grande pour les accueillir, elle et ses serviteurs, et pour permettre d'installer une chambre d'ami, un point sur lequel elle avait mis une insistance toute particulière. Le besoin d'une telle chambre ne s'était jamais fait sentir au presbytère, mais à présent, il devenait impératif d'en réserver une pour un ami de passage. En dépit des précautions prises par Mme Norris, on la soupçonna de nourrir des ambitions plus généreuses ; ou bien il est possible que l'accent mis sur l'importance d'une chambre supplémentaire ait conduit Sir Thomas à supposer que celle-ci était, en fait, destinée à Fanny. Lady Bertram s'en assura bientôt en remarquant d'un ton négligent devant Mme Norris :

— Je crois, ma sœur, que nous n'aurons plus besoin de Mlle Lee, quand Fanny ira vivre chez vous, n'est-ce pas ?

Mme Norris manqua sursauter :

— Vivre avec moi ? Ma chère lady Bertram, que voulez-vous dire ?

— Ne va-t-elle pas aller vivre chez vous ? N'aviez-vous pas réglé l'affaire avec Sir Thomas ?

— Moi ? Jamais de la vie ! Je n'ai pas prononcé une parole sur ce sujet devant Sir Thomas, et lui-même ne m'en a rien dit. Fanny, vivre avec moi ! C'est la dernière idée qui me viendrait à l'esprit ou à celui de quiconque nous connaît tous les deux. Plût au ciel ! Que ferais-je de Fanny ? Moi, une pauvre veuve désarmée, éplorée, frappée d'impuissance, anéantie, que ferais-je d'une adolescente, une fille de quinze ans, l'âge entre tous qui demande le plus de soins et d'attentions, et qui met à l'épreuve les caractères les plus enjoués. À coup sûr, Sir Thomas n'attend pas sérieusement une telle démarche de ma part. Sir Thomas est trop mon ami pour cela. Quelqu'un de bien intentionné à mon égard ne peut proposer une chose pareille. Comment Sir Thomas en est-il arrivé à aborder un tel sujet ?

— À vrai dire, je l'ignore. J'imagine qu'il a cru que ce serait la meilleure solution.

— Mais qu'a-t-il dit ? Il n'a pas pu avancer qu'il souhaitait *vraiment* que je prenne Fanny ? Je sais qu'au fond de lui-même il ne l'attend pas de moi.

— Non, il s'est contenté de remarquer qu'il tenait pour probable que les choses se passent ainsi – et c'était aussi mon opinion. Nous étions tous les deux persuadés que ce serait un réconfort pour vous. Mais si cela ne vous convient pas, n'insistons pas. Elle ne cause aucun embarras ici.

— Chère sœur ! Si vous considérez mon déplorable état, comment pourrait-elle m'être de quelque réconfort ? Moi, une pauvre veuve affligée, privée du meilleur des maris, qui a détérioré sa santé à le veiller et à le soigner, qui est décou-ragée, ne trouve plus de paix en ce monde, dispose à peine du nécessaire pour tenir son rang et mener une existence qui ne nuise pas à la mémoire du cher disparu – quel réconfort pourrais-je attendre si je prenais en charge une personne telle que Fanny ! Et quand bien même je le souhaiterais pour moi, je n'accepterais pas de faire preuve d'autant d'injustice à l'égard de la pauvre fille. Elle se trouve entre de bonnes mains et elle est assurée de bien s'en sortir. Il me reste à lutter du mieux possible contre mes chagrins et mes difficultés.

— Vous ne regretterez donc pas de vivre toute seule ?

— Chère lady Bertram ! Pourrais-je vivre autrement que retirée ? J'espère pouvoir accueillir parfois une amie ; mais désormais, je passerai l'essentiel de mes jours dans un isole-ment absolu. Je ne demande qu'une chose, c'est de parve-nir à joindre les deux bouts.

— J'espère, ma sœur, que votre situation n'est pas aussi grave que cela ; car à en croire Sir Thomas, vous aurez six cents livres par an.

— Lady Bertram, je ne me plains pas. J'ai compris que je ne pourrais plus vivre comme je l'ai fait, qu'il me faut réduire la dépense et apprendre à mieux gérer mes biens. Je me suis montrée jusqu'ici plutôt libérale dans les soins du ménage, mais je n'hésiterai pas à épargner, à présent. Ma position sociale est tout aussi affectée que mes revenus. En sa qualité de pasteur de la paroisse, on attendait de M. Norris beaucoup de choses que l'on ne saurait espérer de moi. Nul ne se doute de la quantité de nourriture qui était consommée dans notre cuisine par de simples visiteurs de passage. À la Maison blanche, il faudra y regarder de plus près, dorénavant, si je ne veux pas finir dans la misère ; et je dois reconnaître que j'éprouverais une vive satisfaction à faire même davantage, à mettre un peu d'argent de côté à la fin de l'année.

— Je veux bien croire que vous y parviendrez. Vous y réussissez toujours, n'est-ce pas ?

— Mon but, lady Bertram, est d'être utile à ceux qui viendront après moi. C'est pour le bien de vos enfants que je souhaiterais être plus riche. Je ne me soucie de personne d'autre, et je serais heureuse de pouvoir leur transmettre quelque chose qui soit digne d'eux.

— Vous êtes trop bonne, mais ne vous tourmentez pas pour cela. Il est certain que leur avenir sera bien assuré. Sir Thomas y veillera.

— Vous savez bien pourtant que les moyens de Sir Thomas seront beaucoup réduits, s'il tire des bénéfices moindres de son domaine d'Antigua.

— Ah ! cette histoire sera bientôt réglée. Je sais que Sir Thomas a écrit à ce propos.

— Eh bien, lady Bertram, conclut Mme Norris, qui s'apprêtait à se retirer, je n'ai qu'une chose à déclarer, c'est que mon seul désir est de me montrer utile à votre famille ; et si un jour Sir Thomas redemandait si je prendrais Fanny en charge, vous serez en mesure de répondre que la santé et le cœur me manquent pour le faire, et que c'est tout à fait hors de question. Du reste, je n'aurais même pas un lit à lui proposer, car il me faut garder libre la chambre d'ami. »

Lady Bertram rapporta une part suffisante de cette conversation à son mari pour le persuader qu'il s'était trompé sur les intentions de sa belle-sœur, et dès lors, Mme Norris ne redouta plus qu'il attende quoi que ce soit d'elle ou qu'il y fasse la moindre allusion. Sir Thomas ne manqua pas de s'étonner qu'elle refuse de faire un geste pour sa nièce, après avoir montré tant d'enthousiasme pour son adoption, mais comme elle avait pris soin, dès le début, de leur faire comprendre, à lady Bertram et à lui, que tout ce qu'elle possédait reviendrait à leurs enfants, il se réconcilia bientôt avec l'idée que cette préférence lui permettrait pour sa part de mieux assurer le sort de Fanny, tout en étant avantageuse et flatteuse pour les siens.

Fanny apprit très vite combien ses craintes d'un transfert avaient été vaines, et la joie spontanée, instinctive, avec laquelle elle accueillit la nouvelle consola un peu Edmund de voir déçue son attente d'avantages si nécessaires pour elle. Mme Norris prit possession de la Maison blanche, les Grant arrivèrent au presbytère, et, une fois ces événements passés, tout reprit son cours au Parc de Mansfield comme auparavant.

M. et Mme Grant, qui se montraient tout disposés à entretenir des relations d'amitié et de bon voisinage avec leurs nouvelles connaissances, furent accueillis dans l'ensemble avec une vive satisfaction. Ils avaient cependant des défauts, et Mme Norris sut bientôt les découvrir. Le docteur aimait la bonne chère, et voulait qu'on lui serve un dîner de choix chaque jour, et Mme Grant, au lieu d'user d'économie pour le satisfaire, accordait à sa cuisinière des gages aussi élevés que ceux donnés à celle du Parc de Mansfield, et ne se montrait presque jamais à l'office. Mme Norris ne parvenait pas à conserver son sang-froid lorsqu'elle exposait ses motifs d'indignation ou évoquait la quantité de beurre et d'œufs consommée à l'ordinaire dans cette maison. « Nul n'appréciait plus qu'elle l'abondance et le sens de l'hospitalité ; nul ne méprisait plus la ladrerie ; le presbytère, selon elle, où l'on n'avait jamais manqué de rien, n'avait pas eu mauvaise réputation *de son temps* ; mais le pied sur lequel on y vivait à présent, voilà ce qu'elle ne parvenait pas à comprendre. Une grande dame n'avait pas sa place dans un presbytère de campagne. Mme Grant aurait bien pu pénétrer, sans démériter, dans *sa* resserre. Elle avait beau se renseigner partout, elle ne parvenait pas à établir que Mme Grant eût jamais disposé de plus de cinq mille livres. »

Lady Bertram écoutait ses critiques amères sans grand intérêt. Elle ne pouvait partager l'indignation d'une spécialiste de l'économie, mais elle ressentait comme une injustice à l'égard de sa beauté le fait que Mme Grant, dépourvue de charmes particuliers, ait été aussi favorisée par le sort, et elle exprimait son étonnement sur ce point avec presque autant d'insistance mais moins de prolixité, que celles dont usait Mme Norris sur l'autre.

Ce débat d'opinions se poursuivait depuis près d'une année quand survint un événement d'une portée telle pour la famille qu'il mérita, à juste titre, de se voir accorder une place dans les pensées et les conversations de ces dames. Sir Thomas jugea plus opportun de se rendre en personne à Antigua, afin d'y rétablir ses affaires, et il emmena son fils aîné dans le but de le soustraire à de mauvaises relations. Quand ils quittèrent l'Angleterre, ils prévoyaient que leur absence durerait une année.

La nécessité d'une telle mesure du point de vue financier et l'espoir qu'elle aurait une utilité pour son fils réconcilièrent Sir Thomas avec ce qu'il lui en coûtait de se séparer de sa famille et d'abandonner à d'autres que lui le soin de guider ses filles au moment où elles se trouvaient à la période la plus intéressante de leur vie. Il ne pouvait envisager que lady Bertram se montre tout à fait à même de le remplacer auprès d'elles, ou plutôt de remplir le rôle qui aurait dû être le sien ; mais l'attention vigilante de Mme Norris et la perspicacité d'Edmund lui inspiraient assez de confiance pour qu'il partît sans craintes au sujet de leur conduite.

Lady Bertram fut très mécontente de voir son époux la quitter ; mais elle n'éprouva nulle inquiétude pour sa sécurité, ni sollicitude pour son bien-être, étant du nombre de ces personnes qui tiennent pour négligeables les menaces, les difficultés ou les fatigues auxquelles s'expose tout autre qu'elle-même.

Dans ces circonstances, les demoiselles Bertram méritaient qu'on les plaigne, non pour leur chagrin, mais parce qu'elles n'en éprouvaient pas. Leur père n'était pas un objet d'affection pour elles ; il n'avait jamais su apprécier leurs joies et son absence allait malheureusement leur paraître fort agréable. Elles se trouveraient ainsi débarrassées de toutes contraintes ; et sans rechercher des plaisirs que Sir Thomas leur aurait sans doute interdits, elles allaient aussitôt se sentir libres d'agir à leur guise et de céder aux tentations qui passeraient à leur portée. Le soulagement qu'éprouvait Fanny et la conscience qu'elle en avait équivalaient à ceux de ses cousines, mais sa nature, plus tendre, la poussait à se reprocher ce sentiment comme une ingratitude, et elle s'affligeait de ne pas éprouver de tristesse. « Sir Thomas, qui avait tant fait pour elle et pour ses frères, et qui s'embarquait, peut-être, pour ne plus revenir. Qu'elle le voie ainsi partir sans verser une larme ? C'était témoigner d'une scandaleuse insensibilité ! » Au reste, il lui avait dit, le tout dernier matin, qu'il espérait qu'elle pourrait revoir William l'hiver suivant, et il l'avait chargée de lui écrire et de l'inviter à Mansfield dès que l'on saurait l'arrivée en Angleterre de l'escadre à laquelle appartenait son bâtiment. « C'était si attentionné, si généreux de sa part ! » Si seulement il lui avait souri et s'il avait ajouté « ma chère Fanny », elle aurait oublié tous ses regards réprobateurs et la froideur avec laquelle il s'était adressé à elle dans le passé. Mais il avait conclu son discours d'une manière qui l'avait attristée et humiliée : « Si William vient à Mansfield, vous réussirez, j'espère, à le convaincre que les nombreuses années passées ici depuis votre séparation ne se sont pas écoulées sans entraîner chez vous une amélioration ; mais je crains qu'il ne trouve sous certains rapports sa sœur de seize ans fort comparable à ce qu'elle était à dix. » Après le départ de son oncle, cette réflexion tira à Fanny des larmes amères, si bien qu'en lui voyant des yeux rougis, ses cousines la tinrent pour une hypocrite.

4

Tom Bertram avait si peu résidé chez lui, les derniers temps, que c'est à peine si l'on s'aperçut de son absence ; et pour ce qui était de son père, lady Bertram eut bientôt la surprise de constater avec quelle aisance ils réussissaient tous à se passer de lui, et avec quelle maîtrise Edmund parvenait à le remplacer pour découper les viandes, parler à l'intendant, écrire à l'avoué, régler les difficultés domestiques, lui éviter la plus légère fatigue et le moindre effort, si ce n'est celui d'adresser ses propres lettres.

On reçut les premières nouvelles de l'heureuse arrivée des deux hommes à Antigua, après un voyage favorable ; mais non sans que Mme Norris ait eu le temps d'évoquer avec délectation les très vives craintes qu'elle nourrissait, et s'efforçait de faire partager à Edmund toutes les fois où elle le trouvait seul ; et comme elle entendait être la première à apprendre l'issue fatale, s'il survenait une catastrophe, elle avait réfléchi à la manière dont elle la révélerait aux autres, quand Sir Thomas, en donnant l'assurance que son fils et lui étaient sains et saufs, la contraignit à renoncer, pour un temps, à son émotion et aux touchantes exhortations qu'elle avait prévues.

L'hiver vint et passa sans qu'elle ait eu besoin d'y avoir recours ; les informations demeuraient excellentes ; et Mme Norris, qui veillait aux distractions de ses nièces, les assistait dans le choix de leur toilette, aimait à montrer combien elles étaient accomplies, et leur cherchait de futurs maris, avait par ailleurs tant à faire à vaquer aux soins de sa maison, à intervenir parfois dans le fonctionnement de celle de sa sœur, et à garder l'œil sur les gaspillages de Mme Grant, trouvait fort rarement l'occasion de songer aux craintes que lui inspiraient les absents.

Les demoiselles Grant avaient maintenant la réputation bien établie de compter parmi les *belles* du voisinage, et comme elles joignaient à leur beauté et à leurs brillants talents une aisance naturelle de manières, qu'une éducation soignée avait transformée en une politesse et une obligeance générales, elles étaient autant recherchées qu'admirées. Leur vanité était si bien dominée qu'elles paraissaient n'en avoir point, car elles ne prenaient pas de grands airs ; cependant que les éloges suscités par un tel comportement, une fois obtenus et rapportés par leur tante, contribuaient à les renforcer dans la croyance qu'elles n'avaient pas de défauts.

Lady Bertram ne sortait pas dans le monde avec ses filles. Elle était trop indolente pour se donner du mal afin d'éprouver le plaisir qu'aurait eu toute mère à être témoin de leurs succès et de leurs réjouissances, aussi la responsabilité en incombait-elle à sa sœur, qui ne désirait rien tant que jouer un rôle de représentation aussi honorable, et qui appréciait pleinement le plaisir de disposer de tels moyens pour être admise dans le monde sans même avoir à louer de chevaux.

Fanny ne prit aucune part aux festivités de la saison ; mais elle fut heureuse de se montrer utile en tenant compagnie à sa tante, quand le reste de la famille était appelé à sortir ; et comme Mlle Lee avait quitté Mansfield, elle devint naturellement indispensable à lady Bertram, les jours de bal ou de réception. Elle lui parlait, l'écoutait, lui faisait la lecture ; et la tranquillité qui régnait lors de telles soirées, le parfait sentiment de sécurité qu'elle éprouvait durant ces tête-à-tête, à la pensée de ne pas entendre le moindre mot désagréable, étaient accueillis avec une joie indicible par un esprit qui avait rarement connu autre chose que l'inquiétude ou la gêne. Pour ce qui est des fêtes auxquelles participaient son cousin et ses cousines, elle aimait à les entendre évoquer, surtout les bals, afin d'apprendre avec qui Edmund avait dansé ; mais elle se faisait une idée trop modeste de sa situation pour imaginer être jamais admise dans de telles réunions, et elle en écoutait le compte rendu sans être effleurée par l'idée qu'elle aurait pu y prendre un intérêt plus personnel. Dans l'ensemble, l'hiver fut agréable pour elle, même s'il ne ramena pas William en Angleterre, car elle fut soutenue tout au long par l'espoir de son retour.

Le printemps qui suivit la priva d'un ami qu'elle avait apprécié, le vieux poney gris, et, durant quelque temps, cette perte eut un retentissement aussi bien sur sa santé que sur son état affectif, car bien que l'importance des promenades à cheval ait été admise pour elle, on ne prit aucune mesure pour lui trouver une autre monture, puisque, selon ses tantes, « elle n'avait qu'à prendre les chevaux de ses cousines, quand celles-ci n'en auraient pas besoin », mais comme les demoiselles Bertram avaient envie d'aller se promener chaque fois qu'il faisait beau, et que leur obligeance n'allait pas jusqu'à sacrifier le moindre passe-temps qu'elles appréciaient, le tour de Fanny n'arrivait jamais. Ses cousines firent de joyeuses chevauchées par les beaux matins d'avril et de mai ; et Fanny demeura assise toute la journée à la maison avec l'une de ses tantes, ou marcha jusqu'à l'épuisement à l'instigation de l'autre. Lady Bertram jugeait inutile de prendre de l'exercice, car elle-même n'aimait pas cela, tandis que Mme Norris, qui allait à pied toute la journée, estimait que tout le monde devrait en faire autant. Edmund était alors absent, sinon il aurait remédié à ces désagréments. À son retour, quand il comprit la situation de Fanny, et s'aperçut de ses effets déplorables, il lui parut qu'une décision s'imposait.

— Fanny doit avoir un cheval, opposa-t-il d'un ton résolu à toutes les objections suggérées par la nonchalance de sa mère ou le sens de l'économie de sa tante, pour qui la question était sans importance.

Mme Norris ne pouvait s'empêcher de penser que, parmi les nombreux chevaux du Parc, on aurait bien dû trouver une haridelle au pied sûr, qui fît parfaitement l'affaire, ou l'on aurait pu en emprunter une à l'intendant, à moins que le Dr Grant n'acceptât de prêter, parfois, le poney qu'il envoyait à la malle-poste. Elle considérait de toutes façons qu'il serait inutile, voire choquant, de procurer à Fanny une haquenée bien à elle, comme en possédaient ses cousines. Elle était certaine que Sir Thomas n'avait jamais eu pareille intention à son égard. Elle tenait à dire que procéder à une telle acquisition en son absence, et ajouter aux grandes dépenses de l'écurie à un moment où une grande partie de son revenu était menacée lui paraissait tout à fait intolérable.

— Fanny doit avoir un cheval, se contenta de répéter Edmund.

Mme Norris n'acceptait pas de voir la question sous ce jour-là. Lady Bertram, elle, l'admettait ; elle convenait avec son fils qu'il s'agissait d'une acquisition nécessaire, et que Sir Thomas l'aurait jugée telle ; elle demandait simplement qu'on ne se pressât pas ; elle n'avait qu'un souhait, c'était qu'Edmund attende le retour de son père, et à ce moment-là, ce dernier réglerait l'affaire. Il serait de retour en septembre, quel mal y aurait-il à patienter jusque-là ?

Edmund était mécontent de sa tante, qui avait eu moins d'égards que sa mère pour leur nièce, mais il lui fallut tenir compte de ses propos, aussi choisit-il un procédé qui lui éviterait de voir son père considérer qu'il avait outrepassé ses droits tout en procurant à Fanny le moyen d'effectuer des sorties, car il ne supportait pas de l'en voir privée. Il possédait trois chevaux, mais aucun n'était dressé pour porter une femme. Deux d'entre eux étaient destinés à la chasse, et le troisième servait pour la route ; et c'est ce dernier qu'il résolut d'échanger contre une haquenée que pourrait monter sa cousine ; il savait où la trouver, et une fois sa décision arrêtée, l'accord fut très vite conclu. La nouvelle jument se révéla être un vrai trésor ; il fallut très peu la dresser pour qu'elle convienne à ce que l'on en attendait, et Fanny en prit alors pleinement possession. Elle n'avait pas cru jusqu'alors qu'un autre cheval que le vieux poney gris pourrait être aussi approprié à ses besoins ; mais le bonheur qu'elle éprouvait à se promener avec la jument d'Edmund était bien supérieur à celui qu'elle avait ressenti auparavant dans les mêmes circonstances ; il ne cessait de s'augmenter du fait d'inexprimables considérations sur la générosité qui en était la source. Fanny voyait dans son cousin un modèle de bonté et de grandeur d'âme, un être dont elle serait la seule à jamais apprécier les qualités à leur juste valeur, et qui était en droit d'attendre de sa part une gratitude qu'aucun sentiment, aussi puissant soit-il, ne parviendrait à lui manifester. Elle éprouvait pour lui tout à la fois du respect, de la reconnaissance, de la confiance et de la tendresse.

Comme la jument demeurait, de nom et de fait, la propriété d'Edmund, Mme Norris toléra que Fanny l'utilise ; et même si lady Bertram s'était ressouvenue de ses propres objections, son fils aurait peut-être trouvé grâce à ses yeux de n'avoir pas attendu septembre et le retour de Sir Thomas, car lorsque septembre arriva, Sir Thomas était toujours loin de chez lui et n'envisageait pas le règlement de ses affaires dans un proche avenir. Des circonstances défavorables avaient surgi au moment où ses pensées commençaient à se tourner vers l'Angleterre, et la confusion où tout était plongé était alors si grande qu'il se décida à renvoyer son fils chez lui et à attendre seul la conclusion des derniers accords. Tom arriva sans encombre et donna d'excellentes nouvelles de la santé de son père ; mais il ne parvint guère à convaincre Mme Norris. Le fait que Sir Thomas ait renvoyé son fils lui paraissait si bien traduire le souci d'un père subissant l'influence de tristes présages pour lui-même qu'elle en était assiégée de lugubres pressentiments ; et quand arrivèrent les longues soirées d'automne, ces idées la hantèrent à tel point, dans la morne solitude de sa petite maison, qu'elle fut contente de se réfugier chaque jour dans la salle à manger du Parc de Mansfield. Néanmoins, le retour des invitations de l'hiver ne fut pas sans effet ; et plus elles se multiplièrent, plus son esprit s'occupa de si agréable manière à présider aux succès remportés par l'aînée de ses nièces, que l'excitabilité de ses nerfs devint plus tolérable. « Si le pauvre Sir Thomas était condamné par le sort à ne plus revenir, ce serait une singulière consolation que de voir la chère Maria bien mariée », se disait-elle très souvent ; et y songeait toujours quand elles se trouvaient en compagnie d'hommes fortunés, et d'autant plus depuis que leur avait été présenté un jeune homme qui venait d'hériter d'un des plus grands et plus beaux domaines de toute la région.

M. Rushworth fut frappé de la beauté de Mlle Bertram dès la première fois qu'il l'aperçut, et comme il était disposé à se marier, il se crut très vite amoureux. C'était un jeune homme de forte corpulence, qui n'avait que du bon sens, mais comme ni son apparence, ni sa manière de s'exprimer n'étaient désagréables, la jeune fille fut tout heureuse de la conquête. Maria Bertram, ayant alors atteint sa vingt et unième année, commençait à penser que le mariage était un devoir dont il fallait s'acquitter, et comme en épousant M. Rushworth elle aurait la jouissance d'un revenu supérieur à celui de son père, et celle d'un hôtel particulier à Londres, ce qui était alors l'une de ses préoccupations principales, la même règle d'obligation morale lui fit paraître comme évidente une telle alliance, si elle pouvait la contracter. Mme Norris mit beaucoup de zèle à favoriser le mariage, et elle fit appel à toutes les suggestions et ressources propres à en souligner le caractère désirable pour chacun des intéressés, et entre autres moyens, elle chercha à se rapprocher de la mère du gentilhomme, qui vivait pour le moment avec lui, et elle se contraignit à parcourir les dix milles de méchantes routes qui les séparaient, afin de lui faire une visite du matin.

Il fallut peu de temps avant qu'une bonne entente ne règne entre les deux familles. Mme Rushworth admit qu'elle désirait vivement, de son côté, voir son fils se marier, puis déclara qu'entre toutes les jeunes filles qu'elle avait vues, Mlle Bertram, par ses aimables qualités et ses talents, lui paraissait la plus apte à rendre son fils heureux. Mme Norris accepta le compliment et loua le discernement aigu des caractères qui s'entendait si bien à reconnaître le mérite. Maria faisait, en vérité, l'orgueil et la joie de tous ; sans aucun défaut, c'était un ange ; et bien entendu, assiégée comme elle l'était par les admirateurs, elle se devait de se montrer difficile dans son choix ; toutefois, autant que Mme Norris pouvait en juger après une aussi courte fréquentation, M. Rushworth lui paraissait précisément le jeune homme le plus digne de la mériter et de lui inspirer de l'attachement.

Après avoir dansé ensemble à un nombre convenable de bals, les jeunes gens justifièrent ces opinions, et après les réserves d'usage, du fait de l'absence de Sir Thomas, ils prirent un engagement mutuel, à la grande satisfaction de leurs familles respectives, et à celle de la plupart des obser-vateurs des environs, qui, depuis plusieurs semaines déjà, sentaient l'opportunité d'un mariage entre M. Rushworth et Mlle Bertram.

Il fallait patienter quelques mois avant de recevoir le consentement de Sir Thomas, mais en attendant, comme nul ne doutait qu'une telle alliance ne lui réjouisse le cœur, les rela-tions entre les deux familles se poursuivirent sans contrainte, et il n'y eut d'autres tentatives pour la garder secrète que celles de Mme Norris, qui allait partout répétant que c'était une affaire dont il ne fallait pas parler pour le moment.

Edmund était le seul de la famille à n'être pas enchanté du projet, car toutes les protestations de sa tante ne parvenaient pas à le persuader que M. Rushworth était un compagnon idéal. Il reconnaissait que sa sœur était meilleur juge de son bonheur que personne, mais il lui déplaisait qu'elle mît tous ses espoirs de l'atteindre dans l'acquisition d'un important revenu, et quand il était en présence de M. Rushworth, il ne pouvait se défendre de penser : « S'il n'avait douze mille livres de rente, ce jeune homme serait bien borné. »

Sir Thomas fut pourtant très satisfait d'une perspective d'union dont les avantages paraissaient indiscutables, et dont on ne lui représentait que les aspects les plus agréables et les plus positifs. Ce serait établir là des relations enviables, au sein du même comté, et avec des intérêts communs, aussi est-ce avec enthousiasme qu'il donna son consentement dès qu'il le put. Il y mettait pour seule condition que le mariage ne soit pas célébré avant son voyage de retour, qu'il était à nouveau impatient d'entreprendre. Au moment où il écrivait, en avril, il avait le vif espoir de parvenir à tout régler à son entière satisfaction, et de quitter Antigua avant la fin de l'été.

Telle était la situation au mois de juillet, et Fanny venait d'atteindre ses dix-huit ans lorsque la bonne société du village s'augmenta du demi-frère et de la demi-sœur de Mme Grant, M. et Mlle Crawford, issus du second lit de sa mère. Ils étaient jeunes et fortunés. Le frère possédait un excellent domaine dans le Norfolk, et la sœur disposait de vingt mille livres de rente. Dans leur enfance, Mme Grant avait eu pour eux une grande affection ; mais comme son mariage avait été suivi de près par la mort de leur mère, ils avaient été confiés à un frère de leur père, que Mme Grant ne connaissait pas, aussi les avait-elle à peine vus depuis. Ils avaient été bien accueillis dans la maison de leur oncle. L'amiral et Mme Crawford, bien que ne s'entendant sur aucun autre point, s'accordaient pour manifester de l'affection à ces enfants, ou du moins, leur opposition dans ce domaine n'allait-elle pas plus loin que le choix, pour chacun, d'un favori, auquel il manifestait plus de tendresse. L'amiral était enchanté du garçon, et Mme Crawford adorait la jeune fille, et c'était la mort de cette dame qui obligeait maintenant sa *protégée*, après avoir tenté de demeurer quelques mois encore chez son oncle, à chercher un autre foyer. L'amiral Crawford avait une inconduite notoire, et au lieu de chercher à retenir sa nièce, il avait choisi d'installer sa maîtresse sous son toit ; et c'est à cette décision que l'épouse du pasteur devait la prière de sa sœur de la prendre chez elle, et son acceptation, donnée avec joie de son côté, arriva à point nommé de l'autre ; et de fait, Mme Grant avait alors épuisé les ressources habituelles aux femmes sans enfants qui résident à la campagne, car après avoir accumulé les jolis meubles dans son salon favori, et réuni une collection choisie de plantes, puis de volailles, elle éprouvait le besoin d'apporter un peu de diversité dans son existence. La venue d'une sœur qu'elle avait toujours aimée et qu'elle espérait garder maintenant aussi longtemps qu'elle ne serait pas mariée lui fut donc très agréable, et elle éprouva surtout la crainte que Mansfield ne parvienne pas à satisfaire les goûts d'une jeune fille habituée aux plaisirs de Londres.

Mlle Crawford partageait un peu les mêmes appréhensions, si ce n'est que les siennes naissaient surtout d'un doute quant au mode de vie de sa sœur et au bon ton adopté dans la société qu'elle fréquentait ; et ce n'est qu'après avoir cherché en vain à persuader son frère de l'inviter à s'installer chez lui, dans sa propriété de campagne, qu'elle s'était résolue à tenter sa chance auprès de ses autres parents. Henry Crawford abhorrait malheureusement l'idée d'occuper une résidence permanente, et il ne put donc satisfaire sa sœur sur un point d'une telle importance, mais il l'accompagna, avec une extrême obligeance, jusqu'au comté de Northampton, et il s'engagea volontiers à revenir la chercher et à se mettre en route une demi-heure après qu'elle l'en eut averti, si elle se déplaisait en ce lieu.

Les retrouvailles furent très satisfaisantes de part et d'autre. Aux yeux de Mlle Crawford, sa sœur n'avait ni affectation ni manières rustiques ; son beau-frère avait tout du gentilhomme, et leur maison était spacieuse et bien équipée ; pour sa part, Mme Grant reçut ceux qu'elle s'attendait à aimer plus que jamais, un jeune homme et une jeune fille qui, dès l'abord, inspiraient une vive sympathie. Mary Crawford était remarquablement jolie ; Henry, sans être beau, avait de la prestance et une expression assurée ; leurs manières étaient vives et agréables, aussi jouirent-ils aussitôt auprès de Mme Grant d'un important crédit dans tous les autres domaines. Elle était enchantée de l'un et de l'autre, même si Mary était sa favorite, et comme elle n'avait jamais pu se glorifier de sa propre apparence, elle était ravie de tirer vanité de celle de sa sœur. Elle n'avait pas attendu son arrivée pour songer à lui arranger un beau mariage ; ses vues s'étaient fixées sur Tom Bertram, le fils aîné d'un baronnet n'était pas un parti trop avantageux pour une personne qui disposait de vingt mille livres, sans compter l'élégance et la maîtrise des arts d'agrément à laquelle Mme Grant devinait qu'elle était parvenue ; et comme c'était une femme chaleureuse, qui s'épanchait facilement, Mary n'était pas chez elle depuis trois heures qu'elle lui confiait ses plans.

Mlle Crawford fut charmée d'apprendre qu'il existait une famille de cette importance dans le voisinage, et elle ne fut pas mécontente d'apprendre que sa sœur s'était souciée aussi vite de son sort et de son choix. Elle avait elle-même pour objectif le mariage, sous réserve de faire une union avantageuse, et comme elle avait vu M. Bertram à Londres, elle savait que l'on ne trouverait rien à redire ni sur son physique ni sur le rang qu'il occupait dans le monde. Elle traita tout cela comme une plaisanterie, non sans y songer sérieusement. Henry fut très vite mis au courant.

— Et maintenant, ajouta Mme Grant, j'ai pensé que pour compléter l'affaire, rien ne me ferait plus de plaisir que de vous fixer tous les deux dans ce pays ; et c'est pourquoi, Henry, vous épouserez la plus jeune des demoiselles Bertram, une jeune fille charmante, belle, d'un aimable caractère, tout à fait accomplie, qui vous rendra très heureux.

Henry s'inclina et la remercia.

— Ma chère sœur, dit Mary, si vous parvenez à le persuader d'agir de la sorte, je serais une fois de plus ravie de me savoir apparentée à une personne aussi intelligente, et je regretterai simplement que vous n'ayez pas une demi-douzaine de filles à marier. Si vous convainquez Henry de prendre femme, c'est que vous avez une adresse digne d'une Française. Tous les stratagèmes anglais ont déjà été employés. Trois de mes amies intimes se sont consumées d'amour pour lui à tour de rôle, et l'on ne saurait concevoir la peine que nous avons prise, elles, leurs mères – des femmes pleines de ressources –, ma chère tante et moi-même, pour le convaincre par la raison, la flatterie ou la ruse de contracter mariage. C'est le plus abominable coureur de jupons qui se puisse imaginer. Si les demoiselles Bertram ne veulent pas avoir le cœur brisé, qu'elles évitent Henry.

— Mon chère frère, je ne puis croire cela de vous.

— Non, je suis sûr que vous êtes trop bonne pour cela. Vous aurez plus d'indulgence que Mary. Vous ferez la part des doutes, dus à la jeunesse, et celle de l'inexpérience. Je suis d'un tempérament prudent, et peu désireux de risquer mon bonheur dans un moment de précipitation. Nul n'a une plus haute idée de l'état matrimonial que moi. Je considère que le poète a décrit avec une grande justesse l'avantage que représente une épouse, quand il lui a consacré ce simple vers : « Le meilleur et *l'ultime* don du ciel. »

— Là, madame Grant, voyez comme il sourit quand il souligne ce mot. Je vous assure qu'il est odieux. Les leçons de l'amiral l'ont tout à fait perdu.

— Je prête fort peu attention, dit Mme Grant, à ce que les jeunes gens disent du mariage. S'ils ne professent aucune inclination pour lui, je me contente de penser qu'ils n'ont pas encore rencontré la personne de leurs rêves.

Le Dr Grant félicita en riant Mlle Crawford de ne pas éprouver elle-même d'aversion pour cet état.

— Eh oui, et je n'ai pas du tout honte de l'avouer. J'aime-rais que tout le monde se marie, pourvu que l'on rencontre ce qui vous convient ; je n'aime pas voir quelqu'un se sacri-fier inutilement, mais chacun devrait se décider dès que les conditions lui paraissent favorables.

5

Les jeunes gens des deux familles éprouvèrent de la sympathie les uns pour les autres dès le premier instant. Il existait de chaque côté beaucoup d'attraits, et leur rapprochement promettait de devenir bientôt aussi étroit que le permettaient les convenances. La joliesse de Mlle Crawford ne la desservit pas auprès des demoiselles Bertram. Elles étaient trop belles pour en vouloir à une femme d'être séduisante, elle aussi, et elles tombèrent presque autant que leurs frères sous le charme de ses yeux noirs pleins de vivacité, de sa carnation claire pour une brune, et de la grâce de toute sa personne. Si elle avait été grande, parfaite de proportions et blonde, la confrontation aurait pu être plus difficile ; mais de cette façon, il n'était pas question de rivalité ; elle était sans contredit une fille adorable et ravissante, et elles demeuraient, quant à elles, les deux jeunes femmes les plus remarquables du pays.

Son frère ne leur donna pas l'impression d'être beau ; non, la première fois qu'elles le virent, il leur parut absolument quelconque, trop brun et trop insignifiant ; mais il avait tout de même l'allure d'un gentilhomme et une façon agréable de s'exprimer. Lors de la seconde rencontre, il ne leur sembla déjà plus aussi laid que cela ; ses traits manquaient certes de régularité, mais il avait une contenance si assurée, des dents si bien rangées, et il était si bien fait de sa personne que l'on oubliait très vite la banalité de sa physionomie ; et après la troisième entrevue, au cours d'un dîner au presbytère où tous étaient conviés, nul ne fut plus autorisé à parler de laideur à son propos. C'était, en vérité, le jeune homme le plus agréable que les deux sœurs aient jamais rencontré, et elles étaient l'une comme l'autre enchantées de le fréquenter. Les fiançailles de Mlle Bertram en faisaient, en toute équité, la propriété de Julia, ce dont cette dernière était tout à fait consciente, et il n'avait pas passé une semaine à Mansfield qu'elle était toute disposée à le laisser tomber amoureux d'elle.

Les intentions de Maria à son sujet étaient plus confuses et plus désordonnées. Elle ne voulait ni voir ni comprendre. « Il n'y avait aucun mal à ce qu'elle apprécie un homme aimable ; chacun connaissait sa situation ; M. Crawford n'avait qu'à se tenir sur ses gardes. » M. Crawford n'avait nulle envie de courir le moindre danger ; les demoiselles Bertram méritaient que l'on fît l'effort de leur plaire et elles avaient envie d'être flattées, aussi entreprit-il de les charmer sans autre but que de se sentir approuvé d'elles. Il ne désirait pas qu'elles meurent d'amour pour lui ; mais en dépit de son bon sens et d'un tempérament qui auraient dû lui permettre de juger et de sentir mieux, il s'accorda une grande latitude sur ce point.

Alors qu'il venait de les reconduire à leur voiture, après le dîner au presbytère, il déclara à Mme Grant :

— J'apprécie infiniment vos demoiselles Bertram, ma sœur ; ce sont des jeunes filles très élégantes et pleines de charme.

— Elles le sont, en effet, et je suis ravie de vous l'entendre dire. Mais c'est Julia qui vous plaît le plus.

— Ah ! oui, c'est Julia qui me plaît le plus.

— Êtes-vous sincère ? car on tient en général l'aînée, Mlle Bertram, pour la plus belle.

— Je suppose qu'il en est ainsi. Tous ses traits sont plus réguliers et délicats, et je préfère le caractère expressif de son visage, mais c'est Julia qui me plaît le plus. Mlle Bertram est assurément plus belle, et elle m'a semblé plus aimable, mais c'est toujours Julia qui aura ma faveur, puisque vous l'ordonnez.

— Je ne discuterai pas avec vous, Henry, mais je sens que vous finirez par lui trouver une supériorité.

— Ne vous ai-je pas dit *dès le début* qu'elle me plaisait davantage ?

— Et du reste, Mlle Bertram est fiancée. Souvenez-vous-en, mon cher frère, son choix est arrêté.

— Oui, et je l'en apprécie d'autant plus. Une jeune fille est toujours plus agréable à fréquenter si elle a pris un engagement que si elle ne l'a pas fait. Elle est sûre d'elle-même. Les soucis se sont envolés et elle sent qu'elle peut exercer tous ses pouvoirs de séduction, tout en restant à l'abri des soupçons. Il n'y a rien à redouter d'une fiancée ; on ne peut lui causer aucun tort.

— Eh bien, sur ce point… M. Rushworth est un excellent jeune homme, et elle fera un grand mariage en l'épousant.

— Mais Mlle Bertram ne se soucie pas le moins du monde de lui, telle est l'opinion que *vous*, vous avez de votre amie intime. *Moi*, je n'y souscris pas. Je suis certain que Mlle Bertram est très attachée à M. Rushworth. Je l'ai lu dans ses yeux quand il a été question de lui. Je pense trop de bien de Mlle Bertram pour croire qu'elle accorderait sa main sans donner son cœur.

— Mary, comment allons-nous nous y prendre avec lui ?

— Nous allons le laisser livré à lui-même, je crois. Il est inutile de lui parler. Il finira par se faire prendre.

— Mais je ne tiens pas à ce qu'il se fasse prendre. Je ne voudrais pas qu'il soit dupé. J'aimerais que tout se déroule de façon franche et honorable.

— Ah bien… Qu'il tente donc sa chance et se mette la corde au cou. Cela fera tout aussi bien l'affaire. Tout le monde se laisse abuser à un moment ou à un autre.

— Pas toujours dans le mariage, ma chère Mary.

— Dans le mariage avant tout. En dépit du respect que j'éprouve pour ceux d'entre nous qui sont mariés, ma chère madame Grant, j'affirme qu'il n'est pas une personne sur cent de l'un ou l'autre sexe qui n'ait pas été flouée lorsqu'elle s'est mariée. Où que se portent mes regards, je vois qu'il ne peut en être *autrement* ; et j'ai la conviction qu'il doit en être *ainsi*, quand je considère que le mariage est de toutes les transactions celle où l'on espère le plus des autres et où l'on manque le plus d'honnêteté soi-même.

— Ah ! vous avez été à mauvaise école pour ce qui est du mariage, quand vous étiez à Hill Street.

— Il est vrai que ma pauvre tante n'a guère eu de raisons d'apprécier ce régime ; toutefois, si je m'appuie sur mes propres observations, je dirais qu'il repose sur la manipulation. Je connais tant de gens qui se sont mariés pleins d'espoir et de confiance de tirer un avantage spécifique d'une telle alliance, ou de bénéficier de talents ou de qualités de la personne de leur choix, et qui ont été cruellement déçus et contraints de s'accommoder du contraire de ce dont ils avaient rêvé. De quoi s'agit-il sinon de duperie ?

— Ma chère enfant, c'est sans doute l'imagination qui l'emporte un peu, ici. Je vous demande pardon, mais je ne parviens pas tout à fait à vous suivre. Soyez assurée que vous n'envisagez les choses qu'à moitié. Vous en voyez le mauvais côté, mais non la partie consolatrice. On éprouve partout de légères contraintes et des déceptions, et l'on est toujours enclin à trop espérer ; mais si l'on ne parvient pas à la satisfaction sur un plan, la nature humaine est ainsi faite qu'on la cherche sur un autre ; si les premiers calculs sont erronés, les seconds sont plus justes ; on trouve ailleurs le réconfort, et, ma chère Mary, les observateurs portés à la critique, qui montent en épingle des choses sans importance, sont plus souvent abusés et trompés que les intéressés.

— Voilà qui est bien dit, ma sœur ! Je rends hommage à votre *esprit de corps*. Quand je serai mariée, j'aimerais faire preuve d'autant de fermeté ; et je voudrais bien que la plupart de mes amis se montrent à toute épreuve, eux aussi. Cela m'épargnerait bien des chagrins.

— Vous avez autant de férocité que votre frère, Mary ; mais on vous la fera passer, à l'un comme à l'autre. Mansfield vous guérira tous les deux – et sans tromperie. Restez avec nous et on vous en débarrassera.

Si les Crawford n'avaient aucune envie d'être délivrés, ils étaient tout disposés à rester. Mary trouvait que le presbytère lui fournissait un foyer satisfaisant pour le moment, et Henry, de son côté, était prêt à prolonger son séjour. Il était venu avec l'intention de passer simplement quelques jours avec ses sœurs, mais Mansfield lui semblait riche de promesses, et rien ne l'appelait ailleurs. Mme Grant était enchantée de les garder tous les deux auprès d'elle, et le docteur était, pour sa part, tout content qu'il en soit ainsi ; la compagnie d'une jeune et jolie fille, bien informée, comme l'était Mlle Crawford, ne pouvait qu'être agréable à un homme indolent et casanier tel que lui, et la présence de M. Crawford à sa table lui offrait une excuse pour boire du bordeaux tous les jours.

L'admiration qui transportait les demoiselles Bertram à l'égard de son frère surpassait de loin tout ce que Mlle Crawford éprouverait sans doute jamais, étant donné ses habitudes. Elle admettait toutefois que les fils Bertram étaient remarquables ; qu'il était rare, même à Londres, de rencontrer ensemble deux jeunes gens aussi séduisants, et que leurs manières, en particulier celles de l'aîné, étaient excellentes. Il avait beaucoup vécu à Londres, il est vrai, et montrait plus de vivacité d'esprit et de galanterie qu'Edmund, aussi convenait-il de lui accorder la préférence ; de plus, son rang de premier-né donnait une raison supplémentaire pour qu'il retînt l'attention. Elle avait eu très vite le pressentiment, pensait-elle, qu'il lui faudrait choisir l'aîné. Elle sentait qu'il en serait ainsi.

Tom Bertram devait, en réalité, paraître à tout le moins fort agréable à fréquenter ; il appartenait à ce type de jeunes gens que tout le monde apprécie, et sa gentillesse était de celles que l'on prise davantage que d'autres qualités plus élevées, car il avait de l'aisance dans les manières, beaucoup d'énergie, de nombreuses relations, et il s'exprimait bien sur un large éventail de sujets ; et la future réversion du Parc de Mansfield, ainsi que la transmission du titre de baronnet ne lui nuisaient en rien. Mlle Crawford eut bientôt le sentiment que sa personne et sa situation sociale pourraient lui convenir. Elle observa donc tout ce qui l'entourait dans cette perspective et se rendit compte que tout ou presque jouait en sa faveur : un parc, un vrai parc qui s'étendait sur cinq milles alentour, une demeure spacieuse, de construction récente, si bien située et si joliment encadrée de verdure qu'elle aurait mérité de figurer dans l'une des collections de gravures consacrées aux manoirs du royaume, et qui ne demandait qu'à être décorée à neuf de fond en comble ; des sœurs bien élevées, une mère flegmatique ; et lui-même, un homme aimable, qui avait en outre l'avantage de ne plus jouer gros jeu, lié comme il l'était par une promesse à son père, et qui, dans l'avenir, serait appelé à son tour Sir Thomas. Cela lui conviendrait à merveille ; elle se dit qu'elle lui donnerait volontiers son acceptation ; et elle commença à s'intéresser au cheval qu'il allait présenter aux courses de B...

Les courses allaient l'éloigner peu de temps après qu'ils eurent fait connaissance, et comme il apparaissait, étant donné ses habitudes, que sa famille n'espérait pas le revoir avant plusieurs semaines, sa passion du jeu allait très vite être mise à l'épreuve. Il déploya des trésors d'éloquence pour la persuader d'assister à ces courses, et avec tout l'enthousiasme que suscite un penchant véritable, il fit même des plans pour y emmener tout un groupe de gens, mais cela ne dépassa pas le stade du projet.

Et Fanny, *elle*, pendant ce temps-là, que devenait-elle et que pensait-elle ? Quelle opinion se formait-elle sur les nouveaux venus ? Il était moins question pour Fanny d'exprimer son avis que pour la majorité des filles de dix-huit ans appartenant à la bonne société. À sa manière discrète, sans qu'on y prête vraiment attention, elle payait son tribut d'admiration à la beauté de Mlle Crawford ; mais comme elle continuait à trouver M. Crawford très ordinaire, bien que ses cousines aient démontré le contraire de façon répétée, elle ne faisait jamais allusion à *lui*. L'intérêt qu'elle éveillait elle-même entraîna les commentaires suivants :

— Je commence à vous comprendre tous, maintenant, à l'exception de Mlle Price, un jour où elle se promenait en compagnie des deux fils Bertram. Dites-moi, s'il vous plaît, si elle a ou non fait ses débuts ? Je suis curieuse de le savoir. Elle est venue dîner au presbytère avec vous tous, ce qui semblait signifier qu'elle avait fait ses débuts, et pourtant elle prend si peu part à la conversation que j'ai du mal à le croire.

Edmund, à qui s'adressaient surtout ces remarques, lui répondit :

— Je crois savoir où vous voulez en venir, mais je ne chercherai pas à répondre à la question comme vous l'entendez. Ma cousine est adulte. Elle a l'âge et le bon sens d'une femme, mais cette distinction entre les débuts ou les non-débuts dans le monde me dépasse.

— Rien n'est cependant moins difficile à établir, d'ordinaire. La distinction est toute simple. Le comportement ainsi que l'apparence sont le plus souvent tout à fait différents. Jusqu'à ce jour, je n'aurais pas cru possible qu'une confusion pût régner entre une débutante et une jeune fille qui ne l'est pas. Une fille qui n'a pas été présentée porte toujours le même genre de tenue, un bonnet serré, par exemple, garde un air de ne pas y toucher et n'ouvre pas la bouche. Vous pouvez sourire, mais il en est ainsi, je vous l'assure, et même si l'on pousse parfois un peu trop loin les apparences, tout cela reste très convenable. Les jeunes filles doivent demeurer silencieuses et modestes. La principale critique que l'on puisse formuler à l'égard de cette pratique, c'est qu'après leur admission en société, leur conduite se modifie souvent de façon très brutale. Elles passent en un laps de temps trop bref de la modestie à son contraire – l'excès de confiance en soi. Et c'est *là* que réside le défaut du système actuel. On n'aime pas voir une fille de dix-huit ou dix-neuf ans prétendre aussi vite être au fait de tout, alors que l'année précédente, la même, peut-être, paraissait incapable de s'exprimer. M. Bertram, je crois bien qu'il vous est arrivé de constater de telles transformations.

— Cela m'est arrivé, en effet ; mais voilà qui n'est pas tout à fait loyal. Je vois où vous voulez en venir. Vous vous moquez de moi à propos de Mlle Anderson.

— Non, pas du tout. Mlle Anderson ! J'ignore à qui ou à quoi vous faites allusion. Mon ignorance est complète. Mais je me moquerai de vous avec le plus vif plaisir si vous me racontez ce qui s'est passé.

— Ah ! vous vous en tirez avec élégance, mais on ne m'en conte pas aussi aisément. C'est à Mlle Anderson que vous songiez lorsque vous décriviez une débutante aussi méconnaissable. Vous l'avez dépeinte avec trop de précision pour que l'on s'y trompe. C'est tout à fait fidèle. Il s'agit des Anderson de Baker Street. Nous en parlions l'autre jour, voyez-vous. Edmund, vous m'avez entendu mentionner le nom de Charles Anderson. Tout s'est passé dans les moindres détails de la manière dont mademoiselle vient de le décrire. Quand Anderson m'a présenté pour la première fois à sa famille, il y a deux ans environ, sa sœur n'était pas encore débutante et je ne parvenais pas à la faire parler. Je suis resté assis une heure, un matin, à attendre Anderson, avec elle et une ou deux autres petites filles pour toute compagnie. La gouvernante était malade ou s'était sauvée, et la mère ne cessait d'entrer et de sortir de la pièce, avec des lettres d'affaires à la main, et c'est à peine si je parvenais à arracher un mot ou à obtenir un regard de la jeune personne – rien qui ressemblât à une réponse courtoise ; elle tordait la bouche et se détournait de moi avec un air d'une gaucherie… Je ne l'ai pas revue ensuite de toute une année. Elle avait alors fait *ses débuts*. Je la rencontrai chez Mme Holford, et je n'en avais gardé aucun souvenir. Elle s'avança vers moi, assura que nous nous connaissions déjà, me dévisagea au point de me faire perdre contenance, et se mit à parler et à rire jusqu'à ce que je ne sache plus où tourner mes regards. J'ai eu alors l'impression d'être devenu un objet de risée pour tous ceux qui se trouvaient dans la pièce… et il est clair que Mlle Crawford a entendu parler de cette histoire.

— Et c'est une bien jolie histoire, trop vraie, me semble-t-il, pour faire honneur à Mlle Anderson. C'est là un déséquilibre trop répandu. Il est certain que les mères n'ont pas encore bien compris comment parachever la formation de leurs filles. J'ignore où réside l'erreur. Je ne prétends pas indiquer aux autres la bonne marche à suivre, mais je me rends compte qu'ils se trompent souvent.

— Celles qui donnent au monde l'exemple de ce que devraient être les manières des jeunes filles contribuent beaucoup à l'amélioration de ces dernières, déclara M. Bertram, en galant homme qu'il était.

— L'erreur est pourtant évidente, assura Edmund, avec moins de courtoisie. Ces jeunes filles sont mal élevées. C'est la vanité qui motive leurs actions, et elles n'ont pas plus de véritable retenue dans leur comportement *avant* leur apparition en public qu'elles n'en ont après.

— Je n'en suis pas sûre, répondit Mlle Crawford d'un ton hésitant. Et pourtant, oui, je ne puis tomber d'accord avec vous sur ce point. Il est certain que c'est la période où l'on fait preuve de la plus grande modération, dans cette affaire. Il est bien plus déplorable de voir des jeunes filles *qui ne sont pas* encore sorties dans la bonne société se donner de grands airs et s'arroger des libertés comme si elles l'avaient fait, ainsi qu'il m'est arrivé de le voir. *Voilà* qui est pire que tout – et tout à fait révoltant.

— Oui, c'est bien cela qui est très gênant, en vérité, reconnut M. Bertram. Cela induit en erreur ; on ne sait comment réagir. Le bonnet serré et l'air effacé que vous décrivez si bien – et nulle observation n'a jamais été aussi juste – indiquent ce que l'on est en droit d'attendre ; mais l'an passé, faute de les voir, je suis tombé dans un véritable piège. En septembre dernier, aussitôt après mon retour des Antilles, j'étais descendu à Ramsgate avec un ami – mon ami Sneyd –, Edmund, vous m'avez entendu parler de Sneyd ; et son père, sa mère et ses sœurs étaient là, tous inconnus de moi. Quand nous sommes arrivés chez eux, à Albion Place, ils étaient sortis, et nous avons rencontré sur la jetée Mme Sneyd et les deux demoiselles Sneyd, en compagnie d'autres personnes de leur connaissance. Je les saluai bas, selon l'étiquette, et comme Mme Sneyd était entourée d'hommes, je me rangeai à côté de l'une de ses filles, fis toute la route du retour avec elle, et me montrai aussi aimable que possible ; la jeune personne avait une parfaite aisance de manières et se montrait aussi désireuse de parler que d'écouter. Je n'ai pas soupçonné un instant que je pouvais être dans mon tort. Les deux sœurs me paraissaient être dans la même situation : toutes deux portaient une tenue élégante, complétée d'un voile et d'une ombrelle, comme celle des autres jeunes filles du groupe ; mais par la suite, j'allais apprendre que j'avais accordé toute mon attention à la plus jeune, qui n'avait pas encore fait ses débuts, et que j'avais affreusement offensé l'aînée. Nul n'aurait dû s'intéresser à Mlle Augusta avant six mois révolus, et Mlle Sneyd ne me l'a, je crois, jamais pardonné.

— C'était assurément désagréable. Pauvre Mlle Sneyd ! Bien que je n'aie pas de sœur cadette, je ressens vivement le coup porté à son amour-propre. Rien ne doit être plus vexant que de se voir négligée avant l'heure. Mais tout cela était de la faute de la mère. Mlle Augusta aurait dû être auprès de sa gouvernante. Les demi-mesures de cet ordre ne réussissent jamais. Mais à présent, je voudrais savoir à quoi m'en tenir au sujet de Mlle Price. Va-t-elle au bal ? Est-elle invitée à dîner ailleurs que chez ma sœur ?

— Non, répondit Edmund, je ne crois pas qu'elle ait jamais pris part à un bal. Ma mère elle-même sort rarement en société et n'accepte jamais d'invitations à dîner autres que celles de Mme Grant, aussi Fanny lui tient-elle compagnie à la maison.

— Ah ! Alors voilà la question tranchée. Mlle Price *n'a pas* encore fait ses débuts dans le monde.

86

6

M. Bertram partit pour B…, et Mlle Crawford se prépara à trouver un grand vide dans la bonne société des environs, ainsi qu'à regretter vivement son absence dans les réunions désormais quotidiennes de leurs deux familles, et alors qu'ils dînaient tous ensemble au Parc de Mansfield, peu après son départ, elle reprit sa place préférée, à proximité du bas de la table, et s'attendit à trouver une différence attristante dans le changement d'occupation du rôle de maître de la maison. Le repas allait être bien ennuyeux, elle en était certaine. Edmund ne trouverait rien à dire. Il ferait circuler la soupe sans le moindre mot d'esprit, inviterait à boire le vin sans un sourire ou un compliment aimable, et découpcrait la venaison sans accompagner l'opération d'une amusante anecdote relative à un cuissot tranché en une précédente occasion ou d'une allusion intéressante à « mon ami Untel ». Il lui faudrait chercher à se divertir en suivant ce qui se passait à l'autre bout de la table, et à observer M. Rushworth, qui venait de faire sa première apparition à Mansfield, depuis l'arrivée des Crawford. Il avait séjourné chez un ami dans un comté voisin, et cet ami avait récemment demandé à un jardinier paysagiste de redessiner son parc, aussi M. Rushworth était-il revenu la tête pleine de ce sujet, et bouillant d'impatience d'aménager sa propriété de la même manière ; et bien qu'il soit resté imprécis à ce propos, il ne parvenait pas à parler d'autre chose. Il avait déjà abordé ce thème au salon ; il le reprenait à la salle à manger. D'évidence, il cherchait surtout à capter l'attention de Mlle Bertram et à obtenir son approbation, et même si l'attitude de cette dernière témoignait davantage d'une conscience de sa propre supériorité que du désir de l'obliger, la mention du domaine de Sotherton et des projets qui s'y rattachaient faisait naître en elle un sentiment de complaisance qui l'empêchait de manquer de courtoisie.

— J'aimerais que vous voyiez Compton, lui dit-il. C'est une réussite complète ! Je n'ai jamais vu un domaine aussi transformé. J'ai dit à Smith que je ne savais plus où j'étais. Les approches comptent *maintenant* parmi les plus heureuses de ce pays. On découvre le corps d'habitation de la façon la plus surprenante. Je vous assure que quand j'ai regagné Sotherton, hier, j'ai trouvé que l'endroit ressemblait à une prison, une vieille et sinistre prison.

— Oh ! quelle honte, s'écria Mme Norris. Une prison, en vérité ! Sotherton Court est l'une des plus nobles demeures anciennes du monde.

— Elle a surtout besoin d'être embellie, madame. Je n'ai jamais contemplé de ma vie de domaine qui ait autant besoin d'embellissements, et il a été si délaissé que je ne sais pas si l'on en tirera quelque chose.

— Rien d'étonnant à ce que M. Rushworth ait cette impression pour le moment, dit en souriant Mme Grant à Mme Norris ; mais soyez assurée que Sotherton recevra, en temps voulu, toutes les améliorations qu'un cœur puisse désirer.

— Il faut que j'entreprenne quelque chose, dit M. Rushworth, mais je ne sais pas quoi. J'espère qu'un bon ami pourra m'aider.

— Le meilleur ami sur lequel vous pourriez compter pour tout redessiner en de telles circonstances, déclara Mlle Bertram d'un ton posé, serait M. Repton, j'imagine.

— J'y songeais. Il a si bien travaillé pour Smith que je crois que je ferais bien de m'adresser à lui sans plus attendre. Il demande cinq guinées par jour.

— Eh bien, même s'il en réclamait *dix*, s'écria Mme Norris, je suis certaine que vous, vous n'y regarderiez pas de si près. Que la dépense ne soit pas un obstacle. Si j'étais vous, je ne m'y arrêterais pas. Je ferais tout mettre à la mode, afin que ce soit aussi joli que possible. Un domaine tel que Sotherton Court mérite qu'on lui offre tout ce que le bon goût et l'argent peuvent procurer. Vous avez là-bas tout l'espace nécessaire, et un parc qui vous récompensera de tout ce que vous entreprendrez. De mon côté, si j'avais un terrain dont la superficie ne dépasse pas le cinquantième de celle de Sotherton, je passerais mon temps à le planter d'arbres et à l'embellir, car par tempérament je me passionne pour ce genre d'activités. Il serait tout à fait ridicule de ma part d'entreprendre quoi que ce soit sur le demi-acre dont je dispose. Cela semblerait tout à fait grotesque. Mais si j'avais davantage de place, je prendrais un plaisir inouï à aménager et à faire des plantations. Nous nous sommes beaucoup employés de la sorte au presbytère ; nous avons transformé la propriété par rapport à ce qu'elle était quand nous y sommes entrés. Vous autres jeunes gens n'en gardez peut-être pas le souvenir précis. Par contre, si le cher Sir Thomas était ici, il vous dirait quels embellissements nous y avons apportés ; et on aurait pu faire bien davantage si le pauvre M. Norris n'avait pas été dans un aussi déplorable état de santé. C'est à peine si le pauvre homme sortait pour en profiter, et c'est *cela* qui m'a découragée d'entreprendre plusieurs choses dont Sir Thomas et moi avions parlé. S'il n'y avait eu ce motif, nous aurions prolongé le mur du jardin et planté des arbustes afin de masquer le cimetière, ainsi que l'a décidé le Dr Grant. Mais quoi qu'il en soit, nous avions toujours quelque chose en train. C'est un an avant la mort de M. Norris, au printemps, que nous avons ainsi planté, à l'abri du mur de l'écurie, l'abricotier qui est devenu à présent un bel arbre et qui atteint presque la perfection, monsieur, conclut-elle, en s'adressant au Dr Grant.

— L'arbre se développe bien, sans nul doute, madame, répondit le Dr Grant. La terre est bonne ; mais je ne passe jamais à côté sans regretter que les fruits vaillent si peu la peine d'être récoltés.

— Monsieur, c'est une variété tardive, originaire de Moor Park ; nous l'avons acheté comme un « moor park » et il nous a coûté… ou plutôt, c'était un cadeau de Sir Thomas, mais j'ai vu la facture, et je sais qu'il a coûté sept shillings et qu'il était qualifié de « moor park ».

— On vous aura bernés, madame, répondit le Dr Grant, car ces pommes de terre ont tout autant la saveur d'un abricot « moor park » que les fruits de cet arbre. Ce sont tout au plus des fruits insipides, et si un bon abricot est agréable à manger, aucun de ceux que produit mon jardin ne l'est.

— À dire le vrai, madame, intervint Mme Grant en s'adressant à Mme Norris, depuis l'autre côté de la table, dans un murmure de théâtre, c'est à peine si le Dr Grant connaît le goût naturel de nos abricots ; il a rarement la satisfaction de se régaler avec des fruits crus, car ils sont si recherchés, à condition de les transformer un peu, et les nôtres appartiennent à une variété d'une grosseur et d'une beauté si remarquables qu'entre les premières tartes et les divers moyens de conservation, ma cuisinière réussit à les utiliser jusqu'au dernier.

Mme Norris, qui avait d'abord rougi, reprit son calme et, durant quelque temps, la conversation roula sur d'autres sujets que les embellissements de Sotherton. Le Dr Grant et Mme Norris se comportaient rarement en bons amis ; dès le début de leurs relations, ils s'étaient opposés à propos de dédommagements pour manque d'entretien ; et de plus, ils avaient des habitudes tout à fait opposées.

Après une brève interruption, M. Rushworth revint à la charge :

— Le domaine de Smith fait l'admiration de tout le pays ; et il n'avait l'air de rien avant que Repton ne le prenne en charge. Je crois que je vais faire appel à Repton.

— Monsieur Rushworth, dit lady Bertram, si j'étais vous, je ferais planter et tailler un joli bosquet. Rien n'est plus agréable que de se promener dans un jardin pittoresque par beau temps.

M. Rushworth, désireux de la persuader de son assentiment, cherchait comment lui adresser un compliment ; mais il se trouvait écartelé entre l'envie de se soumettre à son goût, celle d'affirmer qu'il avait toujours eu cette intention lui-même, la nécessité de prêter attention au bien-être de toutes les dames, et de sous-entendre qu'il n'aspirait à plaire qu'à l'une d'entre elles, il se trouva fort embarrassé ; aussi Edmund fut-il heureux d'interrompre son discours en proposant du vin. M. Rushworth, toutefois, bien que d'habitude peu loquace, avait encore beaucoup à dire sur un sujet qui lui tenait fort à cœur.

— Le terrain de Smith ne fait pas plus d'une centaine d'acres, ce qui n'est pas beaucoup, et rend d'autant plus surprenants les embellissements qu'on est parvenu à y apporter. Par contre, à Sotherton, nous en avons au moins sept cents, sans compter les prés inondables ; et donc, selon moi, si on a obtenu une telle réussite à Compton, il ne faut pas désespérer. Il a fallu couper deux ou trois beaux arbres qui croissaient trop près de la maison, mais cela ouvre une perspective étonnante ; ceci me fait penser que Repton ou un autre jardinier du même genre exigera sans doute que l'on abatte ceux de l'avenue, à Sotherton ; vous savez, l'avenue qui mène de la façade ouest au sommet de la colline, précisat-il à l'intention de Mlle Bertram, en se tournant vers elle.

Mlle Bertram, cependant, crut devoir répondre :

— L'avenue ? Ah ! je ne m'en souviens pas. En vérité, je connais fort peu Sotherton.

Fanny, qui était assise auprès d'Edmund, vis-à-vis de Mlle Crawford, et qui suivait avec attention la conversation, le regarda et lui dit à mi-voix :

— Jeter bas une avenue ! Quel dommage ! Cela ne vous rappelle-t-il pas Cooper, lorsqu'il écrit : « Oh ! vous, avenues sacrifiées, je pleure encore l'injuste sort qui vous est réservé. »

Il sourit et lui répondit :

— Je crains que l'avenue n'échappe pas à un triste destin.

— J'aurais aimé voir Sotherton avant qu'on ne la supprime. Contempler ce lieu tel qu'il est maintenant, dans son état ancien ; mais je ne pense pas que j'en aurais l'occasion.

— Vous n'y êtes jamais allée ? Non, vous ne l'avez jamais pu, bien entendu ; et malheureusement, la distance est trop grande pour une promenade à cheval. J'aimerais que l'on trouve le moyen de vous y emmener.

— Oh ! cela n'a aucune importance. Si je le vois un jour, vous me direz de quelle manière on l'a transformé.

— Je crois me rappeler, dit Mlle Crawford, que Sotherton est une demeure ancienne et qu'elle ne manque pas de grandeur. À quel style d'architecture se rattache-t-elle ?

— Le corps d'habitation a été construit sous le règne d'Elizabeth, et c'est un vaste bâtiment régulier, construit en briques ; d'allure massive, mais respectable, il renferme de nombreuses pièces de belles proportions. Il est mal situé. Il a été bâti dans l'une des parties les plus basses du parc ; et de ce fait, il n'autorise guère les embellissements. Néanmoins, les bois sont beaux, et il y a une petite rivière dont on pourrait, je pense, tirer un bon parti. M. Rushworth a tout à fait raison, selon moi, de chercher à aménager le cadre plus dans le goût moderne, et je ne doute pas que cela ne soit très réussi.

Mlle Crawford l'écoutait avec un air soumis, mais elle se disait en elle-même : « C'est un homme bien élevé ; il s'en sort à merveille. »

— Je n'ai pas l'intention d'influencer M. Rushworth, poursuivit-il, mais si j'avais une propriété à transformer dans le goût du temps, je n'aimerais pas en confier le soin à un jardinier paysagiste. Je préférerais parvenir à un moindre degré de beauté, pourvu qu'elle fût de mon choix et obtenue de manière progressive. Je supporterais mieux mes erreurs que les siennes.

— *Vous*, vous sauriez quels choix effectuer, bien entendu, mais moi, cela ne me conviendrait pas. Je n'ai ni le coup d'œil, ni l'ingéniosité nécessaires pour de telles entreprises, et je ne vois que ce qui est sous mes yeux, et si j'avais une propriété à la campagne, je serais pleine de reconnaissance envers un homme comme M. Repton qui se chargerait de m'offrir autant de beauté que possible pour mon argent ; et je n'examinerais rien avant que tout ne soit achevé.

— Pour ce qui est de *moi*, dit Fanny, j'aimerais beaucoup suivre les progrès accomplis.

— Sans doute, mais vous avez été élevée de manière à y prêter attention. Rien ne m'y a préparée dans mon éducation ; et la seule fois où j'y ai été exposée, je me suis vu administrer un tel traitement de la part d'un homme qui ne compte pas parmi mes favoris au monde, que j'en suis arrivée à considérer les embellissements *en cours* comme l'une des choses les plus pénibles qui soit. Il y a trois ans, l'amiral, mon estimable oncle, a acheté une petite maison de campagne à Twickenham, pour que nous allions tous y passer l'été ; enchantées, ma tante et moi sommes allées la voir ; mais comme elle était très jolie, il a bientôt été jugé indispensable de l'embellir ; aussi, durant trois mois, n'avons-nous vécu que dans la saleté et le désordre, sans la moindre allée de gravier pour nous promener, ni un banc pour nous asseoir. J'aimerais que tout soit aussi bien aménagé que possible, à la campagne : des bosquets taillés, des jardins à fleurs, et des sièges rustiques en quantité innombrable ; mais tout cela devrait être préparé sans que j'aie à m'en soucier. Henry diffère de moi : il adore ce genre d'occupation.

Edmund fut fâché d'entendre Mlle Crawford, qu'il était tout disposé à admirer, parler avec tant de liberté de son oncle. Cela lui paraissait blesser les convenances, aussi se mura-t-il dans le silence jusqu'au moment où, par de nouveaux sourires et un ton animé, elle l'ait persuadé de ne pas revenir, pour le moment, sur ce sujet.

— Monsieur Bertram, dit-elle, j'ai enfin reçu des nouvelles de ma harpe. On m'assure qu'elle est arrivée à Northampton en bon état ; et elle est probablement là-bas depuis dix jours déjà, en dépit des assurances solennelles et contraires que l'on nous a si souvent données.

Edmund exprima sa surprise et sa satisfaction.

— Pour dire le vrai, reprit-elle, nos questions étaient trop directes ; nous avons envoyé un domestique ; nous y sommes allés nous-mêmes ; cela n'est pas le bon procédé quand on se trouve à soixante-dix milles de Londres ; mais ce matin, nous en avons entendu parler comme il se doit. Elle a été aperçue par un fermier, qui en a parlé au meunier, puis le meunier en a parlé au boucher, et le gendre de ce dernier a laissé un message pour nous à la boucherie.

— Je suis très content que vous en ayez des nouvelles, quel que soit le moyen qui ait été employé ; et j'espère qu'elle arrivera sans plus tarder.

— Je devrais la recevoir demain ; mais comment croyez-vous qu'elle va être transportée ? Ni en chariot, ni en charrette ; oh ! non, nous n'avons pu louer aucune voiture de ce genre au village. J'aurais tout aussi bien pu réclamer des porteurs ou une charrette à bras.

— Vous rencontrerez, j'imagine, des difficultés pour louer un cheval et une charrette en ce moment, alors qu'on se trouve au beau milieu d'une fenaison très tardive.

— J'ai été fort étonnée d'apprendre que l'on en faisait toute une histoire ! Il me paraissait impossible que l'on ne dispose pas d'une charrette attelée à la campagne, aussi ai-je demandé à ma femme de chambre d'en louer une sans plus attendre ; et comme je ne puis jeter un coup d'œil par la fenêtre de mon cabinet de toilette sans découvrir une cour de ferme, ni me promener dans le jardin d'agrément sans passer devant une autre, j'ai cru qu'il suffisait d'en émettre le souhait pour être servie. Imaginez ma stupeur quand je me suis rendu compte que j'avais émis là le souhait le plus déraisonnable, le plus irréalisable du monde, et que j'avais commis une offense envers tous les fermiers, les faneurs et même le foin de la paroisse. Pour ce qui est du régisseur du Dr Grant, je crois qu'il vaut mieux que j'évite de croiser son chemin ; et il n'est pas jusqu'à mon beau-frère, qui se montre pourtant d'habitude d'une grande gentillesse, qui ne m'ait jeté des regards noirs quand il a su mes démarches.

— Nul n'aurait dû s'attendre à ce que vous ayez réfléchi à la question avant de vous lancer, mais à présent, *quand vous y songez*, vous comprenez sans doute l'importance qu'il y a à rentrer les foins. La location d'une charrette n'est peut-être pas aussi facile que vous le supposez, à n'importe quelle époque de l'année ; les fermiers n'ont pas l'habitude de les confier à autrui ; mais durant les récoltes, il leur est tout à fait impossible de se priver d'un cheval.

— Je finirai un jour par comprendre vos usages ; mais en arrivant en ce lieu, armée d'une des maximes si prisées à Londres selon laquelle tout s'achète, je me suis sentie au début plutôt décontenancée par la vigoureuse indépendance d'esprit qui caractérise vos coutumes campagnardes. Néanmoins, il faut que je fasse prendre ma harpe demain. Henry, qui est la générosité même, s'est offert à aller la chercher avec sa calèche. N'est-ce pas là pour elle un moyen de transport assez noble ?

Edmund dit que la harpe était son instrument de musique préféré et qu'il espérait être bientôt autorisé à voir Mlle Crawford en jouer. Fanny, qui n'avait jamais entendu le son de la harpe, ajouta qu'elle désirait vivement, elle aussi, goûter ce plaisir.

— Je serais très contente de jouer pour vous deux, assura Mlle Crawford, du moins aussi longtemps qu'il vous plaira de l'écouter ; sans doute bien au-delà, même, car de mon côté, j'ai une passion pour la musique ; et là où les goûts sont par nature comparables, c'est l'interprète qui retire toujours le plus de satisfaction. Maintenant, monsieur Bertram, si vous écrivez à votre frère, je vous demanderais de lui annoncer que ma harpe est bien arrivée, car je lui ai souvent confié combien j'en étais privée. Et vous ajouterez, je vous prie, que je vais répéter les mélodies les plus élégiaques dans l'attente de son retour, par compassion pour lui, car je sens que son cheval va perdre.

— Si je lui écris, je lui transmettrai tout ce que vous voudrez ; mais pour l'heure, je n'envisage pas de lui adresser de lettre.

— Non, je suppose que non, et s'il était parti pour un an, vous ne lui écririez pas davantage, ni lui non plus, si vous pouviez l'un et l'autre l'éviter. Quelles étranges créatures que des frères ! Vous ne correspondez que pour obéir à la plus urgente des nécessités ; et quand vous êtes obligés de prendre la plume pour annoncer la maladie de tel cheval ou la mort de tel parent, vous vous limitez au nombre de mots le plus réduit possible. Vous vous exprimez tous deux dans un style uniforme. Je le connais par cœur. Henry, qui par ailleurs est un excellent frère, qui m'aime, me consulte, me prend pour confidente, et me parle pendant des heures, n'a jamais écrit au verso d'une lettre, et se contente d'un « Chère Mary, je viens d'arriver. Bath paraît plein de monde, et tout y est comme à l'ordinaire. Je suis votre dévoué, etc. » Voilà le style masculin par excellence ; voilà la lettre riche d'informations que l'on peut attendre d'un frère.

— Quand ils sont loin de leur famille, dit Fanny, qui pensait à William, il leur arrive d'écrire de longues lettres.

— Mlle Price a un frère dans la marine, expliqua Edmund, et ses talents de correspondant la poussent à croire que vous êtes trop sévère à notre égard.

— Dans la marine, vraiment ? Au service de Sa Majesté, bien entendu ?

Fanny aurait préféré qu'Edmund racontât toute l'histoire, mais son silence obstiné l'obligea à évoquer la situation de son frère ; sa voix s'anima lorsqu'elle décrivit sa profession, et les postes où il avait été envoyé à l'étranger, mais elle ne put mentionner le nombre d'années au cours desquelles il était demeuré absent sans que les larmes lui montent aux yeux. Mlle Crawford, courtoise, souhaita qu'il ait très vite de l'avancement.

— Auriez-vous entendu parler du capitaine de mon cousin ? demanda Edmund. Le capitaine Marshall ? Vous avez de nombreuses relations dans la marine de guerre, me semble-t-il.

— Parmi les amiraux, oui, assez nombreuses ; par contre, dit-elle, l'air hautain, nous voyons très peu de subalternes. Les capitaines qui ont un brevet sont sans doute de fort braves gens, mais ils ne sont pas des *nôtres*. Je pourrais vous en dire long sur certains amiraux ; sur eux-mêmes, leur pavillon, l'évolution de leur solde, leurs querelles et leurs jalousies. Toutefois, je vous assure qu'ils sont le plus souvent oubliés lors des promotions et qu'on les traite avec sévérité. Il est certain qu'au temps où j'habitais chez mon oncle, j'ai fait la connaissance d'une grande partie du corps des amiraux. Des *contre-* et des *vice-*, qui en étaient, j'en ai trop souvent vu. À présent, n'allez pas croire que j'ai voulu faire un jeu de mots, je vous prie.

Edmund adopta un air grave et se contenta de répondre :

— C'est une noble profession.

— Oui, c'est une profession acceptable dans deux cas : si l'on y fait fortune, et si l'on peut dépenser cette dernière en toute liberté. Mais pour tout avouer, ce n'est pas l'une de mes professions favorites. Elle ne m'est jamais apparue *à moi*, comme revêtant des formes aimables.

Edmund revint à la harpe et lui répéta combien il se réjouissait à l'idée de l'entendre jouer.

Pendant ce temps, les autres avaient continué à s'entretenir de l'embellissement des domaines, et Mme Grant ne put s'empêcher de consulter son frère, même si cela revenait à détourner son attention de Mlle Julia Bertram.

— Mon cher Henry, faut-il que *vous*, vous n'ayez rien à dire ? Vous avez procédé à des embellissements chez vous, et l'on m'a rapporté que cette propriété rivalisait avec tout ce qui existe en Angleterre. Il est vrai que ses beautés naturelles sont grandes. Selon moi, Everingham était déjà parfait dans l'état où il se trouvait autrefois ; le vallonnement du terrain y est si harmonieux et les futaies y sont d'une beauté ! Que ne donnerais-je pas pour revoir ce domaine !

— Rien ne m'apporterait plus de satisfaction que d'entendre votre opinion sur lui, répondit-il. Mais vous éprouveriez quelque désappointement, je le crains. Il ne correspondrait pas à l'idée que vous vous en faites aujourd'hui. Sa superficie est très modeste. Vous seriez surprise de son insignifiance ; et pour ce qui est des embellissements, je n'ai pu que très peu intervenir ; trop peu. J'aurais préféré que cela m'occupât beaucoup.

— Vous aimez ce genre d'activités ? demanda Julia.

— Excessivement. Toutefois, entre les avantages naturels du terrain, qui révélaient même à un œil de néophyte combien il restait peu à corriger et le programme que j'avais établi pour y remédier, j'étais à peine devenu majeur depuis trois mois que Everingham avait pris l'aspect qu'il a aujourd'hui. J'avais dressé un premier plan quand j'étais à Westminster, je l'ai un peu corrigé à Cambridge, et je l'ai mis en œuvre dès que j'ai eu vingt et un ans. J'envierais pour un peu M. Rushworth qui a encore tant de joies à espérer. J'ai savouré les miennes en un éclair.

— Ceux qui voient d'un coup d'œil prennent une décision rapide et agissent dans l'élan, remarqua Julia. *Vous*, vous ne resterez jamais inactif. Au lieu d'envier M. Rushworth, vous feriez mieux de l'aider de vos conseils.

Mme Grant saisit cette dernière proposition et l'approuva avec chaleur, persuadée qu'aucun jugement n'égalait celui de son frère ; et comme Mlle Bertram s'empara à son tour de l'idée et lui apporta son entier soutien, affirmant que, selon elle, il était infiniment préférable de prendre l'avis d'amis et de connaisseurs désintéressés plutôt que de remettre toute l'affaire, sans plus attendre, entre les mains d'un professionnel, M. Rushworth fut tout disposé à prier M. Crawford de bien vouloir lui apporter son concours ; et ce dernier, après avoir dénigré ses propres capacités, comme il se devait, offrit ses services dans la mesure où il pourrait lui être de quelque utilité. M. Rushworth proposa alors à M. Crawford de lui faire l'honneur de venir à Sotherton et d'y passer une nuit ; mais à cet instant, Mme Norris sembla lire dans les pensées de ses deux nièces leur manque d'approbation pour un projet qui leur arracherait M. Crawford, et elle proposa un amendement.

— On ne saurait mettre en doute l'approbation de M. Crawford, mais pourquoi d'autres que lui ne pourraient-ils s'y rendre ? Pourquoi n'en ferions-nous pas une petite excursion ? Nombreux sont ceux, ici, qui seraient intéressés par vos plans d'embellissement, monsieur Rushworth, et qui souhaiteraient entendre l'opinion de M. Crawford sur le terrain, et qui pourraient peut-être se montrer de quelque utilité, si faible soit-elle, en vous faisant connaître *leur* avis ; et pour ma part, je désire depuis longtemps présenter à nouveau mes compliments à votre excellente mère ; seule l'absence de chevaux m'a fait négliger mes devoirs ; mais à cette occasion, je pourrais rester assise quelques heures auprès d'elle, tandis que le reste d'entre vous se promènerait et prendrait des décisions, puis nous pourrions revenir ici prendre un dîner tardif, ou bien dîner à Sotherton, selon ce qui paraîtrait le plus agréable à votre mère et nous ferions une agréable promenade en voiture, au clair de lune. Je suppose que M. Crawford acceptera de nous prendre, mes deux nièces et moi, dans sa calèche, tandis qu'Edmund ira à cheval, comprenez-vous, ma sœur, et que Fanny restera ici avec vous.

Lady Bertram n'éleva aucune objection, et tous ceux qui étaient concernés par cette excursion s'empressèrent d'accepter d'y prêter leur concours, à l'exception d'Edmund, qui suivit toute la scène sans dire mot.

7

— Eh bien, Fanny, comment trouvez-vous Mlle Crawford, à présent ? demanda Edmund, le jour suivant, après avoir réfléchi quelque temps lui-même à la question. Vous a-t-elle plu, hier ?

— Très bien… beaucoup. J'aime à l'entendre parler. Elle m'amuse ; et puis elle est tellement jolie que j'éprouve beaucoup de plaisir à la regarder.

— C'est le caractère expressif de son visage qui attire surtout. Elle a de merveilleux jeux de physionomie. Mais n'avez-vous pas trouvé quelque chose d'un peu impertinent dans ses propos ?

— Ah ! si, elle n'aurait pas dû parler en ces termes de son oncle. J'en ai été stupéfaite. Un oncle chez qui elle a vécu un si grand nombre d'années et qui, quelles que soient ses erreurs, est à ce point attaché à son frère qu'il le traite, dit-on, comme un fils. Je ne l'aurais pas cru possible !

— J'ai bien pensé que vous en seriez frappée. C'était tout à fait incorrect… très inconvenant.

— Et très ingrat, je trouve.

— Ingrat est un mot un peu fort. J'ignore si son oncle a droit à sa *gratitude* ; son épouse la méritait, sans aucun doute ; et c'est d'ailleurs l'ardent respect que lui inspire le souvenir de sa tante qui l'égare ici. Elle se trouve dans une situation ambiguë. Étant donné l'exaltation de ses sentiments et son impétuosité naturelle, il doit lui être difficile de rendre justice à son affection pour Mme Crawford sans faire pâlir un peu la réputation de l'amiral. Je ne prétends pas savoir quel est celui des deux qui avait le plus grand tort dans leurs démêlés, même si l'actuel comportement de l'amiral inciterait peut-être à prendre le parti de sa femme ; mais il est naturel et louable que Mlle Crawford cherche à absoudre complètement sa tante. Je ne censure pas ses *opinions*, même s'il y a certainement de l'inconvenance à les rendre publiques.

— Ne croyez-vous pas, lui demanda Fanny, après avoir tout bien considéré, que cette incorrection doive être en partie reprochée à Mme Crawford, puisque c'est elle seule qui l'a élevée ? Elle ne lui a assurément pas donné la notion exacte du respect dû à l'amiral.

— Voilà qui est bien vu. Oui, on peut supposer que les défauts de la nièce ont été auparavant ceux de la tante, et cela rend plus sensible aux désavantages qu'elle a eu à subir. Mais je crois que son séjour dans la maison où elle est à présent lui sera bénéfique, car c'est un plaisir que de l'entendre parler de son frère avec tant d'affection.

— Oui, sauf quand elle fait allusion aux trop courtes lettres qu'il lui écrit. J'ai bien failli en rire, mais je ne puis accorder une trop grande importance à l'amour ou à l'heureuse nature d'un frère qui ne se donne pas la peine d'écrire quoi que ce soit de lisible à ses sœurs quand ils sont séparés. Je suis sûre que William n'en aurait jamais usé envers *moi* de la sorte. Et de quel droit supposait-elle que *vous*, vous n'écririez pas de longues lettres, si vous vous absentiez ?

— Le droit, Fanny, d'un esprit plein de finesse, qui s'empare de tout ce qui peut contribuer à son propre amusement et à celui des autres ; et il est parfaitement admissible, aussi longtemps qu'il n'est pas altéré par la mauvaise humeur ou la brutalité ; et l'on ne relève pas l'ombre de l'une ou de l'autre dans les expressions du visage ou les manières de Mlle Crawford, rien d'agressif, de vulgaire ou de grossier. Elle se montre extrêmement féminine, sauf dans les exemples que nous avons relevés. *Là*, on ne saurait justifier sa conduite. Je suis content que vous ayez senti tout cela de la même manière que moi.

Comme il avait formé son esprit et gagné son affection, il existait de fortes chances pour qu'elle pensât comme lui, même si, à cette époque, une menace de désaccord commençait à poindre entre eux sur ce sujet, car Edmund était pris d'une admiration pour Mlle Crawford qui risquait de le mener là où Fanny ne pouvait le suivre. L'attraction qu'exerçait Mlle Crawford ne diminua pas. La harpe arriva et ajouta encore à sa beauté, à son esprit et à sa bonne humeur, car elle se mit à en jouer avec la plus grande obligeance, un sens de l'expression et un goût qui lui allaient fort bien, et elle trouvait toujours quelque remarque intelligente à faire à la fin de chaque morceau. Edmund se rendait au presbytère tous les jours pour se laisser aller à la joie d'entendre son instrument favori ; chaque matin lui assurait une invitation pour le lendemain, car la demoiselle ne pouvait être fâchée d'avoir un auditeur, et tout alla bientôt bon train.

Une jeune fille, aimable et vive, pinçant une harpe aussi élégante qu'elle, toutes deux placées auprès d'une porte-fenêtre qui donnait sur une modeste pelouse, entourée de buissons couverts d'un touffu feuillage d'été, voilà qui était bien propre à gagner le cœur d'un homme. La saison, le cadre, l'atmosphère même favorisaient les tendres sentiments. Mme Grant et son tambour à broderie n'étaient pas non plus sans leur utilité ; tout n'était qu'harmonie ; et comme, une fois qu'il est en branle, l'amour met à profit la moindre chose, le plateau de sandwichs et le Dr Grant qui en faisait les honneurs méritaient, eux aussi, qu'on les regardât. Après une semaine de telles relations, et sans avoir réfléchi à l'affaire, ni savoir où il en était, Edmund était en train de devenir passablement amoureux, et l'on peut ajouter au crédit de la jeune personne qu'il commençait à lui paraître agréable, même s'il n'était ni un homme du monde, ni un fils aîné, et s'il ignorait l'art de la flatterie et la gaieté de la conversation à bâtons rompus. Elle s'en rendit compte, bien qu'elle ne l'ait pas projeté et qu'elle ait eu du mal à comprendre ce qui lui arrivait ; car l'amabilité de ce jeune homme n'obéissait pas à la loi commune ; il ne racontait pas de sornettes, ne faisait pas de compliments, avait des opinions tranchées, et des attentions simples et délicates. Sa sincérité, son assurance, son intégrité exerçaient sans doute un charme auquel Mlle Crawford était sensible, même sans l'analyser. Elle s'y attardait rarement. Il lui plaisait pour le moment ; elle aimait le savoir près d'elle ; et cela lui suffisait.

Fanny n'était pas surprise de voir Edmund se rendre au presbytère tous les matins ; elle aurait été contente d'y aller, elle aussi, si elle avait pu y entrer pour entendre jouer de la harpe sans y être invitée et sans se faire remarquer ; et elle ne s'étonnait pas non plus, après la promenade du soir, quand les deux familles se séparaient, de constater que son cousin jugeait bon de raccompagner Mme Grant et sa sœur chez elles, alors que M. Crawford s'empressait auprès des dames du Parc de Mansfield ; elle n'en trouvait pas moins que c'était là une interversion des rôles très regrettable, et si Edmund n'était pas là pour lui couper son vin d'eau, elle préférait s'en passer. Elle estimait un peu étrange qu'il passât tant d'heures auprès de Mlle Crawford sans plus relever les défauts qu'il avait remarqués au début, alors que de son côté, quand elle était en compagnie de la jeune fille, il se trouvait toujours quelque chose de ce genre pour le lui rappeler ; enfin, il en était ainsi. Edmund aimait lui parler de Mlle Crawford, mais il semblait juger suffisant qu'elle ait épargné l'amiral depuis ; quant à elle, elle hésitait à attirer son attention sur ses propres observations, de crainte de paraître malveillante. La première peine profonde que lui infligea Mlle Crawford vint d'une envie d'apprendre à monter à cheval que la jeune fille ressentit peu après son installation à Mansfield, afin de suivre l'exemple des demoiselles du Parc ; et quand elle connut mieux Edmund, il l'encouragea à satisfaire cette envie, et lui proposa d'effectuer ses premiers essais sur sa jument paisible, car cette dernière convenait mieux pour une débutante que tous les autres chevaux de l'une et l'autre écurie. Néanmoins, en faisant cette proposition, il n'avait aucune intention de léser ou peiner sa cousine ; il n'était pas question de la priver, *elle*, d'un seul jour d'exercice. La jument ne devait être conduite au presbytère qu'une demi-heure seulement avant la promenade ; et Fanny, lorsque cette proposition fut avancée, loin de sentir un manque de considération à son égard, fut pénétrée de reconnaissance à la pensée que son cousin lui en demandait la permission.

Mlle Crawford se tira avec honneur, et sans inconvénient pour Fanny, de son premier essai. Edmund, qui avait conduit la jument au presbytère et présidé à la première séance d'exercices de manège, respecta d'excellents délais, puisqu'il revint avec l'animal avant même que Fanny ou le vieux cocher expérimenté qui l'accompagnait quand elle montait sans ses cousines aient été prêts à partir. La séance du second jour fut moins innocente. Mlle Crawford éprouva tant de joie à monter qu'elle ne sut plus s'arrêter. Pleine d'entrain, audacieuse, et résistante, en dépit de sa taille plutôt modeste, elle semblait une cavalière-née ; et au plaisir pur, véritable, que lui procurait l'exercice, venaient sans doute s'ajouter celui que lui procuraient la présence d'Edmund et ses conseils, ainsi que la conviction de surpasser de loin la plupart des représentantes du sexe féminin, étant donné la rapidité de ses progrès, aussi était-elle fort peu disposée à mettre pied à terre. Fanny, qui était prête, attendait. Mme Norris se mit à la gronder de n'être pas encore partie, et pourtant, on ne signalait pas le retour du cheval, ni l'approche d'Edmund. Pour échapper à sa tante, et pour aller à sa rencontre, elle sortit.

Bien que la distance séparant les deux maisons n'ait pas dépassé un demi-mille, elles n'étaient pas en vue l'une de l'autre ; mais il lui suffisait de faire une centaine de pas depuis la porte d'entrée pour découvrir le parc, en contrebas, et dominer le presbytère et ses terres, qui s'élevaient en pente douce de l'autre côté de la grand-route du village ; et c'est ainsi qu'elle aperçut bientôt dans la prairie du Dr Grant le groupe que constituaient, d'une part, Edmund et Mlle Crawford, tous deux à cheval, avançant côte à côte, et de l'autre, le docteur, Mme Grant, M. Crawford et deux ou trois laquais d'écurie, tous à pied et qui suivaient leurs évolutions. Ils paraissaient heureux, lui sembla-t-il – tous n'ayant qu'un seul centre d'intérêt –, et fort joyeux, à n'en pas douter, car leurs rires montaient jusqu'à elle. C'étaient là des sons qui ne la réjouissaient pas ; elle s'étonnait de voir Edmund l'oublier, et elle en ressentait un pincement au cœur. Elle ne parvenait pas à détacher ses yeux de la prairie, ni à s'empêcher d'observer tout ce qui s'y passait. Tout d'abord, Mlle Crawford et son compagnon firent, au pas, le tour du terrain qui n'était pas des plus petits ; puis, sembla-t-il, *elle* proposa qu'ils passent au petit galop, et Fanny, d'un naturel timoré, fut étonné de voir comme la jeune fille se tenait bien en selle. Au bout de quelques minutes, ils s'arrêtèrent tout à fait. Edmund était tout près d'elle, il lui parlait, lui donnait d'évidence des conseils sur la manière d'ajuster les rênes, et il lui prenait la main. Fanny le vit et son imagination suppléa à ce que son œil ne distinguait pas. Il ne fallait pas trop s'interroger sur tout cela ; quoi de plus normal que de voir Edmund se rendre utile et donner la preuve de son grand cœur, comme il l'aurait fait pour n'importe qui ? À ce sujet, elle ne pouvait se défendre de penser que M. Crawford aurait dû lui épargner cette peine, et qu'il aurait été particulièrement convenable et séant pour un frère de s'en charger, mais il est probable que Mr. Crawford, en dépit de son naturel généreux tant vanté et de toute son expertise dans la manière de diriger un attelage, ignorait tout de cette affaire et qu'il ne montrait pas une bienveillance aussi assidue qu'Edmund. Fanny se prit à penser qu'il était bien pénible de faire accomplir une double tâche à la jument ; si on l'oubliait elle-même, ce n'était pas une raison pour ne pas se souvenir des besoins de la pauvre bête.

Les sentiments qu'elle éprouvait pour l'un et pour l'autre se calmèrent un peu lorsqu'elle vit le groupe de la prairie se disperser, et Mlle Crawford, toujours à cheval, mais accompagnée d'Edmund qui avait mis pied à terre, franchit une barrière à claire-voie pour s'engager sur le chemin, et entra ainsi dans le parc, avant de se diriger vers l'endroit où elle-même attendait. Elle craignit alors de paraître mal élevée et impatiente ; et elle se porta à leur rencontre, tourmentée à la pensée d'éveiller de tels soupçons.

— Ma chère mademoiselle Price, commença Mlle Crawford dès qu'elle fut à portée de voix, je viens en personne vous présenter mes excuses de vous avoir fait attendre, mais il n'est rien au monde que je puisse dire en ma faveur ; je savais qu'il était très tard, et que je me comportais très mal, et donc, s'il vous plaît, pardonnez-moi. Il faut toujours pardonner à l'égoïsme ; car il n'existe pas d'espoir de s'en guérir.

La réponse de Fanny fut d'une extrême courtoisie. Edmund se dit alors persuadé que rien ne la pressait :

— ... car il reste plus de temps qu'il n'est nécessaire à ma cousine pour faire une promenade d'une longueur double de celle qu'elle a jamais entreprise, et vous avez contribué à son bien-être en l'empêchant de partir une demi-heure plus tôt ; le ciel se couvre, à présent, et elle ne souffrira pas autant de la chaleur qu'elle ne l'aurait fait tout à l'heure. Je souhaiterais que *vous*, vous ne soyez pas épuisée par un exercice trop prolongé. J'aurais voulu vous épargner un retour à pied chez vous.

— Rien de tout cela ne me fatigue, je vous assure, si ce n'est de descendre de cheval, dit-elle, en sautant à terre avec son aide ; je suis très robuste. Rien ne me fatigue jamais, en dehors des activités qui me déplaisent. Mademoiselle Price, je vous laisse la place de très mauvaise grâce, mais j'espère sincèrement que vous ferez une promenade agréable, et que je n'aurai que de bonnes nouvelles de ce cher, ce charmant, ce si bel animal.

Le vieux cocher, qui était venu attendre à proximité, sur son propre cheval, les rejoignit alors. Fanny fut soulevée et mise en selle, puis ils s'en furent vers une autre partie du parc ; le sentiment de malaise de la jeune fille ne se dissipa pas, car lorsqu'elle se retourna, elle vit les autres descendre la colline et se diriger ensemble vers le village ; et son guide n'améliora pas la situation, quand il fit des commentaires sur les grandes capacités de cavalière de Mlle Crawford, qu'il avait observée avec un intérêt presque égal au sien :

— C'est un plaisir que de voir une dame monter avec tant d'entrain ! On aurait dit qu'elle n'éprouvait pas la moindre peur. Rien à voir avec vous, mademoiselle, quand vous avez commencé, il y aura six ans à Pâques. Que le ciel me pardonne ! comme vous trembliez le jour où Sir Thomas vous a mise pour la première fois en selle !

Au salon, on fit également l'éloge de Mlle Crawford. Les demoiselles Bertram rendirent pleinement justice au mérite qu'elle avait d'être douée par la nature de vigueur et de courage ; la joie que lui donnait l'équitation était comparable à la leur ; l'excellence de ses débuts aussi, et elles éprouvaient un grand plaisir à en parler en termes flatteurs.

— J'étais certaine qu'elle monterait bien, déclara Julia ; elle a les caractéristiques physiques qui conviennent pour cela. Elle est aussi bien de sa personne que son frère.

— Oui, renchérit Maria, et elle a autant d'ardeur que lui, le même caractère fougueux. J'estime, pour ma part, que l'art de monter à cheval dépend beaucoup des ressources mentales.

Au moment où ils allaient se séparer, ce soir-là, Edmund demanda à Fanny si elle savait si elle irait se promener le lendemain.

— Non, je l'ignore, mais je n'irai pas si vous avez besoin de la jument, répondit-elle.

— Je n'en ai pas du tout besoin pour moi, dit-il, mais toutes les fois où vous choisirez de rester à la maison, je crois que Mlle Crawford serait bien aise d'en disposer plus longtemps ; toute une matinée, en bref. Elle a très envie d'aller jusqu'au communal de Mansfield, car Mme Grant lui a parlé des intéressantes perspectives que l'on avait de là, et je ne doute pas qu'elle soit tout à fait capable de s'y rendre. Mais n'importe quel matin conviendra pour cette sortie. Elle regretterait de contrarier vos plans. Elle aurait grand tort de le faire. *Elle*, elle ne monte que pour le plaisir, alors que *vous*, c'est pour votre santé.

— Il est certain que je ne monterai pas demain, déclara Fanny. Je suis sortie très souvent, ces temps-ci, et je préférerais rester à la maison. Vous savez que j'ai assez de force à présent pour me promener à pied.

L'air satisfait d'Edmund dut servir de consolation à Fanny, et la promenade du pré communal de Mansfield eut lieu le lendemain matin ; la sortie, qui concernait les jeunes gens des deux familles, à l'exception d'elle-même, plut beaucoup sur le moment, et le plaisir s'en trouva renouvelé lorsqu'on l'évoqua, le soir venu. Une excursion réussie de la sorte incite, en général, à en prévoir une autre ; et le tour du communal de Mansfield les prédisposa tous à se rendre ailleurs le lendemain. Il existait d'autres sites remarquables, et bien qu'il fît très chaud, il se trouvait des chemins ombragés partout où ils souhaitaient aller. Quatre belles matinées successives les occupèrent ainsi à montrer la campagne environnante à Mlle Crawford et à son frère, et à leur faire les honneurs des endroits les plus intéressants. Tout était séduisant ; tout n'était que gaieté et bonne humeur ; la chaleur les incommodait juste assez pour qu'ils y fassent de plaisantes allusions, et il en fut ainsi jusqu'au quatrième jour, où la joie de l'une des participantes fut soudain altérée de manière considérable. Il s'agissait de Mlle Bertram. Edmund et Julia furent alors invités au presbytère, alors qu'*elle*, elle ne le fut pas. Mme Grant opéra cette distinction de façon délibérée et sans se départir de sa belle humeur dans l'intérêt de M. Rushworth dont on attendait plus ou moins la venue au Parc de Mansfield, ce jour-là ; mais l'exclue le ressentit comme une cruelle injustice et elle dut faire appel à toute sa bonne éducation pour cacher sa mortification et sa colère jusqu'à son retour chez elle. Comme M. Rushworth ne se montra *pas*, le tort qu'on lui avait causé parut plus grand encore, et elle n'eut même pas la satisfaction de montrer le pouvoir qu'elle exerçait sur lui ; elle parvint seulement à manifester de la maussaderie envers sa mère, sa tante et sa cousine, et à assombrir l'atmosphère de leur dîner et de leur dessert.

Entre dix et onze heures, Edmund et Julia entrèrent au salon, revivifiés par l'air du soir, le visage rayonnant de joie et pleins de gaieté, au contraire des trois dames qu'ils y trouvèrent assises, car c'est à peine si Maria accepta de lever les yeux de son livre, cependant que lady Bertram s'assoupissait et que Mme Norris elle-même, déconcertée par la mauvaise humeur de sa nièce et dont les rares questions au sujet du dîner n'avaient pas reçu de réponse immédiate, paraissait presque décidée à ne plus ouvrir la bouche. Durant quelques minutes, le frère et la sœur poursuivirent avec trop d'enthousiasme l'éloge de la nuit et les réflexions que leur inspiraient les étoiles pour cesser de s'intéresser uniquement à eux-mêmes ; mais quand le premier silence s'établit, Edmund regarda autour de lui et demanda :

— Où est donc Fanny ? Elle est allée se coucher ?

— Non, pas à ma connaissance, répondit Mme Norris ; elle était là tout à l'heure.

La voix douce de Fanny s'élevant de l'autre côté de la pièce, qui était très longue, leur révéla qu'elle était assise sur le sofa. Mme Norris se mit à la tancer vertement :

— Quelle sottise, Fanny, que de perdre toute la soirée à se prélasser sur un sofa. Pourquoi ne venez-vous pas vous asseoir ici et vous employer, ainsi que nous, nous le faisons ? Si vous n'avez plus de couture, je peux vous en fournir une du panier destiné aux pauvres. Il reste tout ce calicot qui a été acheté la semaine dernière et dont personne n'a encore rien fait. Je suis sûre que je me suis fait très mal au dos en le coupant. Vous devriez apprendre à penser à autrui ; et croyez-moi sur parole, c'est là une attitude choquante pour une jeune personne que de passer tout son temps étendue sur un sofa.

Fanny avait regagné sa place à table, au beau milieu de ce discours et elle avait repris son ouvrage ; et Julia, qui était pleine d'entrain, après les plaisirs que lui avait réservés cette journée, lui rendit justice en s'exclamant :

— Il me semble, madame, que Fanny est l'une des personnes de la maison qui passe le moins de temps sur le sofa.

— Fanny, intervint Edmund, après avoir examiné son visage avec attention, je suis persuadé que vous avez mal à la tête.

Elle ne put le nier, mais ajouta que ce n'était pas très grave.

— J'ai du mal à vous croire, répliqua-t-il. Je connais trop bien vos traits. Depuis combien de temps souffrez-vous ?

— Depuis un moment avant le dîner. C'est simplement l'effet de la chaleur.

— Êtes-vous sortie aux heures chaudes ?

— Sortie ? Bien sûr qu'elle est sortie, coupa Mme Norris. Auriez-vous désiré qu'elle restât cloîtrée à l'intérieur par une journée comme celle-là ? N'étions-nous pas *toutes* dehors ? Votre mère elle-même est sortie aujourd'hui pendant un peu plus d'une heure.

— Oui, c'est vrai, Edmund, ajouta lady Bertram, qui avait été tout à fait arrachée à sa torpeur par la sévère réprimande de Mme Norris à l'égard de Fanny. Je suis restée dehors une heure. Je suis demeurée assise trois quarts d'heure dans le jardin de fleurs, pendant que Fanny cueillait des roses, et j'ai trouvé cela très plaisant, je vous l'assure, bien qu'il ait fait très chaud. La tonnelle formait un ombrage suffisant, mais je peux vous certifier que je redoutais le retour à la maison.

— Fanny a cueilli des roses, c'est bien cela ?

— Oui, et j'ai bien peur que ce soient les dernières que nous ayons cette année. La pauvre ! Elle, elle a trouvé qu'il faisait chaud, mais les fleurs étaient si épanouies que cela ne pouvait plus attendre.

— On ne pouvait faire autrement, c'est certain, intervint Mme Norris sur un ton radouci, mais je me demande, ma sœur, si ce n'est pas là qu'elle aura attrapé ce mal de tête. Rien n'est plus propre à vous le donner que de travailler debout ou penchée vers la terre sous un soleil brûlant. J'imagine, toutefois, que cela ira mieux demain. Et si vous lui donniez un peu de votre vinaigre aromatique ? J'oublie toujours de faire remplir mon flacon.

— Elle l'a déjà, répondit lady Bertram. Elle s'en sert depuis qu'elle est revenue de chez vous pour la seconde fois.

— Comment ! s'écria Edmund. Elle a marché et coupé des roses ! Traversé le parc en pleine chaleur jusqu'à votre maison, et elle a fait ce trajet par deux fois, madame ? Il ne faut pas s'étonner qu'elle souffre de migraine.

Mme Norris, qui s'entretenait avec Julia, n'entendit pas.

— Je craignais que cela soit trop pour elle, reconnut lady Bertram, mais une fois les roses récoltées, votre tante a exprimé le désir de les utiliser ; et dans ce cas, vous savez bien qu'il fallait les emporter chez elle.

— Et la quantité de roses était telle que Fanny a été contrainte de faire deux voyages ?

— Non, mais il fallait les mettre à sécher dans la chambre d'ami et, malheureusement, Fanny a oublié d'en refermer la porte et de rapporter la clé, c'est pourquoi elle a dû y retourner.

Edmund se leva et arpenta la pièce, en disant :

— Et personne d'autre que Fanny ne pouvait se charger de cette course ? Ma parole, madame, toute cette affaire-là a été bien mal menée.

— Il est certain que je ne vois pas comment on aurait pu s'y prendre mieux, s'écria Mme Norris, qui ne pouvait rester sourde plus longtemps ; à moins, il est vrai, que je ne m'y sois rendue en personne ; mais je ne saurais être en deux endroits à la fois ; et à ce moment-là, je parlais à M. Green de la servante de laiterie de votre mère, pour répondre au désir *de cette dernière* ; et j'avais promis à John, le groom, d'écrire à Mme Effraies au sujet de son fils, et le pauvre homme m'attendait déjà depuis une demi-heure. J'estime que personne ne peut m'accuser à bon escient d'épargner ma peine, quelles que soient les circonstances, mais je ne peux être partout à la fois. Quant à la course de Fanny chez moi, cela ne représente guère plus d'un quart de mille, et je ne crois pas avoir été déraisonnable en lui demandant de la faire. Combien de fois n'ai-je pas fait le trajet trois fois par jour, tôt le matin et tard le soir, et par tous les temps encore, et sans jamais m'en plaindre…

— J'aimerais que Fanny ait la moitié de votre résistance, madame.

— Si Fanny prenait de l'exercice de façon régulière, elle ne s'épuiserait pas aussi vite. Elle n'est pas montée à cheval depuis fort longtemps, maintenant, et je suis persuadée que quand elle ne monte pas, elle a besoin de marcher. Si elle avait fait une promenade à cheval plus tôt dans la journée, je ne lui aurais rien demandé. Mais j'ai pensé que cela lui ferait du bien après avoir travaillé la tête en bas parmi les roses, car rien ne vaut une promenade pour vous remettre après un effort comme celui-là ; et bien qu'il ait fait grand soleil, la chaleur n'était pas aussi forte que cela. Entre nous, Edmund, conclut-elle, avec un mouvement de tête significatif en direction de sa mère, c'est la cueillette des roses et la flânerie dans le jardin de fleurs qui auront causé tout le tort.

— Je le crains, en effet, admit avec candeur lady Bertram, qui avait surpris cette réflexion. J'ai bien peur que ce ne soit là qu'elle ait pris ce mal de tête ; car la chaleur y était assez forte pour abattre n'importe qui. C'est à peine si je la supportais moi-même. Le fait d'être assise comme je l'étais et de rappeler Pug pour essayer de l'empêcher d'aller dans les massifs de fleurs, c'était presque trop pour moi.

Edmund n'ajouta rien à l'adresse de ces deux dames ; mais il se dirigea en silence vers une seconde table où était demeuré le plateau du dîner, versa un verre de madère à Fanny et l'obligea à en boire les trois quarts. Elle aurait préféré refuser ; mais les larmes que faisaient perler à ses paupières les sentiments les plus divers l'incitèrent à avaler plutôt que de protester.

Edmund était irrité contre sa mère et sa tante, mais plus encore contre lui-même. Sa négligence à l'égard de Fanny était plus grave que toutes leurs entreprises. Rien de tout cela ne serait arrivé si l'on avait pris en compte ses besoins comme il l'aurait fallu ; mais on lui avait ôté durant quatre jours d'affilée tout choix de compagnie et d'exercice ; et elle s'était trouvée privée d'excuses pour éviter de répondre aux exigences de ses déraisonnables tantes. Il avait honte de penser que durant ces quatre jours, elle n'avait pas eu la possibilité de se promener à cheval, aussi prit-il la ferme résolution que cela ne se reproduirait plus jamais, malgré sa répugnance à priver Mlle Crawford d'un plaisir.

Fanny alla se coucher avec le cœur aussi lourd que le premier soir de son arrivée au Parc de Mansfield. Sa disposition d'esprit avait sans doute joué un rôle dans son malaise ; depuis quelques jours déjà, elle se sentait négligée et luttait contre le mécontentement et la jalousie. Tandis qu'elle s'appuyait contre le dossier du sofa où elle s'était retirée afin de ne pas être vue, elle ressentait une douleur morale bien plus violente que la migraine ; et le brusque revirement qui s'était produit grâce à la gentillesse d'Edmund lui laissait à peine la force de se soutenir.

8

Fanny reprit ses promenades à cheval dès le lendemain, et comme c'était une matinée agréable, où une brise tonifiante atténuait la chaleur des jours précédents, Edmund espéra que le préjudice causé à sa santé et à ses distractions serait vite compensé. Alors qu'elle faisait un tour, M. Rushworth arriva en compagnie de sa mère, qui venait rendre une visite de politesse, et qui tenait en particulier à marquer le respect des usages en insistant sur la mise en œuvre de l'excursion à Sotherton, un projet envisagé une quinzaine de jours auparavant, mais demeuré en sommeil du fait de son absence de chez elle, dans l'intervalle. Mme Norris et ses nièces furent ravies de le voir renaître, et l'on fixa une date rapprochée pour son exécution, sous réserve que M. Crawford n'ait pas d'autre obligation ; les jeunes filles insistèrent sur cette réserve, et bien que Mme Norris ait désiré se porter garante de son acceptation, elles ne l'autorisèrent ni à prendre cette liberté, ni à courir ce risque ; et au bout du compte, réagissant à une allusion voilée de Mlle Bertram, M. Rushworth comprit que la meilleure façon de s'en assurer serait pour lui d'aller à pied au presbytère et d'y voir M. Crawford, afin de s'enquérir si le mercredi suivant lui conviendrait ou non.

Mme Grant et Mlle Crawford arrivèrent avant son retour. Comme elles étaient sorties depuis un certain temps et avaient suivi un autre chemin pour gagner le Parc, elles ne l'avaient pas rencontré. Elles se montraient toutefois rassurantes en disant avoir le bon espoir qu'il trouve M. Crawford au presbytère. On évoqua, bien entendu, le projet d'excursion à Sotherton. Il était en effet difficile de parler d'autre chose, car Mme Norris se montrait enthousiaste sur le sujet, et Mme Rushworth, une femme pleine de bonnes intentions, bien élevée, mais bavarde et sentencieuse, pour qui rien n'avait d'importance en dehors de ce qui se rattachait aux préoccupations de son fils et aux siennes, n'avait pas encore renoncé à presser lady Bertram de se joindre à eux. Cette dernière continuait à décliner l'invitation, mais la manière placide dont elle opposait son refus laissait croire à Mme Rushworth qu'elle désirait tout de même venir, jusqu'au moment où le déluge de paroles de Mme Norris et sa voix plus forte la convainquirent de sa sincérité.

— La fatigue serait trop grande pour ma sœur, beaucoup trop grande, je vous l'assure, chère madame Rushworth. Dix milles pour l'aller, et dix pour le retour, comme vous le savez. Il vous faudra excuser ma sœur pour cette fois, et accepter que nos deux chères petites et moi-même venions sans elle. Sotherton serait bien le seul endroit au monde qui lui donnerait l'envie de s'aventurer aussi loin, mais en vérité, cela ne peut être envisagé. Elle aura la compagnie de Fanny Price, comprenez-vous, de sorte que tout ira à merveille ; quant à Edmund, puisqu'il n'est pas là pour prendre la parole, je puis vous assurer à sa place qu'il sera enchanté de nous rejoindre. Il s'y rendra à cheval, voyez-vous.

Mme Rushworth, contrainte de céder au désir de lady Bertram de rester chez elle, exprima ses regrets, car « être privée du plaisir de la société de lady Bertram serait un grand désappointement, et elle aurait été très heureuse aussi de recevoir la jeune fille, Mlle Price, qui n'était encore jamais venue à Sotherton, et regrettait qu'elle ne vît pas le domaine ».

— Vous êtes bien aimable, vous êtes d'une amabilité extrême, chère madame, s'écria Mme Norris, mais pour ce qui est de Fanny, elle aura maintes autres occasions de voir Sotherton. Le temps travaille pour elle ; et il est hors de question qu'elle s'y rende pour le moment. Lady Bertram ne peut absolument pas se passer d'elle.

— Ah ! non, je ne saurais me passer de Fanny.

Mme Rushworth, certaine que tout le monde n'avait qu'un désir, voir Sotherton, proposa ensuite d'inclure Mlle Crawford dans l'invitation ; et bien que Mme Grant, qui ne s'était pas donné la peine d'aller lui rendre visite, lors de son arrivée dans le pays, ait refusé l'invitation pour elle-même, elle était heureuse de procurer à sa sœur le moindre plaisir ; aussi, Mary, après s'être laissé prier, puis persuader, consentit-elle bientôt à accepter sa part des civilités. M. Rushworth revint du presbytère après avoir réussi dans sa mission, et Edmund apparut juste à temps pour apprendre ce qui avait été arrêté pour le mercredi suivant, raccompagner Mme Rushworth à sa voiture et redescendre à pied, à travers le parc, jusqu'à mi-chemin avec les deux autres visiteuses.

À son retour dans la petite salle à manger, il trouva Mme Norris en train de se demander si l'inclusion de Mlle Crawford dans le groupe qui ferait l'excursion était désirable ou non, et si la calèche de son frère ne serait pas déjà pleine sans elle. L'idée fit rire les demoiselles Bertram, qui l'assurèrent que la calèche transporterait sans peine quatre personnes, sans compter le siège du cocher, sur lequel *une autre* pourrait prendre place.

— Mais pourquoi faudrait-il, dit Edmund, que l'on utilise *uniquement* la calèche de M. Crawford ? Pourquoi ne pas prendre la *chaise* de ma mère ? L'autre jour, lorsqu'il a été question pour la première fois de cette promenade, je n'ai pas compris pourquoi une visite de famille ne pouvait pas être faite dans une voiture de famille.

— Comment ! s'indigna Julia, nous nous enfermerions toutes les trois dans une chaise de poste par un temps pareil, alors qu'on peut s'y rendre en calèche ! Non, mon cher Edmund, cela ne nous conviendra pas du tout.

— En outre, dit Maria, je sais que M. Crawford compte sur notre présence. D'après ce qu'il s'en est dit au début, il considère sans doute qu'il a notre promesse.

— Et d'ailleurs, mon cher Edmund, ajouta Mme Norris, sortir *deux* voitures là où *une seule* suffit serait causer un dérangement bien inutile ; et entre nous, le cocher n'aime pas beaucoup les routes qu'il faut emprunter entre ici et Sotherton ; il se plaint toujours amèrement des chemins creux où la voiture est éraflée, et vous savez bien que l'on ne tient pas à ce que Sir Thomas trouve, à son retour, le vernis tout écaillé.

— Voilà qui ne serait pas une manière très généreuse de faire appel à M. Crawford pour l'utilisation de la sienne, dit Maria ; mais à la vérité, Wilcox est un vieillard stupide qui ne sait pas conduire. Je vous assure que nous n'aurons pas d'accident fâcheux du fait de l'étroitesse des chemins, mercredi.

— Il n'y a rien de pénible, je suppose, rien de déplaisant, dit Edmund, à se percher sur le siège du cocher de la calèche…

— De déplaisant ! s'exclama Maria. Ah ! ma foi, non. Je crois qu'on la tient le plus souvent pour la place favorite. De là, on a un aperçu incomparable sur le pays environnant. Il est probable que Mlle Crawford choisira d'occuper elle-même la place sur le siège du cocher.

— Alors, nul n'élèvera d'objection si Fanny monte avec vous ; vous aurez sans aucun doute une place disponible pour elle.

— Fanny ! répéta Mme Norris. Mon cher Edmund, il n'est pas question qu'elle vienne avec nous. Elle restera auprès de sa tante. J'en ai averti Mme Rushworth. Fanny n'est pas attendue.

— Vous n'avez aucune raison, j'imagine, dit-il, en s'adressant à sa mère, pour souhaiter que Fanny ne fasse pas partie de l'excursion, en dehors du fait que cela importe pour vous, pour votre confort ? Si vous parveniez à vous passer d'elle, vous n'envisageriez pas de la garder ici ?

— Non, bien sûr que non, mais je ne puis me passer d'elle.

— Vous le pourriez si je demeurais ici près de vous, comme c'est mon intention.

Toutes se récrièrent en entendant ces paroles.

— Oui, poursuivit-il, car il n'est pas nécessaire que j'y aille, et j'ai l'intention de rester ici. Fanny a le vif désir de découvrir Sotherton. Je sais qu'elle y tient beaucoup. Il est rare qu'elle ait une telle satisfaction, et vous seriez heureuse, madame, j'en suis certain, de lui procurer un plaisir en cette occasion ?

— Ah ! oui, très heureuse, si votre tante n'y met pas d'objection.

Mme Norris s'empressa d'invoquer le seul empêchement qui subsistait, celui d'avoir assuré à Mme Rushworth que Fanny ne serait pas du déplacement, et l'impression très curieuse qu'ils donneraient s'ils arrivaient avec elle lui paraissait représenter une difficulté insurmontable. Leur attitude surprendrait au plus haut point ! Le procédé serait d'une impertinence qui friserait l'insolence envers Mme Rushworth dont les manières dénotaient l'excellente éducation et la délicatesse, aussi ne se sentait-elle pas capable d'y avoir recours.

Mme Norris n'avait aucune affection pour Fanny, et aucun désir de jamais lui procurer le moindre plaisir, mais son opposition d'*alors* à Edmund venait davantage de sa partialité à l'égard du projet, parce qu'il était *le sien*, que de tout autre chose. Elle estimait avoir arrangé cette affaire à merveille, et que la moindre modification serait à son détriment. Aussi, quand Edmund lui répondit, dès qu'elle fut en mesure de l'écouter, qu'il était inutile de se tourmenter au sujet de Mme Rushworth, car il avait profité de l'occasion, au moment où ils traversaient ensemble le hall d'entrée, pour lui annoncer que Mlle Price participerait sans doute à l'excursion, et il avait aussitôt reçu une invitation tout à fait satisfaisante pour sa cousine, Mme Norris fut-elle trop contrariée pour se soumettre de bonne grâce et se borna-t-elle à dire :

— Parfait, parfait, faites comme bon vous l'entendrez ; arrangez les choses à votre manière, je vous assure que cela m'est tout à fait égal.

— Cela semble très étrange, dit Maria, que ce soit vous et non Fanny qui restiez à la maison.

— Selon moi, elle devrait vous en être très reconnaissante, renchérit Julia, avant de se hâter de quitter la pièce, car elle se rendait compte que c'était elle qui aurait dû proposer de rester.

— Fanny éprouvera toute la reconnaissance qui convient à une telle occasion, se contenta de répondre Edmund, avant que le sujet ne soit abandonné.

Lorsque Fanny entendit parler de ce nouveau plan, c'est en réalité la gratitude qui l'emporta chez elle sur la joie. Elle réagit à ce témoignage de générosité avec toute la sensibilité qu'il attendait d'elle, et même davantage, car il ne soupçonnait pas la tendresse profonde qu'elle lui vouait ; mais qu'il renonçât à un plaisir pour elle l'affligea, et elle comprit que la satisfaction qu'elle éprouverait à visiter Sotherton serait, sans lui, inexistante.

La rencontre suivante entre les deux familles de Mansfield s'accompagna d'un nouveau remaniement du plan, et celui-là fut adopté à la satisfaction générale. Mme Grant tiendrait compagnie toute la journée à lady Bertram, à la place de son fils, et le Dr Grant viendrait les rejoindre pour le dîner. Lady Bertram se dit très contente de cette solution, et les jeunes filles retrouvèrent tout leur entrain. Edmund lui-même fut fort satisfait d'un arrangement qui rendait à nouveau possible sa participation à la sortie ; et de son côté, Mme Norris jugea excellente cette version du projet, assurant qu'elle l'avait eue sur le bout de la langue et qu'elle était sur le point de la proposer quand Mme Grant avait ouvert la bouche pour ce faire.

Le mercredi matin, la journée s'annonçait belle, et peu après le petit déjeuner, la calèche arriva, M. Crawford conduisant ses sœurs, et comme tout le monde était prêt, il n'y eut plus qu'à attendre que Mme Grant ait posé le pied à terre et que les jeunes filles y soient montées. La place recherchée entre toutes, le siège convoité, le poste honorifique n'avait pas d'occupante. À qui un sort favorable allait-il l'attribuer ? Tandis que chacune des demoiselles Bertram méditait sur la meilleure manière de l'obtenir, non sans feindre, le mieux possible, d'obliger les autres, ce fut Mme Grant qui trancha, au moment où elle descendait de voiture, en déclarant :

— Comme vous êtes cinq, je crois qu'il serait préférable que l'une d'entre vous s'asseye à côté d'Henry, et comme vous disiez l'autre jour que vous aimeriez savoir conduire, Julia, je pense que cela vous offrira une bonne occasion de prendre une leçon.

Heureuse Julia ! Malheureuse Maria ! La première grimpa en un instant sur le siège du cocher, la seconde, triste et dépitée, s'installa à l'intérieur, et la calèche se mit en route, accompagnée des souhaits de bon voyage des deux dames qui restaient, et par les aboiements de Pug, dans les bras de sa maîtresse.

La route suivie traversait une région riante ; et Fanny, qui n'avait jamais exploré à cheval de grandes étendues, se trouva bientôt en pays inconnu et fut ravie d'observer tout ce qui était nouveau et d'admirer tout ce qui la charmait. Les autres ne l'invitaient pas souvent à se mêler à la conversation, mais elle ne le désirait pas. Ses propres pensées et ses réflexions étaient d'habitude ses compagnes préférées ; et tandis qu'elle observait l'aspect de la campagne, l'orientation des routes, les différents sols, l'état de la moisson, les chaumières, le bétail ou les enfants, elle éprouvait un plaisir que seule aurait pu intensifier la possibilité de confier à Edmund ce qu'elle ressentait. C'était là le seul point qui la rapprochait de sa voisine, Mlle Crawford ; en dehors de l'intérêt qu'elle portait à Edmund, cette dernière différait en tous points de

Fanny. Elle n'avait ni sa délicatesse de goût ; d'esprit ou de sentiments ; elle contemplait la nature, la nature inanimée, sans vraiment l'observer ; elle n'accordait d'attention qu'aux hommes et aux femmes ; elle n'avait de talent que pour la frivolité ou la vivacité.

Cependant, lorsqu'elles cherchaient des yeux Edmund, et qu'une portion de route suffisante s'étendait derrière elles ou qu'il se rapprochait au cours de la montée d'une longue côte, elles n'avaient qu'une idée en tête, et plus d'une fois, elles s'écriaient de concert : « Le voici ! »

Au cours des sept premiers milles, Mlle Bertram éprouva fort peu de satisfactions ; elle avait toujours sous les yeux M. Crawford et sa sœur, assis côte à côte, qui soutenaient une conversation pleine d'entrain, et de rester là à voir le profil expressif de l'un, quand il se tournait pour sourire à Julia, ou d'entendre le rire de l'autre, était pour elle une source continuelle d'irritation, que son sens des convenances lui permettait tout juste de maîtriser. Quand Julia jetait un coup d'œil par-dessus son épaule, elle avait l'air ravie, et toutes les fois où elle adressait la parole à ses compagnes de route, elle le faisait avec une parfaite bonne humeur ; « la vue qu'elle avait des environs était charmante ; elle aurait bien voulu que toutes puissent l'admirer… », mais la seule personne à qui elle fit miroiter la possibilité d'un échange de place fut Mlle Crawford, mais la manière dont elle présenta les choses, alors qu'ils parvenaient au sommet d'une grande côte, ne fut pas plus encourageante que cela, « on découvre à présent un vaste panorama. J'aimerais que vous soyez à ma place pour le contempler, mais je suppose que vous n'accepterez pas de la prendre, aussi permettez-moi d'insister » ; et avant que Mlle Crawford n'ait pu lui répondre, ils filaient à nouveau grand train.

Quand ils furent à proximité du but et que se fit sentir l'influence des associations avec le nom de Sotherton, la situation s'améliora pour Mlle Bertram dont on aurait pu dire qu'elle avait deux cordes à son arc, une inclination pour

M. Rushworth, et une autre pour M. Crawford, et dans les environs de Sotherton, l'effet de la première était considérable. L'importance de M. Rushworth devenait la sienne. Elle ne pouvait indiquer à Mlle Crawford que « ces bois font partie de Sotherton », ne pouvait faire remarquer avec une feinte négligence « qu'il lui semblait bien que tout relevait à présent du domaine de M. Rushworth des deux côtés de la route », sans que la joie lui dilatât le cœur ; et c'était un bonheur de sentir augmenter son prestige à mesure qu'ils approchaient de la demeure seigneuriale du franc-alleu, la résidence héréditaire de la famille, avec tous les droits d'assemblée et de justice afférents.

— À partir de maintenant, nous n'aurons plus de mauvais chemins, mademoiselle Crawford, les passages difficiles sont derrière nous. Le reste de la route est tel qu'il devrait être. M. Rushworth l'a fait refaire depuis qu'il a hérité du domaine. Voilà où commence le village. Les chaumières sont dans un état lamentable. On considère que la flèche de l'église est d'une beauté remarquable. Je suis bien contente que cette église ne soit pas aussi proche de la maison de maître qu'elle l'est souvent dans les villages anciens. Le tintamarre des carillons doit être effroyable. Voici le presbytère ; le bâtiment est bien entretenu, et je crois comprendre que le pasteur et sa femme sont des gens très convenables. Et là, les maisons des indigents, construites par certains membres de la famille. La maison qui se dresse à droite est celle de l'intendant, un homme très respectable. Nous arrivons à présent à la grille d'entrée ; néanmoins, il faut encore rouler sur près d'un mille à travers le parc. Il n'est pas vilain, de ce côté-ci, comme vous pouvez vous en rendre compte ; il y a quelques beaux arbres, mais la situation de la maison est déplorable. Nous allons descendre la pente qui y mène sur un demi-mille, et c'est bien dommage, car la demeure ne serait pas laide, si elle avait une meilleure perspective d'approche.

Mlle Crawford ne fut pas en reste pour tout admirer ; elle devinait dans une large mesure les sentiments qui animaient

Mlle Bertram et se faisait un point d'honneur de l'aider à en tirer la plus vive satisfaction possible. Mme Norris se montrait aussi transportée de joie qu'intarissable ; Fanny elle-même trouvait les mots pour exprimer son admiration, et on lui prêtait une oreille complaisante. Elle fouillait du regard tout ce qui passait à sa portée, et après avoir eu du mal à découvrir le corps d'habitation, et observé que c'était « le gendre de demeure qu'elle ne pouvait contempler sans éprouver du respect », elle ajouta :

— À présent, où se trouve l'avenue ? La façade est orientée vers l'est, je m'en rends bien compte. L'avenue doit donc s'étendre de l'autre côté. M. Rushworth a dit qu'elle menait à la façade ouest.

— Oui, elle se trouve exactement derrière la maison ; elle commence à quelque distance, et elle s'élève sur un demi-mille jusqu'à l'extrémité du parc. Vous en apercevez une partie d'ici, une partie des arbres les plus éloignés. Elle est entièrement plantée de chênes.

Mlle Bertram était maintenant en mesure de fournir des informations précises sur un sujet dont elle avait paru tout ignorer, le jour où M. Rushworth lui avait demandé son opinion, et elle avait retrouvé autant d'entrain et d'excitation heureuse que la vanité et l'orgueil pouvaient lui en procurer, quand la voiture s'arrêta devant l'escalier d'honneur aux larges degrés de pierre, qui menait à l'entrée principale.

9

M. Rushworth se tenait à la porte pour accueillir la dame de ses pensées, et il entoura le groupe des visiteurs de tous les soins attentifs qui leur étaient dus. Au salon, ils furent salués par sa mère avec une cordialité égale à la sienne, et Mlle Bertram reçut de l'un, puis de l'autre, toutes les marques de distinction qu'elle pouvait désirer. Une fois calmée l'agitation de l'arrivée, il fut jugé avant tout nécessaire de se restaurer, et l'on ouvrit les portes à deux battants pour faire traverser aux invités un ou deux salons avant de les admettre dans l'une des petites salles à manger, où une collation aussi abondante qu'élégante avait été préparée en leur honneur. Bien des paroles furent échangées, bien des mets furent appréciés, et tout se déroula le mieux du monde. On en vint alors à considérer l'objectif particulier de la journée. Comment et avec quel moyen de transport M. Crawford préférait-il procéder à l'étude de la configuration du parc ? M. Rushworth offrit son cabriolet. M. Crawford exprima plutôt le désir de prendre une voiture capable de transporter plus de deux personnes. Selon lui, « il serait peut-être plus regrettable de se priver de l'avantage qu'apporteraient le regard et le jugement des autres que de perdre le plaisir procuré pour le moment par leur présence ».

M. Rushworth proposa de prendre aussi la chaise, mais ceci ne fut guère tenu pour une amélioration ; les jeunes filles n'eurent ni un sourire, ni une parole. Sa seconde suggestion, celle de montrer la demeure à ceux qui n'y étaient encore jamais venus, fut jugée plus acceptable, car Mlle Bertram était heureuse que l'on fît montre de ses dimensions imposantes, et les autres étaient contents d'avoir une occupation.

Tout le groupe se leva donc, et sous la conduite de Mme Rushworth parcourut bon nombre de salles, toutes hautes de plafond, souvent vastes, et meublées d'abondance dans le goût qui prévalait cinquante ans auparavant, avec des parquets cirés, de l'acajou massif, de précieux damas, du marbre, des dorures et des sculptures, ayant chacun un intérêt particulier. On y voyait aussi une profusion de peintures, dont un petit nombre de qualité, mais il s'agissait le plus souvent de portraits de famille, des gens inconnus de tous sinon de Mme Rushworth, qui s'était donné beaucoup de mal pour apprendre de l'intendante tout ce qu'elle en savait, et qui était maintenant presque aussi compétente qu'elle pour servir de guide dans la maison. En cette occasion, elle s'adressait surtout à Mlle Crawford et à Fanny, mais il n'était pas de commune mesure entre la bonne volonté respective qu'elles mettaient à l'écouter, car la première, qui avait visité des dizaines de grandes demeures sans se soucier d'aucune, ne lui accordait qu'une attention polie, tandis que Fanny, aux yeux de qui tout était presque aussi intéressant que neuf, l'écoutait évoquer, avec une application sincère, ce que la famille avait accompli dans le passé, son ascension sociale et ses distinctions, les visites royales et les loyaux services rendus, et elle était ravie d'établir des rapprochements avec des événements historiques connus ou de laisser s'enflammer son imagination à propos de scènes du passé.

La situation de la maison n'offrait presque pas de perspectives, quelle que soit la pièce où l'on se trouvât, et pendant que Fanny et certains des visiteurs demeuraient auprès de Mme Rushworth, Henry Crawford ne se départait pas d'un air grave et hochait la tête en regardant par les fenêtres. Toutes les pièces exposées à l'ouest donnaient sur une pelouse, et au-delà, sur l'avenue qui débutait aussitôt après les grilles et le portail en fer forgé.

Après avoir traversé bien d'autres pièces, qui ne semblaient avoir d'autre usage que de contribuer à l'impôt sur les fenêtres et à fournir du travail aux femmes de chambre, Mme Rushworth déclara :

— À présent, nous arrivons à la chapelle, à laquelle on accède en principe par l'étage, pour la contempler d'en haut, mais comme nous sommes entre amis, je vais vous faire passer par ici, si vous voulez bien me le pardonner.

Ils entrèrent. Fanny s'était attendue à voir quelque chose de beaucoup plus impressionnant qu'une vaste pièce oblongue, toute simple, installée à des fins de dévotion, sans décor plus frappant ou plus solennel qu'une profusion d'acajou, et, à l'étage, quelques coussins de velours cramoisi, visibles par-dessus le rebord de la balustrade de la galerie, destinée à la famille.

— Je suis déçue, cousin, confia-t-elle tout bas à Edmund. Cela ne correspond pas à l'idée que je m'étais faite d'une chapelle. Il n'y a ici rien de vénérable, rien de mélancolique, rien de majestueux. Je n'y vois ni bas-côtés, ni voûte, ni inscriptions, ni bannières. Nulle bannière, cousin, « agitée par le vent nocturne du ciel ». Nulle dalle pour signaler que « là-dessous dort un monarque écossais ».

— Vous oubliez, Fanny, que tout cela est de construction assez récente et de destination limitée, au contraire des chapelles des châteaux et monastères très anciens. Celle-ci était réservée aux propriétaires du domaine. Les membres de la famille auront été enterrés dans l'église paroissiale, j'imagine. C'est là-bas que vous devriez chercher les bannières et les armoiries.

— Il est absurde de ma part de n'avoir pas songé à tout cela, mais je suis déçue.

Mme Rushworth commença l'historique de la chapelle :

— Elle a été restaurée, telle que vous la voyez, sous le règne de Jacques II. Auparavant, si j'ai bien compris, les bancs étaient simplement lambrissés, et il existe des raisons de penser que la garniture et les coussins de la chaire et du banc de la famille étaient de simple drap pourpre, mais cela n'est pas tout à fait certain. C'est une belle chapelle, et on y célébrait constamment des services, matin et soir. Les prières y étaient toujours lues par le chapelain du domaine, et beaucoup s'en souviennent encore. Mais du vivant de mon mari, M. Rushworth, il a été renoncé à cette habitude.

— Chaque génération apporte ses transformations, remarqua Mlle Crawford avec le sourire, en s'adressant à Edmund.

Mme Rushworth s'en fut répéter sa leçon à M. Crawford, et Edmund, Fanny et Mlle Crawford restèrent groupés où ils étaient.

— Quel dommage, s'écria Fanny, qu'une telle coutume ait été abandonnée. C'était là un héritage précieux du passé. La présence d'une chapelle et d'un chapelain s'accorde si bien avec une grande maison, et avec l'idée que l'on se fait de ceux qui en font partie. Quelle belle chose que l'assemblée régulière de toute une famille pour la prière !

— Quelle belle chose, en vérité ! reprit Mlle Crawford en riant. Cela doit faire grand bien aux chefs de famille que de contraindre l'ensemble des femmes de chambre et des valets à abandonner leur travail et leurs distractions, afin de venir ici dire leurs prières deux fois par jour, tandis qu'eux-mêmes s'inventent des excuses pour s'en exempter.

— Ce n'est guère *là* la manière dont Fanny se représente une assemblée de prière familiale. Si le maître et la maîtresse de maison n'y assistent pas eux-mêmes, voilà un usage qui est sans doute plus nuisible qu'utile.

— En tous les cas, il est préférable de laisser aux gens toute liberté dans ce domaine. Chacun aime agir à sa guise, choisir l'heure et la forme de ses dévotions. L'obligation d'assistance aux services, l'observation stricte des règles, la contrainte, le temps consacré – tout cet ensemble est redoutable, et nul n'aime à s'y plier ; et si les braves gens qui s'agenouillaient et qui rêvassaient dans cette galerie avaient pu prévoir que le jour viendrait où des hommes et des femmes pourraient rester couchés dix minutes de plus, un matin où ils auraient mal à la tête, sans encourir de réprobation pour avoir manqué l'office, ils auraient sauté de joie et d'envie. Vous figurez-vous le nombre de fois où les belles de la maison Rushworth sont venues à regret dans cette chapelle ? Des jeunes épousées du nom d'Eleanor ou de Bridget, raidies dans une piété apparente, mais la tête pleine de tout autre chose, surtout si le malheureux chapelain n'avait pas belle apparence, et en ce temps-là, j'imagine que les ecclésiastiques étaient très inférieurs à ceux que l'on voit aujourd'hui.

Durant quelques instants, elle ne reçut pas de réponse. Fanny rougit et regarda Edmund, mais elle était trop indignée pour parler ; et lui, de son côté, eut besoin d'un moment de réflexion avant de pouvoir dire :

— Votre vivacité d'esprit est telle que c'est à peine si vous pouvez conserver votre sérieux, même sur des sujets graves.

Vous nous avez brossé un amusant tableau, et la nature humaine est ainsi faite que l'on ne saurait nier que les choses aient pu se passer de la sorte. On ressent tous *quelquefois* de la difficulté à fixer ses pensées comme on le souhaiterait ; mais si vous supposez que cela se produit souvent, que c'est une faiblesse devenue habituelle sous l'effet de la négligence, que faudrait-il attendre des dévotions *privées* de telles personnes ?

— Croyez-vous que des esprits que l'on autorise, que l'on encourage à s'évader dans une chapelle, seraient plus recueillis dans un boudoir ?

— Oui, selon toute vraisemblance. Ils bénéficieraient au moins de deux avantages. Leur attention trouverait moins de distractions extérieures, et elle ne serait pas éprouvée aussi longtemps.

— L'esprit qui ne parvient pas à lutter contre lui-même en *une* circonstance particulière trouverait, selon moi, le moyen de se distraire en *d'autres* ; et l'influence du lieu et de l'exemple fait souvent naître de meilleurs sentiments que ceux que l'on avait au départ. Néanmoins, j'admets que le service, d'une plus longue durée, demande parfois un effort trop difficile à l'esprit. On voudrait qu'il n'en soit pas ainsi, mais je n'ai pas quitté Oxford depuis si longtemps que j'aie oublié à quoi ressemblaient les prières à la chapelle.

Pendant ce temps, le reste du groupe s'était dispersé à travers la chapelle, et Julia attira l'attention de M. Crawford sur sa sœur, en lui disant :

— Regardez donc Maria et M. Rushworth, debout l'un près de l'autre, tout à fait comme si on allait célébrer la cérémonie. Ne donnent-ils pas l'impression de s'y trouver déjà ?

M. Crawford acquiesça avec le sourire, mais il s'approcha de Maria et lui dit de façon à n'être entendu que d'elle :

— Je n'aime pas voir Mlle Bertram si près de l'autel.

La jeune fille sursauta et, d'instinct, s'écarta de quelques pas, puis elle se reprit un instant plus tard, affecta d'en rire et lui demanda en haussant à peine le ton « s'il consentirait à l'y mener ».

— Il est à craindre que je serais alors très embarrassé, répondit-il, avec un regard complice.

Julia les rejoignit à ce moment-là et poursuivit la plaisanterie :

— Ma parole, il est vraiment dommage que nous n'ayons pas l'autorisation nécessaire pour que la cérémonie ait lieu sans plus attendre, car nous sommes tous réunis ici, et rien au monde ne pourrait être plus aimable et plus plaisant.

Elle poursuivit ses allusions et ses rires avec si peu de précautions qu'elle fut comprise de M. Rushworth et de sa mère, exposant ainsi sa sœur aux galanteries que lui murmura son prétendant, tandis que Mme Rushworth évoquait, avec les sourires et la dignité qui s'imposaient, ce qui serait pour elle le plus heureux des événements, quelle que soit la date à laquelle il ait lieu.

— Ah ! si seulement Edmund avait reçu l'ordination, reprit Julia, avant de courir vers l'endroit où il se tenait en compagnie de Mlle Crawford et de Fanny. Mon cher Edmund, si vous étiez déjà entré dans les ordres, vous pourriez célébrer la cérémonie sans plus attendre. Quel dommage que vous ne soyez pas ordonné ! M. Rushworth et Maria sont tout prêts.

Pendant que Julia parlait, l'expression de Mlle Crawford aurait amusé un observateur impartial. Elle paraissait frappée de consternation par la nouvelle qu'elle apprenait. Fanny eut pitié d'elle. Une pensée lui traversa l'esprit : « Comme elle va être attristée de ce qu'elle vient de dire ! »

— Ordonné ! s'exclama Mlle Crawford. Comment ? Vous allez être pasteur ?

— Oui, je prendrai les ordres aussitôt après le retour de mon père ; à Noël, probablement.

Mlle Crawford, qui reprenait ses esprits et retrouvait ses couleurs, se contenta de dire :

— Si j'avais su cela plus tôt, j'aurais parlé du clergé avec plus de respect.

Puis elle changea de sujet.

Peu après, la chapelle fut laissée au silence et au calme qui y régnaient toute l'année, à de rares exceptions près. Mlle Bertram, mécontente de sa sœur, sortit la première, et le reste du groupe parut estimer qu'on était demeuré bien assez longtemps en ce lieu.

Tout le bas de la maison avait été maintenant visité, et Mme Rushworth, qui ne se lassait pas de défendre cette cause, s'apprêtait à monter le grand escalier et à leur montrer les pièces du premier étage, quand son fils s'interposa en exprimant le doute qu'ils en aient encore le loisir, « car, dit-il, en démontrant une évidence telle que ne les évitent pas toujours les esprits les mieux éclairés, si nous consacrons *trop* de temps à la maison, il ne nous en restera plus pour ce qui doit être vu à l'extérieur. Il est deux heures passées, et il est prévu que nous dînions à cinq heures ».

Mme Rushworth s'inclina, et la question de l'inspection du parc, en compagnie de qui et avec quelle voiture, allait sans doute être débattue de façon plus poussée, et Mme Norris commençait à échafauder des plans sur la manière dont on pourrait obtenir le maximum de résultats en combinant véhicules et chevaux, quand les jeunes gens, apercevant une porte qui s'ouvrait de façon tentante sur une volée d'escalier, et de là, directement sur une pelouse, des buissons, et tous les charmes du jardin d'agrément, comme cédant à une seule impulsion, un seul désir d'air et de liberté, sortirent tous d'un commun accord.

— Et si nous débutions par ici, proposa poliment Mme Rushworth, qui saisit l'occasion et leur emboîta le pas par courtoisie. C'est l'endroit où l'on voit la plus grande diversité de nos plantes, et voilà les curieux faisans.

— Je me demande, dit M. Crawford, en regardant autour de lui, si l'on ne trouverait pas quelque chose à utiliser ici, sans aller plus loin ? J'aperçois des murs riches de promesses. Monsieur Rushworth, tiendrons-nous conseil sur cette pelouse ?

— James, dit Mme Rushworth à son fils, je crois que le désert serait une nouveauté pour toute la compagnie. Les demoiselles Bertram n'ont encore jamais vu notre désert.

Nul ne fit d'objection, mais durant quelque temps, il ne se dessina aucune tendance à adopter un plan ou à s'engager dans une direction plutôt qu'une autre. Tous furent d'abord attirés par les plantes ou par les faisans, et ils se dispersèrent dans une joyeuse indépendance. M. Crawford fut le premier à s'écarter, afin d'examiner les possibilités d'amélioration de ce côté de la maison. La pelouse, limitée de part et d'autre par un haut mur, se prolongeait après les premiers parterres par un boulingrin, puis au-delà par une longue promenade en terrasse, longée par une clôture en fer, qui permettait à la vue de plonger sur les sommets des arbres du désert, car ce lieu écarté et sauvage débutait aussitôt après. C'était là un excellent endroit pour juger de la disposition du parc. M. Crawford y fut bientôt rejoint par Mlle Bertram et M. Rushworth, et quand, au bout de quelque temps, les autres visiteurs se répartirent en petits comités, Edmund, Mlle Crawford et Fanny, qui paraissaient se rassembler tout aussi naturellement, les trouvèrent tous les trois en grande conversation sur la terrasse, et après avoir partagé un bref moment leurs regrets et leurs préoccupations, les quittèrent et poursuivirent leur exploration. Les trois dernières personnes, Mme Rushworth, Mme Norris et Julia, étaient à la traîne ; car Julia, dont l'heureuse étoile avait pâli, était obligée de rester auprès de Mme Rushworth et de freiner ses pieds impatients pour s'adapter à la démarche lente de cette dame, cependant que sa tante, ayant entamé une conversation avec l'intendante, sortie pour nourrir les faisans, fermait la marche et conversait avec cette dernière. La pauvre Julia, la seule des neuf à n'être pas vraiment satisfaite de son sort, se trouvait à présent dans un état de profonde pénitence, et n'avait plus rien en commun avec la jeune fille perchée sur le siège du cocher de la calèche, ainsi qu'on peut l'imaginer. La politesse qu'on lui avait appris à considérer comme un devoir lui interdisait de s'échapper, et le manque d'un meilleur empire sur soi-même, d'une juste considération des autres, d'une connaissance de son propre cœur, de tout principe d'équité, qui n'avaient jamais formé une partie essentielle de son éducation, lui rendait pénible l'obligation de s'y plier.

— Il fait une chaleur étouffante, constata Mlle Crawford, quand ils eurent fait quelques pas sur la terrasse, et qu'ils se furent approchés pour la seconde fois du portail, dressé en son milieu, qui donnait accès au désert. L'un d'entre nous s'oppose-t-il à ce que nous soyons plus confortables ? Voilà un beau petit bois, si seulement on pouvait l'atteindre. Quel bonheur ce serait si le portail n'était pas fermé ! Mais bien entendu, il le sera, car sur ces grandes propriétés, les jardiniers sont les seuls qui puissent aller où bon leur semble.

Il s'avéra toutefois que le portail n'était pas fermé à clé, et ils s'accordèrent pour le franchir avec joie et laisser derrière eux l'aveuglante lumière du plein soleil dont rien ne filtrait les rayons. Un escalier d'une longueur considérable les conduisit au désert, qui était un bois d'environ deux acres, composé surtout de mélèzes, de lauriers et de hêtres taillés, et même s'il était planté avec trop de régularité pour être pittoresque, on y trouvait de la lumière tamisée, de l'ombrage et une beauté plus naturelle que celle du boulingrin et de la terrasse. Ils en apprécièrent tous la fraîcheur et, durant quelque temps, se contentèrent de s'y promener et de l'admirer. Enfin, après un long silence, Mlle Crawford prit la parole :

— Ainsi, vous allez devenir pasteur, monsieur Bertram ? Voilà qui est plutôt une surprise pour moi.

— Pourquoi devriez-vous en être surprise ? Vous devez vous douter qu'il me faut exercer une profession, et vous rendre compte que je ne suis ni avocat, ni soldat, ni marin.

— Tout à fait exact, mais en bref, cela ne m'était pas venu à l'idée. Et puis, comme vous le savez, il se trouve souvent un oncle ou un grand-père qui laisse sa fortune au second fils.

— Un usage très louable, reconnut Edmund, mais qui n'est pas tout à fait universel. Je suis l'une des exceptions à la règle, et comme il en est *ainsi*, il faut que je me prenne en charge.

— Mais pourquoi choisir le clergé ? Je croyais que tel était le sort du benjamin dans les familles nombreuses, quand tous les frères qui l'avaient précédé avaient opéré un choix.

— Croyez-vous donc que l'on ne choisisse jamais l'Église ?

— *Jamais* est un bien grand mot. Mais oui, si l'on considère que dans la conversation, *jamais* équivaut à *rarement*. Je le crois donc car que peut-on attendre de l'Église ? Les hommes aiment à se distinguer, et l'on peut atteindre à la distinction dans tous les autres états, mais pas au sein de l'Église. Un pasteur n'est rien.

— Le *rien* de la conversation a ses degrés, je l'espère, tout comme le *jamais*. Un pasteur ne peut s'élever ni dans l'État, ni parmi les gens à la mode. Il ne saurait s'ériger en défenseur des foules, ni en arbitre des élégances. Mais je refuse de compter pour rien une profession chargée de tout ce qui est de première importance pour l'humanité, considérée de manière individuelle ou collective, temporelle ou éternelle, qui est aussi la gardienne de la religion et de la morale, et par conséquent, des mœurs soumises à leur influence. Nul, ici, ne peut tenir pour inutiles les *fonctions sacerdotales*. Si l'homme qui les exerce n'est rien, c'est parce qu'il néglige ses devoirs, qu'il renonce à leur accorder toute leur importance, et qu'il s'est détourné de sa voie pour apparaître sous un aspect qu'il n'aurait jamais dû présenter.

— *Vous*, vous tenez le pasteur pour un homme de plus de conséquence qu'il n'est d'usage de lui en accorder ou que je sois tout à fait capable de comprendre. On n'est guère sensible à cette influence et à ce prestige dans la bonne société, et comment y seraient-ils acquis s'ils sont trop rarement visibles ? Comment deux sermons par semaine, à supposer qu'ils méritent d'être écoutés, et dans la mesure où le prédicateur aurait le bon sens de préférer ceux du révérend Hugh Blair aux siens, auraient-ils tous les résultats dont vous parlez, c'est-à-dire gouverner la conduite et façonner les mœurs d'une vaste congrégation pour le reste de la semaine ? Il est rare qu'on voie un ecclésiastique quand il n'est pas en chaire.

— *Vous*, vous parlez de Londres. *Moi*, je parle de la nation tout entière.

— La métropole, j'imagine, est un assez bon exemple du reste.

— Non, je l'espère, dans la proportion du vice par rapport à la vertu pour tout le royaume. Nous ne prenons pas les grandes villes pour modèle en matière de moralité. Ce n'est pas là que les hommes respectables des différentes confessions font le plus grand bien ; et ce n'est pas là non plus que l'influence du clergé se fait le plus sentir. Un bon prédicateur a son auditoire et il est admiré ; mais ce n'est pas seulement par la qualité du style de sa prédication qu'un bon ecclésiastique est utile à sa paroisse et à ses environs, là où les paroissiens et leurs voisins sont en nombre assez réduit pour connaître son caractère personnel, et observer la manière dont il dirige sa vie, de façon plus générale, ce qui, à Londres, est rarement le cas. Les membres du clergé s'y perdent dans la foule des fidèles. Ils n'en sont connus, pour la plupart, que pour leurs talents d'orateurs. Quant à l'influence qu'ils exercent sur les manières d'agir du grand public, que Mlle Crawford ne se méprenne pas sur mon compte, ni ne suppose que je veuille les considérer comme les arbitres du bon ton, établissant les règles du raffinement et de la courtoisie, les maîtres de cérémonie de la vie. Les *mœurs* dont je parle devraient sans doute être plutôt qualifiées de *conduite*, celle qui résulte de l'application des bons principes ; l'effet, en bref, de ces doctrines qu'il est de leur devoir d'enseigner et de recommander ; et l'on constatera, je crois, que partout où les membres du clergé se comportent ou non comme ils le devraient, ils sont imités par toute la nation.

— C'est certain, approuva Fanny, avec une douce fermeté.

— Et voilà ! s'écria Mlle Crawford, vous en avez déjà tout à fait convaincu Mlle Price.

— J'aimerais aussi en convaincre Mlle Crawford.

— Je ne pense pas que vous y parveniez jamais, dit-elle, avec un sourire ironique. Ma surprise est tout aussi grande à présent qu'elle l'était tout à l'heure de voir que vous projetez d'entrer dans les ordres. Vous avez réellement la capacité de faire mieux. Allons, ravisez-vous. Il n'est pas trop tard. Faites carrière dans le droit.

— Une carrière dans le droit ! Vous dites cela avec la même aisance dont vous usiez pour me faire entrer dans ce désert.

— Maintenant, vous allez soutenir que le plus désert des deux, c'est la carrière juridique, mais là, je vous devance ; souvenez-vous que j'ai pris les devants.

— Inutile de vous précipiter pour m'empêcher de faire un *bon mot*, car cette sorte d'esprit est étrangère à ma nature. Je suis un homme très terre à terre, qui dit ce qu'il pense, et qui peut tâtonner à la recherche d'une repartie durant une demi-heure sans jamais trouver le mot juste.

Un silence général s'établit. Chacun d'eux réfléchissait. Fanny fut la première à renoncer à ce mutisme et à dire :

— Je m'étonne d'être fatiguée après m'être simplement promenée dans cet agréable bois, mais la prochaine fois que nous rencontrerons un banc, si cela ne vous ennuie pas, je serais contente de m'asseoir un peu.

— Ma chère Fanny, s'écria Edmund, en glissant aussitôt le bras de sa cousine sous le sien, quelle étourderie de ma part ! J'espère que vous n'êtes pas trop fatiguée. Peut-être, poursuivit-il, en se tournant vers Mlle Crawford, mon autre compagne me fera-t-elle l'honneur d'accepter mon bras ?

— Je vous remercie, mais je ne me sens pas du tout fatiguée.

Tout en parlant, elle lui prit tout de même le bras, et la satisfaction de la voir faire ce geste, la sensation de se trouver en contact avec elle pour la première fois, lui firent un peu oublier Fanny.

— C'est à peine si vous m'effleurez, lui dit-il. Je ne vous suis d'aucune utilité. Comme le poids du bras d'une femme diffère de celui d'un homme ! À Oxford, j'avais pris l'habitude de suivre une rue sur toute sa longueur bras dessus bras dessous avec un camarade, et vous, en comparaison, vous êtes aussi légère qu'une plume.

— Sincèrement, je ne suis pas fatiguée, et j'en suis presque étonnée, car nous avons dû parcourir au moins un mille dans ce bois. Vous ne croyez pas ?

— Pas même un demi-mille, affirma-t-il avec vigueur, car il n'était pas amoureux au point d'évaluer les distances ou le temps écoulé avec une insouciance toute féminine.

— Ah ! mais vous ne tenez pas compte du grand nombre de détours que nous avons accomplis. Notre progression a été très sinueuse ; et le bois à lui tout seul doit bien avoir plus d'un demi-mille en ligne droite, car nous n'en avons jamais vu le bout, depuis que nous avons quitté l'allée principale.

— Mais si vous voulez bien rappeler vos souvenirs, avant que nous ne quittions cette première allée, nous en avons aperçu le débouché droit devant nous. Nous avons alors eu toute la perspective sous les yeux, et découvert qu'elle s'achevait par une grille en fer forgé, et qu'elle n'avait guère plus d'un furlong de long.

— Oh, j'ignore tout de vos furlongs, mais ce dont je suis sûre, c'est qu'il s'agit d'un très long bois, et que nous n'avons cessé d'y faire des tours et des détours depuis que nous y sommes entrés ; et donc, quand je prétends que nous avons parcouru un mille, je parle de choses qui sont à ma portée.

— Nous sommes ici depuis précisément un quart d'heure, lui opposa Edmund, en sortant sa montre de sa poche. Nous croyez-vous capables de couvrir quatre milles à l'heure ?

— Ah ! ne m'attaquez pas avec votre montre. Une montre est toujours en avance ou en retard. Je ne vais pas laisser une montre me dicter ma conduite.

Quelques pas supplémentaires les conduisirent au bout de l'allée dont il avait été question ; et en retrait, bien ombragé et bien abrité, un banc de taille confortable donnait sur un *haha* – un saut-de-loup – et par-delà, sur le parc, aussi y prirent-ils place tous les trois.

— Je crains que vous ne soyez très fatiguée, Fanny, dit Edmund, en l'observant ; pourquoi n'avoir rien dit plus tôt ? Vous garderez un mauvais souvenir des distractions de cette journée, si vous devez en revenir épuisée. N'importe quel exercice la fatigue très vite, mademoiselle Crawford, à l'exception des promenades à cheval.

— Mais alors, il est abominable de votre part de m'avoir laissée monopoliser son cheval ainsi que je l'ai fait la semaine dernière ! J'ai honte pour vous et pour moi, et cela ne se reproduira plus jamais.

— La délicatesse et la considération dont vous témoignez à son égard me rendent plus sensible ma propre négligence. Les intérêts de Fanny me semblent entre des mains plus sûres quand ils sont entre les vôtres qu'entre les miennes.

— Pourtant, qu'elle soit lasse à présent ne me surprend pas, car dans le cours de nos obligations, il n'est rien d'aussi épuisant que ce que nous avons fait ce matin, visiter une grande demeure, flâner de pièce en pièce, s'user les yeux et faire un effort d'attention, prêter l'oreille à ce que l'on ne comprend pas, manifester de l'admiration pour ce qui vous laisse indifférent. On considère en général qu'il n'est rien de plus accablant au monde, et Mlle Price s'en est aperçue, même si elle l'ignorait.

— Je serai vite reposée, assura Fanny ; rester à l'ombre par une belle journée, et contempler de la verdure, il n'existe pas de meilleur délassement.

Après être demeurée assise quelques instants, Mlle Crawford se releva.

— Il faut que je bouge, affirma-t-elle, le repos me fatigue. J'ai regardé de l'autre côté de ce haha jusqu'à n'en plus pouvoir. Il faut que j'aille jusqu'à la grille pour contempler le paysage sans le voir avec la même précision.

Edmund quitta le banc à son tour.

— À présent, mademoiselle Crawford, si vous regardez vers le haut de l'allée, vous vous convaincrez qu'elle n'a pas un demi-mille de long, et même pas un quart de mille.

— C'est là une distance immense, dit-elle ; un coup d'œil me suffit pour juger de *cela*.

Il s'efforça encore de la raisonner, mais ce fut en vain. Elle ne voulait pas calculer ; elle ne consentait pas à comparer. Elle s'entêtait à sourire et à protester. Le raisonnement rationnel le plus poussé n'aurait pu être plus séduisant, aussi poursuivirent-ils la conversation à leur mutuelle satisfaction. Enfin, il fut convenu qu'ils s'efforceraient de préciser les dimensions du bois en l'arpentant un peu plus longtemps. Ils iraient jusqu'à l'une de ses lisières, dans le prolongement du point où ils se trouvaient, car un chemin herbu, au tracé rectiligne, courait tout en bas du bois, le long du saut-de-loup, puis ils tourneraient sans doute pour remonter sur une courte distance dans une autre direction, si cela semblait devoir les aider, mais ils reviendraient au bout de quelques minutes. Fanny annonça qu'elle était reposée et elle serait volontiers repartie, mais on ne le lui permit pas. Edmund la pressa de demeurer où elle était avec tant d'insistance qu'elle n'osa protester, et se retrouva seule sur le banc, à songer avec plaisir à l'intérêt que lui portait son cousin, tout en regrettant vivement de n'avoir pas plus de résistance. Elle les regarda s'éloigner jusqu'à ce qu'ils tournent à l'angle, puis elle prêta l'oreille jusqu'au moment où le silence retomba derrière eux.

10

Un quart d'heure, vingt minutes s'écoulèrent, et Fanny songeait toujours à Edmund, à Mlle Crawford et à elle-même, sans que personne vînt troubler ses pensées. Peu à peu, elle s'étonna de rester seule si longtemps et tendit l'oreille, animée qu'elle était du vif désir d'entendre à nouveau le bruit de leurs pas et de leurs voix. Elle redoubla d'attention, et à la fin, elle entendit quelque chose ; des voix et des pas se rapprochèrent ; mais elle venait à peine de se convaincre que ce n'étaient pas ceux qu'elle attendait que Mlle Bertram, M. Rushworth et M. Crawford débouchèrent du chemin qu'elle avait suivi elle-même, et furent soudain devant elle.

« Mademoiselle Price toute seule ! » et « Ma chère Fanny, que s'est-il passé ? », telles furent les premières paroles dont on la salua. Elle raconta son histoire.

— Pauvre chère Fanny, s'écria sa cousine, comme ils vous ont maltraitée. Vous auriez mieux fait de rester avec nous.

Alors, prenant place sur le banc entre ses deux cavaliers, elle reprit le cours de la conversation qu'ils avaient soutenue jusqu'alors, et débattit avec beaucoup d'enthousiasme des possibilités d'amélioration du domaine. Rien n'était arrêté ; mais Henry Crawford était plein d'idées et de projets, et le plus souvent, ce qu'il proposait était aussitôt approuvé, tout d'abord par la jeune fille, puis par M. Rushworth dont le principal souci semblait être d'écouter les autres, et qui hasardait rarement une pensée originale, si ce n'est pour exprimer une fois de plus le regret qu'ils n'aient pas vu la propriété de son ami Smith.

Au bout de quelques minutes consacrées à ces échanges, Mlle Bertram remarqua l'existence de la grille en fer, et exprima le désir de pénétrer dans le parc, où leurs points de vue et leurs plans pourraient être affinés et complétés. De l'avis d'Henry Crawford, c'était précisément la chose la plus souhaitable, la meilleure, la seule façon de progresser et de tirer quelque avantage ; et il aperçut aussitôt, à moins d'un demi-mille de distance, une petite éminence qui commandait la maison exactement comme il le fallait. Il était donc nécessaire d'aller jusqu'à cette hauteur, et pour cela, de franchir la grille ; mais la grille était fermée. M. Rushworth regretta de n'avoir pas pris la clé ; il avait failli se demander s'il ne prendrait pas cette clé ; il se promettait de ne plus jamais venir sans elle dans ces parages ; tout de même, cela ne supprimait pas la présente difficulté. Ils ne pouvaient passer, et comme l'envie qu'en avait Mlle Bertram ne diminuait nullement, M. Rushworth finit par déclarer tout net qu'il irait chercher cette clé. En conséquence, il rebroussa chemin.

Quand il se fut éloigné, M. Crawford déclara :

— Il est incontestable que c'est la meilleure décision que nous puissions prendre pour le moment, puisque nous sommes déjà à bonne distance de la maison.

— Oui, on ne saurait prendre un autre parti. Mais à présent, soyez sincère, ne trouvez-vous pas que dans l'ensemble, la demeure est pire que ce que vous en attendiez ?

— Non, à vrai dire, il en va tout autrement. Elle me paraît plus réussie, plus imposante et plus uniforme de style que je ne m'y attendais, même si le style ne compte pas parmi les plus heureux. Et à vous dire le vrai, poursuivit-il en baissant la voix, pour ma part, je ne reverrai jamais Sotherton avec autant de plaisir que je n'en éprouve à présent. Un autre été ne saurait l'embellir à mes yeux.

Après un bref moment de confusion, la jeune fille répondit :

— Vous êtes trop homme du monde pour ne pas voir avec les yeux du monde. Si d'autres estiment que Sotherton s'est embelli, je ne doute pas que vous ne jugiez de même.

— Je crains de n'être pas, sur certains points, l'homme du monde qu'il serait bon que je sois. Mes sentiments n'ont pas l'évanescence de ceux des mondains, et je n'exerce pas avec l'aisance qui est la leur un empire sur ma mémoire du passé.

Il s'ensuivit un court silence, puis Mlle Bertram reprit :

— Vous vous êtes bien amusé, semble-t-il, à l'aller, ce matin. J'étais heureuse de vous voir si bien vous distraire. Julia et vous n'avez cessé de rire tout au long de la route.

— Avons-nous ri ? Oui, je suppose que nous l'avons fait, mais je n'ai pas gardé le moindre souvenir de ce dont il s'agissait. Ah ! je lui racontais, je crois, quelques anecdotes ridicules concernant un vieux groom irlandais de mon oncle. Votre sœur aime à rire.

— Vous la trouvez plus gaie que moi ?

— Elle est plus facile à amuser, répondit-il, et par conséquent, vous comprenez, ajouta-t-il en souriant, d'un commerce plus aisé. Je n'aurais pu espérer vous distraire, *vous*, avec des anecdotes irlandaises durant les dix milles de la promenade.

— Par nature, je crois bien être aussi gaie que Julia, mais je suis plus préoccupée qu'elle, pour le moment.

— Vous l'êtes, sans aucun doute ; et il est des situations où montrer trop d'enjouement dénote de l'insensibilité. Vos perspectives d'avenir sont toutefois trop belles pour justifier un manque d'entrain. Vous avez devant vous des horizons fort souriants.

— Vous parlez au sens littéral ou figuratif ? J'en conclus que c'est au sens littéral. Oui, assurément, le soleil brille et le parc a un aspect fort riant. Mais malheureusement, cette grille en fer, ce haha, me donnent une impression de contrainte et de privation. « Je ne puis sortir », dit l'étourneau.

Et tout en prononçant ces mots avec un accent de sincérité, elle se dirigea vers la grille ; il la suivit.

— M. Rushworth met tant de temps à rapporter cette clé !

— Et pour tout l'or du monde, vous ne voudriez sortir sans la clé, et sans l'autorité et la protection de M. Rushworth, ou bien je crois qu'avec mon assistance, vous pourriez, sans grande difficulté, contourner la grille, par ici ; je pense que ce serait facile, si vous souhaitiez vraiment vous sentir libérée, et vous persuader que cela n'est pas défendu.

— Défendu ! quelle sottise ! je suis certainement capable de sortir ainsi, et c'est ce que je vais faire. M. Rushworth sera là dans quelques instants, vous savez, et nous ne serons pas hors de vue.

— Ou si nous le sommes, Mlle Price aura l'obligeance de lui dire qu'il nous trouvera près de cette butte, dans le boqueteau de chênes sur la butte.

Fanny, sentant que tout cela était inconvenant, ne put se défendre de faire un effort pour l'empêcher.

— Vous vous blesserez, mademoiselle Bertram, s'écria-t-elle, vous vous blesserez certainement sur les pointes de ces défenses. Vous déchirerez votre robe. Vous courrez le risque de tomber dans le saut-de-loup. Vous feriez mieux de ne pas y aller.

Tandis qu'elle parlait ainsi, sa cousine était passée sans encombre de l'autre côté ; et avec un sourire né de la bonne humeur que donne la réussite, elle lui répondit :

— Merci, ma chère Fanny, mais ma robe et moi nous n'avons pas souffert, et nous vous saluons.

Fanny fut à nouveau laissée à sa solitude, sans en éprouver de sentiments plus agréables, car elle était attristée de tout ce qu'elle avait vu et entendu, surprise de la conduite de Mlle Bertram, et indignée de celle de M. Crawford. Comme ils avaient obliqué de manière tout à fait injustifiée, selon elle, ils se dérobèrent très vite à ses regards, et durant quelques minutes encore, elle demeura sans voir ni entendre aucun de ses compagnons. Il semblait qu'elle eût le bois pour elle toute seule. Elle se serait presque persuadée que Mlle Crawford et Edmund l'avaient abandonnée, s'il n'avait été impossible que son cousin l'oubliât entièrement.

Elle fut à nouveau arrachée à ses pénibles rêveries par un bruit de pas précipités ; quelqu'un descendait l'allée principale à vive allure. Elle s'attendait à voir M. Rushworth, mais c'était Julia, qui en nage, hors d'haleine, lui cria dès qu'elle l'aperçut :

— Tiens donc ! Où sont les autres ? Je croyais que Maria et M. Crawford étaient avec vous.

Fanny lui donna des explications.

— Un joli tour, ma parole ! Je ne les aperçois nulle part, poursuivit-elle, en fouillant avec impatience le parc du regard. Pourtant, ils ne doivent pas être bien loin, et je crois que je suis assez adroite pour en faire autant que Maria, même sans aide.

— Mais Julia ! M. Rushworth sera ici d'un moment à l'autre avec la clé. Attendez donc M. Rushworth.

— Sûrement pas moi. J'en ai assez de cette famille pour la journée. Dites-vous bien, petite, que je viens juste d'échapper à son horrible mère. J'ai subi ainsi cette terrible pénitence, pendant que vous, vous étiez assise ici, bien heureuse et en toute tranquillité ! Il aurait peut-être été préférable que vous preniez ma place, mais vous vous arrangez toujours pour éviter les ennuis.

Cette réflexion était des plus injustes, mais Fanny fit la part des choses et ne la releva pas. Julia était contrariée, irascible, mais elle sentait que cet état d'esprit ne durerait pas, aussi, n'y prêtant plus attention, elle se contenta de demander à sa cousine si elle n'avait pas rencontré M. Rushworth.

— Si, si, nous l'avons vu. Il se hâtait comme s'il s'agissait d'une question de vie ou de mort, et il n'a pris que le temps de nous dire ce qu'il allait chercher et où vous vous trouviez tous.

— Il est dommage qu'il se soit donné tant de mal pour rien.

— *Là*, c'est à Mlle Maria de s'en soucier. Je ne vais pas me punir pour *ses* péchés. Je n'ai pu éviter la mère aussi longtemps que mon insupportable tante a sautillé de çà de là avec l'intendante, mais le *fils*, je parviendrai à lui échapper.

Et sans plus attendre, elle franchit la grille sur le côté et s'éloigna, sans prêter garde à la dernière question de Fanny, qui voulait savoir si elle avait aperçu Mlle Crawford et Edmund. La crainte qui habitait maintenant Fanny à la pensée de revoir M. Rushworth l'empêcha toutefois de trop s'interroger sur leur absence prolongée, ainsi qu'elle aurait pu le faire. Elle estimait que l'on avait fort mal agi à son égard, et elle était toute malheureuse d'avoir à lui apprendre ce qui s'était passé. Il la rejoignit dans les cinq minutes qui suivirent le départ de Julia ; et bien qu'elle se soit efforcée de présenter l'histoire sous les meilleures couleurs possibles, il en fut d'évidence blessé et mécontent au dernier degré. Au début, il ne fit presque aucun commentaire ; ses traits seuls exprimèrent son extrême surprise et sa contrariété, puis il s'avança jusqu'à la grille et y demeura immobile, sans paraître savoir que faire.

— Ils m'ont demandé de rester… Ma cousine Maria m'a chargée de vous dire que vous la trouveriez sur cette butte ou dans les environs.

— Je ne crois pas que j'irai plus loin, dit M. Rushworth, d'un ton boudeur ; je ne les vois nulle part. Pendant que j'irai à la butte, ils auront eu le temps d'aller ailleurs. J'ai suffi-samment couru comme cela.

Et c'est le visage empreint de l'abattement le plus complet qu'il s'assit auprès de Fanny.

— Je suis tout à fait désolée, dit-elle ; tout cela est très regrettable.

Et elle aurait aimé trouver des mots mieux appropriés. Après avoir maintenu un intervalle de silence, il remarqua :

— J'estime qu'ils auraient bien pu m'attendre.

— Mlle Bertram pensait que vous la suivriez.

— Je n'aurais pas eu à la suivre si elle était restée.

Cela ne pouvait être contesté, aussi Fanny en fut-elle réduite à se taire. Après une nouvelle pause, il demanda :

— Mademoiselle Price, êtes-vous également une grande admiratrice de M. Crawford comme le sont certaines per-sonnes ? Pour ma part, je ne vois rien chez lui de remarquable.

— Je ne le trouve pas beau du tout.

— Beau ! Nul ne qualifierait de beau un homme d'une taille aussi moyenne. Il ne mesure pas cinq pieds neuf pouces. Je ne serais pas étonné, même, qu'il ne dépassât pas les cinq pieds huit pouces. Il me paraît que ce garçon ne paye pas de mine. Selon moi, ces Crawford ne nous apportent rien de bon. Nous étions bien mieux sans eux.

Un léger soupir échappa alors à Fanny, qui ne sut comment le contredire.

— Si j'avais fait la moindre difficulté pour aller chercher la clé, on aurait pu leur trouver des excuses, mais je suis parti dès l'instant où elle a exprimé le désir de l'avoir.

— Rien n'aurait pu être plus obligeant que la manière dont vous vous y êtes pris, j'en suis certaine, et je suis persuadée que vous avez marché aussi vite que vous l'avez pu, mais vous le savez bien, il y a une distance certaine à couvrir entre cet endroit-ci et la maison, et elle s'accroît avec les déplacements dans la maison même ; et quand les gens attendent, ils ont du mal à estimer le temps qui passe, et une demi-minute leur paraît équivaloir à cinq minutes.

Il se leva, retourna à la grille, et regretta « de n'avoir pas eu la clé sur lui à ce moment-là ». Fanny crut discerner dans cette attitude une possibilité de le voir s'attendrir, ce qui l'encouragea à effectuer une nouvelle tentative, si bien qu'elle lui dit :

— Il est dommage que vous ne les rejoigniez pas. Ils espéraient avoir une meilleure vue d'ensemble de la maison depuis cette partie du parc, et réfléchir à la manière dont on pourrait l'améliorer ; et rien de tout cela, vous ne l'ignorez pas, ne peut être décidé sans vous.

Elle découvrit qu'elle avait davantage de succès quand elle cherchait à éloigner un compagnon plutôt qu'à le garder auprès d'elle. M. Rushworth se laissa convaincre.

— Eh bien, dit-il, si vous pensez vraiment qu'il est préférable que j'y aille, il serait stupide d'avoir apporté la clé pour rien.

Là-dessus, il ouvrit la grille et s'éloigna sans plus ample cérémonie.

Toutes les pensées de Fanny s'orientèrent alors vers les deux personnes qui l'avaient quittée depuis si longtemps, et gagnée par l'impatience, elle résolut de partir à leur recherche. Elle suivit leur trace le long du chemin qui bordait la lisière du bois, et venait de tourner pour en emprunter un autre, quand la voix et le rire de Mlle Crawford parvinrent de nouveau à son oreille ; le bruit se rapprocha, et après quelques détours, ses deux compagnons surgirent devant elle. Ils venaient tout juste de regagner le désert, au retour du parc, après qu'ils eurent cédé à la tentation d'aller s'y promener, aussitôt après l'avoir quittée ; ils en avaient traversé une bonne partie pour atteindre l'avenue que Fanny avait rêvé d'atteindre toute la journée ; et ils s'étaient assis sous l'un de ses arbres. Tel était leur récit. Il était évident qu'ils avaient passé le temps de manière agréable, et qu'ils ne se rendaient pas compte de la durée de leur absence. La seule consolation qu'en tira Fanny fut d'entendre Edmund lui affirmer qu'il avait beaucoup regretté son absence, mais cela ne suffit pas à lui ôter les regrets d'avoir été délaissée durant toute une heure, alors qu'il avait parlé d'une absence de quelques minutes, ni à bannir la curiosité qu'elle éprouvait à propos de la conversation qu'ils avaient eue durant tout ce temps ; et par conséquent, elle se sentit assaillie par la déception et le découragement, alors qu'ils se préparaient, d'un commun accord, à regagner la maison.

Quand ils arrivèrent au bas des degrés de la terrasse, Mme Rushworth et Mme Norris se présentèrent au sommet de l'escalier, s'apprêtant enfin à explorer le désert, une heure et demie après avoir quitté la maison. Mme Norris avait été trop occupée pour progresser davantage. Quels qu'aient été les incidents qui avaient pu ternir le plaisir de ses nièces, elle avait passé pour sa part une journée d'un bonheur sans nuages ; car la gouvernante, après s'être montrée des plus courtoises à propos des faisans, lui avait montré la laiterie, présenté toutes les vaches, puis lui avait donné sa recette de fromage à la crème ; et depuis que Julia les avait quittées, elles avaient rencontré le jardinier ; elle avait aussitôt fait plus ample connaissance avec lui, à sa grande satisfaction, car elle l'avait éclairé sur la maladie de son petit-fils, l'avait convaincu qu'il s'agissait d'une fièvre intermittente, et avait promis d'envoyer un charme pour qu'il le porte ; et de son côté, il lui avait montré toutes ses plantes de serre les plus choisies, et il lui avait offert une très curieuse variété de bruyère.

Après cette rencontre, ils regagnèrent tous la maison, afin de passer le temps aussi bien qu'ils le purent, à prendre du repos sur les sofas, bavarder ou feuilleter des revues jusqu'au retour du reste du groupe et l'annonce du dîner. Il était tard quand les deux demoiselles Bertram et les deux gentils-hommes firent leur entrée, et leurs vagabondages à travers la campagne ne semblaient avoir été que modérément agréables et n'avoir pas permis d'atteindre le but fixé pour la journée. À les entendre, ils étaient tous partis à la recherche des uns des autres, et quand leur réunion s'était enfin produite, et selon les observations de Fanny, il semblait qu'elle ait eu lieu beaucoup trop tard pour rétablir l'harmonie et, de leur propre aveu, pour décider des changements à opérer. Elle se rendit compte, à regarder Julia et M. Rushworth, qu'elle n'était pas la seule dont le cœur ait été insatisfait ; le visage de l'un et de l'autre s'était assombri. M. Crawford et Mlle Bertram étaient beaucoup plus gais, et il lui sembla que le premier se donnait beaucoup de peine, pendant le dîner, pour effacer le moindre ressentiment chez les deux autres et restaurer la bonne humeur générale.

Le dîner fut bientôt suivi par le thé et le café, et comme les dix milles de la route du retour ne permettaient pas que l'on perdît trop de temps, à partir du moment où l'on prit place autour de la table, on s'employa à une succession rapide d'activités sans importance, jusqu'au moment où la voiture fut avancée, et où Mme Norris, après s'être démenée et avoir obtenu de l'intendante quelques œufs de faisan et un fromage à la crème, puis accablé Mme Rushworth de remerciements, fut prête à prendre la tête du cortège. À ce moment, M. Crawford s'approcha de Julia et lui dit :

— J'espère que je ne perdrai pas ma compagne de route, à moins qu'elle ne craigne de prendre le serein sur un siège aussi exposé.

Cette requête n'avait pas été anticipée, mais elle fut accueillie avec grâce, et la journée de Julia promit de se terminer aussi bien qu'elle avait commencé. Mlle Bertram avait imaginé un tout autre dénouement, aussi fut-elle un peu désappointée, mais la conviction qu'elle était la préférée la réconforta et lui permit de recevoir comme il se devait les attentions de M. Rushworth au moment de se séparer. Ce dernier était sûrement plus heureux de l'aider à s'installer à l'intérieur de la calèche plutôt que de la voir grimper sur le siège du cocher, et cet arrangement parut renforcer sa satisfaction.

— Eh bien, Fanny, vous avez passé là une belle journée, ma parole ! dit Mme Norris, tandis qu'ils roulaient à travers le parc. Vous n'avez connu que des plaisirs du commencement jusqu'à la fin ! Vous devriez à coup sûr être reconnaissante envers votre tante Bertram et moi-même pour nous être arrangées afin de vous permettre de venir. Oui, c'est une belle journée de distractions agréables que vous avez eue là !

Maria était juste assez mécontente pour lui dire sans ambages :

— J'ai l'impression que vous avez assez bien mené vos affaires vous-même, madame. Il semble que vous ayez beaucoup de bonnes choses dans votre giron, et je vois entre nous un panier chargé qui me heurte le coude sans pitié.

— Ma chère enfant, c'est simplement une petite bruyère que ce charmant vieux jardinier a tenu à ce que je prenne ; mais s'il vous gêne, je le prendrai aussitôt sur mes genoux. Tenez, Fanny, chargez-vous donc de ce paquet pour moi ; prenez-en grand soin, ne le laissez pas tomber ; c'est un fromage à la crème, tout semblable à celui que nous avons trouvé excellent au dîner. Rien n'a pu satisfaire la chère vieille Mme Whitaker sinon que j'emporte l'un de ses fromages. J'ai résisté aussi longtemps que j'ai pu, jusqu'à ce que je sente les larmes prêtes à lui monter aux yeux, mais je savais que c'était précisément le genre de choses dont ma sœur raffolerait. Cette Mme Whitaker est un véritable trésor !

Elle a été tout à fait choquée quand je lui ai demandé s'il était permis de servir du vin à la seconde table, et elle a renvoyé deux femmes de chambre qui portaient des robes blanches. Veillez sur ce fromage, Fanny. À présent, je vais parfaitement pouvoir arranger l'autre paquet et le panier.

— Qu'avez-vous encore grappillé ? demanda Maria, qui n'était qu'à demi satisfaite d'entendre louer Sotherton.

— Grappillé ? comme vous y allez, ma chère enfant ! Il s'agit simplement de quatre de ces beaux œufs de faisan que Mme Whitaker m'a obligée à prendre ; elle n'a pas voulu entendre parler de refus. Quand elle a compris que j'habitais toute seule, elle m'a dit que ce serait une distraction pour moi que d'avoir à m'occuper de quelques créatures vivantes de cette sorte ; et il est vrai qu'il en sera ainsi. Je demanderai à la petite laitière de les mettre à couver sous la première poule disponible venue, et s'ils éclosent, je les ferai transporter chez moi et j'emprunterai une poussinière, et j'éprouverai un vif plaisir à en prendre soin pendant mes moments de solitude. Enfin, si la chance me sourit, votre mère en aura aussi quelques-uns à son tour.

C'était une belle soirée, douce et calme, et le trajet de retour se déroula de façon aussi agréable que la paix régnant dans la nature le laissait présager, mais quand Mme Norris se tut, le silence s'établit dans la calèche. Les occupants avaient perdu leur entrain, et la plupart d'entre eux purent se livrer à la méditation et se demander si la journée leur avait apporté davantage de joie que de peine.

11

Malgré toutes ses imperfections, l'excursion de Sotherton laissa aux demoiselles Bertram une impression plus satisfaisante que celle que leur procurèrent des lettres en provenance d'Antigua, arrivées peu après à Mansfield. Il leur était beaucoup plus agréable de songer à Henry Crawford qu'à leur père, et de penser que leur père regagnerait sous peu l'Angleterre, ainsi que ces nouvelles les y contraignaient, représentait une épreuve des plus pénibles.

Novembre était le sombre mois fixé pour son retour. Sir Thomas en parlait avec autant d'assurance que le lui permettaient l'expérience et le désir de rentrer. La conclusion prochaine de ses affaires justifiait qu'il se proposât de réserver une place sur le paquebot de septembre, et donc, il nourrissait l'espoir de retrouver sa chère famille au début de novembre.

Maria était plus à plaindre que Julia, car, pour elle, l'arrivée du père annonçait celle du mari, et le retour de l'ami qui souhaitait le plus la voir heureuse, entraînerait son union avec l'homme qui l'aimait, qu'elle avait choisi et dont allait dépendre son bonheur. C'était là une perspective amère ; il ne lui restait qu'à tirer un voile de brume par-dessus, et à espérer que le jour où ce voile se relèverait, elle découvrirait autre chose. Il n'était guère vraisemblable que cette réapparition de son père ait lieu dans les premiers jours de novembre ; il fallait compter, en général, avec des retards, une mauvaise traversée ou *autre chose* ; cet *autre chose* qui vient au secours de tous ceux dont les yeux se ferment quand ils ne veulent pas voir, ou encore l'intelligence, lorsqu'ils se tiennent un raisonnement. Elle surviendrait sans doute au plus tôt à la mi-novembre ; la mi-novembre était à trois mois de là. Trois mois correspondent à treize semaines. Il pouvait se produire beaucoup de choses en treize semaines.

Sir Thomas aurait été profondément blessé s'il avait soupçonné ne serait-ce que la moitié de ce qu'éprouvaient ses filles à propos de son retour, et il n'aurait guère trouvé de consolation s'il avait su l'intérêt qu'il faisait naître chez une autre jeune fille. Mlle Crawford apprit la bonne nouvelle, alors qu'elle se rendait à pied avec son frère au Parc de Mansfield pour y passer la soirée, et même si elle parut se soucier de l'affaire par pure politesse, et manifester tout ce qu'elle ressentait sous forme de félicitations modérées, elle ne l'entendit pas moins avec une attention qui n'allait pas se satisfaire d'aussi peu. Mme Norris donna le détail des lettres, et le sujet fut abandonné ; mais après le thé, Mlle Crawford alla se tenir devant une fenêtre ouverte, en compagnie d'Edmund et de Fanny, pour contempler le paysage environnant au crépuscule, cependant que les demoiselles Bertram, M. Rushworth et Henry Crawford s'affairaient avec des chandelles autour du pianoforte, quand elle revint soudain sur le sujet en se tournant vers le groupe et en remarquant :

— Comme M. Rushworth a l'air heureux ! Il pense déjà au mois de novembre.

Edmund se tourna à son tour vers M. Rushworth, mais ne fit aucune observation.

— Le retour de votre père sera un événement du plus vif intérêt, reprit-elle.

— Il le sera, en vérité, après une telle séparation ; une absence qui n'est pas seulement longue, mais qui comporte aussi bien des dangers.

— Il précédera aussi d'autres occasions mémorables, le mariage de votre sœur et votre ordination.

— Oui.

— Soit dit sans vous offenser, poursuivit-elle en riant, cela me rappelle l'attitude de certains héros païens de l'Antiquité qui, après avoir accompli de grands efforts en terre lointaine, offraient des sacrifices aux dieux pour les remercier d'avoir pu revenir sains et saufs.

— Il n'est pas question de sacrifice ici, répondit Edmund avec un sourire grave, tout en lançant un nouveau coup d'œil vers le pianoforte. Ce choix est entièrement un effet de sa volonté.

— Ah ! oui, je le sais bien. Je plaisantais tout simplement. Elle ne s'est pas comportée autrement que toute jeune fille ne l'aurait fait à sa place, et je ne doute pas qu'elle soit extrêmement heureuse. Mon autre allusion à un sacrifice, bien entendu, vous ne la comprenez pas.

— Mon entrée dans les ordres, je vous l'assure, est tout aussi librement consentie que l'est le choix d'un mari pour Maria.

— Il est heureux que votre inclination et le bon plaisir de votre père s'accordent si bien. Si j'ai compris, il existe dans les alentours un bénéfice lucratif dont on vous réserve la jouissance.

— Et vous supposez que cela a influencé ma vocation ?

— Et moi, je suis bien certaine qu'il n'en est *rien*, s'interposa Fanny.

— Merci pour cette bonne parole, Fanny, mais c'est plus que je n'oserais affirmer pour ma part. Il est probable, au contraire, que de connaître l'existence de telles dispositions me concernant a sans doute pesé sur ma décision. Et je ne pense pas que cela soit répréhensible. Il n'existait pas, chez moi, de répugnance naturelle à surmonter, et je ne vois pas pourquoi un homme serait un plus mauvais ecclésiastique s'il sait qu'il aura une indépendance financière, tôt, dans la vie. J'étais dans des mains sûres. J'espère que je ne me serais pas égaré sur une mauvaise voie, et je suis sûr que mon père était trop scrupuleux pour l'avoir permis. Je ne doute pas que cela ait influé sur moi, mais je crois que je ne suis pas condamnable.

— C'est aussi le cas, dit Fanny après un bref silence, pour le fils d'un amiral s'il entre dans la marine, ou de celui d'un général qui s'engage dans l'armée, et personne n'y trouve matière à critique. Nul ne s'étonne de ce qu'ils embrassent une carrière où leurs amis pourront leur rendre les plus grands services, ni ne les soupçonne d'être moins résolus à bien faire pour autant.

— Non, chère mademoiselle Price, et cela pour d'excellentes raisons. Une carrière dans la marine ou l'armée porte en soi sa propre justification. Tout est en sa faveur ; l'héroïsme, le danger, le branle-bas, la vogue. Les soldats et les marins sont toujours bien accueillis dans le grand monde. Nul ne s'étonne de voir des hommes choisir d'être soldat ou marin.

— Alors que les raisons qui poussent un homme à entrer dans les ordres en ayant la certitude de jouir d'un bénéfice sont suspectes, selon vous ? demanda Edmund. Pour que sa démarche soit justifiée à vos yeux, il faut qu'il l'adopte en étant dans la plus complète incertitude quant à son revenu ?

— Comment ! Entrer dans les ordres sans un bénéfice ! Non, ce serait de la folie, assurément, de la pure folie !

— Vous demanderais-je comment on remplira les églises si nul ne peut entrer dans les ordres avec ou sans bénéfice ? Non, vous seriez sans doute incapable de me répondre. Mais il faut que je tire de votre argument un avantage en faveur de l'ecclésiastique. Comme il ne saurait être influencé par les considérations que vous placez si haut, et qui servent d'appât et de récompense au soldat et au marin, quand il choisit sa carrière, telles que l'héroïsme, le bruit ou le succès mondain, puisque ces dernières vont toutes à l'encontre de ce qu'il recherche, il devrait être moins suspect de manquer de sincérité ou de bonnes intentions quand il prend sa décision.

— Ah ! on ne saurait douter qu'il soit très sincère ; il préfère avoir un revenu tout prêt au lieu de se donner la peine de l'acquérir par son travail ; et c'est avec les meilleures intentions du monde qu'il va consacrer le reste de ses jours à manger, à boire, et à prendre de l'embonpoint. C'est l'indolence qui prime, en vérité, monsieur Bertram. L'indolence, la recherche de ses aises, l'absence de toute ambition louable, le manque de goût pour la bonne compagnie ou d'inclination pour se donner la peine d'être agréable envers les autres, voilà ce qui pousse les hommes à devenir ecclésiastiques. Un pasteur, comme il n'a rien à faire, néglige sa mise et cultive son égoïsme, lit le journal, observe le temps qu'il fait et se querelle avec sa femme. Son vicaire fait tout le travail, et la grande affaire de sa vie est de dîner.

— Il existe sans doute des ecclésiastiques de cette sorte, mais je ne crois pas qu'ils soient en nombre suffisant pour justifier Mlle Crawford lorsqu'elle estime que c'est là un comportement général. Je soupçonne que pour exercer une censure aussi universelle, et cependant, si j'ose le dire, si commune, vous ne faites pas appel à une analyse personnelle, mais à celle de personnes pleines de préjugés dont vous avez l'habitude d'entendre les opinions. Il est impossible que vous ayez acquis une telle connaissance du clergé par l'observation. Vous n'avez été personnellement en relation qu'avec un très petit nombre de ces hommes que vous condamnez ainsi sans appel. Vous répétez ce que vous avez entendu dire à la table de votre oncle.

— J'exprime ce qui me paraît être l'opinion la plus courante, et là où une opinion est répandue, elle est conforme à la vérité, d'habitude. Même si *moi*, je n'ai pas souvent vu des ecclésiastiques dans leur vie privée, trop de témoins en ont rapporté les détails pour que l'on manque d'information à ce sujet.

— Là où l'on condamne sans discrimination tout aréopage de gens compétents, il doit y avoir un manque d'information, ou bien, ajouta-t-il avec le sourire, d'autre chose. Votre oncle et ses collègues de l'Amirauté ont peut-être fréquenté peu d'ecclésiastiques, en dehors des aumôniers, bons ou mauvais, dont ils auraient toujours préféré se passer.

— Pauvre William ! Il a été accueilli avec la plus grande bienveillance par l'aumônier de l'*Antwerp*, interjeta Fanny, qui traduisait bien par là ses sentiments, même si elle ne contribuait pas à la conversation.

— J'ai si peu l'habitude d'adopter les opinions de mon oncle, protesta Mlle Crawford, qu'il m'est difficile de supposer…, et puisque vous m'y poussez si fort, je vous ferais remarquer que je ne suis pas tout à fait dénuée de moyens pour voir comment se comportent les ecclésiastiques, étant donné que je suis en ce moment l'invitée de mon beau-frère, le Dr Grant. Et même si le Dr Grant se montre plein de bonté et d'obligeance envers moi, même s'il est un véritable gentilhomme, et j'imagine, un homme cultivé et intelligent, qui prêche souvent d'intéressants sermons et mène une existence fort respectable, moi, je le vois comme un *bon vivant*, indolent et égoïste, qui cherche avant tout à flatter son palais et, en outre, manifeste sa mauvaise humeur devant son excellente femme, quand sa cuisinière commet une erreur. Pour tout vous dire, Henry et moi avons justement été presque poussés dehors, ce soir, parce que mon beau-frère était irrité de n'avoir pu venir à bout d'une oie trop peu cuite. Ma pauvre sœur, elle, a été obligée de rester et de le supporter.

— Ma foi, je ne m'étonne plus de votre désapprobation. Il s'agit là d'un grave défaut de caractère, aggravé par une déplorable habitude de ne rien se refuser, et le fait de voir votre sœur en souffrir doit être fort pénible pour une personne de votre sensibilité. Fanny, ceci va à l'encontre de ce que nous avons soutenu. Nous ne tenterons pas de défendre le Dr Grant.

— Non, répondit Fanny, mais il n'est pas nécessaire que nous condamnions la profession tout entière pour autant, car dans quelque métier que ce soit, le Dr Grant aurait donné libre cours à son infernal caractère ; et comme dans la marine ou l'armée, il aurait eu beaucoup plus de gens sous ses ordres qu'il n'en a à présent, je crois qu'il en aurait rendu davantage malheureux en qualité de marin ou de soldat qu'en celle de pasteur. En outre, je ne puis me défendre de supposer que ce que l'on souhaiterait voir changer chez le Dr Grant aurait risqué d'empirer, s'il avait exercé une profession plus active et plus mondaine, à laquelle il aurait accordé moins de temps, où il aurait eu moins d'obligations, et où il aurait pu fuir cette interrogation de soi-même, ou du moins la *fréquence* de cette interrogation, à laquelle il lui est impossible d'échapper dans la position qu'il occupe. Un homme, un homme intelligent comme le Dr Grant ne peut s'accoutumer à enseigner aux autres leurs devoirs chaque semaine, se rendre à l'église deux fois le dimanche, et prêcher des sermons aussi remarquables qu'il le fait sans en tirer un profit personnel. Cela doit le faire réfléchir, et je ne doute pas qu'il s'efforce plus souvent de se restreindre qu'il ne le ferait s'il avait été autre chose qu'un pasteur.

— Nous ne sommes pas en mesure de prouver le contraire, c'est certain, mademoiselle Price, mais je vous souhaite un sort plus heureux que celui d'être l'épouse d'un homme dont l'amabilité dépend de ses propres sermons, car même s'il parvient à se persuader par son prêche d'être de bonne humeur tous les dimanches, il n'en restera pas moins difficile à supporter s'il se met en colère à propos d'oies mal cuites, du lundi matin au samedi soir.

— Je pense, dit Edmund avec affection, que l'homme qui se querellerait souvent avec Fanny ne saurait être touché par un sermon.

Fanny s'avança plus encore dans le recoin de la fenêtre, et Mlle Crawford n'eut que le temps de dire, avec sa courtoisie habituelle, « J'ai l'impression que Mlle Price est plus habituée à mériter des louanges qu'à les entendre chanter », que déjà, les demoiselles Bertram la priaient avec insistance de venir prendre part à un trio. Elle se dirigea d'un pas léger vers l'instrument, laissant Edmund la suivre des yeux, plein d'une admiration proche de l'extase pour ses nombreuses qualités, l'obligeance de ses manières, et jusqu'à la souplesse et la grâce de sa démarche.

— Que voici de la bonne humeur ! dit-il presque aussitôt. Que voilà un caractère qui ne causerait jamais de peine ! Quelle démarche élégante ! Et avec quelle bonne volonté elle se plie aux désirs des autres ! Comme elle les rejoint dès l'instant où on l'en prie. Quel dommage, ajouta-t-il après un instant de réflexion, qu'elle se soit trouvée en de si mauvaises mains !

Fanny en convint et eut la joie de le voir demeurer auprès d'elle à la fenêtre, en dépit de l'exécution attendue du chant ; et bientôt, il tourna son regard comme le sien vers l'extérieur, où tout ce qui était solennel, apaisant et charmant se détachait sous la clarté d'une nuit sans nuages, et contrastait avec l'ombre dense des bois. Fanny exprima ce qu'elle ressentait.

— Quelle harmonie ! dit-elle. Quel repos ! Voilà qui dépasse de loin toute la peinture et la musique, et que seule la poésie peut tenter de décrire. Voilà qui peut faire oublier tous les soucis, et élever l'âme jusqu'au ravissement ! Quand je contemple une nuit telle que celle-ci, il me semble qu'il ne saurait y avoir de méchanceté ou de tristesse à travers le monde ; et l'une comme l'autre seraient sans doute moins sensibles si l'on prêtait davantage attention à la sublimité de la Nature, et si l'on se laissait plus souvent transporter par la contemplation d'un tel spectacle.

— J'aime vous entendre exprimer de l'enthousiasme, Fanny. C'est une nuit merveilleuse, et ils sont fort à plaindre ceux qui n'ont pas appris, dans une certaine mesure, à sentir les choses comme vous, à qui l'on n'a pas donné le goût de la Nature dès le plus jeune âge. Ils perdent beaucoup.

— C'est *vous*, mon cousin, qui m'avez appris à réfléchir et à sentir ainsi dans ce domaine.

— J'ai eu une élève très douée. Voilà Arcturus – l'étoile du Bouvier –, qui brille d'un vif éclat.

— Oui, et aussi la Grande Ourse. J'aimerais bien apercevoir Cassiopée.

— Il faudrait sortir sur la pelouse, pour cela. Auriez-vous peur ?

— Pas le moins du monde. Voilà longtemps que nous n'avons observé les étoiles.

— C'est vrai. Je ne saurais dire pourquoi.

Le trio commença.

— Nous allons attendre que ceci soit terminé, Fanny, décida-t-il, en tournant le dos à la fenêtre.

Tandis que la mélodie se déroulait, elle eut l'humiliation de le voir se mettre en marche et se rapprocher, par degrés, de l'instrument, aussi, quand le morceau s'acheva, se trouvait-il tout près des chanteuses, et il se montra l'un des plus empressés à demander qu'il soit bissé.

Fanny demeura seule à soupirer près de la fenêtre, jusqu'au moment où Mme Norris l'obligea à l'abandonner en la grondant de courir le risque de prendre froid.

12

Sir Thomas devait rentrer au mois de novembre, mais son fils aîné avait des obligations à remplir qui le conduiraient à regagner plus tôt son pays. Comme le mois de septembre approchait, on reçut des nouvelles de M. Bertram tout d'abord par une lettre destinée au garde-chasse, puis par une autre destinée à Edmund ; et à la fin du mois d'août, il arriva à son tour pour se montrer tel qu'en lui-même, plein de gaieté, d'attentions, de galanterie, selon que l'occasion s'y prêtait ou que Mlle Crawford le réclamait, pour parler de courses de chevaux et de Weymouth, des fêtes et d'amis, toutes choses pour lesquelles elle aurait sans doute manifesté de l'intérêt, six semaines auparavant, mais qui, au bout du compte, en lui permettant d'établir une véritable comparaison, la convainquirent tout à fait qu'elle lui préférait son frère cadet.

C'était une constatation fort contrariante, et elle le regrettait sincèrement, mais il en était ainsi, et loin de souhaiter épouser l'aîné, elle ne désirait plus à présent exercer sa séduction sur lui en dehors des simples prétentions qu'a une femme consciente de sa beauté ; l'absence prolongée de Mansfield du jeune homme, sans autre objectif que la recherche du plaisir et de son propre contentement, montrait bien qu'il ne se souciait pas d'elle ; et son indifférence équivalait tant à celle qu'elle ressentait que s'il avait dû prendre place, dès à présent, sur le devant de la scène, en maître du Parc de Mansfield, en copie conforme de Sir Thomas, ainsi qu'il le serait un jour, elle ne pensait pas qu'elle eût accepté une proposition de mariage de sa part.

La saison et les obligations qui avaient conduit M. Bertram à regagner Mansfield incitèrent à son tour M. Crawford à se rendre dans le comté de Norfolk. Son domaine d'Everingham ne pouvait se passer de lui au début de septembre. Il y demeura une quinzaine de jours ; et cette quinzaine parut d'une telle monotonie aux demoiselles Bertram qu'elle aurait dû les mettre l'une et l'autre sur leurs gardes, et conduire Julia à prendre conscience, du fait de la jalousie qu'elle éprouvait pour sa sœur, de l'absolue nécessité pour sa part de se méfier de ses attentions et de souhaiter qu'il ne revînt pas ; et entre les moments passés à tirer le gibier et à dormir, cette quinzaine de loisirs aurait dû suffire au gentilhomme pour se convaincre qu'il ferait mieux de rester à distance plus longtemps, s'il avait été habitué à peser les raisons de ses actes et à se demander où le conduirait le vain désœuvrement où il se complaisait ; mais la fortune et le mauvais exemple l'avaient rendu irréfléchi et égoïste, si bien qu'il se refusait de voir au-delà du moment présent. Les sœurs, belles, intelligentes et provocantes, offraient un amusement à son esprit revenu de tout ; aussi, ne trouvant rien dans le Norfolk qui rivalisât avec les plaisirs de la société de Mansfield, c'est avec joie qu'il y revint, au jour dit, et c'est avec une émotion égale qu'il fut accueilli par celles avec les sentiments desquelles il venait se jouer un peu plus.

Maria, qui n'avait eu que M. Rushworth pour lui rendre des soins assidus, la condamnant à entendre répéter les détails de la chasse du jour, bonne ou mauvaise, des vantardises sur les chiens, la jalousie que lui inspiraient ses voisins, ses mises en doute de leurs droits aux privilèges cynégétiques des propriétaires terriens, et le zèle qu'il mettait à poursuivre les braconniers, tous sujets qui ne touchent une femme que s'il existe du talent d'un côté et de l'attachement de l'autre, avait douloureusement regretté l'absence de M. Crawford ; et Julia, qui n'était ni fiancée, ni occupée, estimait avoir eu bien davantage le droit de déplorer son éloignement. Chacune des deux sœurs se croyait mieux aimée que l'autre ; et si les prétentions de Julia étaient justifiées par les allusions de Mme Grant, prompte à s'imaginer que la réalité se conformait à ses vœux, celles de Maria l'étaient par les insinuations de M. Crawford lui-même. Les choses reprirent donc le cours qu'elles suivaient avant son départ ; ses manières envers chacune d'elles étaient également animées et affables, afin de ne perdre du terrain ni auprès de l'une, ni auprès de l'autre, et il s'arrêtait juste avant que l'uniformité dans les actions, l'assiduité, la sollicitude et l'ardeur ne risquent d'attirer l'attention générale.

Fanny était la seule du groupe à qui quelque chose déplut dans tout cela ; et depuis la journée passée à Sotherton, elle ne voyait jamais M. Crawford avec l'une ou l'autre des deux sœurs sans les observer, et il était rare que ce fût sans s'en étonner ou y trouver à redire ; et si la confiance qu'elle avait en son jugement avait égalé sa faculté de l'exercer dans toutes les autres circonstances, si elle avait été certaine d'y voir clair et de se prononcer sur la situation avec impartialité, elle aurait sans doute fait part d'importantes constatations à son confident habituel. Par la force des choses, elle se contenta d'allusions, sans parvenir à donner l'éveil.

— Je suis plutôt surprise, dit-elle, que M. Crawford soit revenu si vite, après avoir séjourné ici si longuement auparavant, sept semaines entières ; car j'avais cru comprendre qu'il aimait beaucoup les changements et les voyages, et j'étais persuadée qu'une fois parti, le moindre événement l'attirerait ailleurs. Il a coutume de vivre dans des endroits bien plus gais que Mansfield.

— Ce choix est donc à mettre à son crédit, répondit Edmund, et j'imagine qu'il fait plaisir à sa sœur. Elle n'approuve pas son humeur vagabonde.

— Comme mes cousines l'apprécient !

— Oui, ses manières envers les femmes ont de quoi plaire. Mme Grant, me semble-t-il, le soupçonne d'avoir une préférence pour Julia. Je ne saurais dire que j'en ai perçu le moindre signe, mais je souhaiterais qu'il en soit ainsi. Ses défauts ne sont pas tels qu'un attachement sérieux ne parvienne à les éliminer.

— Si Mlle Bertram n'était pas fiancée, poursuivit Fanny avec prudence, il m'arriverait presque de penser qu'il la préfère à Julia.

— C'est peut-être là, plus que vous ne pourriez le croire, Fanny, une indication de sa préférence pour Julia ; car il arrive souvent, me semble-t-il, qu'avant de prendre sa décision, un homme distingue la sœur ou l'amie intime de la femme qui l'attire, plutôt que cette femme elle-même. Crawford a trop de bon sens pour rester ici s'il encourait le moindre risque d'être attiré par Maria ; et je ne redoute rien pour elle, après qu'elle a fourni la preuve, comme elle l'a fait, que ses sentiments n'étaient pas profonds.

Fanny supposa qu'elle s'était trompée et se résolut de voir les choses autrement à l'avenir ; mais en dépit de son respect pour l'opinion d'Edmund et de l'influence exercée par les échanges de regards ou les sous-entendus qu'elle surprenait chez d'autres membres de leur société et qui paraissaient indiquer que le choix de M. Crawford se porterait sur Julia, elle ne savait pas toujours que penser. Elle entendit un soir sa tante Norris exprimer ses vœux sur le sujet, ainsi que son opinion et celle de Mme Rushworth sur un point très comparable, et elle ne put se défendre d'être étonnée en l'écoutant ; et elle aurait préféré ne pas être obligée de l'entendre, car ceci se passait tandis que les autres jeunes gens dansaient, et qu'elle-même faisait tapisserie, à contrecœur, avec les chaperons, au coin du feu, guettant avec impatience l'entrée dans la pièce de l'aîné de ses cousins, sur lequel reposaient tous ses espoirs de trouver un cavalier. C'était la première soirée dansante à laquelle assistait Fanny, bien que cette réunion n'ait été accompagnée ni des préparatifs, ni de la splendeur du premier bal, donné en l'honneur de plus d'une jeune fille de la bonne société ; car l'idée n'en était venue qu'au cours de l'après-midi, au moment où l'on avait appris les talents de ménétrier de l'un des domestiques engagé depuis peu, et où l'on avait trouvé le moyen de réunir cinq couples, grâce à la participation de Mme Grant et à l'arrivée récente d'un nouvel ami intime de M. Bertram, qui venait séjourner quelque temps chez lui. Fanny y avait toutefois pris beaucoup de plaisir durant quatre danses, et elle éprouvait des regrets à la pensée d'en perdre ne serait-ce qu'un quart d'heure. Tandis qu'elle attendait et espérait, regardant tantôt les danseurs et tantôt la porte, elle fut contrainte d'assister à la reprise du dialogue entre les deux dames mentionnées plus haut.

— Je crois, madame, dit Mme Norris, tandis que son regard se fixait sur M. Rushworth et Maria, qui dansaient ensemble pour la seconde fois, que nous allons revoir des visages joyeux, à présent.

— Oui, madame, vous dites vrai, répliqua l'autre de son ton affecté, plein d'orgueil ; on éprouvera quelque satisfaction à les regarder *maintenant* ; et je trouve qu'il est bien dommage qu'ils aient été obligés de se séparer. Les jeunes gens dans leur situation devraient être dispensés d'observer les règles de l'étiquette. Je suis surprise que mon fils ne l'ait pas proposé.

— Je pense qu'il l'aura fait, madame. M. Rushworth ne néglige jamais rien. Mais ma chère Maria a un sens si aigu des convenances, tant de cette délicatesse qui fait si souvent défaut de nos jours, madame Rushworth, et un désir si vif d'éviter de se distinguer ! Chère madame, contemplez donc son visage, en ce moment : comme il est transformé à côté de ce qu'il était durant les deux dernières danses !

Mlle Bertram avait en effet l'air heureux ; ses yeux brillaient de plaisir, et elle parlait avec beaucoup d'animation, car Julia et son cavalier, M. Crawford, étaient près d'elle, et ils se trouvaient tous regroupés. Fanny ne se souvenait pas de l'expression qu'elle avait eue auparavant, car elle dansait alors elle-même avec Edmund et n'avait pas pensé à elle.

Mme Norris poursuivit :

— Quelle félicité, madame, que de voir des jeunes gens si honnêtement radieux, si bien assortis, si de bon ton. Je ne puis m'empêcher de penser combien le cher Sir Thomas en sera enchanté ! Et que diriez-vous, madame, de l'éventualité d'un second mariage ? M. Rushworth a donné le bon exemple, et ces choses-là sont très contagieuses.

Mme Rushworth, qui ne s'intéressait qu'à son fils, demeurait perplexe.

— Le couple qui les précède dans la file, madame. Ne voyez-vous pas là quelques symptômes ?

— Oh ! ciel ! Mlle Julia et M. Crawford. Oui, en effet, ce serait un gentil mariage. Quel est son revenu ?

— Quatre mille livres par an.

— Très bien. Ceux qui ne peuvent espérer davantage doivent se contenter de ce qu'ils ont. Quatre mille livres par an, c'est un joli revenu, et le jeune homme paraît très bien élevé et très posé, et j'espère que Mlle Julia sera très heureuse.

— L'affaire n'est pas conclue, madame, pas encore. Nous ne l'envisageons qu'entre amis. Mais je ne doute guère qu'*elle se fera*. Il lui donne de plus en plus de marques particulières de son attention.

Fanny ne put en entendre davantage. Il n'était plus question pour elle d'écouter et de s'étonner pour le moment, car M. Bertram se trouvait à nouveau dans la pièce, et même si elle estimait qu'il lui ferait beaucoup d'honneur en l'invitant à danser, elle pensait qu'il n'allait pas y manquer. Il s'avança vers leur petit cercle, mais au lieu de la prier de lui accorder une danse, il approcha une chaise de la sienne, lui fit un exposé sur l'état de santé de l'un de ses chevaux qui était malade, puis lui rapporta l'opinion du laquais d'écurie qu'il venait de quitter. Fanny comprit que son vœu ne s'accomplirait pas, et sa modestie naturelle était telle qu'elle estima aussitôt avoir été déraisonnable en le formant. Quand son cousin eut épuisé le sujet du cheval, il s'empara d'un journal qui se trouvait sur la table, et tout en le parcourant, il proposa avec nonchalance :

— Si vous y tenez, Fanny, je danserai avec vous.

Son offre fut déclinée avec une civilité au moins égale sinon supérieure à la sienne ; non, elle ne tenait pas à danser.

— J'en suis fort aise, poursuivit-il, d'un ton beaucoup plus vif, en rejetant le journal, car je suis mort de fatigue. Je me demande simplement comment ces braves jeunes gens peuvent continuer ainsi. Il faut qu'ils soient *très* amoureux pour s'amuser de telles sottises ; et je crois qu'ils le sont, en effet. Si vous les regardez bien, vous verrez qu'ils forment autant de couples d'amoureux, à l'exception de Yates et de Mme Grant, et entre nous, elle, la pauvre femme, aurait bien besoin, comme les autres, d'un soupirant. C'est une existence désespérément morne qu'elle doit mener auprès du docteur, ajouta-t-il, avec un clin d'œil en direction de la chaise de ce dernier.

Toutefois, la proximité du Dr Grant, au coude à coude avec lui, rendit nécessaire un changement si brusque d'expression et de sujet qu'en dépit de tout, Fanny eut bien du mal à ne pas en rire.

— C'est une étrange affaire, ce qui se passe là-bas, en Amérique, docteur Grant ! s'exclama-t-il. Quelle est votre opinion ? Je vous fais toujours confiance pour savoir ce qu'il faut penser des affaires publiques.

— Mon cher Tom, s'écria sa tante, peu après, puisque vous ne dansez pas, je suppose que vous n'aurez pas d'objections à vous joindre à nous pour un robre, n'est-ce pas ?

Puis, quittant son siège, elle se rapprocha de lui pour renforcer sa proposition et ajouta dans un murmure :

— Nous voulons réunir une table pour Mme Rushworth, comprenez-vous. Votre mère serait très désireuse d'y parvenir, mais elle n'a guère le temps d'y prendre place elle-même, car elle doit finir une frange. Maintenant, le Dr Grant, vous et moi-même ferons très bien l'affaire, et même si, entre nous, nous ne jouons que pour des demi-couronnes, vous savez que vous pouvez parier des demi-guinées avec *lui*.

— J'en serais ravi, répondit-il à voix haute, avant de se lever d'un bond, et rien ne me ferait plus de plaisir, mais je vais danser de ce pas. Allons, Fanny, ajouta-t-il en lui prenant la main, ne perdez plus de temps, sinon la danse sera terminée.

Fanny se laissa entraîner très volontiers, bien qu'il lui ait été impossible d'éprouver beaucoup de gratitude envers son cousin, ni de distinguer, ainsi qu'il le faisait assurément pour sa part, entre l'égoïsme d'autrui et le sien.

— Que voilà, ma foi, une modeste requête ! s'indigna-t-il, alors qu'ils s'éloignaient. Vouloir me condamner à rester à une table à cartes durant les deux prochaines heures, en compagnie du Dr Grant et d'elle-même, qui ne cessent de se quereller, ainsi que de cette vieille curieuse, qui ne s'y entend pas plus au whist qu'à l'algèbre. J'aimerais que ma bonne tante soit un peu moins empressée ! Et puis, demander cela sur quel ton ! sans cérémonie, devant tout le monde, de manière à ne pas me laisser la possibilité de refuser ! Voilà ce qui me déplaît foncièrement. Ce qui m'échauffe la bile plus que tout, c'est cette façon de prétendre faire appel à votre participation, de vous laisser un choix, et en même temps, de s'adresser à vous de manière telle que vous soyez contraint de faire ce que l'on vous demande, quelle que soit la proposition ! Si je n'avais pas eu la présence d'esprit d'aller danser avec vous, je ne m'en serais pas sorti. Cela dépasse les bornes. Mais quand ma tante s'est mis une idée en tête, rien ne saurait l'arrêter !

13

L'honorable John Yates, le nouvel ami de Thomas Bertram, n'avait guère d'autres titres de recommandations que ceux que donnent l'habitude du monde et de la dépense, et d'être le fils d'un lord jouissant d'une assez grande indépendance matérielle ; et il est vraisemblable que Sir Thomas aurait jugé indésirable son introduction au Parc de Mansfield. M. Bertram avait fait sa connaissance à Weymouth, où ils avaient passé dix jours dans la même société, et leur amitié, si l'on pouvait parler d'amitié, s'était trouvée affirmée et parachevée par l'invitation faite à M. Yates d'effectuer un détour par Mansfield, quand il le souhaiterait, et par la promesse de s'y rendre ; et il y était d'ailleurs venu plus tôt que prévu, à la suite de la dispersion soudaine d'un important groupe de gens réunis pour se divertir dans la résidence d'un autre ami, qu'il était allé rejoindre aussitôt après son départ de Weymouth. Il arrivait sur les ailes de la déception, la tête pleine de rêves de mise en scène, car il s'agissait d'un groupe d'amateurs de théâtre, et la pièce en répétition, où il avait tenu un rôle, n'en était plus qu'à deux jours de la représentation, quand la mort soudaine d'une des plus proches parentes de la famille avait anéanti le projet et éparpillé les acteurs. Avoir ainsi approché du bonheur, de la gloire, du long paragraphe d'éloges consacré au spectacle d'amateurs présenté à Ecclesford, la maison de campagne du très honorable lord Ravenshaw, en Cornouailles, qui aurait bien entendu immortalisé tous les membres de la troupe pour au moins une année, et après avoir touché au but, tout perdre causait un préjudice durement ressenti, et M. Yates ne parvenait pas à parler d'autre chose. Ecclesford et son théâtre, ses préparatifs et ses costumes, ses répétitions et ses plaisanteries, lui fournissaient un sujet impensable, et la glorification du passé, sa seule consolation.

Heureusement pour lui, l'amour du théâtre est chose si répandue, le désir de monter sur scène, si vif chez les jeunes gens, qu'il lui aurait été difficile de lasser son auditoire. Depuis la distribution originale des rôles jusqu'à l'épilogue, tout était envoûtant, et rares étaient ceux qui n'auraient pas souhaité faire partie de la troupe en question ou hésité à essayer leurs talents. La pièce choisie s'intitulait *Les Serments des amants,* et M. Yates devait y jouer le comte Cassel.

— Un tout petit rôle, dit-il, qui n'était pas du tout à mon goût, et tel que je n'en accepterai plus jamais ; mais j'étais résolu à ne pas créer de difficultés. Lord Ravenshaw et le duc s'étaient réservé les deux seuls personnages dignes d'intérêt avant que je n'arrive à Ecclesford ; et bien que lord Ravenshaw ait proposé de me céder le sien, il m'a été impossible d'accepter, vous comprenez. J'étais navré pour *lui* de voir qu'il avait tant surestimé ses forces, car il n'avait pas les qualités qui convenaient pour jouer le baron ! Un homme de petite taille, à la voix faible, toujours enroué au bout de dix minutes ! Cela aurait nui de manière sensible à la pièce ; mais *moi*, je ne voulais pas faire d'embarras. Sir Henry estimait que le duc n'avait pas l'étoffe qui convenait pour tenir le rôle de Frederick, mais c'est parce qu'il le voulait pour lui-même ; alors qu'il se trouvait confié au plus doué des deux. J'ai été surpris de voir combien Sir Henry avait un air guindé. Fort heureusement, l'évolution de l'intrigue ne reposait pas sur lui. Notre Agatha était inimitable, et nombreux étaient ceux qui trouvaient le duc excellent. Mais dans l'ensemble, la représentation aurait certainement produit un effet remarquable.

Les auditeurs, pleins de compassion, répondaient avec gentillesse : « C'était une affaire difficile, ma foi », ou « Je trouve que c'est vraiment dommage pour vous ».

— Rien ne sert de gémir, répondait-il, mais il est certain que la pauvre vieille douairière n'aurait pas pu choisir un pire moment pour mourir ; et l'on ne peut s'empêcher de regretter que la nouvelle de son décès n'ait pas été tenue secrète durant les trois jours dont nous avions besoin. Comme il ne s'agissait que de trois jours ; que cette femme était simplement une aïeule, et que l'événement s'était produit à deux cents milles de là, je pense qu'il n'y aurait pas eu grand mal à aller jusqu'au bout, et *cela* fut suggéré, je le sais ; mais lord Ravenshaw, qui est, je suppose, l'un des hommes d'Angleterre les plus respectueux des usages, n'a pas voulu en entendre parler.

— Une farce de fin de spectacle au lieu d'une comédie, commenta M. Bertram. Après avoir tiré un trait sur *Les Serments des amants,* lord et lady Ravenshaw sont allés interpréter *Ma grand-mère,* de leur côté. Eh bien, il se consolera peut-être, *pour sa part,* grâce à la réversion du douaire, et il est possible, soit dit entre nous, qu'il ait commencé à redouter l'effet du rôle du baron sur sa réputation et ses poumons, aussi n'a-t-il pas regretté d'avoir à renoncer ; et pour compenser votre perte, Yates, je crois qu'on devrait installer un petit théâtre à Mansfield, et vous demander d'en prendre la direction.

Cette offre, bien que faite sur l'inspiration du moment, ne fut pas abandonnée sur-le-champ, car elle avait éveillé le désir de jouer la comédie ; et elle l'avait fait en premier lieu, avec une force toute particulière, chez celui qui était pour le moment le maître de la maison ; celui qui, disposant de tant de loisirs, accueillait comme un avantage certain toutes les idées nouvelles ou presque ; et qui possédait en outre des talents de boute-en-train et un goût pour le comique qui convenaient de manière admirable à l'initiation au métier d'acteur. La proposition fut répétée à maintes reprises. « Ah ! si seulement nous avions le théâtre et les décors d'Ecclesford pour tenter quelque chose ! » Chacune des deux sœurs faisait écho à ce souhait ; et Henry Crawford, qui, en dépit de la multitude de satisfactions qu'il s'était accordées, n'avait encore jamais goûté un tel plaisir, s'enthousiasmait pour cette idée.

— Je crois sincèrement, dit-il, qu'en ce moment, je serais assez insensé pour tenter l'interprétation de n'importe quel rôle jamais écrit, depuis Shylock ou Richard III, jusqu'au modeste héros d'une farce, qui chante drapé dans un manteau écarlate de cavalerie et coiffé d'un bicorne. Je sens que je suis capable de tout et de n'importe quoi, déclamer avec extravagance et tempêter, soupirer ou exécuter des cabrioles dans la tragédie ou la comédie anglaise que l'on voudra. Jouons quelque chose, ne serait-ce que la moitié d'une pièce, un acte ou une scène ; qu'est-ce qui nous retient ? Ce ne sont pas ces visages-là qui le feront, j'en suis sûr, ajouta-t-il en jetant un regard sur les demoiselles Bertram. Quant à la salle, quelle importance a donc une salle de théâtre ? Nous voulons simplement nous amuser. N'importe quelle pièce de cette maison nous suffira.

— Il faudra un rideau, affirma Tom Bertram, quelques aunes de serge verte pour un rideau, et peut-être n'aurons-nous besoin de rien d'autre.

— Oh ! ce sera très suffisant, s'écria M. Yates, si l'on se contente d'y ajouter un ou deux portants de coulisse, des portes sur châssis, et trois ou quatre décors que l'on puisse abaisser, il n'est pas nécessaire de prévoir autre chose pour un projet comme le nôtre. Pour un simple divertissement entre nous, il ne devrait pas nous en falloir davantage.

— Je crois qu'il faudra se contenter de moins, affirma Maria. Nous ne disposerons pas d'un temps suffisant ou bien d'autres difficultés surviendront. Il est préférable d'adopter les vues de M. Crawford et nous fixer pour objectif la *représentation*, non le *théâtre*. Nombre de passages des meilleures pièces du répertoire sont indépendants du décor.

— Mais non, intervint Edmund, qui les écoutait et commençait à s'alarmer. Ne faisons rien à moitié. S'il faut jouer la comédie, que ce soit dans un théâtre bien aménagé, avec un parterre, des loges et des balcons ; et jouons des pièces entières, de la première à la dernière scène ; que ce soit une pièce allemande, quelle qu'elle soit, avec de bons artifices, suivie d'une farce avec changement de décor, et entre les actes, une contredanse, une matelote et une chanson.

— Allons, Edmund, ne soyez pas désagréable, dit Julia. Nul mieux que vous n'apprécie une pièce, ni n'a fait autant de chemin pour assister à une représentation.

— C'est exact, mais c'était pour voir de vrais acteurs, de bons acteurs bien aguerris. Toutefois, il me serait difficile de sortir d'ici et de passer dans la pièce voisine pour aller assister aux efforts maladroits de débutants qui n'ont pas été formés pour ce métier ; un groupe d'hommes et de femmes de la bonne société qui doivent s'affranchir des désavantages que constituent les règles de l'éducation et de la bienséance.

Néanmoins, après une courte pause, la conversation reprit sur le même sujet, débattu avec un intérêt qui ne faiblissait pas, l'inclination de chacun pour le théâtre croissant au fur et à mesure de la discussion, ainsi qu'avec la reconnaissance de l'attrait qu'il exerçait sur les autres ; et bien que rien n'ait été établi, en dehors du fait que Tom Bertram préférait une comédie, ses sœurs et Henry Crawford, une tragédie, et que rien au monde ne serait plus facile que de trouver une pièce qui leur convînt à tous, la résolution de jouer un ouvrage dramatique quel qu'il soit semblait s'affermir à un point qui mettait Edmund tout à fait mal à l'aise. Il était décidé d'empêcher, si possible, la mise en œuvre de ce projet, même si sa mère, après avoir entendu, elle aussi, les propos tenus à sa table, n'avait pas marqué le moindre désaccord.

La soirée lui offrit l'occasion d'essayer d'exercer son influence. Maria, Julia, Henry Crawford et M. Yates se trouvaient dans la salle de billard. Tom, qui venait de les quitter, pénétra dans le salon où Edmund se tenait debout, pensif, près du feu, tandis que lady Bertram avait pris place sur le sofa, à quelque distance, et que Fanny, près d'elle, arrangeait son ouvrage.

— Quelle abominable table de billard nous avons là ! commença-t-il, à peine fut-il entré ; selon moi, on n'en trouverait pas de semblable sur terre ! Je ne peux plus la supporter, et je crois bien que rien au monde ne me fera plus en approcher. Par contre, je viens de m'apercevoir d'une bonne chose. La salle où elle se trouve est tout à fait appropriée pour y établir un théâtre ; car elle en a précisément la forme et la longueur, et les portes du fond peuvent être mises en communication l'une avec l'autre en cinq minutes, si l'on déplace la bibliothèque du cabinet de travail de mon père ; nous n'aurions pu trouver mieux, même si nous avions émis un vœu pour l'obtenir. Et le cabinet de mon père fera un excellent foyer des artistes. Il semble avoir été installé tout exprès à la suite de la salle de billard.

— Vous n'êtes pas sérieux, Tom, quand vous prétendez vouloir jouer la comédie ? demanda Edmund à voix basse, tandis que son frère approchait du feu.

— Pas sérieux ! Je ne l'ai jamais été davantage, je vous l'assure. Qu'y a-t-il dans cette décision qui vous surprenne ?

— Je pense que vous auriez tout à fait tort. Sur le plan *général*, il existe des raisons de formuler tout une série de critiques à propos du théâtre d'amateurs, mais étant donné les circonstances où nous sommes, j'estime qu'il serait fort peu judicieux et même plus qu'inconsidéré de tenter une expérience de la sorte. Ce serait faire montre d'une grande indifférence envers mon père, étant donné son absence et le danger constant auquel il peut être exposé, et il serait imprudent, à mon avis, de se risquer à quelque chose de ce genre, pour ce qui regarde Maria, dont la situation est délicate, et même, tout bien considéré, extrêmement difficile.

— Vous donnez trop d'importance à l'affaire ! comme si nous allions jouer la comédie trois fois par semaine jusqu'au retour de mon père, et inviter tous les gens du pays ! Il ne s'agit pas de nous donner en spectacle de la sorte. Nous ne cherchons qu'à nous distraire un peu entre nous, simplement pour changer un peu de climat, et exercer nos talents grâce à une activité nouvelle. Nous ne voulons ni spectateurs, ni notoriété. On peut se fier à nous, je crois, pour choisir une pièce qui soit tout à fait irréprochable, et je ne conçois pas que n'importe lequel d'entre nous coure un plus grand risque ou soit davantage menacé si nous utilisons pour converser la langue élégante d'un auteur de renom plutôt que d'échanger des propos avec des mots qui sont les nôtres. Je n'ai ni craintes, ni scrupules. Quant à l'absence de mon père, loin d'être un obstacle, je la considérerais plus volontiers comme une raison de passer à l'action ; car l'attente de son retour doit être une période d'anxiété pour ma mère, et si nous parvenons à la distraire de son inquiétude, et à la réconforter durant les semaines qui viennent, je suis persuadé que nous aurons bien employé notre temps, et notre père le sera aussi. C'est là une période de *vive* anxiété pour elle.

Alors qu'il prononçait ces mots, tous deux se tournèrent vers leur mère. Renversée dans un angle du sofa, lady Bertram, qui était l'image même de la santé, de la fortune, de la félicité, et de la tranquillité d'âme, s'assoupissait doucement, pendant que Fanny effectuait à sa place les rares passages difficiles de son ouvrage.

Edmund sourit et hocha la tête.

— Par ma foi ! voilà qui ne va pas du tout, s'écria Tom, avant de se laisser tomber sur une chaise en riant aux éclats. Pour tout dire, ma chère mère, votre anxiété… J'ai mal choisi mes mots.

— De quoi s'agit-il ? demanda lady Bertram de la voix engourdie de qui n'est pas encore sorti de sa torpeur. Je ne dormais pas !

— Oh là là ! non, madame ! personne ne vous soupçonnait de dormir ; eh bien, Edmund, poursuivit-il en reprenant le sujet, l'attitude et le ton de voix précédents, dès que lady Bertram se fut remise à dodeliner de la tête, mais s'il y a une chose que je *maintiendrai*, c'est bien celle-ci : nous ne ferons aucun mal. Je ne peux être du même avis que vous. Je reste persuadé que mon père désapprouverait tout à fait cette affaire. Nul plus que mon père n'apprécie de voir les jeunes gens exercer leurs talents ni ne les encourage à le faire, et je crois qu'il a toujours eu un penchant pour tout ce qui touche à l'interprétation des rôles, à la déclamation et à la récitation. Je suis certain qu'il nous a toujours encouragés dans cette voie quand nous étions enfants. Combien de fois, dans ce salon même, avons-nous gémi sur l'assassinat de Jules César ou nous sommes-nous demandé s'il fallait « Être ou ne pas être » ? Une année, pendant les fêtes de Noël, je suis certain d'avoir dû débiter tous les soirs « Je m'appelais Norval ».

— Cela n'avait rien à voir ; vous percevez sans doute vous-même la différence. Mon père souhaitait nous entendre parler avec aisance, au temps où nous étions à l'école, mais il n'aurait jamais voulu que ses filles, une fois adultes, tiennent des rôles dans des pièces de théâtre. Son respect des règles de la bienséance est strict.

— Je sais bien tout cela, protesta Tom, contrarié. Je connais mon père aussi bien que vous, et je veillerai à ce que ses filles ne fassent rien pour le chagriner. Prenez soin de ce qui vous concerne, Edmund, et moi, je m'occuperai du reste de la famille.

— Si vous êtes résolu à jouer une pièce, persévéra Edmund, j'espère du moins que ce sera d'une façon modeste et discrète ; et selon moi, il serait préférable de ne pas aménager une pièce en salle de théâtre. Ce serait prendre là, en son absence, des libertés avec la maison de mon père que rien ne saurait justifier.

— C'est moi qui répondrai de la prise de toutes les dispositions de cette nature, dit Tom, d'un ton résolu. Sa maison n'en souffrira pas. Je me soucie, tout autant que vous, de préserver sa propriété, et pour ce qui est des modifications que je suggérais tout à l'heure, comme le déplacement d'une bibliothèque, l'ouverture du verrou d'une porte, ou même l'utilisation de la salle de billard durant une semaine à d'autres fins que celles pour lesquelles elle est prévue, vous pourriez aussi bien supposer qu'il émettrait des objections à nous voir demeurer davantage dans cette pièce que dans la petite salle à manger, ainsi que nous le faisions avant son départ, ou au déplacement du pianoforte de mes sœurs, d'un côté à l'autre de la pièce. Pure sottise !

— Cette innovation, si elle ne représente pas une extravagance en tant que telle, en sera une du point de vue de la dépense.

— Certes, la dépense qu'entraînera une telle affaire sera prodigieuse ! Cela coûtera peut-être vingt livres au total. Il nous faut sans aucun doute une salle qui puisse nous servir de théâtre, mais le projet d'aménagement sera des plus simples : un rideau vert, un peu de menuiserie, et ce sera le bout du monde ; de plus, comme tous les travaux pourront être exécutés sur place par Christopher Jackson, il serait vraiment trop absurde d'invoquer le prétexte de frais encourus ; car aussi longtemps que l'on fera appel aux services de Jackson, Sir Thomas n'y trouvera rien à redire. N'allez pas vous imaginer que vous êtes le seul, dans cette maison, qui soit capable d'observer et de juger. Ne participez pas à la pièce, si vous n'aimez pas cela, mais n'espérez pas régenter les autres.

— Non, dit Edmund ; quant à jouer un rôle moi-même, je m'insurge absolument contre cette idée.

Sur ce, Tom sortit du salon, et Edmund s'assit et tisonna le feu, avant de méditer sur ce qui le contrariait.

Fanny, qui avait suivi la conversation, partagé tout au long l'opinion d'Edmund et qui était désireuse de lui apporter du réconfort, se hasarda alors à lui dire :

— Peut-être ne parviendront-ils pas à trouver une pièce qui leur convienne ? Les goûts de votre frère et de vos sœurs semblent fort différents.

— Je n'ai pas d'espoir de ce côté-là, Fanny. S'ils persistent dans leur projet, ils trouveront quelque chose. Je vais parler à mes sœurs et tenter de les en dissuader, *elles*, et voilà tout ce que je peux faire.

— Je pense que ma tante Norris devrait prendre votre parti.

— Je suppose que oui, mais elle n'exerce aucune influence sur Tom ou sur mes sœurs qui puisse être de quelque utilité, et si je ne les en dissuade pas moi-même, je laisserai les choses suivre leur cours, sans réclamer son intervention. Les querelles de famille sont le pire des maux, et il vaut mieux tout tenter pour éviter de se brouiller.

Ses sœurs, avec qui il eut l'occasion de s'entretenir le lendemain matin, se montrèrent tout aussi impatientes que Tom devant son avis, aussi résolues à ne pas céder à ses instances, aussi déterminées à défendre leur droit aux plaisirs. Leur mère ne s'opposait pas au projet, et elles ne redoutaient pas le moins du monde que leur père marquât sa désapprobation. Il n'y avait aucun mal à imiter dans ce domaine tant de respectables familles et tant de femmes occupant un rang social de premier plan ; et ce serait céder à des scrupules excessifs que de voir quelque chose à censurer dans un tel projet, auquel ne participeraient que des frères, des sœurs, des amis intimes, et dont personne n'entendrait parler en dehors d'eux. Julia, pour sa part, semblait disposée à admettre que la situation de Maria demandât à être traitée avec précaution et délicatesse, mais ces mesures ne pouvaient s'étendre à *elle-même*, car *elle*, elle avait toute liberté ; et Maria considérait d'évidence que son engagement la mettait au-dessus de toute contrainte, et qu'elle avait moins de raisons que Julia de demander conseil à son père ou à sa mère. Edmund ne gardait plus guère d'espoir, mais il n'en continuait pas moins à revenir sur le sujet, quand Henry Crawford, tout droit venu du presbytère, pénétra au salon, et s'écria :

— Il ne manquera pas de bras pour notre théâtre, mademoiselle Bertram. Ni d'amateurs de petits rôles. Ma sœur tient à vous assurer de son affection, et elle espère être admise dans votre troupe, et serait heureuse de se charger de celui de n'importe vieille duègne ou confidente soumise qu'aucune d'entre vous n'aura sans doute envie d'interpréter.

Maria lança à Edmund un coup d'œil qui signifiait « Que dites-vous de cela, à présent ? Serions-nous dans l'erreur si Mary Crawford a les mêmes réactions ? ».

Et Edmund, réduit au silence, fut contraint d'admettre que l'attrait de la scène pouvait aussi s'exercer sur un esprit hors du commun ; et avec la candeur d'un homme épris, il voulut avant tout retenir le caractère prévenant, conciliant du message.

Le projet fut donc poursuivi. Son opposition était vaine, quant à Mme Norris, il s'était trompé en supposant qu'elle voudrait en mettre une. Toutes les difficultés auxquelles elle fit allusion furent éludées en cinq minutes par l'aîné de ses neveux ou l'aînée de ses nièces, sûrs de leur ascendant sur elle ; et comme l'ensemble des aménagements devait entraîner très peu de dépenses pour la famille, et aucune pour elle-même, et comme elle augurait qu'il lui apporterait le réconfort de l'activité, de l'empressement et de l'importance, et qu'elle en tirait l'avantage immédiat de s'imaginer être contrainte de quitter sa maison, où elle venait de passer un mois à ses frais, et de s'installer chez eux, afin qu'elle pût consacrer chaque heure à leur service, elle fut, au bout du compte, tout à fait enchantée de cette perspective.

14

Fanny fut davantage sur le point d'avoir raison, semble-t-il, que ne l'avait envisagé Edmund. La tâche de découvrir une pièce qui convînt à tout le monde ne fut pas une mince affaire ; et le menuisier avait reçu des ordres, pris des mesures, fait des propositions et levé au moins deux séries de difficultés, en démontrant la nécessité d'une extension du plan et d'un accroissement de la dépense, et il s'était déjà mis au travail que la recherche de la pièce n'était pas achevée. D'autres préparatifs étaient également en cours. Un immense rouleau de serge verte était arrivé de Northampton, et Mme Norris y avait taillé un rideau, après avoir épargné, grâce à son ingéniosité, un coupon d'une demi-aune de longueur, et les femmes de chambre étaient en train de le coudre, mais on était toujours en quête de la pièce, et comme deux ou trois jours s'écoulèrent de cette manière, Edmund se prit à espérer qu'aucune solution ne serait retenue.

Il fallait, de fait, tenir compte de tant d'éléments, faire plaisir à un si grand nombre de personnes, disposer d'un tel nombre de personnages de premier plan, et surtout, répondre à la nécessité que l'œuvre soit tout à la fois une tragédie et une comédie, qu'il paraissait rester très peu de chances d'aboutir à une décision, aussi longtemps que les divers objectifs poursuivis par la jeunesse et le zèle laissaient quelque espérance.

Dans le camp de la tragédie se rangeaient les demoiselles Bertram, Henry Crawford et M. Yates ; dans celui de la comédie, on trouvait Tom Bertram, mais il n'y était pas *tout à fait* seul, car d'évidence les vœux de Mary Crawford allaient dans le même sens, même si, par politesse, elle ne les exprimait pas ; toutefois, la détermination et l'influence du jeune homme étaient telles qu'elles rendaient sans doute inutile tout ralliement à son parti ; et en dehors de cette grande, de cette irréconciliable différence de goût, tous désiraient une pièce comportant très peu de personnages, sous réserve qu'ils soient tous importants, et que les femmes aient trois des rôles principaux. C'est en vain que l'on passa en revue les grandes pièces du répertoire. Ni *Hamlet,* ni *Macbeth,* ni *Othello,* ni *Douglas,* ni *Le Joueur* ne parvinrent à satisfaire les amateurs de tragédie ; et *Les Rivaux, L'École de la médisance, La Roue de la fortune, L'Héritier légitime,* et toute une liste d'autres comédies furent tour à tour rejetées avec des protestations plus vives encore. Aucune de ces œuvres n'était proposée sans que l'un d'eux ne contestât son choix, et de part ou d'autre, c'était un concert de « Oh, non, cela n'ira jamais. Ne choisissons pas de tragédies grandiloquentes. Trop de personnages ; pas un rôle convenable de femme dans cette histoire. N'importe quoi mais pas *celle-là,* mon cher Tom. Il serait impossible de venir à bout de la distribution. On ne saurait confier l'interprétation de ce personnage à n'importe qui. Ce ne sont que bouffonneries du début jusqu'à la fin. *Celle-ci* conviendrait peut-être, s'il n'y avait tous ces personnages du commun. Si vous *tenez* à le savoir, j'ai toujours estimé que c'était là la pièce la plus insipide jamais écrite en anglais. *Moi,* je ne voudrais pas faire d'opposition, et je me contenterai d'être simplement de quelque utilité, mais je pense que l'on ne saurait opérer de pire choix ».

Fanny observait et écoutait, non sans se divertir un peu de voir combien l'égoïsme, plus ou moins déguisé, paraissait les gouverner tous, et elle se demandait comment tout cela finirait. Pour sa satisfaction personnelle, elle aurait pu souhaiter que l'on montât quelque chose, car elle n'avait jamais assisté à une représentation théâtrale, mais tout ce qui était de plus haute conséquence dans ses principes s'y opposait.

— On ne réussira à rien de la sorte, finit par déclarer Tom. Nous perdons du temps de la façon la plus effroyable. Il faut prendre une décision. Peu importe le choix, du moment que nous l'arrêtions. Il ne faut pas nous montrer trop difficiles. Ne nous laissons pas arrêter sous prétexte qu'il y a quelques personnages en trop. Chargeons-nous de *deux* rôles. Affichons moins de prétentions. Si un rôle est insignifiant, nous n'en aurons que plus de mérite à en tirer parti. Désormais, *moi*, je ne ferai plus le difficile. Je prendrai n'importe quel rôle que vous m'offrirez, sous réserve qu'il soit dans une comédie. J'y mets cette seule condition ; qu'il soit comique.

Pour la cinquième fois environ, il proposa alors *L'Héritier légitime*, se demandant simplement s'il préférait jouer lord Dubberley ou le Dr Pangloss, et s'efforçant, avec le plus grand sérieux, mais sans le moindre succès, de convaincre les autres qu'il existait quelques beaux rôles tragiques dans le reste de la distribution.

Le silence qui suivit cette inutile tentative fut rompu par le même orateur, qui, reprenant sur la table l'un des nombreux volumes qui s'y trouvaient avant de le retourner, s'écria soudain :

— *Les Serments des amants*! Pourquoi *Les Serments des amants* ne nous conviendraient-ils pas aussi bien qu'à la famille Ravenshaw ? Pourquoi ne pas y avoir pensé plus tôt ? Il me semble que cela conviendrait à merveille. Qu'en dites-vous tous autant que vous êtes ? Il y a là deux excellents rôles tragiques pour Yates et pour Crawford, et je prendrai volontiers celui du majordome piètre poète, si personne n'en veut, un rôle très mineur, mais que je ne dédaignerai pas d'interpréter, car ainsi que je l'ai annoncé, je suis prêt à prendre n'importe quoi et à en tirer tout ce que je peux. Et pour ce qui est des seconds rôles, tout le monde peut les tenir. Il ne reste plus que ceux du comte Cassel et de von Anhalt.

La suggestion fut bien accueillie par la majorité d'entre eux. Tous se lassaient de rester dans l'indécision, et ils eurent tout d'abord l'impression que rien de ce qui avait été proposé auparavant n'aurait sans doute aussi bien correspondu à leur attente. M. Yates, surtout, était ravi, car à Ecclesford, il avait rêvé, brûlé d'incarner le baron, écouté de mauvaise grâce chacune des tirades de lord Ravenshaw, et s'était cru obligé de recommencer à tout déclamer, une fois dans sa chambre ; se surpasser dans l'interprétation du personnage du baron Wildenhaim, tel était le summum de ses ambitions théâtrales, et comme il avait l'avantage de connaître déjà par cœur la moitié des scènes, il offrit aussitôt avec la plus grande promptitude ses services pour le rôle. Pour lui rendre justice, cependant, il faut reconnaître qu'il ne cherchait pas à se l'approprier de manière exclusive, car se souvenant que Frederick devait réciter un certain nombre de longues tirades, il professait une égale bonne volonté à jouer ce dernier. Henry Crawford se disait prêt à tenir l'un ou l'autre. Ce que M. Yates ne prendrait pas lui conviendrait à la perfection, et sa proposition fut suivie d'un rapide échange de compliments. Mlle Bertram, qui considérait la question avec tout l'intérêt d'une éventuelle Agatha, prit sur elle de trancher, en faisant observer à M. Yates qu'il serait bon, sur ce point, de tenir compte de la stature et de la silhouette de l'interprète, et que comme il était le plus grand des deux, il semblait avoir de meilleures qualités physiques pour représenter le baron. On convint qu'elle avait tout à fait raison, et les deux rôles ayant été acceptés en conséquence, elle fut certaine d'avoir trouvé le Frederick idéal. Trois des personnages étaient maintenant répartis entre les jeunes gens, outre celui dont se chargerait M. Rushworth, qui, selon Maria, accepterait tout ce qu'on lui offrirait ; et c'est le moment où Julia, qui souhaitait, comme sa sœur, devenir Agatha, fit part de ses scrupules au sujet de Mlle Crawford.

— C'est là mal se comporter envers les absents, remarqua-t-elle. Il n'y a pas ici suffisamment de rôles de femmes. Maria et moi pouvons jouer Amelia et Agatha, mais il ne reste rien là-dedans pour votre sœur, monsieur Crawford.

M. Crawford exprima le désir que l'on ne s'y arrêtât pas ; il était sûr que sa sœur n'avait pas le désir de jouer la comédie, si ce n'est dans la mesure où elle pourrait se rendre utile, et qu'elle n'accepterait pas d'être prise en considération dans le cas présent. Mais Tom Bertram s'éleva aussitôt contre cette affirmation et soutint que le rôle d'Amelia était sans conteste destiné à Mlle Crawford, si elle voulait l'accepter.

— Il lui revient de façon aussi naturelle, aussi inéluctable que celui d'Agatha à l'une ou l'autre de mes sœurs. Ce ne sera pas un sacrifice de leur part, car il relève de la pure comédie.

Un court silence s'ensuivit. Chacune des deux sœurs paraissait inquiète ; car l'une et l'autre pensaient en effet être la meilleure candidate au rôle d'Agatha, et espérait que le reste du groupe la prierait de l'accepter. Henry Crawford, qui pendant ce temps s'était emparé du texte et parcourait le premier acte avec une feinte nonchalance, eut tôt fait de régler l'affaire.

— Je tiens à prier Mlle Julia Bertram, dit-il, de ne pas accepter le rôle d'Agatha ou ce sera la perte de mon sérieux. N'en faites rien, je vous en prie, n'en faites rien…

Puis, se tournant vers elle, il ajouta :

— Je ne résisterais pas à l'air que vous auriez, une fois accoutrée en infortunée victime, au teint blafard. Les rires que nous avons partagés ensemble me reviendraient infailliblement à la mémoire, et Frederick, portant son havresac, serait obligé de s'enfuir en toute hâte.

Tout cela était dit sur le mode plaisant, avec courtoisie, mais la forme fut perdue pour Julia qui ne fut sensible qu'au fond. Elle surprit un coup d'œil adressé à Maria qui lui confirma l'offense qu'on lui faisait subir ; c'était là manœuvre, une ruse ; on lui manquait d'égards, et Maria se voyait préférée ; le sourire de triomphe que cette dernière essayait de dissimuler montrait bien qu'elle le comprenait, et avant que Julia ait retrouvé assez d'emprise sur elle-même pour parler, son frère fit à son tour pencher la balance contre elle, en déclarant :

— Oh ! oui, Maria doit jouer Agatha. Entre les deux, c'est Maria qui sera la meilleure Agatha. Bien que Julia s'imagine qu'elle préfère la tragédie, je ne lui ferais pas confiance pour l'interpréter. Elle n'a rien qui la prédispose à la tragédie. Son apparence physique n'est pas celle d'une tragédienne. Les traits de son visage n'ont rien de tragique, elle marche trop vite, parle trop vite, et ne parviendrait pas à rester grave. Il vaudrait mieux qu'elle fasse la vieille provinciale ; la femme du villageois ; c'est vrai, Julia, ce serait préférable. La femme du villageois a un fort joli rôle, je vous l'assure. Cette vieille dame relève par ses nombreux traits d'esprit ce qu'a d'emphatique la façon dont son mari fait état de sa générosité.

— La femme du villageois ! s'indigna M. Yates. Y songez-vous ? C'est le rôle le plus trivial, le plus misérable, le plus insignifiant ; rien que du langage de tous les jours ; pas une seule tirade digne de ce nom. Votre sœur jouer cela ! C'est une injure que de le lui proposer. À Ecclesford, c'est la gouvernante des enfants qui devait s'en charger. On s'était mis d'accord pour ne l'attribuer à personne d'autre. Un peu plus de justice, monsieur le directeur, s'il vous plaît. Vous ne méritez pas d'occuper ce poste si vous n'appréciez pas un peu mieux les talents des membres de votre compagnie.

— Eh bien, sur ce sujet-*là*, mon excellent ami, aussi longtemps que ma compagnie et moi-même n'aurons pas joué, on en sera surtout réduit aux hypothèses ; mais je n'entends pas pour autant rabaisser Julia. Nous ne pouvons avoir deux Agatha et il nous faut une femme du villageois, et je suis sûr d'avoir donné moi-même l'exemple de la modération en me contentant de jouer le vieux majordome. Si le rôle est très modeste, elle n'aura que plus de mérite à s'y faire remarquer ; et si elle est hostile à toute forme d'humour, qu'elle se charge des répliques du villageois au lieu de celles de la femme du villageois, et qu'elle échange ainsi leurs rôles tout au long de la pièce ; il est, quant à lui, suffisamment solennel et émouvant, j'en suis certain. Cela ne fera aucune différence pour le sens de la pièce ; et pour ce qui est du villageois, s'il hérite des répliques de sa femme, c'est de bon cœur que je me chargerai de le jouer.

— En dépit du préjugé favorable que vous nourrissez envers la femme du villageois, dit Henry Crawford, il sera impossible à votre sœur d'en rien tirer de convenable, et il n'est pas supportable que l'on abuse de sa générosité naturelle. Nous ne devons pas lui *permettre* d'accepter ce rôle. Il ne faut pas la laisser faire par simple complaisance. On a besoin de ses talents pour Amelia. Le personnage d'Amelia est même plus difficile à camper que celui d'Agatha. Je considère qu'Amelia a le rôle le plus complexe de la pièce. Il demande de l'autorité et beaucoup de finesse, afin de traduire sans exagération son entrain et sa simplicité. J'ai vu de bonnes actrices ne pas y parvenir. À dire vrai, la simplicité est impossible à rendre pour la plupart des actrices professionnelles. Cela requiert une délicatesse de sentiment qui leur manque. Cela exige une jeune femme de la bonne société, une Julia Bertram. Vous allez vous en charger, j'espère ? acheva-t-il, en se tournant vers elle avec un air de sollicitation inquiète, qui attendrit un peu le cœur de la jeune fille.

Toutefois, alors qu'elle hésitait sur le choix de sa réponse, son frère s'interposa à nouveau pour défendre la cause de Mlle Crawford, qu'il jugeait meilleure :

— Non, non, Julia ne doit pas être Amelia. Ce n'est pas du tout un rôle pour elle. Elle ne l'aimerait pas. Elle ne l'interpréterait pas bien. Elle est trop grande et trop robuste. Amelia est une jeune fille menue, légère, enfantine et toujours en mouvement. Cela convient à Mlle Crawford et à elle seule. Elle a l'apparence physique du personnage et je suis persuadé qu'elle la jouera de façon admirable.

Sans tenir compte de cette interruption, Henry Crawford poursuivait son plaidoyer :

— Il faut que vous nous rendiez service, affirma-t-il, il le faut vraiment. Quand vous aurez analysé ce personnage, je suis sûr que vous sentirez à quel point il vous convient.

Votre choix se porte peut-être sur la tragédie, mais il semble bien que ce soit *vous*, entre toutes, que la comédie ait élue. Vous viendrez me rendre visite en prison avec un panier de provisions ; vous ne refuserez pas de me visiter en prison ? Je crois déjà vous voir y entrer avec votre panier.

L'influence de sa voix produisait son effet. Julia était ébranlée ; mais ne cherchait-il pas à la flatter, à l'apaiser, et à lui faire oublier l'affront précédent ? Elle se défiait de lui. L'offense avait été délibérée. Il se contentait peut-être de jouer à un jeu perfide avec elle. Elle jeta un regard suspicieux à sa sœur ; l'attitude de Maria allait en décider ; si elle avait l'air vexée ou alarmée... mais Maria était toute sérénité et toute satisfaction, et Julia comprenait bien que sur un tel plan, sa sœur ne pouvait être heureuse qu'à ses dépens. Ce fut donc sous le coup de l'indignation qu'elle déclara d'une voix frémissante :

— Vous ne semblez plus redouter de perdre votre sang-froid quand je viendrais vous voir avec un panier de provisions, alors qu'on aurait pu supposer... mais c'est seulement sous le visage d'Agatha que j'aurais fait naître une gaieté intempestive !

Elle s'arrêta. Henry Crawford avait perdu contenance, comme s'il ne savait que répondre. Tom Bertram revint à la charge :

— Mlle Crawford doit être Amelia. Elle sera une excellente Amelia.

— N'ayez crainte de me voir, *moi*, réclamer le rôle, répliqua Julia, avec emportement. Comme je ne serai pas Agatha, je suis certaine que je n'accepterai d'être personne d'autre ; quant au rôle d'Amelia, c'est celui qui me répugne le plus au monde. Je la déteste. C'est une fille odieuse, mesquine, effrontée, anormale et impudente. J'ai toujours protesté contre la comédie, mais cette pièce-là est un des pires exemples du genre.

Sur ce, elle se précipita dehors, laissant une impression de malaise à plusieurs des membres de l'assistance, mais excitant peu de compassion, si ce n'est chez Fanny, qui avait été l'auditrice silencieuse de la scène et qui ne pouvait songer sans une grande pitié à sa cousine, en proie à la jalousie.

Un bref silence s'établit après la sortie de Julia, mais son frère revint bientôt à l'affaire en cours et aux *Serments des amants*, et c'est plein d'enthousiasme qu'il se mit à étudier le texte, avec l'aide de M. Yates, afin d'établir la liste des décors ; et pendant ce temps, Maria et Henry Crawford s'entretenaient à voix basse, et quand la jeune fille déclara, « j'aurais très volontiers cédé le rôle à Julia, bien entendu, mais même si moi je le joue fort mal, je suis persuadée qu'*elle*, elle s'y prendrait plus mal encore », sa remarque fut sans nul doute accueillie avec tous les compliments qu'elle méritait.

Tout ceci se poursuivit quelque temps, puis le groupe se scinda, et Tom Bertram et M. Yates s'éloignèrent pour se consulter au fond de la pièce que l'on commençait à appeler *le Théâtre*, tandis que Mlle Bertram prenait la résolution de descendre elle-même au presbytère afin d'offrir le rôle d'Amelia à Mlle Crawford, et Fanny se retrouva seule.

Le premier parti qu'elle tira de sa solitude fut de s'emparer du volume abandonné sur la table et de prendre connaissance de la pièce dont elle avait tant entendu parler. Comme sa curiosité était éveillée, elle parcourut le texte avec empressement et s'interrompit à plusieurs reprises sous l'effet de l'étonnement qu'on ait pu la retenir en de telles circonstances, qu'on l'ait proposée et acceptée pour une scène privée ! Agatha et Amelia, chacune à leur manière, donnaient un exemple tout à fait déplorable pour une représentation familiale ; la situation de l'une et le langage de l'autre étaient si indignes d'une femme ayant la moindre pudeur qu'elle avait peine à imaginer que ses cousines aient su à quoi elles s'engageaient ; et elle avait hâte d'entendre les remontrances qu'Edmund ne manquerait pas d'adresser pour les en avertir.

15

Mlle Crawford s'empressa d'accepter le rôle, et peu après le retour du presbytère de Mlle Bertram, M. Rushworth arriva au Parc, si bien qu'un autre personnage se trouva attribué. On lui proposa le rôle du comte Cassel ou celui d'Anhalt, et au début, il ne sut sur lequel des deux devait porter son choix, mais une fois qu'on lui eut expliqué la différence de position sociale qui les séparait, et qui était qui, et qu'il se fut souvenu avoir vu un jour la pièce à Londres et avoir jugé Anhalt fort stupide, il se décida très vite pour le comte. Mlle Bertram approuva sa résolution, car moins il en aurait à apprendre, mieux ce serait, et bien qu'elle n'ait pas partagé son souhait que le comte et Agatha puissent jouer ensemble, ni guetté sans impatience le moment où il aurait achevé de tourner lentement les pages dans l'espoir de découvrir tout de même une scène de ce genre, elle mit beaucoup de bonne volonté à prendre son rôle en main, puis à raccourcir toutes les tirades qui pouvaient l'être, et, en outre, elle souligna la nécessité dans laquelle il serait de paraître très bien habillé et de choisir ses couleurs. M. Rushworth fut très séduit par l'idée de cette élégance, même s'il affectait d'en faire peu de cas, et le souci de son apparence l'absorba à tel point qu'il en oublia de penser aux autres, et de tirer les conclusions ou d'exprimer la moindre amertume, ainsi qu'elle s'y était attendue à demi.

Tout cela était déjà réglé avant qu'Edmund, qui s'était absenté toute la matinée, en ait pris connaissance ; mais quand il entra au salon avant le dîner, la discussion entre Tom, Maria et M. Yates était fort bruyante ; et M. Rushworth s'avança en hâte vers lui pour lui annoncer l'agréable nouvelle.

— Nous avons une pièce, dit-il. Il s'agit des *Serments des amants* ; et je vais y être le comte Cassel, et j'entrerai d'abord avec un habit bleu, avec une cape de satin rose, puis j'enfilerai une très élégante tenue de chasse. Je ne sais pas comment cela va me plaire.

Fanny suivait Edmund des yeux, et son cœur se serrait pour lui en entendant ces paroles, puis elle le vit changer de visage et comprit ce qu'il devait ressentir.

— *Les Serments des amants*! s'exclama-t-il, stupéfait, et sans en dire davantage à M. Rushworth, il se tourna vers son frère et ses sœurs, comme s'il ne doutait pas de les entendre apporter un démenti à cette assertion.

— Oui, s'écria M. Yates, après tous nos débats et nos difficultés, nous nous rendons compte que rien ne nous conviendra si bien, rien ne mérite mieux notre approbation que *Les Serments des amants*. L'étonnant, c'est que nous n'y ayons pas pensé plus tôt. J'ai été d'une abominable stupidité, car on bénéficie ici de tout ce que j'ai vu à Ecclesford, et il est si utile de pouvoir se référer à un modèle. Nous avons presque achevé la distribution des rôles.

— Mais qui remplira les rôles de femmes ? demanda Edmund, l'air grave, en regardant Maria.

Maria rougit malgré elle, puis elle répondit :

— Je prends le rôle que devait tenir lady Ravenshaw, et, ajouta-t-elle avec un regard plus hardi, Mlle Crawford sera Amelia.

— Je n'aurais pas cru que cette sorte de pièce trouverait aussi aisément chez *nous* des interprètes, répondit Edmund, avant de se détourner et de se rapprocher du feu, auprès duquel avaient pris place sa mère, sa tante et Fanny, et de s'y asseoir avec un air de grande contrariété.

M. Rushworth l'y suivit pour préciser :

— Je fais trois entrées, et j'ai quarante-deux tirades. Ce n'est pas rien, n'est-ce pas ? Mais je n'aime pas beaucoup l'idée de paraître si élégant. J'aurais du mal à me reconnaître dans un habit bleu et une cape en satin rose.

Edmund ne put prendre sur lui pour lui répondre. Au bout de quelques minutes, M. Rushworth fut appelé hors de la pièce pour lever certains doutes du menuisier ; il sortit, accompagné de M. Yates, avant que M. Rushworth ne leur emboîte le pas. Edmund saisit aussitôt l'occasion pour déclarer :

— Je ne puis exprimer librement en présence de M. Yates ce que je pense de la pièce sans avoir l'air de critiquer ses choix et de les reprocher à ses amis d'Ecclesford, mais maintenant, il faut que je vous dise à *vous*, ma chère Maria, que je la considère comme tout à fait déplacée pour une représentation privée, et que j'espère que vous abandonnerez ce projet. Je n'imagine pas d'autre alternative pour vous que ce renoncement, une fois que vous aurez lu avec soin le texte tout entier. Commencez par lire à haute voix le premier acte à votre mère ou à votre tante, et jugez si *vous*, vous pouvez l'approuver. Je suis convaincu qu'il ne sera pas alors nécessaire d'invoquer le jugement de votre *père* à votre égard.

— Nous voyons les choses de manière très différente, s'écria Maria. Je connais fort bien la pièce, et une fois que l'on aura procédé à quelques coupures et adaptations, ainsi qu'il est prévu, bien entendu, je ne verrai rien à y reprendre ; et comme vous le savez, je ne suis pas *la seule* jeune fille à juger qu'elle convienne très bien à une représentation privée.

— J'en suis navré, répondit-il, mais dans cette affaire, c'est *vous* qui indiquez la voie à suivre. *Vous*, vous devez donner l'exemple. Si d'autres se sont trompés, c'est votre rôle que de les remettre dans la bonne direction, et leur montrer ce qu'est la véritable délicatesse de jugement. Sur tout ce qui touche aux règles de la bienséance, c'est *votre* conduite qui doit servir de loi au reste du groupe.

Cette évocation de son importance fit de l'effet sur Maria, car nul n'aimait plus qu'elle servir de modèle, aussi était-elle mieux disposée quand elle lui répondit :

— Je vous suis très obligée, Edmund ; vos intentions sont louables, j'en suis certaine, mais je persiste à croire que vous y mettez trop de zèle ; et je ne puis adresser une harangue aux autres sur un sujet de cette sorte. Ce serait *là* manquer à tous les usages, selon moi.

— Vous imaginez-vous qu'il pourrait me venir une pareille idée en tête ? Non. Que votre conduite vous serve de harangue. Contentez-vous d'annoncer qu'en étudiant le rôle, vous vous êtes sentie incapable de l'interpréter, que vous jugez qu'il demande plus de résistance et de confiance en soi que l'on ne vous en prête. Annoncez-le avec fermeté, et cela suffira. Tous ceux qui ont le sens de la distinction comprendront vos raisons. La pièce sera abandonnée et votre délicatesse de jugement sera louée comme il se doit.

— Ne jouez rien d'inconvenant, ma chère enfant, adjura lady Bertram. Sir Thomas n'aimerait pas cela. Fanny, sonnez donc, il faut qu'on me serve mon dîner. À coup sûr, Julia doit être habillée, à présent.

— Je suis convaincu que Sir Thomas désapprouverait cela, madame, dit Edmund, avant de sonner à la place de Fanny.

— Là, ma chère enfant, entendez-vous ce que dit Edmund ?

— Si je refusais le rôle, affirma Maria, en redoublant d'ardeur, c'est Julia qui le prendrait assurément.

— Comment ! s'écria Edmund, même si elle connaissait vos raisons ?

— Oh ! elle penserait sans doute qu'étant donné la différence qui existe entre nous – ce qui distingue notre situation –, elle n'a pas besoin, *pour sa part*, de se montrer aussi scrupuleuse que *moi*, je pourrais l'estimer nécessaire. Je suis sûre qu'elle tiendrait ce raisonnement. Alors non, je vous prie de m'en excuser, mais je ne reviendrai pas sur mon consentement. Les choses sont trop avancées ; tout le monde serait déçu. Tom en serait indigné ; et si nous sommes trop difficiles, nous ne monterons jamais rien.

— J'allais précisément dire la même chose, affirma Mme Norris. S'il fallait élever des objections à propos de chaque pièce, vous ne joueriez jamais rien, et tout l'argent mis dans les préparatifs aura été gaspillé ; et je suis sûre que c'est là une chose qui jetterait le discrédit sur nous tous. Je ne connais pas la pièce, mais ainsi que le propose

Maria, s'il s'y trouve quelques passages un peu osés – et l'on en voit dans presque toutes –, on pourra aisément les supprimer. Il ne faut pas se montrer trop pointilleux, Edmund. Étant donné que M. Rushworth doit tenir un rôle, lui aussi, on ne peut courir aucun risque. J'aurais simplement souhaité que Tom ait vraiment su ce qu'il voulait quand les menuisiers ont commencé le travail, car les portes latérales leur ont fait perdre une demi-journée de travail. Par contre, le rideau sera très réussi. Les femmes de chambre ont soigné les coutures, et je crois que nous allons parvenir à renvoyer plusieurs dizaines d'anneaux, qui sont en trop. Il est inutile de les coudre si près les uns des autres. J'espère que *moi*, je serai de quelque utilité pour éviter le gaspillage et tirer le meilleur parti de tout. On devrait toujours pouvoir compter sur une personne à la tête solide pour superviser tant de jeunes gens. J'ai oublié de parler à Tom d'une chose qui m'est arrivée aujourd'hui. Je jetais un coup d'œil dans la basse-cour, et au moment de ressortir, qui vois-je ? Dick Jackson en personne, qui se dirigeait vers la porte de l'office, avec deux morceaux de planche à la main, pour les porter à son père, c'est certain. Sa mère a dû l'envoyer porter un message à son père, et ce dernier lui aura à son tour demandé de rapporter deux planches dont il avait besoin. J'ai compris ce qu'il en était, car la cloche du dîner des domestiques s'est mise à l'instant même à sonner au-dessus de nos têtes, et comme je déteste les profiteurs – et les Jackson sont très avides, je l'ai toujours dit ; c'est le genre de gens qui font main basse sur tout ce qu'ils peuvent –, j'ai dit au garçon – un gros balourd de dix ans, comprenez-vous, qui devrait avoir honte de lui-même –, c'est *moi* qui vais aller porter ces planches à ton père, Dick, alors rentre chez toi aussi vite que tu le peux, à présent. Le garçon a pris un air stupide et il a tourné les talons sans prononcer le moindre mot de politesse, et cela s'explique, je crois, parce qu'il m'arrive de prendre un ton assez sec ; mais j'imagine que cela va le guérir pour un temps de venir marauder autour de la maison.

Je déteste qu'on fasse preuve d'une telle cupidité, et je pense que votre père est bien bon envers cette famille, puisqu'il emploie cet homme toute l'année !

Personne ne se donna la peine de lui répondre ; les autres revinrent bientôt, et Edmund s'aperçut qu'il n'obtiendrait d'autre satisfaction que celle d'avoir tenté de les mettre en garde.

Le dîner se déroula dans une atmosphère lourde. Mme Norris relata une nouvelle fois comment elle avait triomphé de Dick Jackson, mais on évoqua peu, autrement, la pièce et ses préparatifs, car il n'était pas jusqu'à Tom qui fût sensible à la désapprobation d'Edmund, même s'il n'aurait jamais voulu le reconnaître. Maria, à qui manquait le soutien vigoureux d'Henry Crawford, préféra éviter le sujet. M. Yates, qui s'efforçait de se rendre agréable à Julia, se rendit compte que la mélancolie de cette dernière était moins impénétrable sur tous les sujets, sauf sur celui de ses propres regrets à la pensée qu'elle se soit retirée de leur compagnie, et M. Rushworth, qui ne songeait qu'à son rôle et à son costume, eut vite épuisé tout ce qu'il pouvait dire sur l'un comme sur l'autre.

Toutefois, les préoccupations relatives au théâtre ne furent écartées que durant une heure ou deux ; il restait encore beaucoup de choses à régler ; et comme le souffle du soir ranimait leur courage, Tom, Maria et M. Yates, une fois réunis au salon, s'assemblèrent en petit comité à une table séparée, avec le texte ouvert devant eux, et ils venaient tout juste de s'absorber dans leur lecture quand ils furent agréablement interrompus par l'entrée de M. et de Mlle Crawford qui, même s'il leur fallait braver l'heure tardive, l'obscurité et les chemins boueux, n'avaient pu s'empêcher de venir, et qui furent accueillis avec beaucoup de joie, mêlée de gratitude.

« Eh bien, comment cela se passe-t-il ? » puis « Qu'avez-vous décidé ? » et « Ah ! nous ne pouvons rien faire sans vous » suivirent les premières salutations ; et Henry Crawford se retrouva bientôt assis à la table des trois autres, tandis que sa sœur se dirigeait vers lady Bertram et, par une aimable attention, la complimentait.

— Il faut que je vous félicite, madame, dit-elle, de ce qu'une pièce ait été choisie, car bien que vous ayez supporté les recherches avec une patience admirable, je suis sûre que vous devez être lasse de tout ce bruit que nous faisons et des difficultés que nous rencontrons. Les acteurs ont de quoi se réjouir, mais les spectateurs sont sans doute beaucoup plus reconnaissants que l'on soit parvenu à une décision ; et je vous en félicite sincèrement, ainsi que Mme Norris et toutes les personnes qui se trouvent dans la même situation que vous, conclut-elle en jetant un coup d'œil mi-craintif, mi-malicieux à Edmund, par-dessus la tête de Fanny.

Lady Bertram lui répondit avec beaucoup de civilité, mais Edmund ne dit mot. Il ne démentit pas n'être qu'un spectateur. Après avoir continué à s'entretenir quelques minutes encore avec les membres du groupe qui se trouvait auprès du feu, Mlle Crawford rejoignit ceux qui s'étaient rassemblés autour d'une table, et tout en demeurant debout près d'eux, elle parut s'intéresser aux arrangements qu'ils prenaient jusqu'au moment où un souvenir subit parut lui traverser l'esprit et où elle s'écria :

— Mes chers amis, vous voici en train d'agencer avec le plus grand calme des fermes et des cabarets, tant dehors que dedans, mais avant que vous n'en veniez à bout, ayez la bonté de m'éclairer sur mon sort : qui est Anhalt ? À quel gentilhomme parmi vous vais-je avoir le plaisir de faire des avances ?

Durant un instant, nul n'éleva la voix, puis plusieurs d'entre eux prirent la parole tous à la fois pour révéler la triste vérité, à savoir qu'ils n'avaient pas d'Anhalt. « M. Rushworth devait avoir le rôle du comte Cassel, mais personne ne s'était encore chargé de celui d'Anhalt. »

— J'ai eu le choix entre les deux rôles, précisa M. Rushworth, mais j'ai pensé que je préférerais celui du comte, même si je ne me réjouis pas beaucoup de devoir revêtir les tenues somptueuses qui sont les siennes.

— Vous avez choisi avec beaucoup de sagesse, j'en suis sûre, répondit Mlle Crawford, tandis que son visage s'éclairait. Le rôle d'Anhalt est long et difficile.

— *Le comte* a quarante-deux tirades, ce qui n'est pas une mince affaire, lui opposa M. Rushworth.

— Je ne suis pas du tout surprise, dit Mlle Crawford, après une courte pause, de ce manque de volontaire pour Anhalt. Amelia ne mérite pas mieux. Une jeune fille aussi audacieuse peut fort bien faire fuir les hommes.

— Je serais trop heureux de m'en charger si c'était possible, s'écria Tom, mais malheureusement le majordome et Anhalt se trouvent tous les deux dans la même scène. Néanmoins, je ne vais pas encore y renoncer de façon définitive. Je vais voir ce que l'on peut faire. Je vais y réfléchir encore.

— Votre *frère* devrait prendre ce rôle, assura M. Yates, à voix basse. Ne croyez-vous pas ?

— Ce n'est pas *moi* qui le lui demanderai, répondit Tom, d'une manière froide et déterminée.

Mlle Crawford parla d'autre chose et, peu après, rejoignit le groupe installé autour du feu.

— Ils n'ont pas du tout besoin de moi, dit-elle, en s'asseyant. Je ne réussis qu'à les déconcerter et à les obliger à me répondre par politesse. Monsieur Edmund Bertram, puisque vous ne jouez pas vous-même, vous serez un conseiller désintéressé ; et voilà pourquoi je m'adresse à *vous*. Qui doit-on prendre pour jouer Anhalt ? Est-il possible que l'un des autres acteurs puisse se charger aussi du rôle ? Quel conseil donneriez-vous ?

— Je vous conseillerais de changer de pièce, dit-il, d'une voix calme.

— Moi, je n'y verrais aucun inconvénient, répondit-elle, car même si le rôle d'Amelia ne me déplaît pas, à condition qu'elle soit bien soutenue – c'est-à-dire si tout se déroule bien –, je serais désolée d'être une cause d'embarras, mais comme à *la table là-bas*, précisa-t-elle, tout en regardant derrière elle, on n'a pas voulu écouter votre avis, il n'en sera certainement pas tenu compte.

Edmund ne répliqua pas.

— S'il y avait *un* rôle entre tous qui puisse vous tenter, *vous*, de monter sur les planches, je suppose que ce serait celui d'Anhalt, poursuivit la jeune fille, d'un ton espiègle, après un bref silence, car il a pris les ordres, vous savez.

— C'est précisément cette circonstance qui écarterait de moi toute tentation de ce genre, répondit-il, car je serais navré de rendre un tel personnage ridicule en le jouant mal. Il doit être très difficile d'empêcher Anhalt d'apparaître comme un lecteur compassé, solennel, et un homme qui se destine à la même profession que lui est, peut-être, le dernier qui puisse désirer la représenter sur la scène.

Mlle Crawford fut réduite au silence, et comme elle était blessée dans son amour-propre et nourrissait du ressentiment, elle rapprocha beaucoup sa chaise de la table à thé, et accorda toute son attention à Mme Norris, qui y présidait.

— Fanny, appela Tom Bertram, depuis l'autre table, où la conférence se poursuivait avec enthousiasme et où la conversation ne faiblissait pas, nous avons besoin de vos services.

Fanny se leva aussitôt, s'attendant à ce qu'on lui demandât d'aller chercher quelque chose, car en dépit de tous les efforts d'Edmund, l'habitude de l'employer de la sorte n'était pas passée.

— Ah ! nous ne voulons pas vous faire lever. Nous n'avons pas besoin de vos services *dans l'immédiat*. Nous n'allons faire appel à vous que pour la pièce. Vous serez la femme du villageois.

— Moi ! s'écria Fanny, en se rasseyant, l'air effrayé. Vous voudrez bien m'en dispenser, je vous prie. Je serais incapable de tenir un rôle, quand bien même vous m'offririez le monde entier. Non, en vérité, je ne saurais jouer.

— En vérité, il le faudra bien, car on ne pourra vous en dispenser. Inutile de vous effrayer, car c'est un rôle insignifiant, un rôle presque inexistant, pas plus d'une demi-douzaine de répliques en tout et pour tout, et si personne ne comprend un mot de ce que vous dites, cela n'aura guère d'importance, aussi vous pourrez avoir l'air aussi timide qu'une petite souris, mais il faut que vous soyez là et que l'on vous voie.

— Si une demi-douzaine de répliques vous font peur, s'écria M. Rushworth, que diriez-vous d'un rôle comme le mien ? J'ai quarante-deux tirades à apprendre.

— Ce n'est pas apprendre par cœur que je redoute, dit Fanny, choquée de se retrouver la seule personne du salon à prendre la parole et d'être le point de mire de tous les regards ; mais sincèrement, je suis incapable de jouer.

— Mais si, mais si, vous êtes tout à fait capable de jouer pour nous. Apprenez votre rôle, et on vous apprendra le reste. Vous n'avez que deux scènes, et comme j'interpréterai le villageois, je vous introduirai et je vous ferai bouger ; et vous réussirez très bien, j'en réponds.

— Non, je vous assure, monsieur Bertram, il faudra que vous m'excusiez. Vous n'avez aucune idée de ce que vous me demandez. Ce serait tout à fait impossible pour moi. Si je l'entreprenais, je ne parviendrais qu'à vous décevoir.

— Allons, allons ! ne soyez pas si modeste. Vous vous en sortirez très bien. On aura pour vous toutes les indulgences. On ne s'attend pas à la perfection. Il faudra que vous trouviez une robe brune, un tablier blanc, et un petit bonnet, puis on vous dessinera quelques rides, de légères pattes-d'oie, et vous ferez une petite vieille très présentable.

— Il faut que vous m'en dispensiez, je vous en prie, il le faut, s'écria Fanny, qui s'empourprait de plus en plus sous l'effet d'une très vive agitation et jetait des regards de détresse vers Edmund.

Ce dernier l'observait avec bienveillance, mais comme il ne tenait pas à exaspérer son frère en intervenant, il se contenta d'encourager sa cousine d'un sourire. Les prières de Fanny ne firent pas fléchir Tom ; il se contenta de répéter ce qu'il avait proposé auparavant ; et il ne fut pas le seul à énoncer un tel avis, car sa demande de réquisition fut appuyée par Maria, M. Crawford et M. Yates, avec une urgence qui différait de la sienne, mais qui, pour en être plus aimable ou plus cérémonieuse, n'en était pas moins, pour l'essentiel, accablante aux yeux de Fanny ; et avant que cette dernière n'ait pu retrouver son souffle, Mme Norris ajouta à ces exigences en lui disant dans un murmure de théâtre à la fois furieux et audible de tous :

— Que d'histoires vous faites là pour rien... J'ai honte de vous, Fanny, de voir que vous élevez tant de difficultés pour de pareilles vétilles, au lieu d'obliger vos cousins, si généreux envers vous ! Acceptez ce rôle de bonne grâce et qu'il n'en soit plus question, je vous prie.

— Ne la pressez pas d'agir ainsi, madame, intervint Edmund. Il n'est pas juste de la presser de la sorte. Vous voyez bien qu'elle n'a pas envie de jouer. Laissez-la choisir toute seule, comme le reste d'entre nous. On peut tout aussi bien se fier à son jugement. N'insistez pas davantage auprès d'elle.

— Je n'insisterai plus auprès d'elle, répondit Mme Norris avec acrimonie, mais je continuerai à penser que c'est une fille ingrate et obstinée, si elle ne fait pas ce que sa tante et ses cousins lui demandent ; une fille d'une grande ingratitude même, si l'on songe d'où elle sort et qui elle est.

Edmund était trop indigné pour riposter ; mais Mlle Crawford, après avoir contemplé un moment Mme Norris avec des yeux étonnés, puis Fanny dont les yeux brillaient de larmes, s'empressa de dire d'un ton un peu vif :

— Je ne me sens pas bien, ici ; il fait trop chaud à la *place* que j'occupe.

Elle déplaça alors sa chaise de l'autre côté de la table et se rapprocha de Fanny, puis lui dit d'une voix douce et gentille, tandis qu'elle s'installait :

— N'y prenez pas garde, mademoiselle Price ; c'est une soirée où tout le monde est de mauvaise humeur ; tout le monde se montre désagréable et se rend insupportable envers les autres. N'en tenons pas compte.

Elle continua à lui marquer une prévenance particulière et à lui parler, afin de lui redonner courage, alors qu'elle-même en manquait. D'un coup d'œil d'avertissement lancé à son frère, elle empêcha que le directoire du théâtre ne poursuive ses efforts dans ce sens, et la bonté sincère qui gouvernait presque entièrement son geste lui rendit rapidement le peu d'estime qu'elle avait perdu auprès d'Edmund.

Fanny n'aimait pas Mlle Crawford, mais elle lui fut très obligée de la gentillesse qu'elle lui manifestait alors, et quand la jeune fille, après s'être intéressée à son ouvrage, avoir exprimé le désir de savoir, elle aussi, travailler aussi bien, demandé le modèle, puis émis l'hypothèse que Fanny se préparait à faire sa première sortie dans le monde, ainsi qu'il arriverait sans doute une fois sa cousine mariée, demanda si elle avait des nouvelles récentes de son frère qui était dans la marine, ajouta qu'elle serait très curieuse de le rencontrer, supposa qu'il devait être un fort beau jeune homme et lui conseilla de le faire poser pour un portrait au crayon, avant qu'il ne reprît la mer, elle ne put s'empêcher de reconnaître que c'étaient là des louanges très agréables, ni de les écouter et de répondre avec plus de vivacité qu'elle n'avait eu l'intention d'en montrer.

Comme la consultation sur la pièce se poursuivait, Tom Bertram fut le premier à distraire Mlle Crawford des attentions dont elle entourait Fanny, en lui annonçant qu'à son grand regret, il lui serait impossible de se charger du rôle d'Anhalt, en plus de celui du majordome ; il s'était appliqué avec acharnement à rendre possible leur succession sur la scène, mais il n'y parvenait pas ; il lui fallait renoncer.

— ... toutefois, ajouta-t-il, on n'éprouvera aucune difficulté à trouver quelqu'un pour le tenir. Il suffira de répandre la nouvelle ; nous n'aurons plus que l'embarras du choix. Je pourrais dès maintenant citer les noms d'au moins six jeunes gens habitant à moins de six milles de chez nous, qui seraient enchantés d'être admis dans notre troupe, et dont un ou deux ne nous discréditeraient pas. Je n'hésiterais pas à faire confiance aux frères Oliver ou à Charles Maddox. Tom Oliver est un garçon très malin, et Charles Maddox, un gentilhomme aussi accompli qu'on puisse le désirer ; aussi, dès demain matin de bonne heure, j'irai à cheval jusqu'à Stoke pour arranger cela avec l'un d'eux.

Tandis qu'il parlait, Maria s'était retournée pour jeter un regard d'appréhension vers Edmund, car elle s'attendait à ce qu'il s'opposât à un tel élargissement de leur projet, si contraire à leurs premières protestations ; mais Edmund ne dit rien.

Après un instant de réflexion, Mlle Crawford déclara d'un ton calme :

— Pour ce qui est de moi, je n'ai aucune objection à l'égard de quiconque vous paraîtra à tous digne d'être désigné. Ai-je déjà rencontré l'un de ces gentilshommes ? Oui, M. Charles Maddox est venu dîner chez ma sœur, un jour, n'est-ce pas Henry ? Un jeune homme qui avait l'air très réservé. Je me souviens de lui. Qu'on lui pose donc la question, s'il vous plaît, car je trouverai moins déplaisant d'avoir affaire à lui qu'à un parfait étranger.

Charles Maddox serait donc l'heureux élu. Tom renouvela sa promesse d'aller le voir tôt, le lendemain matin ; et bien que Julia, qui avait à peine desserré les lèvres jusque-là, ait observé sur un ton sarcastique, après avoir jeté un coup d'œil à Maria, puis à Edmund, que « le théâtre de Mansfield allait singulièrement animer tout le voisinage », le plus jeune de ses frères continua à garder le silence et ne manifesta ses sentiments qu'en s'obstinant à conserver un maintien grave.

— Je ne brûle guère de jouer cette pièce, confia tout bas Mlle Crawford à Fanny, après avoir pesé le pour et le contre un moment ; et je dirai à M. Maddox que je raccourcirai moi-même quelques-unes de ses tirades et un grand nombre des miennes, avant que nous ne répétions ensemble. Ce sera très désagréable et ne correspondra nullement à ce que j'en attendais.

16

Le pouvoir de Mlle Crawford était insuffisant pour faire oublier de façon durable à Fanny ce qui venait de se passer, simplement parce qu'elle s'était entretenue avec elle. Quand la soirée prit fin, Fanny monta se coucher la tête encore tout occupée de ce qui lui était arrivé, les nerfs à fleur de peau sous le choc de l'attaque, si publique et si persistante, de son cousin Tom, et l'esprit abattu par les réflexions désobligeantes et les reproches de sa tante. Se retrouver de la sorte le centre d'intérêt de tous, apprendre que ce n'était que le prélude à des hostilités infiniment plus graves, s'entendre annoncer qu'elle devrait faire ce qui, pour elle, était une impossibilité, à savoir jouer la comédie, se voir accusée d'opiniâtreté et d'ingratitude, et ensuite, pour couronner le tout, subir une allusion à l'état de dépendance dans lequel elle vivait, avait été trop éprouvant sur le moment pour que le souvenir en soit moins insupportable, une fois seule ; surtout avec le redoublement d'inquiétude que suscitait en elle ce que le lendemain pourrait apporter au cours des discussions qui reprendraient sur le même sujet. Mlle Crawford ne lui avait accordé sa protection que pour un temps, et si, une fois entre eux, ils la pressaient à nouveau avec toute l'insistance et l'autorité que Tom et Maria étaient capables d'exercer, en particulier si Edmund s'absentait, qu'adviendrait-il d'elle ? Elle succomba au sommeil avant d'avoir répondu à la question, et la jugea tout aussi embarrassante à son réveil, le lendemain matin. La mansarde blanche qui était demeurée sa chambre depuis le premier soir de son arrivée dans la famille se révélant incapable de lui suggérer une réponse, elle se réfugia, à peine fut-elle habillée, dans une autre pièce, plus spacieuse et mieux adaptée aux allées et venues, ainsi qu'à la réflexion, dont elle avait presque tout autant la libre disposition depuis quelque temps. Elle leur avait servi de salle d'études, et avait porté ce nom jusqu'au jour où les demoiselles Bertram avaient refusé qu'on le lui donnât plus longtemps, même si elle était demeurée affectée à cet usage jusqu'à une date plus récente. C'est là où Mlle Lee avait vécu, où elles avaient appris à lire et à écrire, bavardé et ri, jusqu'au moment où la gouvernante les avait quittées, trois ans auparavant. La pièce n'avait donc plus d'affectation, et elle était désertée depuis un certain temps, sauf par Fanny, qui venait y soigner ses plantes ou chercher l'un des livres qu'elle était bien contente de conserver là, du fait du manque de place et d'aménagements de la petite chambre de l'étage au-dessus, où elle couchait ; mais petit à petit, alors qu'elle appréciait davantage le réconfort qu'elle y trouvait, elle y avait ajouté d'autres objets venus en sa possession, et elle y passait le plus clair de son temps libre ; et comme rien ne s'y opposait, elle se l'était appropriée de façon si naturelle, si dépourvue d'artifices, qu'il était à présent généralement admis qu'elle lui était réservée. La chambre de l'Est, ainsi qu'on l'appelait depuis que Mlle Bertram avait atteint ses seize ans, était désormais considérée comme appartenant à Fanny de façon presque aussi exclusive que la mansarde blanche ; les dimensions réduites de cette dernière justifiaient l'utilisation de la première de façon si raisonnable que les demoiselles Bertram, logées dans des appartements bien supérieurs, ainsi que l'exigeait le sentiment de leur prééminence, l'approuvèrent entièrement ; et Mme Norris, après avoir stipulé que l'on n'y ferait jamais de feu à l'intention de Fanny, était à peu près résignée à le voir utiliser ce dont personne ne voulait, même si les termes dont elle usait parfois pour qualifier cette marque de faveur laissaient entendre qu'il s'agissait là de la meilleure pièce de la maison.

L'orientation en était si favorable qu'elle était souvent habitable dès le début du printemps et jusqu'à la fin de l'automne, même sans feu, pour une personne aussi désireuse de s'y retrouver que Fanny, et cette dernière espérait ne pas en être tout à fait chassée, aussi longtemps qu'un rayon de soleil l'atteindrait, même quand l'hiver serait là. La force qu'elle y puisait pendant ses heures de loisir était extrême. Elle s'y réfugiait chaque fois qu'un incident lui paraissait désagréable, plus bas, dans la maison, et elle trouvait aussitôt une consolation en s'y adonnant à quelque passe-temps ou bien en occupant son esprit à la réflexion. Les plantes, les livres, qu'elle collectionnait depuis la première heure où elle avait disposé d'un shilling, son pupitre, les travaux destinés aux œuvres charitables, les témoignages d'acquisition de diverses maîtrises étaient tous à portée de la main ; ou si elle ne se sentait pas bien disposée pour travailler, si elle se laissait aller à la rêverie, rares étaient les objets qui s'offraient à sa vue sans être liés à quelque souvenir intéressant. Chacun d'eux était un ami ou lui évoquait un ami, et même s'il lui était arrivé parfois de beaucoup souffrir, si les motifs de ses actions étaient souvent demeurés incompris, si l'on n'avait pas tenu compte de sa sensibilité et sous-estimé ses facultés de compréhension, si elle avait souffert de la tyrannie, de la peur du ridicule et de la négligence, dans presque tous les cas où l'une ou l'autre se reproduisaient, elle avait été amenée chaque fois à découvrir quelque pensée consolatrice ; sa tante Bertram avait parlé en sa faveur, ou bien Mlle Lee l'avait encouragée, ou encore, ce qui était plus fréquent ou la touchait davantage, Edmund s'était fait son champion et montré son ami ; il avait défendu sa cause, ou expliqué ce qu'elle voulait dire, lui avait conseillé de ne pas pleurer, ou lui avait donné quelque preuve d'affection qui lui avait rendu ses larmes précieuses ; et tout cela se confondait à présent, s'harmonisait sous l'effet de l'éloignement dans le temps, si bien que chacune de ses peines passées conservait du charme à ses yeux. La pièce lui était devenue très chère, et elle n'en aurait pas changé les meubles contre les plus belles pièces que contenait la maison, même si les siens, très simples à l'origine, avaient souvent été mal traités par les enfants, et que les éléments les plus élégants et les mieux ornés de son décor n'étaient qu'un tabouret, orné d'une tapisserie de Julia, jugée trop maladroite pour être admise au salon ; trois transparents, exécutés lorsqu'ils étaient en vogue, et fixés sur les trois vitres du bas d'une fenêtre, où l'abbaye de Tintern trônait entre une grotte italienne et un lac du Cumberland sous la lune ; une collection de silhouettes des membres de la famille, considérée comme indigne d'être exposée ailleurs que sur la tablette de la cheminée, et à côté, épinglé au mur, un petit dessin d'un bâtiment de la marine que William avait envoyé quatre ans auparavant, de Méditerranée, et dont le nom, *H. M. S. Antwerp*, figurait sur le bas de la feuille en lettres de la hauteur du grand mât.

C'est dans ce havre de grâce que Fanny descendit alors, afin de voir s'il exercerait une influence sur son esprit agité et troublé, si la contemplation du profil d'Edmund lui permettrait de profiter d'un des conseils donnés par son cousin, ou s'il lui insufflerait une force mentale nouvelle quand elle aérerait ses géraniums. Mais il lui fallait écarter bien davantage que les craintes que faisait naître en elle sa propre persévérance ; elle s'était sentie gagnée par l'indécision à propos de *ce qu'elle devait faire* ; et tandis qu'elle arpentait la pièce, ses doutes augmentaient. Avait-elle *raison* de refuser ce qui lui était demandé avec tant de chaleur et à quoi l'on aspirait tellement ? Ce qui serait essentiel, peut-être, à la réussite d'un plan si cher au cœur de certains de ceux envers qui elle devait témoigner de la plus grande complaisance ? N'était-ce pas, de sa part, de la mauvaise volonté, de l'égoïsme, ou de la peur de se voir ainsi exposée aux yeux de tout le monde ? Et l'opinion d'Edmund, sa conviction que Sir Thomas désapprouverait toute l'affaire, allait-elle suffire à justifier son propre refus obstiné, en dépit de tout ? L'idée de monter sur scène lui faisait tellement horreur qu'elle tendait à douter du bien-fondé et de la légitimité de ses propres scrupules, et lorsqu'elle regardait autour d'elle, les prétentions de ses cousins à sa reconnaissance se trouvaient renforcées par la présence de chacun des cadeaux qu'elle apercevait et qui lui venaient d'eux. La table entre les deux fenêtres était couverte de boîtes à ouvrage et de nécessaires à filet qui lui avaient été offerts en diverses occasions, surtout par Tom, et elle était abasourdie par le montant de la dette qu'elle avait accumulée grâce à tous ces généreux souvenirs. Un coup léger, frappé à la porte, l'arracha à sa recherche de la meilleure voie à suivre pour accomplir son devoir, et lorsqu'elle eut répondu « Entrez », d'une voix douce, elle vit apparaître celui à qui elle était accoutumée à exposer ses moindres doutes. Ses yeux brillèrent de joie à la vue d'Edmund.

— Puis-je vous parler quelques minutes, Fanny ? dit-il.

— Oui, assurément.

— Je voudrais vous consulter. J'ai besoin de votre opinion.

— Mon opinion ! s'écria-t-elle, désireuse de se dérober à un tel compliment, même si elle s'en sentait très honorée.

— Oui, de vos conseils et de votre opinion. Je ne sais que faire. Leur projet de jouer la comédie ne cesse de s'aggraver, comprenez-vous. Ils ont choisi l'une des pires pièces que l'on puisse trouver ; voilà qu'à présent, c'est le comble, ils vont aller demander de l'aide à un jeune homme qu'aucun de nous ne connaît vraiment. C'est la fin de la représentation privée et de l'observation des règles de la bienséance dont il était question au début. Je n'ai jamais rien entendu reprocher à Charles Maddox, mais il y a beaucoup à redire sur l'excès d'intimité qui va s'établir lorsqu'il sera admis de la sorte parmi nous – une familiarité à laquelle je ne puis songer sans perdre patience –, et il me semble qu'il faille, *si possible*, prévenir un péril d'une telle ampleur. Ne voyez-vous pas cela sous le même jour que moi ?

— Oui, mais que faire ? Votre frère est si déterminé…

— Il n'y a qu'*une seule* chose à faire, Fanny. Il faut que je prenne moi-même le rôle d'Anhalt. Je me rends compte que rien d'autre n'arrêtera Tom.

Fanny ne put lui répondre.

— Ce n'est pas du tout un parti qui me plaît. Nul n'apprécie d'être poussé à se montrer aussi versatile, *en apparence*. Après avoir fait connaître mon opposition au projet depuis le début, il n'est pas sans absurdité que je les rejoigne *maintenant*, alors qu'ils outrepassent en tous points les bornes de leur premier plan ; mais je ne vois pas d'autre alternative. Et vous, Fanny ?

— Non, pas pour le moment, dit Fanny, d'une voix lente, mais…

— Mais quoi ? Je vois que votre jugement ne s'accorde pas avec le mien. Réfléchissez un peu. Peut-être n'êtes-vous pas aussi avertie que moi des préjudices que *pourrait* causer, des désagréments que *doit* entraîner la présence d'un jeune homme reçu de cette manière ; invité à partager notre vie de famille ; autorisé à venir ici à toute heure ; et placé soudain sur un tel pied d'égalité que toute contrainte se trouve supprimée. Songez simplement à la licence que peut engendrer la moindre répétition. Tout cela est très mauvais. Mettez-vous à la place de Mlle Crawford, Fanny. Considérez ce que cela serait que de jouer le rôle d'Amelia en face d'un inconnu. Elle a droit à notre considération, car il est évident qu'elle ressent profondément ce qu'elle se doit à elle-même. J'ai entendu une part suffisante de ce qu'elle vous disait, hier soir, pour comprendre sa répugnance à jouer avec un homme qui lui est étranger ; et il est probable qu'elle se soit engagée à tenir ce rôle avec de toutes autres espérances, il est possible qu'elle l'ait fait sans étudier la question de façon suffisante pour comprendre ce qui allait se passer, selon toute probabilité, aussi serait-il peu généreux, serait-il vraiment inique de notre part de l'y exposer. Il convient de respecter sa sensibilité. Est-ce que cela ne vous paraît pas juste, Fanny ? Vous hésitez.

— J'en suis fâchée pour Mlle Crawford ; mais je suis encore plus peinée de vous voir entraîné à faire ce que vous aviez résolu d'éviter, et ainsi que chacun le sait, ce que vous pensiez devoir être désagréable à mon oncle. Cela va être un si grand triomphe pour les autres !

— Ils n'auront pas beaucoup de raisons de triompher lorsqu'ils verront combien je joue mal. Néanmoins, ce sera bien un triomphe, et il me faudra l'affronter. Mais si je puis, par ce moyen, empêcher que l'on ne rende publique cette affaire, limiter l'exposition des acteurs et restreindre cette folie, je m'estimerai bien dédommagé. Pour le moment, je n'ai pas d'influence, je ne puis intervenir. Je les ai froissés, et ils ne veulent pas m'écouter ; mais si cette concession de ma part les met de bonne humeur, je nourris l'espoir de les persuader de réserver la représentation à un cercle bien plus restreint que celui qu'ils envisagent de rassembler. Ce sera là un progrès appréciable. J'ai pour objectif de le limiter à Mme Rushworth, ainsi qu'au Dr et à Mme Grant. Cela ne mérite-t-il pas d'être obtenu.

— Oui, ce sera un grand pas en avant.

— Mais qui n'a pas encore reçu votre approbation. Pourriez-vous me proposer une autre mesure qui m'offre une chance de faire autant de bien ?

— Non, je ne vois pas autre chose.

— Alors, Fanny, donnez-moi votre approbation. Je ne me sentirai pas à l'aise aussi longtemps que vous ne me l'accorderez pas.

— Oh ! mon cousin.

— Si vous étiez contre moi, il faudrait que je me défie de moi-même… et pourtant… mais il est tout à fait impossible de laisser Tom poursuivre dans cette voie et s'en aller chevaucher à travers le pays en quête d'un homme qui se laisse persuader de venir jouer la comédie ; peu importe de savoir de qui il s'agit ; il suffit qu'il ait l'air d'un gentilhomme. J'aurais cru que *vous*, vous auriez été plus réceptive aux sentiments de Mlle Crawford.

— Elle sera très contente, sans aucun doute. Ce devrait être un grand soulagement pour elle, dit Fanny, en s'efforçant de se montrer plus chaleureuse.

— Elle ne m'a jamais paru plus aimable que dans sa manière de se conduire envers vous, hier soir. Cela lui a donné de solides droits à mon dévouement à sa cause.

— Elle a fait preuve de *beaucoup* de bonté, en effet, et je suis satisfaite de lui voir épargner les contrariétés…

Elle ne put aller jusqu'au bout de cette effusion généreuse. Sa conscience l'arrêta au milieu de la phrase, mais Edmund s'en contenta.

— Je vais descendre à pied jusque-là aussitôt après le petit déjeuner, dit-il, et je suis sûr d'y apporter de la joie. Et maintenant, ma chère Fanny, je ne vous interromprai pas davantage. Vous souhaitez lire. Cependant, je n'ai pu être en paix avec moi-même avant de vous avoir parlé et d'avoir pris une décision. Que j'aie dormi ou veillé, j'ai eu toute la nuit la tête pleine de cette affaire. Elle est mauvaise, mais j'en rends sans aucun doute les effets moins graves qu'ils n'auraient pu l'être. Si Tom est levé, j'irai le trouver tout de suite pour en finir ; et quand nous nous retrouverons à la table du petit déjeuner, nous serons tous d'excellente humeur à la pensée que nous allons jouer les bouffons avec une telle unanimité. *Vous*, pendant ce temps-là, vous serez en train de découvrir la Chine, je suppose. Où en êtes-vous du journal de lord Macartney ? demanda-t-il en ouvrant un volume sur la table, avant d'en feuilleter d'autres. Et je vois ici les *Contes* de Crabbe, et *L'Oisif*, à portée de la main, au cas où vous vous lasseriez de ce grand livre. J'admire beaucoup votre petit domaine ; et dès que je serai sorti, vous vous ôterez de la tête toutes ces sottises à propos de la comédie, et vous vous installerez de manière confortable à votre table. Mais ne restez pas ici trop longtemps, de crainte de prendre froid.

Il s'en fut ; mais il n'était plus question de lecture, de Chine ou de sérénité pour Fanny. Il lui avait annoncé la nouvelle la plus extraordinaire, la plus inconcevable, la plus malvenue ; elle ne pouvait penser à rien d'autre. Lui, jouer la comédie ! Après toutes les objections qu'il avait formulées – des protestations si fondées et si publiques ! Après tout ce qu'elle l'avait

entendu déclarer, les regards qu'elle avait surpris, les sentiments qu'il avait éprouvés et qu'elle avait perçus. Était-ce
possible ? Edmund, à ce point inconséquent ? Ne se trompait-
il pas lui-même ? N'avait-il pas tort ? Hélas ! tout cela était
l'œuvre de Mlle Crawford. Fanny avait reconnu son
influence dans la moindre des paroles de son cousin et elle
en était affligée. Les doutes et les inquiétudes qu'elle avait
ressentis sur sa propre conduite, qui l'avaient alors plongée
dans la détresse et qui étaient demeurés en sommeil pendant
qu'elle l'écoutait, lui paraissaient à présent de peu de conséquences, mais une angoisse plus vive les avait absorbés.
Les choses allaient suivre leur cours ; elle ne se souciait
plus de savoir comment tout cela prendrait fin. Ses cousins
la presseraient peut-être, ils ne parviendraient guère à la
tracasser. Elle était hors de leur portée ; et si au bout du
compte, elle se voyait obligée de céder, peu lui importait.
Tout n'était plus que tristesse, désormais.

17

Ce fut en effet un jour de triomphe pour M. Bertram et
Maria. Remporter une telle victoire sur le discernement
d'Edmund surpassait tous leurs espoirs, et la rendait d'autant plus appréciable. Rien ne viendrait plus troubler la
mise en œuvre de leur cher projet, et ils se félicitaient, à part
eux, avec toute l'allégresse que procure le plein exaucement
des rêves, de la jalouse faiblesse à laquelle ils attribuaient ce
changement. Edmund pouvait arborer un air grave, assurer
que d'une manière générale ce plan ne lui plaisait pas, et
qu'en particulier il désapprouvait la pièce, ils l'avaient
emporté sur le point capital ; il allait jouer, et il avait cédé à
ses seules impulsions égoïstes. Edmund avait donc renoncé
à l'élévation morale qu'il avait conservée jusqu'alors, et tous

deux se trouvaient soulagés et plus heureux de constater cet abaissement.

Ils se conduisirent cependant fort bien *à son égard*, en la circonstance, et ils ne laissèrent paraître leur exultation que par un sourire en coin, tout en faisant mine d'être soulagés d'échapper à l'intrusion de Charles Maddox, comme s'ils avaient été forcés de faire appel à lui contre leur gré. « Ce qu'ils avaient désiré avant tout, c'était de limiter l'affaire au cercle de famille. Admettre un étranger parmi eux aurait anéanti leur satisfaction », et quand Edmund, saisissant la balle au bond, fit allusion à son désir de voir limiter le nombre des spectateurs, ils acceptèrent de lui promettre n'importe quoi, tant était grande leur complaisance du moment. Tout n'était plus que bonne humeur et encouragements. Mme Norris s'offrit pour créer son costume ; M. Yates lui promit que la dernière scène opposant Anhalt au baron comporterait beaucoup d'action et de déploiement d'énergie ; et M. Rushworth se mit à dénombrer ses tirades.

— Peut-être Fanny sera-t-elle mieux disposée à nous obliger, maintenant, dit Tom. Peut-être réussirez-vous à l'en persuader ?

— Non, sa décision est tout à fait arrêtée. Elle ne jouera certainement pas.

— Oh ! très bien.

Et il n'en fut plus question. Fanny, cependant, continuait à se sentir menacée, et sa résolution de montrer de l'indifférence au danger commençait à faiblir.

Il n'y eut pas moins de sourires au presbytère qu'au parc devant le changement d'attitude opéré par Edmund ; Mlle Crawford avait l'air très charmante, ainsi, et elle recommença sur-le-champ à parler avec une telle gaieté de toute l'affaire qu'elle ne put manquer d'avoir un effet et un seul sur lui. « Il avait certainement raison de vouloir assurer le respect de sa sensibilité ; il était content d'avoir pris une telle décision. » Et la matinée s'écoula en apportant des satisfactions très douces, sinon très raisonnables. Il en résulta au moins un avantage pour Fanny ; à la requête pressante de Mlle Crawford, Mme Grant accepta, avec sa bonne humeur habituelle, de jouer le rôle que l'on avait voulu lui confier. Ce fut tout ce qui parvint à la réjouir au cours de cette journée, et quand Edmund la lui apporta, cette nouvelle même lui causa un serrement de cœur, car c'était envers Mlle Crawford qu'elle était obligée, c'était à cette dernière et à ses généreux efforts que devait aller sa gratitude ; et en les accomplissant, la jeune fille s'était acquis des mérites qu'on lui vantait avec un air rayonnant d'admiration. Elle n'avait plus rien à redouter, mais la paix et la sécurité n'étaient désormais plus liées. Son âme n'avait jamais été plus éloignée de la quiétude. Elle ne pouvait se dire qu'elle avait mal agi, mais elle était troublée dans tous les autres domaines ; son cœur et sa raison s'élevaient l'un et l'autre contre la décision d'Edmund ; elle ne pouvait l'acquitter de son incohérence ; et la joie qu'il en éprouvait la rendait misérable. Elle était envahie par la jalousie et l'insatisfaction. Mlle Crawford se présentait désormais avec un air joyeux qui lui paraissait une insulte, et des protestations d'amitié à son égard auxquelles elle avait du mal à répondre avec calme. Ceux qui l'entouraient étaient enjoués et affairés, prospères et importants ; chacun d'eux avait un centre d'intérêt, son rôle, son costume, sa scène favorite, ses amis et ses partenaires ; tous s'employaient à consulter et à comparer, ou bien ils cherchaient à se distraire en se lançant des mots d'esprit. Fanny, seule, était triste et passait inaperçue ; elle ne prenait part à rien ; elle pouvait rester ou sortir ; supporter le tumulte ou se retirer dans la solitude de la chambre de l'Est, sans que l'on s'aperçût de sa présence ou de son absence. Elle en arrivait presque à penser que tout eût été préférable à cette situation. Mme Grant était devenue une personne d'importance ; son bon naturel lui valait une mention honorable ; son goût et sa disponibilité étaient pris en considération ; sa présence était souhaitée ; elle était recherchée, entourée et louée ; et Fanny, au début, faillit lui envier le rôle qu'elle avait accepté. Mais la réflexion fit naître en elle de meilleurs sentiments et lui fit reconnaître que Mme Grant méritait un respect auquel elle-même n'aurait jamais pu prétendre, et que même si on lui avait accordé la plus grande déférence, elle n'aurait pu en aucun cas éprouver de contentement en prenant part à un projet qu'il lui fallait entièrement condamner, ne serait-ce que par égard pour son oncle.

Fanny n'était pas la seule à avoir le cœur lourd, ainsi qu'elle s'en rendit bientôt compte. Julia souffrait, elle aussi, même si son comportement n'avait pas toujours été irrépréhensible.

Henry Crawford s'était joué de ses sentiments, mais elle l'avait très longtemps laissé l'entourer d'attentions, quand même elle ne les avait pas sollicitées, sous l'effet d'une jalousie contre sa sœur si justifiée qu'elle aurait dû l'en guérir ; et à présent qu'elle s'était vu imposer la conviction de la préférence du jeune homme pour Maria, elle se rendait à l'évidence, sans s'inquiéter de la situation où se trouvait sa sœur, ni tenter de se raisonner pour retrouver elle-même la tranquillité. Tantôt elle demeurait assise, sombre et taciturne, affichant un air grave auquel rien ne parvenait à l'arracher, aucune curiosité à piquer, aucun trait d'esprit à dissiper ; tantôt elle tolérait les assiduités de M. Yates, s'entretenant avec lui d'un ton de gaieté forcée, et tournait en ridicule le jeu des autres acteurs.

Durant un jour ou deux, après lui avoir imposé une telle humiliation, Henry Crawford s'était efforcé de la lui faire oublier en multipliant, à son habitude, les galanteries et les compliments, mais il ne s'était pas assez piqué au jeu pour persévérer après quelques refus, et comme il avait été vite trop pris par la pièce pour trouver le temps de courtiser plus d'une femme à la fois, il s'était désintéressé de la querelle, à moins qu'il n'ait saisi l'occasion pour mettre fin de façon discrète à une relation qui aurait en peu de temps paru prometteuse à d'autres qu'à Mme Grant. Cette dernière n'était pas enchantée de voir Julia exclue de la distribution, et demeurer assise, sans qu'on s'occupât d'elle, mais comme ce n'était pas là un sujet qui menaçait son bien-être, comme Henry était sans doute meilleur juge sur ce qui le concernait, et comme il l'avait assurée, avec un sourire très persuasif, que ni Julia ni lui n'avaient jamais vraiment pensé l'un à l'autre, elle n'avait pu que lui renouveler sa mise en garde à propos de la sœur aînée, et le prier de ne pas mettre en péril sa propre tranquillité en manifestant trop d'admiration de ce côté-là, puis elle avait joyeusement pris part à tout ce qui pouvait mettre de bonne humeur le groupe de jeunes gens, et favorisé, en particulier, le plaisir du frère et de la sœur qui lui étaient si chers.

— Je suis plutôt surprise de voir que Julia n'est pas attirée par Henry, observa-t-elle devant Mary.

— Je pense qu'elle l'est, répondit Mary avec froideur. J'imagine même que les deux sœurs le sont.

— Toutes les deux ! non, non, cela ne doit pas être. Ne lui en soufflez pas mot. Songez à M. Rushworth.

— Vous feriez mieux de conseiller à Mlle Bertram de penser à M. Rushworth. C'est à *elle* que cela fera peut-être du bien. Je songe souvent à la propriété et à l'indépendance financière de M. Rushworth, et j'aimerais qu'elles soient en d'autres mains ; mais je ne m'arrête jamais à *sa personne*. Un homme qui disposerait de tels biens pourrait représenter le comté ; un tel homme pourrait éviter d'embrasser une profession et représenter le comté.

— Je suppose que *pour ce qui le concerne*, il se fera bientôt élire au Parlement. Une fois que Sir Thomas sera là, j'imagine qu'il lui découvrira une circonscription dans laquelle se présenter ; mais personne ne l'a encore aidé à s'engager dans cette voie-là.

— Sir Thomas devra faire des merveilles, quand il sera rentré, dit Mary, après un silence. Vous souvenez-vous d'Hawkins Brown et de son « Invocation au tabac », à l'imitation de Pope ? « Feuille bénie, dont les brises aromatiques dispensent / Aux étudiants du Temple, la modestie, et aux pasteurs, le bon sens. » Je parodierais ces vers de la sorte :

« Chevalier béni ! dont les regards despotiques dispensent /
À tes enfants, l'opulence, et à Rushworth, le bon sens. »
Cela ne vous paraît-il pas bien tourné, madame Grant ? Tout
semble dépendre du retour de Sir Thomas.

— Vous vous apercevrez que son influence est très justifiée et très raisonnable, quand vous le verrez au sein de sa
famille, je puis vous l'assurer. Je ne pense pas que nous nous
en sortirions aussi bien, sans lui. Il a une dignité et une élégance dans les manières qui conviennent au chef d'une telle
maison, et il a l'art de maintenir chacun à sa place. Lady Bertram est beaucoup plus effacée en ce moment que quand il
est là, et nul, en dehors de lui, ne réussit à avoir de l'ascendant sur Mme Norris. Néanmoins, Mary, n'allez pas vous
imaginer que Maria Bertram est éprise d'Henry. Je suis certaine que *Julia* ne tient pas à lui, sinon elle ne se serait pas
montrée aussi coquette qu'elle l'a fait, hier soir, avec M. Yates ;
et bien que Maria et Henry soient très bons amis, je crois
qu'elle tient trop à Sotherton pour se montrer inconstante.

— Je ne parierais guère sur les chances de M. Rushworth, si Henry s'interposait avant la signature du contrat.

— Si vous avez de tels soupçons, il faut faire quelque
chose, et dès que la pièce aura été jouée, nous lui parlerons
sérieusement, afin qu'il sache ce qu'il veut, et s'il n'a aucune
prétention à ce sujet, nous l'éloignerons, tout Henry qu'il
soit, pour quelque temps.

Julia *souffrait,* cependant, même si Mme Grant ne le dis-
cernait pas et si la plupart des membres de sa famille ne
s'en rendaient pas compte non plus. Elle avait aimé, elle
aimait encore, et elle connaissait toutes les peines qu'un tempérament sanguin et un esprit plein de vivacité sont susceptibles d'endurer, après avoir nourri un espoir aussi ardent
que déraisonnable, et elle restait fermement persuadée
qu'on en avait mal usé avec elle. Son cœur blessé et irrité
ne trouvait de consolation que dans la colère. Sa sœur, avec
qui elle avait été si complice, était devenue sa pire ennemie ;
elles étaient devenues hostiles l'une à l'égard de l'autre, et

Julia ne pouvait se défendre de nourrir l'espoir que les échanges de galanteries qui se poursuivaient de ce côté-là connaîtraient une fin malheureuse, et qu'une punition attendait Maria pour s'être conduite de façon aussi indigne envers M. Rushworth et envers elle-même. Aucun défaut grave de caractère, aucune différence sensible d'opinion n'avaient empêché les deux sœurs de demeurer bonnes amies, aussi longtemps que leurs intérêts étaient les mêmes, mais soumises à une épreuve telle que celle-ci, elles n'avaient ni assez d'affection, ni assez de principes pour les rendre miséricordieuses et justes, et faire surgir en elles le sens de l'honneur et de la compassion. Maria éprouvait un sentiment de triomphe, sans se soucier de Julia, et cette dernière ne voyait jamais Henry Crawford distinguer sa sœur sans souhaiter que quelqu'un n'en prît ombrage et que cela ne finît par un scandale public.

Fanny se rendait compte en grande partie de ce qu'éprouvait Julia, et elle la plaignait ; mais comme il n'y avait entre elles aucun élan amical, sa cousine ne se confiait pas, et elle-même ne s'immisçait pas dans ses affaires. Chacune souffrait de son côté, et seule la conscience qu'avait Fanny de la situation les liait.

L'inattention des deux frères et de la tante au désarroi de Julia, et leur aveuglement à ses causes profondes étaient imputables à leurs propres soucis. Ils avaient l'esprit obnubilé par autre chose. Tom était accaparé par les soins qu'il donnait au théâtre et ne voyait rien de ce qui ne s'y rapportait pas directement. Edmund, partagé entre son rôle dans la pièce et celui qu'il tenait dans la réalité, entre les prétentions qu'avait sur lui Mlle Crawford et sa propre règle de conduite, entre l'amour et la logique, était tout aussi distrait ; quant à Mme Norris, elle déployait une trop grande activité à résoudre et ordonner l'ensemble des petits problèmes qui se posaient à la compagnie, à superviser les divers costumes en ayant recours à des expédients et à des économies dont personne ne lui était reconnaissant, et à ménager avec une intégrité qui l'enchantait elle-même une demi-couronne ici ou là, en pensant à l'absent, Sir Thomas, pour trouver le temps de surveiller le comportement de ses filles ou défendre leur bonheur.

18

Tout suivait désormais un cours régulier ; le théâtre, les acteurs, les actrices et les costumes, tout progressait ; mais bien qu'il ne soit pas survenu de nouveaux obstacles importants, Fanny s'aperçut, au bout de quelques jours à peine, que les membres du groupe ne connaissaient pas un bonheur sans nuages, et qu'elle n'était plus contrainte de supporter le déploiement d'unanimité et de ravissement, qui lui avait paru presque insoutenable, au départ. Chacun commença à éprouver des déconvenues. Edmund eut de nombreux sujets de mécontentement. Sans qu'il ait été du tout tenu compte de son jugement, un peintre décorateur arriva de Londres et se mit au travail, ce qui augmenta beaucoup les dépenses et, qui pis est, donna plus d'éclat à leur entreprise ; et au lieu d'écouter ses recommandations sur la nécessité de conserver un caractère privé à la représentation, son frère se mit à inviter toutes les familles qu'il rencontrait. De son côté, Tom s'impatientait de la lenteur des progrès du peintre et ressentait les affres de l'attente. Il avait appris son texte, celui de ses divers rôles, car il s'était chargé de tous ceux qui étaient conciliables avec celui du majordome, et il avait hâte de les jouer ; et chaque jour qui passait où il demeurait inemployé tendait à accroître chez lui le sentiment de l'insignifiance de toutes ces interventions mises bout à bout, et à lui inspirer le regret qu'une autre pièce n'ait pas été choisie.

Fanny, qui écoutait toujours les autres avec beaucoup de courtoisie, et qui était souvent la seule confidente disponible, était tenue informée des griefs et des désarrois de la plupart d'entre eux. *Elle*, elle savait que M. Yates passait en général pour déclamer d'une façon lamentable, que ce dernier était déçu par Henry Crawford, que Tom Bertram parlait avec une rapidité telle qu'il en était incompréhensible, que Mme Grant ruinait tous les effets en riant, qu'Edmund ne savait pas encore son texte, et que c'était une épreuve que d'avoir M. Rushworth pour partenaire, car il lui fallait un souffleur pour la moindre tirade. Elle savait aussi que ce pauvre M. Rushworth décidait rarement quelqu'un à répéter avec lui ; il lui faisait part, *à son tour*, de ses doléances personnelles. La manière dont sa cousine Maria l'évitait était flagrante à ses yeux, et la répétition de la première scène, qui réunissait cette dernière et M. Crawford, était reprise si souvent et de façon si inutile qu'elle sentait la terreur la gagner à la pensée de voir *ce même* M. Rushworth venir lui communiquer d'autres plaintes. Loin de les trouver tous contents de leur sort et optimistes, elle les voyait réclamer ce qu'ils n'avaient pas, et causer ainsi aux autres quelque déplaisir. Chacun avait un rôle trop long ou trop court ; aucun d'entre eux ne prenait garde aux recommandations des autres ; aucun ne se souvenait de quel côté il lui fallait entrer en scène ; et aucun n'observait les indications de mise en scène, en dehors du plaignant.

Fanny était persuadée de tirer autant d'innocent plaisir de la pièce que n'importe lequel d'entre eux. Henry Crawford jouait juste, et c'était une joie pour elle que de se faufiler dans la salle de théâtre et d'assister à la répétition du premier acte, en dépit des réserves que lui inspiraient certaines répliques de Maria. Selon elle, sa cousine jouait bien, trop bien ; et après une ou deux répétitions, Fanny devint leur seule auditrice, et en leur servant tantôt de souffleur, tantôt de spectatrice, elle se rendait souvent très utile. Autant qu'elle pouvait en juger, M. Crawford était, de loin, le meilleur acteur ; il avait plus de hardiesse qu'Edmund, plus de perspicacité que Tom, plus de talent et de goût que M. Yates. Elle n'était pas attirée par lui en tant qu'homme, mais il lui fallait reconnaître son talent d'acteur, et sur ce point rares étaient ceux dont l'avis différait du sien. M. Yates, il est vrai, protesta contre le manque d'audace et l'insipidité de son jeu ; puis le jour redouté arriva, où M. Rushworth, l'air sombre, s'adressa à elle et lui demanda :

— Trouvez-vous qu'il ait quoi que ce soit d'admirable ? Sur mon âme et ma vie, je ne puis l'admirer ; et entre nous, voir un homme d'aussi petite taille, insignifiant, sans allure, se poser en grand acteur est une chose tout à fait ridicule à mes yeux.

Dès lors, sa jalousie passée se réveilla, et Maria, dont l'espoir de gagner la faveur de Crawford augmentait, ne se donna guère la peine de la dissiper, aussi les chances qu'avait M. Rushworth de jamais apprendre ses quarante-deux tirades diminuèrent-elles d'autant. Et nul n'avait la moindre idée de la manière dont il faudrait s'y prendre pour obtenir de lui une interprétation *supportable*, à l'exception de sa mère. *Cette dernière* regrettait, au contraire, qu'il n'eût pas un rôle plus considérable, et elle différa de venir à Mansfield jusqu'au moment où les répétitions eurent assez avancé pour comprendre toutes les scènes où il figurait ; mais les autres, de leur côté, aspiraient simplement à le voir se souvenir du premier mot d'une réplique ou de la première ligne d'une tirade, afin qu'il puisse suivre le souffleur pour le reste. Fanny, mue par la pitié et la générosité, se donnait beaucoup de mal pour lui enseigner la façon d'apprendre par cœur, lui apportait toute l'aide et les indications de jeu qui étaient en son pouvoir, cherchant à lui créer une mémoire artificielle, et apprenant le moindre mot de son rôle, sans qu'il en soit beaucoup plus avancé.

Il est certain qu'elle était souvent animée de sentiments de gêne, d'inquiétude et d'appréhension, mais de ce fait, et grâce à d'autres devoirs qui accaparaient son temps et son attention, elle était loin de se sentir désœuvrée et inutile parmi eux, loin d'être la seule à se sentir mal à son aise ; et il y en avait toujours un pour réclamer son temps et sa compassion. Ses premières hypothèses pessimistes s'étaient révélées mal fondées. Elle savait se montrer utile à tous ; et elle avait peut-être l'âme au moins aussi en paix que n'importe quel membre du groupe.

De plus, comme il fallait accomplir de nombreux travaux d'aiguille, on avait également besoin d'elle dans ce domaine ; et pour se rendre compte que Mme Norris l'estimait aussi bien lotie que les autres, il suffisait d'entendre la façon dont cette dernière l'affirmait :

— Allons, Fanny, s'écriait-elle, voilà pour vous des moments bien agréables, mais il ne faut pas vous contenter de passer d'une pièce à l'autre et de regarder ce qui se passe tout à votre aise, ainsi que vous le faites ; il me faut votre aide, ici. Je me suis épuisée, au point de tenir à peine debout, à couper la cape de M. Rushworth sans commander davantage de satin ; et à présent, je crois que vous pourriez m'assister pour en assembler tous les éléments. Il s'agit seulement de trois coutures, et vous les ferez en un rien de temps. Je serais bien heureuse, moi, si je n'avais plus qu'à passer à l'exécution. C'est *vous* qui avez la meilleure part, laissez-moi vous le dire, mais si on ne se donnait pas plus de mal que *vous*, on n'avancerait pas très vite.

Fanny se mit à l'ouvrage en silence, sans chercher à se défendre le moins du monde ; mais sa tante Bertram, plus généreuse, prit la parole en sa faveur :

— Il ne faut pas s'étonner, ma sœur, que Fanny soit *enchantée* ; tout ceci est nouveau pour elle, comme vous le savez ; vous et moi aimions beaucoup voir une pièce, et j'aime toujours le théâtre ; et dès que j'aurai un petit peu plus de loisirs, j'ai bien l'intention, *moi aussi*, d'assister à leurs répétitions. Quel est le sujet de la pièce, Fanny ? Vous ne me l'avez jamais dit.

— Ah ! ma chère sœur, je vous en prie, ne le lui demandez pas maintenant, car Fanny n'est pas de celles qui soient capables de parler et de travailler en même temps. Il s'agit des *Serments des amants*.

— Je crois, dit Fanny à l'intention de sa tante Bertram, que l'on en répétera trois actes demain soir, et cela vous donnera la possibilité de voir tous les acteurs sur la scène.

— Vous feriez mieux d'attendre que le rideau soit posé, intervint Mme Norris ; il sera mis en place d'ici un jour ou deux, et une pièce sans rideau n'a guère de sens ; de plus, je ne serais pas surprise si vous aimiez la manière dont il forme de splendides festons, quand on le relève.

Lady Bertram parut tout à fait résignée à attendre. Fanny n'était pas aussi calme que sa tante ; elle songeait beaucoup au lendemain, car si l'on répétait les trois premiers actes, Edmund et Mlle Crawford joueraient ensemble pour la première fois ; le troisième acte comportait une scène de tête-à-tête qui l'intéressait tout particulièrement, et elle désirait et redoutait tout à la fois de voir comment ils allaient l'interpréter. Leur entretien portait sur l'amour. Le jeune homme y donnait sa définition du mariage fondé sur l'amour, et en réponse, la jeune fille allait presque jusqu'à déclarer ce qu'elle éprouvait pour lui.

Fanny avait lu et relu la scène, éprouvé tour à tour de la peine et de l'étonnement, et elle avait hâte d'assister à sa présentation, car ce serait pour elle un événement auquel elle porterait un intérêt presque trop vif. À sa *connaissance*, ils ne l'avaient jamais répétée, même en privé.

Le lendemain matin vit la confirmation du plan prévu pour la soirée, et la manière dont Fanny l'envisageait ne diminua pas son trouble. Elle travailla avec beaucoup de zèle selon les indications de sa tante, mais cette diligence et le silence qu'elle conservait témoignaient d'un esprit absent, plein d'anxiété ; et vers midi, elle réussit à s'échapper et à emporter son ouvrage dans la chambre de l'Est, afin de ne pas avoir à se préoccuper d'une nouvelle répétition du premier acte, à son avis tout à fait superflue, que venait de proposer Henry Crawford, car elle désirait tout à la fois pouvoir disposer de son temps et éviter M. Rushworth. En traversant le hall d'entrée, elle aperçut les deux dames du presbytère qui montaient au parc, mais cela n'ébranla pas son désir de retraite, aussi put-elle travailler et méditer dans la chambre de l'Est durant un quart d'heure, sans être dérangée ; et c'est alors qu'un léger coup frappé à la porte fut suivi par l'entrée de Mlle Crawford.

— L'ai-je bien trouvée ? Oui, c'est ici la chambre de l'Est. Chère mademoiselle Price, je vous demande pardon, mais je suis venue vous chercher jusqu'ici afin de vous prier de m'accorder votre aide.

Fanny, très surprise, fit du mieux qu'elle le put les honneurs de la pièce, et jeta un coup d'œil soucieux sur la grille luisante de propreté de son foyer sans feu.

— Je vous remercie, mais j'ai chaud, très chaud. Permettez-moi de rester ici un moment, et ayez la bonté de m'écouter lire mes scènes du troisième acte. J'ai apporté un livre, et si vous acceptiez de me donner la réplique, je vous en serais *très* reconnaissante. Je suis venue ici dans la journée, avec l'intention de la répéter avec Edmund, en privé, avant la répétition générale de ce soir, mais je ne l'ai pas rencontré, et si *lui* avait été là, je ne pense pas que j'aurais pu dire le texte jusqu'au bout *en sa présence*, avant de m'y être un peu habituée, car pour tout dire, il y a *là* une ou deux répliques… Vous aurez cette amabilité, n'est-ce pas ?

Fanny lui répondit favorablement avec la plus grande politesse, bien qu'elle ne soit pas parvenue à le faire d'une voix ferme.

— Avez-vous jamais parcouru ce passage ? reprit Mlle Crawford, en ouvrant son livre. Le voilà. Je ne m'y suis guère arrêtée, tout d'abord, et pourtant, ma foi… Là, voyez donc *cette* tirade, et *celle-ci*, et puis encore *celle-là*. Comment vais-je pouvoir le regarder en face et prononcer de telles phrases ? Le pourriez-vous ? Il est vrai que comme il est votre cousin, cela fait toute la différence. Il faut que vous répétiez tout cela avec moi, afin que je puisse vous prendre, vous, pour lui, et ainsi progresser pas à pas. *Vous*, vous avez d'ailleurs parfois un air de ressemblance avec *lui*.

— Vraiment ? Je vais m'y appliquer du mieux possible, mais il me faudra *lire* le rôle, car je n'en connais que quelques passages par cœur.

— Vous ne le connaissez *pas du tout*, j'imagine. Vous garderez le livre, bien entendu. Il nous faut deux chaises à portée de la main pour pouvoir les transporter sur le devant de la scène. Voilà ; ce sont d'excellentes chaises de salle de classe qui ne sont pas faites pour le théâtre, selon moi ; elles conviennent mieux à des petites filles qui s'y asseyent pour apprendre leur leçon et qui en martèlent les pieds du talon. Que diraient votre gouvernante et votre oncle s'ils les voyaient accaparées pour un tel usage ? Si Sir Thomas pouvait nous voir à cet instant, il ne saurait quel recours invoquer, car il y a des répétitions en cours dans toute la maison. Yates s'emporte dans la salle à manger. Je l'ai entendu alors que je montais l'escalier, et le théâtre est bien entendu occupé par les deux infatigables amateurs que sont Agatha et Frederick. Si *ces deux-là* ne sont pas parfaits, c'est *moi* qui en serais surprise. Soit dit en passant, je suis allée les voir il y a cinq minutes, et je suis arrivée à l'un des rares moments où ils *résistaient* à la tentation de tomber dans les bras l'un de l'autre ; or, M. Rushworth se trouvait avec moi. J'ai eu l'impression qu'il arborait un air assez singulier, aussi ai-je détourné son attention du mieux que je l'ai pu, en lui murmurant : « Nous allons avoir une excellente Agatha ; elle a un côté si *maternel* dans l'attitude, sa voix et son expression sont si justement *maternelles*. » N'était-ce pas bien tourné de ma part ? Son visage s'est éclairé aussitôt. À présent, voyons mon soliloque.

Elle commença, et Fanny enchaîna avec toute la modestie que l'idée de représenter Edmund devait si fortement lui inspirer, mais son apparence et sa voix étaient si féminines qu'elle ne parvenait pas bien à imposer l'image d'un homme. Néanmoins, devant un Anhalt de cette trempe, Mlle Crawford prenait de l'assurance, et elles étaient parvenues au milieu de la scène, quand un coup frappé à la porte les interrompit, puis l'entrée d'Edmund, aussitôt après, mit fin à toutes leurs activités.

La surprise, la confusion et la joie se peignirent tour à tour sur leurs visages devant cette rencontre inattendue ; et comme Edmund était venu dans les mêmes intentions que Mlle Crawford, il était vraisemblable que *pour eux* cet embarras et ce plaisir allaient être plus que momentanés. Il était venu, lui aussi, le livre à la main, et c'est la raison pour laquelle ils éprouvaient tant de satisfaction et d'entrain, à la pensée de se retrouver ainsi, de comparer leurs projets et de s'accorder pour louer l'amabilité de Fanny.

De son côté, *cette dernière* ne pouvait partager leur enthousiasme. Le cœur lui manquait à les voir ainsi rayonner de bonheur, et elle sentait trop combien l'intérêt qu'ils lui portaient se réduisait à néant pour trouver du réconfort dans l'idée que tous les deux s'étaient lancés à sa recherche. Il ne leur restait plus qu'à répéter ensemble. Edmund le proposa, insista, implora ; et la jeune fille, qui n'y était pas très hostile au départ, ne put s'y opposer davantage ; et Fanny dut se contenter de leur servir de souffleur et de les observer. Ils lui demandèrent, il est vrai, de leur servir de juge et de critique, et insistèrent pour qu'elle usât de ses prérogatives et relevât toutes leurs erreurs ; mais tout en elle se hérissait à la pensée de les exercer ; elle ne pouvait, ne voulait, ni n'osait le tenter ; et eût-elle été mieux armée pour censurer que sa conscience l'eût empêchée de s'aventurer à exprimer de la désapprobation. Elle estimait être touchée de trop près par la situation dans son ensemble pour être à même de faire montre d'honnêteté ou de sûreté dans les détails. Elle devait se contenter de servir de souffleur, et c'était même là, par moments, une tâche au-dessus de ses forces, car elle ne parvenait pas toujours à fixer son attention sur le livre. Trop occupée à les observer, elle s'oubliait, et troublée par l'ardeur croissante dont Edmund faisait preuve, elle alla même une fois jusqu'à fermer la page et à se détourner, à l'instant précis où il avait besoin d'aide.

Ceci fut attribué à une fatigue bien compréhensible, et elle les entendit la remercier et s'apitoyer sur son sort, mais en vérité, elle méritait bien davantage leur pitié qu'ils ne s'en douteraient jamais, du moins l'espérait-elle. Enfin, la scène s'acheva, et Fanny se contraignit à ajouter ses éloges aux compliments qu'échangeaient les acteurs, et quand elle se retrouva seule et put se remémorer toute la séance, elle fut amenée à croire que leur jeu témoignait de tant de naturel et de passion qu'il leur assurerait sans doute le succès, et que le spectacle lui apporterait, à elle, beaucoup de souffrance. Pourtant, quel qu'en soit l'effet, il faudrait à nouveau ressentir cette peine le jour même.

Il était en effet confirmé que la répétition d'ensemble des trois premiers actes aurait lieu dans la soirée. Mme Grant et les Crawford s'étaient engagés à revenir dans ce but, dès qu'ils auraient fini de dîner ; et chacun de ceux qui étaient concernés attendait ce moment avec fébrilité. La gaieté paraissait avoir gagné tout le monde pour l'occasion. Tous se réjouissaient de voir l'entreprise aussi bien progresser vers son but, Edmund était plein d'ardeur, grâce à la répétition du matin, et toutes les petites causes de contrariété paraissaient s'être évanouies. Tous étaient alertes et impatients ; les dames quittèrent tôt la table pour se rendre au salon ; les gentilshommes les y suivirent très vite et, à l'exception de lady Bertram, de Mme Norris et de Julia, tous se retrouvèrent de bonne heure dans la salle de théâtre ; et après l'avoir éclairée aussi bien que le permettaient les travaux en cours, on n'attendit plus pour commencer que la venue de Mme Grant et des Crawford.

Henry Crawford et sa sœur ne tardèrent pas, mais Mme Grant ne les accompagnait pas. Elle n'avait pu se libérer. Le Dr Grant, prétextant une indisposition, ce qui n'était guère en son honneur selon sa jolie belle-sœur, ne pouvait se passer de sa femme.

— Le Dr Grant est malade, dit-elle d'un ton faussement solennel. Il ne va pas bien depuis un moment. Il n'a pu manger de faisan aujourd'hui. Il lui a paru trop ferme. Il a donc renvoyé son assiette, et depuis lors, il n'a cessé de souffrir.

Que c'était là une cruelle déception ! L'absence de Mme Grant était en vérité une triste nouvelle. Son amabilité, sa gaieté, sa complaisance la rendaient toujours précieuse aux yeux des membres du groupe, mais *pour le moment* sa participation leur était tout à fait indispensable. Ils ne pouvaient ni jouer, ni répéter sans elle, s'ils voulaient en tirer quelque satisfaction. Le plaisir qu'ils attendaient de la soirée était anéanti. Que faire ? Tom, en sa qualité de villageois, était au désespoir. Après un moment de perplexité, certains regards se tournèrent vers Fanny, et une voix ou deux s'élevèrent pour dire : « Si seulement Mlle Price avait la gentillesse de *lire* le rôle… » Elle fut aussitôt accablée de supplications, chacun lui demanda de prêter son concours, et Edmund lui-même l'en pria :

— Dites oui, Fanny, si cela ne vous est pas *trop* désagréable.

Mais Fanny hésitait encore. Elle ne pouvait supporter l'idée de jouer. Pourquoi ne s'adressait-on pas *aussi* à Mlle Crawford ? Et pourquoi elle-même n'était-elle pas plutôt allée se réfugier dans sa chambre, au lieu de venir assister à la répétition ? Elle avait su que cela l'irriterait et la rendrait malheureuse ; elle avait su qu'il était de son devoir de demeurer à l'écart. Voilà qu'elle était justement punie.

— Vous n'aurez qu'à *lire* le texte, assura Henry Crawford, qui la pressait de nouveau d'accepter.

— Mais je crois qu'elle en sait par cœur le moindre mot, intervint Maria, car l'autre jour elle s'est montrée capable de reprendre Mme Grant en une vingtaine d'endroits. Fanny, je suis certaine que vous savez le rôle.

Fanny ne put prétendre qu'elle ne le connaissait *pas*, et comme ils persévéraient tous dans cette voie, comme Edmund renouvelait son désir de la voir accepter, et que d'un regard affectueux il lui faisait comprendre qu'il comptait sur son bon naturel, elle dut céder. Elle ferait de son mieux. Tout le monde fut satisfait et, pendant que les autres s'apprêtaient à commencer, elle demeura toute tremblante, le cœur battant.

Ils *commencèrent* enfin, et ils étaient trop pris par leur propre tapage pour être frappés par la production d'un bruit inhabituel dans une autre partie de la maison, et ils avaient à peine progressé lorsque la porte de la pièce s'ouvrit à deux battants, et que Julia s'y encadra, l'air bouleversé, avant de s'écrier :

— Mon père est arrivé ! Il est en ce moment même dans le hall d'entrée.

19

Comment décrire la consternation qui s'empara de toute la troupe ? La nouvelle inspira à la plupart un sentiment de terreur affreuse. Tous eurent la conviction instantanée qu'elle était vraie. Nul ne nourrit l'espoir qu'il s'agissait d'une tromperie ou d'une erreur. Le grand trouble de Julia montrait bien que le fait était indiscutable ; et après les premiers sursauts et les exclamations de surprise, nul ne prononça un mot durant une demi-minute ; chacun d'eux, le visage défait, en regardait un autre, et presque tous trouvaient que c'était le coup le plus désagréable, le plus intempestif et le plus effroyable qu'on pût leur porter ! M. Yates croyait peut-être qu'il s'agissait simplement d'une fâcheuse interruption de la soirée, et M. Rushworth s'imaginait sans doute que c'était là pour lui une bénédiction, mais tous les autres avaient le cœur serré, qu'ils se sentent coupables ou soient pris d'une vague appréhension, et tous se demandaient : « Qu'allons-nous devenir ? Que faire à présent ? » Un silence lourd de menace s'établit ; et la menace se précisa lorsque résonnèrent à leurs oreilles les bruits de portes qui s'ouvraient et de pas qui approchaient.

Julia fut la première à bouger et à retrouver la parole. Sa jalousie et son amertume étaient demeurées en suspens ; son égoïsme s'était effacé devant la nécessité de faire cause commune, mais au moment où elle était entrée dans la salle, Frederick écoutait le récit de la vie d'Agatha, avec un air de dévotion filiale, tout en pressant sa main sur sa poitrine, aussi, dès qu'elle prit conscience et vit qu'en dépit du choc provoqué par son annonce il conservait la même attitude et gardait dans la sienne la main de sa sœur, son cœur meurtri se gonfla à nouveau sous l'injure, puis son visage, d'abord très pâle, s'empourpra, et elle sortit de la pièce en s'écriant :

— Je n'ai pas à craindre, *moi*, de paraître devant lui.

Son départ tira le reste de la troupe de la stupeur où elle était plongée et, au même instant, les deux frères se portèrent en avant, car ils éprouvaient le besoin de réagir. Quelques mots leur suffirent. L'affaire ne permettait aucune différence d'opinion entre eux ; il leur fallait se rendre au salon sans plus attendre. Maria se joignit à eux avec la même intention ; elle était alors la plus résolue des trois, pour la raison même qui avait incité Julia à fuir et qui lui offrait le plus doux des encouragements. Avoir senti Henry Crawford conserver sa main dans la sienne en un tel moment, moment d'une gravité et d'une importance si particulières, effaçait de longues heures de doute et d'inquiétude. Elle saluait ce geste comme une nette indication d'une détermination des plus sérieuses et elle se sentait la force d'affronter son père lui-même. Ils sortirent sans prêter la moindre attention à la question réitérée de M. Rushworth : « Irai-je, moi aussi ? », « Ne faudrait-il pas que je les accompagne, moi aussi ? », « Ne serait-il pas bon que je m'y rende, moi aussi ? », mais à peine avaient-ils passé la porte qu'Henry Crawford mit fin à ses tourments en l'encourageant à aller présenter ses respects à Sir Thomas sans plus attendre, et c'est avec un malin plaisir qu'il s'empressa de l'envoyer rejoindre les autres.

Seule, Fanny demeurait en compagnie des Crawford et de M. Yates. Ses cousins et cousines l'avaient tout à fait

oubliée, et l'opinion qu'elle se faisait de ses droits à l'affection de Sir Thomas était beaucoup trop modeste pour lui
donner l'audace de se ranger parmi ses enfants ; elle était
contente de demeurer en retrait et de prendre le temps de
se remettre. Son agitation et son alarme surpassaient celles
des autres, du fait d'une disposition naturelle que la conviction de l'innocence même ne pouvait empêcher de souffrir.
Elle était au bord de l'évanouissement ; toutes les craintes
habituelles que lui inspirait son oncle lui revenaient à la
mémoire, mêlées à la compassion qu'elle éprouvait à la fois
pour lui et pour presque tous les membres de la troupe, à
propos de la révélation qu'ils allaient lui faire ; et sa sollicitude à l'égard d'Edmund était indescriptible. Elle avait trouvé
un siège et, prise de tremblements, elle y demeurait assise
et passait en revue toutes ces effrayantes réflexions ; et
dans le même temps, les trois autres, qu'aucune contrainte
ne retenait plus, donnaient libre cours à leur dépit, se lamen-
taient à propos de cette arrivée prématurée et importune
qu'ils tenaient pour l'un des événements les plus malheureux
qui soit, et sans la moindre pitié regrettaient que le pauvre
Sir Thomas n'ait pas mis deux fois plus de temps pour faire
la traversée, voire qu'il ne soit pas demeuré à Antigua.

Les Crawford débattaient du sujet avec plus de passion que
M. Yates, car ils connaissaient mieux la famille et jugeaient
avec plus de netteté le tort que cette arrivée allait leur causer.
Ils avaient la certitude que ce serait la ruine de la représentation ; ils sentaient que l'anéantissement du projet était aussi
inévitable qu'imminent ; et M. Yates, de son côté, croyait qu'il
s'agissait simplement d'une interruption momentanée, du four
d'un soir, et il envisageait même la possibilité d'une nouvelle
répétition après le thé ; une fois terminée la confusion de la
réception de Sir Thomas et quand ce dernier aurait le loisir
de se laisser divertir. Les Crawford se contentèrent d'en rire ;
et ayant bientôt convenu qu'il serait préférable pour eux de
rentrer discrètement à pied chez eux et de laisser la famille à
ses retrouvailles, ils invitèrent M. Yates à les accompagner et

à venir passer la soirée avec eux au presbytère. Mais M. Yates n'avait jamais eu pour compagnons des gens qui accordaient beaucoup de prix aux droits des parents ou au respect de la confiance au sein d'une famille, aussi ne percevait-il pas qu'une telle décision pût être nécessaire, et donc, après les avoir remerciés, il déclara qu'il « préférait demeurer là où il aurait la possibilité de présenter ses respects, comme il se devait, au vieux gentilhomme, puisqu'il était *bel et bien* arrivé ; en outre, il estimait qu'il ne serait pas juste pour les autres de voir tous leurs amis prendre la fuite ».

Fanny commençait tout juste à reprendre son sang-froid et à sentir que si elle demeurait plus longtemps en retard on prendrait cela pour un manque de respect, quand cette question fut tranchée ; et après avoir été chargée par le frère et la sœur de transmettre leurs excuses, elle les vit se préparer à partir, alors qu'elle-même quittait la salle pour aller accomplir le devoir tant redouté de saluer son oncle.

Trop vite, à son gré, elle se retrouva devant la porte du salon, et après s'être arrêtée un instant pour sentir monter en elle ce qu'elle savait ne pas devoir y venir, c'est-à-dire le courage qu'aucune attente devant une porte ne lui avait jamais fourni, en désespoir de cause, elle tourna le bouton et découvrit les lumières du salon, puis toute la famille assemblée. Au moment où elle entrait, elle entendit prononcer son nom. Sir Thomas regardait autour de lui et disait :

— Mais où est Fanny ? Pourquoi ne vois-je pas ma petite Fanny ?

Et dès qu'il l'aperçut, il s'avança vers elle avec une amabilité qui la surprit et la toucha, puis il l'appela sa chère Fanny, l'embrassa avec affection, et observa avec un plaisir évident qu'elle avait bien grandi ! Fanny ne savait que penser, ni où tourner ses regards. Elle en était saisie. Il n'avait jamais fait preuve d'une pareille gentillesse, d'une gentillesse aussi exceptionnelle envers elle de toute sa vie. Il semblait avoir changé d'attitude ; son élocution était devenue rapide sous l'effet d'une joie intense, et tout ce que sa dignité avait eu de froid semblait avoir disparu pour laisser place à de la tendresse. Il la conduisit plus près de la lumière et l'examina de nouveau, s'informa en particulier de sa santé, puis, se reprenant, observa qu'il était inutile de s'en inquiéter, car sa bonne mine en disait assez long sur ce point. Comme le rouge qui lui montait aux joues avait succédé à la pâleur précédente de son visage, il était autorisé à croire que sa santé et sa beauté avaient fait un égal progrès. Il s'enquit ensuite de sa famille, de William surtout, et sa bienveillance dans l'ensemble était telle qu'elle se reprochait de si peu l'aimer, et de considérer son retour comme une calamité, mais quand elle eut le courage de lever les yeux pour le dévisager, elle vit qu'il était amaigri et que ses traits étaient burinés, marqués et tirés par la fatigue et le climat chaud, tous les élans de sympathie qu'il lui inspirait s'en trouvèrent accrus, et elle fut chagrinée à la pensée des difficultés insoupçonnées qui allaient être exposées au grand jour.

Sir Thomas était en vérité le grand animateur du groupe qui, à son invitation, prit alors place autour du feu. C'est lui qui avait les meilleurs droits à la parole, et le plaisir qu'il ressentait à se voir de nouveau chez lui, au sein de sa famille, après une telle séparation, le rendait expansif et même volubile à un degré très inhabituel ; et il était prêt à fournir toutes les informations sur son voyage, et à répondre à toutes les questions de ses deux fils sans presque leur donner le temps de les poser. Ses affaires, à Antigua, étaient redevenues prospères, depuis peu, et il était venu tout droit de Liverpool, après avoir fait la traversée jusqu'à ce port sur un bateau privé, sans avoir à attendre le paquebot ; il évoqua sans plus attendre ses faits et gestes et ses déplacements dans le moindre détail, tandis qu'il était assis là, près de lady Bertram, et regardait les visages de ceux qui l'entouraient avec une sincère satisfaction, s'interrompant plus d'une fois, cependant, pour se féliciter de la bonne fortune qu'il avait de les trouver tous chez lui, en dépit d'une arrivée à l'improviste, tous rassemblés comme il l'avait désiré, sans trop oser y croire. M. Rushworth ne fut pas oublié. Sir Thomas lui avait déjà réservé un accueil très amical, accompagné de chaleureuses poignées de main, et en lui accordant une attention particulière, il l'incluait désormais au nombre de ceux qui étaient liés de la façon la plus intime à Mansfield. Il n'y avait rien de désagréable dans l'apparence de M. Rushworth, et Sir Thomas était déjà tout disposé à l'aimer.

Mais dans le cercle de ses auditeurs, nul n'éprouvait de satisfaction plus pure et plus durable que son épouse, sincèrement très heureuse de le revoir, et dont les sentiments s'étaient si bien ranimés devant ce soudain retour, qu'elle était plus près de s'émouvoir qu'elle ne l'avait jamais été depuis vingt ans. Durant quelques minutes, elle avait failli se troubler, et elle demeurait encore dans un état d'excitation si vive qu'elle avait rangé son ouvrage, chassé Pug de sa place habituelle à ses côtés, et accordé toute son attention et le reste du sofa à son mari. Elle n'éprouvait aucune inquiétude pour qui que ce fût qui pût diminuer *son* plaisir ; elle avait employé son temps de manière irréprochable durant l'absence de Sir Thomas ; elle avait fait beaucoup de tapisserie et confectionné bien des longueurs de franges ; et elle aurait volontiers répondu avec autant d'assurance de la bonne conduite et des occupations utiles de tous les jeunes gens et jeunes filles que des siennes. Il lui paraissait si plaisant de le retrouver, de l'entendre parler, d'être amusée et intéressée par ses récits, qu'elle commençait à se rendre compte à quel point il lui avait manqué et combien il lui aurait paru pénible que son absence se prolongeât.

La satisfaction qu'éprouvait Mme Norris ne pouvait en rien être comparée à celle de sa sœur. Non qu'elle fût assaillie, *de son côté*, par les craintes suscitées par la désapprobation de Sir Thomas quand il connaîtrait l'état de sa maison, car son jugement était si aveugle qu'en dehors du geste instinctif de précaution qui l'avait conduite à faire disparaître en toute hâte la cape de satin rose de M. Rushworth, au moment de

l'entrée de son beau-frère, elle n'avait guère montré, semblait-il, de signes d'alarme, mais elle était contrariée de la
manière dont il était revenu. Cela ne lui avait laissé aucune
marche de manœuvre. Au lieu de l'envoyer chercher, afin
qu'elle soit la première à le voir, puis à répandre l'heureuse
nouvelle dans toute la maison, Sir Thomas, qui avait toute
confiance en la solidité des nerfs de sa femme et de ses
enfants, n'avait pris pour confident que le majordome, et il
avait presque aussitôt emboîté le pas jusqu'au salon.
Mme Norris se sentait frustrée d'un rôle qu'elle avait toujours
compté jouer, celui d'annoncer son retour ou son décès,
selon les circonstances, et elle s'efforçait maintenant de faire
un remue-ménage, là où il n'était nul besoin d'agitation, et de
se donner de l'importance, là où l'on n'aspirait qu'au calme et
au silence. Si Sir Thomas avait consenti à manger, elle serait
allée trouver la gouvernante pour lui donner d'importantes
directives, et elle aurait houspillé les valets pour les obliger à
se dépêcher ; mais Sir Thomas était résolu à refuser tout dîner ;
il préférait attendre le thé. Mme Norris s'entêtait cependant à
le presser d'accepter autre chose, et au moment le plus intéressant du récit de la traversée vers l'Angleterre, alors que
l'alarme causée par l'arrivée d'un navire corsaire français était
à son comble, elle interrompit le narrateur pour lui proposer :

— À coup sûr, Sir Thomas, un bol de soupe vous ferait
davantage de bien que du thé… Acceptez donc un bol de
soupe.

Sir Thomas ne voulut pas laisser percer d'irritation.

— Vous vous inquiétez toujours du bien-être des autres,
chère madame Norris, répondit-il. Mais en vérité, je préfère
ne prendre que du thé.

— Eh bien alors, lady Bertram, que diriez-vous de
demander que l'on serve le thé sans plus attendre ? que
diriez-vous de presser un peu Baddeley ? Il semble qu'il soit
en retard, ce soir.

Elle l'emporta sur ce point, et Sir Thomas put reprendre
le cours de son récit.

Enfin, le silence retomba. Il avait épuisé son fonds de nouvelles les plus pressantes, et il semblait se satisfaire de jeter des regards autour de lui, tantôt vers l'une, tantôt vers l'autre des personnes qui composaient le cercle de ceux qu'il aimait ; mais cette pause ne dura guère ; dans son ardeur nouvelle, lady Bertram avait pris goût à la parole, et quelle ne fut pas l'émotion de ses enfants quand ils l'entendirent demander :

— Comment croyez-vous que les jeunes gens se soient amusés, ces derniers temps, Sir Thomas ? Ils ont joué la comédie. Nous nous sommes tous beaucoup occupés de comédie.

— Vraiment ! et qu'avez-vous joué ?

— Oh ! ils vous raconteront tout cela.

— Le *tout* sera vite dit, s'écria aussitôt Tom, qui feignait l'indifférence, mais il est inutile d'ennuyer mon père avec cela pour le moment. Vous en entendrez bien assez parler demain, monsieur. Nous avons simplement tenté, pour faire quelque chose et amuser ma mère, depuis la semaine dernière, de monter quelques scènes, un simple divertissement. Nous n'avons cessé d'avoir de la pluie presque depuis le début du mois d'octobre, et nous avons été presque contraints de rester confinés à la maison des journées entières. C'est à peine si j'ai sorti un fusil depuis le 3 octobre. Nous avons plutôt eu de la chance durant les trois premiers jours, mais il a été impossible de tenter quoi que ce soit depuis. Le tout premier jour, je me suis rendu au bois de Mansfield, et Edmund a battu les halliers derrière Easton, et à nous deux nous avons rapporté six couples, et chacun de nous aurait pu en rapporter six fois plus, mais nous respectons vos faisans, monsieur, je vous l'assure, autant que vous pourriez le souhaiter. Je ne crois pas que vous trouviez vos bois moins giboyeux qu'ils ne l'étaient, loin de là. *Moi*, je n'ai jamais vu de toute ma vie le bois de Mansfield abriter autant de faisans. J'espère, monsieur, que vous consacrerez bientôt une journée à la chasse.

Dans l'immédiat, le danger était écarté, et le malaise de Fanny s'atténua ; mais quand le thé fut apporté peu après, et que Sir Thomas se leva en déclarant qu'il ne pouvait rester plus longtemps dans la maison sans aller jeter un coup d'œil à son cabinet de travail, l'inquiétude redevint générale. Il sortit avant que quiconque n'ait pu le préparer aux transformations qu'il allait y trouver ; et un silence angoissé régna après son départ. Edmund fut le premier à reprendre la parole.

— Il faut faire quelque chose, dit-il.

— Il est temps de penser à nos visiteurs, dit Maria, qui gardait le souvenir de sa main pressée contre le cœur d'Henry Crawford et ne se souciait guère d'autre chose. Où avez-vous laissé Mlle Crawford, Fanny ?

Fanny l'informa de son départ et de celui de son frère, et transmit le message dont ils l'avaient chargée.

— Le pauvre Yates est donc tout seul ! s'écria Tom. Je vais aller le chercher. Son assistance ne sera pas de trop quand le secret sera révélé.

Il se rendit donc au théâtre et y arriva juste à temps pour assister à la rencontre de son père et de son ami. Sir Thomas avait été fort surpris de trouver des bougies allumées dans son cabinet de travail ; et d'un coup d'œil circulaire, il découvrit d'autres signes d'occupation récente, et un certain bouleversement du mobilier. Ce qui le frappa surtout, ce fut le déplacement de la bibliothèque, dressée, auparavant, devant la porte de la salle de billard, mais à peine avait-il eu le temps de s'en étonner que des bruits provenant de la pièce voisine le surprirent plus encore. Quelqu'un y parlait d'une voix forte – une voix inconnue –, et cette personne ne s'exprimait pas sur un ton ordinaire, elle poussait presque des vociférations. Il s'avança jusqu'à la porte, se réjouissant, pour l'instant, de disposer d'un moyen de communication immédiat, et quand il l'ouvrit, il se trouva sur la scène d'un théâtre, en face d'un jeune homme déclamant avec force, qui semblait prêt à lui bondir dessus et à le renverser. Au moment même où M. Yates, s'apercevant de la présence de Sir Thomas, avait un mouvement de surprise bien plus convaincant qu'il n'avait jamais réussi à en simuler au cours des répétitions, Tom Bertram entra à l'autre extrémité de la pièce, et se dit qu'il n'avait jamais éprouvé autant de difficulté à garder son sérieux. L'air tout à la fois solennel et interdit de son père, qui montait pour la première fois de sa vie sur les planches, et la métamorphose graduelle du baron Wildenhaim, qui donnait libre cours à son emportement, en un M. Yates plein d'urbanité et d'aisance, s'inclinant devant Sir Thomas Bertram et lui présentant ses excuses, formaient un tel tableau, un reflet si juste de l'art du comédien, que pour rien au monde il n'aurait voulu le manquer. Selon toute vraisemblance, ce serait la toute dernière scène jamais interprétée sur ce plateau, mais Tom était persuadé qu'il ne pourrait y en avoir de plus réussie. La salle fermerait sur le plus remarquable des coups d'éclat.

Il ne restait toutefois guère de temps à Tom pour s'abandonner à la contemplation d'un spectacle divertissant. Il lui fallut s'avancer, contribuer aux présentations, et c'est avec des sentiments très mêlés qu'il fit de son mieux. Sir Thomas reçut M. Yates avec toute l'apparence de la cordialité que l'on pouvait attendre de lui, mais il était au fond loin d'être satisfait de devoir faire sa connaissance, et des circonstances dans lesquelles ils étaient mis en présence l'un de l'autre pour la première fois. La famille de M. Yates et ses relations lui étaient assez connues pour qu'il trouve fort mal venue sa présentation comme « l'ami personnel » de son fils, ou plutôt comme l'un de ceux auxquels ce dernier accordait ce titre parmi une centaine de jeunes gens que Tom tenait pour ses intimes ; et Sir Thomas eut besoin d'avoir recours à toute la félicité que suscitait en lui son retour pour ne pas s'indigner de se trouver ainsi surpris dans sa propre maison, contraint de se donner en spectacle de façon ridicule, au beau milieu d'une entreprise théâtrale absurde, et obligé, en un moment si mal choisi, de rencontrer un jeune homme qu'il n'estimerait pas, il en était persuadé, et qui, en moins de cinq minutes, avec son aimable désinvolture et sa volubilité, paraissait davantage chez lui que lui-même.

Tom suivait les pensées de son père, et tandis qu'il souhaitait du fond du cœur que ce dernier soit toujours aussi bien disposé pour se contenter de ne les exprimer qu'en partie, il commençait à mieux voir qu'il ne l'avait fait jusqu'alors, que son père pouvait estimer qu'il y avait eu de graves manquements aux règles, que les coups d'œil qu'il lançait au plafond et aux stucs de la salle pouvaient être justifiés, et que s'il s'enquérait avec une certaine sévérité du sort réservé à la table de billard, il ne le faisait que par une curiosité bien légitime. Quelques minutes suffirent, de part et d'autre, pour éprouver ces sentiments d'insatisfaction, puis, Sir Thomas ayant fait l'effort d'accorder avec calme quelques paroles d'approbation en réponse à l'ardent appel de M. Yates au sujet de la réussite des aménagements, les trois gentilshommes regagnèrent ensemble le salon, où l'air de gravité accrue du maître de la maison ne passa pas inaperçu aux yeux de tout le monde.

— Je viens de votre théâtre, dit-il d'un ton uni, en s'asseyant. Je m'y suis introduit de façon inattendue. Sa contiguïté avec mon cabinet... mais en vérité, il m'a surpris à tous égards, car je ne me doutais pas le moins du monde que votre désir de jouer la comédie ait pris une tournure si sérieuse. Il semble toutefois que le travail ait été bien fait, autant que j'ai pu en juger à la lumière des bougies, et cela fait honneur à mon ami Christopher Jackson.

Il aurait volontiers changé de sujet et savouré son café en paix, avant d'évoquer des questions domestiques qui ne prêtaient pas à controverse ; mais M. Yates, qui n'avait ni le discernement nécessaire pour comprendre ce que disait Sir Thomas, ni la modestie, la délicatesse ou la discrétion suffisantes pour laisser au maître de la maison le soin de diriger la conversation, tandis que lui-même se mêlerait au cercle familial sans attirer l'attention, tint à poursuivre le sujet du théâtre, tourmenta son hôte avec des questions et des remarques qui s'y rapportaient, et pour couronner le tout, l'obligea à entendre les détails de sa propre mésaventure, à Ecclesford. Sir Thomas l'écouta avec beaucoup de politesse, bien qu'il ait relevé, du début à la fin de l'histoire, de nombreux éléments qui heurtaient son sens de la bienséance, et qui le confirmaient dans sa mauvaise opinion des habitudes de pensée de M. Yates ; et quand le récit s'acheva, il ne put donner d'autre témoignage de sa sympathie qu'une simple inclinaison de la tête.

Après un moment de réflexion, Tom précisa :

— Telle a été l'origine de notre envie de jouer la comédie. M. Yates a apporté cette maladie contagieuse d'Ecclesford, et elle s'est propagée comme toutes les épidémies, vous le savez bien, monsieur ; et elle nous a sans doute été transmise d'autant plus vite que *vous-même*, vous nous aviez si souvent encouragés, autrefois, à nous exercer dans ce domaine. C'était comme si nous étions à nouveau en pays de connaissance.

M. Yates reprit dès que possible le sujet exposé par son ami, et donna sans plus attendre à Sir Thomas le compte rendu de ce qu'ils avaient fait, et de ce qu'ils étaient en train de faire ; il lui expliqua comment leur projet avait peu à peu pris de l'ampleur, comment leurs premières difficultés avaient trouvé une fin heureuse, et pourquoi l'état de leurs affaires était prometteur ; et il relatait toutes ces choses avec un égoïsme si aveugle qu'il était tout à fait inconscient, d'une part, des réactions de malaise de ses amis, assis autour de lui, des changements d'expression, des tortillements sur les sièges, des éclaircissements de la voix sous l'effet de l'inquiétude, et de l'autre, du plissement du front assombri de Sir Thomas, tandis qu'il posait un regard sévère, lourd d'interrogations, sur ses filles et sur Edmund, en fixant ce dernier avec plus d'insistance. Le langage muet de ses yeux lui adressait des remontrances et des reproches, qui transperçaient le cœur de son fils. Fanny n'y était pas moins sensible, elle qui avait reculé sa chaise derrière le coin du sofa occupé par sa tante, et qui, ainsi placée à l'abri des regards, observait tout ce qui se passait. Elle ne se serait jamais attendue à voir Sir Thomas montrer autant de réprobation à son fils, et le fait que ce dernier ait en partie encouru un tel blâme aggravait encore la situation. Le regard de Sir Thomas signifiait : « C'est sur votre faculté de jugement que je comptais, Edmund ; qu'avez-vous donc fait ? » Elle s'agenouillait en pensée devant son oncle, et sa respiration s'accélérait, car elle aurait voulu dire : « Oh ! non, pas *lui*. Regardez ainsi les autres, mais pas *lui*. »

M. Yates pérorait toujours.

— À dire le vrai, Sir Thomas, nous en étions au beau milieu d'une répétition quand vous êtes arrivé, tout à l'heure. Nous étions en train de filer les trois premiers actes, et ce n'était pas trop mauvais, dans l'ensemble. Notre troupe est à présent dispersée, puisque les Crawford sont rentrés chez eux, si bien que l'on ne peut plus rien entreprendre ce soir, mais si vous voulez bien nous faire l'honneur de votre compagnie demain soir, je ne devrais pas avoir à rougir du résultat. Nous vous demanderons de vous montrer indulgent, vous le comprenez, en tant qu'acteurs débutants.

— Je vous accorderai mon indulgence, monsieur, répondit Sir Thomas, d'un ton grave, mais il n'y aura plus d'autre répétition.

Et comme il se radoucissait, il ajouta, avec le sourire :

— Je rentre chez moi pour y être heureux et faire preuve d'indulgence.

Puis il se tourna vers le reste de l'assistance, et sans s'adresser à quelqu'un en particulier, il remarqua :

— J'ai vu les noms de M. et de Mlle Crawford mentionnés dans les dernières lettres que j'ai reçues de Mansfield. Les trouvez-vous d'agréable compagnie ?

Tom était le seul d'entre eux à pouvoir répondre sans réserve, car il n'était attiré ni par l'un ni par l'autre, qu'il n'éprouvait aucune jalousie d'amoureux ou d'acteur à leur égard et pouvait donc faire généreusement leur éloge à tous les deux.

— M. Crawford est un garçon fort agréable, qui a les manières d'un gentilhomme ; sa sœur est une demoiselle charmante, jolie, élégante et pleine de vivacité.

M. Rushworth ne put conserver le silence plus long-temps.

— Je n'irai pas jusqu'à prétendre qu'il n'a pas l'air dis-tingué, malgré tout ; mais vous devriez dire à votre père qu'il ne fait pas plus de cinq pieds huit pouces de haut, sinon il s'attendra à voir un homme de belle prestance.

Sir Thomas ne comprit pas très bien le sens de cette intervention, aussi considéra-t-il l'orateur avec quelque étonnement.

— S'il me faut dire le fond de ma pensée, poursuivit M. Rushworth, je trouve très désagréable d'être toujours en train de répéter. Toutes les bonnes choses doivent avoir une fin. Je ne suis plus aussi partisan de jouer la comédie que je l'étais au début. J'estime que nous sommes bien mieux employés tels que nous sommes ici, assis de façon confortable, entre nous, à ne rien faire.

Sir Thomas le fixa de nouveau, puis il lui répondit, avec un sourire approbateur :

— Je suis heureux que nos sentiments soient si sem-blables sur ce point. Cela me donne une profonde satisfac-tion. Il est tout naturel que je fasse montre de prudence et de perspicacité, et que j'éprouve des scrupules, là où mes enfants en sont *démunis* ; et il est tout aussi normal que j'aspire, *moi*, bien plus qu'eux, à la tranquillité dans la vie domestique et à un foyer où les plaisirs bruyants sont exclus. Mais que vous ayez de tels sentiments à votre âge parle beaucoup pour vous et pour ceux qui vous sont atta-chés ; et je suis sensible à l'importance d'avoir un tel allié de poids.

Sir Thomas entendait exposer l'opinion de M. Rush-worth en termes plus choisis que ceux dont ce dernier usait lui-même. Il voyait bien qu'il n'allait pas trouver un génie en M. Rushworth ; mais il le prenait pour un jeune homme sérieux, au jugement sûr, dont les idées avaient plus d'intérêt que la manière dont il les exprimait, et il avait l'intention de beaucoup l'apprécier. Il fut impossible à nombre de ses auditeurs de ne pas sourire. M. Rushworth ne savait pas bien comment il devait prendre tout ce développement, mais en laissant paraître ce qu'il ressentait, à savoir qu'il était enchanté de l'opinion favorable que Sir Thomas avait de lui, et en n'ajoutant presque rien, il fit de son mieux pour conserver cette estime un peu plus longtemps.

20

La première décision que prit Edmund, le lendemain matin, fut d'aller trouver seul son père, et de lui présenter de façon équitable l'ensemble du projet de théâtre, en ne défendant sa participation que dans la mesure où, ayant mieux repris ses esprits, il estimait que ses raisons d'agir le méritaient ; il admettait avec une parfaite franchise que sa concession n'avait eu qu'un succès mitigé, et que l'on pouvait douter de la sagesse de son jugement. Tout en se défendant, il veillait à ne rien dire de désagréable sur les autres ; il se trouvait toutefois une personne dont il pouvait évoquer le comportement sans avoir besoin de la défendre ou de lui fournir des circonstances atténuantes.

— Nous avons tous été plus ou moins à blâmer, dit-il, tous, jusqu'au dernier, à une exception près, celle de Fanny. Elle a été la seule dont le jugement ait été sûr d'un bout à l'autre, et qui soit demeurée conséquente avec ses principes. Elle s'est toujours montrée hostile à l'entreprise, du début jusqu'à la fin. Elle n'a jamais cessé de penser aux devoirs que nous avions envers vous. Vous vous rendrez compte que Fanny est telle que vous avez souhaité qu'elle fût.

Sir Thomas vit tout ce qu'un tel projet avait d'inconvenant, au sein d'un tel groupe, et en un pareil moment, et il le fit avec toute la vigueur que son fils attendait qu'il y mît ; les sentiments qu'il éprouvait étaient en vérité trop pénibles pour les exprimer autrement que par quelques mots ; aussi, après avoir échangé une poignée de main avec son fils, il voulut s'efforcer de faire disparaître cette pénible impression, et ne plus penser à la rapidité avec laquelle il avait été oublié, dès que la maison aurait été débarrassée du moindre objet qui pourrait le lui rappeler, et qu'elle ait retrouvé son aspect habituel. Il n'adressa aucune remontrance à ses autres enfants ; il était trop désireux de croire qu'ils se rendaient compte de leurs erreurs pour courir le risque de pousser plus loin son enquête. Il suffirait, en guise de reproche, de mettre un terme immédiat à toute l'entreprise et de faire disparaître la moindre trace des préparatifs.

Il restait cependant une personne dans la maison à qui il ne voulait pas se contenter de laisser deviner d'après son comportement quels étaient ses sentiments sur le sujet. Il ne put en effet s'empêcher de faire comprendre à Mme Norris qu'il s'était attendu à ce que ses conseils empêchent de mettre en œuvre ce que son bon sens avait certainement condamné. Les jeunes gens s'étaient montrés imprudents en élaborant un tel plan ; ils auraient dû être en mesure d'effectuer un meilleur choix tout seuls ; mais ils étaient jeunes, et selon lui, à l'exception d'Edmund, de caractère peu stable ; et donc, il avait été plus surpris d'apprendre l'acquiescement qu'elle avait donné aux mesures ainsi prises et son soutien à des divertissements risqués, que de savoir que de tels actes et de tels divertissements aient pu être suggérés. Mme Norris fut un peu déconcertée et plus près d'être réduite au silence qu'elle ne l'avait jamais été de sa vie ; car elle n'aurait pas osé avouer qu'elle n'avait relevé aucune des inconvenances qui paraissaient si évidentes à Sir Thomas, et elle n'aurait pas voulu admettre que son influence était insuffisante et que si elle avait parlé, elle n'aurait pas été écoutée. Elle n'eut d'autre ressource que de passer à un autre sujet aussi vite que possible, afin de changer le cours des idées de Sir Thomas et leur donner une orientation plus heureuse. Elle laissa entendre, en sa faveur, qu'elle s'était donné bien du mal pour défendre *en général* l'intérêt et le bien-être de sa famille, qu'elle avait fait beaucoup d'efforts et de sacrifices pour veiller sur elle, sous forme de marches forcées et de délaissement de son propre foyer, qu'elle avait offert d'excellentes suggestions de surveillance et d'économie de détail à lady Bertram et à Edmund, ce qui avait toujours permis d'épargner des sommes considérables et de prendre en faute plus d'un domestique. Mais sa principale réussite était liée à Sotherton. Son plus grand réconfort moral et sa plus grande gloire étaient d'avoir assuré un rapprochement avec les Rushworth. *Sur ce point-là*, elle était inexpugnable. Elle s'attribua tout le crédit d'avoir encouragé l'admiration de M. Rushworth pour Maria.

— Si je n'avais pas été active, dit-elle, et insisté pour être présentée à sa mère, puis obtenu de ma sœur son accord pour lui rendre visite la première, je suis persuadée que tout cela n'aurait abouti à rien ; car M. Rushworth est l'un de ces aimables et modestes jeunes gens qui ont besoin d'être fortement encouragés, et si nous nous étions contentées d'attendre, bien des jeunes filles auraient cherché à le prendre. Mais je n'ai rien laissé au hasard. J'étais prête à remuer ciel et terre pour convaincre ma sœur, et j'y suis parvenue. Vous savez la distance qui nous sépare de Sotherton ; cela se passait au cœur de l'hiver, et les routes étaient presque impraticables, mais je l'ai convaincue.

— Je sais combien votre influence est grande, à juste titre, sur lady Bertram et ses enfants, et je suis d'autant plus soucieux de voir qu'elle ne s'est pas…

— Mon cher Sir Thomas, si seulement vous aviez vu l'état des routes, *ce jour-là* ! J'ai cru que nous ne passerions jamais, quoique nous ayons pris un équipage de quatre chevaux, bien entendu ; et par attachement et par gentillesse, le pauvre vieux cocher a tenu à nous y conduire, bien qu'il ait eu du mal à rester sur son siège du fait des rhumatismes que je soignais depuis la Saint-Michel. J'ai fini par le guérir, mais il a beaucoup souffert tout l'hiver. C'était un de ces jours-là. Je n'ai pas pu m'empêcher de monter jusqu'à sa chambre avant notre départ pour lui conseiller de ne pas s'y risquer ; il mettait sa perruque. Alors, je lui ai dit : « Cocher, il vaut mieux que vous ne veniez pas. Lady Bertram et moi serons tout à fait en sécurité ; vous savez combien Stephen a la main sûre, et Charles s'est suffisamment chargé des chevaux de flèche, à présent, pour que je sois sûre que nous n'ayons rien à craindre. » Et pourtant, je me suis vite rendu compte que rien n'y ferait ; il était décidé à partir, et comme je déteste importuner les autres ou montrer trop d'empressement, je n'ai plus rien osé dire, mais mon cœur se serrait à chaque cahot en pensant à lui, et quand nous sommes entrés dans les chemins creux, du côté de Stoke, là où la neige et le verglas recouvraient des empierrements, c'était pire que tout ce que vous pouvez imaginer, j'étais au supplice en songeant à lui. Et que dire des pauvres chevaux ! Les voir ainsi s'épuiser ! Vous savez combien je suis sensible au sort des chevaux. Et quand nous sommes arrivées au bas de la côte de Sandcroft, que croyez-vous que j'aie fait ? Vous vous moquerez de moi… Eh bien, je suis descendue de voiture et j'ai fait la route à pied. Je vous assure que je l'ai fait. Cela ne les aura peut-être pas soulagés beaucoup, mais c'était déjà quelque chose, et je ne supportais pas de rester assise tout à mon aise et de me laisser tirer jusqu'en haut aux dépens de ces nobles animaux. J'y ai attrapé un gros rhume, et pourtant j'ai estimé que cela n'avait pas d'importance. J'ai atteint mon objectif grâce à cette visite.

— J'espère que nous trouverons toujours que ces relations méritent les efforts qui pourraient être fournis en vue de les établir. Il n'y a rien de très frappant dans les manières de M. Rushworth, mais j'ai apprécié, hier soir, l'opinion qu'il a exprimée sur un sujet, celui de sa préférence marquée pour une paisible réunion de famille, au lieu du tohu-bohu et de la confusion qui entourent les représentations théâtrales. Il m'a semblé éprouver précisément les sentiments que l'on souhaite entendre exprimer.

— Oui, tout à fait, et plus vous le connaîtrez, mieux vous l'apprécierez. Ce n'est pas quelqu'un de brillant, mais il a mille bonnes qualités ! Et il est si bien disposé à prendre exemple sur vous que l'on en est arrivé à se moquer de moi à ce propos, car tout le monde considère que c'est là un effet de mon influence. « Ma parole, madame Norris, me disait encore l'autre jour Mme Grant, si M. Rushworth était votre fils, il ne tiendrait pas Sir Thomas en plus haute estime. »

Sir Thomas lui abandonna le point, mis en défaut comme il l'était par ses évasions, et désarmé par ses flatteries ; et il fut obligé de s'en tenir à la conviction que, lorsque le plaisir immédiat de ceux qu'elle aimait était en jeu, la générosité prenait parfois le pas sur son jugement.

Il fut très occupé toute la matinée. Les conversations qu'il eut avec chacun d'eux n'en prirent qu'une petite partie. Il lui fallait se réhabituer à faire face à tous les soucis habituels de la vie à Mansfield, voir son intendant ou son régisseur ; examiner et calculer ; et, dans les intervalles entre deux affaires, voir ses écuries, ses jardins ou ses futaies les plus proches ; et comme il était à la fois entreprenant et méthodique, il réussit à faire le tour de tout cela avant de revenir occuper sa place de maître de maison à la table du dîner, mais aussi à demander au charpentier de démonter ce qui avait été si récemment construit dans la salle de billard, et à donner congé au décorateur suffisamment tôt pour qu'il pût avoir le plaisir de le croire déjà rendu à Northampton. Le peintre était donc parti, après avoir taché le parquet d'une seule pièce, rendu inutilisables toutes les éponges du cocher, et incité à la paresse et à l'insatisfaction cinq des domestiques subalternes ; et Sir Thomas espérait qu'un jour ou deux supplémentaires permettraient d'effacer toute trace extérieure de cette entreprise, en passant par la destruction de tous les exemplaires non reliés des *Serments des amants*, car il jetait au feu tous ceux qui lui tombaient sous les yeux.

M. Yates commençait à comprendre maintenant quelles étaient les intentions de Sir Thomas, même s'il avait toujours autant de mal à en saisir l'origine. Son ami et lui avaient passé presque toute la matinée à battre la campagne avec leurs fusils, et Tom avait saisi l'occasion pour expliquer, après avoir excusé le singulier comportement de son père, ce à quoi il fallait s'attendre. M. Yates ressentit une blessure d'amour-propre aiguë, comme on peut l'imaginer. Se voir déçu une seconde fois, et de la même manière, c'était un exemple peu commun d'acharnement du sort, et son indignation était telle que s'il n'avait été retenu par des scrupules à l'égard de son ami et de la plus jeune des deux sœurs de ce dernier, il aurait très certainement, croyait-il, rcproché au baronnet l'absurdité de ses manières d'agir, et il lui aurait opposé des arguments jusqu'à lui faire entendre raison. Et il crut, avec la plus ferme conviction, qu'il allait s'y prendre de la sorte aussi longtemps qu'il fut dans le bois de Mansfield, puis sur le chemin du retour ; mais une fois qu'ils eurent pris place autour de la même table, il se rendit compte que Sir Thomas avait un ascendant indéfinissable, et il jugea plus sage de le laisser poursuivre dans la même voie et découvrir seul quelle était sa folie, sans qu'il y fît lui-même opposition. Il avait eu l'occasion, par le passé, de rencontrer bien des pères déplaisants et avait souvent été frappé par les ennuis qu'ils causaient, mais de toute sa vie, il n'avait jamais vu quelqu'un attaché à la morale de façon aussi sotte, ni capable d'exercer une tyrannie aussi abominable. C'était un homme qui n'était supportable que si l'on s'intéressait à ses enfants, et il aurait pu être reconnaissant envers sa fille Julia, car c'était grâce à la beauté de cette dernière que M. Yates acceptait de rester quelques jours de plus sous son toit.

La soirée se déroula dans un calme apparent, bien que tous les esprits aient été troublés ; et la musique que

Sir Thomas demanda à ses filles d'interpréter aida à masquer le manque de véritable harmonie. Maria était dans un grand état d'agitation. Il était de la plus haute importance pour elle que Crawford ne perdît plus de temps pour se déclarer, et elle était troublée à la pensée qu'une journée se soit écoulée sans qu'elle ait été plus avancée sur ce point. Elle s'était attendue à le voir venir toute la matinée, et elle le guettait encore depuis le début de la soirée. M. Rushworth était parti tôt pour Sotherton, afin d'y porter la grande nouvelle, et elle se flattait d'obtenir des éclaircissements immédiats tels qu'ils lui épargneraient la peine de jamais revenir. Néanmoins, aucun des occupants du presbytère ne s'était montré ; personne ; et l'on n'en avait eu d'autres nouvelles qu'un billet amical de Mme Grant à lady Bertram, où alternaient les félicitations et les interrogations. C'était le premier jour, après de très nombreuses semaines, où les deux familles demeuraient ainsi tout à fait séparées. Depuis le début du mois d'août, jamais vingt-quatre heures ne s'étaient écoulées sans les rassembler d'une manière ou d'une autre. C'était donc là une journée pleine d'angoisse et de tristesse qui s'achevait ; et la suivante, bien qu'elle se soit accompagnée d'autres insatisfactions, n'en apporta pas de moindres. Quelques instants de plaisir fébrile furent suivis de bien des heures de souffrance aiguë. Henry Crawford se trouvait de nouveau chez eux ; il était monté du presbytère en compagnie du Dr Grant, désireux de présenter ses respects à Sir Thomas, et c'est de bonne heure qu'on les introduisit dans la petite salle à manger, où se tenait presque toute la famille. Sir Thomas apparut bientôt, et Maria assista avec autant de ravissement que d'émotion à la présentation de l'homme qu'elle aimait à son père. Ses sentiments étaient indescriptibles, et ils le demeurèrent, quelques minutes plus tard, quand elle entendit Henry Crawford, qui s'était installé entre Tom et elle, interroger son frère à mi-voix pour savoir s'ils avaient l'intention de poursuivre les répétitions de la pièce, après cette heureuse interruption, précisa-t-il, tout en jetant un regard poli à Sir Thomas. Si tel était le cas, il se hâterait de revenir à Mansfield à tout moment, dans la mesure où la troupe aurait besoin de lui ; il partait immédiatement, car il devait aller rejoindre son oncle à Bath sans délai ; mais s'il y avait la moindre chance de reprendre *Les Serments des amants*, il se considérerait comme fermement engagé, se libérerait de toute autre obligation, et poserait comme condition absolue à son oncle qu'il puisse se mettre à leur service si l'on avait besoin de lui. La pièce n'échouerait pas du fait de *son* absence.

— Que je sois à Bath, Norfolk, Londres ou York, où que je me trouve, dit-il, je quitterai n'importe quel endroit d'Angleterre dans l'heure qui suivra pour venir vous rejoindre.

Par bonheur, ce fut alors au tour de Tom de parler, et non à sa sœur. Il déclara aussitôt avec beaucoup d'aisance :

— Je regrette que vous partiez, mais pour ce qui est de notre pièce, cette affaire-*là* est terminée, tout à fait révolue, insista-t-il, en jetant un regard lourd de sous-entendus vers son père. Le décorateur a été renvoyé hier, et il ne restera presque plus rien de notre théâtre demain. Je savais dès le départ que les choses se passeraient *ainsi*. Il est très tôt pour Bath. Vous ne trouverez personne, là-bas.

— C'est l'époque où mon oncle s'y rend, d'habitude.

— Quand pensez-vous partir ?

— J'arriverai peut-être jusqu'à Banbury aujourd'hui.

— À quelle écurie confiez-vous vos chevaux, à Bath ? poursuivit Tom.

Et pendant qu'ils débattaient de cette question, Maria, qui ne manquait ni de fierté ni de résolution, se préparait, avec autant de maîtrise de soi que possible, à être incluse dans la conversation.

Henry Crawford se tourna bientôt vers elle et reprit l'essentiel de ce qu'il avait déjà dit, tandis que son visage prenait simplement un air plus doux et qu'il exprimait ses regrets avec plus de force. Mais qu'importaient désormais ses expressions et son air ? Il partait, et si ce départ n'était pas volontaire, son intention de rester à distance, elle, l'était, car en dehors des obligations qu'il avait peut-être avec son oncle, ses engagements étaient tous de son fait. Il pouvait alléguer la nécessité, mais la jeune fille connaissait son indépendance. La main qui avait pressé si fort la sienne sur son cœur ! La main et le cœur étaient tous deux réduits à l'inertie et à la passivité, maintenant ! Sa fierté la soutenait, mais sa souffrance morale était cruelle. Elle n'eut pas à supporter longtemps un langage démenti par les actes, ni à cacher le tumulte de ses sentiments sous le masque imposé par la société ; car les échanges de politesse l'appelèrent bientôt loin d'elle, et la visite d'adieu, puisque tous, autour d'eux, la considéraient comme telle, prit bientôt fin. Il était parti ; il avait touché sa main pour la dernière fois ; il s'était incliné pour prendre congé, il ne lui restait plus qu'à chercher sans plus attendre tout le réconfort que la solitude pouvait lui apporter. Henry Crawford s'en était allé ; il était sorti de la maison, et dans les deux heures qui suivraient, il aurait franchi les bornes de la paroisse ; et c'est ainsi que prenaient fin toutes les espérances que sa vanité égoïste avait fait naître dans le cœur de Maria et de Julia Bertram.

Julia se réjouissait de le voir partir. Sa présence commençait à lui devenir odieuse ; et si Maria ne pouvait l'obtenir, ellemême allait à présent retrouver assez de calme pour se dispenser de toute autre vengeance. Elle ne tenait pas à ajouter une accusation à la désertion. Henry Crawford parti, elle pouvait même se permettre de prendre sa sœur en pitié.

C'est avec un cœur plus pur que Fanny se réjouit de la nouvelle. Elle l'apprit au cours du dîner, et la considéra comme un bienfait. Tous les autres en parlaient avec regret, et faisaient l'éloge de ses mérites selon les sentiments qu'il leur inspirait, depuis l'estime trop partiale dans laquelle Edmund le tenait avec sincérité, jusqu'à l'indifférence de sa mère, qui se contentait de répéter ce qu'on lui en avait dit. Mme Norris jeta un regard à la ronde, car elle était surprise que l'attirance du jeune homme pour Julia n'ait abouti à rien ; et elle en arrivait presque à craindre d'avoir été trop négligente pour l'encourager ; mais avec tant de soucis pour l'accabler, comment aurait-elle pu faire aller de pair *son* activité et ses espoirs ?

Un jour ou deux s'écoulèrent, puis M. Yates s'en fut à son tour. C'est à *son* départ que Sir Thomas porta le plus vif intérêt ; désireux, comme il l'était, de se retrouver seul avec sa famille, il eût trouvé irritante la présence de tout étranger, fût-il supérieur à M. Yates ; mais supporter ce dernier, futile et trop sûr de lui, oisif et prodigue, le heurtait profondément. Par nature, ce jeune homme était lassant, mais en tant qu'ami de Tom et admirateur de Julia, il devenait déplaisant. Sir Thomas était demeuré tout à fait indifférent au prolongement du séjour ou au départ de M. Crawford, mais c'est avec une satisfaction profonde qu'il souhaita bon voyage à M. Yates, tout en le raccompagnant jusqu'à la grande porte. M. Yates était demeuré à Mansfield assez longtemps pour assister au démantèlement de tous les éléments du théâtre, et à la disparition de tout ce qui se rattachait à la pièce ; il laissa la maison dans l'état de simplicité qui la caractérisait d'ordinaire ; et en l'en voyant sortir, Sir Thomas espéra être débarrassé de l'objet le plus nocif qui ait été associé au projet, le dernier à lui en rappeler inévitablement l'existence.

Mme Norris parvint à soustraire à sa vue une partie du décor qui aurait pu la blesser. Le rideau, à la réalisation duquel elle avait présidé avec tant de talent et de succès, fut transporté avec elle jusqu'à sa petite maison, où elle avait justement grand besoin de serge verte.

21

Le retour de Sir Thomas produisit un véritable bouleversement dans le mode de vie de la famille, indépendamment de la représentation des *Serments des amants*. Sous son gouvernement, Mansfield devint méconnaissable. Une fois que certains membres de la troupe eurent repris la route, et que nombre d'entre eux cédèrent à la tristesse, ce ne fut plus qu'uniformité et mélancolie, en comparaison du passé ; une morne assemblée familiale qui trouvait rarement de l'entrain. Les relations avec le presbytère s'étaient beaucoup espacées. Sir Thomas, qui ne cherchait guère à se faire des amis, était à cette époque particulièrement peu disposé à accepter des obligations sociales, si ce n'est avec une famille. L'élargissement du cercle de famille aux Rushworth était le seul qu'il recherchât.

Edmund ne s'étonnait pas que son père ait eu de tels sentiments, et il ne regrettait qu'une chose, l'exclusion des membres de la famille Grant.

— Ils ont des droits sur nous, faisait-il observer à Fanny. Ils font partie de nos intimes, et paraissent même nous être apparentés. Je voudrais que mon père fût plus sensible à toutes les attentions qu'ils ont eues pour ma mère et mes sœurs, durant son absence. Je crains qu'ils ne se sentent négligés. Mais à la vérité, mon père les connaît à peine. Ils s'étaient installés ici depuis moins d'un an quand il a quitté l'Angleterre. S'il les fréquentait plus souvent, il apprécierait davantage leur compagnie, étant donné qu'ils correspondent, en fait, au genre de personnes qu'il aime à voir. Nous manquons parfois un peu d'animation quand nous sommes entre nous ; mes sœurs semblent découragées, et il est certain que Tom n'est pas à son aise. Le Dr et Mme Grant donneraient un peu de vie à notre groupe, et les soirées se passeraient de façon plus agréable, même pour mon père.

— Le croyez-vous ? s'étonna Fanny. À mon avis, mon oncle ne désire *aucune* addition. Je pense qu'il attache beaucoup de prix à la tranquillité même dont vous parlez ; et qu'il n'a d'autre désir que de connaître la paix au sein de sa famille. Et il ne me semble pas que nous soyons devenus plus graves qu'autrefois, je veux dire avant que mon oncle ne s'en aille au-delà des mers. Autant qu'il me souvienne, l'atmosphère était toujours très comparable ; on ne riait jamais beaucoup en sa présence ; et s'il y a une différence, elle n'est pas supérieure, selon moi, à ce qu'une absence aussi prolongée a tendance à produire, au début. On ressent une sorte de timidité. Mais je n'ai pas le souvenir que nos soirées aient jamais été très joyeuses auparavant, excepté quand mon oncle séjournait à Londres. Il n'appartient pas à la jeunesse de s'amuser, je suppose, quand ceux à qui elle doit le respect sont à la maison.

— Je pense que vous dites vrai, Fanny, répondit-il, après avoir réfléchi un moment. Je crois bien que nos soirées sont redevenues ce qu'elles étaient plutôt que d'acquérir un nouveau caractère. La nouveauté tenait à la manière dont elles étaient animées. Et pourtant, quelle forte impression nous ont laissée celles des dernières semaines ! Il m'a paru que nous n'avions jamais vécu de la sorte, auparavant.

— Je suppose que je suis, par nature, plus sérieuse que la plupart des gens. Les soirées ne me font pas l'effet d'être longues. J'aime à entendre mon oncle parler des Indes occidentales. Je pourrais l'écouter une heure d'affilée. *Moi*, cela m'intéresse davantage que bien des choses ne l'ont fait jusqu'ici, mais il faut admettre, j'imagine, que je suis différente des autres.

— Comment osez-vous avancer une chose *pareille* ? demanda-t-il en souriant. Voulez-vous que l'on vous dise que vous différez des autres uniquement parce que vous êtes plus raisonnable et plus discrète ? Mais m'avez-vous jamais entendu adresser un compliment, que ce soit à vous ou à qui que ce soit, Fanny ? Allez trouver mon père si vous voulez entendre chanter vos louanges. Il satisfera vos désirs. Demandez à votre oncle, et vous l'entendrez faire votre éloge, et même s'il est avant tout question de votre apparence extérieure, il faudra vous en accommoder et faire confiance au temps pour qu'il voie un jour autant de charme à votre esprit.

Un tel langage était si neuf pour Fanny qu'elle se sentit toute confuse.

— En un mot, chère Fanny, votre oncle vous trouve très jolie. N'importe qui, à ma place, se serait davantage étendu sur ce point ; et n'importe quelle jeune fille, à la vôtre, aurait pris pour un affront qu'on ne l'ait pas tenue pour très jolie auparavant, mais à dire le vrai, votre oncle n'avait jamais eu pour vous de regards admiratifs jusqu'alors, et maintenant, il en a. La carnation de votre visage s'est tant améliorée ! Et votre physionomie est devenue tellement plus expressive ! Quant à votre allure… Non, Fanny, ne vous détournez pas ; ce n'est qu'un oncle. Si vous ne supportez pas d'entendre exprimer l'admiration d'un oncle, que deviendrez-vous ? Il faut que vous commenciez sérieusement à vous accoutumer à l'idée que vous êtes digne d'être remarquée. Efforcez-vous d'admettre que vous êtes sur le point de devenir une jolie femme.

— Oh ! ne parlez pas ainsi, ne parlez pas ainsi, s'écria Fanny, plus émue qu'il ne le soupçonnait.

Néanmoins, voyant qu'elle était troublée, il ne persista pas sur le sujet, et se contenta d'ajouter sur un ton plus grave :

— Votre oncle est disposé à se montrer satisfait de vous à tous égards ; et je souhaite simplement que vous lui parliez plus souvent. Vous êtes l'une des personnes de notre cercle qui restent trop silencieuses, durant nos soirées.

— Je lui parle pourtant plus souvent que je ne le faisais autrefois. Je suis certaine que je le fais. Ne m'avez-vous pas entendue l'interroger sur le commerce des esclaves, l'autre soir ?

— Oui, et j'ai espéré que la question serait suivie par d'autres. Votre oncle aurait apprécié qu'on l'interrogeât plus longuement là-dessus.

— Et j'aurais été très désireuse de le faire, mais il régnait un silence si pesant ! Et comme mes cousines demeuraient assises là, sans dire mot, ni sembler du tout être intéressées par le sujet, je n'ai pas voulu… J'ai pensé que l'on pourrait croire à un désir de ma part de me mettre en valeur à leurs dépens, en faisant montre d'une curiosité et d'un plaisir à recevoir de lui des informations qu'il aurait sans doute aimé voir exprimer par ses filles.

— Mlle Crawford avait raison lorsqu'elle disait de vous, l'autre jour, que vous sembliez davantage craindre d'être remarquée et louée que d'autres femmes redoutent d'être négligées. Nous parlions de vous, au presbytère, et telles ont été ses propres paroles. Elle a beaucoup de discernement. Je ne connais personne qui sache mieux qu'elle percevoir les particularités des caractères. Chez une femme aussi jeune, c'est là un trait remarquable ! Il est certain qu'elle vous comprend, *vous*, bien mieux que la plupart de ceux qui vous connaissent depuis très longtemps ; et pour ce qui est de certaines autres personnes de notre entourage, je m'aperçois, à quelques fines allusions qui lui échappent par mégarde, qu'elle les dépeindrait avec autant de précision si la délicatesse ne le lui interdisait. Je voudrais bien savoir ce qu'elle pense de mon père ! Elle admire sans doute sa noble prestance, et ses manières de gentilhomme, pleines de dignité et bien en harmonie avec sa nature ; mais pour l'avoir vu trop rarement, peut-être trouve-t-elle sa réserve un peu décourageante. Si l'on pouvait les réunir plus souvent, je suis sûr qu'ils auraient de l'estime l'un pour l'autre. Mon père apprécierait sa vivacité et elle saurait estimer ses dispositions naturelles. Que j'aimerais les voir se rencontrer plus souvent ! J'espère qu'elle ne s'imagine pas qu'il a la moindre répugnance à son égard.

— Elle est sans doute trop sûre de l'intérêt que le reste d'entre vous lui porte, dit Fanny, en étouffant un soupir, pour avoir une telle appréhension. Et le désir que manifeste Sir Thomas de rester, au début, seul avec sa famille est si naturel qu'elle ne peut en tirer aucune conclusion. Dans quelque temps, j'imagine, nous nous retrouverons dans des réunions très comparables à celles que nous avions, à cette différence près qu'il faudra tenir compte du changement de saison.

— C'est le premier mois d'octobre qu'elle vient de passer à la campagne depuis sa petite enfance. Je ne considère pas que Tunbridge et Cheltenham soient vraiment à la campagne ; et comme novembre est un mois où les sévérités du climat se font encore plus sentir, je me rends compte que Mme Grant souhaite vivement qu'elle ne juge pas Mansfield ennuyeux, au moment où l'on approche de l'hiver.

Fanny aurait pu s'étendre longuement sur le sujet, mais il était plus sûr de ne rien dire, de ne pas faire allusion à toutes les ressources dont disposait Mlle Crawford, à ses talents, à son courage, à son influence ou à ses amis, de crainte que ses observations ne paraissent témoigner d'un parti pris. L'aimable opinion qu'avait d'elle Mlle Crawford méritait au moins qu'elle fît montre de son côté de reconnaissance ou d'indulgence, aussi se mit-elle à parler d'autre chose.

— Je crois que mon oncle dîne demain à Sotherton, et que vous et M. Bertram l'accompagnez. Nous serons en bien petit nombre, ici. J'espère que mon oncle continuera à apprécier M. Rushworth.

— C'est une chose impossible, Fanny. Il est évident qu'il aura moins de considération pour lui après la visite de demain, car nous resterons cinq heures en sa compagnie. J'appréhenderais une journée aussi fastidieuse s'il n'y avait pire à redouter, c'est-à-dire l'impression qu'elle laissera à Sir Thomas. Il ne peut s'abuser beaucoup plus longtemps. Je le regrette pour toutes les parties concernées, et je donnerais cher pour que Rushworth et Maria ne se soient jamais rencontrés.

De ce côté, en effet, la déception était imminente pour Sir Thomas. Ni sa bonne volonté à l'égard de M. Rushworth, ni toute la déférence de ce dernier envers lui ne pourraient l'empêcher de découvrir une partie de la vérité, à savoir que M. Rushworth était un jeune homme d'intelligence très bornée, aussi dépourvu de sens des affaires que de culture livresque, dont les opinions étaient le plus souvent incertaines, et qui ne semblait pas vraiment s'en apercevoir.

Sir Thomas s'était attendu à trouver un tout autre gendre, et comme il commençait à s'inquiéter à propos de Maria, il chercha à découvrir quels étaient les sentiments de sa fille.

Il ne lui fallut pas l'observer longtemps pour se rendre compte qu'elle éprouvait, au mieux, de l'indifférence. Elle traitait M. Rushworth avec négligence et froideur. Elle ne l'aimait pas, ne pouvait pas l'aimer. Sir Thomas résolut d'avoir un entretien sérieux avec elle. Aussi avantageuse qu'ait pu paraître une telle alliance, et aussi longues et publiques qu'aient été leurs fiançailles, il ne fallait pas sacrifier son bonheur. Elle avait peut-être accepté M. Rushworth après une trop courte fréquentation, et le connaissant mieux, le regrettait.

Sir Thomas s'adressa à elle avec une tendresse solennelle ; il lui fit connaître ses craintes, lui demanda ce qu'elle souhaitait, la pria de ne rien dissimuler, assura qu'il ferait face à tous les inconvénients et que l'on renoncerait tout à fait à l'alliance, si cette perspective la rendait malheureuse. Il agirait en son nom et la dégagerait de sa promesse. Maria se débattit un moment avec elle-même, mais cela ne dura qu'un instant ; quand son père se tut, elle fut capable de lui donner une réponse immédiate, résolue, et sans émotion apparente. Elle le remercia pour les attentions qu'il lui prodiguait, pour sa tendresse paternelle, mais assura qu'il se trompait tout à fait en lui supposant le moindre désir de rompre son engagement ou un changement d'opinion ou d'inclination depuis qu'elle l'avait pris. Elle avait la plus haute estime pour le caractère et les intentions de M. Rushworth et ne doutait pas de connaître le bonheur avec lui.

Sir Thomas se tint pour satisfait ; trop content de l'être, sans doute, pour pousser les choses aussi à fond que son bon sens le lui aurait dicté en d'autres circonstances. C'était une alliance à laquelle il n'aurait pas renoncé sans peine ; et c'est donc ainsi qu'il raisonna. M. Rushworth était encore assez jeune pour se perfectionner ; M. Rushworth devait et allait acquérir davantage de qualités en fréquentant la bonne société, et si Maria évoquait à présent avec tant d'assurance son bonheur auprès de lui, si elle en parlait assurément sans préjugés, sans être aveuglée par l'amour, il fallait l'en croire. Selon toute vraisemblance, ses sentiments n'étaient pas très vifs ; il n'avait jamais supposé qu'ils le fussent ; mais sa félicité n'en serait peut-être pas moins grande pour autant ; et si elle parvenait à se dispenser de chercher dans son mari un homme brillant, ayant de l'entregent, tout le reste jouerait assurément en sa faveur. Une jeune femme ayant de bonnes dispositions et qui ne se mariait pas par amour restait d'autant plus attachée à sa famille, et la proximité de Sotherton et de Mansfield devait représenter la plus grande des tentations, et procurerait, selon toute probabilité, une source continuelle de plaisirs aussi aimables qu'innocents. Tels étaient, entre autres, les raisonnements de Sir Thomas, heureux d'échapper aux complications embarrassantes que représentaient une rupture, la stupeur, les réflexions et les reproches qui l'accompagneraient sans doute, enchanté, en outre, d'assurer une union qui lui apporterait un surcroît de respectabilité et d'influence, et comblé, enfin, à la pensée que, par nature, sa fille était tout acquise à la mise en œuvre de ce projet.

Pour Maria, l'entretien s'acheva de façon aussi satisfaisante que pour son père. Elle se trouvait dans un état d'esprit tel qu'elle était soulagée d'avoir pris une décision irrévocable pour son avenir, d'avoir renouvelé sa promesse à l'égard de Sotherton, et d'avoir enlevé à Crawford la possibilité de triompher en gouvernant ses actions et en anéantissant ses perspectives ; et c'est donc fière et résolue qu'elle se retira, après avoir simplement décidé de se conduire avec plus de prudence envers M. Rushworth, afin que son père ne nourrisse plus de soupçons à son propos.

Sir Thomas eût-il interrogé sa fille dans les trois ou quatre jours qui avaient suivi le départ de Mansfield de M. Crawford, avant que ses sentiments ne se soient un peu calmés, qu'elle ait renoncé à tout espoir de le conquérir, ou qu'elle ait tout à fait résolu de supporter son rival, sa réponse eût peut-être été différente ; mais quand trois ou quatre jours de plus se furent écoulés, qu'elle ne vit ni retour, ni lettre, ni message ; aucun symptôme d'un cœur qui se serait radouci ; nul espoir de tirer profit de la séparation ; elle retrouva assez de lucidité pour chercher tout le réconfort que pouvaient lui apporter l'orgueil et la prise d'une revanche sur soi-même.

Henry Crawford avait anéanti sa joie de vivre, mais il ne fallait pas qu'il en fût informé ; il ne détruirait pas non plus son crédit, son apparence ou sa prospérité. Il ne devait pas l'imaginer en train de dépérir, en pensant à *lui*, dans sa retraite de Mansfield, de rejeter, à cause de *lui*, Sotherton et Londres, l'émancipation et la magnificence. L'indépendance lui était plus nécessaire que jamais ; elle souffrait de sa privation de manière plus sensible, à Mansfield. Elle avait de plus en plus de mal à supporter la contrainte que son père imposait. La liberté dont ils avaient joui durant son absence lui était devenue indispensable. Il fallait qu'elle lui échappe et qu'elle fuie Mansfield dès que possible, et que son cœur blessé trouve la consolation dans la fortune et l'importance en société, une activité trépidante et la fréquentation du monde. Sa détermination était arrêtée et ne varierait plus.

Pour une femme animée de tels sentiments, tout délai exigé par d'importants préparatifs aurait été néfaste, et M. Rushworth n'aurait guère pu se montrer plus impatient qu'elle de voir célébrer le mariage. Elle avait mené à leur terme toutes les démarches de la pensée ; et elle s'était préparée à l'union conjugale par l'antipathie qu'elle nourrissait pour son foyer, la contrainte et la tranquillité ; par la souffrance née d'un amour déçu et par le mépris que lui inspirait l'homme qu'elle allait épouser. Le reste pouvait attendre. La commande de nouvelles voitures et d'un nouvel ameublement serait différée jusqu'à Londres et au printemps, lorsque son propre goût pourrait prévaloir.

Les principaux intéressés étant tombés d'accord sur ce point, il apparut bientôt qu'un très petit nombre de semaines suffirait à prendre les mesures qui devraient précéder le mariage.

Mme Rushworth était toute disposée à se retirer et à céder la place à la jeune femme qui avait eu la bonne fortune d'être choisie par son cher fils ; et dès les premiers jours de novembre, respectueuse des usages qu'observent les douairières, elle se retira à Bath avec sa femme de chambre, son valet et sa voiture ; et une fois là, elle fit parade des merveilles de Sotherton lors des soirées qu'elle donnait, et elle retira au moins autant de plaisir en les évoquant dans les conversations qui animaient une table de jeux, qu'elle ne l'avait jamais fait sur place ; et c'est avant le milieu du mois qu'eut lieu la cérémonie qui donnait à Sotherton une nouvelle maîtresse de maison.

Ce fut un beau mariage, célébré dans les règles. La mariée était élégamment vêtue, les deux demoiselles d'honneur, un peu moins, comme il se devait ; son père la conduisit à l'autel ; sa mère conserva tout au long un flacon de sels à la main, car elle s'attendait à être émue ; sa tante essaya de verser une larme ; et le Dr Grant donna la bénédiction nuptiale avec une autorité impressionnante. On ne trouva rien à redire de l'ensemble, quand on en discuta dans le voisinage, si ce n'est que la voiture qui transportait la mariée, le marié, et Julia du portail de l'église jusqu'à Sotherton était ce même cabriolet dans lequel M. Rushworth roulait depuis un an. Pour tout le reste, l'étiquette observée ce jour-là aurait répondu aux exigences les plus strictes.

C'en était fait, et ils étaient partis. Sir Thomas éprouva tout ce qu'un père inquiet peut ressentir, et, en vérité, il fut pour une bonne part touché par l'émotion que son épouse avait appréhendée pour elle-même, mais qui ne l'avait heureusement pas terrassée. Mme Norris, enchantée de contribuer aux obligations de la journée en la passant au Parc afin de soutenir le courage de sa sœur, et en buvant un verre ou deux supplémentaires à la santé de M. et de Mme Rushworth, nageait dans la joie et le ravissement, car c'était elle qui les avait réunis ; elle avait tout fait ; et nul n'aurait supposé devant son téméraire triomphe que de sa vie elle eût jamais entendu parler de mariage mal assorti ou qu'elle eût le moins du monde perçu les dispositions naturelles d'une nièce qui avait été élevée sous ses yeux.

Le jeune couple prévoyait de se rendre à Brighton d'ici quelques jours, et d'y louer une maison pour plusieurs semaines. Tout lieu très fréquenté était neuf pour Maria, et Brighton est presque aussi gai en hiver qu'en été. Quand l'intérêt de ses distractions serait épuisé, il serait temps d'aller goûter celles, plus variées, de Londres.

Julia se rendrait avec eux à Brighton. Depuis qu'avait pris fin la rivalité entre les deux sœurs, elles avaient peu à peu retrouvé une grande partie de leur complicité d'autrefois ; et elles étaient redevenues assez amies pour se réjouir à l'extrême d'être l'une avec l'autre durant une telle période. Disposer d'une autre compagnie que celle de M. Rushworth était de la première importance pour sa jeune femme, et Julia était tout aussi avide de nouveauté et de plaisir que Maria, même si elle n'avait pas eu à livrer le même combat pour les obtenir, et si elle supportait mieux de jouer un rôle subalterne.

Leur départ entraîna un autre changement perceptible à Mansfield, créant un vide qui ne pourrait se combler que petit à petit. Le cercle de famille s'en trouva beaucoup réduit, et même si, depuis quelque temps, les demoiselles Bertram n'y ajoutaient guère de gaieté, il était impossible que l'on ne s'y aperçût pas de leur absence. Leur mère elle-même y était sensible, et plus encore leur cousine au cœur tendre, qui déambulait à travers la maison, songeait à elles et éprouvait à leur égard des regrets mêlés d'affection qu'elles n'avaient jamais beaucoup mérités.

22

Fanny prit de l'importance après le départ de ses cousines. Étant désormais la seule jeune fille présente au salon, l'unique représentante de cette intéressante partie de la famille, où elle n'avait jusqu'alors tenu qu'une humble troisième place, il lui était impossible d'échapper aux regards, aux pensées et aux attentions qui la concernaient, qu'on lui accordait comme on ne l'avait encore jamais fait auparavant, et il n'était plus rare d'entendre « Où est Fanny ? », même si on ne l'appelait que pour des raisons de convenance personnelle.

Elle n'était pas seulement mieux appréciée chez elle, elle l'était aussi au presbytère. Dans cette maison où elle n'était guère entrée plus de deux fois par an depuis la mort de M. Norris, elle était désormais la bienvenue et on l'y invitait ; et par les journées grises et mélancoliques de novembre, Mary Crawford elle-même trouvait sa compagnie des plus acceptables. Les visites qu'elle y faisait, commencées par hasard, s'étaient renouvelées après que les habitants l'en eurent sollicitée. Mme Grant, fort désireuse, comme toujours, de mettre de la diversité dans la vie de sa sœur, s'était aisément persuadée qu'elle donnait une grande preuve de générosité envers Fanny, et qu'elle lui offrait les meilleures chances de se perfectionner, quand elle la pressait de venir souvent.

Fanny, qui avait été envoyée au village faire quelque course pour sa tante Norris, avait été surprise par une grosse averse à proximité du presbytère, et comme on l'avait aperçue, depuis l'une des fenêtres, en train de s'abriter sous les branches et les dernières feuilles d'un chêne, juste au-delà des limites de la propriété, on avait insisté pour qu'elle entrât, non sans qu'elle ait fait preuve d'une certaine réticence, mêlée de modestie. Elle avait résisté à l'invitation d'un domestique courtois, mais lorsque le Dr Grant en personne, armé d'un parapluie, était sorti la chercher, elle n'avait pu que témoigner d'une grande confusion et entrer dans la maison aussi vite que possible ; et pour la pauvre Mlle Crawford, qui venait de regarder tomber la morne pluie et se trouvait profondément accablée à la pensée de l'anéantissement de tous les projets d'exercice pour la matinée, et à celle qu'ils n'aient guère de chances de voir, durant les vingt-quatre heures suivantes, un être humain qui ne fît pas partie de leur petit groupe, le léger tohu-bohu qui se produisit à la porte d'entrée et l'apparition de Mlle Price dans le vestibule furent enchanteurs. Elle fut frappée de l'importance que prenait le moindre incident, par un jour de pluie, à la campagne. Elle retrouva aussitôt toute sa vivacité et fut l'une de celles qui s'activa le plus pour se montrer utile envers Fanny, quand on s'aperçut que cette dernière était plus mouillée qu'elle n'avait bien voulu l'admettre au début, et lui procura des vêtements secs ; et Fanny, après avoir été obligée de se soumettre à tant d'attentions, de se laisser assister et servir par les maîtresses et les servantes, été contrainte ensuite de redescendre au salon, dut y demeurer tout une heure, pendant que la pluie continuait à tomber ; et la véritable bénédiction qu'était un objet neuf à contempler et auquel penser fut ainsi le lot de Mlle Crawford et contribua sans doute à la maintenir de bonne humeur jusqu'à ce qu'il soit temps d'aller se changer et de dîner.

Les deux sœurs montrèrent tant d'obligeance et d'amabilité envers Fanny que celle-ci aurait apprécié sa visite si elle avait pu se persuader qu'elle n'était pas une gêne, et qu'elle ait pu prévoir avec certitude que le ciel allait se dégager au bout d'une heure, et que lui serait épargnée l'humiliation de voir sortir la voiture et les chevaux du Dr Grant pour la conduire chez elle, ce dont on la menaçait. Pour ce qui était de l'inquiétude que son absence, par un tel temps, aurait pu susciter au Parc, elle n'avait pas de souci à se faire ; comme sa sortie n'était connue que de ses tantes, elle savait bien que personne ne s'inquiéterait à son sujet, et que, quelle que soit la maison du village où sa tante Norris estimerait qu'elle s'était réfugiée pour laisser passer la pluie, sa tante Bertram ne mettrait pas en doute qu'elle y fût.

Le ciel s'éclaircissait quand Fanny, apercevant une harpe dans la pièce, posa quelques questions à son sujet, puis en vint bientôt à reconnaître qu'elle souhaiterait beaucoup l'entendre, et à avouer, ce que les autres eurent du mal à croire, qu'elle ne l'avait jamais entendue depuis qu'elle était à Mansfield. Pour Fanny elle-même, c'était là une circonstance toute simple et bien naturelle. Elle n'était presque jamais venue au presbytère depuis l'arrivée de l'instrument, et elle n'avait pas eu de raisons d'y entrer ; mais comme il revenait à l'esprit de Mlle Crawford qu'elle avait très tôt exprimé un vœu à ce propos, elle se reprocha sa propre négligence ; aussi est-ce avec le plus grand empressement que fusèrent des questions telles que « Aimeriez-vous que je joue pour vous maintenant ? » et « Que souhaitez-vous entendre ? ».

Elle se mit donc à jouer en conservant le même état d'esprit, heureuse d'avoir une auditrice nouvelle, et une admiratrice qui paraissait si pleine de gratitude, si émer-veillée par l'exécution, et qui se révélait avoir du goût. Elle joua jusqu'au moment où Fanny, laissant son regard errer vers la fenêtre et découvrant que le beau temps était revenu, dit qu'il lui fallait partir.

— Encore un quart d'heure, la pria Mlle Crawford, et nous verrons comment cela tournera. Ne fuyez pas dès que cela se maintient un peu. Ces nuages-ci ont l'air menaçants.

— Mais ils nous ont déjà dépassés, affirma Fanny. Je les ai observés. Tout ce temps-là nous arrive du sud.

— Du sud ou du nord, je reconnais un nuage noir quand j'en vois un, et il ne faut pas que vous vous mettiez en route aussi longtemps que cela reste aussi menaçant. En outre, je voudrais vous jouer quelque chose d'autre, une très jolie pièce, celle que préfère votre cousin Edmund. Restez donc pour entendre le morceau favori de votre cousin.

Fanny se rendit compte qu'elle ne pouvait faire autre-ment que rester ; et bien qu'elle n'eût pas attendu cette phrase pour penser à Edmund, un tel rappel le lui rendit plus présent, et elle l'imagina, venant très souvent prendre place dans ce salon, à l'endroit précis, peut-être, où elle-même était assise à présent, écoutant avec un plaisir qui ne se démentait pas sa mélodie favorite, interprétée, lui semblait-il, avec des nuances et un phrasé dignes d'un virtuose ; et bien qu'elle l'ait apprécié, elle aussi, et qu'elle ait été contente de se sentir attirée par ce qui l'attirait, une fois le morceau terminé, elle exprima avec plus de sincérité qu'elle n'en avait eu auparavant son impatience de repartir, et comme son désir devenait évident, les deux sœurs l'invitèrent avec tant d'amabilité à leur rendre de nouveau visite, à passer les prendre lorsqu'elle irait en promenade ou à revenir écouter de la harpe, qu'elle sentit qu'il lui faudrait leur céder, si l'on n'élevait pas d'objection à ce sujet chez elle.

Telle fut l'origine de cette sorte d'intimité qui s'établit entre elles, au cours de la première semaine qui suivit le départ des demoiselles Bertram, une intimité née surtout d'un désir de nouveauté qu'éprouvait Mlle Crawford, mais qui n'affectait guère les sentiments de Fanny.

Elle allait voir Mlle Crawford tous les deux ou trois jours ; cette visite exerçait sur elle une sorte de fascination ; elle n'avait pas l'esprit tranquille si elle ne la faisait pas ; et pourtant, elle n'éprouvait aucune affection pour cette jeune fille, n'était jamais du même avis qu'elle, et n'estimait pas qu'elle eût une obligation envers elle pour l'avoir recherchée à présent qu'il ne restait personne d'autre ; et elle ne tirait guère de plus grand plaisir de leur conversation qu'un amusement occasionnel, et ce dernier allait souvent à l'encontre de son jugement, s'il était tiré, par manière de plaisanterie, aux dépens de gens ou de sujets qu'elle-même souhaitait voir respecter. Elle se rendait cependant chez elle, et elles se promenaient souvent une demi-heure parmi les massifs d'arbustes de Mme Grant, car la température était d'une inhabituelle douceur pour la saison ; et il leur arrivait même parfois de s'asseoir sur l'un des bancs, qui n'était plus très abrité, à présent, et d'y demeurer jusqu'au moment où, alors que Fanny s'extasiait sur la clémence d'une arrière-saison ainsi prolongée, une soudaine rafale glacée faisait tomber en pluie les dernières feuilles jaunies autour d'elles, et les forçait à se lever d'un bond et à marcher pour se réchauffer.

— Voilà qui est joli, très joli, constata Fanny, en regardant autour d'elle, un jour où elles avaient pris place de la sorte sur un banc. Chaque fois que je viens voir ces bosquets, je suis frappée par la beauté de ces arbustes et par la rapidité avec laquelle ils se sont développés. Il y a trois ans, on ne voyait ici, en bordure du haut du champ, qu'une grossière haie, à laquelle personne ne prêtait attention ni ne croyait capable de donner quelque chose, et maintenant, la voilà transformée en allée, et il serait difficile de dire s'il convient davantage de l'apprécier pour son utilité ou pour son caractère ornemental ; et peut-être que d'ici trois ans, nous aurons presque oublié ce qu'elle était auparavant. Comme elles sont admirables, tout à fait admirables les œuvres du temps, et comme le sont aussi les transformations de l'esprit humain !

Et poursuivant le cours de ses idées dans ce domaine, elle ajouta peu après :

— S'il est une faculté de notre nature que l'on puisse considérer comme plus remarquable que les autres, je crois que c'est la mémoire. Il semble qu'il se trouve quelque chose de plus incompréhensible dans les pouvoirs, les faiblesses, les inégalités de la mémoire que dans toutes les autres fonctions mentales. La mémoire est parfois si tenace, si utile, si obéissante ; parfois si troublée et si faible, et en d'autres temps, si tyrannique, si indocile ! Nous tenons, à coup sûr, du miracle en tous points, mais nos capacités à garder le souvenir et à oublier semblent particulièrement difficiles à appréhender.

Mlle Crawford, insensible et inattentive, ne trouva rien à ajouter ; et quand elle s'aperçut que sa compagne demeurait indifférente, Fanny tourna ses pensées vers des sujets qui devaient, croyait-elle, l'intéresser.

— Il peut paraître impertinent *de ma part* d'en faire l'éloge, mais je dois admettre que j'admire le goût dont Mme Grant témoigne en tout ceci. Il y a tant de simplicité tranquille dans le plan adopté pour cette allée ! Rien de prétentieux !

— C'est vrai, répondit Mlle Crawford d'un ton détaché, cela convient bien à une propriété comme celle-ci. On n'envisage pas, ici, d'ouvrir sur de grands espaces ; et entre nous, jusqu'à mon arrivée à Mansfield, je n'aurais jamais imaginé qu'un pasteur de province pût aspirer à avoir des massifs d'arbustes ou quoi que ce soit d'ornemental dans son jardin.

— Je suis contente de voir les arbustes à feuilles persistantes réussir comme ils le font ! répondit Fanny avec vivacité. Le jardinier de mon oncle soutient toujours que la terre, ici, est meilleure que la sienne, et à voir la taille qu'atteignent en général les lauriers et les sujets des espèces qui conservent leur feuillage, il semble bien qu'il ait raison. Les arbres toujours verts ! Comme ils sont beaux, comme ils sont les bienvenus, comme ils sont magnifiques ces arbres toujours verts ! Quand on y réfléchit, quelle étonnante diversité que celle de la nature ! Dans certains pays, c'est l'arbre à feuilles caduques qui apporte la variété ; mais il n'en est pas moins surprenant que le même sol et le même soleil fassent pousser des plantes dont l'existence est gouvernée dès le départ par des règles et des lois si différentes. Vous allez juger que je m'enflamme un peu trop ; mais quand je suis assise en plein air, je suis portée à m'extasier de la sorte. On ne peut jeter les yeux sur la plus humble des créations de la nature sans y trouver matière à laisser la bride à son imagination.

— Pour dire le vrai, avoua Mlle Crawford, je me sens plus proche du fameux doge invité à la cour de Louis XIV, et puis déclarer que ce que je trouve le plus singulier dans ce jardin, « c'est de m'y voir ». Si l'on m'avait prédit, l'an passé, que je resterais ici durant des mois, ainsi que je l'ai fait, je ne l'aurais assurément pas cru ! Voilà maintenant près de cinq mois que je suis ici ! Et qui plus est, ce sont les cinq mois les plus tranquilles que j'aie jamais vécus.

— *Trop* tranquilles pour vous, je crois.

— C'est ce que j'aurais dû penser moi-même, *en théorie*, mais, fit-elle alors que ses yeux brillaient tandis qu'elle parlait, l'un dans l'autre, aucun été ne m'a jamais paru aussi heureux. Et pourtant, ajouta-t-elle, en prenant l'air songeur et en baissant la voix, nul ne saurait dire où cela mènera.

Le cœur de Fanny battit plus vite, et elle se sentit incapable d'émettre des hypothèses ou de l'interroger avec plus d'insistance. Néanmoins, Mlle Crawford retrouva bientôt son animation et poursuivit :

— J'ai conscience de m'être mieux réconciliée avec la vie à la campagne que je ne l'aurais cru possible. J'en arrive même à supposer qu'il peut être agréable d'y passer *la moitié* de l'année, en certaines circonstances, très agréable même. Une maison élégante, de taille modeste, située au centre d'un cercle de parents, des engagements continuels, grâce à eux ; se retrouver à la tête de la meilleure société du voisinage ; être considérée, peut-être, plus comme y donnant le ton que quiconque disposant d'une fortune plus considérable, et sortant de la ronde joyeuse de tels amusements pour ne supporter rien de pire qu'un tête-à-tête avec la personne que l'on trouve la plus agréable au monde. Un tel tableau n'a rien d'effrayant, n'est-ce pas, mademoiselle Price ? Avec une maison telle que *celle-là*, on n'aurait rien à envier à la nouvelle Mme Rushworth.

— Envier Mme Rushworth ! s'arracha simplement Fanny.

— Allons, allons, ce serait manquer de générosité de notre part que de nous montrer sévères à l'encontre de Mme Rushworth, car je compte sur elle pour nous offrir un grand nombre d'heures joyeuses, gaies et brillantes. Je m'attends à ce que nous soyons très souvent à Sotherton, l'an prochain. Un mariage comme celui de Mlle Bertram est un bienfait public, car l'un des premiers plaisirs de l'épouse de M. Rushworth doit être de remplir sa demeure et d'y donner les meilleurs bals du pays.

Fanny gardait le silence, et Mlle Crawford se plongeait à nouveau dans ses réflexions, quand soudain, levant la tête au bout de quelques minutes, elle s'exclama :

— Ah ! le voici.

Toutefois, ce n'était pas M. Rushworth, mais Edmund, qui s'avançait vers elles, accompagné de Mme Grant.

— Ma sœur et M. Bertram, précisa-t-elle. Je suis enchantée que l'aîné de vos cousins soit absent pour que l'on puisse donner de nouveau à son frère du *monsieur* Bertram. La désignation de monsieur *Edmund* Bertram sonne de façon si formelle, si compatissante, si caractéristique d'un frère cadet que je la déteste.

— Ah ! comme nous sentons différemment ! s'écria Fanny. Pour moi, le son de ce *monsieur* Bertram est si froid, si dénué de sens, si dépourvu de ferveur et de caractère ! C'est une manière de s'adresser à un gentilhomme, et voilà tout. Par contre, il y a de la noblesse dans le prénom d'Edmund ; c'est un nom qui évoque l'héroïsme et la renommée et qu'ont porté des rois, des princes et des chevaliers ; et il semble animé par le souffle de la chevalerie et inspirer de profondes affections.

— Je vous accorde que le prénom a des qualités en lui-même, et que lord Edmund ou même sir Edmund sonne merveilleusement bien ; mais enfouissez-le, anéantissez-le sous le titre glacial de monsieur, et monsieur Edmund Bertram ne vaut pas plus cher que des hommes de la condition de monsieur John ou monsieur Thomas. Eh bien, allons-nous les rejoindre et les priver de la moitié des reproches qu'ils veulent nous adresser pour nous être assises dehors, à cette période de l'année, en nous levant avant qu'ils n'aient commencé ?

Edmund vint à leur rencontre avec un plaisir évident. C'était la première fois qu'il les voyait ensemble depuis qu'elles avaient entrepris un rapprochement, ce qu'il avait appris avec beaucoup de satisfaction. Une amitié entre les deux jeunes filles si chères à son cœur, c'était précisément ce qu'il souhaitait voir s'instaurer, et au crédit de l'intelligence de ce jeune homme épris, il convient de noter qu'il ne considérait pas un instant Fanny comme la seule, ni même la première bénéficiaire d'une telle entente.

— Eh bien, dit Mlle Crawford, n'allez-vous pas nous gronder pour notre imprudence ? Ne croyez-vous pas que nous nous sommes assises ici dans le seul but de nous entendre reprendre là-dessus, puis prier et supplier de ne plus jamais recommencer ?

— Peut-être aurais-je adressé des réprimandes si l'une de vous était venue s'asseoir là toute seule ; mais si vous êtes deux à commettre une erreur, je peux choisir, dans une large mesure, de n'en pas tenir compte.

— Elles n'ont pas dû demeurer assises longtemps, s'écria Mme Grant, car quand je suis montée chercher mon châle, je les ai aperçues par la fenêtre de l'escalier, et à ce moment-là elles étaient en train de marcher.

— Et du reste, convint Edmund, il fait si doux, aujourd'hui, que l'on ne pourrait tenir pour une imprudence le fait que vous soyez demeurées assises dehors durant quelques minutes. On ne peut pas toujours juger du temps qu'il fait en se fiant au calendrier. Il est parfois possible de prendre davantage de libertés en novembre qu'en mai.

— Ma foi ! s'écria Mlle Crawford, parmi les amis qui nous veulent du bien, vous êtes deux des plus décevants et des plus insensibles que j'aie jamais rencontrés ! Il est impossible de vous donner la moindre inquiétude. Vous ignorez combien nous avons souffert, de quels frissons nous avons été prises. Mais j'estime depuis longtemps que M. Bertram est l'un des pires sujets auxquels l'on puisse s'attaquer, lorsqu'il s'agit de tenter l'une de ces petites manœuvres contre le bon sens qui afflige les femmes. J'ai nourri très peu d'espoirs *à son encontre* depuis le début ; mais vous qui êtes ma sœur, ma propre sœur, madame Grant, je croyais être en droit d'attendre quelques craintes pour moi de votre part.

— Ne vous flattez pas, ma très chère Mary. Vous n'avez pas la moindre chance de m'émouvoir. J'ai des appréhensions, mais elles se rapportent à tout autre chose, et s'il avait été en mon pouvoir de modifier le climat, vous auriez tout du long senti souffler un fort et âpre vent d'est, car vous voyez ici quelques-unes de mes plantes que Robert *s'entête* à laisser dehors, sous prétexte que les nuits sont douces, et je sens que cela va se terminer par un changement de temps brutal, une gelée blanche qui va se produire sans crier gare, et qui surprendra tout le monde, Robert y compris, et je les perdrais toutes jusqu'à la dernière ; et qui pis est, la cuisinière vient juste de m'annoncer que la dinde que je ne voulais pas servir avant dimanche, parce que je sais combien le Dr Grant l'aurait appréciée un dimanche, après les fatigues de la journée, ne se conservera pas au-delà de demain. Voilà qui ressemble à des griefs justifiés et qui me fait trouver le temps beaucoup trop chaud pour la saison.

— Tels sont les plaisirs des soins de la maison à la campagne ! s'exclama Mlle Crawford, avec un air espiègle. Recommandez-moi à votre volailler et à votre pépiniériste.

— Ma chère enfant, recommandez donc le Dr Grant pour le doyenné de Westminster ou de Saint-Paul, et je serai aussi heureuse de faire appel à votre pépiniériste et à votre volailler que vous pourriez l'être. Mais nous ne disposons pas de ces gens-là à Mansfield. Que voulez-vous que je fasse ?

— Oh ! rien de plus que ce que vous ne faites déjà ; vous laisser tourmenter très souvent et ne jamais perdre votre sang-froid.

— Merci, mais il est impossible d'éviter ces petites contrariétés, Mary, quel que soit l'endroit où l'on vit ; et quand vous serez établie à Londres et que je viendrai vous voir, j'imagine que je vous trouverai en train de faire face aux vôtres, même si vous pouvez vous adresser à un pépiniériste et à un volailler – si même ce n'est pas de leur fait. Leur éloignement ou leur manque de ponctualité, les tarifs exorbitants qu'ils pratiquent ou leurs fraudes vous arracheront d'amères lamentations.

— J'ai l'intention de devenir si riche que je n'aurais pas à me lamenter ou à éprouver de sentiments de cette sorte. Disposer d'un large revenu, telle est la meilleure recette pour trouver le bonheur dont j'aie jamais entendu parler. Cela peut assurément procurer tous les myrtes et les dindons dont il était question.

— Vous avez donc l'intention de devenir très riche, dit Edmund, en lui jetant un regard qui parut à Fanny empreint d'une extrême gravité.

— Bien entendu. Pas vous ? Ne l'avons-nous pas tous ?

— Je ne puis songer à acquérir ce dont je ne saurais être le maître. Mlle Crawford peut choisir le degré de sa fortune. Il lui suffit de fixer le nombre de milliers de livres dont elle souhaite disposer par an, et il n'est pas douteux qu'ils s'offrent à elle. Je n'ai d'autres intentions que de ne pas être pauvre.

— En usant de modération et d'économie, et en limitant vos besoins en fonction de vos revenus, et tout ce qui s'en-suit. Je vous comprends ; et c'est un plan très sage pour une personne de votre âge, qui a des moyens aussi limités et des parents sans grande influence. À quoi pouvez-vous personnellement aspirer, sinon à une honnête aisance ? Il ne vous reste guère de temps devant vous ; et vos parents ne sont pas plus en mesure de faire quelque chose pour vous que de vous humilier par contraste avec leur propre richesse et leur importance. Soyez honnête et pauvre autant qu'il vous plaira, mais je ne vous envierai pas ; je ne crois même pas que j'aurais du respect pour vous. J'en éprouverai bien davantage pour ceux qui sont honnêtes et riches.

— S'il y a précisément une chose dont je ne me soucie pas, c'est du degré de votre respect pour l'honnêteté, dans la richesse ou la pauvreté. Je n'ai pas l'intention d'être pauvre. Je suis bien décidé à me soustraire à la pauvreté. Ce à quoi je tiens avant tout, c'est que vous n'estimiez pas indigne d'attention l'honnêteté qui se situe entre les deux, dans un état intermédiaire de situation de fortune.

— Mais je l'en estime indigne, s'il a été possible de viser plus haut. Il faut que je trouve dénué d'intérêt tout ce qui se contente de l'obscurité, alors que l'on pouvait s'élever jus-qu'à la distinction.

— Et comment pourrait-on y parvenir ? Comment mon honnêteté pourrait-elle me conduire à quelque distinction ?

Il n'était pas très facile de répondre à cette question, aussi la jolie jeune fille laissa-t-elle échapper un « Oh ! » prolongé, avant d'ajouter :

— Vous devriez être au Parlement, ou vous auriez dû entrer dans l'armée il y a dix ans.

— *Voilà* qui n'a plus guère d'utilité, à présent ; quant au Parlement, je crois qu'il faudra que j'attende la création spéciale d'une assemblée représentative des fils cadets qui ont de faibles ressources. Non, mademoiselle Crawford, ajouta-t-il sur un ton plus sérieux, il existe des distinctions que je serais malheureux de ne pas obtenir, si j'étais convaincu de n'avoir aucune chance, ni aucune possibilité de me les voir accorder, mais elles sont d'un tout autre ordre.

L'air gêné qu'il avait pris pour parler, et, semblait-il, un certain embarras dans les manières de Mlle Crawford, tandis qu'elle lui répondait en riant, attristèrent Fanny, qui les observait ; et comme elle se sentait tout à fait incapable d'accorder, comme il l'eût fallu, de l'attention à Mme Grant, à côté de laquelle elle suivait maintenant leurs compagnons, elle était presque résolue à retourner aussitôt chez elle, quand la grosse horloge du Parc de Mansfield sonna trois coups, et lui fit comprendre qu'en réalité elle était demeurée absente beaucoup plus longtemps que d'habitude, l'incitant à apporter au plus tôt une réponse à la question qu'elle s'était posée de savoir si elle devait ou non partir sur-le-champ et comment s'y prendre. Sans hésiter davantage, elle commença à faire ses adieux ; et au même moment il revint à la mémoire d'Edmund que sa mère l'avait envoyé s'enquérir de ce qu'elle devenait, et qu'il était descendu au presbytère afin de lui demander de rentrer.

Fanny, qui sentait l'impatience la gagner, et qui ne s'attendait pas à ce qu'Edmund la raccompagnât, aurait aimé se hâter de partir seule ; mais tous pressèrent alors l'allure, et entrèrent avec elle dans la maison qu'il fallait traverser avant de gagner la route. Le Dr Grant se trouvait dans le vestibule, et comme ils s'arrêtaient pour lui parler, elle se rendit compte, au comportement d'Edmund, qu'il avait bien l'intention de l'escorter. Il prenait congé à son tour. Elle ne pouvait qu'en être reconnaissante. Au moment de se séparer, le Dr Grant invita Edmund à venir partager son repas, le lendemain ; et Fanny avait à peine eu le temps d'éprouver une impression désagréable à ce sujet, quand Mme Grant parut soudain se souvenir de sa présence, se tourna vers elle et la pria de lui faire le plaisir d'y assister aussi. C'était là une attention si nouvelle, une circonstance si fortuite dans la vie de Fanny qu'elle en fut toute surprise et embarrassée, et tout en bredouillant quelques mots de reconnaissance, avant d'ajouter qu'elle « ne présumait pas que cela lui serait possible », elle jeta un regard à Edmund pour lui demander son avis et son aide. Mais Edmund, enchanté qu'on lui ait offert une occasion d'être heureuse, affirmant d'un coup d'œil et d'une phrase inachevée qu'elle ne rencontrerait pas d'opposition de la part de sa tante, puis qu'il ne pouvait pas imaginer que sa mère pût élever quelque difficulté à la pensée de se passer d'elle, donna alors ouvertement son avis que l'invitation devrait être acceptée ; et bien que Fanny n'ait pas osé se risquer, même sous ses encouragements, à prendre son vol pour gagner d'audacieuse façon son indépendance, il fut bientôt conclu que si Mme Grant ne recevait pas d'avis contraire, elle l'attendrait le lendemain.

— Et vous savez ce qu'il y aura au menu, ajouta Mme Grant en souriant, de la dinde ; et je puis vous assurer qu'elle est superbe ; car mon ami, précisa-t-elle en se tournant vers son mari, la cuisinière insiste pour faire cuire la dinde demain.

— Parfait, parfait, s'écria le Dr Grant, cela n'en sera que mieux. Je suis content d'apprendre que vous avez quelque chose d'aussi présentable à la maison. Mais Mlle Price et M. Edmund Bertram accepteraient de partager notre repas sans cérémonie. Aucun de nous ne tient à connaître le menu.

Une réunion amicale, et non pas un grand dîner, voilà ce que nous espérons. Une dinde, une oie ou un gigot de mouton ou tout ce que vous-même et la cuisinière choisirez de nous offrir.

Les deux cousins rentrèrent ensemble chez eux ; et après avoir reparlé au début de l'invitation, dont Edmund parlait avec une satisfaction chaleureuse, la jugeant fort désirable pour elle, afin de consolider l'entente qu'il voyait s'établir avec tant de plaisir, ce fut une promenade silencieuse ; car ayant fait le tour de la question, il devint pensif et peu disposé à en aborder une autre.

23

— Mais pourquoi Mme Grant devrait-elle inviter Fanny ? demanda lady Bertram. Comment se fait-il qu'elle tienne à inclure Fanny dans ses invitations ? Fanny n'a jamais été priée de cette manière à venir dîner là-bas, vous le savez bien. Je ne saurais me passer d'elle et je suis sûre qu'elle ne souhaite pas s'y rendre. Fanny, vous ne souhaitez pas y aller, n'est-ce pas ?

— Si vous lui posez la question de cette manière, intervint Edmund, afin d'empêcher sa cousine de répondre, Fanny dira aussitôt que non ; mais je sais, ma chère mère, qu'elle aimerait y aller, et je ne vois rien qui l'en empêcherait.

— Je ne puis me figurer les raisons qui poussent Mme Grant à l'inviter. Cette idée ne lui est jamais venue auparavant. Il lui est arrivé, parfois, de prier vos sœurs, mais Fanny, jamais.

— Si vous ne pouvez vous passer de moi, madame…, commença Fanny, prête à se sacrifier.

— Mais ma mère aura la compagnie de mon père toute la soirée.

— C'est vrai, je puis compter sur lui.

— Et si vous demandiez l'avis de mon père, madame ?

— C'est une très bonne idée. C'est ce que je vais faire, Edmund. Je vais demander à Sir Thomas, dès qu'il arrivera, s'il pense que je peux me passer d'elle.

— Sur ce point, madame, vous agirez comme bon vous semblera, mais ce que je voulais dire, c'est qu'il serait bon de consulter mon père pour savoir s'il *convient* ou non d'accepter une telle invitation, et je crois qu'il considérera que comme il s'agit d'une *première* invitation, tant pour Mme Grant que pour Fanny, il serait bon de l'accepter.

— Je ne saurais vous dire. Nous allons le lui demander. Mais il sera fort surpris que Mme Grant ait songé à inviter Fanny.

Il était vain d'ajouter quoi que ce soit, du moins rien qui pût être de quelque utilité, avant l'arrivée de Sir Thomas, mais le sujet, dont dépendait son bien-être pour la soirée du lendemain, préoccupait à ce point lady Bertram qu'une demi-heure plus tard, alors que Sir Thomas, arrivant d'une futaie, se montrait une minute au salon avant de monter s'habiller, elle le rappela alors qu'il avait presque fermé la porte.

— Sir Thomas, arrêtez-vous un instant ; j'ai quelque chose à vous dire.

Le ton calme et languissant dont elle ne se départait jamais, puisqu'elle ne prenait pas la peine d'élever la voix, faisait qu'on l'écoutait et lui obéissait toujours, aussi Sir Thomas revint-il dans la pièce. Elle commença à raconter l'histoire, et Fanny s'esquiva aussitôt ; car s'entendre choisir comme sujet d'une conversation avec son oncle était plus que ses nerfs n'en pouvaient supporter. Elle était désireuse d'en connaître l'issue, plus, peut-être, qu'elle n'eût dû l'être, car que lui importait, après tout, de s'y rendre ou de rester ? Mais si son oncle s'appesantissait sur les tenants et les aboutissants, et s'il prenait un air très solennel, et s'il tournait ce regard grave vers elle, et s'il décidait enfin de ne pas lui accorder d'autorisation, elle craignait de ne pas être en mesure de se montrer aussi soumise et indifférente qu'il le fallait. Pendant ce temps, son affaire progressait bien. Lady Bertram prit la première la parole :

— J'ai une chose à vous dire qui vous surprendra. Mme Grant a invité Fanny à dîner !

— Bien ! dit Sir Thomas, comme s'il attendait la suite pour éprouver de la surprise.

— Edmund désire qu'elle s'y rende. Mais comment pourrais-je me passer d'elle ?

— Elle rentrera tard, dit Sir Thomas, en sortant sa montre, mais quelle difficulté cela présente-t-il pour vous ?

Edmund se sentit contraint de parler, et de combler les lacunes de la version de sa mère. Il reprit tout depuis le début, et elle n'eut plus qu'à commenter :

— C'est si curieux ! car Mme Grant ne l'avait jamais invitée auparavant.

— Mais n'est-il pas tout naturel, observa Edmund, que Mme Grant désire procurer à sa sœur une visite aussi agréable ?

— Rien de plus naturel, dit Sir Thomas, après une courte délibération ; et même s'il n'existait pas de sœur dans cette affaire, il n'y aurait rien de plus normal, à mon avis. Toute marque de courtoisie de la part de Mme Grant à l'encontre de Mlle Price, de la nièce de lady Bertram, ne devrait jamais avoir besoin d'explication. La seule chose qui me surprenne, c'est que ce soit la *première* fois qu'on la lui témoigne. Fanny a eu tout à fait raison de réserver sa réponse. Il semble qu'elle ait une juste notion de ce qui se doit. Mais comme j'en conclus qu'elle souhaite s'y rendre, étant donné que tous les jeunes gens aiment à se rassembler, je ne vois aucun motif de lui refuser ce modeste plaisir.

— Mais pourrais-je me passer d'elle, Sir Thomas ?

— En toute sincérité, je crois que oui.

— C'est toujours elle qui prépare le thé, comprenez-vous, quand ma sœur n'est pas là.

— Votre sœur consentirait peut-être à venir passer la journée avec nous, et de mon côté je resterai certainement ici.

— Très bien, alors, Fanny pourra s'y rendre.

Edmund frappa à sa porte, avant de gagner sa propre chambre.

— Eh bien, Fanny, tout est heureusement arrangé, et sans la moindre hésitation de la part de votre oncle. Il n'a eu qu'une opinion. Vous devez aller chez Mme Grant.

— Merci, je suis *tellement* contente, répondit-elle, spontanément.

Mais quand elle se fut détournée de lui et qu'elle eut refermé la porte, elle ne put s'empêcher de se demander : « Et cependant, pourquoi devrais-je me réjouir ? Ne suis-je pas certaine d'y voir et d'y entendre quelque chose qui me fasse de la peine ? »

En dépit de cette conviction, elle demeurait heureuse. Si modeste qu'ait pu paraître une telle invitation aux yeux d'autrui, aux siens, elle représentait une sortie nouvelle et importante, car à l'exception de la journée d'excursion passée à Sotherton, il lui était rarement arrivé de dîner hors du Parc de Mansfield auparavant, et bien qu'il n'y eût cette fois qu'un demi-mille à parcourir et simplement trois personnes avec qui partager ce repas, c'était une invitation en bonne et due forme, et tout l'intérêt que suscitaient en elle les préparatifs était déjà porteur de petites joies. Elle ne reçut ni sympathie ni assistance de celles qui auraient dû comprendre ses sentiments et guider son goût, car lady Bertram n'avait jamais songé à rendre service à quelqu'un, et Mme Norris, quand elle arriva le lendemain, après avoir reçu une visite matinale de Sir Thomas et son invitation, était de très mauvaise humeur, et n'avait, semblait-il, d'autre intention que de diminuer le plus possible les plaisirs présents et futurs, qui attendaient sa nièce.

— Ma parole, Fanny ; vous avez bien de la chance de recevoir tant d'attentions et de permissions ! Vous devriez être fort reconnaissante à Mme Grant de songer à vous, et à votre tante de vous laisser partir, et vous feriez bien de considérer cette sortie comme exceptionnelle, car j'espère que vous savez qu'il n'existe aucune raison profonde à ce que vous alliez en société de cette manière, ni que vous soyez du tout invitée à dîner au-dehors ; et ne comptez pas que cela se reproduise jamais. Il ne faut pas non plus vous imaginer que cette invitation signifie que l'on cherche à vous faire *honneur* de façon personnelle. Ce compliment s'adresse à votre oncle, à votre tante et à moi. Mme Grant estime que c'est une courtoisie qui *nous* est due de vous accorder un peu d'attention, sinon cette idée ne lui serait jamais venue à l'esprit, et vous pouvez être tout à fait certaine que si votre cousine Julia était ici, vous n'auriez pas été priée du tout d'y assister.

Mme Norris avait à présent mis tant d'ingéniosité à anéantir le rôle que Mme Grant avait pu jouer en sa faveur, que Fanny, comprenant qu'une réponse s'imposait de sa part, se contenta de déclarer qu'elle était reconnaissante à sa tante Bertram d'avoir bien voulu se passer de ses services et qu'elle s'efforçait de préparer l'ouvrage auquel cette dernière travaillerait le soir, afin de l'empêcher de regretter son absence.

— Oh ! soyez assurée que votre tante peut très bien continuer sans vous, sinon vous ne seriez pas autorisée à partir. *Moi*, je serai là, aussi pouvez-vous être tout à fait tranquille au sujet de votre tante. Et j'espère que vous aurez une journée très *agréable* et que tout vous paraîtra *enchanteur*. Je tiens cependant à vous faire remarquer que *cinq* est le nombre de convives le plus incommode qui soit quand on veut les répartir autour d'une table ; et je ne puis que m'étonner qu'une femme aussi *élégante* que Mme Grant n'ait pu établir un meilleur plan. Et de plus, autour de cette énorme table, d'une longueur et d'une largeur surprenantes, qui occupe une place folle dans la pièce ! Si le docteur s'était contenté, quand j'ai déménagé, de reprendre ma table de salle à manger, ainsi que l'aurait fait toute personne de bon sens, au lieu d'introduire son absurde table neuve, qui est plus large, littéralement plus large que celle qui se trouve ici, comme cela aurait été infiniment préférable ! Et combien on l'en aurait respecté davantage ! Car les gens qui sortent de la sphère qui est la leur n'inspirent jamais le respect. Souvenez-vous de *cela*, Fanny. Cinq invités seulement autour de cette table ! Enfin, on vous servira à manger pour dix, j'imagine.

Mme Norris reprit haleine avant de poursuivre :

— L'absurdité et la sottise de ceux qui sortent de leur rang et s'efforcent de paraître mieux qu'ils ne sont m'incitent à penser qu'il est bon de vous donner un conseil, à vous, Fanny, qui allez vous retrouver en société sans être accompagnée par aucun d'entre nous ; je vous adjure, je vous implore de ne pas vous mettre en avant, et de ne pas parler et d'énoncer votre opinion comme si vous étiez l'une de vos cousines, comme si vous étiez la chère Mme Rushworth ou Julia. Croyez-moi, *cela* n'est pas admissible. Souvenez-vous, où que vous soyez, que vous devez être la plus humble et la dernière ; et même si Mlle Crawford se trouve dans une certaine mesure chez elle, au presbytère, vous ne devez pas avoir la préséance sur elle. Et pour ce qui est du moment convenable pour prendre congé, le soir, vous resterez aussi longtemps qu'Edmund choisira de le faire. Laissez-le décider sur ce point-*là*.

— Oui, madame ; il ne me viendrait pas à l'idée d'agir autrement.

— Et s'il pleut, ce qui me paraît très probable, je n'ai jamais vu de ma vie s'annoncer une soirée de pluie de façon si imminente, il faudra vous tirer d'affaire comme vous le pourrez, sans vous attendre à ce que l'on envoie la voiture vous chercher. Il est certain que je ne rentrerai pas chez moi, ce soir, et donc, que l'on ne sortira pas la voiture pour me raccompagner ; il faut en conséquence que vous prévoyiez ce qui pourrait arriver, et que vous emportiez ce qu'il vous faut !

Sa nièce jugea cela parfaitement raisonnable. Ses prétentions au confort étaient au moins aussi modestes que Mme Norris les estimait ; aussi, quand, peu après, Sir Thomas ouvrit la porte et se contenta de demander : « Fanny, à quelle heure voulez-vous que la voiture soit devant la porte pour vous emmener ? », elle éprouva un tel étonnement qu'il lui fut impossible de répondre.

— Mon cher Sir Thomas ! s'écria Mme Norris, rouge de colère, Fanny peut marcher.

— Marcher ! répéta, très digne, Sir Thomas sur un ton péremptoire, tout en s'avançant dans la pièce. Ma nièce, marcher pour se rendre à un dîner à cette époque de l'année ! Est-ce que quatre heures vingt vous conviendra ?

— Oui, monsieur.

La réponse de Fanny était pleine d'humilité, car elle avait l'impression de se comporter presque en criminelle envers Mme Norris ; et comme elle ne supportait pas de demeurer en tête à tête avec elle en paraissant peut-être avoir triomphé, elle suivit son oncle hors de la pièce, non sans avoir encore entendu quelques paroles prononcées dans un état de violente agitation.

— Parfaitement superflu ! Beaucoup trop de bonté ! Mais Edmund y va aussi ; c'est vrai ; c'est à cause d'Edmund. J'ai remarqué qu'il était enroué, jeudi soir.

Néanmoins, ceci ne parvint pas à en imposer à Fanny. Elle resta persuadée que la voiture était pour elle et pour elle seule, et la considération dont son oncle la jugeait digne, venant aussitôt après les semonces de sa tante, lui fit venir aux yeux des larmes de gratitude, une fois seule.

Le cocher fit avancer la voiture à la minute prescrite ; le jeune homme descendit une minute plus tard, et comme la jeune fille se faisait scrupule d'être en retard et l'attendait depuis de longues minutes au salon, Sir Thomas les accompagna à la porte bien à l'heure, ainsi que l'exigeaient ses propres habitudes de parfaite correction et de ponctualité.

— À présent, laissez-moi vous regarder, Fanny, dit Edmund, avec un sourire de bienveillance fraternelle, et vous dire si vous me plaisez ainsi ; et autant que je puisse en juger par cette lumière, vous avez l'air charmante, en vérité. Quelle robe portez-vous ?

— La nouvelle robe que mon oncle a eu la bonté de m'offrir pour le mariage de ma cousine. J'espère qu'elle ne sera pas trop habillée, mais je me suis dit qu'il valait mieux la porter le plus tôt possible, et que je n'aurais peut-être pas d'autre occasion de la porter de tout l'hiver. J'espère que vous ne trouvez pas cela trop élégant.

— Une femme ne peut jamais sembler trop élégante quand elle est tout de blanc vêtue. Non, je ne remarque rien de luxueux dans votre toilette ; rien qui ne soit des plus convenables. Votre robe est très jolie. J'aime beaucoup ces pois brillants. Mlle Crawford n'a-t-elle pas une robe qui ressemble à celle-ci ?

À l'approche du presbytère, ils passèrent près de l'écurie et de la remise.

— Tiens ! fit Edmund, voici de la compagnie, voici une voiture ! Qui ont-ils invité à se joindre à nous ?

Et après avoir baissé la glace de la portière pour mieux distinguer, il s'écria :

— C'est Crawford ; c'est la calèche de Crawford, je vous assure ! Voici ses deux valets qui la remisent à son ancienne place. C'est bien lui. Que voilà une surprise, Fanny... Je serai bien aise de le revoir.

Fanny n'eut ni l'occasion, ni le temps de dire à quel point elle était loin de partager ce sentiment ; mais la pensée de se retrouver devant un observateur supplémentaire tel que lui ajouta beaucoup à son émotion quand il lui fallut accomplir la redoutable cérémonie de l'entrée au salon.

Et au salon, c'est assurément M. Crawford qui tenait cour ; et comme il était arrivé assez tôt, il avait eu le temps de s'habiller pour le dîner ; et les sourires et l'air de satisfaction des trois personnes, debout, qui l'entouraient, montraient combien elles appréciaient sa résolution de venir passer quelques jours auprès d'elles, au retour de Bath. La rencontre entre Edmund et lui se déroula de façon très cordiale ; et, à l'exception de Fanny, le plaisir de le revoir fut général, et il n'est pas jusqu'à *elle* qui ne tira avantage de sa présence, car toute addition au groupe ainsi formé devait plutôt favoriser son habitude de demeurer silencieuse et discrète. Elle s'en aperçut bientôt elle-même, car après avoir accepté, ainsi que le lui dictait son sens des convenances, même si cela allait à l'encontre de l'opinion de sa tante Norris, d'être la première des femmes présentes, et de bénéficier de toutes les modestes marques de distinction qui en découlaient, elle vit qu'une fois à table le flot joyeux de la conversation était tel que l'on n'attendait pas d'elle qu'elle y participât : le frère et la sœur avaient tant de nouvelles à échanger sur Bath, les deux jeunes gens tant à dire sur la chasse, M. Crawford et le Dr Grant sur la politique, M. Crawford et Mme Grant, en chœur, sur tout et n'importe quoi, que cela lui offrait la meilleure perspective de n'avoir qu'à écouter en silence, et de passer une très agréable soirée. Elle ne put cependant faire l'honneur au gentilhomme fraîchement arrivé de manifester le moindre intérêt pour le projet qu'il formait de prolonger son séjour à Mansfield, et d'envoyer chercher son équipage de chasse dans le Norfolk, au moment où cette idée, suggérée par le Dr Grant, appuyée par Edmund, et approuvée avec chaleur par les deux sœurs, s'emparait de son esprit, et qu'il semblait même désireux d'obtenir ses propres encouragements pour prendre sa résolution. Il lui demanda son opinion sur le maintien probable d'un temps doux, mais ses réponses furent aussi laconiques et indifférentes que le permettait la politesse. Il lui était impossible de souhaiter qu'il restât, et elle aurait bien préféré qu'il ne lui adressât pas la parole.

En le voyant, c'est à ses deux cousines absentes, en particulier à Maria, qu'allaient ses pensées ; mais de son côté, aucun souvenir embarrassant ne paraissait tempérer son ardeur. Voilà qu'il était revenu sur les lieux où tout s'était déroulé, et qu'il était, en apparence, aussi disposé à y séjourner et à y être heureux sans les demoiselles Bertram que s'il n'avait jamais connu Mansfield dans d'autres conditions. Elle l'entendit les mentionner, mais seulement d'une manière générale, jusqu'à ce qu'ils se soient tous regroupés au salon, et c'est au moment où Edmund était engagé avec le Dr Grant dans une discussion d'affaires qui semblait les absorber, et où Mme Grant s'occupait à la table du thé, qu'il se mit à parler d'elles plus en détail avec son autre sœur. Accompagnant ses paroles d'un sourire complice, qui le rendit odieux à Fanny, il remarqua :

— Ainsi, Rushworth et sa belle épouse se trouvent à Brighton, si je comprends bien. Heureux homme !

— Oui, ils sont là-bas depuis une quinzaine de jours ; c'est bien cela, mademoiselle Price ? Et Julia est avec eux.

— Et M. Yates, je suppose, n'est pas loin ?

— M. Yates ! Oh ! nous n'entendons plus parler de M. Yates. Je n'imagine pas qu'il figure beaucoup dans les lettres envoyées au Parc de Mansfield ; qu'en dites-vous, mademoiselle Price ? Je crois mon amie Julia trop avisée pour chercher à amuser son père en faisant allusion à M. Yates.

— Pauvre M. Rushworth ! lui et ses quarante-deux tirades, poursuivit Henry Crawford. Aucun de nous ne les oubliera jamais. Pauvre garçon ! Je le revois encore, avec ses efforts et son désespoir. Eh bien, je serais fort étonné si la charmante Maria lui demandait jamais de lui adresser quarante-deux déclarations !

Après avoir repris son sérieux, il ajouta :

— Elle est trop bien pour lui ; beaucoup trop bien.

Puis il changea à nouveau de ton et, s'adressant à Fanny en usant du langage d'une aimable galanterie, il lui dit :

— Vous avez été la meilleure amie de M. Rushworth. On ne saurait jamais oublier votre générosité et votre patience, l'inépuisable patience que vous avez montrée en essayant de lui permettre d'apprendre son rôle ; de lui donner une intelligence que la nature lui a refusée et de le préparer à acquérir de la compréhension en puisant dans celle que vous possédez vous-même en surabondance ! Il est possible qu'il n'ait pas eu, *lui*, assez de bon sens pour estimer comme il le fallait votre complaisance, mais j'ose dire que tout le reste de la troupe lui a rendu hommage.

Fanny rougit, mais ne dit rien.

— Cela ressemble à un rêve, un rêve agréable ! s'exclama-t-il, après avoir laissé son esprit vagabonder quelques minutes. Je me souviendrai toujours de notre expérience de théâtre d'amateurs avec un plaisir infini. On percevait un tel intérêt, une telle animation, une telle ardeur, diffus dans l'atmosphère ! Chacun de nous y était sensible. Nous avions tous une telle vivacité ! Toute heure de la journée avait ses occupations, ses espoirs, ses sollicitudes, son branle-bas. Et toujours quelque petite objection, quelque léger doute, quelque modeste obstacle à lever. Je ne me suis jamais senti aussi heureux.

Rendue muette d'indignation, Fanny se répétait au fond d'elle-même : « Jamais aussi heureux ! jamais aussi heureux que quand vous agissiez d'une manière dont vous deviez bien savoir qu'elle était injustifiable ! jamais aussi heureux qu'en vous comportant de façon indigne et impitoyable ! Ah ! quel esprit corrompu ! »

— Nous avons joué de malchance, mademoiselle Price, poursuivit-il en baissant la voix pour être sûr de ne pas être entendu d'Edmund, et sans se douter le moins du monde de ce qu'elle éprouvait, nous avons certainement eu beaucoup de malchance. Une semaine de plus, une simple semaine nous aurait suffi. Je crois que si nous avions eu la maîtrise des événements, si le Parc de Mansfield avait pu prendre en main le gouvernement des vents pour une semaine ou deux autour de l'équinoxe, cela aurait fait toute la différence. Nous n'aurions pas cherché à mettre sa vie en danger par une tempête effroyable, non, mais nous nous serions accommodés d'un vent contraire régulier ou d'un calme. Je crois, mademoiselle Price, qu'à cette époque de l'année, nous nous serions accordé une semaine de calme plat dans l'Atlantique.

Il semblait déterminé à obtenir une réponse, aussi Fanny, évitant de le regarder, lui dit d'une voix plus ferme que de coutume :

— Pour ce qui me concerne personnellement, monsieur, je n'aurais pas retardé son retour d'un seul jour. Mon oncle a si entièrement désapprouvé l'entreprise, à son arrivée, que selon moi, tout cela était allé bien assez loin.

Elle ne lui avait jamais parlé aussi longuement de sa vie, et elle n'avait jamais usé d'un ton aussi véhément envers qui que ce soit ; et quand elle eut terminé son discours, elle se mit à trembler et à rougir de sa propre hardiesse. Il fut surpris ; mais après l'avoir considérée quelques instants en silence, il répondit d'une voix plus calme et plus grave, comme s'il était animé d'une véritable conviction.

— Je crois que vous avez raison. C'était plus agréable que prudent. Nous commencions à devenir trop tapageurs.

Il s'efforça alors de changer de conversation et de lui faire aborder plusieurs autres questions, mais elle lui fournissait des réponses si timides et si hésitantes, qu'il ne put avancer davantage.

Mlle Crawford, dont les regards s'étaient tournés à maintes reprises vers le Dr Grant et Edmund, observa alors :

— Ces gentilshommes doivent avoir un point fort intéressant en discussion.

— Le plus intéressant du monde, répondit son frère ; comment faire de l'argent ; comment améliorer encore un bon revenu. Le Dr Grant donne à Bertram des conseils au sujet du bénéfice dont il va pouvoir jouir très bientôt. J'ai découvert qu'il allait prendre les ordres dans quelques semaines. Ils en parlaient déjà dans la salle à manger. Je suis content d'apprendre que Bertram va être si bien pourvu. Il aura un très joli revenu à jeter par les fenêtres, et il l'obtiendra sans se donner beaucoup de mal. Je crois comprendre qu'il n'aura pas moins de sept cents livres par an. Sept cents livres, voilà un beau revenu pour un frère cadet ; et comme, bien entendu, il continuera à habiter chez son père, il consacrera le tout à ses *menus plaisirs*, et je suppose que la somme totale de son sacrifice s'élèvera à un sermon à Noël et un autre à Pâques.

Sa sœur s'efforça de masquer ses sentiments en tournant la chose en plaisanterie :

— Rien ne m'amuse davantage que de voir avec quelle facilité tout un chacun tient pour de l'abondance ce dont disposent ceux qui ont beaucoup moins qu'eux. Vous feriez plutôt triste mine, Henry, si vous deviez vous limiter à sept cents livres par an pour vos menus plaisirs.

— Peut-être la ferais-je, mais vous savez bien que tout cela est relatif. Le droit d'aînesse et la coutume définissent toute l'affaire. Bertram est assurément favorisé par le sort pour un cadet, même dans la famille d'un baronnet. Dès qu'il aura vingt-quatre ou vingt-cinq ans, il aura sept cents livres par an, sans se donner le moindre mal et sans avoir besoin de les employer.

Mlle Crawford *aurait pu* lui répondre qu'il aurait des raisons de se donner du mal et de les employer, et qu'elle ne pouvait y songer à la légère, mais elle se retint et ne releva pas ; et elle s'efforça de paraître calme et indifférente, lorsque les deux gentilshommes les rejoignirent peu après.

— Bertram, dit Henry Crawford, je ferai en sorte de venir à Mansfield pour vous entendre prêcher votre premier sermon. Je viendrai tout exprès pour encourager un jeune débutant. Quand cela doit-il avoir lieu ? Mademoiselle Price, ne vous joindrez-vous pas à moi pour encourager votre cousin ? Ne vous engagerez-vous pas à assister à l'événement en gardant tout au long les yeux fixés sur lui – ainsi que je vais le faire –, de manière à ne pas en perdre un mot ; ou alors à ne détourner les yeux que pour prendre en note quelque phrase d'une beauté exceptionnelle ? Nous nous procurerons des tablettes et un crayon. Quand cela est-il prévu ? Il faut que vous prêchiez à Mansfield, comprenez-vous, afin que Sir Thomas et lady Bertram puissent vous entendre.

— Je vous éviterai aussi longtemps que possible, Crawford, car selon toute probabilité vous chercheriez à me déconcentrer, et je serais fâché que ce soit vous, plus que quiconque, qui s'y emploie.

« Ne sera-t-il pas sensible à cela ? se dit Fanny. Non, il ne sent rien comme il le devrait. »

Tous les convives étaient maintenant réunis, et les brillants causeurs étant attirés les uns par les autres, elle put conserver sa tranquillité ; et comme, après le thé, on forma une table de whist – table avant tout constituée pour l'amusement du Dr Grant par sa prévoyante épouse, même si nul n'était supposé s'en apercevoir –, et comme Mlle Crawford se mit à la harpe, il ne lui resta plus qu'à l'écouter, et sa quiétude ne fut plus troublée durant le reste de la soirée, si ce n'est quand M. Crawford lui adressait une question ou lui faisait une observation auxquelles elle ne pouvait éviter de répondre. Mlle Crawford était trop contrariée par ce qu'elle avait appris pour être d'humeur à se consacrer à autre chose qu'à de la musique. Et grâce à cela, elle parvint à se calmer et à distraire son amie.

La confirmation qu'Edmund allait prendre les ordres dans si peu de temps, lui assénant un coup qui n'avait été jusqu'alors qu'une menace, et à un moment où elle espérait que celle-ci était encore incertaine et lointaine, l'avait emplie de ressentiment et d'humiliation. Elle était très irritée contre lui. Elle avait cru sa propre influence plus profonde. Elle avait vraiment commencé à songer à lui – elle en était persuadée – avec beaucoup d'estime, et même avec ce qui ressemblait à des intentions presque décidées en sa faveur ; mais à présent, elle allait répondre à sa froideur par la sienne. Il était clair qu'il n'avait jamais eu de vues sérieuses, d'attachement véritable, en choisissant de s'établir dans une situation de fortune à laquelle il devait bien savoir qu'elle ne s'abaisserait pas. Elle allait apprendre à l'imiter dans son indifférence. Elle n'admettrait plus désormais ses attentions que comme une distraction momentanée. S'il parvenait à dominer ses affections, les siennes ne l'exposeraient pas au péril.

24

Dès le lendemain matin, Henry Crawford se décida tout à fait à passer une autre quinzaine de jours à Mansfield, et ayant envoyé chercher son équipage de chasse, puis adressé quelques lignes d'explication à l'amiral, il se tourna vers sa sœur, au moment où il cachetait sa lettre, avant de la jeter loin de lui, et voyant qu'il avait le champ libre, puisque le reste de la famille s'était retirée, il lui demanda avec le sourire :

— Et comment croyez-vous que je compte m'amuser, Mary, les jours où je ne chasserai pas ? Je m'estime trop âgé pour aller à la chasse plus de trois fois par semaine ; mais j'ai un plan pour occuper les jours intermédiaires, et que croyez-vous qu'il soit ?

— C'est sans doute de vous promener à pied ou de monter à cheval en ma compagnie.

— Pas exactement ; même si j'éprouve beaucoup de plaisir à faire l'un et l'autre, ce ne sera là qu'exercer mon corps et il me faut aussi prendre soin de mon esprit. En outre, il s'agirait simplement dans ce cas de pure récréation et de satisfaction sans l'utile alliage du travail, et je n'aime pas manger le pain de la paresse. Non, j'ai pour objectif de rendre Fanny Price amoureuse de moi.

— Fanny Price ! Quelle sottise ! Non, non. Vous devriez vous satisfaire de ses deux cousines.

— Je ne saurais être satisfait sans Fanny Price, sans avoir fait une petite blessure dans le cœur de Fanny. Vous ne paraissez pas vous rendre compte comme il le conviendrait des mérites qui incitent à la distinguer. Quand nous parlions d'elle, hier soir, aucun d'entre vous n'a paru sensible à l'extraordinaire embellissement qui s'est produit chez elle, au cours des six dernières semaines. Vous la voyez tous les jours, et donc vous n'y prenez pas garde, mais je vous assure qu'elle est bien différente de ce qu'elle était à l'automne. C'était alors simplement une jeune fille discrète, modeste, et pas laide, mais aujourd'hui, elle est tout à fait jolie. J'avais trouvé qu'elle n'avait ni teint, ni expression, mais dans la finesse de sa peau de pêche qui se colore si souvent de rose, comme elle le faisait hier, il y a une franche beauté ; et d'après ce que j'ai pu observer de ses yeux et de sa bouche, je ne désespère pas de les voir devenir expressifs lorsqu'elle a des sentiments à manifester. Et puis quelle amélioration indicible dans son allure, ses manières, l'*ensemble* de sa personne ! Elle a grandi d'au moins deux pouces depuis octobre.

— Allons bon ! C'est uniquement parce que vous ne pouviez pas la comparer à des femmes élancées, qu'elle a une robe neuve et que vous ne l'avez jamais vue aussi bien habillée auparavant. Croyez-moi, elle ne diffère en rien de ce qu'elle était au mois d'octobre. La vérité, c'est qu'elle était la seule jeune fille de notre cercle que vous puissiez distinguer ; et vous ne pouvez vous passer de remarquer quelqu'un. Je l'ai toujours trouvée jolie, non pas de manière frappante, mais « plutôt jolie », comme on dit, une sorte de grâce insinuante. Ses yeux devraient être plus foncés, mais elle a un sourire très doux ; par contre, pour ce qui est de cette merveilleuse amélioration, je suis sûre que tout cela se réduit à une meilleure façon de s'habiller et à l'absence de toute autre femme que vous auriez pu observer ; et donc, si vous faites son siège pour lui conter fleurette, vous ne me convaincrez jamais que c'est pour honorer sa beauté, ni que cela découle d'autre chose que de votre oisiveté, de votre folie.

Son frère ne fit que sourire d'une telle accusation, et peu après, il déclara :

— Je ne sais que penser de Mlle Fanny. Je ne la comprends pas. Je n'aurais su préciser quelle était son intention, hier. Quelle sorte de caractère a-t-elle ? Est-elle sérieuse ? Est-elle bizarre ? Est-elle prude ? Pourquoi s'est-elle reculée et m'a-t-elle jeté un regard noir ? J'avais tout le mal du monde à la faire parler. De ma vie je ne suis jamais demeuré aussi longtemps en compagnie d'une jeune fille pour essayer de la distraire et y parvenir si mal ! Je n'ai jamais rencontré de jeune fille qui me fixe de façon aussi sévère ! Il faut que j'essaye de l'emporter dans cette affaire. Ses yeux disaient : « Je ne vous aimerai point ; je suis décidée à ne pas vous aimer » ; et moi, je proclame : « Elle m'aimera. »

— Pauvre sot ! Ainsi, voilà la raison de l'attrait qu'elle exerce sur vous. C'est cela, le fait qu'elle se moque bien de vous, qui lui donne une peau de pêche, la fait paraître plus grande, et lui confère tout ce charme et toute cette grâce ! Je désire, moi, que vous ne la rendiez pas vraiment malheureuse ; *un peu* d'amour pourrait peut-être lui donner de l'animation et lui faire du bien, mais je ne tiens pas à ce que vous la poussiez à se jeter la tête la première dans la passion, car c'est la plus charmante enfant qui ait jamais vécu, et elle a beaucoup de sensibilité.

— Cela ne durera pas plus d'une quinzaine de jours, dit Henry, et si quinze jours de ce régime doivent la tuer, c'est qu'elle a une constitution si faible que rien ne pourra la sauver. Non, je ne lui ferai aucun mal à cette chère petite ! Je veux simplement qu'elle me regarde avec sympathie, qu'elle apprenne à sourire aussi bien qu'à rougir, qu'elle me réserve une chaise auprès de la sienne partout où nous irons, et qu'elle se montre tout émue quand je prendrai place auprès d'elle et que je lui parlerai, qu'elle partage mes opinions, qu'elle s'intéresse à tout ce qui m'appartient et à tous mes plaisirs, qu'elle cherche à me retenir plus longtemps à Mansfield, et qu'elle soit persuadée, quand je partirai, qu'elle ne pourra plus jamais être heureuse. Je ne demande rien de plus.

— La modération même ! s'exclama Mary. Je ne saurai plus entretenir de scrupules, à présent. Eh bien, vous aurez suffisamment d'occasions d'essayer de vous rendre digne de son estime, car nous passons beaucoup de temps ensemble.

Et sans chercher à lui en remontrer davantage, elle abandonna Fanny à son sort ; un sort qui aurait pu être plus cruel qu'elle ne le méritait, si le cœur n'avait été défendu d'une manière que Mlle Crawford ne soupçonnait pas ; car s'il existe assurément des jeunes filles de dix-huit ans dont on ne saurait faire la conquête – sinon, on ne lirait pas leur histoire –, et que rien ne peut persuader de tomber amoureuses contre leur jugement, ni le talent, ni le savoir-faire, ni l'attention, ni la flatterie, rien ne porte à croire que Fanny était de celles-là, ni à penser qu'avec un caractère aussi affectueux et un goût aussi raffiné que les siens, elle aurait pu garder le cœur intact au sortir d'une cour pressante, conduite par un homme tel que Crawford – même si cette cour ne devait durer que quinze jours – et bien qu'il lui ait fallu surmonter la mauvaise opinion qu'elle avait conçue de lui auparavant, son affection n'eût été engagée ailleurs. Malgré toute la fermeté que l'amour d'un autre et la mésestime de celui-là donnaient à la tranquillité d'esprit qu'il menaçait, ses attentions continuelles – incessantes, mais discrètes –, et qui s'adaptaient de mieux en mieux à la gentillesse et à la délicatesse de son caractère, la contraignirent vite à moins le détester qu'auparavant. Elle n'avait nullement oublié le passé, et elle avait aussi mauvaise opinion de lui que jamais, mais elle sentait ses pouvoirs ; il savait se montrer amusant, et ses manières s'étaient si bien corrigées, étaient devenues si polies, si sérieusement et si impeccablement polies, qu'il était impossible de ne pas le traiter avec amabilité en retour.

Peu de jours suffirent pour produire cet effet ; et au bout de ces quelques jours, les circonstances se prêtèrent à l'accentuation d'une tendance qui favorisa plutôt son intention de lui plaire, dans la mesure où elles offrirent à Fanny une occasion de se réjouir qui la disposa à trouver tout un chacun agréable. William, ce frère si longtemps absent et si tendrement aimé, était revenu en Angleterre. Elle avait reçu une lettre de lui, quelques lignes joyeuses écrites à la hâte, alors que son navire se trouvait en Manche, puis envoyées à Portsmouth par la première barque quittant l'*Antwerp*, qui avait jeté l'ancre dans la rade du Spithead ; et lorsque Crawford monta du presbytère, le journal à la main, avec l'espoir de lui en apporter les premières nouvelles, il la trouva tremblante de joie, à propos de cette lettre, qui écoutait, avec un visage radieux, plein de reconnaissance, l'aimable invitation à venir séjourner au Parc que son oncle lui dictait avec beaucoup de sang-froid, en guise de réponse.

C'était la veille seulement que Crawford avait acquis une connaissance approfondie de cette affaire, ou plutôt avait appris qu'elle avait un frère, ou qu'il servait sur ce bâtiment, mais l'intérêt ainsi éveillé chez lui était devenu si vif qu'il avait résolu de s'informer, dès qu'il aurait regagné Londres, de la date probable du retour de l'*Antwerp* de sa campagne en Méditerranée, etc. ; et la bonne fortune qui présida à son étude des mouvements de la flotte, le lendemain matin, parut le récompenser de l'ingéniosité qu'il avait déployée pour découvrir un tel moyen de lui être agréable, ainsi que des égards qu'il avait eus pour l'amiral, en s'abonnant depuis des années au journal tenu pour être le plus vite informé des nouvelles maritimes. Il se révéla toutefois qu'il arrivait trop tard. Toutes ces émotions premières qu'il avait espéré faire naître chez elle s'étaient déjà émoussées. Mais son intention, la générosité de son intention, lui valut des témoignages de reconnaissance ; des remerciements sincères et chaleureux, car elle s'était arrachée à la timidité habituelle qui paralysait son esprit sous l'impulsion du flot de tendresse que lui inspirait William.

Ce cher William allait bientôt être parmi eux. Il obtiendrait sans doute une permission immédiate, car il n'était encore qu'aspirant ; et comme ses parents, habitant à proximité de l'ancrage, avaient déjà dû le voir, et le voyaient peut-être même chaque jour, en toute justice, il pourrait d'abord consacrer son congé à sa sœur, qui avait été sa meilleure correspondante tout au long des sept dernières années, et à l'oncle qui avait contribué le plus à son entretien et à son avancement ; et donc, sa réponse à celle de Fanny, annonçant sa venue pour les jours qui suivaient, arriva aussi vite que possible ; et dix jours s'étaient à peine écoulés depuis que Fanny avait connu la fièvre de sa première invitation à dîner, lorsqu'elle fut en proie à une émotion d'ordre plus élevé, celle de guetter dans l'entrée, dans l'antichambre, dans l'escalier, les premiers bruits de la voiture qui transportait son frère jusqu'à elle.

Fort heureusement, le roulement lui parvint alors qu'elle attendait ainsi, et comme il n'y avait ni cérémonie, ni intimidation pour retarder le moment de leurs retrouvailles, elle fut auprès de lui dès qu'il pénétra dans la maison, et les premiers instants d'intense émotion, les premières minutes eurent lieu sans interruption ni témoins, sauf à considérer comme tels les domestiques, qui s'affairaient surtout à ouvrir les bonnes portes. Sir Thomas et Edmund, chacun de leur côté, avaient fait en sorte qu'il en fût précisément ainsi, comme ils s'en rendirent compte à la hâte spontanée avec laquelle tous deux conseillèrent à Mme Norris de demeurer là où elle était, au lieu de se précipiter dans le hall, dès que les bruits de l'arrivée leur parvinrent.

William et Fanny se présentèrent bientôt devant eux, et Sir Thomas eut la satisfaction de recevoir en la personne de son protégé un garçon bien différent de celui qu'il avait équipé sept ans auparavant, car c'était maintenant un jeune homme au visage ouvert et aimable, et aux manières franches, naturelles, sensibles et respectueuses, et tel enfin qu'il le confirmait dans sa sympathie pour lui.

Fanny eut du mal à se remettre des émotions joyeuses d'une heure qui s'était composée des trente dernières minutes d'attente et des trente premières consacrées à goûter pleinement la réalisation de ses espoirs ; et il fallut un certain temps avant de pouvoir juger que le bonheur la comblait, que ne disparaisse la déception inséparable de la découverte de ses transformations physiques, qu'elle ne reconnaisse en lui le William de jadis, et qu'elle ne lui parle comme son cœur désirait le faire depuis tant d'années. Néanmoins, ce moment arriva petit à petit, facilité du côté de son frère par une affection aussi sincère que la sienne, mais bien moins embarrassée par la délicatesse ou la défiance de soi. Elle était celle qu'il aimait le mieux, mais sa plus grande vigueur et son tempérament plus énergique lui permettaient aussi bien d'exprimer que de ressentir cet amour avec naturel. Le lendemain, ils se promenèrent avec une appréciation profonde l'un de l'autre, et les matins suivants, ils renouvelèrent un tête-à-tête que Sir Thomas ne pouvait observer sans bienveillance, et cela avant même qu'Edmund ne le lui eût fait remarquer.

À l'exception des instants de joie singulière que lui avaient valus les exemples de considération marqués ou inattendus de la part d'Edmund, au cours des derniers mois, Fanny n'avait jamais connu une félicité d'une intensité telle que celle offerte par une relation établie sur un pied d'égalité et sans appréhension avec son frère et ami, qui lui ouvrait son cœur, évoquait devant elle ses espoirs et ses craintes, ses projets et ses soucis quant au bienfait longuement anticipé, chèrement gagné et évalué à sa juste mesure que représentait son avancement ; qui lui fournissait des informations précises et détaillées sur le père et la mère, les frères et sœurs dont elle entendait si rarement parler ; qui s'intéressait à toutes les occasions de réconfort et aux modestes difficultés qu'elle connaissait dans la maison où elle vivait, à Mansfield ; qui était prêt à considérer tous les habitants de cette maison comme elle le lui indiquait, ou qui se distinguait d'elle par des opinions plus tranchées ou par une indignation plus vive à l'égard de leur tante Norris, et avec qui – et c'était peut-être là qu'elle tirait sa plus profonde satisfaction – elle passait en revue tout ce qui leur était arrivé en bien ou en mal au cours de leurs premières années, et s'attendrissait au souvenir des peines et des plaisirs mêlés des jours du passé. C'est là un avantage, une consolidation de l'amour, qui fait que les liens conjugaux eux-mêmes sont inférieurs aux liens fraternels. Les enfants d'une même famille, du même sang, partageant les premiers souvenirs et les premières habitudes, ont à leur disposition un fonds de bonheur dans lequel puiser qu'aucune relation ultérieure ne peut fournir ; et il faut qu'intervienne une séparation longue et inhabituelle, du fait d'un désaccord qu'aucune affinité ne peut justifier par la suite, pour que l'on tienne pour tout à fait dépassés d'aussi précieux vestiges des premiers attachements. C'est ce qui se produit, hélas, trop souvent. L'amour fraternel qui, dans certains cas, l'emporte sur tout, se trouve, dans d'autres, réduit presque à néant. Mais chez William et Fanny Price, ce sentiment conservait toute sa fraîcheur primitive, car aucun conflit d'intérêt n'était venu l'altérer, aucun attachement porté à d'autres ne l'avait refroidi, et le temps et l'absence n'avaient eu pour seule influence sur lui que de l'accroître.

Une affection aussi aimable rehaussait chacun d'eux dans l'estime de tous ceux dont le cœur appréciait ce qui est bien. Henry Crawford en était frappé, comme beaucoup. Il saluait les élans de tendresse, brusques, mais chaleureux du jeune marin, qui amenaient ce dernier à dire, la main tendue vers la tête de Fanny : « Voyez-vous, je commence déjà à apprécier cette curieuse mode, même si, quand j'ai entendu dire pour la première fois que l'on adoptait un tel style en Angleterre, je n'ai pas voulu le croire, et quand Mme Brown et d'autres femmes sont apparues ainsi coiffées chez le commissaire du gouvernement, à Gibraltar, j'ai cru qu'elles étaient devenues folles ; mais Fanny est à même de me réconcilier avec n'importe quoi », et il observait, avec une vive admiration, la rougeur qui montait aux pommettes de la jeune fille, l'éclat de ses yeux, le profond intérêt et l'attention constante dont elle faisait preuve, tandis que son frère décrivait les périls subits ou les spectacles terrifiants auxquels l'époque lui valait souvent d'être confronté, en mer.

Henry Crawford avait assez de goût et de conscience morale pour apprécier le tableau ainsi formé. Les attraits de Fanny augmentèrent à ses yeux, car l'émotion, qui rehaussait son teint et éclairait son visage, était un charme en soi. Il ne doutait plus de la capacité d'aimer de son cœur. Elle était sensible et apte à éprouver des sentiments profonds. Ce serait une chose remarquable que d'être aimé d'une telle jeune fille, de faire naître les premières ardeurs d'une âme simple et innocente ! Elle l'intéressait plus qu'il ne l'avait prévu. Une quinzaine n'y suffirait pas. Son séjour devint illimité.

William était souvent invité par son oncle à prendre la parole. Ses récits étaient distrayants en eux-mêmes pour Sir Thomas, mais son principal objet, quand il les suscitait, était de mieux comprendre le narrateur, de mieux connaître le jeune homme à travers ses aventures ; et il l'écoutait avec une grande satisfaction les détailler avec verve, de façon claire et simple, y trouvait la preuve du respect de bons principes, de l'acquisition de son métier, d'énergie, de courage et de contentement de son sort, toutes qualités dignes d'éloges et qui promettaient beaucoup. En dépit de sa jeunesse, William avait déjà beaucoup vu. Il était allé en Méditerranée, aux Indes occidentales, puis de nouveau en Méditerranée ; il avait souvent été autorisé à descendre à terre, grâce à la faveur de son capitaine, et au cours des sept dernières années, il avait affronté tous les genres de dangers que la mer et la guerre peuvent réserver. Avec tant de moyens à sa disposition, il méritait d'être écouté ; et même si Mme Norris s'agitait en tous sens à travers la pièce et dérangeait tout le monde à la recherche de deux aiguillées de fil ou d'un bouton pour une chemise de seconde main au beau milieu de l'évocation d'un naufrage ou d'un engagement naval que faisait son neveu, tous les autres restaient attentifs ; et lady Bertram elle-même ne pouvait supporter d'entendre parler de telles horreurs sans en être émue, ou sans lever parfois les yeux de son ouvrage pour déclarer : « Hélas ! Comme c'est désagréable… Je m'étonne que l'on puisse jamais se décider à prendre la mer ! »

Henry Crawford les entendait rapporter avec des sentiments bien différents. Il aurait aimé avoir pris la mer, en avoir vu, accompli et souffert tout autant. Son cœur était touché, son imagination, enflammée, et il éprouvait le plus grand respect pour un garçon qui, avant d'avoir vingt ans, avait supporté tant d'épreuves physiques et fourni tant de témoignages d'intelligence. La gloire qui auréolait tant d'héroïsme, d'efficacité, d'effort et d'endurance éclairait, par contraste, d'un jour honteux ses propres habitudes de recherche égoïste des plaisirs, et il aurait voulu être un autre William Price, s'être distingué et avoir ouvert la voie de la fortune et des responsabilités avec autant de dignité, d'amour-propre et d'ardeur joyeuse, au lieu d'être ce qu'il était !

Ce désir était plus intense que durable. Edmund l'arracha à cette rêverie rétrospective, pleine de regrets, en lui demandant quels étaient ses projets de chasse pour le lendemain ; il prit conscience qu'il était tout aussi intéressant d'être un homme fortuné, ayant à sa disposition immédiate des chevaux et des piqueurs. D'une certaine manière, c'était même là une situation préférable, car elle lui donnait les moyens de se montrer généreux quand l'envie lui en prenait. Comme William, toujours plein d'énergie, de courage et de curiosité, avait exprimé le désir de chasser, Crawford put lui proposer un cheval sans la moindre gêne pour lui-même, puis il écarta les quelques scrupules élevés par Sir Thomas, qui comprenait mieux que son neveu l'importance d'un tel prêt, et il raisonna Fanny qui exprimait des inquiétudes. Elle craignait qu'il n'arrivât quelque chose à William, car en dépit de tous les exemples qu'il avait fournis sur son aptitude à monter à cheval, les marches difficiles où il s'était trouvé engagé, les chevaux et les mulets indociles qu'il avait montés, les nombreuses occasions où il avait bien failli faire une chute grave, elle n'était pas persuadée qu'il fût capable de dominer un hunter bien nourri, dans une chasse au renard à l'anglaise ; et ce n'est pas avant de l'avoir vu revenir sain et sauf, sans accident ni déconsidération, qu'elle put se réconcilier avec le risque encouru ou sentir envers M. Crawford, pour avoir prêté son cheval, une obligation qu'il avait pleinement eu l'intention de susciter chez elle. Quand elle eut donc la preuve que ce prêt n'avait causé aucun mal à William, elle put enfin reconnaître qu'il s'agissait d'une marque de générosité, et elle alla même jusqu'à remercier le propriétaire d'un sourire, une minute à peine après que l'animal lui eut été rendu ; et la minute d'après, avec la plus grande cordialité, et une courtoisie à laquelle on ne pouvait résister, ce dernier en proposa à William la monte exclusive aussi longtemps qu'il séjournerait dans le comté de Northampton.

25

Les relations qu'entretinrent les deux familles, durant cette période, redevinrent plus proches de ce qu'elles avaient été à l'automne que ne l'auraient cru envisageable ceux de leurs membres qui avaient connu l'ancienne intimité. Le retour d'Henry Crawford et l'arrivée de William Price y étaient pour beaucoup ; mais une bonne part en revenait aussi à Sir Thomas, qui faisait plus que tolérer les efforts accomplis au presbytère pour vivre en bon voisinage. Son esprit, à présent libéré des soucis qui l'avaient d'abord accaparé, avait tout loisir de s'apercevoir que les Grant et leurs jeunes parents méritaient tout à fait qu'on leur rendît visite ; et quoiqu'il ait été infiniment au-dessus de manœuvres et d'intrigues pour établir le lien matrimonial le plus avantageux possible en choisissant parmi les apparentes possibilités qui s'offraient à n'importe lequel de ceux qui lui étaient chers, et qu'il eût même dédaigné comme une petitesse d'user de perspicacité dans ce domaine, il ne pouvait s'empêcher de remarquer, à sa manière hautaine et désintéressée, que M. Crawford paraissait distinguer sa nièce, et il est possible qu'il n'ait pu se défendre – même si c'était de façon inconsciente – de donner plus volontiers, de ce fait, son consentement à des invitations.

Néanmoins, l'empressement avec lequel il accepta d'aller dîner au presbytère, lorsqu'on s'y risqua à lancer une invitation générale, après avoir beaucoup discuté et élevé des doutes quant à savoir si cela en valait la peine, « car Sir Thomas paraissait si peu enclin à accepter ! » et « lady Bertram était si indolente ! », cet empressement résultait uniquement de son savoir-vivre et de sa bonne volonté, et ne devait rien à M. Crawford, qui n'était considéré que comme l'un des membres d'un cercle agréable, car c'est au cours de cette même visite qu'il se dit pour la première fois que quelqu'un ayant l'habitude de faire de telles observations eût pu penser que M. Crawford était un admirateur de Fanny Price.

L'assemblée fut jugée très réussie par la majorité des participants, car elle était composée d'une proportion équitable de gens qui aimaient parler et d'autres qui préféraient écouter, et le dîner, à la fois élégant et copieux, comme il était de règle chez les Grant, correspondait si bien à ce que tous avaient l'habitude de voir qu'il ne souleva aucune émotion, si ce n'est chez Mme Norris. Cette dernière ne parvenait en effet jamais à observer sans agacement tant l'immense table que le nombre de services, et elle s'ingéniait à considérer d'un mauvais œil les allées et venues des domestiques derrière sa chaise, aussi repartirait-elle avec l'intime conviction que, parmi tous ces plats, il était impossible que certains n'aient pas été froids.

Dans la soirée, on se rendit compte, comme l'avaient prévu Mme Grant et sa sœur, qu'après avoir formé une table de whist, le reste des convives pourrait se consacrer à un autre jeu de cartes, et tout le monde mettait beaucoup de bonne volonté à s'exécuter, mais on ne savait que choisir, ainsi qu'il arrive en de telles occasions, avant de pencher pour la spéculation, ou commerce, avec presque autant de rapidité que pour le whist ; et lady Bertram se trouva aussitôt dans la délicate situation d'avoir à décider de sa participation à l'une ou l'autre table, car on lui demanda de trancher en faveur ou non du whist. Elle hésitait. Heureusement, Sir Thomas se trouvait à proximité.

— Que ferai-je, Sir Thomas ? Le whist ou la spéculation, qu'est-ce qui m'amusera le plus ?

Après un moment de réflexion, Sir Thomas lui recommanda la spéculation. Il jouait lui-même au whist, et il est possible qu'il ait songé qu'il ne lui plairait pas beaucoup de l'avoir pour partenaire.

— Très bien, répondit sa seigneurie, d'un ton satisfait, alors ce sera la spéculation, madame Grant. Je n'y connais rien, mais Fanny me montrera.

Sur ce point, cependant, Fanny intervint et protesta avec véhémence de son égale ignorance ; elle n'avait jamais joué à ce jeu, ni même assisté à une partie ; et lady Bertram sentit à nouveau l'indécision la gagner ; mais comme tout le monde lui assurait qu'il n'y avait rien de si facile, que c'était le jeu de cartes le plus simple qui existât, et comme Henry Crawford s'avançait en la priant avec instance de l'autoriser à prendre place entre elle et Mlle Price, afin de leur en enseigner les règles à toutes les deux, la difficulté fut résolue ; et Sir Thomas, Mme Norris, le Dr et Mme Grant ayant pris place à la table réservée au sérieux et à la supériorité intellectuelle, les six autres s'installèrent autour de la seconde, selon les recommandations de Mlle Crawford. C'était là une répartition parfaite pour Henry Crawford, qui se retrouvait assis à côté de Fanny, et qui avait beaucoup à faire, puisqu'il lui fallait s'occuper des cartes de deux personnes, outre les siennes ; car même si, en trois minutes, Fanny estimait avoir compris les règles, il lui fallait mettre de l'animation dans son jeu, attiser son avarice, endurcir son cœur, ce qui était une entreprise plutôt difficile, surtout lorsqu'elle entrait en compétition avec William ; et pour ce qui était de lady Bertram, il devait veiller à ce que ni sa réputation, ni sa fortune ne souffrent de toute la soirée ; et s'il réagissait assez vite pour l'empêcher de regarder ses cartes, au début de la donne, il lui fallait la conseiller sur la manière de les employer.

Il était d'excellente humeur, veillait à tout avec une aisance heureuse, et jouait un rôle de premier plan dans toutes les manœuvres habiles, l'emploi rapide des ressources, et le recours à un aplomb espiègle, qui faisait honneur au jeu ; et la table générale formait donc un contraste aimable avec la gravité foncière et le silence appliqué de l'autre.

Par deux fois, Sir Thomas voulut savoir si son épouse s'amusait et si elle remportait des succès, mais en vain ; aucune pause du jeu n'était assez longue pour lui laisser le temps de s'exprimer, avec ses manières méthodiques, et l'on sut très peu de choses sur l'état d'esprit de sa femme avant la fin du premier robre, où Mme Grant put aller la trouver et lui présenter ses compliments.

— J'espère que ce jeu plaît à votre seigneurie.

— Oh ! certes oui. Il est très distrayant, en vérité. C'est un jeu très curieux. Je ne sais pas du tout de quoi il retourne. Je ne dois jamais regarder mes cartes, et M. Crawford fait tout le reste.

— Bertram, dit Crawford, un peu plus tard, en profitant d'un moment où le rythme de la partie faiblissait un peu, je ne vous ai pas encore raconté ce qui m'était arrivé hier, alors que je revenais ici à cheval.

Ils étaient partis chasser ensemble et, parvenus à quelque distance de Mansfield, ils s'étaient lancés au galop quand, s'apercevant que son cheval avait perdu un fer, Henry Crawford avait été obligé de renoncer à poursuivre et de rebrousser chemin du mieux qu'il l'avait pu.

— Je vous ai dit, reprit-il, que je m'étais égaré après avoir dépassé la vieille ferme aux ifs, parce que je ne supporte pas de demander ma route ; mais ce que je n'ai pas ajouté, c'est qu'avec ma chance habituelle – car je n'agis jamais mal sans y gagner quelque chose –, j'ai découvert, en temps voulu, l'endroit que j'avais la curiosité de connaître. Soudain, après avoir contourné un champ assez fortement pentu, je suis tombé au beau milieu d'un petit village perdu, niché au pied de collines très arrondies ; une petite rivière, qui coulait devant moi, devait être passée à gué, et à ma droite, une église se dressait sur une sorte de butte ; et cette église était d'une importance et d'une beauté remarquables pour l'endroit, et l'on ne voyait à la ronde qu'une seule maison digne d'abriter un gentilhomme ou quiconque aspirerait à l'être, et c'était, je présume, le presbytère, situé à un jet de pierre de la butte et de l'église. En bref, j'étais à Thornton Lacey.

— Cela y ressemble, dit Edmund ; mais de quel côté avez-vous donc tourné, après avoir dépassé la ferme de Sewell ?

— Je ne réponds jamais à des questions aussi déplacées et aussi insidieuses ; et même si je répondais à toutes celles que vous pourriez me poser durant une heure, vous ne parviendriez jamais à prouver qu'il ne s'agissait *pas* de Thornton Lacey, car ce l'était bel et bien.

— Vous vous êtes renseigné, alors ?

— Non, je ne demande jamais rien. Mais j'ai *dit* à un homme qui travaillait dans une haie que c'était Thornton Lacey, et il en a convenu.

— Vous avez une bonne mémoire. Je ne me souvenais pas vous en avoir confié moitié autant sur ce lieu.

Thornton Lacey était le nom du bénéfice dont il allait bientôt avoir la jouissance, ainsi que Mlle Crawford le savait fort bien, et aussitôt l'intérêt qu'elle portait au marchandage d'un valet détenu par William Price s'accrut d'autant.

— Eh bien, poursuivit Edmund, qu'avez-vous pensé de l'endroit ?

— Beaucoup de bien, en vérité. Vous êtes un garçon heureux. Il faudra y travailler durant cinq étés au moins avant que l'on puisse y vivre.

— Non, non, ce n'est pas si grave que cela. La cour de la ferme doit être déplacée, je vous l'accorde ; mais je ne crois pas qu'il faille entreprendre grand-chose d'autre. La maison est loin d'être en mauvais état, et quand la cour aura été transférée, on aura même une approche tout à fait convenable.

— La cour de la ferme doit être tout à fait supprimée, et le terrain, planté d'arbres de manière à masquer la forge. La façade de la maison doit donner à l'est, et non au nord, comme elle le fait à présent ; je veux dire que l'entrée et les pièces principales doivent être aménagées de ce côté-là, où la vue est vraiment très jolie. Et *c'est là* que doit se trouver votre allée d'arrivée, en passant par ce qui est aujourd'hui le jardin. Vous devrez faire planter un nouveau jardin sur les terres qui sont à l'arrière de la maison, pour le moment ; cela lui donnera le plus beau cadre du monde, avec une pente qui descend vers le sud-est. La configuration des lieux s'y prête de manière admirable. J'ai suivi le sentier qui relie l'église à la maison sur cinquante yards, afin de jeter un coup d'œil autour de moi, et j'ai vu comment tout cela pouvait être agencé. Rien n'est plus facile. Les prairies qui s'étendent par-derrière, au-delà de ce qui *sera* le jardin, ainsi que de celui qui *existe* déjà, à partir du sentier où je me trouvais, c'est-à-dire au nord-est de la grand-route qui traverse le village, doivent être toutes regroupées, bien entendu ; ce sont de très jolies prairies, finement parsemées de baliveaux. Elles font partie du bénéfice, je suppose. Sinon, il vaudra que vous les acquériez. Et pour ce qui est du cours d'eau, il faudra en faire quelque chose ; mais je n'ai pas encore pris de décision à ce sujet. J'ai deux ou trois idées.

— Et moi aussi j'ai deux ou trois idées, intervint Edmund, et l'une d'elles est que seule une très faible partie de votre plan pour l'aménagement de Thornton Lacey sera jamais mise en pratique. Il faudra que je me contente de moins d'ornements et de beauté. Je pense que la maison et les dépendances peuvent être rendues confortables et acquérir l'aspect d'une gentilhommière sans engager de très lourdes dépenses, et cela doit me suffire ; et j'espère que cela conviendra aussi à tous ceux qui s'intéressent à moi.

Mlle Crawford, à qui un certain ton de voix et un regard coulé vers elle au moment où il exprimait ce dernier espoir avaient donné de légers soupçons et du ressentiment, se hâta de mettre fin à ses tractations avec William Price, et s'assura la possession de son valet pour un montant exorbitant, avant de s'exclamer :

— Et voilà ! je vais jouer mon va-tout comme une femme audacieuse. Pas de froide prudence pour moi. Je ne suis pas née pour rester assise à ne rien faire. Si je perds la partie, ce ne sera pas faute d'avoir essayé.

Elle la gagna, à cette réserve près qu'elle ne reçut pas autant d'argent qu'elle n'en avait déboursé pour la remporter. On fit une nouvelle donne, et Crawford revint sur le sujet de Thornton Lacey.

— Mon projet n'est peut-être pas le meilleur possible ; je n'ai disposé que de quelques minutes pour le concevoir ; mais vous aurez beaucoup à faire. La propriété le mérite, et vous vous apercevrez que vous n'en serez pas satisfait avant d'avoir tiré parti de l'essentiel de ses possibilités. – Je vous demande pardon, mais votre seigneurie ne doit pas regarder ses cartes ; laissez-les retournées, juste devant vous. – L'endroit le mérite vraiment, Bertram. Vous envisagez de lui donner l'aspect d'une gentilhommière. Vous parviendrez *à cela* en supprimant la cour de la ferme, car si l'on en élimine la terrible incommodité, je n'ai encore jamais vu d'habitation de cette sorte qui convienne mieux à la résidence d'un homme de qualité, qui ait plus d'allure qu'un simple presbytère et mérite mieux que de consacrer à son aménagement quelques centaines de livres par an. Ce n'est pas simplement une agglutination, faite de bric et de broc, de pièces isolées, basses de plafond, avec autant de toits que de fenêtres. Ce n'est pas non plus une ferme à plan carré, où tout est si ramassé que l'on s'y sent à l'étroit ; c'est une maison spacieuse, aux murs solides, où l'on peut penser qu'une famille de province, aussi estimable qu'ancienne, a vécu durant au moins deux siècles, de génération en génération, et qui dispose à présent de deux à trois mille livres de revenus par an.

Mlle Crawford l'écoutait, et Edmund acquiesçait.

— Donc, quoi que vous fassiez, reprit-il, vous ne manquerez pas de lui donner l'allure d'une gentilhommière. Mais elle a bien d'autres possibilités d'aménagement. – Attendez,

Mary, lady Bertram fait une offre de douze pour cette reine ; non, non, douze, c'est trop pour ce que cela vaut. Lady Bertram *n'en offre pas* douze. Elle n'aura pas à se prononcer. Poursuivez, poursuivez. – Si vous mettez en œuvre certaines des améliorations que je vous ai suggérées – je ne vous demande pas de suivre mon projet à la lettre, même si, au passage, je doute que quiconque vous en propose de meilleur –, vous pouvez lui conférer plus de dignité. Vous êtes à même de l'élever au rang de *monument remarquable*. Au lieu d'être une simple gentilhommière, elle deviendra, à l'aide de quelques embellissements judicieux, la demeure d'un lettré, un homme de goût, un moderniste, ayant d'excellentes relations. On peut lui imprimer tout cela ; et la maison qui prendra un tel caractère incitera tous ceux qui emprunteront cette route à considérer son occupant comme le premier propriétaire terrien de la paroisse ; d'autant qu'il n'existe pas d'autres manoirs dans les environs pour lui disputer ce titre ; une circonstance qui, entre nous, va accroître sa valeur d'une manière considérable, tant sur le plan des privilèges que de l'indépendance. *Vous*, vous pensez comme moi, ajouta-t-il en adoucissant le ton de sa voix pour s'adresser à Fanny. Avez-vous jamais vu cette propriété ?

Fanny répondit brièvement par la négative et s'efforça de masquer l'intérêt qu'elle portait au sujet en prêtant une vive attention à son frère, qui se montrait dur en affaires et s'efforçait d'abuser le plus possible de sa gentillesse ; mais déjà, Crawford intervenait :

— Non, non, ne vous séparez pas de la reine. Vous l'avez payée trop cher, et votre frère ne vous en offre pas la moitié de ce qu'elle vaut. Non, non, monsieur, on ne touche pas ! Votre sœur ne se débarrasse pas de sa reine. Elle y est tout à fait déterminée.

Puis, se tournant à nouveau vers elle, il conclut :

— Vous allez emporter cette partie ; vous allez sûrement l'emporter.

— Et Fanny préférerait de beaucoup qu'elle aille à William, dit Edmund, en souriant à sa cousine. Pauvre Fanny ! elle n'est même pas autorisée à se voler elle-même comme elle en a envie !

— Monsieur Bertram, dit Mlle Crawford, au bout de quelques minutes, Henry, vous le savez, a de si remarquables connaissances en matière d'embellissements que vous ne pourrez entreprendre quoi que ce soit dans cet ordre d'idées à Thornton Lacey sans accepter son assistance. Souvenez-vous simplement à quel point il s'est montré utile à Sotherton ! Songez combien de progrès ont été effectués du fait que nous nous soyons tous rendus avec lui, par une chaude journée du mois d'août, afin de parcourir la propriété et voir son imagination s'enflammer. Nous y sommes allés, puis nous sommes revenus ici, et tout ce qui a été accompli là-bas reste indicible.

Fanny tourna un instant les yeux vers Crawford, avec une expression sévère, et même chargée de reproches ; mais après avoir croisé son regard, elle les baissa aussitôt. Comme s'il s'était senti un peu gêné, il hocha la tête à l'intention de sa sœur, et répondit en riant :

— Je ne puis dire que l'on ait fait beaucoup avancer les choses, à Sotherton ; mais c'était une journée très chaude, et nous courions tous les uns après les autres, et nous avions tous perdu la tête.

Dès que la conversation générale reprit, il en profita pour glisser à la seule Fanny :

— Je serais très fâché que l'on jugeât ma capacité à *dresser des plans* d'après ce qui s'est produit, ce jour-là, à Sotherton. Je vois les choses de façon toute différente, à présent. Ne songez pas à moi tel que je suis apparu alors.

Sotherton était un nom propre à capter l'attention de Mme Norris, et comme elle marquait alors une heureuse pause, après avoir fait une levée, grâce à l'intelligence avec laquelle Sir Thomas et elle avaient manœuvré contre le beau jeu dont disposaient le Dr et Mme Grant, aussi est-ce d'excellente humeur qu'elle s'écria :

— Sotherton ! Oui, c'est un beau domaine, en vérité, et nous y avons passé une charmante journée. William, vous n'avez vraiment pas de chance ; mais la prochaine fois que vous viendrez, j'espère que les chers M. et Mme Rushworth seront revenus chez eux ; et je puis vous assurer que vous y serez reçu avec beaucoup de gentillesse de leur part à tous les deux. Vos cousines ne sont pas de celles qui oublient leur parenté, et M. Rushworth est fort aimable. Ils se trouvent à Brighton, vous savez, pour le moment ; ils y occupent l'une des plus belles maisons de la ville, ainsi que le leur permet la grande fortune de M. Rushworth. J'ignore quelle est la distance exacte qui sépare les deux villes, mais quand vous regagnerez Plymouth, si ce n'est pas trop loin, vous devriez aller là-bas et les saluer ; et je pourrais vous confier un petit paquet que j'aimerais faire parvenir à vos cousines.

— J'en serais très heureux, ma tante, mais Brighton se trouve presque à Beachy Head, et même si je pouvais aller aussi loin, je ne crois pas que je serais le bienvenu dans un endroit élégant comme celui-là, pauvre et insignifiant aspirant que je suis !

Mme Norris l'assurait déjà avec enthousiasme de l'affabilité sur laquelle il pouvait compter, quand Sir Thomas l'interrompit en déclarant avec autorité :

— Je ne vous conseille pas d'aller à Brighton, William, car je suis persuadé que vous aurez d'autres occasions, plus commodes, de les rencontrer, mais mes filles seront toujours heureuses de voir leurs cousins n'importe où ; et vous trouverez en M. Rushworth un homme sincèrement disposé à considérer tous les parents de notre famille comme les siens.

— Ce que je préférerais à tout, c'est qu'il soit le secrétaire particulier du premier lord de l'Amirauté, se contenta de dire William à voix basse, sans intention d'être entendu, et le sujet fut abandonné.

Jusqu'alors, Sir Thomas n'avait rien remarqué de particulier dans le comportement de M. Crawford ; mais quand les joueurs de whist se séparèrent, à la fin du second robre, laissant le Dr Grant et Mme Norris discuter de leur dernier jeu, il devint l'un des observateurs de l'autre table, et il se rendit compte que sa nièce faisait l'objet d'attentions, voire de professions d'un caractère plutôt appuyé.

Henry Crawford se trouvait dans l'exaltation première d'un nouveau projet pour Thornton Lacey, et comme il ne réussissait pas à attirer l'attention d'Edmund, il l'exposait en détail à sa jolie voisine en ayant l'air d'être animé d'une conviction profonde. Il avait pour projet de louer la maison lui-même, l'hiver prochain, afin d'avoir une résidence personnelle dans les environs ; et il n'envisageait pas seulement de l'occuper pendant la saison de chasse – ainsi qu'il le lui précisait à ce moment-là –, même si *cette* considération avait assurément pour lui un certain poids, car il sentait qu'en dépit de la très grande générosité du Dr Grant, il était impossible que ses chevaux et lui soient logés au presbytère sans que cela posât des problèmes matériels ; son attachement pour la région ne dépendait pas uniquement de ses loisirs ou d'une saison ; il avait à cœur de disposer d'un endroit où il pourrait venir quand cela lui conviendrait, un petit refuge, avec des écuries à sa disposition, où il pourrait passer les périodes de fêtes, au cours de l'année, et où il serait ainsi à même de poursuivre, d'améliorer, de *parfaire* les relations amicales et l'intimité qu'il avait établies avec la famille du Parc de Mansfield, et qui augmentaient chaque jour de prix à ses yeux. Sir Thomas entendait tout cela et ne s'en offensait pas. Il ne relevait aucun manque de respect dans le discours du jeune homme ; et la manière dont Fanny l'accueillait était si convenable et si modeste, si calme et si peu encourageante qu'il ne trouvait rien à censurer chez elle. Elle parlait peu, acquiesçait simplement ici et là, et ne montrait aucune inclination, tant à s'approprier la moindre partie de ses compliments qu'à encourager ses intentions concernant le comté de Northampton. Quand il découvrit que Sir Thomas l'observait, Henry Crawford s'adressa à lui sur le même sujet, en usant d'un ton de voix plus ordinaire, mais en laissant toutefois percer sa sincérité.

— J'aimerais devenir votre voisin, Sir Thomas, ainsi que vous me l'avez peut-être entendu dire à Mlle Price. Puis-je espérer obtenir votre consentement et compter que, sous votre influence, votre fils ne s'opposera pas à prendre un locataire tel que moi ?

Sir Thomas s'inclina poliment, avant de répondre :

— C'est le seul cas, monsieur, où je ne souhaiterais *pas* vous avoir pour voisin permanent ; car je crois et j'espère qu'Edmund occupera sa maison, à Thornton Lacey. M'avancerais-je trop, Edmund ?

Ainsi interpellé, Edmund voulut savoir d'abord de quoi il retournait, mais lorsqu'il eut compris, il ne fut pas embarrassé pour répondre.

— Bien certainement, monsieur, je n'ai d'autre intention que d'y résider. Mais Crawford, même si je refuse de vous prendre comme locataire, venez chez moi en ami. Considérez que la moitié de la maison sera à vous chaque hiver, et nous augmenterons les écuries selon vos plans, et nous mettrons en œuvre tous les embellissements du projet paysager revu et corrigé qui vous viendront à l'esprit dès ce printemps.

— Nous y perdrons, reconnut Sir Thomas. Son éloignement, même s'il n'est que de huit milles, va restreindre de manière fâcheuse notre cercle de famille, mais j'aurais ressenti une humiliation profonde si l'un de mes fils avait pu consentir à en faire moins. Il est bien naturel que vous n'ayez pas beaucoup réfléchi sur ce sujet, M. Crawford, mais une paroisse a des besoins et des exigences que seul peut connaître un pasteur résident et qui ne sauraient être satisfaits de la même manière par un desservant. Edmund pourrait, selon la formule consacrée, remplir ses devoirs à Thornton, c'est-à-dire aller y lire les prières et prêcher, sans renoncer à vivre au Parc de Mansfield ; il pourrait se rendre à cheval tous les dimanches jusqu'à une maison qui ne serait la sienne que de nom, et assurer l'office divin ; il pourrait être le pasteur de Thornton Lacey le septième jour de la semaine, durant trois ou quatre heures, s'il s'en contentait. Mais cela ne lui suffira pas. Il sait que la nature humaine a besoin d'autres leçons que celles transmises par un sermon hebdomadaire, et que s'il ne vit pas au milieu de ses paroissiens et ne leur montre pas, par de constantes attentions, son amitié et ses encouragements, il n'agira guère pour leur bien ou pour le sien.

M. Crawford s'inclina pour marquer son approbation.

— Je répète donc, insista Sir Thomas, que Thornton Lacey est la seule maison des environs où je ne serais *pas* heureux de rendre visite à M. Crawford, s'il l'occupait.

M. Crawford s'inclina en signe de reconnaissance de son obligation.

— Sir Thomas, dit Edmund, comprend, à n'en pas douter, quels sont les devoirs d'un ecclésiastique à l'égard de sa paroisse. Il faut espérer que son fils prouvera qu'il les comprend, *lui aussi*.

Quel qu'ait été l'effet profond sur M. Crawford de la courte harangue de Sir Thomas, celle-ci provoqua un sentiment de malaise chez deux autres personnes de l'assistance, qui l'écoutaient avec l'attention la plus vive, Mlle Crawford et Fanny. Cette dernière, qui n'avait encore jamais compris que Thornton allait devenir si vite et si complètement la demeure de son cousin, se demandait, les yeux baissés, comment elle pourrait s'habituer à ne *pas* voir Edmund chaque jour ; et l'autre, arrachée aux aimables fantaisies auxquelles elle avait auparavant donné libre cours, en s'appuyant sur la description qu'en avait fait son frère, n'ayant plus la possibilité, dans le tableau du futur Thornton qu'elle s'était formé, de soustraire l'église et d'anéantir l'ecclésiastique pour n'y plus voir que la résidence occasionnelle, respectable, élégante et aménagée dans le goût moderne d'un homme vivant de ses rentes, considérait Sir Thomas avec une antipathie marquée pour avoir détruit tout cela, et souffrait d'autant plus que le caractère et les manières du baronnet imposaient à autrui une patience involontaire, et qu'elle n'osait pas, pour se calmer, tenter, ne serait-ce qu'une fois, de tourner en ridicule la cause qu'il défendait.

Tout ce qu'elle avait pu trouver d'agréable dans ses propres spéculations, au cours de la partie de l'heure écoulée, prenait fin. Si les sermons l'emportaient, il était temps de ranger les cartes, et elle fut heureuse d'aboutir à cette conclusion, et d'être capable de reprendre courage en changeant de places et de voisins.

La plupart des membres de l'assemblée s'étaient à présent regroupés de façon irrégulière autour du feu, en attendant le moment de se séparer. William et Fanny restaient à l'écart. Ils étaient demeurés ensemble à la table de jeu, à présent délaissée, et ils s'entretenaient tout à loisir, sans se soucier des autres, jusqu'à ce que certains d'entre eux se souviennent de leur existence. Henry Crawford fut le premier à tourner sa chaise dans leur direction, et à se mettre à les observer en silence quelques minutes ; durant ce temps, Sir Thomas, qui restait debout pour converser avec le Dr Grant, ne le quittait pas des yeux.

— C'est la soirée dansante de la salle des fêtes, annonça William. Si j'étais à Portsmouth, j'y serais peut-être allé.

— Mais vous ne regrettez pas de ne pas être à Portsmouth, William ?

— Non, Fanny, pas du tout. Je passerai bien assez de temps à Portsmouth, ainsi qu'à aller au bal, quand je ne serai plus avec vous. Et je ne sais même pas si je m'amuserais à cette soirée, car je pourrais très bien n'y pas trouver de partenaire. Les filles de Portsmouth prennent de grands airs à l'égard de tous ceux qui n'ont pas de brevet d'officier. Être aspirant ou rien, c'est la même chose. D'ailleurs, un aspirant n'est rien. Vous souvenez-vous des sœurs Gregory ? Ce sont de très belles jeunes filles, à présent, mais c'est à peine si elles m'adressent la parole, *à moi*, car Lucy fréquente un lieutenant.

— Ah ! quelle honte ! quelle honte ! Mais n'y pensez plus, William.

Le rouge de l'indignation lui était monté aux joues, tandis qu'elle parlait :

— Cela ne vaut pas la peine d'y penser. Cela n'a rien à voir avec *vous* ; les plus grands amiraux sont tous plus ou moins passés par là, en leur temps. Songez-y ; et essayez d'y voir l'une des épreuves qui font partie du destin de tous les marins, comme le mauvais temps ou les dures conditions d'existence, mais avec cet avantage qu'il y sera mis un terme, que le temps viendra où vous n'aurez plus rien à supporter de la sorte. Quand vous serez lieutenant ! pensez donc, William, combien vous vous soucierez peu des petitesses de ce genre-là, une fois que vous serez lieutenant.

— Je commence à croire que je ne serai jamais lieutenant, Fanny. Tout le monde est promu, sauf moi.

— Oh ! mon cher William, ne parlez pas ainsi ; ne vous laissez pas abattre. Mon oncle n'en parle pas, mais je suis sûre qu'il fera tout ce qui est en son pouvoir pour vous obtenir un brevet. Il n'en ignore pas plus que vous l'importance.

Elle s'interrompit, car elle vit que son oncle se trouvait beaucoup plus près d'elle qu'elle ne s'en était doutée, et chacun de leur côté, ils jugèrent préférable de changer de sujet.

— Aimez-vous la danse, Fanny ?

— Oui, beaucoup ; seulement, je me fatigue vite.

— J'aimerais aller à un bal avec vous et vous voir danser. N'y a-t-il jamais de bals publics, à Northampton ? J'aimerais vous voir danser, et je danserais avec vous, si vous l'*acceptiez* ; car nul ne sait qui je suis, ici, et il me plairait d'être une fois encore votre partenaire. Nous avons sautillé ensemble, n'est-ce pas ? Quand l'orgue de barbarie venait jouer dans la rue. Je suis assez bon danseur, pour ma part, mais je suis certain que vous me surpassez.

Et se tournant vers son oncle, qui se tenait à présent tout près d'eux, il demanda :

— Fanny n'est-elle pas une très bonne danseuse, monsieur ?

Fanny, effarée d'entendre une question aussi inattendue, ne savait de quel côté se tourner, ni comment accueillir la réponse. Un reproche sévère, ou du moins l'expression la plus froide d'une indifférence à son égard allaient à coup sûr affliger son frère et la pousser à vouloir rentrer sous terre. Mais au contraire, son oncle se contenta de remarquer :

— Je regrette de dire que je suis incapable de répondre à votre question. Je n'ai pas vu Fanny danser depuis qu'elle était petite fille ; mais je pense bien que nous trouverons tous les deux, quand nous la verrons évoluer, qu'elle s'en acquitte comme une jeune fille bien née ; et nous aurons peut-être l'occasion de le constater sous peu.

— J'ai eu le plaisir de voir votre sœur danser, monsieur Price, intervint Henry Crawford, en se penchant en avant, et je m'engage à répondre à toutes les questions que vous pourriez poser sur le sujet à votre entière satisfaction. Mais je crois, ajouta-t-il, comme il voyait que Fanny avait l'air angoissé, que nous remettrons cela à une autre fois. Il est *une* personne, en notre compagnie, qui n'aime pas que l'on parle de Mlle Price.

À vrai dire, il avait bien vu Fanny danser une fois ; et il était tout aussi exact qu'il aurait pu affirmer qu'elle évoluait avec discrétion, légèreté et élégance, et qu'elle marquait la mesure de manière admirable, mais l'eût-on haché menu qu'il n'aurait pu préciser ce qu'elle avait dansé, et il allait même jusqu'à supposer qu'elle avait été présente plutôt que d'en avoir gardé le moindre souvenir.

Néanmoins, il passa pour un admirateur de sa manière de danser ; et Sir Thomas, loin d'être mécontent, prolongea la conversation sur la danse, en général, et il était si bien occupé à décrire les bals d'Antigua, ou à écouter son neveu dépeindre les différentes manières de danser que ce dernier avait pu observer, qu'il n'entendit pas annoncer sa voiture, et il n'apprit qu'elle était avancée qu'au moment où Mme Norris commença à s'agiter.

— Venez, Fanny. Fanny, à quoi pensez-vous donc ? Nous partons. Ne voyez-vous pas que votre tante se retire ? Vite ! vite ! je ne puis supporter que l'on fasse attendre ce bon vieux Wilcox. Vous devriez toujours songer au cocher et aux chevaux. Mon cher Sir Thomas, nous avons résolu que la voiture reviendrait vous prendre, vous, Edmund et William.

Sir Thomas ne pouvait exprimer un désaccord, puisque c'est lui qui avait pris la décision, et qui l'avait communiquée à sa femme et à sa belle-sœur ; mais Mme Norris paraissait avoir oublié ce *détail* ; et elle s'imaginait avoir tout réglé elle-même.

La dernière impression que Fanny retira de cette visite fut celle d'une déception, car le châle qu'Edmund s'apprêtait à recevoir d'un domestique afin de le lui déposer sur les épaules fut saisi par la main plus prompte de M. Crawford, et c'est à lui qu'elle dut de la reconnaissance pour lui avoir donné cette marque plus évidente d'attention.

26

Le désir de voir Fanny danser qu'avait exprimé William n'avait pas produit sur son oncle une impression simplement fugitive. L'espoir de lui en donner l'occasion, que Sir Thomas lui avait fait miroiter, n'était pas sorti de l'esprit de ce dernier. Il demeurait bien résolu à satisfaire une inclination aussi louable, de contenter ceux qui avaient envie de voir Fanny danser, et plus généralement, à faire plaisir à tous les jeunes gens et les jeunes filles ; et après y avoir réfléchi et pris sa décision dans le calme, en toute indépendance, il la fit connaître le lendemain matin, au petit déjeuner, quand, après avoir rappelé la remarque de son neveu et l'avoir louée, il ajouta :

— Je ne voudrais pas, William, que vous quittiez le comté de Northampton sans avoir répondu à votre attente.

J'aurais plaisir à vous voir danser tous les deux. Vous avez fait allusion aux bals de Northampton. Vos cousins y ont assisté à plusieurs reprises, mais cela ne nous conviendrait pas à présent. La fatigue serait trop grande pour votre tante. Je crois qu'il ne faut pas penser aux bals de Northampton. Une soirée dansante ici conviendrait mieux, et si…

— Ah ! mon cher Sir Thomas, interrompit Mme Norris, je sais ce qui allait suivre. Je devine ce que vous alliez dire. Si la chère Julia était ici, ou si la très chère Mme Rushworth se trouvait à Sotherton pour en fournir la raison, l'occasion, vous seriez tenté d'offrir à tous ces jeunes gens une soirée dansante à Mansfield. Je comprends que vous soyez tenté de le faire. Si elles étaient ici pour orner un bal de leur présence, vous donneriez un bal pour Noël. Remerciez votre oncle, William, remerciez votre oncle.

— Mes filles, répondit Sir Thomas, en s'interposant avec gravité, ont leurs plaisirs à Brighton, et j'espère qu'elles sont très heureuses ; mais la soirée dansante que j'envisage de donner à Mansfield sera pour leurs cousins. Si nous pouvions tous être rassemblés, notre satisfaction serait bien entendu plus complète, mais l'absence des unes ne doit pas priver les autres d'amusement.

Mme Norris n'osa plus risquer un mot. Elle voyait de la résolution dans le regard de Sir Thomas, et sa propre surprise et son humiliation étaient telles qu'il lui fallait quelques minutes de silence pour se calmer. Un bal en un pareil moment ! Alors que ses filles étaient absentes et elle-même n'avait pas été consultée ! Cependant, il y aurait très vite des compensations. C'est *elle* qui serait l'agent essentiel de l'entreprise ; lady Bertram se verrait naturellement épargner tout souci et toute fatigue, et c'est à elle qu'incomberait l'entière organisation. Il lui reviendrait de faire les honneurs de la soirée, et cette réflexion lui rendit si rapidement l'essentiel de sa bonne humeur qu'elle put joindre à temps sa voix à celle des autres membres de la famille, avant que tous aient fini d'exprimer leur joie et leurs remerciements.

À l'annonce du bal promis, Edmund, William et Fanny traduisirent, chacun à sa manière, par leur attitude ou leurs paroles, autant de joie et de gratitude que Sir Thomas pouvait le désirer. Edmund se réjouissait pour les deux autres. Jamais il n'avait éprouvé plus de satisfaction à voir son père conférer une faveur ou montrer de la bienveillance.

Lady Bertram demeurait dans un parfait état de tranquillité et de contentement, et n'avait pas la moindre objection à soulever. Sir Thomas s'était engagé à ce que cela la dérange fort peu ; et elle lui avait assuré en retour qu'elle « ne redoutait pas les dérangements, car en vérité, elle ne pouvait imaginer qu'il y en eût du tout ».

Mme Norris s'apprêtait à suggérer quels seraient les salons que Sir Thomas jugerait sans doute les plus convenables pour la réception, mais elle découvrit que tous les arrangements avaient été faits ; et au moment où elle allait émettre des hypothèses et tenter d'influencer le choix du jour, il apparut que la date avait été arrêtée, elle aussi. Sir Thomas s'était amusé à esquisser un plan très complet de toute l'affaire ; et dès qu'elle voulut bien l'écouter en silence, il lui lut sa liste de familles à inviter, grâce auxquelles il comptait, en faisant la part de la brièveté du délai accordé, réunir assez de jeunes gens et de jeunes filles pour former douze à quatorze couples ; et il exposa en détail les raisons qui l'avaient poussé à choisir la date du 22, comme étant la plus souhaitable. William devait avoir gagné Portsmouth le 24 ; le 22 serait donc le dernier jour de sa visite ; et même s'il restait très peu de jours d'ici là, il serait déraisonnable de choisir une date plus rapprochée. Mme Norris dut se satisfaire d'être précisément du même avis et d'avoir été elle-même sur le point de proposer la date du 22 comme convenant de loin le mieux pour accomplir leur dessein.

La décision de donner un bal était donc arrêtée et, avant la tombée du jour, tous ceux qu'elle concernait en avaient été avertis. Les invitations furent envoyées en toute hâte, et plus d'une jeune fille alla se coucher, ce soir-là, la tête pleine d'agréables petits soucis, comme ce fut le cas pour Fanny. Aux yeux de cette dernière, les préoccupations l'emportaient plutôt sur le plaisir, car jeune et inexpérimentée, disposant de peu de possibilités de choix et n'ayant pas confiance en son propre goût, le « que mettre ? » était une question de pressante inquiétude ; et le seul bijou ou presque qu'elle eût en sa possession, une très jolie croix d'ambre que William lui avait rapportée de Sicile, la tourmentait beaucoup. Elle ne disposait que d'un ruban pour la suspendre, et bien qu'elle l'ait mise ainsi une fois, serait-il admissible de recommencer en un tel jour, à côté de toutes les riches parures dont, supposait-elle, les autres jeunes filles allaient s'orner ? Et pourtant, ne pas la porter ! William avait eu l'intention de lui offrir une chaîne en or par la même occasion, mais cette acquisition aurait dépassé ses moyens ; et pourtant, il serait sans doute affligé s'il ne la lui voyait pas. C'étaient là des considérations oppressantes ; et elles l'étaient même suffisamment pour altérer la joie de savoir que le bal était avant tout donné en son honneur.

Pendant ce temps, les préparatifs se poursuivaient, et lady Bertram demeurait assise sur le sofa, sans en être le moins du monde troublée. Elle recevait quelques visites supplémentaires de l'intendant, et pressait un peu sa femme de chambre de lui confectionner une nouvelle robe. Sir Thomas donnait les ordres, et Mme Norris courait partout, mais rien de tout cela ne la gênait, car ainsi qu'elle l'avait prédit, « cette affaire n'entraînait, en fait, aucun dérangement ».

Edmund était alors fort soucieux ; son esprit se trouvait absorbé par les deux événements majeurs qui devaient fixer le cours de son existence – l'ordination et le mariage –, des événements d'un caractère si grave qu'ils donnaient au bal, bientôt suivi par le premier d'entre eux, beaucoup moins d'importance à ses yeux qu'à ceux des autres habitants de la maison. Le 23, il se rendrait près de Peterborough, chez un ami qui se trouvait dans la même situation que lui, car ils devaient tous deux recevoir l'ordination au cours de la semaine de Noël. Sa destinée serait alors fixée pour moitié, mais il ne serait peut-être pas aussi facile de convaincre l'autre de le faire. Ses obligations seraient établies, mais il était fort possible que la femme qui aurait à les partager, les animer et les récompenser demeure hors d'atteinte. Il avait arrêté son choix, mais il n'était toujours pas certain de celui de Mlle Crawford. Il restait des points sur lesquels ils n'étaient pas tout à fait d'accord, des moments où elle ne paraissait pas bien disposée à son égard, et même s'il était persuadé qu'elle éprouvait de l'attirance pour lui, au point même d'être résolu ou presque à l'amener à prendre une décision dans un très court laps de temps, aussitôt qu'auraient été réglées les diverses questions demeurées en suspens dans l'immédiat – et il savait ce qu'il avait à lui offrir –, il nourrissait bien des inquiétudes au sujet du résultat et demeurait nombre d'heures dans le doute. La conviction qu'elle avait de l'estime pour lui était parfois très profonde ; il avait noté, au fil du temps, une longue suite d'encouragements, et elle se montrait aussi parfaite dans l'attachement désintéressé qu'elle lui portait que dans tous les autres domaines. Mais par moments, l'incertitude et la crainte se mêlaient à ses espérances, et quand il songeait à la répugnance déclarée de la jeune fille pour une existence passée dans la retraite et l'intimité, son goût marqué pour la vie mondaine de Londres, à quoi devait-il s'attendre sinon à un refus sans ambages ? À moins d'obtenir une acceptation qu'il lui faudrait bien davantage désapprouver, car elle entraînerait pour lui des sacrifices de situation sociale et de profession tels que sa propre conscience devrait les lui interdire.

Tout dépendait de la réponse à quelques questions. L'aimait-elle assez pour renoncer à ce qu'elle considérait d'ordinaire comme des points essentiels ? L'aimait-elle assez pour qu'ils ne lui paraissent plus aussi indispensables ? Et à ces questions qu'il se répétait sans cesse, il répondait le plus souvent par « oui », mais aussi parfois par « non ».

Mlle Crawford allait bientôt s'absenter de Mansfield, et en tenant compte de cette circonstance, le « non » et le « oui » alternaient depuis peu. Edmund lui avait vu les yeux brillants lorsqu'elle avait fait allusion à la lettre d'une amie chère, qui l'invitait à venir faire un long séjour à Londres, et à la gentillesse d'Henry, qui s'engageait à demeurer sur place jusqu'au mois de janvier, afin de l'y transporter ; il l'avait entendue évoquer le plaisir qu'elle attendait d'un tel voyage avec une animation qui sous-entendait un « non » dans la moindre de ses intonations. Mais tout cela s'était produit le premier jour où ils avaient réglé toute l'affaire, durant la première heure où avait éclaté la nouvelle qui promettait tant de réjouissances, alors qu'elle n'avait pour perspective que les amis chez qui elle se rendait. Elle s'était exprimée depuis devant lui de façon différente, avec d'autres sentiments, des sentiments plus nuancés ; il l'avait surprise en train de confier à Mme Grant qu'elle la quitterait avec regret ; qu'elle se demandait si les amis ou les plaisirs qu'elle allait retrouver valaient ceux qu'elle laissait, et que même si elle sentait qu'elle devait partir, et savait qu'elle s'amuserait une fois là-bas, elle songeait déjà à son retour à Mansfield ? N'y avait-il pas un « oui » dans tout cela ?

Comme il spéculait sur ces questions, les ordonnait dans un sens et les arrangeait de nouveau dans l'autre, Edmund n'avait guère le temps, pour son propre compte, de songer à la réception que le reste de la famille attendait, dans l'ensemble, avec un intérêt bien plus vif. S'il faisait abstraction du plaisir que ses deux cousins en tireraient, la soirée n'aurait pas pour lui plus de charme que n'en aurait eu toute autre rencontre entre les deux familles. Chacune de ces réunions lui offrait l'espoir de recevoir de nouvelles confirmations de l'attachement de Mlle Crawford, mais le tourbillon qui régnait dans une salle de bal n'était peut-être pas très favorable à l'exaltation ou à l'expression de sentiments profonds. Lui demander très tôt de lui réserver les deux premières danses, telle était toute la maîtrise de son bonheur personnel qu'il se sentait capable d'exercer, ainsi que le seul préparatif qu'il ait consenti pour le bal, en dépit de toute l'agitation qui se poursuivait à ce propos autour de lui.

Le jour arrêté pour le bal était un jeudi ; et le mercredi matin, Fanny, toujours indécise sur ce qu'elle devait porter, décida d'aller demander à des femmes expérimentées, et à s'adresser à Mme Grant et à sa sœur, dont le bon goût reconnu rendrait leur choix la concernant assurément irréprochable ; et comme Edmund et William étaient partis pour Northampton, et qu'elle avait des raisons de croire M. Crawford absent, lui aussi, elle descendit au presbytère sans trop craindre de ne pouvoir leur parler en particulier ; car l'un des éléments les plus importants de cette conversation, pour Fanny, était la discrétion dont elle devait être entourée, car elle avait plutôt honte de solliciter une faveur.

Elle rencontra Mlle Crawford à quelques pas du presbytère, alors qu'elle venait de son côté lui rendre visite, et il lui sembla que son amie, même si elle se devait d'insister en proposant de retourner sur ses pas, n'avait pas envie de renoncer à sa promenade, aussi expliqua-t-elle sans plus attendre ce qui l'amenait, avant de remarquer que, si elle avait l'amabilité de lui donner son avis, elles pouvaient tout aussi bien régler la question dehors que dedans. Mlle Crawford parut flattée qu'on fît appel à elle, et après un moment de réflexion, elle pressa Fanny d'une façon bien plus cordiale qu'auparavant de revenir avec elle, puis elle lui proposa de monter dans sa chambre pour y faire un brin de causette tout à leur aise, sans déranger le Dr et Mme Grant, qui étaient au salon. C'était précisément le plan qui convenait à Fanny ; et tandis qu'elle exprimait toute sa gratitude envers des attentions si volontiers accordées et si aimables, elles pénétrèrent dans la maison et montèrent à l'étage, avant de s'absorber bientôt dans l'étude de l'intéressant sujet. Mlle Crawford, flattée d'avoir été consultée, fit intervenir son jugement et son goût les plus sûrs, facilita beaucoup les choses par ses suggestions, et s'efforça de rendre toutes les décisions agréables par ses encouragements. Le problème de la toilette ayant été réglé dans ses grandes lignes, Mlle Crawford demanda :

— Mais qu'allez-vous mettre comme collier ? Ne porterez-vous pas la croix de votre frère ?

Et tout en parlant, elle ouvrait un petit paquet que Fanny lui avait vu entre les mains lorsqu'elles s'étaient rencontrées. Fanny admit ses désirs et ses doutes sur ce point ; elle ne savait si elle devait porter cette croix, et comment le faire, ou si elle devait s'en abstenir. Pour toute réponse, elle se vit présenter un coffret à bijoux, puis s'entendre prier de choisir l'une des chaînes ou colliers en or qu'il renfermait. Tel avait été le contenu du paquet dont Mlle Crawford s'était chargée, et sa présentation avait été l'objet de la visite qu'elle avait projeté de lui faire ; et c'est avec la plus grande amabilité qu'elle pressait à présent Fanny d'en accepter un pour suspendre la croix et de le garder en souvenir d'elle, présentant tous les arguments auxquels elle pouvait songer pour vaincre les scrupules qui avaient tout d'abord fait reculer Fanny avec un air effarouché en entendant cette proposition.

— Vous voyez quelle collection j'en ai réunie, dit-elle, et je ne porte ni ne songe jamais à la moitié d'entre eux. Je ne vous les présente pas comme neufs. Je ne vous offre qu'un vieux collier. Il faut que vous me pardonniez de prendre cette liberté, et que vous m'obligiez en l'acceptant.

Fanny résistait encore de tout son cœur. Le cadeau avait trop de valeur. Mais Mlle Crawford persévéra, et plaida sa cause avec une affection si sincère, en mentionnant tour à tour les chapitres de William, de la croix, du bal et d'elle-même, avant de triompher enfin. Fanny fut obligée de céder de crainte de se voir accusée d'orgueil, d'indifférence ou de quelque autre petitesse, et après avoir consenti, non sans avoir fait preuve d'une modeste réticence, elle entreprit une sélection. Elle examina le tout à maintes reprises, regrettant de ne pas savoir quelle était la pièce qui avait la moindre valeur ; puis elle se décida enfin à arrêter son choix, après avoir eu l'impression qu'on lui mettait sous les yeux un certain collier plus souvent que les autres. C'était un collier en or, ouvragé avec goût, et même si Fanny eût désiré une chaîne plus longue et toute simple, qui aurait mieux convenu à son dessein, elle espéra, en le distinguant, choisir celui que Mlle Crawford désirait le moins garder. Mlle Crawford sourit pour lui confirmer sa totale approbation ; et elle se hâta, pour compléter le présent, de le lui mettre autour du cou, afin de lui montrer combien il lui allait bien.

Fanny ne put élever d'objection sur l'heureux effet qu'il produisait et, en dépit de ses derniers scrupules, elle fut tout à fait enchantée d'une acquisition qui venait si à propos. Elle eût peut-être préféré être l'obligée de quelqu'un d'autre. Mais c'était là un sentiment qui lui semblait indigne d'elle. Mlle Crawford avait devancé ses désirs avec un empressement qui témoignait d'une amitié véritable.

— Quand je porterai ce collier, je penserai toujours à vous, affirma-t-elle, et je sentirai combien vous vous êtes montrée généreuse envers moi.

— Il vous faudra aussi penser à une autre personne, quand vous porterez ce collier, répondit Mlle Crawford. Il vous faudra penser à Henry, car c'était son choix, en premier lieu. Il me l'a offert, et en même temps que ce collier, je vous transmets l'obligation de vous remémorer celui qui l'a donné à l'origine. Ce sera un souvenir de famille. Vous ne songerez pas à la sœur, sans que dans votre esprit le frère ne lui soit également associé.

Fanny, sous le coup d'un étonnement et d'une confusion intenses, aurait voulu rendre aussitôt le présent. Prendre un objet qui avait été offert par une autre personne – un frère, qui plus est –, impossible ! cela ne pouvait être ! et avec une précipitation et un embarras très divertissants pour sa compagne, elle reposa le collier sur la garniture en coton de l'écrin, et parut résolue à en prendre un autre ou pas du

317

tout. Mlle Crawford se dit qu'elle n'avait encore jamais vu un plus joli cas de conscience.

— Ma chère enfant, lui dit-elle en riant, que craignez-vous ? Voyez-vous Henry vous réclamer ce collier comme étant le mien et s'imaginer que vous n'êtes pas entrée en sa possession de façon honnête ? Ou vous imaginez-vous qu'il sera trop flatté de voir sur votre jolie gorge une parure acquise avec son argent il y a trois ans, avant qu'il ait connu l'existence d'une telle gorge dans le monde ? Ou bien peut-être, ajouta-t-elle avec un air espiègle, soupçonnez-vous qu'il y ait une entente entre nous, et que j'agis à présent avec son accord et selon ses désirs ?

Fanny devint cramoisie et protesta qu'une telle pensée ne l'avait pas effleurée.

— Eh bien alors, reprit Mlle Crawford, avec plus de sérieux, mais sans toutefois la croire, pour me convaincre que vous ne suspectez aucune ruse, et que vous ne présumez pas que l'on cherche à vous faire un compliment, ainsi que je vous ai toujours connue, prenez ce collier et n'en parlons plus. Qu'il m'ait été donné par mon frère ne doit pas faire la plus petite différence pour vous qui l'acceptez, et je vous assure que cela n'affecte en rien ma volonté de m'en séparer. Il est toujours en train de m'offrir un objet ou un autre. J'ai reçu de lui un nombre si incalculable de présents qu'il est impossible pour moi de m'attacher à la moitié d'entre eux et à lui, de s'en souvenir. Pour ce qui est de ce collier, je ne crois pas l'avoir porté six fois ; il est très joli, mais je n'y pense jamais ; et même si je serais très heureuse de vous voir accepter n'importe lequel de ceux qui restent dans mon coffret, il se trouve que vous vous êtes fixée sur celui dont je me serais le plus volontiers séparée et que j'aurais souhaité voir en votre possession, si c'est moi qui avais dû opérer un tri. Je préfère m'en séparer et le savoir en votre possession plutôt que tout autre. Ne dites plus rien contre ce bijou, je vous en supplie. Pareille bagatelle ne mérite pas qu'on lui consacre autant de paroles.

Fanny n'osa plus mettre davantage d'opposition, et elle accepta le collier avec des remerciements renouvelés, mais moins enthousiastes, car il y avait dans les yeux de Mlle Craw-ford une expression qui ne la satisfaisait pas.

Il lui était impossible de ne pas être sensible au change-ment de comportement de M. Crawford. Elle l'avait remar-qué depuis longtemps. Il cherchait d'évidence à lui plaire ; il se montrait galant, il était attentif ; il se conduisait un peu comme il l'avait fait avec ses cousines ; il cherchait, pensait-elle, à troubler sa tranquillité d'esprit comme il la leur avait volée ; et l'on pouvait se demander s'il n'avait pas eu sa part à ce don du collier ! Elle ne parvenait pas à se convaincre qu'il n'y eût pas joué un rôle, car si Mlle Crawford était une sœur complaisante, elle se montrait insouciante comme femme et comme amie.

Alors qu'elle réfléchissait, doutait, et sentait que la pos-session de ce qu'elle avait tant désiré ne lui apportait guère de satisfaction, elle repartit chez elle avec l'impression que ses soucis avaient changé d'aspect plutôt que diminué depuis qu'elle avait emprunté ce chemin.

27

Dès qu'elle fut de retour au Parc, Fanny monta sans plus attendre pour disposer son acquisition inattendue, ce bienfait ambigu qu'était le collier dans l'un de ses coffrets favoris de la chambre de l'Est, qui contenait tous ses modestes trésors ; mais en ouvrant la porte, quelle ne fut pas sa surprise quand elle découvrit son cousin Edmund, assis à sa table, en train d'écrire ! Une telle scène, à laquelle elle n'avait jamais assisté auparavant, lui parut aussi surprenante que bienvenue.

— Fanny, dit aussitôt Edmund, en abandonnant la chaise et la plume, avant de s'avancer vers elle, un objet à la main, je vous demande pardon d'être entré ici. J'étais à votre recherche, et après avoir attendu un peu dans l'espoir de vous voir arriver, j'ai profité de la présence de votre écritoire pour vous expliquer l'objet de ma visite. Vous trouverez le début du billet que je vous adressais ; mais je peux à présent vous exposer de vive voix l'objet de ma visite, car il s'agit simplement de vous prier d'accepter ce colifichet, une chaîne pour la croix de William. Vous auriez dû l'avoir depuis une semaine, mais il s'est produit un retard de plusieurs jours, du fait que mon frère n'a pas regagné Londres aussitôt que je l'espérais ; et je viens tout juste de la recevoir à Northampton. J'espère que vous aimerez cette chaîne pour elle-même, Fanny. Je me suis efforcé de respecter la simplicité de votre goût, mais de toute façon, je sais que vous serez indulgente à l'égard de mes intentions, et que vous la tiendrez pour ce qu'elle est en vérité, un gage d'affection de la part de l'un de vos plus anciens amis.

Et en disant cela, il s'apprêtait à sortir en hâte, avant que Fanny, en proie à un tumulte d'émotions où se mêlaient la peine et le plaisir, n'ait pu lui parler ; mais ranimée par un désir impérieux de se faire entendre, elle s'écria alors :

— Ah ! cousin, arrêtez-vous un instant, je vous prie ; arrêtez-vous.

Edmund se retourna.

— Je ne chercherai pas à vous remercier, poursuivit-elle dans un état de nervosité extrême ; il ne saurait être question de simples remerciements. Je me sens impuissante à exprimer tout ce que je ressens. La bonté dont vous avez fait preuve en songeant à moi de cette façon va au-delà...

— Est-ce là tout ce que vous avez à dire, Fanny ? demanda-t-il en souriant et en se détournant à nouveau.

— Non, non, ce n'est pas cela. Je voudrais vous demander conseil.

De façon presque inconsciente, elle avait à présent défait le paquet qu'il lui avait mis dans la main, et découvert dans le précieux écrin du bijoutier, une chaîne en or toute simple, sans ornement, et d'un très beau travail, si bien qu'elle céda à une nouvelle explosion d'enthousiasme :

— Oh ! que c'est beau, en vérité ! c'est bien celle-là, c'est tout à fait celle-là ! C'est le seul bijou que j'aie jamais désiré posséder. Elle ira admirablement avec ma croix. Elles sont faites l'une pour l'autre, et elles seront portées ensemble. Et de plus, elle arrive à un moment si parfait. Oh ! cousin, vous ne pouvez pas savoir à quel point elle tombe parfaitement bien.

— Ma chère Fanny, vous ressentez les choses de manière excessive. Je suis très heureux que vous aimiez la chaîne et qu'elle soit arrivée à temps pour demain, mais vos remerciements vont bien au-delà de ce que mérite l'occasion. Croyez-moi, je n'ai pas de plus grand plaisir au monde que de contribuer au vôtre. Non, je puis dire à coup sûr que je n'éprouve aucun plaisir aussi complet, aussi pur. Rien ne vient le troubler.

À entendre de telles expressions d'affection, Fanny aurait pu demeurer une heure sans prononcer un seul mot ; mais Edmund, après avoir attendu un moment, l'obligea à renoncer à ces envolées sublimes et à redescendre sur terre, en lui demandant :

— Mais à quel sujet vouliez-vous me consulter ?

C'était à celui du collier, qu'elle était tout à fait impatiente, à présent, de rendre à celle qui le lui avait offert, et elle espérait qu'il approuverait son geste. Elle lui raconta sa récente visite au presbytère, et c'est alors qu'elle fut tout à fait arrachée à son ravissement, car Edmund fut si frappé de la circonstance, si charmé du geste de Mlle Crawford, si satisfait de la coïncidence qui les avait amenés tous les deux à se comporter de la même manière, que Fanny dut admettre qu'*un* plaisir au moins exerçait sur son esprit un pouvoir supérieur à celui de contribuer au sien propre, même s'il n'était pas sans mélange. Il lui fallut quelque temps avant de réussir à attirer l'attention d'Edmund sur son projet, ou qu'il réponde à sa demande de conseil ; il se laissait aller à

une rêverie, une méditation pleine de tendresse, et murmu-
rait parfois quelques paroles décousues de louange, mais
quand il en sortit et comprit ce qu'elle désirait, il s'y opposa
d'un ton résolu :

— Rendre le collier ! Non, ma chère Fanny, à aucun prix.
Ce serait gravement la blesser. Il n'est rien d'aussi pénible
que de voir revenir entre ses mains ce que l'on a offert avec
l'espérance raisonnable de contribuer au bien-être d'un
ami. Pourquoi lui enlever une joie qu'elle a si bien méritée ?

— S'il m'avait été donné en premier lieu, dit Fanny, je
n'aurais jamais songé à le rendre ; mais comme il s'agit d'un
présent de son frère, n'est-il pas juste de supposer qu'elle
préférerait ne pas s'en séparer, à partir du moment où il n'est
plus nécessaire ?

— Elle ne doit pas savoir que vous n'en avez plus
besoin, ou du moins, qu'il ne vous paraît plus acceptable ;
et qu'il ait été à l'origine le cadeau de son frère ne fait
aucune différence ; car si cela ne l'a pas retenue quand elle
vous l'a offert, ni vous, quand vous l'avez pris, cela ne
devrait pas non plus vous empêcher de le garder. Il est plus
beau que le mien, sans aucun doute, et convient mieux pour
une salle de bal.

— Non, il n'est pas plus beau ; il est loin d'être plus beau
en lui-même, et ne convient pas moitié aussi bien à ce que
je recherchais. La chaîne s'accordera beaucoup mieux que
le collier avec la croix de William ; il n'y a pas de comparaison possible.

— Pour un soir, Fanny, ne serait-ce que pour un soir,
même s'il s'agit pour vous d'un sacrifice. Je suis certain
qu'après avoir tout considéré, vous ferez ce sacrifice plutôt
que d'infliger de la peine à une personne qui s'est montrée
si empressée à vous être agréable. Les attentions de
Mlle Crawford envers vous ont été, non pas supérieures
à ce que vous méritez à juste titre – et je serais le dernier à
penser qu'il *pût en être ainsi* –, mais elles n'ont jamais
changé ; et y répondre par un geste qui *ressemblerait* à de

l'ingratitude, même si je sais que vous n'auriez jamais une *intention* pareille, cela ne correspondrait pas à votre nature, je vous l'assure. Portez ce collier demain soir, ainsi que vous vous y êtes engagée, et conservez la chaîne, qui n'a pas été commandée en vue du bal, pour des occasions plus ordinaires. Voilà quel est mon avis. Je ne voudrais pas qu'il se produise l'ombre d'un refroidissement entre les deux personnes dont j'ai observé avec le plus grand plaisir le rapprochement, et dont les caractères ont tant de points communs, pour ce qui est de la profondeur de la générosité et le tact naturel, que les rares et légères différences qu'elles ont entre elles, et qui résultent en premier lieu de la situation sociale, ne constituent pas une entrave sérieuse à l'établissement d'une parfaite amitié. Je ne voudrais pas voir se créer le moindre refroidissement, répéta-t-il, tandis que sa voix baissait un peu, dans les relations entre les deux êtres qui sont ce que j'ai de plus cher sur la terre.

À ces mots, il disparut ; et Fanny demeura seule à se consoler comme elle le put. Elle était l'une des deux personnes auxquelles il tenait le plus ; voilà qui devait la réconforter. Mais l'autre ! la première ! Elle ne l'avait jamais entendu parler si ouvertement auparavant, et bien qu'il ne lui ait rien appris qu'elle ne sût déjà depuis longtemps, il lui semblait avoir reçu un coup de poignard, car cela révélait ses convictions et ses intentions. Sa décision était prise. Il allait épouser Mlle Crawford. C'était bien là un coup de poignard, même si elle s'y attendait de longue date, et elle était obligée de se répéter encore et encore qu'elle était l'un des deux êtres auxquels il était le plus attaché, avant que ces mots ne lui procurent une émotion. Si elle avait pu croire que Mlle Crawford méritait Edmund, cela aurait été... Oh ! comme cela aurait été différent. Comme cela aurait été plus supportable ! Mais il se trompait sur son compte ; il lui attribuait des mérites qu'elle n'avait pas ; ses défauts demeuraient ce qu'ils avaient toujours été, mais il ne les voyait plus. Ce ne fut pas avant d'avoir versé bien des larmes sur cette illusion que se faisait

Edmund que Fanny parvint à calmer son agitation ; et elle ne réussit à s'arracher à l'accès de mélancolie qui suivit qu'en disant de ferventes prières pour son bonheur.

Elle avait l'intention, car elle estimait que c'était son devoir, de triompher de tout ce qui était excessif, apparenté à de l'égoïsme, dans l'affection qu'elle portait à Edmund. Le qualifier ou le percevoir comme une perte, une déception, aurait été présomptueux ; car elle n'avait pas de mots assez durs pour satisfaire sa propre humilité. Songer à lui comme Mlle Crawford aurait pu se croire justifiée de le faire aurait été de la folie. Pour elle, il ne serait jamais rien, en aucune circonstance, et elle ne pourrait le chérir tout au plus que comme un ami. Comment se faisait-il qu'une telle idée lui soit venue en tête, alors qu'elle ne pouvait que la réprouver et l'interdire ? Elle n'aurait même pas dû effleurer les franges de sa conscience. Elle allait s'efforcer de se comporter de manière rationnelle et de mériter, en usant d'un esprit sain et d'un cœur sincère, le droit de juger du caractère de Mlle Crawford, et le privilège de faire montre envers lui d'une véritable sollicitude.

Elle avait en elle tout l'héroïsme inspiré par les bons principes, et elle était déterminée à remplir ses devoirs ; mais comme elle était animée aussi de nombre de sentiments propres à la jeunesse et à la nature, il ne faut pas vraiment s'étonner qu'après avoir pris tant de bonnes résolutions destinées à bien se gouverner, elle se fût emparée du bout de papier sur lequel Edmund avait commencé à lui écrire, comme d'un trésor qui surpassait toutes ses espérances, ni qu'elle ait lu avec la plus tendre émotion les mots « Ma très chère Fanny, voulez-vous me faire le plaisir d'accepter… », avant de l'enfermer avec la chaîne, comme la partie la plus précieuse du cadeau. C'était le seul écrit de sa main qui ressemblât à une lettre qu'elle eût reçu de lui ; et peut-être n'en recevrait-elle jamais d'autre ; il était impossible, en tous les cas, qu'elle en eût un jour une autre qui lui fît un plaisir aussi vif, autant par les circonstances auxquelles elle se rattachait que par le style. Jamais deux lignes plus appréciées n'avaient été tracées par la plume de l'auteur le plus renommé ; jamais les résultats obtenus par le plus admiratif des biographes n'avaient été bénis à ce point. L'enthousiasme d'une femme amoureuse va bien au-delà de celui d'un biographe. Pour elle, l'écriture même, indépendamment du sens de la phrase, est une bénédiction du ciel. Nul être humain n'avait tracé de caractères semblables à ceux qui figuraient dans la plus modeste page d'écriture d'Edmund ! Ce spécimen, bien que rédigé à la hâte, ne comportait pas une erreur ; et il y avait une telle félicité dans la fluidité avec laquelle avaient été notés les quatre premiers mots, dans la disposition de ce « Ma très chère Fanny », qu'elle aurait pu les contempler toujours.

Ayant mis de l'ordre dans ses pensées et soulagé ses sentiments par cet heureux mélange de raison et de faiblesse, elle put, en temps voulu, descendre et reprendre le cours de ses tâches habituelles auprès de sa tante Bertram, et se montrer attentive envers elle comme à l'accoutumée, sans défaillance apparente.

Le jeudi, jour voué par avance à l'espoir et aux réjouissances, arriva ; et il s'ouvrit en apportant plus de témoignages de bienveillance à Fanny que de tels jours, indociles et ingouvernables, n'en offrent souvent de manière spontanée, car aussitôt après le petit déjeuner, on transmit à William un billet très amical de M. Crawford, où ce dernier annonçait que, comme il devait se rendre le lendemain à Londres pour y passer quelques jours, il ne pouvait s'empêcher de chercher un compagnon de voyage ; et il souhaitait donc, si William voulait bien quitter Mansfield une demi-journée plus tôt que prévu, lui voir accepter une place dans sa voiture. M. Crawford prévoyait d'arriver à Londres à l'heure tardive à laquelle son oncle dînait, et William était invité à partager ce repas avec lui chez l'amiral. La proposition plut beaucoup à William, qui se réjouit à la pensée de courir la poste avec quatre chevaux, en compagnie d'un ami bienveillant, d'humeur affable ;

et en comparant une telle rapidité de déplacement à celle des courriers transportant les dépêches, il exprima d'un trait tout ce que son imagination pouvait lui suggérer à propos de la joie et de la fierté qu'il y aurait à en profiter ; et Fanny, pour une raison différente, en fut ravie ; car selon le plan initial, William aurait dû prendre la malle-poste à Northampton, le lendemain soir, ce qui ne lui aurait même pas accordé une heure de repos, avant de monter ensuite dans une diligence pour Portsmouth, et bien que l'offre de M. Crawford dût la priver de nombreuses heures de sa présence, elle était trop contente de voir épargner à son frère les fatigues d'un voyage effectué dans de telles conditions pour songer à autre chose. Sir Thomas approuva ce projet pour une autre raison. La présentation de son neveu à l'amiral pourrait lui être bénéfique. L'amiral, croyait-il savoir, avait de l'influence. Dans l'ensemble, c'était un billet bien propre à les réjouir. Le courage de Fanny s'en trouva soutenu durant la moitié de la matinée, et son plaisir s'accrut encore à la pensée que l'auteur du billet s'éloignait.

Pour ce qui concernait le bal, si proche maintenant, elle avait connu trop d'émotions et de craintes pour se sentir gagnée par la moitié de l'exaltation qu'elle aurait dû éprouver par avance, ou aurait été supposée éprouver par de nombreuses jeunes filles qui s'apprêtaient à prendre part à un événement du même genre dans des situations plus aisées, mais dans des circonstances où la nouveauté, l'intérêt et la satisfaction personnelle joueraient un moindre rôle que celui qu'on leur attribuerait dans son cas. Mlle Price, dont le nom seul était connu de la moitié des invités, allait faire sa première apparition dans la bonne société, et devait être considérée comme la reine de la soirée. Qui pourrait être plus heureuse que Mlle Price ? Pourtant, Mlle Price n'avait pas été élevée dans la perspective de *faire ses débuts* dans le monde ; et si elle avait compris sous quel jour ce bal serait considéré à son propos par la majorité des gens, sa quiétude en aurait été d'autant diminuée, et la crainte de mal se comporter et d'être examinée, qui l'habitait déjà, s'en serait trouvée amplifiée. Danser sans se faire trop remarquer ni s'épuiser, avoir suffisamment de résistance et de cavaliers pour tenir la moitié de la soirée, être choisie quelquefois par Edmund et pas trop souvent par M. Crawford, voir William s'amuser, et réussir à rester à distance de sa tante Norris, c'était à cela que se limitaient ses ambitions ; et cela semblait comprendre ses plus grandes chances de bonheur. Comme c'étaient là ses plus hautes espérances, elles ne pouvaient prédominer toujours ; et au cours d'une longue matinée passée surtout en compagnie de ses deux tantes, elle eut souvent l'occasion d'être beaucoup moins confiante dans le succès. William, résolu à se divertir le plus possible au cours de cette dernière journée, était sorti tirer la bécassine ; de son côté, Edmund, ainsi qu'elle avait trop de raison de le penser, se trouvait au presbytère ; et, restée seule à supporter les tracasseries de Mme Norris, irritée de voir l'intendante n'en faire qu'à sa tête à propos du souper, alors qu'au contraire de cette dernière, elle-même ne pouvait l'éviter, elle finit par être si lasse qu'elle en vint à croire que tout ce qui se rattachait au bal était néfaste, et quand elle fut envoyée s'habiller, accompagnée d'une dernière remarque acerbe, elle se sentit envahie de langueur, alors qu'elle regagnait sa chambre, et tout aussi incapable de bonheur que si elle n'avait pas été autorisée à participer aux réjouissances.

Alors qu'elle montait lentement l'escalier, elle songeait à ce qui s'était passé la veille, car c'est à peu près à cette heure-là qu'elle était revenue du presbytère, et qu'elle avait trouvé Edmund dans la chambre de l'Est. « Et si j'allais l'y trouver de nouveau aujourd'hui ? », se dit-elle, en cédant au plaisir de laisser libre cours à son imagination.

— Fanny ! s'entendit-elle appeler, au même moment, non loin de là.

Elle tressaillit, puis, levant les yeux, elle aperçut de l'autre côté du couloir où elle venait d'entrer Edmund en personne, debout, en haut d'un autre escalier. Il se porta à sa rencontre.

— Vous avez l'air lasse, et même harassée. Vous avez marché trop loin.

— Non, je ne suis pas sortie du tout.

— Alors, vous vous êtes fatiguée dans la maison, ce qui est pire. Il aurait mieux valu sortir.

Fanny, qui n'aimait pas se plaindre, trouva préférable de ne pas répondre, et bien qu'il l'eût regardée avec sa gentillesse habituelle, elle se persuada qu'il avait très vite cessé de s'intéresser à l'aspect de son visage. Il semblait découragé ; sans doute avait-il éprouvé une déception, sans lien avec elle. Ils poursuivirent ensemble la montée, car leurs chambres se trouvaient toutes les deux un étage au-dessus.

— J'arrive de chez le Dr Grant, poursuivit Edmund au bout d'un moment. Vous devinez peut-être pourquoi je m'y suis rendu, Fanny.

Et il avait l'air si affecté que Fanny se dit que sa visite n'avait pu avoir qu'un seul but, aussi se sentit-elle trop mal pour lui parler.

— Je voulais demander à Mlle Crawford de me réserver les deux premières danses, expliqua-t-il ensuite, ce qui ramena Fanny à la vie et lui permit, lorsqu'elle s'aperçut qu'il attendait une réponse de sa part, de s'informer, en quelques mots, de la suite donnée à sa démarche.

— Oui, dit-il, elle a bien voulu me les réserver ; mais, enchaîna-t-il avec un sourire gêné, elle a déclaré que c'était la dernière fois qu'elle danserait avec moi. Elle ne le pense pas vraiment ; je crois, j'espère, je suis sûr qu'elle ne parle pas sérieusement, mais j'aurais préféré ne pas l'entendre. Elle n'a jamais dansé avec un homme d'Église, assure-t-elle, et elle *ne le fera jamais*. Pour ma part, je voudrais qu'il n'y ait pas eu de bal au moment même où... je veux dire, pas cette semaine, pas aujourd'hui ; demain, je quitte la maison.

Fanny fit un effort pour parler et lui dit :

— Je regrette beaucoup qu'il se soit produit quelque chose qui vous ait peiné. Ce jour devrait être un jour de réjouissances. Mon oncle avait l'intention qu'il le fût.

— Oh ! oui, oui, et ce sera un jour de joie. Tout finira bien. Je suis simplement peiné, pour l'instant. En fait, ce n'est pas que je considère que le bal tombe à un moment mal choisi ; quelle importance ? Mais Fanny, dit-il, en s'interrompant et en lui prenant la main, avant de reprendre à voix basse, d'un ton pénétré, vous savez ce que tout cela signifie. Vous voyez comment sont les choses ; et vous pourriez me dire, peut-être mieux que je ne puis le faire, dans quelle mesure et pourquoi je suis contrarié. Laissez-moi vous parler un peu. Vous êtes une confidente indulgente, très indulgente. J'ai été attristé par la manière dont elle en a usé avec moi, ce matin, et je ne parviens pas à le surmonter. Je sais que sa nature est aussi douce et méritante que la vôtre, mais l'influence qu'ont exercée ceux en compagnie desquels elle a vécu donne à son attitude, à sa conversation, aux opinions qu'elle professe, quelque chose de répréhensible. Elle ne *pense* pas mal, mais elle ne respecte rien en paroles ; elle s'exprime ainsi pour plaisanter ; mais bien que je sache qu'elle le fait par jeu, j'en suis touché au cœur.

— C'est l'effet de l'éducation, dit Fanny doucement.

Edmund ne put qu'en convenir.

— Oui, cet oncle et cette tante ! Ils ont exercé une action néfaste sur un esprit des plus remarquables ! car parfois, Fanny, je vous l'avoue, il me semble qu'il s'agit davantage d'une manière de se comporter. J'ai l'impression que l'esprit lui-même est affecté.

Fanny s'imagina qu'il en appelait à son jugement ; et donc, après un moment de réflexion, elle lui dit :

— Si vous voulez simplement que je vous écoute, cousin, je ferai de mon mieux pour vous être utile ; mais je n'ai aucune qualité pour vous servir de guide. Ne me demandez pas conseil à *moi*. Je ne suis pas compétente.

— Vous avez raison, Fanny, de refuser de tenir pareil emploi ; mais n'ayez crainte. C'est une question sur laquelle je ne demanderai jamais d'avis. C'est le genre de sujet sur lequel on ne devrait jamais en prendre, et j'imagine que rares sont ceux qui le font, sauf s'ils souhaitent être influencés afin de composer avec leur conscience. Je veux tout bonnement m'entretenir avec vous.

— Une chose encore. Pardonnez la liberté que je prends… mais prenez garde à la façon dont vous vous adressez à moi. Ne dites rien aujourd'hui que vous regretteriez plus tard. Le temps viendra peut-être…

Le rouge lui était monté aux joues, tandis qu'elle parlait.

— Ma chère Fanny ! s'écria Edmund, en pressant sa main sur ses lèvres avec presque autant d'ardeur que s'il avait tenu celle de Mlle Crawford, la moindre de vos pensées est pleine de considération ! Toutefois, c'est inutile, ici. Le temps ne viendra jamais. Aucun des jours auxquels vous faites allusion ne se lèvera jamais. Je commence à le tenir pour très improbable ; les chances ne cessent de diminuer. Et même si c'était le cas, il n'y aurait rien à se remémorer que vous ou moi puissions redouter, car je n'aurai jamais honte d'éprouver des scrupules, et s'ils s'évanouissent, ce sera sous l'effet de changements qui ne parviendront à élever d'autant plus son caractère que l'on conservera le souvenir des défauts qui l'entachaient autrefois. Vous êtes le seul être au monde à qui je puisse confier ce que j'ai dit ; mais vous avez toujours connu mon opinion sur elle ; vous pouvez témoigner, Fanny, que je n'ai jamais été aveuglé. Combien de fois n'avons-nous pas évoqué ensemble les petites erreurs qu'elle commettait ! Vous n'avez pas à appréhender quoi que ce soit de ma part. J'ai presque abandonné toute idée sérieuse à son égard, mais en vérité, je serais stupide si, quoi qu'il m'arrive, je ne songeais pas à votre gentillesse et à votre sympathie avec la plus sincère gratitude.

Il en avait dit assez pour ébranler le peu d'expérience d'une jeune fille de dix-huit ans. Il en avait dit assez pour que Fanny éprouve des sentiments plus heureux que tous ceux qu'elle avait eus récemment, et c'est avec un air radieux qu'elle lui répondit :

— Oui, cousin, je suis persuadée que *vous*, vous seriez incapable de vous comporter autrement, même si d'autres, peut-être, ne le feraient pas. Je ne crains pas d'entendre tout ce que vous avez à dire. N'hésitez pas. Dites-moi ce que vous voudrez.

Ils se trouvaient maintenant au deuxième étage, et l'arrivée d'une femme de chambre leur interdit de poursuivre la conversation. Pour le réconfort momentané de Fanny, elle trouva peut-être une conclusion au moment le plus satisfaisant ; si son cousin avait pu lui parler cinq minutes de plus, il serait peut-être parvenu à balayer toutes les insuffisances de Mlle Crawford et son propre vague à l'âme, mais de la sorte, quand ils se séparèrent, il lui jeta un regard d'affection reconnaissante, tandis qu'elle repartait avec de précieuses émotions. Elle n'avait rien ressenti de tel durant des heures. Depuis que s'était dissipée la première joie qu'elle avait connue, ce matin-là, lors de l'arrivée du billet de M. Crawford à William, elle ne s'était plus trouvée que dans un état d'esprit tout à fait opposé ; elle n'avait reçu aucun réconfort autour d'elle, aucune espérance au fond de son cœur. À présent, tout lui souriait. La bonne fortune de William lui revint à l'esprit et lui parut avoir davantage de valeur qu'au départ. Le bal aussi… Quelle soirée d'allégresse l'attendait ! Elle était prise d'une véritable animation, à présent ! Elle commença à s'habiller, avec une bonne part de la joyeuse excitation qui précède un bal. Tout se passa bien ; son apparence ne lui déplut pas ; et quand elle en arriva à la chaîne et au collier, sa bonne fortune lui parut complète, car en essayant de passer celui que lui avait offert Mlle Crawford dans l'anneau de la croix, elle ne put y parvenir. Elle avait résolu de le porter pour faire preuve d'obligeance au regard d'Edmund, mais le diamètre en était trop fort pour le lui permettre. C'est donc son cadeau à lui qu'elle porterait, et lorsqu'elle eut enfilé avec ravissement la croix sur la chaîne, preuves de l'affection des deux êtres auxquels son cœur était le plus attaché, ces deux témoignages chéris, si bien assortis l'un à l'autre, dans la réalité comme dans son imagination, qu'elle les eut suspendus autour de son cou, puis vu et senti combien ils étaient chargés du souvenir de William et d'Edmund, elle put se résoudre, sans se forcer, à mettre également le collier de Mlle Crawford. Elle admit que ce serait équitable. Mlle Crawford s'était acquis des droits sur elle, et à partir du moment où ces droits n'empiétaient plus sur les prérogatives, la générosité plus profonde d'un autre, et ne leur faisaient plus tort, elle était à même de lui rendre justice, voire d'en tirer du plaisir. Le collier lui allait vraiment à merveille ; et Fanny quitta enfin sa chambre réconfortée et satisfaite d'elle-même, ainsi que de tout ce qui l'entourait.

Sa tante Bertram s'était souvenue d'elle, en cette occasion, faisant ainsi preuve d'une rare capacité d'éveil. Il lui était bien venu à l'esprit, sans qu'on l'y ait incitée, que si Fanny se préparait pour un bal, elle pourrait être contente de bénéficier d'une aide plus experte que celle de la femme de chambre des étages supérieurs, aussi, une fois habillée elle-même, avait-elle envoyé sa femme de chambre personnelle pour l'assister : trop tard, bien entendu, pour lui apporter son concours. Mme Chapman venait juste d'atteindre l'étage du grenier, quand Mlle Price sortit de sa chambre tout habillée, et elles n'eurent plus qu'à échanger des politesses ; mais Fanny fut cependant presque aussi sensible aux attentions de sa tante que lady Bertram ou Mme Chapman pouvaient l'être de leur côté.

28

L'oncle et les deux tantes de Fanny se trouvaient au salon quand elle y descendit. Aux yeux du premier, elle était un objet d'intérêt, aussi est-ce avec plaisir qu'il vit l'élégance générale de sa mise et le charme remarquable de ses traits.

Il se borna à louer, en sa présence, la simplicité des lignes et la modestie de sa tenue, mais une fois qu'elle fut ressortie de la pièce, il évoqua sa beauté et en fit un éloge appuyé.

— Oui, convint lady Bertram, elle fait très bonne impression. Je lui ai envoyé Chapman.

— Très bonne impression ! oh ! certes, s'écria Mme Norris, elle a d'excellentes raisons pour faire très bonne impression avec tous les avantages qu'elle a eus ; élevée dans cette famille, ainsi qu'elle l'a été, et ayant devant elle l'exemple des manières de ses cousines. Songez seulement, mon cher Sir Thomas, aux extraordinaires avantages que vous et moi lui avons procurés. La robe même qui a attiré votre attention est un présent généreux de votre part, à l'occasion du mariage de la chère Mme Rushworth. Que serait-elle devenue si nous ne l'avions pas prise par la main ?

Sir Thomas n'ajouta rien de plus ; mais quand ils se mirent à table, les regards des deux jeunes gens l'assurèrent qu'il pourrait faire à nouveau allusion au sujet avec plus de succès, une fois que les dames se seraient retirées. Fanny vit cette réprobation, et la conscience de leur plaire la rendit encore plus jolie. Elle était heureuse pour tout une série de raisons, et elle le fut bientôt plus encore ; car au moment où elle suivit ses tantes hors de la pièce, Edmund lui glissa, alors qu'elle passait devant lui :

— Il faut que vous dansiez avec moi, Fanny ; il faut que vous me gardiez deux danses, celles que vous voudrez, excepté les deux premières.

Elle n'avait plus rien à désirer. Rares avaient été les occasions, dans sa vie, où elle s'était sentie folle de joie. La gaieté que ses cousines manifestaient, dans le passé, les jours de bal, ne la surprenait plus ; elle en sentait, en vérité, tout l'enchantement, et elle alla jusqu'à répéter quelques pas de danse, au salon, aussi longtemps qu'elle put échapper à l'attention de sa tante Norris, qui se préoccupait alors de disperser le beau feu préparé par le majordome pour en arranger de nouveau les éléments à sa manière.

La demi-heure qui suivit aurait pu paraître languissante, en de tout autres circonstances, mais, pour Fanny, le bonheur l'emportait encore. Il lui suffisait de se souvenir de la conversation qu'elle avait eue avec Edmund, et alors, que lui importait l'impatience de Mme Norris ? Qu'étaient pour elle les bâillements de lady Bertram ?

Les gentilshommes les rejoignirent, et c'est peu après que débuta la délicieuse attente de la première voiture, tandis que semblait se créer autour d'eux une atmosphère générale de détente et de réjouissance, que tous demeuraient debout, à bavarder et à rire, et que chaque instant avait ses plaisirs et ses espoirs. Fanny sentit que l'humeur joyeuse d'Edmund était un peu artificielle, mais il lui était très agréable de voir à quel point il réussissait à se dominer.

Quand on entendit enfin les voitures arriver, quand les invités commencèrent réellement à se rassembler, la gaieté qu'elle avait eue au cœur s'atténua beaucoup ; la vue de tant d'inconnus la fit rentrer en elle-même ; et outre la gravité et la formalité du premier grand cercle, que ni l'attitude de Sir Thomas, ni celle de lady Bertram n'étaient capables de dissiper, elle se trouva contrainte parfois de supporter une épreuve bien plus pénible. Comme son oncle la présentait ici et là, elle dut s'entendre adresser la parole, faire la révérence, puis parler à son tour. C'était là un devoir difficile, et elle n'était jamais appelée à le remplir sans jeter un coup d'œil en direction de William, alors qu'il circulait, très à l'aise, à l'arrière-plan de la scène, sans avoir envie de se trouver avec lui.

L'entrée des Grant et des Crawford marqua un tournant favorable. Leurs manières aisées et leur capacité à établir des relations intimes avec un grand nombre de gens firent disparaître le caractère compassé de la réunion ; des petits groupes se formèrent et tout le monde se sentit plus détendu. Fanny perçut aussitôt l'avantage que cela représentait, et, après avoir rempli ses devoirs de politesse, elle aurait été à nouveau très heureuse si elle avait pu s'empêcher de chercher des yeux Edmund et Mary Crawford. Pour sa part, elle était tout à fait ravissante ; et comment tout cela allait-il se terminer ? Sa rêverie prit fin lorsqu'elle se rendit compte que M. Crawford se trouvait devant elle, et le cours de ses pensées fut détourné lorsqu'il lui demanda presque aussitôt de lui réserver les deux premières danses. La satisfaction qu'elle éprouva en cette occasion fut très mitigée. Avoir un partenaire pour les premières danses était un bienfait essentiel, car le moment où le bal allait s'ouvrir se rapprochait de plus en plus, et elle avait si peu compris quelles étaient ses prérogatives, qu'elle croyait que si M. Crawford ne s'était pas proposé, elle aurait été la dernière à qui l'on eût pensé, et qu'elle n'aurait obtenu de partenaire qu'après tout une série de demandes, de remue-ménage et d'interventions, ce qui aurait été terrible pour elle ; mais d'un autre côté, elle trouvait quelque chose d'équivoque dans la manière dont il l'invitait qui ne lui plaisait pas ; et elle le vit effleurer le collier du regard avec un sourire – elle crut deviner un sourire –, ce qui la fit rougir et la mit mal à l'aise. Et bien qu'il n'ait pas jeté un second coup d'œil pour la troubler, qu'il ait paru simplement vouloir lui être discrètement agréable, elle ne parvint pas à surmonter son embarras, d'autant plus profond qu'elle se disait qu'il l'avait remarqué, et elle ne retrouva son calme que quand il se détourna afin d'adresser la parole à quelqu'un d'autre. C'est alors qu'elle put peu à peu savourer le plaisir réel d'avoir un partenaire, un partenaire qui était venu lui offrir ses services, avant que l'on n'ait commencé à danser.

Quand toute l'assemblée passa dans la salle de bal, elle se trouva pour la première fois à côté de Mlle Crawford, dont le regard, accompagné d'un sourire, se porta aussitôt, et de façon beaucoup plus précise, à l'endroit où s'était posé celui de son frère, et la jeune fille allait aborder le sujet quand Fanny, désireuse d'en finir avec cette histoire, se hâta de fournir l'explication concernant le second collier, la véritable chaîne. Mlle Crawford l'écouta, et elle oublia tous les compliments et les insinuations qu'elle voulait glisser à

Fanny ; elle ne fut plus réceptive qu'à une chose ; et ses yeux, qui brillaient auparavant, prirent un éclat plus vif encore, tandis qu'elle s'écriait, dans un élan d'enthousiasme : « Il l'a fait ? Edmund a fait une chose pareille ? Cela lui ressemble tellement. Aucun autre homme n'y aurait songé. Je l'estime au-delà de tout ce que je saurais exprimer. » Et elle jeta un coup d'œil autour d'elle, comme si elle était impatiente de le lui répéter. Il n'était pas à proximité, car il accompagnait un groupe de dames qui sortaient de la pièce ; et comme, de son côté, Mme Grant s'approchait alors des deux jeunes filles, elle les prit chacune par le bras et leur fit emboîter le pas au reste des invités.

Fanny sentit le cœur lui manquer, mais elle n'eut pas le loisir de réfléchir plus longuement, ne serait-ce qu'aux sentiments de Mlle Crawford. Elles avaient pénétré dans la salle de bal ; les violons jouaient, et son esprit était si troublé qu'il lui était impossible de le fixer sur une chose sérieuse. Il lui fallait observer les arrangements qui avaient été effectués et voir comment tout s'enchaînerait.

Au bout de quelques minutes, Sir Thomas s'approcha d'elle et lui demanda si elle était engagée à danser ; et le « Oui, monsieur, envers M. Crawford », par lequel elle lui répondit était précisément ce qu'il désirait entendre. M. Crawford n'était qu'à faible distance d'eux. Sir Thomas l'invita à venir les rejoindre, en lui disant quelques mots qui firent comprendre à sa nièce que c'était elle qui devait prendre la tête de la file et ouvrir le bal, une idée qui ne lui était jamais venue auparavant. Toutes les fois où elle avait songé au déroulement détaillé de la soirée, elle avait toujours tenu pour évident que ce serait Edmund qui formerait le premier couple de danseurs avec Mlle Crawford, et cette impression était si forte, que bien que son oncle lui ait annoncé le contraire, elle ne put retenir une exclamation de surprise, suggérer qu'elle n'en était pas digne, et même prier pour qu'on l'en dispensât. La voir défendre une opinion personnelle opposée à celle de Sir Thomas montrait bien à quelle extrémité elle en était réduite, et l'effroi ressenti après avoir entendu la première suggestion qu'il lui faisait fut tel qu'elle osa le regarder droit dans les yeux et déclarer qu'elle espérait qu'on pourrait prendre d'autres mesures ; en vain, toutefois. Sir Thomas sourit, s'efforça de lui rendre courage, puis prit un air très sévère et dit « Il doit en être ainsi, ma chère enfant », d'un ton trop décisif pour qu'elle pût risquer une parole de plus ; et c'est ainsi que l'instant d'après, elle se vit conduire par M. Crawford au haut bout de la salle, et qu'elle y demeura en attendant que vienne les rejoindre, couple après couple, au fur et à mesure qu'ils se formaient, le reste des danseurs.

Fanny avait du mal à le croire. Se retrouver placée en tête de tant d'élégantes jeunes femmes ! C'était lui accorder une trop grande distinction. C'était la traiter à l'égal de ses cousines ! Et ses pensées s'envolèrent au loin vers ces dernières, car elle nourrissait des regrets aussi sincères que tendres de ne pas les voir là, prendre leur place dans la pièce, et partager des plaisirs qu'elles auraient tant appréciés. Elle les avait si souvent entendues envisager comme le comble de la félicité que l'on donnât un bal chez elles ! Et voilà qu'elles étaient absentes lorsqu'il était organisé ; et qu'*elle-même* ait été invitée à l'ouvrir, et qui plus est, en compagnie de M. Crawford… Elle espérait qu'elles ne lui envieraient pas cet honneur, à présent ; mais quand elle songeait à ce qui s'était passé à l'automne précédent, aux relations qu'ils avaient entretenues les uns envers les autres quand ils avaient dansé ensemble dans cette maison, elle avait elle-même du mal à comprendre comment elle se retrouvait dans cette situation.

Le bal commença. Fanny y fut plus sensible à l'honneur qu'on lui faisait que véritablement heureuse, durant la première danse, au moins ; son cavalier était d'excellente humeur et s'efforçait de la lui faire partager, mais la crainte l'emporta chez elle sur le plaisir, aussi longtemps qu'elle se crut observée. Jeune, jolie et bien élevée, elle n'avait pas de gaucheries qui ne fussent presque aussi favorablement considérées que de la grâce, et rares étaient les personnes présentes qui n'étaient pas disposées à la louer. Elle était agréable à voir, elle était modeste, elle était la nièce de Sir Thomas et elle passa bientôt pour être admirée de M. Crawford. Cela suffit à lui attirer la faveur générale. Sir Thomas la regardait évoluer dans la double rangée des danseurs avec beaucoup de complaisance ; il était fier de sa nièce, et sans aller jusqu'à attribuer toute sa beauté personnelle à sa transplantation à Mansfield, ainsi que semblait le penser Mme Norris, il s'applaudissait de lui avoir procuré tout le reste ; car pour son éducation et ses manières, c'est à lui qu'elle était redevable.

Mlle Crawford vit Sir Thomas debout, et devina une grande partie de ses pensées, et en dépit de tous les torts qu'il avait à ses yeux, elle se sentit poussée par le désir de se faire accepter de lui, aussi saisit-elle la première occasion pour se rapprocher et lui dire quelques paroles agréables à propos de Fanny. Son éloge fut chaleureux, et il le reçut comme il pouvait le désirer, y ajoutant quelques compliments de sa part, dans la mesure où la réserve, la politesse et la lenteur de son élocution le lui permettaient, et il parut plus à son avantage sur ce sujet que son épouse, car peu après, apercevant cette dernière sur un sofa, tout près, la jeune fille se tourna vers elle, avant de recommencer à danser, pour la complimenter sur l'apparence de Mlle Price.

— Oui, elle est très bien, répondit placidement lady Bertram. Chapman l'a aidée à se préparer. Je lui ai envoyé Chapman.

Ce n'est pas qu'entendre admirer Fanny ne lui ait pas sincèrement fait plaisir, mais elle était si frappée du geste de générosité qu'elle avait accompli en lui envoyant Chapman qu'elle ne parvenait pas à penser à autre chose.

Mlle Crawford connaissait trop bien Mme Norris pour tenter de la charmer en chantant les louanges de Fanny ; elle préféra donc lui dire, dès que l'occasion se présenta :

— Ah ! madame, comme la chère Mme Rushworth et Julia nous manquent, ce soir !

Et Mme Norris la récompensa d'autant de sourires et de paroles courtoises qu'elle put lui adresser, tant le temps lui était compté entre toutes les occupations qu'elle s'était inventées, telles que réunir des joueurs de cartes pour les tables, apporter des suggestions à Sir Thomas, et tenter de regrouper tous les chaperons à un endroit de la salle, où elles seraient mieux.

Mlle Crawford commit la plus grave erreur lorsqu'elle s'adressa à Fanny en personne, avec l'intention de la contenter. Elle voulait faire battre son petit cœur et lui donner le sentiment délicieux de sa propre importance ; et comme elle interprétait mal la rougeur qui envahissait les joues de la jeune fille, elle crut qu'elle y parviendrait quand elle alla la retrouver, après les deux premières danses, et appuyant ses paroles d'un regard lourd de sous-entendus, elle lui demanda :

— Vous pourriez peut-être me dire, *vous*, pourquoi mon frère va à Londres, demain. Il prétend qu'il s'y rend pour affaire, mais refuse de préciser à quel sujet. C'est la première fois qu'il ne veut pas me mettre dans la confidence ! Mais c'est ce à quoi nous devons toutes nous attendre. Nous sommes toutes supplantées tôt ou tard. À présent, c'est à vous qu'il faut que je m'adresse pour avoir des informations. Dites-moi donc, je vous prie, pourquoi Henry s'en va ?

Fanny protesta de son ignorance avec autant de force que l'embarras le lui permettait.

— Eh bien, reprit Mlle Crawford en riant, je vais donc supposer que c'est pour le simple plaisir de transporter votre frère et de lui parler de vous en chemin.

Fanny se sentit confuse, mais sa gêne provenait de son mécontentement, alors que Mlle Crawford se demandait pourquoi elle ne souriait pas, la trouvait trop tendue, la jugeait bizarre, mais il ne lui venait pas à l'esprit que Fanny pût demeurer insensible au plaisir d'être exposée aux attentions d'Henry. Fanny trouvait de nombreuses raisons de se distraire au cours de cette soirée, mais l'empressement d'Henry n'y avait qu'une très petite part. Elle aurait de beaucoup préféré qu'il ne l'invitât pas de nouveau si vite, et elle aurait souhaité ne pas avoir à soupçonner que les questions qu'il avait posées auparavant à Mme Norris, à propos de l'heure du souper, aient été destinées à s'assurer de sa compagnie durant cette partie de la réception. Mais tout cela était inévitable ; il lui faisait sentir qu'elle était le principal objet d'intérêt de la réunion ; elle n'aurait pu dire qu'il agissait de façon déplaisante, mais elle relevait un manque certain de délicatesse et de l'ostentation dans ses manières ; et pourtant, à d'autres moments, quand il parlait de William, il était loin de lui être désagréable, et il montrait même des sentiments cordiaux et chaleureux qui lui faisaient honneur. Il n'en demeurait pas moins que ses prévenances ne contribuaient pas à sa satisfaction. Elle était heureuse chaque fois qu'elle apercevait William et elle constatait à quel point il s'amusait merveilleusement bien toutes les fois où elle parvenait à faire un tour de cinq minutes avec lui, et qu'elle l'écoutait parler de ses cavalières ; elle était heureuse aussi de se savoir admirée, et heureuse encore d'avoir en perspective les danses promises à Edmund, de les attendre durant la majeure partie de la soirée, et de voir sa main recherchée avec tant d'enthousiasme par les danseurs que son engagement imprécis envers *lui* devait être sans cesse reporté. Elle se sentit tout de même envahie d'un bonheur intense lorsque ces danses eurent lieu ; mais ce ne fut pas parce que son cousin se montrait d'excellente humeur ou qu'il usait envers elle de tendres propos comme ceux qui l'avaient comblée, le matin même. Il avait l'esprit abattu, et le plaisir qu'elle éprouvait venait de ce qu'elle était l'amie auprès de laquelle il trouvait du réconfort.

— Je suis las des civilités, lui confia-t-il. Je n'ai pas arrêté de parler pour ne rien dire de toute la soirée. Mais auprès de vous, Fanny, je retrouve la paix. Vous n'attendez pas de moi que je vous fasse la conversation. Apprécions ce luxe qu'est le silence.

Fanny lui donna son approbation en quelques mots. Cette lassitude, qui avait sans doute en grande partie pour origine les sentiments dont il lui avait fait part au matin, exigeait qu'elle la respectât, aussi se comportèrent-ils ensemble durant les deux danses avec un calme et une sobriété bien propres à persuader les observateurs que Sir Thomas n'avait pas élevé une future épouse pour son fils cadet.

La soirée avait apporté peu de satisfaction à Edmund. Mlle Crawford s'était montrée de très bonne humeur lorsqu'ils avaient dansé ensemble la première fois, mais ce n'était pas sa gaieté qui pouvait le contenter ; elle contribuait plutôt à l'accabler qu'à le réconforter ; et par la suite, lorsqu'il n'avait pu s'empêcher de la rechercher, elle l'avait profondément attristé par la manière dont elle parlait de la profession qui allait maintenant être la sienne. Ils s'étaient parlé, puis ils avaient laissé le silence retomber entre eux ; il avait allégué la raison ; elle l'avait tourné en ridicule, et ils avaient fini par se séparer après s'être infligé une blessure d'amour-propre mutuelle. Fanny, qui n'avait pu tout à fait se défendre de les observer, en avait vu assez pour éprouver une certaine satisfaction. Il était cruel de se réjouir des souffrances d'Edmund. Et pourtant, un certain bonheur ne pouvait manquer de s'éveiller et de se développer, en partant de la conviction même que le jeune homme souffrait.

Quand les deux danses qu'elle lui avait accordées furent achevées, son goût pour le bal et ses forces arrivèrent presque à leur terme ; et Sir Thomas, ayant vu qu'elle marchait plus qu'elle ne dansait en descendant entre les files des danseurs qui se raccourcissaient, qu'elle s'essoufflait et mettait la main sur le côté, lui donna l'ordre de s'asseoir et de ne plus bouger. Dès lors, M. Crawford demeura assis, lui aussi.

— Pauvre Fanny ! s'écria William, lorsqu'il vint la voir un moment, tout en agitant devant elle l'éventail de sa cavalière, comme s'il s'agissait d'une question de vie ou de mort. Comme la voilà vite éreintée ! Voyons, c'est maintenant seulement qu'on commence à s'amuser. J'espère bien que nous allons continuer encore pendant deux heures. Comment se fait-il que vous soyez si vite à bout de forces ?

— Si vite ! mon bon ami, dit Sir Thomas, en sortant sa montre avec toute la prudence nécessaire, il est trois heures du matin, et votre sœur n'est pas habituée à veiller jusqu'à de telles heures.

— Eh bien, Fanny, vous ne vous lèverez pas demain matin avant mon départ. Dormez aussi longtemps que vous voudrez, sans vous soucier de moi.

— Oh ! William.

— Comment ? Elle pensait se lever avant votre départ ?

— Oh ! oui, monsieur, s'écria Fanny, qui se hâta de se lever pour s'approcher de son oncle. Il faut que je me lève et que je partage le petit déjeuner avec lui. Ce sera le dernier jour, vous savez, le dernier matin.

— Il est préférable que vous ne le fassiez pas. Il faut qu'il ait fini de déjeuner et qu'il soit en route à neuf heures et demie. Monsieur Crawford, je crois que vous venez le prendre à neuf heures et demie ?

Fanny se montra cependant trop suppliante, et trop de larmes lui montèrent aux yeux pour qu'on lui opposât un refus, aussi tout se termina-t-il par un généreux « Bon, bon », qui revenait à lui accorder la permission.

— Oui, à neuf heures et demie, confirma Crawford à William, alors que celui-ci s'apprêtait à les quitter, et je serai ponctuel, car il n'y aura pas de tendre sœur qui se réveillera pour *moi*.

Et baissant la voix, il ajouta pour Fanny :

— Je me hâterai, car je ne laisserai derrière moi qu'une maison désolée. Demain, votre frère s'apercevra combien ma notion du temps et la sienne diffèrent.

Après avoir réfléchi un moment, Sir Thomas demanda à M. Crawford de venir se joindre au premier service du petit déjeuner, chez lui, au lieu de se restaurer seul ; il y assisterait lui-même ; et l'empressement avec lequel son invitation fut acceptée le confirma dans les soupçons qu'il entretenait et qui avaient été en grande partie à l'origine même du bal, il devait se l'avouer. M. Crawford était amoureux de Fanny. Il envisagea avec plaisir ce qui se produirait dans l'avenir. Sa nièce, cependant, n'éprouva pas de reconnaissance envers lui pour ce qu'il venait de proposer. Elle avait espéré avoir William pour elle toute seule, en ce dernier matin. Elle y aurait trouvé un plaisir indicible. Mais bien qu'il lui ait été refusé de satisfaire ses désirs, elle n'eut pas la tentation d'élever la moindre protestation. Au contraire, elle était si peu habituée à s'entendre consulter sur ses préférences, ou à voir la moindre chose se produire de la manière dont elle l'aurait souhaité, qu'elle était plutôt disposée à s'émerveiller et à se réjouir d'avoir eu gain de cause jusque-là, que de se plaindre de la décision suivante, qui s'opposait à ses vœux.

Peu après, Sir Thomas combattit à nouveau en partie son inclination pour lui conseiller d'aller se coucher sans plus attendre. « Conseiller » était le verbe qu'il employait, mais c'était là la décision sans appel du pouvoir absolu, et il ne lui resta plus qu'à se lever, et, après avoir entendu les adieux très cordiaux de M. Crawford, à se glisser en silence hors de la pièce ; telle la Dame de Branxholm Hall, elle fit encore une pause dans l'encadrement de la porte, « un instant, mais pas plus », pour contempler le spectacle joyeux et jeter un dernier coup d'œil sur les cinq ou six couples intrépides qui s'acharnaient encore, puis elle monta lentement l'escalier principal, poursuivie par l'air lancinant de la contredanse, rendue fébrile sous l'effet des espoirs et des craintes, de la soupe et du vin chaud épicé, les pieds douloureux, écrasée de fatigue, impatiente et agitée, mais songeant toutefois qu'un bal est vraiment une chose délicieuse.

En l'obligeant ainsi à se retirer, Sir Thomas ne pensait peut-être pas seulement à sa santé. Il lui était peut-être venu à l'esprit que M. Crawford était resté bien assez long-temps auprès d'elle, à moins qu'il n'ait souhaité la recommander en tant qu'épouse, en montrant à quel point elle était influençable.

29

Le bal appartenait au passé, et le petit déjeuner se termina bientôt, lui aussi ; le dernier baiser fut donné, et William s'en fut. Comme il l'avait annoncé, M. Crawford s'était montré très ponctuel, et le repas avait été rapide et plaisant. Après être demeurée en compagnie de William jusqu'au dernier moment, c'est le cœur tout attristé que Fanny regagna la petite salle à manger, afin d'y regretter le mélancolique changement qui y était survenu ; et c'est là que son oncle eut la bonté de la laisser pleurer en paix, comprenant peut-être que la chaise abandonnée de chacun de ces deux jeunes gens pourrait susciter son tendre enthousiasme, et que ses sentiments pourraient s'épancher tant sur les restes refroidis des côtelettes de porc et de la moutarde, qui subsistaient dans l'assiette de William, que sur les coquilles d'œuf brisées de celle de M. Crawford. Elle s'assit et versa des larmes *con amore*, ainsi que son oncle l'avait prévu, mais c'était là un *con amore* fraternel, et rien de plus. William était parti, et elle avait maintenant l'impression d'avoir gaspillé la moitié de son séjour en occupations futiles et en soucis égoïstes, sans rapport avec lui.

L'état d'esprit de Fanny était tel qu'elle ne pouvait même pas penser à sa tante Norris et à l'existence étriquée et sans joie qu'elle menait dans sa petite maison sans se reprocher quelque manque d'attention envers elle la dernière fois où elles s'étaient vues ; et elle se pardonnait encore moins de n'avoir pas agi, parlé et pensé en toutes choses dans l'intérêt de William durant toute la quinzaine écoulée, ainsi qu'elle l'aurait dû.

Ce fut une journée pénible, et pleine de mélancolie. Peu après le second service du déjeuner, Edmund avait pris congé d'eux pour une semaine et avait enfourché son cheval pour se rendre à Peterborough, et ainsi, tous étaient partis. Il ne restait plus de la soirée précédente que des souvenirs, et elle ne pouvait les partager avec personne. Elle s'entretint avec sa tante Bertram ; il fallait qu'elle parlât du bal à quelqu'un, mais ce ne fut pas sans difficulté, car sa tante avait très peu observé ce qui s'était passé, et elle avait fort peu de curiosité. Lady Bertram n'avait gardé en mémoire ni comment était la robe de quelque invitée que ce fût, ni de la place que cette personne occupait au souper, en dehors des siennes. « Elle ne parvenait pas à se rappeler ce qu'elle avait entendu dire sur l'une des demoiselles Maddox, ni ce que lady Prescott avait remarqué chez Fanny ; elle n'était pas certaine que le colonel Harrison faisait allusion à M. Crawford ou à William, lorsqu'il avait déclaré que c'était le plus beau jeune homme de toute la salle ; et quelqu'un lui avait bien murmuré quelque chose, mais elle avait oublié de demander à Sir Thomas de quoi il retournait. » Tels étaient ses plus longs discours et ses explications les plus claires ; le reste n'était fait que de commentaires languissants, tels que « Oui, oui ; très bien ; vous avez vraiment fait cela ? Et lui, il l'a fait ? Je n'ai pas vu *cela* ; je ne distinguerais pas l'un de l'autre ». C'était très décourageant ; c'était simplement préférable aux réponses acerbes qu'aurait données Mme Norris, mais comme celle-ci était rentrée chez elle, chargée de toutes les gelées superflues, sous le prétexte de soigner une femme de chambre malade, la paix et la bonne humeur régnaient dans leur petit cercle, même si c'était la seule raison de se réjouir.

La soirée fut aussi pesante que l'avait été la journée.

— Je ne sais ce que j'ai ! s'étonna lady Bertram, lorsque le thé eut été desservi. Je me sens toute hébétée. Ce doit être parce que nous nous sommes couchés si tard, la nuit dernière. Fanny, faites donc quelque chose pour me maintenir éveillée. Je ne puis travailler. Allez chercher les cartes ; je me sens comme stupide.

On apporta les cartes, et Fanny joua au cribbage avec sa tante, et comme Sir Thomas lisait, on n'entendit résonner au salon, durant les deux heures suivantes, que le décompte des points de la partie. « Et voilà qui fait trente et un ; quatre en main et huit dans le "crib". C'est à vous de donner, madame ; distribuerai-je les cartes pour vous ? » Fanny revenait sans cesse en pensée sur la différence qui s'était opérée en vingt-quatre heures dans cette pièce et dans le reste de la maison. La veille au soir, tout n'était qu'espoirs et sourires, remue-ménage et mouvement, bruit et lumières étincelantes au salon, hors du salon, et partout ailleurs. À présent, c'est la langueur qui régnait en maîtresse, et tout n'était plus que solitude.

Une bonne nuit de sommeil la remit de bonne humeur. Elle parvint, le lendemain, à accorder des pensées plus joyeuses à William, et comme dans la matinée elle eut l'occasion d'évoquer la réception du jeudi avec Mme Grant et Mlle Crawford, en grand style, avec tous les embellissements de l'imagination, et tous les rires qui accompagnent un tel badinage, si essentiels au souvenir d'un bal disparu, elle put ensuite, sans trop d'efforts, retrouver ses esprits comme à l'accoutumée, et se soumettre sans peine à la paix de cette semaine pauvre en événements.

Leur cercle était plus rétréci qu'elle ne l'avait jamais vu, ne serait-ce que durant toute une journée, et celui dont dépendaient surtout le réconfort et la gaieté de la moindre réunion familiale et du moindre repas était loin, mais il fallait s'habituer à le supporter. Il allait bientôt partir pour toujours, et elle parvenait à présent à demeurer assise dans la même pièce que son oncle, à entendre sa voix, écouter ses questions, et même à y répondre sans se sentir malheureuse, ainsi qu'elle l'avait été autrefois.

— Nos deux jeunes gens nous manquent, observa Sir Thomas, le premier et le second jour, alors qu'ils reformaient leur groupe très restreint, après le dîner.

Et pour tenir compte des yeux baignés de larmes de Fanny, il se contenta, le premier soir, de proposer de boire à leur santé, sans rien ajouter de plus ; mais le second soir, cette considération l'entraîna à pousser les choses un peu plus avant. Il fit un éloge bienveillant de William, et souhaita qu'il obtienne de l'avancement.

— Et il n'y a pas de raisons de croire, ajouta-t-il, que ses visites chez nous ne deviendront pas désormais plus fréquentes ; mais pour ce qui est d'Edmund, il va nous falloir apprendre à vivre sans lui. C'est le dernier hiver où il sera des nôtres comme il l'a été jusqu'ici.

— Oui, dit lady Bertram, mais je voudrais qu'il ne s'en allât pas. J'ai l'impression qu'ils s'en vont tous. Je préférerais qu'ils restent à la maison.

Ce vœu concernait surtout Julia, qui venait de demander l'autorisation d'accompagner Maria à Londres, et comme Sir Thomas estimait qu'il était préférable pour ses deux filles de lui en accorder la permission, lady Bertram, bien que sa nature généreuse ne lui ait pas permis d'y mettre obstacle, déplorait de voir différé le retour de sa fille cadette, qui aurait dû, autrement, avoir lieu à peu de temps de là. Sir Thomas fit alors surtout appel au bon sens de sa femme pour tenter de la réconcilier avec un tel arrangement. Il avança à son intention tout ce qu'un parent attentionné se devrait d'éprouver, puis il attribua à son naturel tout ce qu'une mère affectueuse a l'obligation de ressentir lorsqu'il s'agit d'encourager les loisirs de ses enfants. Lady Bertram acquiesça sans se départir de son calme, et au bout d'un quart d'heure de méditation silencieuse, elle remarqua de façon spontanée :

— Sir Thomas, j'ai réfléchi ; et je suis très contente que nous ayons pris Fanny comme nous l'avons fait, car maintenant que les autres sont partis, nous sentons l'effet favorable de cette décision.

Sir Thomas renchérit aussitôt sur ce compliment, en déclarant :

— Cela est tout à fait juste. Nous avons montré à Fanny combien nous sommes satisfaits d'elle en faisant son éloge devant elle ; elle est à présent une compagne très précieuse. Si nous nous sommes montrés généreux envers elle, c'est à nous qu'elle est maintenant devenue tout à fait nécessaire.

— Oui, renchérit lady Bertram, un peu plus tard, et c'est un réconfort que de penser qu'*elle*, nous l'aurons toujours avec nous.

Sir Thomas demeura songeur, esquissa un sourire, jeta un coup d'œil à sa nièce, puis reprit son sérieux pour répondre :

— Elle ne nous quittera pas, je l'espère, jusqu'à ce qu'elle soit invitée à demeurer dans une autre maison qui lui promette raisonnablement de trouver un plus grand bonheur que celui qu'elle connaît ici.

— Et il n'est pas très vraisemblable que cela se produise, Sir Thomas. Qui l'y inviterait ? Maria serait peut-être contente de la recevoir à Sotherton de temps à autre, mais elle ne songerait pas à lui demander d'y vivre ; et je suis sûre que Fanny est mieux ici ; en outre, je ne puis me passer d'elle.

La semaine qui se déroulait de manière si calme et si sereine dans la grande demeure de Mansfield prenait, au presbytère, une tout autre tournure. Elle faisait naître des sentiments très différents – du moins chez la jeune fille de chacune des deux familles. Ce qui signifiait tranquillité et bien-être pour Fanny n'était qu'ennui et mécontentement pour Mary. Une partie de cette opposition dans le comportement était en partie due à une dissemblance de nature et d'habitudes – la première, si satisfaite de peu, et l'autre, si peu accoutumée à prendre son mal en patience ; mais cela provenait par-dessus tout de la différence de situation sociale. Sur certains points concernant leur intérêt personnel, une divergence totale d'opinion les séparait. Pour Fanny, l'absence d'Edmund était au fond un soulagement, tant par sa cause que par l'orientation qui l'expliquait. Aux yeux de Mary, elle était pénible de toutes les façons. Elle se rendait compte chaque jour, et presque à chaque heure, combien sa compagnie lui manquait ; et ce manque était trop profond pour qu'elle pût ressentir autre chose que de l'irritation quand elle considérait l'objet de son déplacement. Il n'aurait rien pu imaginer de mieux pour lui faire sentir son importance que cette absence d'une semaine, d'autant qu'elle coïncidait avec le voyage de son frère, et que le retour chez lui de William Price achevait la dispersion générale d'une société qui avait été si animée. Elle le ressentait vivement. Ils formaient à présent un misérable trio, confinés comme ils l'étaient chez eux par une suite de jours de pluie et de neige, désœuvrés et sans espoir de dérivatif. Exaspérée de voir Edmund persister dans ses principes et vouloir les respecter dans ses actions en dépit d'elle – et elle s'était mise dans une telle colère, au cours du bal, que c'est à peine s'ils conservaient encore quelque amitié l'un pour l'autre, quand ils s'étaient quittés –, elle ne pouvait s'empêcher de penser sans cesse à lui, de songer à ses mérites et à son affection, et d'aspirer à revivre les rencontres presque quotidiennes qu'ils avaient eues ces derniers temps. Son absence se prolongeait inutilement. Il n'aurait pas dû envisager un éloignement d'une telle durée. Il n'aurait pas dû quitter sa maison tout une semaine, alors que son propre départ était si proche. Puis elle s'en prit à elle-même. Elle aurait voulu ne pas lui avoir parlé avec autant d'emportement, lors de leur dernière conversation. Elle craignait d'avoir eu recours à des expressions trop brutales ; des paroles méprisantes à l'égard du clergé ; et elle n'aurait pas dû céder à cette tentation-*là*. Elle s'était comportée de façon mal élevée ; elle avait eu tort. Elle aurait voulu de tout son cœur n'avoir jamais prononcé de tels mots.

Sa contrariété ne prit pas fin avec la semaine. Tout cela lui était pénible, mais elle allait encore essuyer d'autres déboires, car le second vendredi arriva, sans ramener Edmund ; le samedi s'écoula, toujours sans Edmund ; et lors des brefs échanges de nouvelles qui se produisaient entre les deux familles, le dimanche, elle apprit qu'il avait écrit aux siens pour différer son retour, ayant accepté de rester quelques jours de plus chez son ami.

Si elle avait connu jusque-là l'impatience et les regrets, si elle avait éprouvé des remords de s'être adressée à lui en de tels termes, et craint qu'ils n'aient eu un effet trop choquant sur lui, son repentir et ses appréhensions s'en trouvaient décuplés, à présent. Il lui fallait en outre combattre une émotion désagréable, toute nouvelle pour elle, la jalousie. L'ami d'Edmund, M. Owen, avait des sœurs. Allait-il les trouver séduisantes ? Et, de toutes façons, la prolongation de son absence, à un moment où, selon toutes les prévisions, elle devait aller s'installer à Londres, avait pour elle une signification insupportable. Si Henry revenait, ainsi qu'il l'avait projeté, d'ici trois ou quatre jours, elle devrait alors quitter Mansfield. Il lui devenait indispensable de joindre Fanny et d'en apprendre davantage. Elle ne pouvait demeurer plus longtemps dans cette misérable solitude ; aussi se dirigea-t-elle vers le Parc, en rencontrant des difficultés telles, à pied, sur le chemin, qu'elle les aurait jugées insurmontables, une semaine plus tôt, dans le seul espoir d'en apprendre un peu plus, ou tout au moins, pour le plaisir d'entendre prononcer son nom.

La première demi-heure fut perdue, car Fanny et lady Bertram étaient ensemble, et à moins de se retrouver en tête à tête avec Fanny, elle n'espérait rien obtenir. Mais enfin, lady Bertram quitta la pièce, et presque aussitôt, Mlle Crawford commença en ces termes, en maîtrisant sa voix de son mieux :

— Et quel effet cela vous fait-il à vous de voir votre cousin Edmund demeurer absent si longtemps ? Comme vous êtes la seule jeune personne de la maison, je considère que c'est vous qui avez le plus à en souffrir ? Il doit vous manquer. Est-ce que cette absence prolongée vous surprend ?

— Je ne sais, dit Fanny, hésitante. Oui, je ne m'y étais pas vraiment attendue.

— Peut-être reste-t-il toujours plus longtemps absent qu'il ne l'annonce ? C'est la manière dont procèdent la plupart des jeunes gens, en général.

— Il ne l'a pas fait, la seule fois où il est allé voir M. Owen auparavant.

— Il trouve peut-être la maison plus agréable *maintenant*. Il est très, très attirant lui-même, ce jeune homme, et je ne peux m'empêcher d'être un peu soucieuse de ne pas le revoir avant mon départ, ainsi que ce sera sans doute le cas, à présent. J'attends Henry d'un jour à l'autre, et dès qu'il sera là, plus rien ne me retiendra à Mansfield. J'aurais aimé le rencontrer encore une fois, je l'avoue. Mais je vous chargerai de lui présenter mes amitiés à ma place. Oui, je crois qu'il faut parler d'amitié. Ne trouvez-vous pas, mademoiselle Price, qu'il manque un mot, dans notre langue, pour exprimer un état intermédiaire entre… l'amitié et… l'amour ? Un mot qui définisse la relation affectueuse que nous avons eue ensemble ? Une relation de tant de mois ! Mais le terme d'amitié suffira peut-être dans le cas présent. Sa lettre était-elle longue ? Vous fait-il un récit détaillé de ses actions ? Est-il retenu par les réjouissances du temps de Noël ?

— Je n'ai entendu lire qu'une partie de la lettre ; elle était adressée à mon oncle ; mais je crois qu'elle était très courte ; en vérité, je suis sûre qu'elle ne comportait que quelques lignes. J'ai simplement entendu que son ami l'avait pressé de rester plus longtemps, et qu'il avait accepté. *Deux ou trois* jours de plus ou *quelques* jours de plus, je ne me souviens plus très bien de ce qu'il disait.

— Oh ! s'il a écrit à son père… J'avais cru que la lettre aurait été adressée à lady Bertram ou à vous-même. Mais si c'est à son père qu'elle était destinée, il ne faut pas s'étonner qu'il ait été bref. Qui songerait à faire part de menus événements à Sir Thomas ? S'il avait voulu vous informer, vous, il aurait fourni plus de détails. Vous auriez entendu parler de bals et de fêtes. Il vous aurait donné une description de tout et de chacun. Combien y a-t-il de demoiselles Owen ?

— Trois, et toutes adultes.

— Sont-elles musiciennes ?

— Je l'ignore. Je n'en ai jamais entendu parler.

— C'est la première question, comprenez-vous, dit Mlle Crawford, en s'efforçant de paraître gaie et indifférente, que toute femme qui joue d'un instrument elle-même pose à coup sûr, à propos d'une autre. Mais il est tout à fait absurde de demander quoi que ce soit au sujet de jeunes filles de bonne famille, de trois sœurs qui viennent d'atteindre l'âge adulte ; car l'on sait précisément comment elles sont, sans qu'on ait besoin de vous le dire ; toutes très accomplies et agréables, et *l'une* d'entre elles, très jolie. On rencontre une beauté dans presque toutes les familles. C'est une chose très fréquente. Deux de ces jeunes filles jouent du pianoforte, et une, de la harpe, et toutes les trois chantent – ou chanteraient, si on leur donnait des leçons, ou bien chantent d'autant mieux qu'on ne le leur a pas appris, enfin, quelque chose de ce genre.

— Je ne sais rien sur les demoiselles Owen, assura Fanny calmement.

— Vous, la seule chose que vous savez, c'est que vous ne savez rien, comme le veut la sagesse populaire. Jamais une intonation de voix n'a exprimé plus clairement l'indifférence. À dire le vrai, pourquoi se soucierait-on de personnes que l'on n'a jamais vues ? Eh bien, quand votre cousin reviendra, il trouvera Mansfield bien silencieux ; tous ceux qui y faisaient grand bruit l'auront abandonné ; votre frère, le mien et moi-même. L'idée de quitter Mme Grant me déplaît, à présent que l'heure du départ approche. Elle n'aime pas non plus me voir partir.

Fanny se sentit obligée de parler.

— Vous ne pouvez douter que vous manquerez à beaucoup d'entre nous, dit-elle. Vous nous manquerez énormément.

Mlle Crawford la dévisagea, comme si elle espérait en entendre ou en voir davantage, puis elle dit en riant :

— Oh ! oui, vous vous apercevrez de mon absence comme l'on se rend compte de celle d'un bruit désagréable, une fois qu'il a été supprimé ; c'est-à-dire que l'on perçoit une différence. Mais je ne quête pas les compliments ; épargnez-moi-les. Si je *manque* à quelqu'un, cela finira par se savoir. Ceux qui tiennent à me retrouver me découvriront bien. Je ne vais pas en pays lointain, mal connu ou inaccessible.

Sur ce point, Fanny ne put se résoudre à répondre, et Mlle Crawford en fut déçue ; elle avait espéré entendre quelque agréable confirmation de son pouvoir, de la bouche de la personne qui devait le mieux savoir à quoi s'en tenir, pensait-elle ; sa bonne humeur en fut donc à nouveau troublée.

— Pour en revenir à ces demoiselles Owen, reprit-elle, peu après, supposez que vous appreniez que l'une d'elles vient s'installer à Thornton Lacey, comment trouveriez-vous cela ? On a vu se produire des événements plus étranges. J'imagine qu'elles s'efforcent d'y parvenir. Et elles ont tout à fait raison, car ce serait pour elles une très jolie façon de s'établir. Je ne m'en étonnerais ni ne les en blâmerais. C'est le devoir de chacun de veiller à ses propres intérêts dans toute la mesure du possible. Le fils Bertram n'est pas n'importe qui ; et à présent, il entre à son tour dans l'état ecclésiastique. Leur père est pasteur, leur frère l'est également, et les voilà tous réunis. Il est leur propriété légitime ; il leur revient de droit. Vous ne dites rien, Fanny ? Mademoiselle Price, vous ne parlez pas. Mais voyons, en toute sincérité, ne vous attendez-vous pas à ce que les choses se passent ainsi plutôt qu'autrement ?

— Non, dit Fanny avec vigueur ; je ne m'y attends nullement.

— Nullement ? s'écria Mlle Crawford avec alacrité. Je m'en étonne, mais je suppose que vous savez avec certitude… Je m'imagine toujours que vous le savez… Peut-être ne pensez-vous pas qu'il ait du tout envie de se marier… du moins, pour le moment.

— Non, je ne le pense pas, dit Fanny d'une voix douce, tout en espérant que ni sa croyance, ni l'aveu qu'elle en faisait étaient erronés.

Sa compagne lui jeta un regard aigu, et, retrouvant son entrain après avoir vu la rougeur qu'avait très vite fait naître son air inquisiteur, elle se contenta de dire :

— Il est mieux comme il est.

Puis elle donna un autre tour à la conversation.

30

Cet entretien apaisa beaucoup les craintes de Mlle Crawford, et elle rentra chez elle de si joyeuse humeur qu'elle aurait pu encore braver une autre semaine, au sein de la même société réduite, et dans des conditions de mauvais temps identiques, si on leur avait fait subir une telle épreuve ; mais comme son frère arriva le soir même de Londres, et qu'il fit montre de sa gaieté ordinaire, sinon plus vive qu'à l'ordinaire, elle n'eut pas à essayer d'atteindre les limites de sa patience. Son refus persistant de lui dire pourquoi il était parti contribuait à présent à son propre enjouement ; la veille, elle en aurait été irritée, mais à présent, cela lui semblait n'être qu'une aimable plaisanterie, car elle le soupçonnait de vouloir simplement dissimuler un projet destiné à lui ménager une aimable surprise. Mais le jour suivant lui apporta une véritable raison de s'étonner. Henry avait annoncé qu'il sortait prendre des nouvelles de la famille Bertram et qu'il serait de retour dans dix minutes, mais il demeura absent plus d'une heure ; et quand sa sœur, qui l'attendait pour aller se promener au jardin, le rencontra enfin, pleine d'impatience, dans l'allée d'accès du presbytère, elle s'écria :

— Mon cher Henry, où avez-vous donc pu aller durant tout ce temps ?

Et il lui répondit simplement qu'il était demeuré assis en compagnie de lady Bertram et de Fanny.

— Vous êtes resté assis avec elles durant une heure et demie ! s'exclama Mary.

Mais ce n'était là que le début de son étonnement.

— Oui, Mary, dit-il, en prenant son bras sous le sien, et en suivant l'allée d'accès sans avoir l'air de savoir où il était. Je n'ai pas pu m'arracher plus tôt à leur compagnie. Fanny avait l'air si jolie ! J'y suis tout à fait décidé, Mary. Ma résolution est inébranlable. Cela va-t-il vous surprendre ? Non, vous devez vous être rendu compte que j'avais la ferme intention d'épouser Fanny Price.

La stupéfaction de Mary fut à son comble, car en dépit de ce qu'avait pu lui suggérer l'embarras de son frère, nul soupçon qu'il ait pu entretenir de telles pensées ne lui avait traversé l'esprit, et elle laissait si bien transparaître sa stupeur qu'il fut obligé de répéter ce qu'il venait de lui annoncer, après avoir fourni davantage de détails et pris un ton plus solennel. Une fois acquise la conviction de sa détermination, Mary n'accueillit pas mal sa décision. Elle se trouvait dans un état d'esprit propre à se réjouir de l'établissement de liens avec la famille Bertram, et à ne pas se sentir chagrinée de ce que son frère se mariât un peu au-dessous de ce à quoi il aurait pu prétendre.

— Oui, Mary, conclut Henry avec assurance. Je suis bien pris. Vous savez avec quels vagues desseins j'ai commencé ; mais voilà comment cela se termine. J'ai fait, je m'en flatte, des progrès assez considérables dans son affection ; mais mes propres sentiments sont tout à fait fermes.

— Quelle heureuse, heureuse jeune fille ! s'écria Mary, dès qu'elle put parler, quelle alliance pour elle ! Mon très cher Henry, ce doit être là ma *première* réaction, mais la *seconde*, que je vous livre avec autant de sincérité, est que j'approuve votre choix de toute mon âme, et je pressens que vous connaîtrez le bonheur avec autant de chaleur que je souhaite et je désire que vous y parveniez. Vous aurez là une *charmante* petite femme, pleine de gratitude et de dévouement. Tout à fait celle que vous méritez. Quel extraordinaire mariage pour elle ! Mme Norris évoque souvent la chance qui est la sienne ; que dira-t-elle à présent ? Quelle félicité pour toute la famille, en vérité ! Et elle y compte quelques amis *sincères*. Comme *ils* vont se réjouir ! Mais racontez-moi tout. Parlez-m'en à perdre haleine. Quand avez-vous sérieusement commencé à penser à elle ?

Il lui était impossible de répondre à une question comme celle-là, même s'il trouvait fort agréable de se l'entendre poser. « De quelle sournoise manière avait-il contracté cette aimable maladie ? » Il n'aurait su le préciser ; et avant qu'il ait eu fini d'exprimer la même conviction par trois fois, avec quelques variantes, sa sœur, pleine d'enthousiasme, l'interrompit soudain pour déclarer :

— Ah, mon cher Henry, c'est donc cela qui vous a conduit à Londres ! C'était cela l'affaire qui vous appelait ! Vous avez voulu consulter l'amiral avant de prendre une décision.

Il le nia farouchement, toutefois. Il connaissait trop bien son oncle pour le consulter sur un projet matrimonial. L'amiral nourrissait le plus grand mépris pour le mariage, et il pensait qu'il était impardonnable chez un jeune homme disposant d'une indépendance financière de s'engager dans une telle voie.

— Quand il verra Fanny, poursuivit-il, il en deviendra fou. Elle est bien la femme qui parviendra à dissiper les préjugés d'un homme tel que l'amiral, car il est persuadé qu'en aucun pays au monde on ne rencontre une femme comme elle. Elle est la personnification même de ce dont il tiendrait l'existence pour impossible, s'il avait acquis à présent un langage assez raffiné pour formuler ses propres idées. Mais jusqu'à ce que tout soit bien réglé, établi de façon définitive, il ne saura rien de cette affaire. Non, Mary, vous êtes tout à fait dans l'erreur. Vous n'avez pas encore deviné le but de mon voyage à Londres ?

— Eh bien, eh bien, cela me suffit. Je sais à présent à qui cela doit se rapporter et je ne suis plus pressée d'entendre le reste. Fanny Price. Surprenant, tout à fait surprenant ! Que

Mansfield ait tant fait pour… Que votre destinée, *à vous*, se soit décidée à Mansfield ! Mais vous avez tout à fait raison. Vous n'auriez pu mieux choisir. Il n'existe pas de meilleure jeune fille au monde, et vous n'avez pas besoin qu'elle ajoute à votre fortune ; et pour ce qui est de sa famille, elle est plus que convenable. Les Bertram comptent parmi les familles les plus considérables du pays. Elle est la nièce de Sir Thomas Bertram, et voilà qui suffira aux yeux du monde. Mais allez, allez toujours. Dites-m'en davantage. Quels sont vos plans ? Connaît-elle son bonheur ?

— Non.

— Qu'attendez-vous ?

— Peu… peu de choses, si ce n'est l'occasion. Mary, elle ne ressemble pas à ses cousines ; mais je pense que je ne le lui demanderai pas en vain.

— Oh ! non, cela ne se peut. Même si vous étiez moins aimable, à supposer qu'elle ne vous aime pas déjà – ce dont je ne peux toutefois guère douter –, vous n'auriez aucun souci à vous faire. La douceur et la reconnaissance, qui sont les qualités naturelles de son caractère, vous assureraient de son consentement immédiat. Sur ma vie, je pense qu'elle ne vous épouserait pas sans amour. Je veux dire que s'il est une fille au monde insensible à l'ambition, je suppose que c'est elle ; mais demandez-lui de vous aimer, et elle n'aura jamais le cœur à refuser.

Dès que son accès d'enthousiasme fut calmé et qu'elle put conserver le silence, son frère fut tout aussi heureux de raconter qu'elle d'écouter, et la conversation fut tout aussi intéressante pour elle que pour lui, bien qu'il n'ait rien eu d'autre à évoquer que ses propres sentiments, rien sur lequel s'appesantir sinon sur ce qui le charmait chez Fanny, la beauté de son visage et de sa silhouette, la grâce de ses manières et sa générosité de cœur, voilà quels étaient ses thèmes inépuisables. Il vantait avec chaleur la douceur, la modestie, et l'affabilité de son caractère, cette modération qui tient une part si essentielle dans l'évaluation de toute femme, selon le jugement d'un homme, que même s'il est amoureux d'une personne qui en est dépourvue, il ne parvient jamais à se persuader qu'elle lui fait défaut. Il avait de bonnes raisons de croire en l'égalité de son humeur, et de la louer. Il l'avait souvent vue mise à l'épreuve. Existait-il un seul des membres de la famille, en dehors d'Edmund, qui ne l'ait obligée, d'une manière ou d'une autre, à s'armer de patience et à montrer de l'indulgence ? De toute évidence, elle était capable d'éprouver des sentiments profonds. Il suffisait de la voir avec son frère ! Aurait-elle pu prouver de façon plus charmante qu'elle avait un cœur aussi ardent qu'ouvert aux autres ? Existait-il un meilleur encouragement pour un homme qui briguait son amour ? Et puis, à n'en pas douter, elle avait une intelligence vive et claire, et ses manières reflétaient l'honnêteté et l'élégance de son esprit. Et ce n'était pas tout. Henry Crawford avait trop de bon sens pour ne pas apprécier le prix des bons principes chez une femme, même s'il était trop peu habitué aux réflexions sérieuses pour leur donner le nom qui leur convenait ; mais quand il déclarait que la constance et la régularité qui caractérisaient sa conduite, sa haute notion de l'honneur, et son respect de la bienséance garantissaient à un homme qu'il pourrait compter sur sa foi et son intégrité, il faisait allusion à ce qui lui donnait l'assurance qu'elle était guidée par de bonnes règles morales et religieuses.

— J'aurai en elle une confiance si entière et si absolue, dit-il, et c'est à *cela* que j'aspire.

Et sa sœur, persuadée qu'elle était que l'opinion qu'il avait de Fanny ne l'emportait guère sur les mérites de cette dernière, se réjouissait, à juste titre, de ce qui attendait celle-ci dans l'avenir.

— Plus j'y songe, s'écria-t-elle, plus je suis convaincue que vous agissez fort bien, et même si moi, je n'avais pas choisi Fanny comme la jeune fille dont vous pourriez vous éprendre, je suis maintenant persuadée que c'est elle entre toutes qui vous rendra heureux. Votre méchant projet de troubler la paix de son âme se révèle être une idée intelligente. Vous allez tous deux en tirer quelque chose de positif.

— C'était mal, très mal à moi de m'en prendre à une telle innocente ! Mais alors, je ne la connaissais pas. Et elle n'aura pas à regretter l'heure où cette idée m'est venue. Je la rendrai très heureuse, Mary, plus heureuse qu'elle ne l'a encore jamais été ou qu'elle a jamais vu quelqu'un l'être. Je ne lui ferai pas quitter son comté de Northampton. Je louerai Everingham et prendrai de mon côté quelque domaine en location dans les alentours, peut-être le pavillon de Stanwix Lodge. Je signerai un bail de sept ans pour Everingham. Je suis certain de n'avoir à dire qu'un mot pour trouver un excellent locataire. Je pourrais dès à présent citer trois personnes qui accepteraient la propriété à mes conditions, et qui me diraient merci.

— Ah ! s'écria Mary, vous fixer dans le comté de Northampton ! Que ce serait agréable ! Alors nous y serions tous ensemble.

À peine eut-elle prononcé ces paroles qu'elle se ressaisit et regretta d'avoir ouvert la bouche ; mais il était inutile qu'elle se sentît confuse, car son frère supposa simplement qu'elle parlait en sa qualité d'habitante du presbytère de Mansfield, et dans sa réponse, il l'invita, avec la plus grande courtoisie, à venir chez lui et à y prétendre aux meilleurs droits.

— Il faudra que vous nous accordiez plus de la moitié de votre temps, dit-il ; je ne puis admettre que Mme Grant dispose sur vous de prétentions égales à celles de Fanny et de moi-même, car nous aurons tous les deux un droit sur vous. Fanny deviendra si volontiers votre sœur !

Mary ne put qu'exprimer sa gratitude et donner des assurances, en général ; mais elle était maintenant décidée à ne pas être l'invitée de son frère ou de sa sœur au bout de quelques mois.

— Vous partagerez votre temps, chaque année, entre Londres et le comté de Northampton ?

— Oui.

— C'est bien ; et à Londres, bien entendu, vous aurez une maison à vous ; et vous ne vivrez plus chez l'amiral. Mon très cher Henry, quel avantage pour vous que de quitter l'amiral avant que ses manières n'aient marqué les vôtres, avant que vous n'ayez adopté ses sottes opinions, ou pris l'habitude de vous éterniser à la table du dîner, comme si c'était là le plus grand bienfait que l'on puisse attendre de l'existence ! *Vous*, vous n'êtes pas sensible à ce que vous y gagnerez, car le respect que vous avez à son égard vous aveugle ; mais selon moi, si vous vous mariez tôt, vous serez peut-être sauvé. Vous voir devenir comme l'amiral, en paroles ou en actes, en apparence ou en attitude, m'eût brisé le cœur.

— Bon, bon, nous ne voyons pas tout à fait les choses de la même façon, là-dessus. L'amiral a ses défauts, mais c'est un excellent homme, et il a été plus qu'un père pour moi. Rares sont les pères qui m'auraient laissé moitié moins d'indépendance. N'imposez pas à Fanny vos préjugés contre lui. Je tiens à ce qu'ils éprouvent de l'affection l'un pour l'autre.

Mary se garda bien de dire qu'à ses yeux il n'existait pas deux personnes au monde dont les manières et le caractère étaient aussi incompatibles ; il le découvrirait avec le temps ; mais à propos de l'amiral, elle ne put s'empêcher de faire la réflexion suivante :

— Henry, j'ai une opinion si élevée de Fanny Price, que si je supposais que la future Mme Crawford acquière ne serait-ce que la moitié des raisons qui ont poussé ma pauvre tante, traitée avec tant d'inhumanité, à détester jusqu'à ce nom, j'empêcherais, si possible, ce mariage ; mais je vous connais, et je sais qu'une femme dont *vous*, vous êtes amoureux, serait la plus heureuse de toutes, et que même si vous cessiez de l'aimer, elle trouverait encore en vous la libéralité et les marques de la bonne éducation qui sont le propre d'un gentilhomme.

L'impossibilité où il était de ne pas entreprendre tout au monde pour rendre Fanny heureuse, tout comme celle de cesser de l'aimer, fut, bien entendu, la base même de son éloquente réponse.

— Si vous l'aviez vue ce matin, Mary, enchaîna-t-il, en train de satisfaire avec une gentillesse et une patience ineffables à toutes les exigences nées de la sottise de sa tante, travaillant avec et pour cette dernière, sa carnation merveilleusement rehaussée lorsqu'elle se penchait sur l'ouvrage ; puis regagnant son siège pour terminer un billet dont elle avait entrepris la rédaction au service de cette femme stupide, et tout cela avec une douceur sans prétention, comme s'il était normal qu'elle ne dispose jamais d'un instant pour elle-même, ses cheveux coiffés avec autant de soins qu'ils le sont toujours, et comme une petite boucle retombait sur son front tandis qu'elle écrivait, elle la rejetait de temps à autre en arrière, et au milieu de tout cela, elle continuait à me parler par intervalles, ou à m'écouter, et elle le faisait comme si elle éprouvait du plaisir à m'entendre. Et si vous l'aviez vue ainsi, Mary, vous n'envisageriez pas l'éventualité que le pouvoir qu'elle exerce sur mon cœur prît jamais fin.

— Mon très cher Henry, s'écria Mary, avant de s'arrêter net et de lui sourire en le regardant en face, comme je suis heureuse de vous voir aussi amoureux ! Cela me ravit. Mais qu'en diront Mme Rushworth et Julia ?

— Peu m'importe ce qu'elles diront ou ressentiront. Elles se rendront compte à présent quel est le genre de femme à qui je puis m'attacher, à qui peut se lier un homme de bon sens. J'espère que cette découverte leur servira de leçon. Elles verront leur cousine traitée comme elle mériterait l'être, et je souhaite qu'elles éprouvent une grande honte de leur abominable négligence et de leur manque de charité. Elles seront irritées, ajouta-t-il d'un ton plus calme, après un moment de silence, et Mme Rushworth s'emportera de façon véhémente. Ce sera une pilule amère pour elle ; c'est-à-dire que, comme toutes les pilules amères, celle-ci aura un goût désagréable quelques instants, puis une fois avalée, elle sera oubliée ; car je ne suis pas assez vain pour supposer que ses sentiments soient plus durables que ceux d'autres femmes, même si c'est *moi* qui en ai été l'objet. Oui, Mary, ma Fanny sentira une profonde différence de jour en jour, et d'heure en heure, dans la conduite de tous ceux qui l'approcheront ; et pour moi, le comble du bonheur sera de savoir que je suis l'auteur de ce changement ; celui qui lui fera accorder l'importance qui lui est si justement due. Pour le moment, elle est dépendante, sans défense, sans amis, négligée et oubliée.

— Non, Henry, pas de tous ; elle n'est pas oubliée de tous ; ni sans amis, ni oubliée. Son cousin Edmund ne l'oublie jamais.

— Edmund. Cela est vrai ; je crois qu'il se montre – en général – bienveillant avec elle ; et il en est de même aussi pour Sir Thomas, à sa manière, mais c'est la manière d'un oncle riche, hautain, verbeux et despotique. Que peuvent bien faire Sir Thomas et Edmund réunis, que *font-ils* donc pour assurer son bonheur, son bien-être, son honneur et son rang dans le monde, comparé à ce que *moi*, je vais faire ?

31

Henry Crawford retourna le lendemain matin au Parc de Mansfield, à une heure plus matinale que celles où se font d'habitude les visites. Les deux dames se trouvaient en tête à tête dans la petite salle à manger, et par bonheur pour lui, lady Bertram était sur le point de quitter la pièce, lorsqu'il y fut admis. Elle était presque arrivée à la porte, et comme elle préférait ne pas s'être donné tant de mal pour rien, elle poursuivit son chemin, après l'avoir reçu avec politesse, avoir expliqué par une courte phrase qu'elle était attendue, et jeté au domestique un « Prévenez Sir Thomas ».

Henry, tout joyeux de la voir s'en aller, la salua et la regarda sortir, puis, sans perdre un instant, il se tourna aussitôt vers

Fanny, et tirant plusieurs lettres de sa poche, il lui dit, en lui jetant un regard plein de vivacité :

— Je dois reconnaître que je me sens infiniment obligé à tout être humain qui m'offre une telle occasion de vous voir seule ; je le souhaitais plus que vous ne pouvez l'imaginer. Sachant quels sont vos sentiments à l'égard de votre frère, il m'aurait été plus difficile de supporter que quelqu'un d'autre, dans cette maison, eût appris, en même temps que vous, les nouvelles que je vous apporte. Il est breveté. Votre frère est lieutenant. J'ai l'infinie satisfaction de vous féliciter au sujet de la promotion de votre frère. Voici les lettres qui l'annoncent et qui arrivent à l'instant. Peut-être aimeriez-vous les voir ?

Fanny fut incapable de lui répondre, mais il n'avait pas besoin de l'entendre parler. Voir l'expression de ses yeux, l'altération de son visage, l'évolution de ses sentiments, ses doutes, sa confusion et sa félicité lui suffisait. Elle prit les lettres qu'il lui tendait. La première, adressée par l'amiral, informait son neveu, en quelques phrases, de la réussite de son entreprise, à savoir l'obtention de l'avancement du jeune Price, et elle s'accompagnait de deux autres, l'une du secrétaire du premier lord de l'Amirauté à un ami, auquel l'amiral avait demandé de s'entremettre dans cette affaire ; et l'autre, adressée par cet ami, où il apparaissait que le ministre avait été très heureux d'agir sur la recommandation de Sir Charles, que ce dernier était enchanté d'avoir une telle occasion de montrer de la considération envers l'amiral Crawford, et qu'une fois connue l'attribution à M. William Price du brevet de second lieutenant de vaisseau du sloop *Thrush* de Sa Majesté, la nouvelle avait été connue avec plaisir par un cercle important de personnes distinguées.

Tandis que la main de Fanny tremblait en tenant ces lettres, que son regard allait de l'une à l'autre, et que son cœur se gonflait d'émotion, Crawford continuait, avec un enthousiasme sincère, à exprimer l'intérêt qu'il portait à l'événement.

— Je ne parlerai pas de mon propre bonheur, si grand soit-il, dit-il, car je ne pense qu'au vôtre. Qui aurait le droit de se dire heureux, comparé à vous ? Je m'en voulais presque de savoir avant vous ce que vous aviez le droit de connaître avant tout le monde. Je n'ai pourtant pas perdu un seul instant. La poste était en retard, ce matin, mais il n'y a pas eu depuis le moindre délai. Je n'essayerai pas de vous décrire à quel point j'étais impatient, inquiet, fébrile sur ce sujet ; ni combien j'étais fortement contrarié, cruellement déçu, de ne pas avoir tout terminé durant mon séjour à Londres ! Je restais là, jour après jour, dans cet espoir, car rien ne m'aurait retenu aussi longtemps à distance de Mansfield hormis l'atteinte d'un objectif qui me tenait tant à cœur. Mais bien que mon oncle ait montré tout l'enthousiasme que je pouvais désirer pour entrer dans mes vues, et qu'il ait mis en jeu toutes ses ressources sans plus tarder, des difficultés ont surgi du fait de l'absence d'un de ses amis, et d'engagements qui en liaient un autre, aussi, au bout d'un moment, comme je ne supportais plus d'attendre le dénouement, et que je savais l'affaire entre bonnes mains, j'ai repris la route lundi, persuadé qu'il ne se succéderait pas beaucoup de postes avant que des lettres telles que celles-ci n'arrivent à ma suite. Mon oncle, qui est le meilleur des hommes, s'est donné du mal, comme je savais qu'il allait le faire après avoir vu votre frère. Il a été très content de lui. Je n'ai pas voulu me permettre, hier, de dire *à quel point* l'amiral en était content, ni répéter la moitié des éloges qu'il a prononcés à son propos. J'ai différé tout cela, jusqu'au moment où ces témoignages d'estime se révéleraient bien être ceux d'un ami, ainsi que la preuve nous en est donnée aujourd'hui. *À présent*, je puis dire qu'*à moi seul*, je n'aurais su obtenir que William Price suscitât un intérêt aussi vif, ni que ce dernier fût suivi de vœux plus cordiaux et de discours si hautement élogieux que ceux qu'a émis mon oncle de façon spontanée, après la soirée qu'ils ont passée ensemble.

— Tout cela est donc *votre* œuvre ? s'écria Fanny. Juste ciel ! comme c'est généreux à vous ! Avez-vous vraiment... Était-ce pour satisfaire à *vos* souhaits ? Je vous demande pardon, mais je suis abasourdie. L'amiral Crawford est-il intervenu ? Comment cela s'est-il passé ? Je suis stupéfaite.

Henry fut très heureux de lui rendre les choses plus intelligibles en les reprenant à un stade antérieur et en lui exposant très en détail ce qu'il avait fait. Son dernier voyage à Londres n'avait été entrepris que dans le but de présenter son frère à Hill Street, et d'inciter l'amiral à exercer son influence en faveur de l'avancement du jeune homme. Telle avait été l'affaire dont il s'était occupé. Il ne l'avait confié à personne ; il n'en avait même pas touché mot à Mary ; aussi longtemps que l'issue demeurait incertaine, il n'eût pas supporté de faire part de ses sentiments à autrui ; mais c'est bien lui qui avait mis en œuvre l'entreprise ; et il parlait avec tant d'enthousiasme de la sollicitude qui avait été la sienne, usait d'expressions si frappantes, revenait sans cesse sur l'*intérêt le plus vif*, le *double motif*, les *ambitions et souhaits indicibles*, que si elle avait été en mesure de lui prêter attention, Fanny ne serait pas demeurée insensible à l'orientation de sa pensée ; mais la joie lui emplissait si bien le cœur, et ses sens étaient encore si troublés qu'elle entendait même de façon imparfaite ce qu'il lui disait de William, aussi, quand il s'interrompit, se borna-t-elle à le remercier :

— Quelle bonté ! Quelle extrême bonté ! Ah ! monsieur Crawford, nous vous sommes infiniment obligés. Cher, très cher William !

Puis elle se leva d'un bond et se dirigea en hâte vers la porte, en s'écriant :

— Je vais aller trouver mon oncle. Il faut que mon oncle apprenne cela le plus tôt possible.

Mais il ne voulut pas le permettre. L'occasion était trop belle, et il était trop impatient d'exprimer ses sentiments. Il la suivit aussitôt. « Il ne fallait pas qu'elle parte ; elle devait lui accorder cinq minutes de plus », et il la prit par la main et la raccompagna jusqu'à son siège, et il était déjà parvenu au milieu de son explication complémentaire avant qu'elle n'ait soupçonné la raison pour laquelle il la retenait. Néanmoins, quand elle comprit enfin, et s'aperçut qu'il prétendait lui faire croire qu'*elle*, elle avait suscité dans son cœur des sentiments encore inconnus ; et que tout ce qu'il avait accompli pour William devait être mis sur le compte de l'attachement passionné, inégalé, qu'elle lui inspirait, elle en fut très gênée et demeura quelques instants incapable de parler. Tout cela lui apparaissait comme une absurdité, un simple badinage ou de la pure galanterie, qui n'avait d'autre intention que de la tromper sur le moment ; elle ne pouvait se défendre de sentir que c'était là la traiter de façon inconvenante et indigne, et qu'elle ne l'avait pas mérité ; mais elle le retrouvait bien là tel qu'en lui-même ; cela correspondait tout à fait aux procédés dont elle l'avait vu user auparavant ; et elle ne voulait se permettre de montrer qu'en partie le déplaisir qu'elle en éprouvait, car elle lui avait une obligation qu'aucun manque de tact de sa part ne pouvait anéantir. Aussi longtemps que son cœur bondissait de joie et de gratitude à propos de William elle ne pouvait entretenir de grave ressentiment sur un sujet qui la heurtait, elle, et elle seule ; et donc, après lui avoir retiré par deux fois sa main, et tenté en vain par deux fois de se détourner de lui, elle se leva et se contenta de dire, avec la plus vive agitation :

— Cessez, monsieur Crawford, je vous en prie, cessez. Cette sorte de langage m'est très désagréable. Il faut que je me retire. Je ne puis le supporter.

Mais il persistait, lui dépeignait son affection, sollicitait la sienne en retour, et enfin, usant de termes si clairs et si précis qu'ils ne pouvaient être interprétés que d'une seule manière, même par *elle*, il lui offrait sa personne, sa main, sa fortune, tout, si elle l'acceptait. Il en était ainsi ; il l'avait dit. L'étonnement et la confusion de Fanny augmentèrent ; et bien qu'elle n'eût pas encore su si elle devait le prendre au sérieux, elle eut du mal à demeurer debout. Il la pressa de lui donner une réponse.

— Non, non, non, s'écria-t-elle, en se cachant le visage. Tout cela est insensé. Ne m'affligez pas. Je ne puis en entendre davantage. Votre bonté à l'égard de William m'a créé plus d'obligations envers vous que je ne saurais le dire ; mais je ne veux pas, je ne puis pas, je ne dois pas écouter de tels... Non, non, ne pensez pas à moi. Mais vous ne pensez *pas* à moi. Je sais que pour vous, tout cela ne signifie rien.

Elle s'était écartée de lui, et c'est alors qu'ils entendirent Sir Thomas s'adresser à un domestique avant de pénétrer dans la pièce où ils se trouvaient. Il n'était plus temps de multiplier les assurances ou les prières, même si se séparer d'elle, à l'instant où seule la modestie de Fanny paraissait à l'esprit confiant et sûr de l'emporter du jeune homme être l'unique obstacle au bonheur qu'il recherchait, était une cruelle nécessité. Elle se hâta de sortir par une porte opposée à celle dont son oncle approchait, et elle arpentait déjà la chambre de l'Est, en proie à la plus vive confusion du fait des sentiments contradictoires qui l'agitaient, avant que les politesses et les excuses présentées par Sir Thomas aient pris fin ou qu'il ait commencé à prendre connaissance de l'agréable nouvelle que le visiteur venait lui apporter.

Fanny sentait, pensait, tremblait à propos de tout et de rien ; tour à tour émue, comblée, accablée, infiniment obligée, et pleine de fureur. C'était par trop invraisemblable ! C'était inexcusable, incompréhensible ! Mais ses habitudes étaient telles qu'il ne pouvait rien faire sans qu'il n'y mêlât une volonté d'infliger de la souffrance. Il l'avait d'abord rendue la plus heureuse des femmes, et voilà qu'il l'atteignait dans sa dignité ; elle ne savait que lui dire ; comment qualifier ni considérer sa demande. Elle ne voulait pas croire qu'il fût sérieux ; et pourtant, quelle excuse trouver au recours à des paroles et à des propositions comme celles-là si elles n'étaient adressées que par jeu.

Mais William avait un brevet de lieutenant. C'était *là* un fait incontestable, inaltérable. Elle y penserait toujours et oublierait le reste. M. Crawford ne lui accorderait sans doute plus jamais d'attentions ; il avait dû percevoir à quel point elles lui déplaisaient ; et dans ce cas, avec quelle reconnaissance elle l'estimerait pour l'amitié dont il avait fait preuve envers William !

Elle ne quitta la chambre de l'Est que pour se rendre en haut du grand escalier, afin de s'assurer que M. Crawford avait bien quitté la maison, et quand elle fut convaincue qu'il était parti, elle fut impatiente de redescendre, afin de voir son oncle, d'éprouver tout le plaisir d'ajouter sa joie à la sienne, et de bénéficier de ses informations et de ses conjectures sur ce qu'allait être la carrière de William. Sir Thomas fut aussi joyeux qu'elle le désirait, se montra plein de bienveillance et fort communicatif, et elle eut avec lui un entretien si détendu au sujet de William qu'elle eut l'impression que rien n'était intervenu pour la contrarier, jusqu'au moment où, vers la fin de leur entrevue, elle apprit que M. Crawford avait été invité à revenir dîner avec eux le jour même. C'était là une nouvelle des plus inopportunes, car même s'il pensait, *pour sa part*, que ce qui s'était passé entre eux ne comptait guère, elle trouverait très pénible de le revoir aussi vite.

Elle s'efforça de surmonter sa répugnance, puis fit de son mieux, à l'approche de l'heure du dîner, pour éprouver les mêmes sentiments et paraître comme à l'ordinaire ; mais il lui fut impossible de ne pas prendre l'air intimidé et mal à son aise lorsque le visiteur pénétra au salon. Elle n'eût pas cru possible qu'un concours de circonstances eût fait naître chez elle autant de sensations pénibles, le jour même où elle apprendrait la nouvelle de la promotion de William.

M. Crawford ne se contenta pas d'entrer au salon ; il fut très vite auprès d'elle. Il avait à lui remettre un billet de la part de sa sœur. Fanny n'osa lever les yeux sur lui, mais elle n'entendit plus dans sa voix les accents de sa folie passée. Elle ouvrit aussitôt le billet, contente d'avoir quelque chose à faire, et heureuse aussi de percevoir les gestes nerveux de sa tante Norris, qui dînait également au Parc, car ils détournaient un peu l'attention d'elle.

« Ma chère Fanny, car c'est ainsi que je veux toujours vous appeler désormais, au grand soulagement de ma langue qui bute sur ce *Mlle Price* depuis les six dernières semaines. Je ne puis laisser mon frère partir sans vous envoyer quelques lignes de félicitations générales, et vous assurer de mon très joyeux consentement et de mon approbation. Allez de l'avant, ma chère Fanny, et soyez sans crainte ; il ne se présentera pas de difficultés insurmontables. Je voudrais croire que l'assurance de *mon* acquiescement comptera pour quelque chose ; ainsi pourrez-vous lui adresser vos sourires les plus doux, cet après-midi, et me le renvoyer plus heureux que lorsqu'il me quittera.

Très affectueusement vôtre,

M. C. »

De telles expressions ne pouvaient faire aucun bien à Fanny, car même si elle avait parcouru le billet avec trop de hâte et de confusion pour juger de la façon la plus claire ce que voulait dire Mlle Crawford, il était évident qu'elle entendait la complimenter sur l'intérêt que lui portait son frère, et même *semblait* croire que cela était sérieux. Pour sa part, elle ne savait que faire ni que penser. La pensée qu'une telle attitude pût être délibérée la rendait malheureuse ; de quelque côté qu'elle se tournât, elle ne voyait que perplexité et émotion en perspective. Elle était gênée toutes les fois où M. Crawford lui adressait la parole, et il le faisait beaucoup trop souvent ; et elle craignait qu'il n'y eût dans sa voix et dans ses manières, quand il s'exprimait à son intention, quelque chose de fort différent de ce dont il usait envers les autres. La sensation de bien-être qu'elle eût dû éprouver au cours de ce dîner en fut réduite à rien ; elle put à peine avaler quelque chose, et quand Sir Thomas remarqua, avec bonne humeur, que la joie lui coupait l'appétit, elle eût voulu rentrer sous terre de honte, tant elle redoutait l'interprétation que pourrait en donner M. Crawford ; car même si rien au monde ne l'eût incitée à tourner les yeux vers la droite, où il avait pris place, elle sentait que les siens s'étaient aussitôt dirigés vers elle.

Elle était plus silencieuse que jamais. Elle avait même du mal à prendre part à la conversation quand il était question de William, car l'obtention intégrale du brevet d'officier était entièrement due à l'invité assis à sa droite, et il lui était pénible d'accepter l'existence de ce lien.

Elle eut l'impression que lady Bertram demeurait à table plus longtemps qu'à l'accoutumée, et elle se prit à désespérer de pouvoir jamais se retirer ; mais enfin, les dames passèrent au salon, et elle put enfin se livrer à ses réflexions, tandis que ses tantes achevaient de traiter à leur manière le sujet de la nomination de William.

Mme Norris semblait au moins aussi ravie pour l'économie que cela allait représenter pour Sir Thomas que par l'avancement lui-même. *Désormais*, William devrait être à même de pourvoir à ses besoins, ce qui ferait une différence considérable pour son oncle, car on ne se rendait pas compte de ce que ce garçon lui avait coûté ; et, à vrai dire, cela ferait également une différence dans l'importance des cadeaux qu'*elle-même* lui offrirait. Elle était très contente d'avoir donné à William ce qu'elle lui avait remis au moment du départ, très contente en vérité qu'il ait été en son pouvoir, sans entraîner pour elle de gêne matérielle sensible, à ce moment-là, de lui accorder une somme assez considérable ; c'est-à-dire pour *elle*, pour *ses* moyens limités, car maintenant, tout cela serait utile au jeune homme pour aménager sa cabine. Elle savait qu'il aurait des dépenses à encourir, qu'il lui faudrait faire de nombreuses acquisitions, même si son père et sa mère auraient à coup sûr la possibilité de lui procurer le tout à bas prix ; mais elle était très satisfaite d'avoir pu y apporter sa modeste contribution.

— Je suis bien aise que vous lui ayez donné une somme considérable, dit lady Bertram, d'un ton fort calme et sans trahir aucun soupçon, car *moi*, je ne lui ai remis que dix livres.

— Vraiment ! s'écria Mme Norris, en rougissant. Ma parole, il a dû partir avec les poches bien garnies ! et en plus, il n'a pas eu à débourser quoi que ce soit pour son voyage jusqu'à Londres !

— Sir Thomas m'a dit que dix livres suffiraient.

Mme Norris, qui n'était pas du tout disposée à remettre en cause le caractère suffisant de la somme, préféra aborder la question sous un autre angle.

— Il est surprenant de voir, dit-elle, combien les jeunes gens coûtent à leurs amis, que ce soit pour contribuer à leur éducation ou pour les lancer dans le monde ! Ils ne songent guère au montant total qui est ainsi déboursé, ni à ce que leurs parents, leurs oncles et leurs tantes payent pour eux au cours d'une année. Ainsi, songez aux enfants de ma sœur Price ; prenez-les tous ensemble, j'imagine que personne ne croirait la somme qu'ils coûtent à Sir Thomas chaque année, sans parler de ce que *moi*, je fais pour eux.

— Très juste, ma sœur, c'est comme vous le dites. Mais les pauvres petits ! ils n'y sont pour rien ; et vous savez que cela fait très peu de différence pour Sir Thomas. Fanny, William ne doit pas oublier mon châle s'il va aux Indes orientales ; et je lui passerai commande de tout autre chose qui vaudra la peine d'être rapporté. Je souhaite qu'il aille aux Indes orientales pour que je puisse avoir mon châle. Je pense que je lui demanderai deux châles, Fanny.

Durant ce temps, Fanny n'avait ouvert la bouche que quand elle ne pouvait faire autrement, elle s'efforçait avec la plus grande application de comprendre où voulaient en venir M. et Mlle Crawford. Tout au monde *s'opposait* à ce qu'on les prît au sérieux, en dehors de leurs paroles et de leur attitude. Tout ce qui était naturel, vraisemblable et raisonnable allait à l'encontre ; leurs habitudes, leur manière de penser et ses propres infériorités. Comment aurait-elle pu susciter un attachement profond chez un homme qui avait vu tant de femmes infiniment supérieures à elle, qui avait fait leur admiration et avait eu des relations amoureuses avec un si grand nombre d'entre elles ; qui semblait si peu s'ouvrir aux impressions fortes qu'il laissait à autrui, même lorsqu'on cherchait à lui plaire ; dont les opinions étaient si superficielles, si insouciantes ; qui comptait beaucoup pour tout le monde, et ne semblait trouver personne qui lui fût indispensable ? Et d'autre part, pouvait-on supposer que sa sœur, avec toutes ses idées orgueilleuses et mondaines sur le mariage, se prêterait à promouvoir un projet durable le concernant ? Rien n'était si contraire à la nature de l'un comme de l'autre. Fanny était honteuse d'entretenir ne serait-ce que des doutes à cet égard. Tout paraissait possible plutôt que l'existence d'une attirance véritable ou d'une approbation d'un tel sentiment, de sa part à elle. La jeune fille s'en était tout à fait persuadée avant que Sir Thomas et M. Crawford ne les rejoignent. La difficulté résida dans le maintien d'une conviction aussi absolue, à partir du moment où M. Crawford fut dans la pièce ; car à une ou deux reprises, il lui imposa un regard pénétrant auquel elle ne sut pas donner de signification précise ; du moins, chez un autre homme l'eût-elle jugé très grave et très intentionnel. Mais elle voulait encore croire qu'il ne s'agissait rien de plus que ce qu'il avait adressé à ses cousines et à cinquante autres femmes.

Elle eut l'impression qu'il souhaitait lui parler sans être entendu des autres. Il lui sembla qu'il avait tenté d'y parvenir, par intervalles, tout au long de la soirée, quand Sir Thomas sortait de la pièce, ou qu'il s'entretenait avec Mme Norris, et elle prit bien garde de ne pas lui en fournir l'occasion.

Enfin, et la nervosité de Fanny était telle qu'il lui sembla bien que ce serait un « enfin », il commença à parler de se retirer ; mais l'apaisement que lui apportèrent ces paroles se trouva compromis, lorsque le jeune homme se tourna vers elle aussitôt après, et lui demanda :

— N'avez-vous rien à adresser à Mary ? Aucune réponse à son billet ? Elle sera déçue si elle ne reçoit rien de vous. Je vous en prie, écrivez-lui, ne serait-ce qu'une ligne.

— Oh ! oui, certainement, s'écria Fanny, avant de se lever en hâte, avec cette promptitude que donnent l'embarras et le désir de s'éloigner. Je vais lui écrire sans plus attendre.

Elle se dirigea donc vers la table où elle avait l'habitude d'écrire pour sa tante, et elle prépara le matériel, sans avoir la moindre idée de ce qu'elle allait bien pouvoir lui dire ! Elle n'avait lu qu'une fois le billet de Mlle Crawford ; et ce qui l'angoissait, c'était de trouver le moyen de répondre à quelque chose qu'elle avait aussi imparfaitement compris. Comme elle manquait tout à fait d'expérience dans la rédaction de ce genre de correspondance, si elle avait eu le temps d'éprouver des scrupules et des craintes quant à son style, elle en aurait eu en abondance, mais comme il lui fallait écrire sans plus attendre, et avec une seule résolution, celle de ne pas paraître penser qu'il y eût la moindre intention véritable dans tout cela, elle commença, avec un courage et une main tout aussi peu assurés :

> « Je vous suis très obligée, ma chère mademoiselle Crawford, de vos aimables félicitations, pour ce qui concerne mon très cher William. Le reste de votre billet, je le sais, ne signifie rien ; mais je suis si peu à même de songer à quoi que ce soit de la sorte, que j'espère que vous voudrez bien m'excuser si je vous supplie de n'y plus prêter attention. J'ai trop vu M. Crawford pour ne pas me rendre compte de ses manières d'agir ; s'il me connaissait aussi bien, je suis certaine qu'il se comporterait de façon différente. Je ne sais ce que j'écris, mais je considérerais comme une grande faveur de votre part de ne plus jamais évoquer un tel sujet. Je vous remercie pour l'honneur que vous me faites en m'adressant ce billet.
>
> Je demeure, chère mademoiselle Crawford,
> F. P. »

La conclusion était à peine lisible, tant sa frayeur s'était accrue, car elle s'était aperçue que, sous le prétexte de se voir remettre le billet, M. Crawford s'approchait d'elle.

— Ne pensez pas que je cherche à vous presser, lui dit-il à mi-voix, lorsqu'il vit la nervosité surprenante avec laquelle elle en achevait la rédaction ; ne pensez pas que tel est mon but. Ne vous hâtez pas, je vous prie.

— Oh, je vous remercie ; j'ai tout à fait fini, juste fini ; ce sera prêt dans un instant ; je vous suis très obligée ; si vous voulez bien avoir la bonté de remettre *cela* à Mlle Crawford

Elle lui tendit le billet, et il lui fallut le prendre ; et comme elle se dirigea aussitôt, en détournant les yeux, vers la cheminée devant laquelle les autres s'étaient assis, il ne lui resta plus qu'à se retirer pour de bon.

Fanny se fit la réflexion qu'elle n'avait jamais connu autant d'émotions pénibles ou agréables en une seule journée ; mais heureusement pour elle, le plaisir n'était pas de nature à prendre fin avec le jour, car chaque jour qui passerait renouvellerait l'assurance de la promotion de William, alors que tout ce qui l'avait peinée, espérait-elle, ne se reproduirait plus. Elle ne doutait pas que son billet ne parût excessivement mal rédigé, que le langage dont elle avait usé n'eût fait honte à un enfant, car son angoisse ne l'avait pas autorisée à mieux le tourner ; mais au moins, il leur assurerait, à l'un comme à l'autre, qu'elle n'était ni dupe ni satisfaite des attentions de M. Crawford.

32

Fanny n'avait nullement oublié M. Crawford quand elle s'éveilla, le lendemain matin ; mais elle se souvenait de la teneur de son billet, et elle n'était pas moins confiante, quant à l'effet qu'il pourrait produire, qu'elle ne l'avait été, la veille. Si seulement M. Crawford pouvait s'en aller ! C'était là ce qu'elle désirait avec le plus d'ardeur ; qu'il reparte et qu'il emmène sa sœur avec lui, ainsi qu'il en était convenu, et qu'il était revenu tout exprès à Mansfield pour ce faire. Et elle ne parvenait pas à imaginer la raison pour laquelle il ne s'était pas déjà mis en route, car il était certain que Mlle Crawford ne réclamait pas de délai. Au cours de sa visite de la veille, Fanny avait espéré entendre mentionner le jour du départ, mais le jeune homme s'était contenté de dire de leur voyage qu'il aurait lieu sous peu.

Ayant résolu de façon aussi satisfaisante que son billet emporterait la conviction, elle ne put que s'étonner d'apercevoir M. Crawford, par hasard, alors qu'il se dirigeait de nouveau vers le Parc, à une heure aussi matinale que la veille. Sa venue n'avait peut-être rien à voir avec elle, mais elle tenait à l'éviter, dans toute la mesure du possible ; et comme elle était en train de monter l'escalier, elle résolut de demeurer dans les étages supérieurs durant tout le temps de sa visite, à moins qu'on ne l'envoyât chercher ; et comme Mme Norris était encore dans la maison, il semblait qu'elle ne courût guère le risque d'être appelée.

Elle demeura assise quelque temps dans un état de grande nervosité, à prêter l'oreille, à trembler et à craindre qu'on ne lui fît demander de descendre à tout moment, mais comme aucun bruit de pas n'approchait de la chambre de l'Est, elle se détendit peu à peu, s'assit, put prendre une occupation et parvint à espérer que M. Crawford repartirait comme il était venu sans qu'elle eût besoin de savoir ce qui l'avait amené.

Près d'une demi-heure s'était écoulée, et elle commençait à se sentir très à l'aise, quand soudain résonna, régulier, le bruit d'un pas qui approchait ; c'était un pas lourd, un pas inhabituel dans cette partie de la maison ; c'était celui de son oncle ; elle le connaissait aussi bien que le son de sa voix ; elle avait tremblé souvent en l'entendant, et ce tremblement la reprit à l'idée que Sir Thomas montait pour lui parler, quel que fût le sujet dont il souhaitait l'entretenir. C'est en effet lui qui ouvrit la porte, puis qui demanda si elle était bien là et s'il pouvait entrer. Il parut à Fanny que l'effroi que lui causaient autrefois ses visites dans cette pièce s'emparait à nouveau d'elle, et elle eut l'impression qu'il allait de nouveau l'interroger sur ses connaissances en français et en anglais.

Elle se montra cependant pleine d'attention, lui avança une chaise et s'efforça de paraître honorée ; et dans son agitation, elle oublia tout à fait l'inconfort de la pièce, jusqu'au moment où lui-même, s'arrêtant net après avoir franchi le seuil, demanda, très surpris :

— Pourquoi n'avez-vous pas de feu, aujourd'hui ?

Une couche de neige recouvrait la terre, et elle s'était drapée dans un châle, quand elle s'était assise. Elle hésita.

— Je n'ai pas froid, monsieur. Je ne reste jamais assise ici très longtemps, à cette époque de l'année.

— Mais, vous avez du feu, d'ordinaire ?

— Non, monsieur.

— Comment cela se fait-il ? Il faut qu'il y ait une erreur. J'avais compris que l'on vous réservait l'usage de cette pièce pour que vous y soyez tout à fait confortable. Dans votre chambre à coucher, je sais que vous *ne pouvez pas* avoir de feu. Pour ici, il y a certainement un grand malentendu qui doit être rectifié. Il ne convient pas du tout que vous demeuriez assise ne serait-ce qu'une demi-heure sans un feu. Vous n'êtes pas d'une santé robuste. Vous avez froid. Votre tante n'en est sans doute pas avertie.

Fanny eût préféré garder le silence, mais comme il lui fallait répondre, elle ne put se défendre, en toute justice pour la tante qu'elle aimait le mieux, de marmotter quelques mots, parmi lesquels on distinguait « ma tante Norris ».

— Je comprends, s'écria son oncle, en se reprenant et en ne voulant pas en entendre davantage. Je comprends. Votre tante Norris a toujours plaidé, de manière fort judicieuse, que les jeunes gens devaient être élevés sans indulgence excessive, mais il faut de la modération en tout. Elle est également très rigoureuse avec elle-même, ce qui, bien entendu, l'influence dans l'opinion qu'elle a des besoins des autres. Et d'un autre côté, je peux parfaitement comprendre aussi… Je sais ce que ses sentiments ont toujours été. Le principe en est bon en soi, mais il peut avoir été, et je crains qu'il n'ait été poussé trop loin dans votre cas. Je sais bien qu'il a été fait, parfois, sur certains points, une distinction erronée ; mais je pense trop de bien de vous, Fanny, pour supposer que vous nourrissiez jamais de ressentiment à cet endroit. Vous avez un entendement qui vous empêchera d'avoir seulement une vue partielle des choses et de juger de façon incomplète, au cas par cas. Vous prendrez le passé dans son ensemble, vous considérerez les circonstances, les personnes et les probabilités, et vous comprendrez que *ceux* qui vous élevaient et vous préparaient pour la modeste condition qui *semblait* devoir être la vôtre n'en étaient pas moins vos amis. Même si, un jour, les précautions qu'ils ont prises se révèlent superflues, leurs intentions étaient bienveillantes ; et ce dont vous devez être sûre, c'est que tous les avantages qu'apporte la richesse auront deux fois plus de prix du fait des petites privations et des restrictions qui vous auront été imposées. Je sais que vous ne me décevrez pas, en omettant, à un moment ou à un autre, de témoigner à votre tante Norris le respect et l'attention qui lui sont dus. Mais laissons cela. Asseyez-vous, ma chère enfant. Il faut que je vous parle quelques minutes, mais je ne vous retiendrai pas longtemps.

Fanny obéit, les yeux baissés et le rouge aux joues. Après avoir conservé un instant le silence, Sir Thomas réprima un sourire, et reprit :

— Vous n'avez pas su, peut-être, que j'avais reçu un visiteur, ce matin. Je venais de passer dans mon cabinet de travail, après le déjeuner, quand on y a introduit M. Crawford. Vous devinez sans doute ce qui l'amenait.

Le visage de Fanny s'empourpra davantage, et son oncle, s'apercevant qu'elle était embarrassée au point d'être hors d'état de parler ou de lever les yeux, cessa de la fixer, et sans autre préambule, il lui fit le compte rendu de la visite de M. Crawford.

Le jeune homme était venu déclarer son amour pour Fanny, puis il avait fait des propositions précises de mariage, et demandé son consentement à l'oncle qui paraissait remplacer ses parents auprès d'elle ; et il avait si bien présenté cette offre, de façon si franche, si généreuse et si respectueuse des convenances, que Sir Thomas, qui estimait par ailleurs que ses propres réponses et ses remarques avaient été fort à propos, était extrêmement heureux de rapporter la conversation dans tous ses détails ; et comme il ignorait ce qui se passait dans l'esprit de sa nièce, il croyait qu'en fournissant de telles précisions, il lui procurait plus de plaisir encore qu'il n'en ressentait lui-même. Il poursuivit donc plusieurs minutes sur ce ton, sans que Fanny osât l'interrompre. Le désir de le faire l'effleurait tout au plus. Elle était plongée dans une trop profonde confusion. Elle avait changé de position, et c'est les yeux fixés obstinément sur l'une des fenêtres qu'elle écoutait son oncle, troublée et contrariée au plus haut point. Il se tut un moment, mais c'est à peine si elle en prit conscience, puis il se leva de sa chaise et déclara :

— Et maintenant, Fanny, ayant rempli une partie de ma mission et vous ayant montré combien tout cela repose sur les fondements les mieux assurés, je puis accomplir le reste en vous engageant à m'accompagner en bas, où, bien que je ne suppose pas avoir été moi-même un compagnon inacceptable, il me faut me soumettre à l'idée que vous en trouverez un autre plus digne d'être écouté que moi. M. Crawford, ainsi que vous vous en doutez peut-être, est encore ici. Il est demeuré dans mon cabinet de travail, et espère vous y voir.

À ces mots, elle lui jeta un regard, eut un sursaut, puis poussa une exclamation qui surprirent Sir Thomas ; mais son étonnement ne connut plus de bornes, quand il l'entendit s'écrier :

— Oh ! non, monsieur, je ne pourrais pas ; en vérité, je ne pourrais pas descendre le voir. M. Crawford devrait savoir, il sait sans doute que… je me suis assez expliquée là-dessus, hier, pour le convaincre. Il m'a entreprise, hier, sur ce sujet… et je lui ai dit sans fard que cela ne m'était nullement agréable, et qu'il était tout à fait hors de mon pouvoir de répondre à la bonne opinion qu'il s'était faite de moi.

— Je ne comprends pas ce que vous voulez dire, déclara Sir Thomas, en se rasseyant. Hors de votre pouvoir de répondre à sa bonne opinion ! de quoi s'agit-il ? J'ai su qu'il vous avait parlé hier, et, dans la mesure où j'ai pu le suivre, qu'il avait reçu de vous autant d'encouragements à poursuivre qu'une jeune fille bien avisée peut se permettre d'en accorder. J'ai été très satisfait de votre conduite en cette occasion ; elle témoignait d'une discrétion fort louable. Mais puisqu'il a fait sa demande d'une manière si convenable et si honorable, quels sont les scrupules qui vous agitent *maintenant* ?

— Vous vous trompez, monsieur, s'écria Fanny, poussée par l'angoisse du moment à dire à son oncle qu'il était dans l'erreur. Vous vous trompez tout à fait. Comment M. Crawford a-t-il pu prétendre une telle chose ? Je ne lui ai donné aucun encouragement, hier. Au contraire, je lui ai déclaré... je ne me souviens plus des mots exacts que j'ai employés, mais je suis sûre que je lui ai dit que je ne voulais pas l'écouter, que cela me déplaisait à tous égards, et que je le suppliais de ne jamais me parler à nouveau de cette manière. Je suis certaine d'avoir prononcé ces phrases et quelques autres ; et j'en aurais ajouté davantage si j'avais cru que sa résolution fût sérieuse, mais je ne voulais pas avoir l'air de... Je ne pouvais supporter de passer pour... lui attribuer plus qu'il n'avait l'intention d'en dire. Je pensais que tout cela ne portait pas à conséquence, avec *lui*.

Elle ne put poursuivre ; elle était presque hors d'haleine.

— Dois-je comprendre, dit Sir Thomas, après quelques instants de silence, que vous avez l'intention de refuser M. Crawford ?

— Oui, monsieur.

— Le refuser ?

— Oui, monsieur.

— Refuser M. Crawford ! Sous quel prétexte ? Pour quelle raison ?

— Je… je ne puis l'aimer assez, monsieur, pour l'épouser.

— Voilà qui est très étrange ! dit Sir Thomas, d'un ton de froid déplaisir. Il y a là quelque chose qui dépasse mon entendement. Voilà un jeune homme qui vous recherche en mariage, que tout recommande, la situation dans le monde, la fortune et le caractère, et qui est d'une amabilité peu commune, d'un commerce et d'une conversation agréables pour tous. Ce n'est pas une relation récente ; vous le connaissez depuis quelque temps. De plus, sa sœur est votre amie intime, et il a fait pour votre frère *la* démarche qui, selon moi, devrait être presque suffisante en elle-même à vos yeux, s'il n'en avait d'autres. Il serait très aléatoire de penser que mon influence aurait suffi pour obtenir l'avancement de William. Mais ce jeune homme, lui, y est déjà parvenu.

— Oui, répondit Fanny, d'une voix à peine audible, en baissant les yeux sous l'effet d'un regain d'embarras ; et elle avait presque honte, après avoir entendu son oncle la dépeindre de telle manière, de n'avoir aucune affection pour M. Crawford.

— Vous avez dû vous rendre compte, reprit Sir Thomas peu après, vous avez bien dû vous apercevoir, depuis quelque temps, de l'attitude particulière que M. Crawford adoptait envers vous. Ceci ne peut vous avoir tout à fait surprise. Vous avez dû remarquer ses attentions ; et quoique vous les ayez reçues de manière fort convenable – je n'ai aucun reproche à vous adresser sur ce sujet –, il ne m'a jamais paru qu'elles vous étaient désagréables. Je suis assez porté à croire, Fanny, que vous ne savez pas vraiment ce que vous ressentez.

— Oh ! si, monsieur ; en vérité, je le sais très bien. Ses attentions ont toujours été… de celles que je n'apprécie pas.

Sir Thomas la regarda avec un étonnement plus vif encore.

— Ceci me dépasse, dit-il. Ceci demande une explication. Jeune comme vous l'êtes, et n'ayant rencontré presque personne, il est à peine possible que vous vous soyez prise d'affection.

Il fit une pause et la dévisagea fixement. Il vit ses lèvres s'ouvrir sur un *non*, même si le son qu'elle émit était inarticulé, tandis qu'elle devenait écarlate. Néanmoins, une telle réaction, chez une jeune fille qui se comportait avec tant de modestie, pouvait fort bien être compatible avec de l'innocence ; et après avoir choisi de paraître s'en satisfaire, il reprit vivement :

— Non, non, je sais que cela est tout à fait hors de question ; tout à fait impossible. Eh bien, il n'y a rien à ajouter.

Et, durant quelques minutes, il demeura muet. Il était plongé dans ses pensées. Sa nièce s'absorbait de son côté dans les siennes, s'efforçant de s'endurcir et de se préparer à un nouvel interrogatoire. Elle aurait préféré mourir plutôt que d'admettre la vérité, et elle espérait qu'un peu de réflexion lui donnerait le temps de rassembler suffisamment de forces pour ne pas se trahir.

— En dehors de l'intérêt que le choix de M. Crawford semblait présenter, poursuivit Sir Thomas, sur un ton très raisonnable, son désir de se marier de bonne heure était en soi une recommandation à mes yeux. Je suis partisan des mariages précoces, là où les moyens le permettent, et je souhaiterais que tout jeune homme qui dispose d'un revenu suffisant se fixe dès que possible, à partir du moment où il a vingt-quatre ans accomplis. Cette opinion me tient tant à cœur que je déplore qu'il soit aussi peu vraisemblable que mon propre fils aîné, votre cousin, M. Bertram, se marie de bonne heure ; mais pour le moment, autant que j'en puisse en juger, le mariage ne fait partie ni de ses projets, ni de ses pensées. Je voudrais qu'il fût plus enclin à se fixer.

Il jeta alors un coup d'œil à Fanny, avant d'enchaîner :

— Pour ce qui est d'Edmund, je considère qu'il est beaucoup plus vraisemblable que ses dispositions naturelles et ses habitudes l'incitent à se marier tôt. Il m'a semblé depuis peu que *lui,* au moins, avait vu la femme qu'il pourrait aimer, alors que, j'en suis convaincu, mon fils aîné ne l'a pas fait. Ai-je raison ? Êtes-vous du même avis que moi, ma chère enfant ?

— Oui, monsieur.

Ce fut dit d'une voix douce, mais calme, et Sir Thomas fut rassuré sur le sort des cousins. Mais l'écartement de cette menace ne rendit pas service à sa nièce, car elle confirma le manque de justification de son propre refus, et le déplaisir de son oncle s'accrut d'autant ; il se leva et se mit à déambuler à travers la pièce avec un froncement de sourcils que Fanny pouvait se représenter, même si elle n'osait pas lever les yeux, et peu après, c'est d'un ton tranchant qu'il demanda :

— Avez-vous une raison particulière, mon enfant, de penser mal du caractère de M. Crawford ?

— Non, monsieur.

Elle mourait d'envie d'ajouter : « mais de ses principes, si » ; cependant, le cœur lui manqua devant l'accablante perspective que représenteraient une discussion, une explication, qui sans doute n'emporteraient pas la conviction.

L'opinion négative qu'elle avait du jeune homme reposait avant tout sur des observations dont, par égard pour ses cousines, il lui aurait été difficile de faire état devant leur père. Maria et Julia, Maria surtout, étaient si étroitement impliquées dans l'inconduite de M. Crawford, qu'elle n'aurait pu décrire son caractère, tel qu'elle le croyait être, sans les trahir. Elle avait espéré que pour un homme comme son oncle, doué d'un tel esprit de discernement, si honorable, si bon, la simple admission d'une aversion marquée de sa part serait suffisante. À son profond chagrin, elle découvrait qu'il n'en était rien.

Sir Thomas s'approcha de la table où elle était assise, tremblante et pitoyable, et c'est avec beaucoup de froideur et de sévérité qu'il lui déclara :

— Il est inutile de vous parler, je m'en aperçois. Mieux vaut mettre un terme à une entrevue des plus mortifiantes. Il ne convient pas de laisser M. Crawford attendre plus longtemps. Je me contenterai donc seulement d'ajouter, car je crois qu'il est de mon devoir de vous faire connaître l'opinion que j'ai de votre conduite, que vous avez déçu tous les espoirs que j'avais nourris, et que vous avez témoigné d'un caractère tout à fait opposé à ce que je le supposais être. En effet, Fanny, je m'étais formé, ainsi que mon attitude envers vous l'a certainement révélé, une idée très favorable de vous, depuis mon retour en Angleterre. Je pensais que vous étiez foncièrement dépourvue de ce tempérament opiniâtre, de cette vanité et de cette tendance à l'indépendance d'esprit, si répandues de nos jours, même parmi les jeunes femmes, et qui, chez elles, offensent la délicatesse et le goût plus que toute autre imperfection morale. Mais vous m'avez à présent prouvé que vous pouviez être obstinée et perverse, que vous pouviez et vouliez n'en faire qu'à votre guise, sans aucune considération ni déférence pour ceux qui ont assurément acquis, en partie au moins, le droit de vous guider, ni même leur demander leur avis. Vous m'êtes apparue très, très différente de tout ce que j'avais imaginé. L'avantage ou le désavantage que cela peut représenter pour votre famille, vos parents, vos frères et sœurs, ne semble pas vous avoir effleurée un instant à cette occasion. La manière dont ils auraient pu, pour leur part, bénéficier de votre situation, dont ils se seraient réjouis, ne compte pas, à vos yeux. Vous ne pensez qu'à vous-même ; et parce que vous n'éprouvez pas tout à fait pour M. Crawford ce qu'une imagination, jeune et vive, croit être nécessaire pour atteindre au bonheur, vous prenez la résolution de le refuser aussitôt, sans même exprimer le désir de disposer d'un certain temps pour réfléchir à sa proposition – un petit peu plus de temps pour considérer les choses à tête reposée, et pour examiner l'étendue de votre inclination –, et voilà que dans un véritable accès de folie, vous rejetez une telle occasion d'être bien établie dans la vie, d'être mariée d'une manière si enviable, si honorable, si noble, qu'elle ne se représentera sans doute plus jamais pour vous. Voilà un jeune homme qui a du bon sens, du caractère, du tempérament, d'excellentes manières et de la fortune, qui éprouve pour vous un extrême attachement, et qui demande votre main de la façon la plus généreuse et la plus désintéressée ; et laissez-moi vous dire, Fanny, que vous pourriez vivre dix-huit ans de plus dans ce monde sans être sollicitée par un homme qui dispose de la moitié de la fortune de M. Crawford ou d'un dixième de ses mérites. C'est avec joie que je lui aurais donné la permission d'épouser l'une ou l'autre de mes filles. Maria est noblement mariée, mais si M. Crawford avait désiré prendre Julia pour femme, je lui aurais accordé sa main avec une satisfaction plus vive et plus sincère que celle que j'ai éprouvée en remettant celle de Maria à M. Rushworth.

Il fit une courte pause, avant de continuer :

— Et j'aurais été désagréablement surpris, voire blessé par ce procédé, si, à n'importe quel moment, l'une de mes filles avait reçu une offre de mariage qui n'eût été que moitié aussi acceptable que celle-ci, l'avait aussitôt repoussée sans réplique, sans daigner me consulter pour tenir compte de mon avis ou de mes conseils. J'aurais estimé que c'eût été là une grave infraction au devoir et au respect. *Vous*, vous ne devez pas être jugée selon les mêmes règles. Vous n'avez pas à remplir envers moi les devoirs d'un enfant. Mais Fanny, si votre cœur peut vous absoudre d'un acte d'*ingratitude*...

Il s'interrompit. Fanny versait à présent des larmes si amères qu'en dépit de son irritation il ne voulut pas insister davantage sur ce point. Elle avait presque le cœur brisé d'entendre la manière dont il la dépeignait ; des accusations si graves, si nombreuses, et qui progressaient d'une façon ascendante, si affreuse ! Volontaire, obstinée, égoïste et ingrate. Il pensait qu'elle avait tous ces défauts. Elle avait déçu ses espérances ; elle avait perdu la bonne opinion qu'il avait eue de ses mérites. Qu'allait-elle devenir ?

— Je regrette beaucoup, dit-elle, en articulant les mots avec difficulté ; je regrette vraiment beaucoup.

— Vous regrettez ! oui, j'espère bien que vous regrettez ; et vous aurez sans doute bien des raisons de regretter longtemps les transactions de ce jour.

— Si je pouvais agir autrement, reprit-elle, en faisant à nouveau un effort violent sur elle-même, mais je suis absolument convaincue que je ne pourrais jamais le rendre heureux, et que je serais moi-même misérable.

Un nouveau torrent de larmes lui échappa ; mais en dépit de ce déluge, et malgré ce long mot de *misérable*, assombri par l'accès de mélancolie qui l'avait précédé, Sir Thomas commença à penser qu'un léger fléchissement, un peu de changement d'inclination l'avaient peut-être produit, et il augura favorablement des prières que le jeune homme en personne pourrait lui adresser. Il la savait, pour sa part, fort timide et d'une nervosité excessive ; et il se disait qu'il n'était pas improbable que l'esprit de Fanny fût désormais dans un état tel qu'en un court laps de temps, avec un peu de pression, un peu de patience et un peu d'impatience, une combinaison de tout cela de la part de l'amoureux pourrait avoir sur elle leur effet habituel. Si le gentilhomme acceptait de persévérer, s'il éprouvait assez d'amour pour insister… Sir Thomas se prit à espérer, et après que ces réflexions lui eurent traversé l'esprit et redonné courage, il dit à sa nièce avec la gravité qui s'imposait, mais sur un ton moins irascible :

— Eh bien, mon enfant, séchez vos larmes. Il est inutile d'en verser ; elles ne peuvent être d'aucun secours. Il faut à présent que vous m'accompagniez en bas. Nous avons déjà fait attendre M. Crawford trop longtemps. Vous devez lui donner vous-même votre réponse ; on ne peut espérer qu'il se satisfera de moins ; et vous seule pouvez lui expliquer les raisons de ce malentendu à propos de vos sentiments sur lesquels, malheureusement, il s'est sans doute trompé. Je me sens incompétent dans ce domaine.

Mais Fanny fit preuve d'une telle répugnance, d'un tel désarroi, que Sir Thomas, après avoir tenu compte de la situation, estima qu'il était préférable de lui céder. Ses espoirs concernant le jeune gentilhomme et la jeune fille diminuèrent donc un peu en conséquence ; mais quand il regarda sa nièce et vit dans quel état les pleurs avaient altéré ses traits et son teint, il se dit qu'il y aurait peut-être autant à perdre qu'à gagner dans un entretien immédiat. C'est donc sur quelques paroles sans suite qu'il quitta la pièce, laissant sa pauvre nièce assise là, à pleurer sur ce qui venait de se passer, et à broyer du noir.

Son esprit était bouleversé. Le passé, le présent, l'avenir, tout était terrifiant. Mais c'est la colère de son oncle qui lui infligeait la pire souffrance. Égoïste et ingrate ! Lui être apparue de la sorte ! Elle en était malheureuse pour le restant de ses jours. Elle n'avait personne pour prendre sa défense, lui donner un avis, lui parler. Son seul ami était absent. Il aurait pu atténuer la colère de son père ; mais tous allaient la tenir pour incapable de songer à autre chose qu'à elle-même ou de montrer de la reconnaissance. Elle aurait sans doute à subir ces reproches d'innombrables fois ; elle aurait à les entendre répéter, à les lire dans les yeux, à savoir qu'ils seraient à jamais liés avec tout ce qui lui était associé. Elle ne pouvait se défendre d'éprouver un certain ressentiment à l'égard de M. Crawford ; et pourtant, s'il l'aimait vraiment, et s'il était malheureux, lui aussi ! Tout n'était que tristesse absolue.

Au bout d'un quart d'heure environ, son oncle revint ; elle faillit s'évanouir en l'apercevant. Il lui parla cependant d'une voix égale, sans sévérité, sans reproche, aussi se ranima-t-elle un peu. Il y avait du réconfort, aussi, dans ses paroles, de même que dans son attitude, car il commença ainsi :

— M. Crawford est parti ; il vient juste de me quitter. Il est inutile que je répète ce qui vient de se passer. Je ne tiens pas à ajouter quoi que ce soit à ce que vous pouvez éprouver pour le moment, en rendant compte de ce qu'il a ressenti. Qu'il suffise de dire qu'il s'est comporté de la manière la plus noble et la plus généreuse ; et il a confirmé l'opinion très favorable que j'avais de son intelligence, de son cœur et de son caractère. Lorsque j'ai évoqué vos tourments, il a fait preuve aussitôt de la plus grande délicatesse, et cessé de me demander instamment de vous voir, pour le moment.

À ces mots, Fanny, qui avait levé les yeux, les baissa de nouveau.

— Bien entendu, enchaîna son oncle, il faut envisager qu'il demande à vous parler en tête à tête, ne serait-ce que cinq minutes ; et c'est une requête trop naturelle, une revendication trop juste pour qu'on puisse la lui refuser. Mais nous n'avons pas fixé de jour, peut-être demain ou quand vous aurez suffisamment repris votre sang-froid. Pour le moment, essayez simplement de vous calmer. Cessez de verser des larmes ; elles ne font que vous épuiser. Si vous souhaitez, ainsi que je suis tout prêt à le supposer, vous montrer obéissante, vous ne laisserez pas libre cours à ces émotions, mais vous vous efforcerez de vous raisonner pour retrouver une plus grande fermeté d'esprit. Je vous conseille de sortir, l'air frais vous fera du bien ; sortez une heure sur l'allée de gravier, vous aurez les bosquets pour vous toute seule, et vous vous trouverez mieux d'avoir respiré et pris de l'exercice. Et puis Fanny, ajouta-t-il, en se retournant vers elle un instant, je ne ferai pas mention, en bas, de ce qui vient de se passer ; je n'en parlerai même pas à votre tante Bertram. Il est inutile que la déception se répande ; n'en dites rien vous-même.

C'était un ordre auquel Fanny pouvait obéir avec la plus grande joie, un acte de générosité qui la touchait au cœur. Se voir épargner les interminables reproches de sa tante Norris ! il la laissait éperdue de gratitude. Tout valait mieux que de subir de tels reproches. Rencontrer M. Crawford lui aurait même paru moins accablant.

Elle sortit aussitôt se promener, ainsi que son oncle le lui avait recommandé, et suivit ses conseils de bout en bout, dans toute la mesure du possible ; elle cessa de verser des pleurs, s'efforça sérieusement de se dominer, et de raffermir son esprit. Elle souhaitait lui prouver qu'elle désirait sincèrement qu'il soit content d'elle, et cherchait à regagner sa faveur ; et il lui avait fourni un autre sérieux motif de prendre sur elle en ne portant pas toute l'affaire à la connaissance de ses tantes. Ne pas éveiller les soupçons par son apparence ou son comportement était un objectif qui méritait d'être atteint ; et elle se sentait capable de presque tout tenter pour s'épargner le mécontentement de sa tante Norris.

Elle fut frappée, littéralement frappée de stupeur, en regagnant la chambre de l'Est, au retour de sa promenade, quand la première chose qu'elle aperçut fut une bonne flambée dans la cheminée, qui brûlait clair. Un feu ! Il lui parut que c'était trop de générosité ; dans un moment pareil, lui accorder un tel traitement de faveur, c'était provoquer chez elle en retour un élan de reconnaissance, mêlé de remords. Elle s'étonna que Sir Thomas eût trouvé le temps de se souvenir d'une pareille bagatelle ; mais elle découvrit bientôt, grâce à la femme de chambre qui tint à l'en informer, lorsqu'elle revint s'en occuper, qu'il en serait ainsi désormais tous les jours. Sir Thomas avait donné des ordres dans cette intention.

« Il faudrait que je sois semblable à une bête brute si je me montrais ingrate ! se dit-elle. Le ciel me préserve de l'ingratitude ! »

Elle ne revit plus son oncle ni sa tante Norris avant l'heure du dîner. Le comportement de son oncle envers elle fut aussi proche que possible de ce qu'il avait été auparavant ; elle se persuada qu'il n'avait pas l'intention de lui faire sentir la moindre différence, et que seule sa propre conscience l'incitait à en imaginer une ; mais très vite, sa tante Norris lui chercha querelle ; et quand Fanny s'aperçut à quel point et de quelle manière déplaisante le fait d'être sortie sans en informer sa tante permettait à cette dernière de s'appesantir sur un tel manquement, elle n'en eut que plus de raisons de bénir la générosité de son oncle qui lui avait évité d'être en butte à la même acrimonie sur un sujet d'une toute autre importance.

— Si j'avais su que vous sortiez, je vous aurais demandé de faire un saut chez moi pour transmettre quelques ordres à Nanny, dit-elle, alors qu'il m'a fallu aller les lui donner en personne, ce qui m'a beaucoup dérangée. Le temps m'était compté, et vous auriez pu m'épargner cette peine, si seulement vous aviez eu la bonté de nous faire savoir que vous alliez dehors. Cela n'aurait rien changé pour vous, je suppose, que vous vous promeniez à travers les bosquets ou que vous alliez jusque chez moi.

— C'est moi qui ai recommandé à Fanny les bosquets comme l'endroit le plus sec, intervint Sir Thomas.

— Oh ! fit Mme Norris, un instant arrêtée dans son élan, c'était fort aimable de votre part, Sir Thomas ; mais vous ne vous rendez pas compte à quel point le chemin qui mène chez moi est bien sec. Fanny aurait fait une tout aussi bonne promenade jusque-là, je vous assure, avec cet avantage qu'elle aurait été de quelque utilité, qu'elle aurait rendu service à sa tante ; tout est de sa faute. Si elle nous avait dit qu'elle sortait ; mais il y a chez Fanny quelque chose de curieux ; je l'ai souvent observé auparavant ; elle aime s'y prendre en tout à sa manière ; elle n'apprécie pas qu'on lui dicte sa conduite ; elle va se promener toute seule chaque fois qu'elle le peut ; elle a sans aucun doute un certain goût pour le secret, pour l'indépendance et pour le déraisonnable que je lui conseille vivement de maîtriser.

Sir Thomas estima que rien n'était plus injuste que ces considérations d'ordre général sur Fanny, même s'il avait tout récemment des sentiments voisins, aussi s'efforça-t-il de changer le cours de la conversation, et il s'y reprit à plusieurs fois avant d'y parvenir ; car Mme Norris n'avait pas assez de discernement pour percevoir, à ce moment précis ou à n'importe quel autre, à quel point il pensait du bien de sa nièce, combien il était loin de souhaiter voir vanter les mérites de ses propres enfants et combien il était contraire à ses vœux d'entendre dénigrer les siens. Elle continua donc à s'attaquer à Fanny durant la moitié du dîner, car elle lui gardait rancune d'avoir entrepris cette promenade solitaire.

Néanmoins, tout se termina enfin ; et la soirée permit à Fanny de recouvrer son sang-froid, et davantage de contentement d'esprit qu'elle n'aurait pu l'espérer, après une matinée aussi orageuse ; mais elle estimait, en premier lieu, qu'elle avait eu raison, et que sa faculté de jugement ne l'avait pas trahie ; car elle répondait de la pureté de ses intentions ; et en second lieu, elle voulait espérer que le mécontentement de son oncle diminuait et qu'il se dissiperait plus encore lorsque Sir Thomas examinerait la question avec plus d'impartialité et qu'il s'apercevrait, ainsi qu'un homme généreux doit le faire, à quel point il était intolérable, impardonnable, désespéré et même pervers de se marier sans amour.

Quand fut passée l'heure de la rencontre avec M. Crawford dont elle s'était vue menacée pour le lendemain, elle ne put que se féliciter à la pensée de voir bientôt le sujet enfin abandonné, car une fois le jeune homme loin de Mansfield, tout se passerait comme s'il n'avait jamais été abordé. Elle ne voulait ni ne pouvait croire que l'attirance de M. Crawford pour elle allait le tourmenter longtemps ; son esprit n'était pas de cette sorte. À Londres, il en arriverait bien vite à s'étonner de son engouement, puis à lui être reconnaissant d'avoir eu le bon sens de lui en épargner les désastreuses conséquences.

Tandis que Fanny caressait mentalement cette sorte d'espoir, son oncle fut appelé hors de la pièce, peu après le service du thé ; c'était là une circonstance trop commune pour la frapper, et elle n'y songea plus jusqu'à ce que le majordome ne réapparaisse, dix minutes plus tard, qu'il s'avance d'un pas décidé vers elle, et qu'il lui annonce :

— Sir Thomas désire vous parler, madame, dans son cabinet de travail.

Il lui vint alors à l'idée ce qui pouvait se tramer ; le soupçon qui la gagna chassa toute couleur de son visage ; mais elle se leva aussitôt et se préparait à obéir, quand Mme Norris s'écria :

— Restez, restez donc, Fanny ! Qu'est-ce qui vous prend ? Où allez-vous ? Ne soyez donc pas si pressée. Soyez assurée que ce n'est pas vous que l'on demande. Croyez bien que c'est moi, ajouta-t-elle, en regardant le majordome ;

mais vous êtes toujours trop pressée de vous mettre en avant. Pourquoi Sir Thomas voudrait-il vous voir ? C'est moi, Baddeley, que vous venez avertir, j'en suis sûre. Sir Thomas demande à me voir, et non Mlle Price.

Mais Baddeley resta ferme sur ses positions :

— Non, madame, il s'agit de Mlle Price ; je suis certain qu'il demande Mlle Price.

Et en prononçant cette phrase, il esquissa un sourire qui signifiait : « Je ne crois pas que *vous*, vous feriez du tout l'affaire. »

Mme Norris, très mécontente, fut obligée de se dominer pour reprendre son ouvrage ; et Fanny sortit de la pièce avec la conscience troublée, et une minute plus tard, ainsi qu'elle l'avait pressenti, elle se retrouva en tête à tête avec M. Crawford.

33

L'entrevue ne fut ni aussi brève, ni aussi décisive que Fanny ne l'aurait désiré. Le gentilhomme ne s'estima pas aisément satisfait. Il se montra tout aussi disposé à persévérer que Sir Thomas pouvait le souhaiter. Il avait de la vanité, et cela l'avait vivement porté à croire, au début, qu'elle l'aimait, même si elle ne s'en rendait pas compte de son côté ; et par la suite, quand il avait enfin été contraint d'admettre qu'elle savait ce qu'elle éprouvait pour le moment, son orgueil l'avait convaincu qu'il réussirait, avec le temps, à faire naître chez elle les sentiments qu'il voulait y susciter.

Il était épris, très épris ; et c'était là un amour qui, opérant sur un tempérament actif, sanguin, plus violent que délicat, donnait plus d'importance à l'affection de la jeune fille, du fait qu'elle le lui refusait, et l'incitait à avoir la gloire, ainsi que la joie, de la contraindre à l'aimer.

Il ne céderait pas au désespoir, il ne se désisterait pas. Toutes les raisons qu'il avait de lui inspirer un solide attachement étaient bien fondées ; il savait qu'elle était digne de justifier les plus hautes espérances d'atteindre à un bonheur durable ; sa conduite du moment, qui témoignait de son désintéressement et de sa sensibilité – qualités qu'il tenait pour fort précieuses –, était de celles qui donnaient plus de prix à tous ses désirs et confirmaient toutes ses résolutions. Il ignorait qu'il lui fallait donner l'assaut à un cœur déjà pris. De *cela*, il n'avait pas le moindre soupçon. Il estimait plutôt qu'elle n'avait jamais assez réfléchi au sujet pour encourir un tel danger ; qu'elle en avait été protégée par sa jeunesse, par une fraîcheur d'esprit aussi charmante que celle de sa personne ; que sa modestie l'avait empêchée de comprendre ses attentions et qu'elle était encore subjuguée par les soins si inattendus dont il l'entourait, ainsi que par la nouveauté d'une situation que son imagination n'avait pu apprécier. Mais une fois qu'il aurait été compris, ne devait-il pas s'ensuivre qu'il l'emporterait ? Il était persuadé qu'avec de la persévérance, un amour comme le sien, chez un homme tel que lui, devait être payé de retour, et cela dans un avenir proche, et il était si enchanté à l'idée de l'obliger à l'aimer à brève échéance que c'est à peine s'il regrettait qu'elle ne fût pas, dès à présent, attirée par lui. Vaincre quelques difficultés n'était pas pour déplaire à Henry Crawford. Il y retrempait son courage. Il lui était devenu trop facile de conquérir les cœurs. Cette situation était pour lui aussi nouvelle qu'exaltante.

Cependant, aux yeux de Fanny, qui avait rencontré toute sa vie trop d'opposition pour y trouver le moindre charme, tout cela demeurait incompréhensible. Elle découvrit qu'il avait l'intention de persévérer ; et elle ne parvint pas à se l'expliquer, après l'avoir entendue user du langage auquel elle s'était crue obligée de recourir. Elle ne l'aimait pas, ne pouvait l'aimer, était certaine qu'elle ne l'aimerait jamais ; il lui était impossible d'envisager un changement d'attitude ; le sujet lui était très pénible ; elle devait le prier de n'y plus jamais faire allusion, lui permettre de se retirer sans plus attendre, considérer que tout cela était terminé à jamais. Et une fois pressée dans ses ultimes retranchements, elle ajouta qu'à son avis il existait une dissemblance fondamentale entre leurs dispositions naturelles, si bien que toute affection mutuelle était incompatible ; et qu'ils ne se convenaient pas plus par nature que sur le plan de l'éducation et des habitudes. Elle lui dit tout cela avec beaucoup de sérieux et de sincérité ; et pourtant, cela ne le convainquit pas, car il refusa aussitôt de croire à une impossibilité d'accord entre leurs caractères, de même qu'à l'existence d'obstacles insurmontables dans leur situation respective, et il déclara avec force qu'il continuerait de l'aimer et d'espérer.

Fanny savait bien ce qu'elle voulait dire, mais elle n'était pas juge de la façon dont elle l'exprimait. Ses manières étaient d'une irrémédiable douceur, et elle ne se rendait pas compte dans quelle mesure elles masquaient la gravité de ses propos. Sa défiance de soi-même, sa reconnaissance et sa gentillesse faisaient ressembler la moindre expression d'indifférence de sa part à un effort de renoncement, ou du moins, semblaient lui infliger presque autant de peine à l'employer que lui à l'entendre. M. Crawford n'était plus l'homme qu'elle avait abhorré, au temps où il était l'admirateur clandestin, insidieux et déloyal de Maria Bertram, celui dont la vue et les paroles lui paraissaient détestables, chez qui elle était persuadée qu'il n'existait aucune qualité, et dont elle avait à peine admis la capacité à se montrer agréable. Il était devenu le M. Crawford qui assurait éprouver pour elle un amour ardent, désintéressé ; dont les sentiments étaient devenus, semblait-il, tout ce qu'il y avait d'honorable et de droit, et dont tous les espoirs de bonheur reposaient sur un mariage d'amour ; qui faisait l'éloge de ses mérites, qui ne cessait de lui dépeindre son affection, et qui donnait la preuve, autant que les mots peuvent y parvenir, en usant, par la même occasion, du langage, du ton et de l'audace d'un homme de talent, qu'il la recherchait pour sa gentillesse et pour sa bonté, et qui, pour couronner le tout, était désormais celui qui avait obtenu l'avancement de William !

Quel changement il s'était donc produit en lui ! Et les droits qu'il s'était ainsi acquis ne pouvaient manquer d'opérer sur elle ! Alors qu'elle aurait pu le dédaigner, en se drapant dans sa dignité et sa vertu offensée, au temps où elle se trouvait sur le domaine de Sotherton ou au théâtre du Parc de Mansfield, il se présentait à elle, maintenant, en lui ayant accordé des bienfaits qui exigeaient un tout autre traitement. Il lui fallait demeurer courtoise et lui témoigner de la compassion. Elle devait garder à l'esprit l'honneur qu'il lui faisait, et lorsqu'elle pensait à son frère ou à elle-même, ressentir envers lui une vive reconnaissance. L'effet qui résultait de tous ces sentiments lui faisait adopter une attitude si pleine d'humilité et de confusion, cependant qu'elle entrecoupait ses refus de paroles qui exprimaient si souvent ses obligations et ses préoccupations, que pour un homme au tempérament porté à la vanité et à l'espoir tel que Crawford, la vérité, ou du moins la profondeur de l'indifférence de la jeune fille à son égard pouvait fort bien être mise en doute ; et il n'était pas aussi irrationnel que ne le pensait Fanny quand, à la fin de leur entrevue, il proclama sa persévérance et un attachement assidu, qui ne se laisseraient pas abattre par l'insuccès.

C'est à regret qu'il la laissa repartir, mais en la quittant, il n'arborait aucun air de découragement pour contredire ses paroles, ou pour lui donner l'impression qu'il était moins raisonnable qu'il ne professait l'être.

Elle était en colère, à présent. Un ressentiment certain se faisait jour en elle devant une ténacité aussi égoïste et aussi peu charitable. Elle y voyait un témoignage du manque de tact et de considération pour les autres qui l'avait frappée chez lui par le passé et qui lui avait inspiré une profonde aversion. Elle constatait la résurgence d'une des caractéristiques du M. Crawford de jadis dont elle avait tant désapprouvé l'attitude. C'était là, de toute évidence, la marque d'un manque flagrant de sentiment et d'humanité, qui se manifestait toutes les fois où la satisfaction de ses désirs était en jeu. Et, hélas ! celle d'une absence totale de principes pour inciter au devoir, là où le cœur faisait défaut. Même si elle s'était sentie libre d'accorder son affection à quelqu'un d'autre – ce qu'elle aurait peut-être dû faire –, elle n'aurait jamais pu s'engager envers lui.

C'est ainsi que Fanny se livrait à ces réflexions, en toute bonne foi et avec une sobre tristesse, et elle méditait aussi sur l'extrême indulgence, le luxe que représentait une flambée dans l'une des pièces du haut ; s'interrogeant sur le passé et le présent, elle se demandait ce que lui réservait encore l'avenir ; et l'état d'agitation et de nervosité où elle se trouvait ne lui permettait d'y voir clair que sur deux points : elle était persuadée que jamais elle ne parviendrait à aimer M. Crawford, en quelques circonstances que ce soit, et c'était pour elle une félicité sans égale que de disposer d'un feu auprès duquel s'asseoir et d'examiner de telles questions.

Sir Thomas fut obligé, ou plutôt s'obligea à attendre le lendemain pour apprendre ce qui s'était passé entre les jeunes gens. Il reçut alors M. Crawford qui lui en fit le compte rendu. Sa première réaction fut la déception ; il avait espéré un meilleur résultat ; il s'était dit qu'une heure de sollicitation pressante de la part d'un jeune homme tel que Crawford aurait dû produire une plus forte impression sur une jeune fille au caractère aussi conciliant que Fanny ; mais il trouva vite du réconfort dans la détermination bien arrêtée et la persévérance de l'amoureux ; et en voyant la confiance avec laquelle le principal intéressé était sûr de son succès, Sir Thomas en arriva bientôt à compter sur lui.

Il n'omit rien, de son côté, de ce qui pouvait contribuer à la réussite du projet, sur le plan de la civilité, des éloges ou de la générosité. Il rendit hommage à la constance de M. Crawford, loua Fanny, et assura qu'une telle alliance demeurait la plus souhaitable du monde. M. Crawford serait toujours le bienvenu au Parc de Mansfield ; il n'avait qu'à se fier à son propre jugement et à ses sentiments quant à la fréquence de ses visites, au présent ou à l'avenir. Dans la famille de sa nièce et parmi ses amis, il ne pouvait y avoir qu'une opinion, un seul vœu sur le sujet ; tous ceux qui l'aimaient n'useraient de leur influence que dans un seul sens.

Tout ce qui pouvait encourager fut avancé ; tous les encouragements furent accueillis avec une joie pleine de gratitude, et les deux gentilshommes se séparèrent les meilleurs amis du monde.

Persuadé que l'affaire était maintenant engagée de la manière la plus convenable et la plus prometteuse, Sir Thomas résolut de s'abstenir d'importuner davantage sa nièce, et de ne plus intervenir ouvertement. Sur une disposition naturelle comme la sienne, c'est la bienveillance qui aurait le plus d'effet. Les démarches pressantes ne devaient venir que d'un côté. La patience de sa famille, sur un point à propos duquel la jeune fille ne pouvait douter quels étaient ses désirs, serait peut-être le meilleur moyen pour atteindre ce but. C'est donc en se fondant sur ce principe que Sir Thomas saisit la première occasion pour lui dire, sur un ton posé, dénué de reproches, mais qui entendait triompher de sa résistance :

— Eh bien, Fanny, j'ai revu M. Crawford, et j'ai su de lui où en étaient exactement vos relations. C'est un jeune homme qui sort tout à fait de l'ordinaire, et quelle qu'en soit l'issue, vous devez savoir que vous avez inspiré là un attachement hors du commun ; même si, étant donné votre jeunesse, votre manque de connaissance du caractère éphémère, variable, inconstant de l'amour, tel qu'on le rencontre en général, vous ne sauriez être frappée, comme je le suis, par ce qu'a de surprenant une persévérance de cette sorte, en dépit des découragements. Chez lui, elle s'appuie entièrement sur les sentiments ; il soutient qu'il n'y a aucun mérite, et peut-être ne lui en revient-il pas. Pourtant, après qu'il eut si bien choisi, sa constance se distingue parce qu'elle inspire le respect. Si son choix s'était porté sur un objet moins exceptionnel, j'aurais condamné une telle persévérance.

— En vérité, monsieur, dit Fanny, je regrette infiniment que M. Crawford persiste à… Je comprends qu'il me fait là un très grand compliment ; et je sais l'honneur tout à fait immérité qu'il m'accorde, mais je suis si absolument convaincue, et je le lui ai dit, qu'il ne sera jamais en mon pouvoir…

— Ma chère, l'interrompit Sir Thomas, vous n'avez nul besoin de revenir là-dessus. Vos sentiments me sont bien connus, tout comme mes désirs et mes regrets vous le sont. Il est inutile de rien ajouter ou d'entreprendre de plus. À l'avenir, nous ne reviendrons ni l'un ni l'autre sur ce sujet. Vous n'aurez nulle raison de redouter quoi que ce soit, ni de vous inquiéter. Vous ne me supposez assurément pas capable de tenter de vous marier contre votre gré. Je n'ai en vue que votre bonheur et votre intérêt, et l'on n'attend de vous que de permettre à M. Crawford d'essayer de vous convaincre que vos penchants ne sont pas forcément incompatibles avec les siens. Il poursuit à ses risques et périls. Vous êtes en terrain sûr. Je me suis engagé à le laisser vous voir chaque fois qu'il viendra ici en visite, ainsi qu'il aurait pu le faire, si rien de tout ceci n'était arrivé. Vous le verrez avec le reste d'entre nous, dans les mêmes conditions, autant que vous le pourrez, en évitant les souvenirs de tout ce qui vous a paru désagréable. Il va quitter le comté de Northampton si vite que ce modeste sacrifice ne saurait être exigé de vous souvent. L'avenir doit demeurer incertain. Et maintenant, ma chère Fanny, ce sujet est épuisé entre nous.

La promesse du départ du jeune homme fut la seule chose dont Fanny put tirer quelque satisfaction. Néanmoins, elle avait été fort sensible à l'expression de bienveillance de son oncle et à son attitude indulgente ; et quand elle considéra à quel point il connaissait mal la vérité, elle se dit qu'il ne lui fallait pas s'étonner de la ligne de conduite qu'il avait adoptée. De la part d'un homme qui avait donné l'une de ses filles en mariage à M. Rushworth, il ne fallait certainement pas attendre qu'il fît preuve d'une sensibilité romantique. Elle devait se borner à faire son devoir et compter sur le temps pour que cette obligation devienne plus facile à remplir qu'elle ne l'était pour le moment.

Bien qu'elle n'eût que dix-huit ans, il lui était impossible de supposer que l'attachement de M. Crawford pût avoir une durée éternelle ; elle se disait donc que si elle le décourageait de façon régulière, incessante, le sien prendrait fin avec le temps. Quant à savoir quelle pérennité elle accordait à son empire sur lui, c'est une tout autre affaire. Il ne serait pas juste de s'enquérir de l'estimation précise que fait une jeune fille bien élevée de ses propres mérites.

En dépit de son intention de garder le silence, Sir Thomas se vit contraint de revenir une fois encore sur le sujet avec sa nièce, afin de la préparer brièvement à l'annonce de la nouvelle à ses tantes, une mesure qu'il aurait voulu encore éviter, si cela avait été possible, mais qui s'imposait, car M. Crawford était tout à fait hostile à garder sa démarche secrète. L'idée même de s'en cacher lui était étrangère. Sa tentative était connue au presbytère, où il se complaisait à évoquer l'avenir avec ses deux sœurs ; et il éprouvait de la satisfaction à ce que des témoins avertis suivent les progrès de son entreprise jusqu'au succès. Quand Sir Thomas l'eut compris, il jugea nécessaire de communiquer sans délai l'affaire à sa femme et à sa belle-sœur, même si, en songeant à Fanny, il redoutait presque autant qu'elle-même l'effet de la communication sur Mme Norris. Il désapprouvait son zèle, qui, s'il était bien intentionné, était déplacé. Pour tout dire, Sir Thomas n'était pas loin, désormais, de ranger Mme Norris parmi ces gens pleins de bonne volonté qui n'aboutissent qu'à des résultats erronés ou déplorables.

La réaction de Mme Norris fut toutefois pour lui un soulagement. Il l'avait pressée de faire montre de patience et d'observer le silence le plus strict à l'encontre de leur nièce ; elle ne se contenta pas de le lui promettre ; elle tint parole. Elle se contenta de la considérer avec une hostilité accrue. Elle était folle de rage contre elle, pleine d'une fureur mêlée d'amertume ; mais elle en voulait plus à Fanny d'avoir reçu une telle offre que de l'avoir repoussée. C'était là faire une injure, un affront à Julia, sur qui aurait dû se porter le choix de M. Crawford ; et, de toutes façons, elle n'aimait pas Fanny parce qu'elle l'avait négligée ; et elle lui en voulait de se voir offrir une telle élévation sociale, alors qu'elle-même avait toujours cherché à la rabaisser.

Sir Thomas lui accorda plus de crédit pour sa discrétion en cette occasion qu'elle n'en méritait ; et Fanny l'aurait volontiers bénie de lui laisser simplement percevoir son mécontentement, sans le lui exprimer en paroles.

Lady Bertram le prit différemment. Toute sa vie, elle avait été une beauté ; et une beauté prospère ; seules la beauté et la richesse lui inspiraient du respect. Le fait de savoir que Fanny était recherchée par un homme fortuné, qui souhaitait l'épouser, éleva donc beaucoup sa nièce dans son opinion. Elle acquit la conviction que Fanny était *très jolie*, ce dont elle avait douté auparavant, et qu'elle allait faire un mariage avantageux, aussi eut-elle le sentiment qu'un certain crédit rejaillirait sur elle-même du fait qu'elle lui donnait le nom de sa nièce.

— Eh bien, Fanny, lui dit-elle, dès qu'elles furent en tête à tête, un peu plus tard – et elle avait d'ailleurs perçu une sorte d'impatience à se retrouver seule avec elle, si bien que, quand elle se mit à parler, son visage exprima une animation tout à fait inhabituelle –, j'ai eu une très agréable surprise, ce matin. Il faut que je vous en parle *une fois*, c'est tout. J'ai déclaré à Sir Thomas qu'il me fallait aborder *une fois* cette affaire, et puis que je n'y reviendrais plus. Je vous félicite, ma chère nièce.

Puis, la dévisageant avec complaisance, elle ajouta :

— Hum... Il est certain que nous formons une belle famille.

Fanny rougit, et hésita tout d'abord sur ce qu'elle devait lui dire ; puis, espérant la prendre par son côté le plus vulnérable, elle lui répondit peu après :

— Ma chère tante, vous ne sauriez souhaiter, *vous*, que j'agisse autrement que je l'ai fait. Vous ne sauriez désirer, *vous*, que je me marie ; car je vous manquerais, n'est-ce pas ? Oui, je suis certaine que je vous manquerais trop pour qu'il en soit autrement.

— Non, ma chère enfant, je ne crois pas que vous me manquiez si une telle offre se présente à vous. Je parviendrai très bien à me passer de vous si vous êtes mariée à un homme qui a un aussi beau domaine que M. Crawford. Et vous savez, Fanny, qu'il est du devoir de toute jeune fille d'accepter une offre aussi irréprochable que celle-là.

C'était presque là l'unique règle de conduite, le seul conseil que Fanny reçut de sa tante en huit ans et demi. Cela la réduisit au silence. Elle sentit l'inanité de toute discussion. Si les sentiments de sa tante étaient si opposés aux siens, il était inutile de faire appel à sa raison. Lady Bertram, elle, était devenue tout à fait volubile.

— Je vais vous dire ce qu'il en est, Fanny, affirma-t-elle. Je suis certaine qu'il est tombé amoureux de vous au bal. Je suis certaine que c'est ce soir-là que le coup a porté. Vous aviez très belle allure. Tout le monde l'a remarqué. Sir Thomas l'a souligné. Et vous vous souvenez que vous aviez Chapman pour vous aider à vous préparer. Je suis très contente de vous avoir envoyé Chapman. Je vais dire à Sir Thomas que je suis certaine que tout est arrivé ce soir-là.

Et, poursuivant le cours de ces pensées réconfortantes, elle ajouta peu après :

— Et je vais vous confier ce que je ferai, Fanny – et c'est là plus que je n'en ai fait pour Maria –, la prochaine fois que le carlin aura une portée, je vous donnerai l'un des chiots.

34

Edmund apprit beaucoup de nouvelles importantes à son retour. Bien des surprises l'attendaient. La première qu'il découvrit ne fut pas celle qui présentait le moindre intérêt pour lui ; car alors qu'il entrait à cheval au village, il aperçut Henry Crawford et sa sœur, qui s'y promenaient. Il en était arrivé à la conclusion – à exprimer le désir – qu'ils se trouvaient à une grande distance de là. Il avait prolongé son absence au-delà d'une quinzaine de jours dans le but précis d'éviter Mlle Crawford. Il revenait à Mansfield dans des dispositions d'esprit qui le préparaient à se nourrir de souvenirs mélancoliques et de tendres images, quand voilà qu'elle surgissait en personne devant lui, dans toute sa beauté, appuyée au bras de son frère, et qu'il recevait un accueil indiscutablement amical de la part de la femme qu'il croyait, un moment encore auparavant, à soixante-dix milles de là, et fort éloignée, bien plus éloignée de lui par l'inclination que ne pouvait le suggérer quelque distance que ce fût.

Eût-il prévu la rencontre qu'il n'aurait osé espérer qu'elle lui réservât un accueil de cette sorte. Revenant, comme il le faisait, après avoir rempli la mission qu'il s'était fixée et qui l'avait conduit à s'absenter, il se serait attendu à tout plutôt qu'à un air de satisfaction et à des paroles simples et aimables. Cela suffit à ce que son cœur s'emplît de joie et qu'il arrivât chez lui dans l'état d'esprit le plus propre à percevoir l'intérêt des autres événements heureux dont il allait prendre connaissance.

Il n'ignora bientôt plus rien de la promotion de William, ainsi que de tous les détails de son obtention, et comme il avait accumulé une telle provision de réconfort pour l'aider à se réjouir, il découvrit que c'était là la source d'une sensation des plus gratifiantes, et il se montra plein d'entrain durant tout le dîner.

Après le repas, lorsqu'il se retrouva seul avec son père, il apprit ce qui se rapportait à Fanny ; et c'est ainsi qu'il n'ignora plus rien des grands événements qui s'étaient produits durant la quinzaine écoulée, ni de l'état actuel des choses, à Mansfield.

Fanny soupçonnait ce qui se tramait. Les deux hommes demeuraient tellement plus longtemps que de coutume dans la salle à manger, qu'elle était certaine qu'ils parlaient d'elle, et quand l'heure du thé les en fit enfin sortir, et qu'elle fut sur le point de se retrouver en présence d'Edmund, elle se sentit affreusement coupable. Il s'approcha, s'assit près d'elle, lui prit la main et la serra avec affection ; sur le moment, elle crut que si elle n'avait pas trouvé à s'employer à servir le thé, elle aurait trahi les émotions qui l'agitaient par quelque excès impardonnable.

Il n'avait cependant pas l'intention, par un tel mouvement, de lui manifester l'approbation et les encouragements sans réserve dans lesquels elle plaçait ses espoirs. Il entendait simplement exprimer la part qu'il prenait à tout ce qui avait de l'importance pour elle, et lui faire comprendre que ce dont on venait de l'informer ravivait toute l'affection qu'il éprouvait pour elle. Il était, en fait, entièrement du côté de son père, sur la question. Sa surprise de voir Fanny refuser Crawford n'était pourtant pas aussi grande que celle de Sir Thomas, car loin de supposer qu'elle le considérait comme un homme à qui accorder sa préférence, il avait toujours cru qu'elle était plutôt d'un avis contraire, et il pouvait très bien envisager qu'elle avait été prise de court à ce propos ; mais son père ne pouvait tenir cette alliance pour plus désirable que lui-même. Tout était en faveur d'une telle union, à ses yeux, et s'il rendait hommage à sa cousine, pour le comportement adopté, sous l'effet de l'indifférence qui était la sienne pour le moment, la louant en termes plus chaleureux que ceux dont usait Sir Thomas, il était des plus sincères dans ses espoirs, et ardent, dans ses convictions que tout se terminerait par un mariage, et que, une fois liés par une mutuelle affection, il apparaîtrait que leurs natures s'accordaient au point qu'ils seraient une véritable bénédiction l'un pour l'autre, ainsi qu'il commençait sérieusement à l'envisager. Crawford s'était trop précipité. Il ne lui avait pas accordé le temps de s'attacher à lui. Il s'y était pris à rebours. Néanmoins, étant donné ses talents à lui et une disposition naturelle comme celle de sa cousine, Edmund était persuadé que tout aboutirait à une heureuse conclusion. Dans l'immédiat, il se rendit suffisamment compte de l'embarras de Fanny pour prendre bien garde de ne pas l'accroître encore par une parole, un regard ou un geste.

Crawford leur rendit visite le lendemain, et du fait du retour d'Edmund, Sir Thomas se sentit encouragé à le prier de rester dîner ; c'était là une politesse à laquelle on ne pouvait se dérober. Le jeune homme resta, bien entendu, et Edmund eut tout le loisir d'observer comment il s'empressait auprès de Fanny, et quel degré d'encouragement il pouvait tirer de son comportement à elle ; or, ce degré était si modeste, si infime – le moindre soupçon, la moindre possibilité d'une telle incitation à poursuivre de la part de sa cousine ne reposant que sur son embarras, et si l'on ne voyait pas une promesse dans une telle confusion, on ne pouvait tirer d'espoir de rien d'autre –, qu'il en arriva presque à s'étonner de la persévérance de son ami. Fanny valait tout le mal que l'on voulait bien se donner ; il la jugeait digne de tous les efforts de patience, du recours à toutes les ressources de l'intelligence ; mais il n'avait pas l'impression qu'il aurait pu continuer à se montrer assidu auprès d'une femme s'il n'avait reçu davantage de signes pour lui inspirer du courage que ses yeux ne parvenaient à en discerner chez cette jeune fille. Il en arrivait à espérer que Crawford vît les choses plus clairement ; et ce fut la conclusion la plus réconfortante pour son ami à laquelle il put parvenir, tandis qu'il observait ce qui se passait avant, pendant, et après le dîner.

Dans la soirée, il survint quelques incidents qui lui parurent plus prometteurs. Quand Crawford et lui entrèrent au salon, sa mère et Fanny étaient assises et travaillaient avec diligence, et en silence, à leur ouvrage, comme si elles n'avaient eu d'autre préoccupation. Edmund ne put s'empêcher de souligner la profonde tranquillité qui paraissait être la leur.

— Nous ne sommes pas demeurées tout le temps aussi silencieuses, répondit sa mère. Fanny m'a fait la lecture, et n'a reposé le livre qu'en vous entendant approcher.

Et de fait, il y avait un livre sur la table, un volume de Shakespeare, qui paraissait avoir été refermé à l'instant.

— Elle me lit souvent des passages de ce genre d'ouvrages ; et elle en était arrivée au milieu d'un très beau discours de cet homme. Comment s'appelle-t-il, Fanny ? Quand nous avons entendu le bruit de vos pas.

Crawford s'empara du volume.

— Accordez-moi le plaisir d'achever ce discours pour votre seigneurie, dit-il. Je vais le retrouver sans tarder.

Et en prêtant soigneusement attention à la courbure des pages, il le retrouva, en effet, ou du moins commença-t-il à une ou deux pages près, assez pour satisfaire lady Bertram, qui lui assura, dès qu'il eut mentionné le nom du cardinal Wolsey, qu'il avait bien trouvé la tirade en question. Fanny ne lui avait accordé ni un regard, ni un geste pour l'aider ; elle n'avait pas non plus émis une syllabe en faveur de son initiative ou contre elle. Toute son attention était réservée à son ouvrage. Elle était résolue à ne s'intéresser à rien d'autre. Mais le goût finit par l'emporter, chez elle. Elle ne put s'isoler plus de cinq minutes par la pensée ; elle fut contrainte d'écouter ; la manière de lire du jeune homme était remarquable, et le plaisir qu'elle éprouvait à écouter lire de façon intelligente était extrême. Elle était accoutumée depuis longtemps à entendre *bien* lire, car son oncle aimait lire, ainsi que ses cousins et ses cousines, en particulier Edmund, qui les dominait tous ; mais dans la lecture de M. Crawford, il y avait une diversité et une excellence qui surpassaient tout ce qu'elle avait jamais expérimenté. Le roi, la reine, Buckingham, Wolsey, Cromwell, il les rendait tour à tour à merveille ; car avec un rare don, une heureuse faculté de sauter d'un passage à l'autre, et de deviner où il allait, il s'arrangeait toujours pour tomber sur la meilleure scène ou les meilleures tirades de chacun d'entre eux ; et qu'il eût exprimé la dignité ou l'orgueil, la tendresse, le remords, ou tout autre sentiment, il les traduisait tous avec une égale beauté. C'était véritablement de l'art dramatique. Lorsqu'elle l'avait vu jouer, Fanny avait appris quel plaisir on pouvait tirer d'une pièce, et voilà que cette lecture évoquait à nouveau pour elle tous ses dons d'acteur, et elle n'éprouvait plus là la réticence pénible qu'il lui avait inspirée, lorsqu'elle l'avait vu sur scène avec Mlle Bertram.

Edmund surveillait les progrès de son attention ; et il était à la fois amusé et réconforté de voir peu à peu se ralentir les progrès de l'aiguille, qui, au début, avaient paru l'occuper entièrement ; comment l'ouvrage lui tombait des mains, tandis qu'elle demeurait immobile, penchée au-dessus ; et enfin, comment ses yeux, qui s'étaient tant appliqués à éviter le jeune homme tout le jour, se tournaient vers Crawford, se posaient sur lui, demeuraient fixés sur son visage et le contemplaient, en bref avec tant d'insistance que le lecteur percevant cette attirance tourna son regard vers elle et ferma le livre, rompant ainsi le charme. Alors elle se recroquevilla à nouveau sur elle-même et, rougissante, se consacra à l'ouvrage ; mais cet intermède avait suffi à Edmund pour qu'il y vît un encouragement pour son ami, aussi le remercia-t-il avec chaleur, espérant se faire ainsi l'interprète des sentiments secrets de Fanny.

— Cette pièce doit être l'une de vos préférées, dit-il. Vous la lisez comme si vous la connaissiez bien.

— Je crois qu'elle le deviendra, désormais, répondit Crawford ; mais je ne crois pas avoir eu entre les mains un volume de Shakespeare depuis l'âge de quinze ans. J'ai vu jouer une fois *Henry VIII*. Ou bien j'en ai entendu parler par quelqu'un qui l'avait vu interpréter, je ne m'en souviens plus. Mais l'on apprend à connaître Shakespeare sans bien savoir comment. Il fait partie du tempérament de tout Anglais. Ses pensées et les beautés de ses pièces sont si répandues qu'elles sont citées partout, et l'on en acquiert une connaissance intime de manière instinctive. Aucun homme intelligent ne peut ouvrir l'une de ses pièces sur une scène intéressante sans comprendre aussitôt la signification et l'évolution de son discours.

— Il est indubitable que chacun de nous se familiarise, dans une certaine mesure, avec Shakespeare, dès le plus jeune âge ; tout le monde cite ses passages les plus célèbres ; on les rencontre dans la moitié des livres que l'on ouvre, et nous utilisons tous la langue de Shakespeare, ses métaphores et ses descriptions ; mais c'est là une chose tout à fait distincte de l'art de communiquer le message qu'il a voulu transmettre, tel que vous l'avez rendu. Le connaître à partir d'extraits ou de citations est fort répandu ; avoir une idée de presque toute son œuvre n'est peut-être pas rare, mais bien le lire à haute voix, voilà un talent qui n'est pas à la portée de tout le monde.

— Monsieur, vous me faites bien de l'honneur, répondit Crawford, en s'inclinant devant lui avec une feinte gravité.

Les deux gentilshommes lancèrent un coup d'œil du côté de Fanny pour voir s'ils parviendraient à lui arracher à son tour un mot de louange ; et tous deux se rendirent compte qu'ils n'en tireraient rien. Elle lui avait rendu hommage en lui accordant son attention, et *voilà* qui devait leur suffire.

Lady Bertram exprima son admiration, et elle le fit avec vigueur :

— On se serait cru au spectacle, dit-elle. J'aurais aimé que Sir Thomas soit là.

Crawford en éprouva un extrême plaisir. Si lady Bertram, avec son ignorance et son indolence habituelle, avait été touchée à ce point, la supposition que sa nièce, avec sa vivacité et son intelligence, en ait ressenti bien davantage était encourageante.

— Vous devez avoir beaucoup de dispositions pour jouer la comédie, j'en suis sûre, monsieur Crawford, déclara sa seigneurie, peu après ; et je vais vous dire ce que je pense ; je crois que vous aurez un théâtre, un jour ou l'autre, dans votre résidence de Norfolk. J'entends, quand vous vous y serez établi. Je le pense sincèrement. Je crois que vous ferez installer un théâtre dans votre maison du Norfolk.

— Le pensez-vous, madame ? s'écria-t-il, avec vivacité.
Non, non, cela ne sera jamais. Votre seigneurie s'abuse. Il n'y
aura pas de théâtre à Everingham ! Ah ! non.

Et il jeta un regard vers Fanny avec un sourire entendu,
qui signifiait, de toute évidence, « cette jeune personne ne
permettra jamais qu'on installe un théâtre à Everingham ».

Edmund le comprit à demi-mot et se rendit compte que
Fanny paraissait si déterminée à *ne pas* l'entendre qu'il était
évident que le ton dont avait usé Crawford avait pleinement
suffi à communiquer le sens de sa protestation ; et, selon
lui, le fait qu'elle ait pris aussi vite conscience du compliment, qu'elle ait saisi sur-le-champ l'allusion était plutôt un
signe encourageant.

La lecture à haute voix fit alors l'objet d'une discussion
plus poussée. Les deux jeunes gens furent les seuls à parler,
et c'est debout, devant la cheminée, qu'ils évoquèrent la
négligence trop fréquente de cette acquisition, l'absence
totale d'attention qu'on lui accordait dans la plupart des éta-
blissements que fréquentaient les garçons, le degré d'ignorance et de maladresse naturel – et pourtant, dans certains
cas, presque contre nature – dont témoignaient des hommes
faits, des hommes pourtant intelligents et bien informés,
quand ils se trouvaient soudain dans l'obligation de lire à
voix haute, des cas qui avaient retenu leur propre attention,
et ils citaient des exemples d'erreurs, ou d'échecs, ainsi que
des conséquences que ceux-ci avaient entraînées, l'incapacité à maîtriser la voix, à acquérir la modulation, le ton décla-
matoire, l'anticipation et le jugement, tout cela dérivant de
la cause première, l'absence d'application et d'habitudes
acquises très tôt ; et Fanny les écoutait de nouveau avec
beaucoup d'intérêt.

— Il n'est pas jusque dans ma profession, souligna
Edmund avec le sourire, où il est rare que l'art de la lecture
ait été étudié ! Où l'on s'attache peu à s'exprimer de façon
claire, avec une articulation soignée ! Je précise toutefois
que ceci était davantage vrai dans le passé qu'à présent. Il se

dessine maintenant une tendance à l'amélioration, mais à en juger par leurs résultats, la plupart de ceux qui sont ordonnés depuis vingt, trente ou quarante ans doivent s'être persuadés qu'il existe d'un côté la lecture, et de l'autre, le prêche. Il en va autrement aujourd'hui. La question est envisagée de manière plus équitable. On sent que la précision et la vigueur de la parole pèsent lourd quand il s'agit de faire entendre les vérités profondes ; et par ailleurs, le sens de l'observation et le bon goût se sont généralisés, tandis que la capacité d'appréciation se développait plus qu'autrefois ; dans chaque congrégation, on rencontre une proportion plus importante de fidèles qui s'y entendent un peu dans ce domaine, et qui sont à même de juger et de critiquer.

Edmund avait déjà assuré le service une fois, depuis son ordination, et quand Crawford l'eut compris il posa tout une série de questions sur les impressions que son ami avait éprouvées et sur le succès remporté auprès de l'auditoire ; et comme ces questions étaient posées avec un intérêt aussi vif qu'amical et qu'elles témoignaient d'un goût prompt à se manifester, sans la moindre trace de moquerie ou de prise à la légère qui choquaient le plus Fanny, ainsi qu'Edmund le savait bien, il éprouva un réel plaisir à satisfaire cette curiosité ; et quand le jeune homme enchaîna en lui demandant son opinion, et en lui faisant part de la sienne sur la manière la plus appropriée de dire certains passages de l'office, montrant par là qu'il avait réfléchi auparavant à la question, et qu'il avait fait usage de discernement, Edmund s'estima bien plus content encore. Ce serait là la meilleure façon de toucher le cœur de Fanny. Il ne suffirait pas de déployer toutes les ressources de la galanterie, de l'esprit et d'un bon naturel pour l'emporter auprès d'elle ; ou du moins ne se laisserait-elle pas gagner de la sorte tout de suite, sans l'appui de sentiments élevés et d'émotion ; ni sans abord sincère des sujets graves.

— Notre liturgie, observa Crawford, a des beautés qu'une lecture différente et négligente ne saurait à elle seule anéantir ; mais elle a aussi des redondances, des répétitions, et il importe de savoir bien lire pour qu'elles ne soient pas ressenties comme telles. Pour ma part, à tout le moins, je dois avouer que je n'ai pas toujours été aussi attentif que je l'aurais dû – et ce disant, il jeta un coup d'œil à Fanny –, que neuf fois sur dix je me demande comment telle ou telle prière doit être lue, et que je meurs d'envie de la lire moi-même. Avez-vous dit quelque chose ? demanda-t-il à la jeune fille, en s'avançant d'un pas vif dans sa direction, et en s'adressant à elle d'un ton de voix radouci ; et lorsqu'elle eut répondu « non », il reprit : Êtes-vous certaine de n'avoir pas parlé ? J'ai vu vos lèvres bouger. J'ai cru que vous alliez me dire que je devrais être plus attentif, et ne pas laisser mon esprit vagabonder de la sorte. N'est-ce pas ce que vous alliez me recommander ?

— Non, en vérité ; vous savez trop bien où se trouve votre devoir pour que je... même en supposant...

Elle s'interrompit, sentit qu'elle s'engageait sur une pente dangereuse, et il ne put lui tirer un mot de plus, même au bout de plusieurs minutes d'incitation et d'attente. Il regagna alors l'endroit où il se tenait auparavant et reprit le fil de son discours, comme si ce tendre intermède n'avait pas eu lieu.

— Un prêche bien dit est encore moins fréquent que des prières bien lues. Il n'est pas rare d'entendre un sermon qui ait des qualités. Il est plus difficile de le prononcer de façon convenable que de le préparer ; mais il faut admettre que l'étude des règles et des méthodes de composition est plus répandue. Un sermon bien architecturé et présenté avec tout l'art oratoire apporte une satisfaction incomparable. Je n'entends jamais un sermon de ce genre sans ressentir la plus vive admiration et le plus grand respect, ni être un peu gagné par l'envie d'entrer dans les ordres et de prêcher à mon tour. L'éloquence de la chaire, quand elle est véritable, mérite les éloges et les honneurs les plus élevés. Le prédicateur qui parvient à toucher et à ébranler l'imagination d'une foule aussi hétérogène d'auditeurs sur un nombre restreint de sujets, et dont l'intérêt s'est depuis longtemps émoussé entre les mains de tant de ministres ordinaires, qui réussit à exprimer de manière neuve et frappante quelque chose qui ranime l'attention, sans offenser le goût ni lasser la sensibilité de ceux qui l'écoutent, est un homme que l'on ne saurait trop louer. J'aimerais être un tel homme.

Edmund se mit à rire.

— Je vous assure que j'aimerais l'être, affirma Crawford. Je n'ai jamais entendu un prédicateur renommé sans éprouver une sorte d'envie. Mais dans ce cas, il faudrait que je m'adresse à une congrégation de Londres. Je ne saurais prêcher qu'à un auditoire cultivé ; à des hommes et à des femmes susceptibles d'apprécier une composition. Et je ne sais si j'aimerais prêcher souvent ; de temps à autre, peut-être, une ou deux fois au printemps, après m'être fait attendre avec impatience durant cinq ou six dimanches d'affilée ; mais pas de façon constante ; la constance ne me conviendrait pas.

Sur ces entrefaites, Fanny, qui ne pouvait se défendre de le suivre, hocha la tête de manière involontaire ; et Crawford revint aussitôt se placer près d'elle, la priant de lui expliquer ce qu'elle entendait par là ; et quand Edmund vit que son ami tirait une chaise, s'asseyait à côté d'elle, et allait se lancer dans une attaque en règle, qu'il allait tenter d'user tour à tour de regards et d'apartés à voix basse, il se retira aussi discrètement que possible dans un coin, leur tourna le dos, et s'empara d'un journal, en souhaitant sincèrement que la chère petite Fanny parvienne à expliquer ce hochement de tête à la satisfaction de son ardent soupirant ; il s'efforça, pour ne percevoir aucun son de cet entretien, de marmonner de son côté les titres de diverses annonces, telles que « Domaine très bien situé dans le sud du Pays de Galles » ; « Aux parents et aux tuteurs », ou « Remarquable cheval de chasse, bien entraîné ».

Fanny, cependant, fâchée de n'avoir pu se garder de tout mouvement comme de toutes paroles, et profondément blessée de voir Edmund adopter une telle attitude, s'efforçait par tous les moyens auxquels sa nature douce et modeste lui permettait de recourir, de repousser M. Crawford, et d'éviter tout à la fois ses yeux et ses questions ; mais lui, de son côté, ne se laissait pas décourager et continuait à la regarder et à l'interroger.

— Que signifiait ce hochement de tête ? demanda-t-il. Que cherchait-il à exprimer ? La désapprobation, je le crains. Mais de quoi ? Qu'ai-je dit qui vous ait déplu ? Estimez-vous que je m'exprimais de façon inconvenante ? Avec trop de légèreté, d'irrévérence sur le sujet ? Dites-moi simplement ce qu'il en est. Dites-moi seulement si j'ai eu tort. Je voudrais que vous me corrigiez. Non, non, je vous en prie ; posez un instant votre travail. Qu'entendiez-vous par ce hochement de tête ?

C'est en vain qu'elle protesta par deux fois : « Je vous en prie, monsieur, ne... » ; « je vous en prie, monsieur Crawford » ; en vain aussi qu'elle essaya de s'écarter.

De la même voix basse et opiniâtre, et toujours aussi proche d'elle, il poussa son avantage, reposant une fois de plus les mêmes questions. L'agitation et le déplaisir de Fanny s'accrurent.

— Comment pouvez-vous, monsieur ? Vous me surprenez beaucoup... Je me demande comment vous osez...

— Je vous surprends ? la coupa-t-il. Vous vous demandez ? Y a-t-il quelque chose dans mes prières que vous ne compreniez pas ? Je vais vous l'expliquer sans plus attendre ; sur ce qui m'incite à vous presser de cette manière, ce qui éveille mon intérêt à propos de votre apparence et de vos actions, ce qui excite ma curiosité en cet instant, je ne vous laisserai pas vous interroger beaucoup plus longtemps.

En dépit d'elle-même, un sourire se dessina sur ses lèvres, mais elle ne répondit pas.

— Vous avez hoché la tête lorsque j'ai admis que je n'aimerais pas me charger avec régularité et constance des devoirs qui incombent à un ecclésiastique. Oui, c'est bien de constance dont il s'agit. Je ne redoute pas ce mot. Je l'épellerai, le lirai, l'écrirai auprès de n'importe qui. Je ne lui trouve rien d'alarmant. Avez-vous pensé que je le devrais ?

— Peut-être, monsieur, dit Fanny, vaincue par la lassitude, peut-être ai-je pensé qu'il était regrettable que vous ne vous connaissiez pas toujours aussi bien que vous ne semblez le faire en ce moment.

Crawford, enchanté d'avoir au moins réussi à la faire parler, s'obstina à poursuivre l'entretien ; et la pauvre Fanny, qui, à bout de résistance, avait résolu de le réduire au silence en lui adressant des reproches, découvrit avec tristesse à quel point elle s'était trompée, car la curiosité dont il faisait preuve avait simplement changé d'objet, en même temps que les mots dont il usait pour la formuler. Il trouvait sans cesse un motif pour lui demander une explication. L'occasion pour lui était trop belle. Rien de tel ne s'était produit depuis qu'il avait eu une entrevue avec elle dans le studio de son oncle, et il était possible qu'il n'eût pas de meilleure chance de l'approcher avant son départ de Mansfield. Lady Bertram, bien qu'installée de l'autre côté de la table, ne comptait guère, car on pouvait toujours la tenir pour à demi consciente, et le marmottement d'Edmund, toujours plongé dans les annonces, demeurait de la première utilité.

— Eh bien, constata-t-il, après un échange rapide de questions et de réponses réticentes, me voilà plus heureux que je ne l'étais auparavant, car maintenant je comprends mieux l'opinion que vous avez de moi. Vous croyez que je suis inconstant, que je cède volontiers au caprice du moment, que je suis aisément tenté et que je peux tout aussi facilement me détacher. Avec un pareil jugement, il n'est pas étonnant que… Mais nous verrons… Ce n'est pas par des protestations que je chercherai à vous convaincre que vous avez tort ; ce n'est pas non plus en vous affirmant que mon attachement est inébranlable. Ma conduite parlera pour moi ; l'absence, la distance, le temps joueront en ma faveur. Ce sont *eux* qui prouveront que si quelqu'un est digne de vous, c'est bien moi. Vous m'êtes infiniment supérieure par la conduite. *Tout cela*, je le sais bien. Vous possédez des qualités dont je ne soupçonnais pas l'existence à un tel point chez un être humain. On relève en vous certains traits angéliques, qui vont au-delà... Non pas simplement au-delà de ce que l'on peut constater, car on ne constate jamais rien de tel, mais qui dépassent tout ce que l'imagination peut envisager. Mais ceci n'est pas pour m'effrayer. Ce n'est pas en ayant un mérite égal au vôtre que l'on fera votre conquête. Cela est hors de question. C'est celui qui verra vos vertus avec le plus de clarté et qui les vénérera le mieux ; celui qui vous aimera avec la plus grande ferveur, qui aura le plus de droits d'être payé de retour. C'est là-dessus que repose ma confiance en l'avenir. C'est de par mes droits que je vous mérite et vous mériterai ; et une fois que vous serez convaincue que mon attachement pour vous est tel que je le soutiens, je vous connais trop bien pour ne pas entretenir les plus ardents espoirs... Oui, ma très chère, mon aimable Fanny. Mais non – protesta-t-il en la voyant se reculer sous l'effet du mécontentement –, pardonnez-moi. Peut-être n'en ai-je pas encore le droit, mais quel autre nom puis-je vous donner ? Pouvez-vous croire que vous demeuriez toujours présente à mon esprit sous un autre nom que celui-là ? Non, c'est bien à « Fanny » que je pense tout le jour, et qui hante mes rêves. Vous avez fait de ce nom un tel synonyme de la douceur que nul autre ne peut mieux vous correspondre.

Il aurait été bien difficile pour Fanny de demeurer à sa place plus longtemps, ou à tout le moins de se retenir de la fuir, en dépit de l'opposition trop manifeste que cette réaction aurait entraînée, elle le redoutait, si elle n'avait perçu le bruit annonciateur de l'arrivée de renforts, bruit qu'elle guettait depuis un bon moment déjà, et qui lui avait paru tarder de manière inhabituelle.

La procession solennelle, conduite par Baddeley, des porteurs du plateau, de la fontaine à thé et des gâteaux, fit son apparition et la délivra de la pénible captivité de corps et d'esprit où elle était maintenue. M. Crawford fut contraint de se déplacer. Elle se retrouva libre, occupée, protégée.

Edmund ne regretta pas de se voir à nouveau admis dans le cercle de ceux qui étaient autorisés à parler et à écouter. Mais bien que l'entretien qui venait de se dérouler lui ait semblé fort long, et qu'en dévisageant Fanny il lui ait paru que l'indignation, avant tout, lui empourprait les joues, il voulut espérer que l'orateur n'avait pas prononcé un aussi long discours et n'avait pas été entendu sans en tirer quelque avantage.

35

Edmund avait pris la résolution qu'il appartiendrait entièrement à Fanny de choisir s'il devait être fait mention ou non entre eux de sa position à l'égard de Crawford ; et que si elle n'en prenait pas l'initiative, lui-même n'y ferait pas allusion ; mais au bout d'un jour ou deux de réserve mutuelle son père l'incita à changer d'avis, et à user de son influence dans l'intérêt de son ami.

Une date, et même une date très rapprochée avait été fixée pour le départ de Crawford, et Sir Thomas estimait qu'il serait bon de faire encore un effort en faveur du jeune homme, avant que ce dernier ne quitte Mansfield, de sorte que ses déclarations et ses promesses d'attachement inaltérable se voient soutenues par le plus d'espoirs possibles.

Sir Thomas désirait de tout cœur que le caractère de M. Crawford tendît vers la perfection sur ce point. Il voulait voir en lui un modèle de constance ; et il s'imaginait que le meilleur moyen de parvenir à ce qu'il se comportât comme tel serait de ne point le mettre trop longtemps à l'épreuve.

C'est sans réticence qu'Edmund se laissa persuader de s'engager dans cette affaire ; il désirait connaître les sentiments de Fanny. Elle avait pris l'habitude de le consulter à la moindre difficulté, et il avait trop d'affection à son encontre pour supporter d'être privé à présent de sa confiance ; il espérait lui être utile, et pensait devoir lui rendre service, car à qui d'autre aurait-elle pu ouvrir son cœur ? Si elle ne souhaitait pas recevoir ses conseils, du moins aurait-elle besoin du réconfort que lui offrirait un échange de vues avec lui. Fanny se comportant comme une étrangère à son égard, silencieuse et réservée, voilà un état de choses qui sortait de l'ordinaire ; une telle barrière, il se devait de la franchir et il se persuadait volontiers que la jeune fille désirait qu'il le fît.

— Je vais lui parler, monsieur ; je saisirai la première occasion qui se présentera d'avoir un tête-à-tête avec elle.

Et comme Sir Thomas l'informa qu'en ce moment même elle se promenait seule dans les bosquets, il l'y rejoignit aussitôt.

— Je suis venu me promener avec vous, Fanny, dit-il. Vous permettez ? – et il glissa son bras sous le sien. Voilà longtemps que nous n'avons fait ensemble une agréable promenade.

Elle en convint, mais exprima son assentiment plus par son attitude que par ses paroles. Elle se sentait découragée.

— Mais Fanny, enchaîna-t-il bientôt, pour que cette promenade soit agréable, il ne suffit pas que nous arpentions ensemble cette allée gravelée. Vous devez me parler. Je sais que quelque chose vous préoccupe. Je sais ce à quoi vous pensez. Vous imaginez bien que je suis au courant. Faut-il que tout le monde m'en parle, sauf Fanny ?

Fanny, tout à la fois nerveuse et abattue, lui répondit :

— Si tout le monde vous en parle, cousin, je n'ai rien à ajouter.

— Peut-être rien sur les faits ; mais sur les sentiments, Fanny ? Personne, sinon vous, ne peut m'en parler. Je n'ai pas l'intention de vous presser, pourtant. Si vous ne le souhaitez pas, je n'insisterai pas. J'avais pensé qu'une telle confidence aurait pu être un soulagement pour vous.

— Je crains que nous ne voyions les choses de façon trop différente pour que je puisse trouver le moindre soulagement en évoquant ce que je ressens.

— Croyez-vous que nos pensées soient si différentes ? Je n'en ai pas l'impression. J'imagine que si l'on comparait nos points de vue, on verrait qu'ils sont aussi semblables qu'ils l'ont toujours été ; mais revenons à la question. Je considère la proposition de mariage de Crawford comme des plus avantageuses et des plus désirables, dans la mesure où vous lui rendiez son affection. Selon moi, il est tout naturel que votre famille souhaite que vous en éprouviez pour lui ; et que si ce n'est pas le cas, vous avez agi précisément comme vous le deviez en lui opposant un refus. Peut-il y avoir le moindre désaccord entre nous jusque-là ?

— Oh non ! Mais je croyais que vous me désapprouviez. Je pensais que vous étiez contre moi. Voilà qui est d'un grand réconfort !

— Ce réconfort, vous auriez pu le connaître plus tôt, si vous l'aviez recherché. Et comment avez-vous pu supposer que j'étais contre vous ? Comment avez-vous pu imaginer que je me fasse l'avocat d'un mariage sans amour ? Même si je m'étais montré moins attentif, en général, sur de pareilles questions, comment avez-vous pu songer que je le serais lorsque votre bonheur était en cause ?

— Mon oncle estimait que j'avais tort, et je savais qu'il vous avait parlé.

— Jusqu'ici, Fanny, je trouve que vous avez eu parfaitement raison. Je puis le regretter, en être surpris, même s'il est difficile de s'en étonner, car vous n'avez guère eu le temps de vous attacher ; mais j'estime que vous avez eu tout à fait raison de vous comporter de la sorte. Cela souffre-t-il le doute ? Il serait indigne de nous de supposer qu'il en existât un. Vous ne l'aimiez pas ; rien n'aurait justifié que vous acceptiez sa main.

Fanny n'avait pas autant repris courage depuis bien des jours.

— Jusqu'ici, donc, votre conduite a été irréprochable, et ceux qui ont souhaité vous voir vous comporter d'autre manière ont été tout à fait dans l'erreur. Mais l'affaire ne s'arrête pas là. L'attachement de Crawford n'est pas ordinaire ; il persévère dans l'espoir de faire naître en vous l'estime qu'il n'avait pas éveillée auparavant. Celle-ci, on le sait, ne peut être que l'œuvre du temps. Mais, poursuivit-il avec un sourire affectueux, permettez-lui d'y parvenir, Fanny ; laissez-le réussir au bout du compte. Vous avez prouvé que vous étiez honnête et désintéressée ; montrez que vous êtes capable de reconnaissance et que vous avez le cœur tendre ; ainsi, vous serez la femme modèle et parfaite que j'ai toujours cru que vous étiez destinée à devenir.

— Oh, jamais, jamais jamais ; il ne réussira jamais auprès de moi.

Elle s'exprimait avec une violence qui surprit beaucoup Edmund et qui la fit rougir elle-même, lorsqu'elle vit son regard et l'entendit répondre :

— Jamais, Fanny ! comme vous voilà décidée et sûre de vous ! Ceci ne vous ressemble pas ; ceci n'est pas de la personne raisonnable que vous êtes d'ordinaire.

— Je veux dire, s'écria-t-elle attristée, avant de se reprendre, que je *crois* que jamais, dans la mesure où l'on peut répondre de l'avenir... je crois que je ne serais en mesure de répondre à l'intérêt qu'il me porte.

— Je veux augurer mieux de l'avenir. Je suis persuadé, et je le suis plus que Crawford peut-être, que l'homme qui entendra se faire aimer de vous, quand vous aurez pris conscience de ses intentions, aura un effort considérable à fournir ; car tous vos premiers attachements et vos premières habitudes se trouvent dressés en ordre de bataille, et avant qu'il ne puisse s'emparer de votre cœur il lui faudra le détacher de tous les liens qui le rattachent aux objets animés et inanimés, dont tant d'années ont confirmé la solidité, et qui, pour le moment, se resserrent de manière considérable à l'idée d'une séparation. Je sais que l'appréhension d'être contrainte de quitter Mansfield vous armera un temps contre lui. J'aurais souhaité qu'il n'ait pas été obligé de vous dire à quoi tendaient ses efforts. Je voudrais qu'il vous ait connue aussi bien que moi, Fanny. À nous deux, je crois que nous aurions conquis votre cœur. Si nous avions associé ma connaissance théorique et son savoir pratique, nous n'aurions pu échouer. Il se serait comporté selon mes plans. J'espère, toutefois, et j'ai la ferme conviction qu'il en sera ainsi, qu'avec le temps, quand Crawford aura montré qu'il était digne de vous par la constance de son affection, il aura sa récompense. Je ne puis supposer que vous n'ayez pas ce *désir* naturel de l'aimer qui découle de la gratitude. Vous éprouvez à coup sûr quelque sentiment de cette sorte. Vous devez déplorer votre indifférence.

— Nous différons de manière si foncière, dit Fanny, en évitant de fournir une réponse directe, nous divergeons à tel point dans nos inclinations et nos habitudes que je considère comme tout à fait inimaginable que nous soyons jamais ne serait-ce que modérément heureux ensemble, même si je *parvenais* à l'apprécier. Il n'a jamais existé au monde deux personnes aussi dissemblables. Nous n'avons pas un seul point commun. Nous serions malheureux.

— Vous vous trompez, Fanny. La disparité n'est pas aussi forte. Vous *avez* des points communs. Vous avez du sens moral et des goûts littéraires comparables. Vous avez tous les deux du cœur et des sentiments généreux ; et Fanny, après l'avoir entendu lire Shakespeare, comme il l'a fait l'autre soir, et vous avoir vue l'écouter, qui pourrait penser que vous ne feriez pas des compagnons bien assortis ? Vous vous oubliez vous-même ; il existe une différence marquée entre vos caractères, je l'admets. Il a davantage de vivacité ; vous êtes posée ; mais cela n'en vaut que mieux ; son entrain animera vos esprits vitaux. Vos dispositions naturelles vous conduisent à vous laisser facilement abattre, et à imaginer les difficultés supérieures à ce qu'elles sont. Sa gaîté contrebalancera cela. Il ne voit d'obstacles nulle part ; et son affabilité et son enjouement seront un soutien pour vous. Le fait que vous vous ressembliez si peu, Fanny, ne diminue en rien les probabilités que vous soyez heureux ensemble : ne vous imaginez pas cela. Je suis de mon côté convaincu qu'il s'agit plutôt là de circonstances favorables. Je demeure persuadé qu'il est préférable que les caractères divergent ; je veux dire qu'ils se distinguent par la vitalité, par les manières, par l'intérêt pour une société nombreuse ou restreinte, la propension à parler ou à garder le silence, la disposition à être grave ou joyeux. J'ai la certitude qu'un peu d'opposition dans ces domaines est propice au bonheur conjugal. J'exclus les extrêmes, bien entendu ; et une ressemblance très étroite sur tous les points reviendrait à créer, selon toute probabilité, l'une de ces situations extrêmes. Une rivalité légère, mais continuelle, est peut-être la meilleure sauvegarde des manières et du comportement.

Fanny ne devinait que trop bien où ses pensées se portaient, à présent ; l'ascendant de Mlle Crawford s'exerçait à nouveau pleinement. Il en avait parlé sur un ton joyeux dès son retour au Parc. Le temps où il l'évitait était bien fini. La veille encore, il avait dîné au presbytère.

Après l'avoir laissé quelques minutes songer à des sujets plus plaisants, Fanny, qui estimait qu'elle se le devait à elle-même, revint à M. Crawford et déclara :

— Ce n'est pas simplement du fait de son *caractère* que je le tiens pour tout à fait incompatible avec moi ; même si, sur ce plan, j'estime que la *différence* entre nous est trop grande, infiniment trop grande ; son entrain m'oppresse souvent, mais il y a chez lui une chose qui soulève en moi d'autres objections. Je dois dire, cousin, que je n'approuve pas sa manière d'être. Je n'ai jamais pensé de bien de lui depuis l'époque où l'on a voulu jouer la pièce de théâtre. Je l'ai vu alors se conduire, m'a-t-il semblé, d'une façon tout à fait inconvenante, et dépourvue de sensibilité ; je puis en parler maintenant, parce que tout cela est terminé ; il s'est montré si cynique envers ce pauvre M. Rushworth, ne se souciant pas de le ridiculiser ni de le blesser, alors qu'il entourait d'attentions ma cousine Maria, qui... en bref, au moment où se répétait la pièce, il m'a laissé une impression que rien n'effacera.

— Ma chère Fanny, objecta Edmund, en l'écoutant avec peine jusqu'au bout, ne jugeons aucun d'entre nous par l'impression que nous avons pu donner durant cette période de folie collective. L'époque de la pièce est l'une de celles dont je déteste me rappeler. Maria a eu tort, Crawford a eu tort, tous autant que nous sommes, nous avons eu tort ; mais aucun d'entre eux n'a commis de pire erreur que moi. Si on les compare à moi, tous les autres sont innocents. Moi, j'ai fait preuve de sottise les yeux grands ouverts.

— En tant que spectatrice, dit Fanny, il est possible que j'aie observé plus de choses que vous ; et j'ai des raisons de penser qu'il est arrivé à M. Rushworth d'être très jaloux.

— Cela est fort possible. Il ne faut pas s'en étonner. Rien n'aurait pu manquer autant à la bienséance que toute cette affaire. Je suis choqué toutes les fois où je pense que Maria s'est aventurée là-dedans ; mais si elle a pu elle-même se charger d'un rôle, je ne suis pas surpris de l'attitude du reste du groupe.

— Avant la pièce, si je ne me trompe, Julia était persuadée qu'il lui faisait la cour.

— Julia ! J'ai déjà entendu dire à quelqu'un qu'il était amoureux de Julia, mais je ne me suis jamais rendu compte de rien. Et Fanny, bien que je souhaite rendre justice aux grandes qualités de mes sœurs, selon moi, il est très possible qu'elles aient pu, l'une d'elles ou toutes les deux, avoir envie d'être admirées par Crawford et qu'elles aient laissé percevoir ce désir de manière plus imprudente qu'il ne l'aurait fallu. Je me souviens que, de toute évidence, elles appréciaient beaucoup sa société, et avec un tel encouragement un homme vif et sans doute un peu léger tel que Crawford a pu être incité à aller jusqu'à... Il ne pouvait en sortir rien de très remarquable, car il est clair qu'il n'avait aucune prétention sérieuse à leur égard ; il réservait son cœur pour vous. Et je dois reconnaître que le fait de l'avoir gardé pour vous l'a rehaussé de façon considérable dans mon opinion. Cela lui fait le plus grand honneur ; cela montre combien il estime la véritable bénédiction que sont le bonheur domestique et un attachement sincère. Cela prouve qu'il n'a pas été corrompu moralement par son oncle ; cela révèle enfin qu'il est tel que je le souhaitais, tout en craignant qu'il ne le fût pas.

— Je suis persuadée qu'il ne pense pas comme il le faudrait sur les sujets graves.

— Dites plutôt qu'il n'y a pas réfléchi du tout, car, à mon avis, c'est là l'essentiel du problème. Comment pourrait-il en être autrement, avec une éducation telle que celle qu'il a reçue et un mentor comme le sien ? En vérité, si l'on songe aux désavantages qu'ils ont subis tous les deux, n'est-il pas extraordinaire qu'ils en soient arrivés où ils en sont ? Je suis prêt à admettre que les *sentiments* de Crawford lui ont trop servi de guide. Par chance, ces sentiments se sont révélés bons, la plupart du temps. Vous lui apporterez le reste ; et c'est un homme des plus fortunés que de s'attacher une femme telle que vous, une femme qui montre la plus grande fermeté sur les principes, et dont la douceur de caractère est si propre à les faire apprécier. Pour tout dire, il a choisi sa compagne avec une rare félicité. Il vous rendra heureuse, Fanny, je le sens, mais grâce à vous, il sera métamorphosé.

— Je ne voudrais pas me charger d'une telle transformation, s'écria Fanny, d'un ton qui exprimait sa répugnance à assumer une si haute responsabilité.

— Voilà que, comme d'ordinaire, vous ne vous croyez pas à même d'entreprendre quoi que ce soit ; vous vous imaginez que tout dépasse vos capacités ! Eh bien, même si je ne parviens pas à vous faire changer de sentiments, d'autres sauront vous en persuader, j'aime à le croire. J'avoue que, pour ma part, je suis très désireux que vous en arriviez là. L'intérêt que je porte au succès de Crawford n'est pas mince. Après votre bonheur, Fanny, c'est le sien qui compte le plus. Vous vous rendez bien compte que ma sollicitude pour Crawford sort de l'ordinaire.

Fanny en avait trop conscience pour ajouter quoi que ce soit ; et c'est donc tous les deux en silence, et perdus dans leurs pensées, qu'ils continuèrent à se promener quelque temps ensemble, sur une cinquantaine de yards. Le premier à reprendre la parole fut Edmund :

— J'ai été très content, hier, de la manière dont elle a fait allusion à ce sujet ; tout à fait content, car je ne m'attendais pas à ce qu'elle voie tout cela sous un éclairage aussi juste. Je savais qu'elle avait beaucoup d'amitié pour vous, mais je craignais encore qu'en pensant à son frère elle n'estime pas vos qualités à leur juste valeur, et qu'elle regrette de ne pas l'avoir plutôt vu porter son choix sur une personne de distinction ou sur une femme fortunée. Je redoutais les préventions que traduisaient les maximes mondaines qu'elle avait trop souvent entendu citer. Mais il en a été tout autrement. Elle a parlé de vous, Fanny, précisément comme elle le devait. Elle désire aussi vivement cette union que votre oncle ou moi-même. Nous avons eu un long entretien là-dessus. Je n'aurais pas mentionné le sujet, même si je souhaitais vivement connaître son opinion, mais je n'étais pas dans la pièce depuis cinq minutes qu'elle l'a abordé, avec cette ouverture d'esprit, cette douceur de manière si particulière, cet entrain et cette ingénuité qui caractérisent si bien sa nature. Mme Grant a ri de la rapidité avec laquelle elle en a parlé.

— Mme Grant était donc dans la pièce ?

— Oui, quand je suis arrivé au presbytère, les deux sœurs étaient assises en tête à tête, et une fois lancés, nous n'en avions pas terminé avec vous, Fanny, quand Crawford et le Dr Grant sont entrés.

— Voilà plus d'une semaine que je n'ai vu Mlle Crawford.

— Oui, elle le déplore ; et pourtant, elle reconnaît que cela a peut-être mieux valu. Vous la verrez, toutefois, avant qu'elle ne parte. Elle est très irritée contre vous, Fanny ; vous devez vous attendre à cela. Elle dit elle-même qu'elle est très fâchée, mais je vous laisse imaginer ce que recouvre sa colère. Il s'agit des regrets et de la déception d'une sœur qui estime que son frère a le droit d'obtenir dès le premier instant tout ce qu'il désire. Elle est blessée, tout comme vous le seriez pour William ; mais elle vous aime et vous estime de tout son cœur.

— Je savais qu'elle m'en voudrait beaucoup.

— Ma très chère Fanny, s'écria Edmund, en pressant plus fort le bras de la jeune fille contre lui, ne laissez pas la détresse vous envahir à l'idée qu'elle était irritée. C'est là une sorte de colère dont on parle, plutôt qu'on ne l'éprouve. Son cœur est fait pour l'amour et la bonté, non pour le ressentiment. J'aurais voulu que vous entendiez l'éloge qu'elle a fait de vous. J'aurais souhaité que vous voyiez l'expression de son visage, quand elle a dit que vous *devriez* être l'épouse d'Henry. J'ai remarqué aussi qu'elle disait toujours « Fanny » lorsqu'elle parlait de vous, ce qu'elle ne faisait jamais auparavant ; et elle prononce votre nom avec chaleur, comme elle le ferait de celui d'une sœur.

— Et Mme Grant, a-t-elle dit… a-t-elle parlé… était-elle présente durant tout ce temps ?

— Oui, et elle est exactement de l'avis de sa sœur. La surprise que vous avez causée par votre refus paraît avoir été sans bornes. Que vous puissiez repousser un homme tel que Henry Crawford paraît dépasser leur entendement. J'ai pris votre défense aussi bien que je l'ai pu ; mais en toute sincérité, à la manière dont elles présentent l'affaire…, il faudra que vous leur démontriez dès que possible, en adoptant une autre conduite, que vous avez tout votre bon sens ; elles ne se satisferont de rien d'autre. Mais c'est là vous tourmenter. J'en ai terminé. Ne vous détournez pas de moi.

— J'*aurais cru*, dit Fanny, après avoir gardé un instant le silence pour rassembler ses esprits et prendre sur elle-même, que des femmes auraient au moins envisagé la possibilité qu'un homme ne reçoive ni l'approbation, ni l'amour de l'une d'entre elles, même s'il paraissait très aimable à la plupart. Eût-il été doté de toutes les perfections de la terre, j'estime que l'on ne devrait pas tenir pour certain qu'un homme soit acceptable aux yeux de toute femme, sous prétexte qu'il est attiré par elle, de son côté. Mais à supposer qu'il en soit ainsi, et s'il faut admettre que M. Crawford ait bien tous les droits que ses sœurs croient devoir lui accorder, comment aurais-je pu être prête à l'accueillir avec des sentiments qui répondent aux siens ? Il m'a prise tout à fait au dépourvu. Je n'ai pas soupçonné que l'attitude qu'il avait envers moi auparavant avait une signification particulière ; et il est certain que je n'allais pas apprendre à l'aimer alors qu'il faisait à peine attention à ma présence, me paraissait-il. Dans ma situation, mettre mes espérances en M. Crawford aurait été faire preuve de la plus extrême vanité. Je suis sûre que ses sœurs, qui le placent si haut, en auraient jugé ainsi, au cas où il n'aurait eu aucune intention à mon encontre. Dans ces conditions, comment aurais-je pu être… être amoureuse de lui dès l'instant où il a déclaré qu'il m'aimait ? Comment aurais-je pu avoir de l'attachement à mettre à son service dès l'instant où il le réclamait ? Ses sœurs devraient considérer ma position aussi bien que la sienne. Plus grands sont ses mérites, et plus il aurait été déplacé pour moi de jamais songer à lui. Et… et puis… nos opinions sur la nature des femmes divergent beaucoup, si elles s'imaginent que l'une d'entre nous est capable de payer de retour aussi vite un témoignage d'affection, ainsi que leur réaction semble le supposer.

— Ma chère, ma très chère Fanny, j'en arrive maintenant à la vérité. Je sais que c'est là la vérité, et de tels sentiments vous honorent. Je vous les avais attribués par avance. Je pensais bien vous comprendre. Vous venez de me donner précisément l'explication que je me suis hasardé à fournir à votre amie et à Mme Grant, et elles l'ont toutes deux mieux admise, même si votre sincère amie se laissait encore un peu trop emporter par l'enthousiasme que suscite chez elle son inclination pour Henry. Je leur ai dit qu'entre toutes les créatures humaines, vous étiez celle sur qui l'habitude exerçait le plus grand pouvoir, et la nouveauté, le moindre ; et que par leur caractère inaccoutumé, les attentions que Crawford vous adressait lui étaient contraires. Le fait qu'elles aient été si surprenantes et si récentes était tout en sa défaveur ; que vous ne toleriez rien de ce qui ne vous était pas familier, et bien d'autres choses encore dans la même intention, celle de leur donner un aperçu de votre caractère. Mlle Crawford nous a fait rire en dressant des plans pour encourager son frère. Elle désirait l'inciter à persévérer dans l'espoir de se faire aimer un jour et de voir ses assiduités enfin couronnées de succès, au bout de dix années d'un « heureux mariage ».

Fanny eut bien du mal à s'arracher le sourire que la plaisanterie appelait. Tout en elle s'insurgeait. Elle redoutait d'avoir mal agi, de s'être trop avancée, de s'être montrée excessive dans l'attitude prudente qu'elle avait cru nécessaire d'observer, et en se gardant d'un mal, de s'être livrée à un autre ; aussi s'entendre répéter des exemples de la vivacité d'esprit de Mlle Crawford en un tel moment, et sur un tel sujet, constituait une circonstance aggravante fort amère.

Edmund vit la lassitude et la détresse se peindre sur son visage et décida aussitôt de s'abstenir de poursuivre la discussion, et de ne même plus mentionner le nom de Crawford, excepté là où il pourrait l'associer à un sujet qui serait *à coup sûr* agréable à sa cousine. Suivant ce principe, il observa peu après :

— Ils s'en vont lundi. Vous êtes donc assurée de voir votre amie demain ou dimanche. Ils partent vraiment lundi ! Et dire que j'étais à deux doigts de rester à Lessingby jusque-là ! Je m'y étais presque engagé. Quelle différence cela aurait pu faire. J'aurais fort bien pu regretter toute ma vie ces cinq ou six jours de plus passés à Lessingby.

— Vous avez été sur le point de prolonger votre séjour à Lessingby ?

— Tout à fait. On me pressait de le faire avec beaucoup d'amabilité et j'y avais presque consenti. Si j'avais reçu une lettre de Mansfield pour me dire ce qu'il advenait de vous tous, je crois que j'y serais certainement resté ; mais j'ignorais ce qui s'était passé ici durant une quinzaine de jours, et j'avais l'impression que j'étais demeuré absent assez longtemps.

— Vous y avez passé le temps agréablement ?

— Oui. C'est-à-dire que si je ne l'ai pas fait, c'est mon état d'esprit qu'il faut en blâmer. Tout le monde s'est montré charmant à mon égard. Je doute qu'ils m'aient trouvé de même. J'étais parti avec un sentiment d'inquiétude, et je n'ai pu m'en libérer qu'à mon retour à Mansfield.

— Ces demoiselles Owen… elles vous ont plu, n'est-ce pas ?

— Oui, beaucoup. Ce sont des jeunes filles charmantes, toujours d'excellente humeur et sans prétention. Mais j'ai été trop gâté, Fanny, pour apprécier la compagnie de femmes telles qu'on en rencontre partout. Les jeunes filles simples et faciles à vivre n'ont pas d'attraits pour un homme habitué à voir des femmes intelligentes. Il s'agit là de deux catégories bien distinctes d'êtres humains. Mlle Crawford et vous, vous m'avez rendu trop difficile.

En dépit de cette assurance, toutefois, Fanny demeurait découragée et lasse ; comme il voyait à son expression qu'il ne parviendrait pas à dissiper cet abattement par des paroles, il n'insista pas et la reconduisit aussitôt jusqu'à la maison, en usant de la douce autorité d'un tuteur privilégié.

36

Edmund s'estimait à présent parfaitement au courant de tout ce que Fanny pouvait révéler ou laisser deviner de ses sentiments, et il en était satisfait. Ainsi qu'il l'avait supposé, Crawford s'était trop précipité dans sa démarche, et il fallait accorder à Fanny du temps pour qu'elle se familiarise avec l'idée qu'il s'était attaché à elle, puis qu'elle la juge agréable. Il faudrait qu'elle prenne en considération l'amour du jeune homme pour elle, et il serait alors possible d'envisager qu'elle réponde à cette affection à plus ou moins brève échéance.

Il fit part de cette opinion à son père, comme étant la conclusion qu'il tirait de leur entrevue, puis il recommanda qu'on ne lui parlât plus de ce sujet, et que l'on ne cherchât plus à l'influencer ou à la persuader ; mais qu'on laissât Crawford se montrer assidu, et l'état d'esprit de sa cousine suivre son évolution naturelle.

Sir Thomas promit qu'il en serait ainsi. Il voulait bien considérer comme juste le compte rendu d'Edmund sur les dispositions mentales de Fanny ; il admettait volontiers qu'elle fût animée de tels sentiments, mais il n'en déplorait pas moins qu'elle les éprouvât ; car, comme il était moins confiant en l'avenir que son fils, il ne pouvait s'empêcher de redouter que s'il fallait accorder à sa nièce une longue période de temps pour s'accoutumer elle ne parviendrait peut-être pas à se persuader de répondre aux attentions du jeune homme comme il aurait convenu, avant que le jeune homme ne se soit lassé de l'en entourer. Toutefois, nul n'était en mesure d'intervenir, et il ne restait qu'à se soumettre en silence et à espérer que tout se passerait bien.

La visite promise de son « amie », ainsi qu'Edmund qualifiait Mlle Crawford, paraissait à Fanny lourde de menaces, et elle vivait dans une terreur continuelle, à cette pensée. En sa qualité de sœur, si partiale, si irritée, se laissant si peu arrêter par les scrupules quand elle s'exprimait, et sous un autre angle, si triomphante et si sûre d'elle-même, elle était de toute manière une source de pénible inquiétude. Son déplaisir, sa pénétration d'esprit ou sa joie étaient tout aussi redoutables à affronter ; et le seul soutien sur lequel Fanny pouvait espérer compter dans cette perspective tenait à la présence d'autres membres de la famille, lors de leur rencontre. Elle s'absentait aussi peu que possible d'auprès lady

Bertram, évitait la chambre de l'Est, et ne se promenait pas seule dans les bosquets, afin de se prémunir contre toute attaque inopinée.

Elle y réussit. Elle se trouvait en sécurité, dans la petite salle à manger, auprès de sa tante, quand Mlle Crawford se présenta enfin ; et une fois passés les difficiles premiers instants, comme la jeune fille adoptait une attitude plus ouverte, tant dans son air que dans sa façon de parler qu'elle ne s'y était attendue, Fanny se prit à espérer qu'elle en serait quitte pour supporter une demi-heure de tension modérée. Mais sur ce point, son espérance se révéla vaine, car Mlle Crawford n'était pas disposée à être l'esclave des circonstances. Elle était résolue à voir Fanny en tête à tête, aussi ne tarda-t-elle pas à lui glisser à voix basse :

— Il faut que je vous parle quelques minutes en particulier.

Ces paroles firent frémir Fanny des pieds à la tête, ébranlant son cœur et tous ses nerfs. Un refus était impossible. L'habitude qu'elle avait de se soumettre sans attendre la poussa, au contraire, à se lever de façon presque instantanée et à précéder sa compagne hors de la pièce. Elle se sentit très malheureuse en le faisant, mais jugea que c'était inévitable.

Elles n'étaient pas plutôt dans le hall d'entrée que Mlle Crawford renonça à feindre plus longtemps. Elle hocha la tête, lui adressa un air de reproche, tout à la fois espiègle et affectueux, puis lui saisit la main, comme si elle avait du mal à se contenir plus longtemps. Elle se contenta toutefois de remarquer : « Quelle triste, triste fille vous faites. Je ne sais si j'en aurai jamais fini de vous gronder ! », et elle eut assez de discrétion pour réserver la suite de son discours pour le moment où elles seraient sûres d'être toutes les deux entre quatre murs. Fanny s'engagea comme de coutume dans l'escalier et conduisit la visiteuse jusqu'à la pièce qui était désormais toujours confortable ; mais c'est avec des regrets douloureux qu'elle en ouvrit la porte, en songeant qu'elle allait subir une scène plus éprouvante que tout ce dont ce lieu avait jamais été témoin. Mais l'orage prêt à éclater sur sa tête fut retardé au moins quelque temps par le changement soudain qui s'opéra dans les pensées de Mlle Crawford, par l'effet profond que fit sur l'esprit de cette dernière la découverte qu'elle pénétrait à nouveau dans la chambre de l'Est.

— Ah ! s'écria-t-elle, en retrouvant aussitôt son entrain, me revoilà donc ici ? La chambre de l'Est. Je n'y suis venue qu'une seule fois !

Puis après avoir jeté un coup d'œil autour d'elle, et paru revivre tout ce qui s'y était passé, elle ajouta :

— Une fois seulement auparavant. Vous en souvenez-vous ? Je suis venue ici pour répéter. Votre cousin y est entré à son tour, et nous avons répété ensemble. Vous étiez notre auditoire et notre souffleur. Une charmante répétition ! Je ne l'oublierai jamais. Nous nous tenions ici, précisément dans cette partie de la pièce. Votre cousin était là ; j'étais là-bas ; les chaises étaient disposées de la sorte. Oh ! pourquoi de telles choses prennent-elles jamais fin ?

Fort heureusement pour sa compagne, elle n'attendait pas de réponse. Elle était tout à fait absorbée par ses pensées. Elle se laissait aller à une rêverie pleine de doux souvenirs.

— La scène que nous répétions était si surprenante ! Le sujet en était si… si… comment dire ? Le tuteur me décrivait ce qu'était le mariage et me recommandait de m'y engager. J'ai l'impression de le revoir là, maintenant, alors qu'il s'efforçait de paraître tout à la fois modeste et maître de lui, ainsi que se doit de l'être Anhalt, tout au long de ses deux grandes tirades. « Quand deux cœurs en harmonie se rejoignent dans l'état de mariage, on peut considérer qu'une telle union assure une vie heureuse. » J'imagine que le temps n'effacera jamais l'impression que m'ont laissée son air et le son de sa voix, lorsqu'il prononçait ces paroles. Il était singulier, fort singulier que nous ayons eu une telle scène à jouer ! Et s'il m'était accordé de revivre une semaine de mon existence, ce serait cette semaine-là, la semaine où nous avons joué la comédie que je choisirais. Vous direz ce que vous voudrez, Fanny, ce serait celle-là ; car jamais je n'ai connu un bonheur aussi remarquable. Voir un esprit aussi ferme que le sien se plier comme il l'a fait ! Oh ! c'était un plaisir indicible ! Mais hélas ! tout fut anéanti le soir même. Le soir où votre oncle arriva de manière si intempestive. Pauvre Sir Thomas ! qui était heureux de vous voir, alors ? Pourtant, Fanny, ne croyez pas que je veuille aujourd'hui parler de façon irrespectueuse à Sir Thomas, même si je l'ai haï alors durant plusieurs semaines. Non, je tiens à lui rendre justice, à présent. Il se comporte tout à fait comme doit le faire le chef d'une telle famille. Et pour tout dire, je crois que je vous aime tous, maintenant.

Et ayant ainsi parlé, avec une tendresse et une lucidité que Fanny ne lui avait jamais connues auparavant, et qui ne lui allaient que trop bien, à son avis, elle se détourna un instant pour reprendre ses esprits.

— J'ai eu une petite crise de sentimentalité depuis que je suis entrée dans la pièce, ainsi que vous avez dû vous en rendre compte, dit-elle peu après, avec un sourire malicieux, mais la voilà passée, aussi asseyons-nous, et mettons-nous à notre aise, car pour ce qui est de vous gronder, Fanny, comme j'en avais pris la ferme décision en venant, je n'ai plus le cœur à le faire, au moment où il le faudrait.

Et après l'avoir embrassée avec beaucoup d'affection, elle ajouta :

— Bonne et douce Fanny ! quand je pense que c'est la dernière fois que je vous vois avant je ne sais combien de temps… je sens qu'il m'est tout à fait impossible de ne pas vous aimer.

Fanny en fut touchée. Elle ne s'était pas attendue à une telle réaction, et il était rare qu'elle supportât sans en être affectée l'influence mélancolique de l'expression « la dernière fois ». Elle se mit à pleurer comme si elle éprouvait plus d'affection pour Mlle Crawford que celle-ci ne lui en inspirait ; et Mlle Crawford, attendrie plus encore par un tel témoignage d'émotion, l'étreignit avec tendresse, puis déclara :

— Je suis fâchée de vous quitter. Je ne verrai personne qui soit moitié si aimable que vous, là où je vais. Qui sait si nous ne deviendrons pas sœurs ? Je sens qu'il en sera ainsi. J'ai l'impression que nous sommes nées pour être liées l'une à l'autre ; et à voir ces pleurs, je suis convaincue que vous en êtes persuadée aussi, chère Fanny.

Fanny s'arracha à son attendrissement et se contenta d'une réponse partielle :

— Mais vous allez simplement quitter un groupe d'amis pour en retrouver un autre. Vous vous rendez chez une amie qui vous est chère.

— Oui, cela est vrai. Mme Fraser est l'une de mes amies intimes depuis des années. Mais je n'ai plus la moindre envie d'aller la rejoindre. Je ne songe qu'aux amis que je quitte ; mon excellente sœur, vous-même, et la famille Bertram en général. Vous avez tous tellement plus de *cœur* que l'on n'en rencontre le plus souvent dans le monde. Vous me donnez tous le sentiment que je puis me fier à vous et m'épancher ; et c'est là un sentiment dont on ignore tout dans les relations que l'on entretient d'ordinaire. Je voudrais être convenue avec Mme Fraser que je n'irai chez elle qu'après Pâques, une période de l'année bien préférable pour une telle visite, mais maintenant, je ne puis différer. Et après avoir séjourné chez elle, il faudra que j'aille chez sa sœur, lady Stornaway, car c'est *elle*, mon amie la plus intime, mais depuis trois ans, je ne lui ai guère accordé d'attention.

Après cette déclaration, les deux jeunes filles demeurèrent silencieuses quelques minutes, chacune suivant de son côté le cours de ses pensées. Fanny réfléchissait aux différentes sortes d'amitié qui existent au monde ; Mary, à un sujet de tendance moins philosophique. C'est *elle* qui fut la première à reprendre la parole :

— Avec quelle précision je me souviens avoir résolu de monter dans les étages pour vous retrouver, et m'être lancée à la recherche de la chambre de l'Est sans avoir la moindre idée de l'endroit où elle était située ! Avec quelle netteté je me rappelle ce à quoi je pensais tout en marchant ; puis, le moment où j'ai ouvert la porte et où je vous ai vue ici, assise à cette table, en train de travailler ; et la stupéfaction de votre cousin, quand il est entré à son tour et qu'il m'a trouvée ici ! À coup sûr, le retour de votre oncle, ce soir-là… Jamais on n'a vu une situation comparable à celle-là.

Elle se perdit de nouveau un court temps dans ses souvenirs, puis elle s'y arracha et s'en prit à sa compagne en ces termes :

— Eh bien, Fanny, vous voilà tout à fait plongée dans une rêverie ! Vous songez, je l'espère, à celui qui pense sans cesse à vous. Oh ! si je pouvais vous transporter un instant au sein de notre cercle d'amis, à Londres, afin que vous vous rendiez compte de la manière dont on va considérer là-bas le pouvoir que vous exercez sur Henry ! Ah, l'envie mêlée de rancune de tant et tant de personnes ! L'étonnement, l'incrédulité, lorsqu'on apprendra ce que vous avez fait ! Car pour ce qui est de garder les secrets, Henry se comporte tout à fait comme le héros d'une histoire d'amour du temps passé, qui se glorifie de ses chaînes. Vous devriez venir à Londres pour bien apprécier le prix de votre conquête. Si vous voyiez à quel point on le courtise, combien l'on me recherche par intérêt pour lui ! Désormais, je le sens, je ne serai plus aussi bien accueillie chez Mme Fraser, du fait de la position d'Henry envers vous. Quand elle saura la vérité, elle souhaitera sans doute que je m'en retourne sans plus attendre dans le comté de Northampton ; car M. Fraser a une fille d'un premier lit, que mon amie désire ardemment marier, et elle voudrait que ce soit Henry qui l'épouse. Oh ! elle a fait tant d'efforts pour le conquérir ! Innocente et paisible comme vous l'êtes ici, vous n'avez aucune idée de la *sensation* que vous allez créer, de la curiosité que l'on aura de vous voir, des innombrables questions auxquelles j'aurai à répondre ! La pauvre Margaret Fraser m'interrogera sans répit sur vos yeux et vos dents, votre coiffure et votre bottier. Je souhaiterais que Margaret trouve un époux pour le bien de ma pauvre amie, car je tiens les Fraser pour tout aussi malheureux que la plupart des couples mariés. Et pourtant, à l'époque où elle s'est faite, cette union paraissait fort désirable pour Janet. Nous en étions tous ravis. Elle ne pouvait faire autrement que de l'accepter, car il était riche, et elle n'avait rien ; mais il s'est révélé être maussade et *exigeant* ; et il veut qu'une jeune femme, une belle jeune femme de vingt-cinq ans, mène une existence aussi rangée que la sienne. Et puis mon amie ne sait pas bien comment procéder avec lui ; elle ne paraît pas savoir quel parti prendre. Il existe entre eux une irritation incessante, qui relève assurément, pour ne pas dire plus, d'une mauvaise éducation. Quand je serai chez eux, je me souviendrai avec respect des relations conjugales établies au presbytère de Mansfield. Le Dr Grant fait preuve envers ma sœur d'une confiance absolue et d'une certaine considération pour son jugement, ce qui porte à croire qu'il éprouve pour elle de l'attachement ; mais je ne verrai rien de tel chez les Fraser. Je serai toujours à Mansfield en pensée, Fanny. Ma propre sœur en tant qu'épouse, Sir Thomas Bertram, en tant que mari, tels seront les modèles que je tiens pour touchant à la perfection. La pauvre Janet a été bien abusée ; et pourtant, elle n'a manqué en rien aux usages ; elle ne s'est pas engagée de façon inconsidérée dans cette alliance ; elle n'a pas fait preuve d'imprévoyance. Elle a pris un délai de réflexion de trois jours, quand il lui a demandé sa main ; et, durant ces trois jours, elle a pris conseil auprès de tous ceux qui lui étaient apparentés, et dont l'opinion valait d'être écoutée ; et, en particulier, celle de ma chère et défunte tante, dont la connaissance du monde était telle que la plupart des jeunes gens de sa connaissance se fiaient à son jugement et l'appréciaient à juste titre ; or, cette dernière se déclarait très bien disposée envers M. Fraser. Cela semble indiquer que rien ne garantit que l'on parvienne au bonheur dans le mariage ! Je ne saurais en dire autant en faveur de mon amie Flora, qui a rejeté les avances d'un très charmant jeune homme de la cavalerie de la Garde pour lui préférer l'horrible lord Stornaway, doué à peu près d'autant de bon sens que M. Rushworth, Fanny, mais qui est bien plus laid et a la réputation d'être un ignoble personnage. À l'époque, j'avais, *pour ma part*, des doutes sur la justesse de sa décision, car il n'avait même pas l'allure d'un gentilhomme, mais, à présent, je suis sûre qu'elle a eu tort. Soit dit en passant, Flora Ross se mourait d'amour pour Henry, l'hiver où elle a fait ses débuts. Mais si je devais commencer à évoquer pour vous toutes les femmes dont j'ai su qu'elles étaient amoureuses de lui, je n'en finirais jamais. Vous êtes la seule, insensible Fanny, qui pensiez à lui avec ce qui ressemble à de l'indifférence. Mais êtes-vous aussi insensible que vous prétendez l'être ? Non, non, je vois qu'il n'en est rien.

La rougeur qui envahissait alors le visage de Fanny était si intense qu'elle pouvait en effet faire naître de forts soupçons chez un esprit prévenu.

— Excellente créature ! Je ne vous taquinerai plus. Tout suivra son cours. Mais ma chère Fanny, vous voudrez bien admettre que vous n'étiez pas aussi prise au dépourvu, quand la question vous a été posée, que votre cousin ne se l'imagine. Il est impossible que vous n'y ayez pas songé parfois, ni fait quelques suppositions sur ce qui pourrait advenir. Vous avez dû voir qu'il s'efforçait de vous plaire, en vous accordant toutes les attentions qui étaient en son pouvoir. Ne s'est-il pas montré tout dévoué à votre égard au cours du bal ? Et avant le bal, le collier ? Ah ! vous l'avez pris exactement comme l'on souhaitait que vous le fassiez. Vous avez été aussi sensible à ce don qu'un cœur épris pouvait le désirer. Je m'en souviens avec précision.

— Vous voulez dire que votre frère savait à l'avance que vous alliez me proposer ce collier ? Oh ! mademoiselle Crawford, ce n'était pas *bien* de votre part.

— S'il le savait ? C'était son œuvre, son idée, de bout en bout. J'avoue à ma honte que cela ne m'était pas du tout venu à l'esprit ; mais j'ai été ravie de me conformer à ses désirs, par affection pour tous les deux.

— Je ne nierai pas, répondit Fanny, que je n'ai pas un peu redouté, à l'époque, qu'il n'en ait été ainsi, car il y avait quelque chose dans votre attitude qui m'inspirait des craintes ; mais pas au début ; je ne me suis doutée de rien au début ! Je vous l'assure, je vous l'assure, de rien du tout. Cela est aussi vrai que de me voir assise ici. Et si j'avais eu le moindre soupçon, rien ne m'aurait incitée à accepter ce collier. Quant au comportement de votre frère, il est certain que j'ai été sensible à la façon particulière dont il me traitait, que je m'en étais rendu compte depuis quelque temps, deux ou trois semaines peut-être, mais j'avais alors considéré qu'il n'y attachait aucune importance ; je l'ai simplement attribué à sa manière d'être habituelle et j'étais très loin de supposer ou de souhaiter qu'il s'intéressât vraiment à moi. Je n'ai pas été, mademoiselle Crawford, une observatrice inattentive de ce qui s'est passé entre lui et une partie de notre famille, durant l'été et à l'automne. Je me taisais, mais je n'étais pas aveugle. Il ne m'a pas échappé que M. Crawford s'autorisait des galanteries qui ne s'accompagnaient d'aucune intention sérieuse.

— Ah ! je ne puis le nier. Il s'est parfois montré un véritable séducteur et s'est fort peu soucié des ravages qu'il causait dans le cœur des jeunes filles. Je l'ai souvent grondé sur ce point, mais c'est son seul défaut, et il faut admettre que rares sont les jeunes filles du monde dont le cœur mérite qu'on le ménage. Et puis, Fanny, vous aurez la gloire de vous attacher un homme que tant d'autres ont cherché à retenir ; de le tenir en votre pouvoir afin de lui faire payer les dettes qu'il a envers notre sexe. Oh ! je suis certaine qu'il n'est pas dans la nature d'une femme de refuser de remporter un tel triomphe.

Fanny hocha la tête.

— Je ne saurais penser du bien d'un homme qui se joue des sentiments de toutes les femmes ; et il se peut que les souffrances ainsi infligées soient souvent plus vives qu'un observateur ne peut en juger.

— Je ne le défends pas. Je l'abandonne à votre merci ; et quand il vous aura installée à Everingham, je ne me soucierai pas de savoir à quel point vous lui ferez la morale. Mais je vous confierai ceci, c'est que sa faiblesse, cette habitude qu'il a de rendre les jeunes filles un peu amoureuses de lui, représente un danger bien moindre pour le bonheur d'une femme, que s'il avait tendance, de son côté, à tomber amoureux, ce qui ne lui est jamais arrivé jusqu'ici. Et je crois de façon profonde et sincère qu'il s'est attaché à vous comme il ne l'a jamais fait auparavant envers aucune autre femme ; qu'il vous aime de toute son âme, et que, dans toute la mesure du possible, il vous aimera toujours. S'il est jamais arrivé à un homme d'aimer une femme sa vie durant, Henry, selon moi, vous aimera ainsi.

Fanny ne put se défendre d'esquisser un sourire, mais elle ne fit aucun commentaire.

— Je n'ai pas l'impression d'avoir jamais vu Henry plus heureux que le jour où il a réussi à obtenir un brevet pour votre frère, remarqua Mary, au bout d'un moment.

Elle avait su toucher là, à coup sûr, les sentiments de Fanny.

— Oh ! oui. Quelle générosité, quelle grande générosité de sa part !

— Je sais qu'il a dû se donner beaucoup de mal, car je connais les personnes dont il lui a fallu demander l'intervention. L'amiral déteste les complications ; il répugne à demander des faveurs ; et il existe un si grand nombre de jeunes gens qui ont des droits à faire valoir de la même manière, qu'il est aisé de ne pas tenir compte d'une amitié et d'une énergie quand elles ne sont pas soutenues par une vraie résolution. Comme William doit être heureux ! J'aimerais que nous puissions le voir !

L'esprit de la pauvre Fanny fut envahi par la détresse la plus accablante. Le souvenir de ce qui avait été accompli pour William prévenait toujours chez elle de la façon la plus forte toute prise de décision à l'encontre de M. Crawford ;

aussi s'abîma-t-elle longtemps dans ses réflexions, jusqu'au moment où Mary, qui l'avait tout d'abord observée avec complaisance, puis qui avait laissé ses pensées errer sur un tout autre sujet, attira tout à coup son attention en déclarant :

— J'aimerais beaucoup rester là tout le jour à m'entretenir avec vous, mais il ne faut pas oublier ces dames, aussi vous dirais-je au revoir, ma chère, mon aimable, mon excellente Fanny ; car même si nous sommes censées nous séparer dans la petite salle à manger, je tiens à prendre congé de vous ici. Je le fais en souhaitant que nous soyons heureusement réunies, et en espérant que quand nous nous retrouverons, ce sera dans des circonstances telles que nous ouvrirons nos cœurs l'une à l'autre sans qu'il subsiste entre nous la moindre trace de réserve.

Ces paroles s'accompagnèrent d'une tendre, d'une très tendre étreinte, et d'une certaine émotion.

— Je verrai bientôt votre cousin, à Londres ; il envisage de s'y rendre sous peu ; et Sir Thomas y sera, j'imagine, dans le courant du printemps ; et pour ce qui est de l'aîné de vos cousins, des Rushworth et de Julia, je suis sûre de les rencontrer à maintes reprises, et tous, sans vous. J'ai deux faveurs à vous demander, Fanny ; l'une est que vous correspondiez avec moi. Vous devez m'écrire. Et l'autre, c'est que vous alliez souvent rendre visite à Mme Grant pour compenser mon absence auprès d'elle.

Fanny eût préféré ne pas s'entendre demander la première, au moins, de ces faveurs ; mais il lui était impossible de refuser d'engager une correspondance ; il lui était même impossible de ne pas y consentir plus volontiers que son jugement ne le lui aurait permis. Elle n'était pas capable de résister à une telle démonstration d'affection. Ses dispositions naturelles l'incitaient de façon toute particulière à apprécier les témoignages de tendresse, et elle en avait connu si peu jusqu'alors, qu'il était d'autant plus facile à Mlle Crawford de triompher d'elle par les siens. En outre, elle lui savait gré d'avoir rendu leur tête-à-tête beaucoup moins pénible qu'elle ne l'avait redouté.

L'entrevue était terminée ; elle avait échappé aux reproches et n'avait pas été percée à jour. Son secret lui appartenait encore ; et aussi longtemps que ce serait le cas, elle estimait pouvoir se résigner à supporter presque tout.

Dans la soirée, d'autres adieux eurent lieu. Henry Crawford vint et demeura assis quelque temps avec eux ; et comme elle n'avait eu guère d'entrain avant sa venue, son cœur s'adoucit un peu à l'encontre du jeune homme, parce qu'il avait l'air d'être sincèrement ému. À la différence de son comportement habituel, il ouvrit à peine la bouche. D'évidence, il était oppressé, et Fanny en eut de la peine pour lui, même si elle espérait ne pas le revoir avant qu'il soit devenu le mari d'une autre femme.

Quand arriva le moment de la séparation, il lui prit la main, sans lui laisser le temps de la lui refuser ; il ne dit rien pourtant, ou rien qu'elle entendît, et quand il quitta la pièce, elle éprouva de la satisfaction à la pensée qu'ils aient échangé un tel geste d'amitié.

Au matin, les Crawford avaient pris la route.

37

Une fois M. Crawford parti, Sir Thomas se fixa pour objectif qu'il soit regretté, et il fonda de grands espoirs sur le manque d'attentions auquel sa nièce devait être sensible, même si, au temps où on les lui prodiguait, elle les avait considérées comme pénibles, ou s'était imaginé qu'elles l'étaient. Elle avait goûté au plaisir de se voir conférer de l'importance sous la forme la plus flatteuse, aussi voulait-il supposer que de s'en voir privée, d'être réduite à rien, ferait naître chez elle des regrets très salutaires. Il l'observait dans cette perspective favorable, mais il lui était bien difficile de dire si c'était avec succès. Il avait du mal à se rendre compte si les esprits de Fanny en étaient ou non affectés le moins du monde. Elle se montrait toujours si douce et si peu expansive qu'il ne parvenait pas à définir ses émotions. Il ne la comprenait pas ; il sentait qu'elle demeurait pour lui une énigme ; et c'est la raison pour laquelle il fit appel à Edmund, afin que celui-ci lui apprenne si elle était affectée du fait des circonstances présentes, et si elle était plus ou moins heureuse qu'elle ne l'avait été.

Edmund ne distingua aucun symptôme de regret, et il pensa que son père se montrait plutôt déraisonnable de supposer qu'il s'en manifeste dès les trois ou quatre premiers jours.

Ce qui surprit le plus Edmund fut de voir que Fanny ne regrettait pas de façon plus apparente la sœur de Crawford, l'amie et la compagne qui avait tenu un si grand rôle auprès d'elle. Il s'étonna de ce qu'il fût si rare d'entendre Fanny parler d'*elle*, et déplorer si peu cette séparation, de sa propre initiative.

Hélas ! c'était précisément cette sœur, l'amie et la compagne, qui représentait maintenant la principale menace du bonheur de Fanny. Si elle avait pu croire que le destin de Mary était aussi peu lié au Parc de Mansfield qu'elle-même était résolue à ce que celui du frère le fût, et si elle avait pu espérer que son retour fût aussi distant dans le temps qu'elle était encline à penser que le serait celui d'Henry Crawford, elle eût eu, à coup sûr, le cœur léger ; mais plus elle passait en revue ses souvenirs, plus elle observait, et plus sa conviction devenait profonde que, du train où allaient les choses maintenant, les chances de voir Mlle Crawford épouser Edmund étaient plus grandes qu'elles ne l'avaient jamais été. De son côté à lui, l'inclination était plus forte, et de celui de Mary, moins ambiguë. Les objections d'Edmund, les scrupules nés de son intégrité paraissaient balayés ; nul n'aurait pu dire pour quel motif, et les doutes et les hésitations qu'avait suscités l'ambition de la jeune fille avaient été surmontés également – toujours sans raison apparente. On ne pouvait attribuer cette évolution qu'à l'accroissement de l'intérêt qu'ils se portaient. Les bons sentiments d'Edmund et les mauvais sentiments de Mlle Crawford cédaient devant l'amour, et un tel amour devait les unir. Edmund devait se rendre à Londres, dès que certaines affaires concernant Thornton Lacey seraient réglées, dans la quinzaine de jours qui suivrait, sans doute, et il évoquait ce voyage, il adorait en parler ; et une fois qu'il aurait retrouvé la jeune fille, Fanny ne doutait pas de ce qui en résulterait. L'acceptation de Mlle Crawford était aussi certaine que l'offre qu'il lui ferait ; et pourtant, la première persistait dans des jugements erronés, qui laissaient mal augurer d'une telle union, aux yeux de Fanny, indépendamment – du moins le croyait-elle – de sa propre inclination.

Bien qu'elle ait manifesté des sentiments aimables et fait preuve de beaucoup de bienveillance envers elle au cours de leur dernier entretien, Mlle Crawford était demeurée celle qui, sans en prendre conscience, faisait toujours montre d'un esprit perverti et égaré, privé de clartés, et s'imaginant porteur de lumières. Il était possible qu'elle fût amoureuse d'Edmund, mais elle ne le méritait par aucun autre sentiment. Fanny estimait qu'ils n'avaient presque rien d'autre en commun dans le domaine de la sensibilité ; et des sages plus âgés qu'elle auraient pu lui pardonner d'avoir cru que les chances d'amendement futur de Mlle Crawford étaient presque désespérées, car si, en cette saison des amours, l'influence d'Edmund avait encore si peu réussi à éclairer son jugement et régler ses notions du bien et du mal, au bout du compte, elle ne bénéficierait pas de ce qui le rendait digne d'estime, même après des années de mariage.

L'expérience aurait nourri davantage d'espoirs pour des jeunes gens dont la situation sociale était la leur, et l'impartialité n'aurait pas refusé d'accorder à la nature de Mlle Crawford la part qu'elle avait en commun avec celle du reste des femmes, et qui l'aurait conduite à adopter comme les siennes les opinions de l'homme qu'elle aimait et respectait. Mais puisque telle était la conviction de Fanny, elle en souffrait beaucoup, et ne pouvait jamais parler de Mlle Crawford sans en être peinée.

Sir Thomas, cependant, conservait ses propres espérances et poursuivait ses observations, car, du fait de sa longue connaissance de la nature humaine, il se sentait autorisé à attendre le résultat que produirait sur les dispositions de sa nièce la perte de son pouvoir et de son importance, ainsi que celle des attentions passées de son prétendant, entraînant un désir ardent de les retrouver ; et il put, peu après, s'expliquer qu'il n'ait pas encore constaté tout cela de manière complète et indubitable, par l'annonce du passage d'un autre visiteur, dont la venue prochaine, il voulait bien l'admettre, suffisait amplement à soutenir les dispositions morales dont il guettait l'affaiblissement. William avait obtenu une permission de dix jours pour se rendre dans le comté de Northampton, et il venait, comme le plus heureux des lieutenants de marine, parce que le dernier promu, afin de montrer sa joie et de décrire son uniforme.

Il arriva ; et il eût été enchanté de parader dans son uniforme, si une cruelle coutume n'en avait interdit le port en dehors du service. L'uniforme était donc demeuré à Portsmouth, et Edmund conjecturait que toute sa fraîcheur, et celle des sentiments de celui qui l'endossait, auraient disparu avant que Fanny ait eu la moindre occasion de le voir. Il ne serait plus alors qu'un symbole d'infortune, car existe-t-il quelque chose de moins seyant, de moins digne d'admiration que l'uniforme d'un second lieutenant qui a déjà ce grade depuis une année ou deux, et qui voit d'autres camarades promus lieutenants de vaisseau avant lui ? C'est ainsi que raisonnait Edmund jusqu'au moment où son père lui fit part d'un projet qui accorderait à Fanny de voir le second lieutenant du sloop *Thrush*, au service de Sa Majesté, dans toute sa gloire et sous d'autres cieux.

Ce projet consistait à inciter Fanny à raccompagner William jusqu'à Portsmouth, et à séjourner quelque temps dans sa famille. Ce plan avait été conçu par Sir Thomas durant l'un de ses moments de graves méditations, comme une mesure juste et souhaitable, mais avant de l'avoir arrêté de façon définitive, il consulta son fils. Edmund, après l'avoir examiné sous tous les angles, n'y vit aucun inconvénient. L'idée, bonne en soi, ne pouvait être appliquée à un meilleur moment ; et il ne doutait pas qu'elle parût fort agréable à Fanny. Cette approbation suffit à déterminer Sir Thomas ; aussi, c'est sur un « Alors, il en sera donc ainsi » que se conclut cette étape de l'entreprise ; et Sir Thomas en retira divers sentiments de satisfaction, et l'impression qu'il en sortirait plus de bien qu'il n'en avait dit à son fils, car son premier motif, en éloignant Fanny, n'avait guère à voir avec l'intérêt que pourraient représenter des retrouvailles avec ses parents, et rien à voir avec le désir de la rendre heureuse. Il souhaitait à coup sûr qu'elle fît ce voyage de son plein gré, mais il espérait au moins tout autant qu'elle fût sincèrement dégoûtée de son foyer d'origine avant la fin du séjour ; et qu'un peu d'abstinence de l'élégance et du luxe du Parc de Mansfield n'assagisse son esprit et ne l'incite à estimer à une plus juste valeur la demeure qu'on lui offrait, où elle trouverait une existence d'une plus grande permanence et d'un égal confort.

Il s'agissait d'un traitement curatif, destiné à améliorer l'état de compréhension de sa nièce, qu'il estimait devoir considérer comme affectée par une maladie. Un séjour de huit ou neuf ans dans une résidence où tout témoignait de la richesse et de l'abondance lui avait fait perdre en partie la capacité de comparer et de juger. Selon toute probabilité, la maison de son père enseignerait à Fanny la valeur d'un bon revenu ; et Sir Thomas était persuadé qu'elle serait, toute sa vie, plus raisonnable et plus heureuse, après avoir connu l'expérience à laquelle il avait envisagé de la soumettre.

Si Fanny avait été encline à se livrer à des transports de joie, elle y aurait cédé quand elle apprit ce qui était prévu et que son oncle lui proposa d'aller rendre visite à ses parents, ainsi qu'à ses frères et sœurs, dont elle était séparée depuis près de la moitié de sa vie, et d'aller passer environ deux mois sur les lieux où s'était déroulée son enfance, avec William pour protecteur et compagnon de voyage, et l'assurance de continuer à le voir jusqu'au dernier moment de sa permission à terre. Si elle avait eu tendance à se livrer à l'exubérance, elle s'y serait alors abandonnée, car elle se sentait pleine d'allégresse, mais son bonheur était d'un caractère calme, souterrain, propre à gonfler le cœur ; et bien qu'elle n'eût jamais été très volubile, elle était d'autant plus portée à garder le silence que ses émotions étaient les plus vives. Sur le moment, elle ne put donc que remercier et accepter. Par la suite, lorsqu'elle se fut familiarisée avec les visions enchanteresses qui venaient soudain de se révéler à elle, elle put parler plus en détail à William et à Edmund de ce qu'elle ressentait ; mais il subsistait encore des élans de tendresse qu'elle ne parvenait pas à traduire en paroles. Le souvenir des plaisirs du passé et celui de la douleur d'être arrachée à eux la submergèrent avec une force accrue, et il lui sembla que le retour chez elle apaiserait toutes les souffrances nées de cette séparation. Se retrouver au centre d'un tel cercle de famille, aimée par tant de proches, plus appréciée par tous qu'elle ne l'avait jamais été, éprouver de l'affection sans crainte ni restriction, se sentir l'égale de ceux qui l'entoureraient, être à l'abri de toute allusion aux Crawford, loin de tous les regards où l'on croyait lire des reproches du fait de ces derniers ! C'était là une perspective à envisager avec un attendrissement qui ne pouvait être admis qu'en partie.

Et pour ce qui était d'Edmund aussi… s'éloigner de lui durant deux mois – et peut-être l'autoriserait-on à s'absenter trois mois – devrait lui être bénéfique. Une fois à distance, quand elle ne serait plus assaillie par ses regards ou sa bonté, qu'elle se verrait épargner la perpétuelle irritation de connaître l'état de son cœur ou de s'efforcer d'éviter ses confidences, elle serait à même de se raisonner pour parvenir à un état plus souhaitable ; elle parviendrait, sans se sentir misérable, à l'imaginer à Londres, en train d'y prendre toutes les dispositions qu'il jugerait nécessaires. Ce qui aurait pu être difficile à supporter à Mansfield ne paraîtrait plus qu'une peine légère, une fois à Portsmouth.

Le doute où elle était à propos de l'assurance du bien-être de sa tante Bertram demeurait l'unique obstacle à son départ. Elle n'était utile à personne d'autre ; mais *auprès d'elle* son absence pourrait être regrettée dans des proportions auxquelles il lui était difficile de penser ; et si cette partie de l'entreprise fut la plus difficile à mettre en œuvre pour Sir Thomas, il était bien le seul à pouvoir en décider.

Néanmoins, il était le maître du Parc de Mansfield. Quand il avait résolu de prendre une mesure, il allait toujours jusqu'au bout des choses ; et dans le cas présent, à force de s'exprimer longtemps sur le sujet, d'expliquer et d'insister sur le devoir qui incombait à Fanny d'aller parfois rendre visite à sa famille, il parvint à persuader sa femme de la laisser partir ; ce consentement, il l'obtint plus par soumission à sa volonté que par conviction ; car lady Bertram admit tout au plus que Sir Thomas était d'avis qu'il fallait que Fanny parte, et que cette dernière devait donc s'exécuter. Dans le calme de son boudoir, quand elle laissait libre cours à ses propres réflexions, sans être influencée par les affirmations déconcertantes de son époux, elle ne voyait pas la nécessité qu'il pouvait y avoir pour Fanny de se rendre chez un père et une mère qui s'étaient passés d'elle si longtemps, alors que sa nièce lui rendait tant de services. Quant à l'affirmation qu'elle ne lui manquerait pas, ce que l'on s'efforçait de lui prouver, sur une intervention de Mme Norris, c'est avec la plus grande fermeté qu'elle refusa d'accepter cette idée.

Sir Thomas avait fait appel à sa raison, à sa conscience et à sa dignité. Il parla de sacrifice, et lui demanda d'y consentir, au nom de sa bonté et de sa maîtrise d'elle-même. De son côté, Mme Norris entendait la persuader qu'elle se passerait fort bien de Fanny – *pour sa part*, elle était prête à donner tout son temps, si on le lui demandait – et, en bref, elle n'aurait nul besoin de sa nièce ni ne la regretterait.

— Il est fort possible qu'il en soit ainsi, ma sœur, se contenta de répondre lady Bertram, et je veux bien croire que vous ayez raison, mais je reste persuadée qu'elle me manquera beaucoup.

On se préoccupa ensuite d'entrer en rapport avec Portsmouth. Fanny écrivit pour s'offrir de faire le déplacement, et la réponse que sa mère lui adressa, bien que courte, fut si généreuse, quelques lignes où elle exprimait une joie bien naturelle à la perspective de retrouver son enfant, qu'elle confirma tous les espoirs de bonheur que sa fille mettait dans la pensée d'une telle réunion, la convainquant qu'elle allait trouver dans sa « maman » l'amie chaleureuse et affectueuse qui, dans le passé, ne s'était pourtant pas montrée très démonstrative ; toutefois, il lui était facile de supposer qu'elle-même en avait été responsable ou qu'elle se l'était imaginé. Elle s'était sans doute aliéné son amour en faisant preuve de faiblesse et de maussaderie, d'un tempérament craintif, ou bien elle s'était montrée déraisonnable en désirant obtenir une part plus grande d'attention que celle accordée à n'importe lequel des membres de cette nombreuse famille. À présent qu'elle savait mieux se rendre utile et montrer de la patience, que sa mère ne serait plus aussi accaparée par les exigences incessantes d'une maison pleine de jeunes enfants, elles trouveraient le temps et le désir de rechercher toutes les occasions de réconfort, et elles deviendraient très vite l'une pour l'autre ce que devraient être une mère et une fille.

William était presque aussi heureux du projet que sa sœur. Il éprouverait un très vif plaisir de l'avoir auprès de lui jusqu'au moment d'embarquer, et peut-être même de la retrouver sur place quand il rentrerait de sa première campagne ! Et d'ailleurs, il souhaitait tellement qu'elle vît le *Thrush* avant que le navire ne quittât le port – le *Thrush* était sans nul doute le plus beau sloop en service. En outre, on avait entrepris diverses améliorations à l'arsenal qu'il était fort désireux de lui montrer.

Il ne se fit pas scrupule d'ajouter que si elle résidait quelque temps à Portsmouth, cela ne manquerait pas d'apporter un grand avantage à chacun d'entre eux.

— Je ne sais comment cela se fait, précisa-t-il, mais il semble que, chez mon père, nous souffrions de l'absence de vos manières raffinées et de votre goût de l'ordre. La maison est toujours plongée dans la confusion. Je suis sûr que vous saurez y remédier. Vous expliquerez à ma mère comment les choses devraient se dérouler ; vous serez très utile à Susan, vous donnerez des leçons à Betsey, et vous apprendrez aux garçons à vous aimer et à vous respecter. Comme tout prendra meilleure tournure et deviendra confortable !

Quand la réponse de Mme Price arriva, il ne leur restait plus que très peu de jours à passer à Mansfield ; et, durant une partie de l'une de ces journées, les jeunes gens furent très inquiets à propos de leur prochain déplacement, car, quand on aborda le sujet de leur mode de transport et que Mme Norris s'aperçut que ses efforts pour économiser l'argent de son beau-frère allaient être vains, qu'en dépit de ses souhaits et de ses propositions en faveur d'un moyen de locomotion moins onéreux pour Fanny, ils allaient voyager en poste, quand elle vit Sir Thomas remettre à William des billets de banque dans ce but, elle fut frappée par l'idée qu'il y aurait assez de place pour une troisième personne dans la voiture de louage, aussi fut-elle prise par une envie irrésistible de les accompagner – afin d'aller rendre visite à sa pauvre et chère sœur Price. Elle fit part à haute voix de ses intentions. Elle devait admettre qu'elle était très tentée d'accompagner ses neveux ; cela lui ferait terriblement plaisir ; elle n'avait pas vu cette pauvre et chère sœur Price depuis plus de vingt ans ; et puis ce serait d'une grande aide pour les jeunes gens, pendant leur voyage, que d'avoir une personne plus âgée, comme elle, pour veiller sur eux ; et elle ne pouvait s'empêcher de penser que sa pauvre et chère sœur Price trouverait bien peu généreux de sa part de ne pas profiter de l'occasion pour l'aller voir.

William et Fanny furent frappés d'horreur à cette pensée. Tout l'agrément de leur confortable voyage allait disparaître d'un coup. Leur visage s'allongea et ils échangèrent un regard. Leur attente angoissée persista une heure ou deux. Nul n'intervint pour encourager ni dissuader Mme Norris. On la laissa seule prendre une décision ; et tout se termina à la plus grande joie de son neveu et de sa nièce, lorsqu'elle se souvint que l'on ne pouvait absolument pas se passer d'elle au Parc de Mansfield pour le moment ; qu'elle était beaucoup trop indispensable à Sir Thomas et à lady Bertram pour s'autoriser à les abandonner, ne fût-ce que pour une semaine, et donc, qu'elle devait sacrifier toute autre satisfaction à celle de leur être utile.

À dire le vrai, il lui était venu à l'idée que même si elle se rendait à Portsmouth sans bourse délier, il ne lui serait guère possible d'éviter de régler les frais du voyage de retour. Aussi sa pauvre et chère sœur Price fut-elle abandonnée à ses regrets de ne l'avoir pas vue profiter d'une telle occasion ; et c'est ainsi que se poursuivit une séparation qui allait peut-être durer vingt autres années.

Les projets d'Edmund se trouvèrent contrariés par ce voyage à Portsmouth, cette absence de Fanny. Il dut, de même que sa tante, consentir un sacrifice au Parc de Mansfield. Il avait eu l'intention de se rendre à Londres vers cette époque, mais il ne pouvait abandonner son père et sa mère au moment où les quittaient tous ceux qui contribuaient tant à leur bien-être ; aussi prit-il sur lui, sans en faire état, et retarda-t-il d'une semaine ou deux un voyage qu'il avait attendu avec impatience, dans l'espoir qu'il lui permettrait d'assurer son bonheur à jamais.

Il en parla à Fanny. Elle savait déjà tant de choses sur ce chapitre, qu'il trouvait bon de la tenir au courant de tout. Ce fut là l'essentiel d'un nouveau discours à propos de Mlle Crawford qu'il lui fit en confidence ; et Fanny en fut d'autant plus affectée qu'elle sentit que c'était la dernière fois où ils mentionnaient l'un et l'autre le nom de la jeune fille en toute liberté. Il n'y fit par la suite qu'une seule allusion. Au cours d'une de ces soirées, alors que lady Bertram recommandait à sa nièce de lui écrire très vite et souvent, et lui promettait de son côté d'être une fidèle correspondante, Edmund profita d'un moment favorable pour lui murmurer :

— Et *moi*, je vous écrirai, Fanny, quand j'aurai des nouvelles dignes de ce nom à vous transmettre ; quelque chose que vous serez contente d'apprendre, je pense, et dont vous n'entendrez pas parler aussi vite par une autre personne.

Si elle avait eu le moindre doute sur le sens de ses paroles, le rayonnement de joie qui éclairait le visage d'Edmund, lorsqu'elle leva les yeux vers lui, le lui aurait enlevé de manière décisive.

Il lui faudrait donc s'efforcer de s'armer de courage contre cette lettre. Qu'une lettre d'Edmund soit pour elle un objet de terreur ! Elle en vint à se dire qu'elle n'était pas encore passée par tous les changements d'opinion et de sentiments que le cours du temps et les diverses circonstances produisent dans un monde où tout est en perpétuelle évolution. Elle n'avait pas encore fait le tour des vicissitudes de l'esprit humain.

Pauvre Fanny ! bien qu'elle ait été sur le point de partir de plein gré, et même avec enthousiasme, voilà que pour la dernière soirée passée au Parc de Mansfield, il lui fallait une fois de plus se sentir malheureuse. Au moment de prendre congé, son cœur s'emplissait d'une profonde tristesse. Chacune des pièces de la maison lui faisait monter les larmes aux yeux, et plus encore chacun des habitants qui lui était cher. Elle étreignit sa tante, parce qu'elle allait la regretter, baisa la main de son oncle, tout en luttant contre les sanglots, car elle savait lui avoir déplu, et pour ce qui est d'Edmund, elle ne put ni lui parler, ni le regarder, ni réfléchir quand arriva l'ultime moment de se trouver en sa présence, et ce ne fut qu'une fois terminée la cérémonie des adieux qu'elle comprit qu'il avait pris congé d'elle avec la tendresse affectueuse d'un frère.

Tout ceci se déroula donc la veille du voyage, car le départ devait avoir lieu très tôt le matin ; et quand le cercle de famille, encore diminué, se retrouva pour le petit déjeuner, ce fut pour parler de William et de Fanny, qui avaient déjà dû couvrir une étape sur la route.

38

La nouveauté d'un tel voyage, et le bonheur de se trouver avec William produisirent bientôt un effet naturel sur l'état d'esprit de Fanny, une fois qu'ils eurent laissé le Parc de Mansfield à bonne distance derrière eux, si bien qu'au bout de la première étape, quand il leur fallut quitter la voiture de Sir Thomas, c'est avec un air joyeux qu'elle fut en mesure de prendre congé du vieux cocher, et de lui recommander de transmettre de leur part divers messages appropriés.

La conversation, fort agréable, engagée entre le frère et la sœur, ne tarissait pas. La moindre source d'amusement mettait en joie l'esprit plein de gaieté franche de William, et il était toujours disposé à folâtrer et à plaisanter, dans les intervalles où ils n'évoquaient pas des sujets plus profonds, et tout s'achevait ou recommençait par l'éloge du *Thrush*, l'échafaudage d'hypothèses sur la manière dont le sloop allait être employé, les projets quant à des engagements contre une force supérieure, lesquels – à supposer que le premier lieutenant soit mis hors de combat, car William ne se montrait pas toujours généreux envers cet officier – lui permettraient d'accéder au grade supérieur dans un délai aussi court que possible, quand il ne s'agissait pas d'évoquer d'éventuelles parts de prise, qui devaient être généreusement distribuées, une fois de retour au port d'attache, avec pour seule réserve qu'elle soit suffisante pour rendre confortable la petite maison dans laquelle Fanny et lui envisageaient de passer ensemble l'âge mûr et la vieillesse.

Les craintes immédiates de Fanny, dans la mesure où elles concernaient M. Crawford, ne furent pas abordées dans la conversation. William savait ce qui s'était passé, et il regrettait du fond du cœur que sa sœur se soit montrée aussi froide envers celui qu'il considérait comme un homme de tout premier plan ; mais comme à son âge on estime que l'amour doit l'emporter, il était incapable de la blâmer ; et, connaissant ses désirs, il ne voulait pas risquer de la rendre malheureuse par la moindre allusion sur le sujet.

Elle avait des raisons de penser que M. Crawford ne l'avait pas encore oubliée. Au cours des trois semaines qui s'étaient écoulées depuis leur départ de Mansfield, elle avait reçu des nouvelles de sa sœur de façon régulière, et, dans chacune de ces lettres, il avait ajouté de sa main quelques lignes passionnées et optimistes, dans le ton des déclarations qu'il lui avait adressées de vive voix. C'était là une correspondance que Fanny trouvait aussi désagréable qu'elle ne l'avait craint. Le style de Mlle Crawford, plein de vivacité et d'affection, était en soi redoutable, en dehors du fait qu'il contraignait Fanny à lire ce qui provenait de la plume du frère, car Edmund ne la laissait pas en paix aussi longtemps qu'elle ne lui avait pas lu l'essentiel de la lettre, si bien qu'il lui fallait l'écouter exprimer son admiration sur la qualité du langage dont usait sa correspondante, et sur l'intensité de l'attachement dont faisait montre l'auteur des remarques additionnelles. Il se trouvait, en vérité, tant de messages, d'allusions, d'évocations de souvenirs, de mentions de Mansfield dans chacune de ces missives que Fanny ne pouvait ignorer qu'elles étaient rédigées dans l'intention qu'Edmund fût mis au courant ; et elle trouvait cruelle l'humiliation qui la contraignait à servir un dessein de cette sorte, l'obligeant à entretenir une correspondance qui lui faisait part des intentions d'un homme qu'elle n'aimait pas, et qui la poussait à servir la passion de celui auquel elle était attachée et qui lui était contraire. Sur ce point aussi, son éloignement momentané promettait de se révéler bénéfique. Car, quand elle ne se trouverait plus sous le même toit qu'Edmund, elle comptait bien que Mlle Crawford n'aurait plus de motif assez puissant pour se donner la peine de lui écrire, et, une fois à Portsmouth, leur correspondance s'espacerait, puis prendrait fin.

C'est en se laissant aller à de telles réflexions, parmi bien d'autres, que Fanny poursuivit son voyage sans encombre et de bonne humeur, et cela dans des délais aussi courts que l'on pouvait raisonnablement l'espérer en février, mois où les routes sont toujours si boueuses. Ils entrèrent à Oxford, mais c'est à peine si elle aperçut le collège où Edmund avait fait ses études, durant la traversée de la ville, car ils ne firent aucune halte avant Newbury, où un repas confortable, qui tenait lieu de dîner et de souper, mit fin aux plaisirs et aux fatigues de la journée.

Le lendemain, ils partirent à nouveau très tôt, et c'est sans incident ni retard qu'ils poursuivirent à une allure régulière, si bien que, quand ils parvinrent aux abords de Portsmouth, il faisait encore assez jour pour que Fanny puisse examiner les lieux et s'étonner du nombre des constructions nouvelles. Ils franchirent le pont à bascule et pénétrèrent dans la ville même, et la lumière commençait à peine à baisser quand, guidés par la voix pressante de William, ils quittèrent la rue principale pour s'engager à grand bruit dans une ruelle, avant de s'arrêter devant la porte de la petite maison qu'habitait alors M. Price.

Fanny était dans un grand état d'agitation et d'émotion, pleine d'espoir, mêlé d'appréhension. À peine furent-ils arrêtés qu'une servante mal fagotée, qui les attendait, semblait-il, sur le pas de la porte, s'avança, et plus désireuse de transmettre les nouvelles dont on l'avait chargée que d'apporter de l'aide, elle se hâta de dire :

— Le *Thrush* est sorti du port, monsieur, s'il vous plaît, et l'un des officiers est venu ici pour…

Elle fut alors interrompue par un grand et beau garçon de onze ans, qui se précipita hors de la maison, l'écarta, et tandis que William ouvrait lui-même la porte de la chaise de poste, s'écria :

— Vous arrivez juste à temps. Nous vous guettions depuis une demi-heure. Le *Thrush* est sorti du port ce matin. Je l'ai vu. C'était un superbe spectacle. Et on pense qu'il va recevoir ses ordres d'ici un jour ou deux. Et puis M. Campbell est venu ici à quatre heures pour vous chercher ; il a pris l'un des canots du *Thrush*, et il doit rejoindre le bord à six heures, aussi espère-t-il que vous serez là à temps pour embarquer avec lui.

Accorder un ou deux regards surpris à Fanny, au moment où William l'aidait à descendre de voiture, voilà à quoi se limita l'attention que ce jeune frère voulut bien accorder à sa sœur ; toutefois, il ne la repoussa pas quand elle l'embrassa, bien qu'il eût été uniquement intéressé par les précisions qu'il pouvait apporter sur la sortie du *Thrush*, un événement qui le touchait d'autant plus qu'il devait y commencer sa carrière de marin, d'un jour à l'autre.

Un instant plus tard, Fanny pénétra dans l'étroit couloir d'entrée de la maison et se retrouva dans les bras de sa mère, qui était venue l'y accueillir avec un air de sincère tendresse, et dont les traits parurent d'autant plus aimables à Fanny qu'ils lui rappelaient ceux de sa tante Bertram ; puis elle se trouva en présence de ses deux sœurs, Susan, une belle et grande jeune fille de quatorze ans, et Betsey, la benjamine, qui n'était encore âgée que de cinq ans, toutes deux heureuses de la voir, chacune à sa façon, même si leur ignorance des convenances les empêchait de la recevoir comme il l'aurait fallu. Mais Fanny n'attendait pas de bonnes manières de leur part. Si elles lui manifestaient de l'affection, cela suffirait à son bonheur.

Elle fut alors conduite au salon, et le trouva si petit qu'elle fut d'abord persuadée qu'il s'agissait simplement d'une antichambre, précédant une pièce mieux proportionnée, et elle demeura un instant debout, à attendre qu'on l'invitât à poursuivre, mais quand elle se rendit compte qu'il n'y avait pas d'autre issue, et qu'il se trouvait des signes d'occupation devant elle, elle se reprit, se fit des reproches et craignit que celles qui l'accompagnaient ne se soient aperçues de son hésitation. Néanmoins, sa mère ne parvint pas à rester assez longtemps assise pour nourrir le moindre soupçon à cet égard. Elle repartit vers la porte d'entrée à la rencontre de William.

— Oh ! mon cher William, comme je suis heureuse de vous voir, dit-elle. Mais avez-vous appris la nouvelle au sujet du *Thrush* ? Il est déjà sorti du port, trois jours avant que prévu ; et je ne sais pas comment je vais m'en tirer pour le trousseau de Sam ; ce ne sera jamais prêt à temps ; car le sloop recevra peut-être ses ordres dès demain. Cela me prend tout à fait au dépourvu. Et voilà maintenant qu'en plus vous devez vous rendre au Spithead sur-le-champ. Campbell est venu ici, et il était fort inquiet à votre sujet, mais dans l'immédiat, qu'allons-nous faire ? Moi qui espérais tant passer une bonne soirée avec vous, et voilà que tout cela m'arrive de tous les côtés à la fois.

Son fils lui répondit gaiement que tout ce qu'elle faisait était toujours parfait, et il parut prendre à la légère les inconvénients que de tels changements entraînaient pour lui, en l'obligeant à repartir en toute hâte.

— À vrai dire, j'aurais bien préféré que le sloop restât au port, afin que je puisse passer quelques heures agréables avec vous ; mais comme il y a un canot à terre, mieux vaut que j'aille le prendre sans plus attendre, puisqu'on ne peut l'éviter. Où le *Thrush* est-il à l'ancre, au Spithead ? Près du *Canopus* ? Peu importe… Mais si Fanny est au salon, pourquoi faut-il que nous restions dans le couloir ? Venez, mère, c'est à peine si vous avez regardé votre chère Fanny, jusqu'à présent.

Ils entrèrent tous deux dans la pièce, et après que Mme Price eut à nouveau embrassé sa fille avec affection, puis fait quelques remarques sur la manière dont elle avait grandi, elle s'inquiéta, avec une sollicitude toute naturelle, de ce dont les deux voyageurs pourraient avoir besoin pour se remettre de leurs fatigues.

— Mes pauvres chéris ! Comme vous devez être las tous les deux ! Je commençais à croire que vous n'arriveriez jamais. Betsey et moi vous guettions depuis une demi-heure. Et quand avez-vous pu manger quelque chose ? Et qu'aimeriez-vous prendre, à présent ? Je ne savais pas si vous seriez tentés par un plat de viande, ou si vous vous contenteriez d'une tasse de thé, après votre voyage, sinon, je vous aurais préparé quelque chose. Maintenant, je crains que Campbell ne rentre avant que nous n'ayons eu le temps de préparer un morceau de bœuf, et puis nous n'avons pas de boucher, dans le voisinage. C'est bien gênant de ne pas avoir de boucher dans sa rue. Nous avions davantage de possibilités quand nous habitions notre ancienne maison. Peut-être accepterez-vous du thé, dès qu'il sera préparé.

Ils affirmèrent l'un et l'autre qu'ils préféraient le thé à toute autre chose.

— Alors, Betsey, ma chérie, cours à la cuisine, et vois si Rebecca a mis de l'eau sur le feu, puis dis-lui d'apporter le plateau du thé aussitôt qu'elle le pourra. J'aimerais bien que quelqu'un répare la sonnette… mais Betsey est une petite messagère très débrouillarde.

Betsey obéit avec empressement, fière de montrer ses talents à l'élégante sœur dont elle venait de faire la connaissance.

— Ma foi ! poursuivit la mère, toujours inquiète, quel méchant feu nous avons là, et j'ai bien peur que vous ne soyez morts de froid tous les deux. Approchez davantage vos chaises, mes chers enfants. Je ne comprends pas ce qu'a pu faire Rebecca. Je suis sûre de lui avoir demandé d'apporter du charbon, il y a une demi-heure. Susan, c'est vous qui auriez dû vous occuper du feu.

— J'étais là-haut, maman, où je déplaçais mes affaires, répondit Susan, en se défendant d'un ton résolu qui surprit

Fanny. Vous savez que vous veniez juste de décider que ma sœur Fanny et moi devrions partager l'autre chambre, et je n'ai pu obtenir la moindre aide de Rebecca.

La discussion s'interrompit du fait d'une série de remue-ménage ; tout d'abord, le cocher vint se faire payer ; puis une dispute éclata entre Sam et Rebecca à propos du transport de la malle de sa sœur, dont il voulait se charger tout seul ; et enfin, M. Price en personne arriva, précédé par les éclats de sa voix sonore, lorsqu'il lança ce qui ressemblait fort à des jurons, après s'être heurté à la valise de son fils et au carton à chapeaux de sa fille, et il appela pour qu'on lui apportât une chandelle ; et comme nulle chandelle n'apparaissait, il entra au salon.

Agitée par des sentiments contradictoires, Fanny s'était levée pour l'accueillir, mais elle se laissa retomber sur sa chaise, dès qu'elle se rendit compte qu'il ne l'avait pas distinguée dans la pénombre, et qu'il ne songeait pas à elle. Après avoir serré avec chaleur la main de son fils, c'est plein d'enthousiasme qu'il s'écria aussitôt :

— Ah ! Heureux que vous soyez de retour, mon garçon. Content de vous voir. Vous a-t-on appris la nouvelle ? Le *Thrush* est sorti du port, ce matin. Tous sur le qui-vive, telle est la consigne, vous comprenez. Parbleu, vous arrivez juste à temps. Le docteur est venu ici demander après vous ; il a l'un des canots, et il repart pour le Spithead à six heures, aussi vous feriez bien d'embarquer avec lui. Je suis passé chez Turner, à propos de vos affaires ; la livraison va être faite. Je ne serais pas étonné si l'on vous transmettait vos ordres de route demain ; mais vous ne pourrez pas naviguer par un vent pareil, s'il vous faut aller croiser vers l'ouest ; et le capitaine Walsh est d'avis que vous irez sans doute croiser vers l'ouest, en compagnie de l'*Elephant*. Parbleu ! Je voudrais bien pour vous que ce fût vrai. Mais le vieux Scholey vient juste de dire qu'à son avis vous alliez d'abord être envoyés devant l'île de Texel. Eh bien, eh bien, vous voilà prêts, quoi qu'il arrive. Mais parbleu ! vous avez raté un beau spectacle, ce matin, quand le *Thrush* est sorti du port. Je n'aurais pas voulu manquer cela pour mille guinées. Le vieux Scholey est accouru ici, au moment du petit déjeuner, pour dire que le sloop appareillait. J'ai bondi et en deux enjambées j'étais à l'embarcadère de Point Beach. Si jamais on a vu à flot un bâtiment d'une parfaite beauté, c'est bien celui-là, et voilà qu'il se trouve au Spithead, et que n'importe qui, en Angleterre, le prendrait pour un navire armé de vingt-huit canons. Je suis resté deux heures sur la plate-forme, cet après-midi, pour le contempler. Il est à l'ancre en poupe de l'*Endymion*, avec le *Cleopatra* à bâbord.

— Ah ! s'écria William, c'est précisément *là* que je l'aurais mis moi-même. Mais voici ma sœur, monsieur, voici Fanny, ajouta-t-il en se retournant vers elle et en invitant cette dernière à s'avancer ; il fait si sombre, ici, que vous ne la voyez pas.

Après avoir admis que l'arrivée de sa fille lui était tout à fait sortie de l'esprit, M. Price lui souhaita la bienvenue, et, après l'avoir serrée avec chaleur dans ses bras, puis observé qu'elle était devenue une femme, et remarqué qu'il lui faudrait bientôt un mari, il parut fort enclin à l'oublier de nouveau.

Fanny, intimidée, se recula et reprit son siège, attristée de voir son père utiliser un tel langage et empester l'eau-de-vie ; et de son côté, ce dernier s'adressait à nouveau uniquement à son fils, et ne lui parlait que du *Thrush*, bien que William, pourtant vivement intéressé par le sujet, l'ait plus d'une fois incité à penser à Fanny, à sa longue absence et au long voyage qu'elle venait de faire.

Au bout d'un moment, on leur apporta une chandelle ; mais comme le thé n'arrivait toujours pas, et qu'à en croire Betsey, de retour de la cuisine, il n'y avait guère d'espoir de le voir servir avant un intervalle de temps considérable, William résolut de monter se changer, et de prendre les dispositions nécessaires pour se faire transporter à bord aussitôt après, afin de pouvoir prendre son thé tout à loisir.

Au moment où il quittait la pièce, deux garçons aux joues rouges, débraillés et sales, âgés d'environ huit et neuf ans, s'y précipitèrent, à peine sortis de l'école, tant leur impatience était grande de voir leur sœur et d'annoncer que le *Thrush* avait quitté le port. Il s'agissait de Tom et de Charles : Charles était né après le départ de Fanny, mais elle s'était souvent occupée de Tom, durant sa première année, et elle éprouvait à présent un plaisir tout particulier à le revoir. Elle les embrassa tous deux avec beaucoup de tendresse, mais elle aurait voulu garder Tom auprès d'elle pour tenter de retrouver sur son visage les traits du nourrisson qu'elle avait chéri, et évoquer la préférence qu'il lui avait marquée, quand il n'était encore qu'un bébé. Tom, toutefois, n'avait aucune envie de subir un tel traitement ; s'il rentrait chez lui, ce n'était pas pour rester debout à écouter tout un discours, mais pour courir en tous sens et faire du tapage ; aussi les deux garçons lui échappèrent-ils très vite et claquèrent-ils la porte du salon avec une violence qui lui vrilla les tempes.

Elle avait désormais vu tous ceux qui habitaient cette maison ; des deux autres frères nés entre elle et Susan, l'un occupait un emploi public, à Londres, et l'autre était aspirant à bord d'un navire marchand qui faisait le service des Indes orientales. Mais bien qu'elle eût vu tous les membres de sa famille présents, elle n'avait pas encore *entendu* tout le bruit qu'ils étaient capables de faire. Au cours du quart d'heure suivant, ils en produisirent bien davantage. Du haut du palier du deuxième étage, William appela bientôt sa mère et Rebecca à son aide. Il cherchait en vain un objet qu'il avait laissé là. Une clé avait été égarée : on accusait Betsey d'avoir touché à un chapeau tout neuf, et en dépit des promesses, on avait négligé d'effectuer une retouche légère, mais essentielle, à son gilet d'uniforme.

Mme Price, Rebecca et Betsey montèrent ensemble pour se défendre, Rebecca vociférant plus fort que les autres, et il fallut exécuter la retouche tant bien que mal, en toute hâte. William s'efforçait sans succès de renvoyer Betsey en bas ou de l'empêcher de les gêner, là où elle se trouvait, et comme presque toutes les portes de la maison étaient demeurées ouvertes, tous ces échanges étaient parfaitement audibles du salon, sauf lorsqu'ils étaient couverts par le vacarme que produisaient Sam, Tom et Charles, qui se pourchassaient du haut en bas de l'escalier, se bousculaient l'un l'autre et poussaient des hurlements.

Fanny en était presque abasourdie. Les dimensions réduites de la maison, de même que la faible épaisseur des murs, lui donnaient l'impression que le moindre bruit était tout proche d'elle, et, venant s'ajouter à la fatigue du voyage et à toutes les émotions récentes, il lui paraissait presque intolérable. À l'intérieur du salon, tout était plutôt silencieux, car Susan ayant disparu à la suite des autres, il n'y était bientôt plus resté que son père et elle-même ; et ce dernier s'étant emparé d'un journal, le prêt habituel d'un voisin, il en avait entrepris la lecture, sans paraître se souvenir de l'existence de sa fille. L'unique chandelle se trouvait désormais entre lui et le journal, sans le moindre égard pour son confort à elle ; mais comme elle n'avait pas d'occupation, elle était soulagée que la lumière ainsi filtrée n'aggravât pas son mal de tête, tandis qu'elle demeurait assise là, plongée par accès dans une méditation proche de l'hébétude.

Elle était chez elle, mais hélas, ce n'était pas là le foyer, ce n'était pas là l'accueil qu'elle… elle se reprit ; voilà qu'elle se montrait déraisonnable. De quel droit s'attendait-elle à avoir de l'importance pour les membres de sa famille ? Elle n'en avait aucune, après qu'ils l'eurent perdue de vue depuis si longtemps ! Les préoccupations de William leur tenaient plus à cœur – elles l'avaient toujours fait – et c'est lui qui avait tous les droits. Et cependant, en avoir dit si peu sur elle et lui avoir posé si peu de questions… l'avoir même à peine interrogée sur Mansfield ! Elle éprouvait vraiment de la peine à voir combien Mansfield était oublié ; des amis qui avaient tant fait pour eux… les chers, les très chers amis ! Mais ici, un sujet l'emportait sur tout le reste. Il devait sans doute en être ainsi. La destination du *Thrush* était pour le moment d'un intérêt primordial. D'ici un jour ou deux, on verrait peut-être une différence. C'est *elle* qui était la seule à blâmer. Néanmoins, elle se disait que les choses ne se seraient pas passées de cette manière à Mansfield. Non, dans la maison de son oncle, on aurait pris en considération le temps et la saison ; on aurait abordé tour à tour les sujets, respecté les convenances, accordé de l'attention à chacun, ce dont on se montrait incapable ici.

La seule interruption du cours de ses pensées, qui se poursuivit durant près d'une demi-heure, fut due à un soudain éclat de voix de son père, qui ne contribua pas à le changer. Alors que les bousculades et les vociférations augmentaient plus qu'elles ne l'avaient fait jusqu'alors dans le couloir de l'entrée, il s'écria :

— Le diable emporte ces jeunes drôles ! Comme ils crient ! Oui, et c'est la voix de Sam qui domine toutes les autres. Ce garçon fera un bon maître d'équipage. Holà ! toi, là-bas…, Sam…, ferme un peu ton maudit gosier ou je vais venir te chercher.

Il devint manifeste que la menace ne les impressionnait pas le moins du monde quand, cinq minutes plus tard, les trois garçons firent irruption dans la pièce et s'y assirent. Fanny jugea qu'il s'agissait simplement d'un épuisement temporaire, comme semblaient le prouver leur visage cramoisi et leur essoufflement – d'autant qu'ils continuaient à se donner des coups de pied dans les jambes, et à réagir chaque fois en poussant des cris, sous les yeux mêmes de leur père.

Quand la porte s'ouvrit de nouveau, c'est avec plus de joie qu'elle vit arriver ce qui la franchissait ; il s'agissait du plateau du thé, qu'elle avait presque désespéré de voir arriver ce soir-là. Susan et une petite servante, dont l'apparence subalterne fit comprendre à Fanny, à sa grande surprise, qu'elle avait vu auparavant la première domestique de la maison, apportèrent tout ce qui était nécessaire pour cette collation ; alors qu'elle mettait la bouilloire sur le feu, Susan jeta un coup d'œil à sa sœur, comme si elle eût été partagée entre le désir d'avoir l'agréable triomphe de se montrer capable d'une telle activité et d'une telle utilité, et la crainte de paraître s'abaisser en tenant un tel rôle. « Elle s'était rendue à la cuisine, disait-elle, pour inviter Sally à se presser et l'aider à préparer le pain grillé, ainsi qu'à beurrer les tartines, sinon elle n'aurait su dire quand le thé leur aurait été servi, et elle était persuadée que sa sœur aimerait prendre quelque chose, après ce voyage. »

Fanny lui en fut très reconnaissante. Elle admit volontiers qu'elle serait très contente de prendre un peu de thé, et Susan se mit aussitôt à le préparer, comme si elle était heureuse d'en prendre seule la responsabilité ; et après avoir déployé un minimum d'agitation et opéré quelques tentatives peu judicieuses pour maintenir autant que possible de l'ordre chez ses frères, elle s'en acquitta fort bien. Fanny s'en sentit toute ranimée, de corps et d'esprit. Ce témoignage de gentillesse arriva à point pour la délivrer de son mal de tête et la réconforter. Susan avait une physionomie ouverte et intelligente ; elle ressemblait à William, si bien que Fanny espérait trouver en elle autant de dispositions aimables et de bonne volonté à son égard.

C'est dans cette atmosphère plus détendue que William fit sa rentrée, suivi presque aussitôt par sa mère et par Betsey. Vêtu de son uniforme de lieutenant de marine au grand complet, il paraissait plus grand, plus résolu, et se déplaçait avec plus d'élégance, tandis que son visage s'éclairait d'un sourire de bonheur suprême, quand il s'avança droit sur Fanny ; et elle, se levant de sa chaise, le contempla un instant, muette d'admiration, puis lui jeta les bras autour du cou et éclata en sanglots, se libérant ainsi des diverses émotions, allant des regrets à la joie, qui l'avaient agitée.

Soucieuse de ne pas paraître déçue, elle se reprit très vite, et après avoir essuyé ses larmes, elle fut à même de relever et d'admirer les détails les plus remarquables de sa tenue ; et après avoir repris courage, elle l'écouta évoquer avec bonne humeur ses espoirs de passer quelque temps à terre tous les jours, avant que son navire ne prenne la mer, et même de l'emmener au Spithead pour voir le sloop.

Un nouveau remue-ménage accompagna l'arrivée de M. Campbell, le chirurgien du *Thrush*, un jeune homme très bien élevé, qui venait chercher son ami, et pour qui on s'arrangea pour libérer une chaise, puis, après une vaisselle rapide de la part de la jeune préparatrice du thé, une tasse et une soucoupe ; et au bout d'un nouveau quart d'heure de conversation animée entre ces messieurs, quand les bruits se furent ajoutés aux bruits et que l'agitation fut à son comble, les hommes et les garçons s'ébranlèrent tous ensemble, et le moment du départ arriva ; tout était prêt, William fit ses adieux, et tous s'en furent – car les trois jeunes garçons, en dépit des prières de leur mère, décidèrent d'accompagner leur frère et M. Campbell jusqu'à l'embarcadère réservé aux vaisseaux de guerre ; et M. Price partit de son côté pour aller rendre le journal à son voisin.

On pouvait à présent espérer voir s'instaurer quelque tranquillité ; et donc, quand on eut obtenu de Rebecca qu'elle emportât le plateau du thé, que Mme Price eût arpenté quelque temps la pièce à la recherche d'une manche de chemise, et que Betsey eût été ramenée de la cuisine où elle s'était glissée dans un tiroir, le petit groupe de femmes jouit enfin d'un calme relatif, et après avoir déploré de s'être trouvée dans l'impossibilité de préparer à temps les affaires de Sam, la mère fut en mesure de s'intéresser à sa fille aînée et aux amis qu'elle avait quittés.

Elle posa donc quelques questions ; mais dès l'une des premières – Comment sa sœur Bertram s'arrangeait-elle avec les domestiques ? Avait-elle autant de mal qu'elle-même à trouver des servantes convenables ? –, le comté de Northampton lui sortit de l'esprit et elle ne s'intéressa plus qu'à ses propres difficultés domestiques ; à l'attitude révoltante des servantes de Portsmouth, en particulier celle des deux siennes, qui comptaient, selon elle, parmi les pires. Elle oublia tous les Bertram pour décrire en détail les travers de Rebecca, contre laquelle Susan avait, elle aussi, beaucoup à dire, et la petite Betsey, bien plus encore ; et Rebecca semblait avoir si peu de qualités pour la recommander que Fanny ne put s'empêcher d'émettre la modeste supposition que sa mère avait sans doute l'intention de s'en séparer à la fin de son année de louage.

— Son année ! s'écria Mme Price, il est certain que j'espère bien en être débarrassée avant qu'elle ne soit demeurée ici une année, car cela ne tombera pas avant novembre. Les servantes de Portsmouth en sont arrivées à un point tel, ma chère enfant, que cela tient du miracle quand on les garde plus de six mois. Je n'ai pas l'espoir de parvenir jamais à en garder une ; et si je me séparais de Rebecca, je tomberais plus mal encore. Et pourtant, je ne crois pas être une maîtresse bien difficile à contenter, et je suis sûre que sa place n'est pas trop pénible, car il y a toujours une petite domestique sous ses ordres, et je fais souvent la moitié du travail moi-même.

Fanny conserva le silence ; mais elle ne le fit pas parce qu'elle était convaincue qu'il n'existait pas de remède à certains de ces maux. Et alors qu'elle observait la petite Betsey, elle ne pouvait se défendre d'avoir une pensée particulière pour une autre de ses sœurs, une très jolie petite fille qui n'était guère plus jeune que celle-ci, quand elle-même était partie pour le comté de Northampton, et qui était morte quelques années plus tard. Cette enfant était d'une gentillesse remarquable. Fanny l'avait alors préférée à Susan, et quand la nouvelle de sa mort était enfin parvenue à Mansfield, elle en avait été fort affligée durant un moment. La vue de Betsey lui rappelait donc la petite Mary, mais pour tout l'or du monde elle n'aurait pas voulu peiner sa mère en y faisant allusion. Pendant qu'elle réfléchissait de la sorte et suivait des yeux Betsey, à faible distance, cette dernière élevait un objet pour attirer son attention, tout en s'efforçant de le cacher à la vue de Susan.

— Qu'as-tu là, ma chérie ? demanda Fanny. Viens me le montrer.

C'était un canif en argent. Susan se leva d'un bond, le réclama comme sa propriété et s'efforça de le récupérer ; mais l'enfant courut se placer sous la protection de sa mère, et Susan ne put que lui adresser des reproches, ce qu'elle fit avec véhémence, espérant, d'évidence, que Fanny prendrait parti en sa faveur. « Il était fort pénible pour elle de ne pouvoir disposer de son canif ; c'était le sien à elle *toute seule* ; sa petite sœur Mary le lui avait donné sur son lit de mort, et voilà bien longtemps qu'il aurait dû entrer en sa possession. Mais c'était maman qui le conservait et qui le prêtait toujours à Betsey ; et au bout du compte, Betsey allait l'abîmer et prétendre qu'il était à elle, alors que maman avait *promis* qu'elle ne laisserait pas Betsey y toucher. »

Fanny fut bouleversée. Tous ses sentiments du devoir, de l'honneur et de la tendresse se trouvèrent blessés par le discours de sa sœur et par la réponse de sa mère.

— Voyons, Susan, s'écria Mme Price d'un ton plaintif, comment peux-tu te montrer toujours aussi revêche ? Tu protestes toujours à propos de ce petit couteau. J'aimerais que tu ne sois pas d'humeur aussi querelleuse. Pauvre petite Betsey. Comme cette Susan est en colère contre toi ! Mais tu n'aurais pas dû le sortir, ma chérie, quand je t'ai envoyée chercher quelque chose dans ce tiroir. Tu sais que je t'ai demandé de ne pas y toucher, parce que Susan se fâche tellement à cause de cela. Il va falloir que je le cache encore une fois, Betsey. La pauvre Mary ne se doutait pas que ce serait un sujet de dispute lorsqu'elle me l'a confié, deux heures seulement avant sa mort. Pauvre petite âme ! c'est à peine si sa voix était encore perceptible, lorsqu'elle me dit si gentiment : « Que ma sœur Susan prenne ce canif, maman, quand je serai morte et enterrée ! » Pauvre petite chérie ! Elle l'aimait tellement, Fanny, qu'elle a voulu le garder près d'elle, sur son lit, durant toute sa maladie. C'était un cadeau que lui avait fait sa bonne marraine, la vieille Mme Maxwell, l'épouse de l'amiral, six semaines seulement avant sa mort. Pauvre petite créature si douce ! Eh bien, elle s'est vu épargner bien des maux à venir. Ma Betsey chérie, ajouta-t-elle en caressant l'enfant, tu n'as pas la chance d'avoir une marraine aussi généreuse. La tante Norris demeure trop loin pour penser à des petites gens comme nous.

Fanny n'avait en effet rien apporté de la part de la tante Norris, si ce n'est un message pour dire qu'elle espérait que sa filleule était sage et qu'elle apprenait bien à lire. Il avait été un moment question, dans le salon du Parc de Mansfield, de lui envoyer un livre de prières ; mais le sujet n'avait plus été abordé par la suite. Mme Norris, toutefois, était allée chez elle, où elle avait pris deux livres de prières anciens, ayant appartenu à son mari, afin de mettre à exécution ce projet, mais après leur examen, elle avait modéré son ardeur et sa générosité. Elle avait estimé que le premier était imprimé en caractères trop petits pour les yeux d'un enfant, et que le second était d'un format trop encombrant pour qu'elle puisse le déplacer.

Fanny, fatiguée de corps et d'esprit, fut heureuse d'accepter la première invitation qui lui fut faite d'aller se coucher ; et avant même que Betsey eût fini de réclamer la permission de rester une heure de plus debout, exceptionnellement, en l'honneur de sa sœur, celle-ci s'était retirée, les laissant tous au salon, où régnèrent à nouveau le désordre et le bruit, car les garçons y réclamaient des rôties au fromage, le père demandait qu'on lui apportât du rhum et de l'eau, et Rebecca n'était jamais là où elle aurait dû être.

Il n'y avait rien pour ranimer ses esprits dans l'étroite petite chambre, à peine meublée, que Fanny allait devoir partager avec Susan. L'exiguïté des pièces, tant dans les étages qu'en bas, et l'étroitesse du couloir et de l'escalier avaient beaucoup frappé son imagination. Elle apprit très vite à songer avec respect à sa propre petite chambre mansardée du Parc de Mansfield, alors que dans cette maison-*là*, elle était considérée comme trop petite pour assurer le confort de quiconque.

39

Si Sir Thomas avait eu connaissance de tous les sentiments qu'éprouvait sa nièce, au moment où elle écrivait sa
première lettre à sa tante, il n'eût pas désespéré de la réussite de son plan ; car bien qu'une bonne nuit de repos, une
belle matinée, l'espoir de revoir bientôt William et le calme
relatif de la demeure du fait du départ de Tom et de Charles
pour l'école, de celui de Sam pour vaquer à ses occupations, et de celui de son père pour sa promenade habituelle, lui aient permis de s'exprimer gaiement sur le sujet de
son foyer, elle avait bien conscience d'avoir passé sous
silence nombre des inconvénients qu'elle y avait relevés.
S'il avait pu percevoir ne serait-ce qu'une partie de ses réactions au cours de la première semaine, il eût pensé que
M. Crawford était certain de l'emporter auprès d'elle, et il se
serait félicité de sa propre sagacité.

Avant que la semaine n'ait pris fin, tout n'était plus que
désappointement. En premier lieu, William était parti. Le
Thrush avait reçu ses ordres de route, le vent avait tourné,
et William avait pris la mer quatre jours après leur arrivée à
Portsmouth ; et durant ces quelques jours, elle ne l'avait vu
que deux fois, de façon brève et hâtive, lorsqu'il était descendu à terre pour le service. Ils n'avaient pas eu de libre
conversation, de promenade sur les remparts, de visite des
chantiers navals, ni de découverte du *Thrush* – rien de ce
qu'ils avaient projeté et ce sur quoi ils avaient compté. Tout
avait été un échec pour elle, de ce côté-là, si ce n'est que
William lui conservait son affection. Les dernières pensées
de son frère en quittant la maison avaient été pour elle. Il
était revenu sur ses pas jusqu'à la porte pour recommander : « Prenez soin de Fanny, mère. Elle est délicate, et n'est
pas habituée, comme le reste d'entre nous, à vivre à la
dure. Je vous en prie, prenez soin de Fanny. »

William s'en était allé ; et la maison où il l'avait laissée était – Fanny ne pouvait se le cacher – sur presque tous les points le contraire même de ce qu'elle aurait souhaité. C'était la demeure du bruit, du désordre, et de l'absence totale de respect des convenances. Personne ne jouait le rôle qui aurait dû être le sien ; et rien n'était exécuté comme il l'aurait fallu. Elle ne parvenait pas à éprouver du respect pour ses parents, ainsi qu'elle l'avait espéré. Elle n'avait guère attendu de son père, mais il négligeait davantage sa famille, ses habitudes étaient plus déplorables et ses manières plus communes qu'elle ne l'avait cru. Il ne manquait pas d'aptitudes ; mais il n'avait aucune curiosité, aucune connaissance en dehors de sa profession ; il ne lisait que le journal et l'annuaire de la marine ; il ne parlait que des chantiers navals, du port, des rades du Spithead et du Motherbank ; il jurait et buvait ; il était sale et grossier. Elle ne gardait pas le souvenir qu'il lui eût manifesté la moindre tendresse dans le passé. Elle n'avait conservé de lui qu'une impression générale, celle d'un homme grossier et bruyant ; et voilà qu'à présent il lui prêtait à peine attention, si ce n'est pour lancer quelque plaisanterie déplacée à son égard.

La déception que lui causait sa mère était plus vive encore ; *de sa part*, elle avait beaucoup espéré, et n'avait presque rien trouvé qui répondît à son attente. Tous les projets flatteurs qu'elle avait imaginés pour jouer un rôle d'importance à ses yeux tournaient court. Mme Price n'était pas une ingrate ; mais au lieu de gagner son affection et sa confiance, et de s'attacher de plus en plus à elle, sa fille n'obtenait pas qu'elle lui témoignât davantage de gentillesse qu'elle n'en avait eu le jour de son arrivée. L'instinct que lui avait donné la nature s'était très vite trouvé satisfait, et l'attachement que lui portait Mme Price n'avait pas d'autre source. Son cœur et son temps étaient déjà complètement pris ; elle n'avait ni loisirs, ni tendresse à accorder à Fanny. Ses filles n'avaient jamais beaucoup compté pour elle. Elle appréciait ses fils, en particulier William, mais Betsey était la première de ses filles à laquelle elle ait manifesté un peu d'intérêt. Elle se montrait envers elle d'une indulgence coupable. William était sa fierté. Betsey, sa préférée ; et John, Richard, Sam, Tom et Charles bénéficiaient du reste de sa sollicitude maternelle, étant tour à tour à l'origine de ses soucis ou de son réconfort. Ils se partageaient son cœur ; quant à son temps, elle le consacrait pour l'essentiel à sa maison et à ses servantes. Elle passait ses journées à se hâter lentement ; toujours occupée sans progresser, en retard constant dans son travail et le déplorant, sans pour autant modifier ses manières d'agir, désireuse d'observer une stricte économie, mais sans prendre de dispositions, ni user de régularité ; mécontente de ses servantes, et n'ayant pas le savoir-faire qui lui aurait permis de les rendre plus efficaces, elle était incapable de s'en faire respecter, tant si elle les aidait que si elle les réprimandait ou leur cédait.

De ses deux sœurs, c'est de lady Bertram plutôt que de Mme Norris qu'elle était proche. Si elle dépensait peu, c'était par nécessité, non par goût de l'épargne, comme Mme Norris, et sans déployer son activité. Sa nature était conciliante et indolente, comme celle de lady Bertram ; et l'affluence et l'oisiveté de cette dernière lui auraient mieux convenu que les efforts et les privations de l'autre, une situation à laquelle son mariage imprudent l'avait réduite. Elle aurait su tout aussi bien tenir son rang que lady Bertram ; alors que même si elle avait disposé d'un modeste revenu, Mme Norris eût été une mère de famille de neuf enfants plus respectable qu'elle.

Fanny se rendait compte, pour l'essentiel, de cet état de choses. Elle avait peut-être scrupule à user de tels termes pour la qualifier, mais elle sentait que sa mère était partiale, incapable de jugement, paresseuse, peu soigneuse, incapable d'élever ni de discipliner ses enfants, que sa maison était d'un bout à l'autre le symbole même de la mauvaise gestion et de l'inconfort, qu'elle n'avait ni talents, ni conversation, ni élan de tendresse pour sa fille aînée, ni envie de la mieux connaître, ni désir d'obtenir son amitié, et qu'elle ne manifestait pas la moindre inclination de rechercher sa compagnie, alors que cela aurait pu atténuer le jugement que portait cette dernière sur tout cela.

Fanny était très désireuse de se rendre utile, et de ne pas paraître s'estimer supérieure à son foyer d'origine, ni de se montrer incapable ou peu encline, du fait de l'éducation différente qu'elle avait reçue, à contribuer à son harmonie, aussi se mit-elle à l'œuvre pour Sam, sans plus tarder, et en travaillant de bonne heure le matin et tard, en fin de journée, avec persévérance et diligence, elle fit si bien que le garçon put enfin embarquer avec la moitié de son trousseau. Et si elle éprouva un grand plaisir à lui être utile, elle ne put que se demander comment on se serait tiré d'affaire si elle n'avait pas été là.

Sam, quoiqu'il fût bruyant et arrogant, lui manqua un peu, après son départ, car il était débrouillard et intelligent, et toujours disposé à aller faire une course en ville, si on le lui demandait ; et bien qu'il n'ait tenu aucun compte des remontrances de Susan qui, même si elles étaient raisonnables, étaient exprimées avec une véhémence aussi peu appropriée qu'impuissante, il commençait à devenir sensible à l'influence de Fanny, grâce aux services qu'elle lui rendait et à sa douce persuasion, aussi découvrit-elle, après qu'il fut parti, qu'il était le plus intéressant des trois jeunes garçons. Tom et Charles, de beaucoup ses cadets, étaient encore fort éloignés de l'âge où les sentiments et la raison suggèrent qu'il convient de se faire des amis, et de prendre sur soi pour ne pas être désagréable. Leur sœur désespéra très vite d'exercer sur eux la moindre influence ; ils demeuraient rétifs à toute autorité, quelle que fût la manière dont elle s'adressait à eux, selon son courage ou le temps qu'elle avait à leur consacrer. Chaque soir, ils reprenaient leurs jeux turbulents du haut en bas de la maison, et elle en vint très vite à soupirer quand approchait l'après-midi de congé du samedi.

Fanny était près de renoncer aussi à s'attacher ou à aider Betsey, l'enfant gâtée qui avait appris à considérer l'alphabet comme son plus grand ennemi, n'en faisant qu'à sa tête sous la seule surveillance des servantes, et que l'on encourageait à rapporter toutes les erreurs que ces dernières pouvaient commettre ; et au sujet du caractère de Susan, elle avait bien des doutes. Ses continuelles querelles avec sa mère, ses disputes inconsidérées avec Tom et Charles, ses mouvements d'humeur à l'égard de Betsey attristaient à ce point Fanny que même si elle admettait que sa sœur ne répondait pas ainsi sans provocation, elle craignait que les dispositions naturelles qui la poussaient à des réactions aussi extrêmes soient loin d'être sociables et ne lui permettent pas de trouver la sérénité.

Tel était donc le foyer qui devait lui faire oublier Mansfield et lui apprendre à penser à son cousin Edmund avec des sentiments plus modérés. Or, voilà qu'au contraire elle ne songeait qu'à Mansfield, à ses habitants qui lui étaient si chers et à son mode de vie privilégié. On n'aurait pu trouver de contraste plus complet que le lieu où elle se trouvait pour le moment. L'élégance, le respect des convenances, la régularité, l'harmonie, et peut-être surtout la paix et la tranquillité de Mansfield lui revenaient à l'esprit à toute heure du jour, étant donné que c'était tout le contraire qui prédominait ici.

Vivre dans un bruit incessant représentait pour une disposition d'esprit et un tempérament délicats et nerveux comme ceux de Fanny une souffrance telle que nulle élégance, nulle harmonie supplémentaires ne seraient parvenues à la compenser. C'était ce qui la rendait le plus malheureuse. À Mansfield, on n'entendait jamais de bruit de dispute, aucun cri, aucun éclat de voix subit, aucun pas annonciateur de recours à la violence ; tout s'y déroulait sur le rythme régulier qu'imposait une discipline heureusement consentie ; chacun y avait une importance propre ; et l'on y respectait sa sensibilité. S'il arrivait que l'on n'y témoignât pas de tendresse, le bon sens et la bonne éducation y suppléaient ; et pour ce qui était des petites irritations que suscitait parfois la tante Norris, elles étaient brèves, légères ; elles ne représentaient pas plus qu'une goutte d'eau dans un océan, en comparaison de l'incessant tumulte qui régnait dans sa demeure actuelle. Ici, tout le monde était bruyant, toutes les voix étaient fortes, si ce n'est, peut-être, celle de sa mère, qui rappelait celle, douce et monocorde de lady Bertram, mais dont le ton était irrité. Toutes les fois où l'on manquait de quelque chose, on le réclamait à cor et à cri, et les servantes hurlaient en retour depuis la cuisine pour s'excuser. Les portes claquaient sans cesse ; on montait et descendait l'escalier sans interruption ; rien n'était fait sans fracas ; personne ne demeurait assis en silence, et une fois la parole prise, nul ne savait comment retenir l'attention des autres.

Lorsqu'elle passa en revue les deux maisons, telles qu'elles lui apparurent avant la fin de la première semaine de son séjour, Fanny fut tentée de leur appliquer l'apophtegme du Dr Johnson sur le mariage et le célibat, et de dire que si le Parc de Mansfield s'accompagnait de quelques peines, Portsmouth ne réservait aucun plaisir.

40

Fanny avait eu raison de ne guère s'attendre à recevoir désormais des nouvelles de Mlle Crawford avec une fréquence aussi grande que celle qu'elles avaient soutenue au début de leur correspondance ; la lettre suivante de Mary lui parvint après un intervalle nettement supérieur à celui qui avait séparé les dernières, mais elle avait eu tort de supposer qu'un tel espacement la soulagerait beaucoup. C'était là un autre curieux revirement de son esprit ! Sa joie de recevoir cette lettre fut sincère, quand elle arriva enfin. Dans son présent exil, loin de la bonne société et coupée de tout ce qui l'intéressait d'habitude, une lettre adressée par une personne appartenant au milieu auquel son cœur était attaché, écrite avec affection et non sans une certaine élégance de style, lui paraissait très agréable. L'habituelle excuse pour ne pas l'avoir envoyée plus tôt tenait au nombre croissant des obligations mondaines, « mais maintenant que je m'y suis mise, poursuivait Mary, ma lettre ne vous paraîtra pas digne d'être lue, car il n'y aura pas à la fin de petite offrande d'amour, trois ou quatre lignes *passionnées* de votre plus dévoué H. C. au monde, car Henry est dans le Norfolk ; ses affaires l'ont contraint à se rendre à Everingham, il y a une dizaine de jours, à moins qu'il n'ait prétexté y avoir été appelé pour le plaisir d'être en voyage en même temps que vous. Mais enfin, il se trouve là-bas, et au passage, son absence suffit sans doute à expliquer toute négligence de la part de sa sœur à remplir ses devoirs épistolaires, car je n'ai pas entendu de "Eh bien, Mary, quand allez-vous écrire à Fanny ? Le moment n'est-il pas venu pour vous d'écrire à Fanny ?" Enfin, après diverses tentatives, j'ai rencontré vos cousines, "la chère Julia et la très chère Mme Rushworth" ; elles sont venues me rendre visite, hier, et nous avons été contentes de nous revoir. Nous avons paru très heureuses de nous retrouver, et je crois sincèrement que nous l'étions un peu. Nous avions beaucoup à nous raconter. Vous dirai-je quelle a été la réaction de Mme Rushworth lorsque votre nom a été mentionné ? Je ne croyais pas jusqu'alors qu'elle manquait de maîtrise de soi, mais les efforts exigés d'elle, hier, ne lui ont pas permis de se dominer entièrement. Pour l'essentiel, c'est Julia, qui, des deux, a fait meilleure figure, du moins après que votre nom a été mentionné. Mme Rushworth n'a pu reprendre ses couleurs qu'à partir du moment où j'ai fait allusion à "Fanny", et que j'ai parlé de vous dans les termes dont doit user une sœur. Mais Mme Rushworth brillera à nouveau un jour prochain ; nous avons reçu des cartes d'invitation pour sa première réception, qui aura lieu le 28. C'est alors qu'elle sera dans tout son éclat, car elle ouvrira les portes d'un des plus beaux hôtels particuliers de Wimpole Street. J'y suis allée il y a deux ans, lorsqu'il appartenait à lady Lascelles, et je le préfère à presque toutes les résidences que je connais à Londres, et sans doute estimera-t-elle alors – pour user d'une expression triviale – qu'elle en a pour son argent. Henry n'aurait pu se permettre de lui offrir une telle maison. J'espère qu'elle s'en souviendra et qu'elle s'estimera satisfaite, ainsi qu'elle le devrait, de pouvoir se comporter comme la reine de ce palais, même s'il vaut mieux que le roi y reste en retrait, et comme je n'ai pas l'intention de la tourmenter, je ne lui imposerai jamais la mention de votre nom. Elle se résignera peu à peu. Selon ce que l'on m'en dit ou que je devine, le baron Wildenheim continue sa cour auprès de Julia, mais je ne sais s'il en reçoit de sérieux encouragements. Elle devrait pouvoir mieux faire. Un fils cadet portant le misérable titre d'"honorable" n'est pas un bon parti, et je ne peux m'imaginer qu'elle ait de l'inclination pour lui, car si on lui enlève ses déclamations, le pauvre baron n'a plus rien. Quelle différence peut représenter un mot ! Si seulement ses rentes étaient à la hauteur de ses rodomontades ! Votre cousin Edmund met beaucoup de temps à se déplacer ; il est retenu, sans doute, par des obligations envers sa paroisse. Il existe peut-être une vieille dame, à Thornton Lacey, qu'il faut convertir. Je refuse d'envisager qu'il me néglige pour une jeune personne. Adieu, ma chère et douce Fanny ; vous avez là une longue lettre de Londres ; adressez-moi une jolie réponse, de façon à réjouir les yeux d'Henry, à son retour – et décrivez-moi tous les jeunes et beaux capitaines que vous dédaignez en songeant à lui ».

Cette lettre fournissait à Fanny bien des sujets de réflexion, déplaisants pour la plupart ; et pourtant, bien qu'elle l'ait mise mal à l'aise, elle la rattachait aux absents, évoquait des personnes et des objets à propos desquels elle n'avait jamais autant éprouvé de curiosité qu'à présent ; et elle aurait été contente d'être assurée d'en recevoir une semblable toutes les semaines. La correspondance qu'elle entretenait avec sa tante Bertram était la seule qui suscitait chez elle un plus vif intérêt.

Quant aux relations sociales qui auraient pu compenser, à Portsmouth, ce qui faisait défaut dans sa famille, ni le cercle d'amis de son père, ni les connaissances de sa mère ne lui offraient la plus légère satisfaction, aussi ne voyait-elle personne en faveur de qui elle aurait voulu faire l'effort de surmonter sa timidité et sa réserve. Les hommes lui semblaient grossiers, les femmes, sottes et bavardes, tous étaient mal élevés ; et de son côté, elle donnait aussi peu de satisfaction qu'elle n'en recevait lorsqu'on la présentait à des amis de longue ou de fraîche date. Les jeunes femmes qui l'avaient approchée au début avec un certain respect, parce qu'elle avait grandi dans la famille d'un baronnet, s'étaient très vite senties offensées de la voir prendre ce qu'elles appelaient « de grands airs », et comme elle ne jouait pas du pianoforte et ne portait pas de belles pelisses, après l'avoir observée un peu plus longtemps, elles ne lui reconnurent aucun droit de prétendre à une quelconque supériorité.

La première véritable consolation que Fanny éprouva après la déception que lui causa son foyer d'origine, la première, en tous les cas, que son bon sens put accepter sans restriction et qui lui parut durable, fut l'amélioration de ses rapports avec Susan et l'espoir de pouvoir lui être utile. Susan s'était toujours comportée de manière agréable envers elle, même si elle avait été surprise, sinon inquiète, de constater combien ses manières étaient hardies ; et il fallut qu'il s'écoulât une quinzaine de jours avant qu'elle ne commence à comprendre une disposition d'esprit aussi différente de la sienne. Susan se rendait compte que le fonctionnement dans la maison laissait beaucoup à désirer, et elle souhaitait améliorer la situation. Il ne fallait pas s'étonner qu'une jeune fille de quatorze ans, se fondant sur son seul raisonnement, se trompât sur les moyens à employer pour opérer des réformes, aussi Fanny se trouva-t-elle bientôt mieux disposée à admirer l'intelligence naturelle d'un esprit capable de distinguer si tôt, et avec autant de justesse, qu'à condamner avec sévérité les erreurs de comportement auxquelles cela le conduisait. Susan agissait en s'appuyant sur les mêmes vérités et recherchait un objectif comparable à ceux qu'elle approuvait pour sa part lorsqu'elle exerçait son jugement, mais son propre caractère, plus soumis et plus accommodant, aurait répugné à le proclamer ; Susan s'efforçait d'apporter des remèdes, alors qu'elle-même se serait détournée et aurait pleuré ; et elle se rendait compte que Susan avait son utilité : que la situation, pour déplorable qu'elle fût, aurait été pire sans une telle intervention, et que tant sa mère que Betsey se trouvaient ainsi empêchées de tomber dans une indulgence et une vulgarité excessives.

Dans toutes les discussions qui l'opposaient à sa mère, Susan prenait l'avantage sur le plan de la raison, et jamais la tendresse maternelle ne se manifestait pour la faire démordre de son avis. L'aveuglement dont elle constatait sans cesse les effets si néfastes dans son entourage, elle-même n'en bénéficiait jamais. Elle n'éprouvait aucune gratitude pour des témoignages d'affection passés ou présents qui auraient pu l'aider à mieux supporter leurs excès sur autrui.

Tout cela s'imposa peu à peu à Fanny comme des évidences, et elle se mit à considérer Susan comme l'objet tout à la fois de sa compassion et de son respect. Que la manière dont sa sœur s'y prenait ne fût pas la bonne, et parfois même se révélât désastreuse – car les mesures qu'elle adoptait étaient mal choisies et inopportunes, cependant que son attitude et son langage étaient souvent impardonnables –, Fanny ne manquait jamais de le ressentir ; mais elle se prit à espérer qu'on pourrait l'en corriger. Susan, découvrit-elle, la considérait comme un modèle et recherchait son approbation ; et bien que la manifestation d'une autorité quelconque eût été neuve pour elle, tout comme l'était la faculté de s'imaginer capable de guider ou d'informer quelqu'un, elle résolut de suggérer parfois quelques idées à sa sœur, et de l'inciter, dans son intérêt, à adopter des notions plus équitables sur ce qui était dû à chacun et sur ce qu'il serait plus raisonnable d'espérer pour elle-même, ainsi que sa propre éducation, mieux favorisée, le lui avait enseigné.

Son influence, ou du moins la conscience qu'elle prit d'en avoir une et de pouvoir l'exercer, eut pour origine un acte de bienveillance à l'égard de Susan qu'elle finit par accomplir, après bien des hésitations, de crainte de manquer de tact. Il lui était très vite venu à l'idée que le déboursement d'une petite somme permettrait peut-être de restaurer à jamais la paix sur le pénible sujet du canif d'argent, dont on parlait sans cesse pour le moment ; et les moyens dont elle disposait elle-même, puisque son oncle lui avait donné dix livres au moment du départ, lui permettaient de se montrer généreuse, si elle le souhaitait. Mais il lui était si inhabituel de se montrer charitable, si ce n'est à l'égard des miséreux, elle était si inexpérimentée dans l'art de redresser les torts ou de faire preuve de bonté envers ses égaux, et elle redoutait tant de paraître se comporter en grande dame devant les siens, qu'il lui fallut du temps pour admettre qu'il ne serait pas considéré comme déplacé de sa part d'offrir un tel cadeau. Elle le fit toutefois ; elle acquit enfin un canif d'argent à l'intention de Betsey, qui fut enchantée de l'accepter : sa nouveauté lui conféra sur le précédent tous les avantages que l'on pouvait désirer. Susan prit alors pleinement possession du sien, et Betsey eut la grandeur d'âme de déclarer que comme elle en possédait à présent un beaucoup plus joli elle-même, elle ne voudrait plus jamais de l'autre, et leur mère, tout aussi satisfaite, n'émit aucun reproche – un résultat que Fanny aurait cru presque impossible à atteindre. Cette action répondit tout à fait à son attente ; une source d'altercation domestique se trouva supprimée, le cœur de Susan s'ouvrit, et Fanny trouva un nouvel objet à aimer, ainsi qu'un autre centre d'intérêt. Susan montra qu'elle était capable d'appréciation délicate ; heureuse de se voir reconnaître la seule propriétaire d'un bien qu'elle réclamait depuis au moins deux ans, elle redoutait encore que le jugement de sa sœur aînée ne lui fût pas favorable, et que celle-ci fût tentée de lui reprocher de s'être agitée de telle sorte qu'elle ait rendu un tel achat nécessaire pour rétablir la paix dans la maison.

Elle avait un tempérament ouvert. Elle admit ses craintes, s'accusa d'avoir lutté avec trop d'obstination, et dès lors Fanny comprit la valeur d'une telle disposition d'esprit, et se rendit compte à quel point sa cadette était encline à rechercher son estime et à s'en rapporter à son jugement, aussi commença-t-elle à ressentir les bienfaits de l'affection, et à nourrir l'espoir d'être utile à un esprit qui avait grand besoin d'assistance, mais qui la méritait tant. Elle lui donna des conseils ; des suggestions si pleines de bon sens qu'aucun être capable de raisonner juste ne pouvait les rejeter ; et elles étaient présentées avec douceur et considération, de sorte à ne pas irriter un tempérament imparfait ; et Fanny eut le bonheur d'observer leurs effets positifs de façon assez fréquente ; elle n'en attendait pas davantage, car si elle se rendait compte de la nécessité et de l'intérêt de la soumission et de la patience, elle voyait aussi avec une sympathie aiguë tout ce qui pouvait contrarier à chaque instant une jeune fille telle que Susan. Son plus grand étonnement sur le sujet vint bientôt non de ce que Susan eût été poussée à l'irrespect et à l'impatience en dépit d'elle-même, mais qu'elle eût acquis, malgré tout, tant de notions exactes ; et que, élevée dans un milieu où régnaient la négligence et l'erreur, elle se fût formé des opinions si justes de la façon dont les choses devraient se passer ; elle qui n'avait pas eu de cousin Edmund pour diriger ses pensées ou acquérir des principes.

L'intimité qui s'instaura ainsi entre elles leur apporta des avantages sensibles. En demeurant ensemble à l'étage, elles échappèrent pour l'essentiel au tumulte qui régnait dans la maison ; Fanny y trouva la tranquillité, et Susan apprit à considérer qu'elle n'était pas malheureuse quand elle se livrait à une occupation dans le calme. Elles demeuraient assises dans une chambre non chauffée. Mais c'était là une privation à laquelle Fanny elle-même était accoutumée ; et elle en souffrait d'autant moins que cela lui rappelait la chambre de l'Est. C'était là le seul point de ressemblance entre les deux pièces. Pour ce qui était de l'espace, de la lumière, du mobilier et de la vue, tout les différenciait ; et Fanny soupirait souvent au souvenir des boîtes à ouvrage, et de tous les objets où elle puisait du réconfort. Petit à petit, les jeunes filles en vinrent à passer là la majeure partie de la journée ; au début, elles s'étaient contentées de travailler et de bavarder, mais au bout de quelques jours, le souvenir de ses chers livres devint si puissant et si vif que Fanny jugea impossible de ne pas chercher à s'en procurer d'autres. Il n'en existait pas dans la maison de son père, mais la richesse autorise le luxe et incite à la hardiesse, si bien que Fanny investit une partie de la sienne dans une bibliothèque de prêt. Elle prit un abonnement, encore tout étonnée de pouvoir disposer de quoi que ce soit *in propria persona*, surprise aussi de ses moindres actions ; elle, devenir une abonnée et choisir des livres ! Et par ces choix contribuer à l'enrichissement des connaissances de quelqu'un d'autre ! Pourtant, il en était ainsi. Susan n'avait rien lu, et Fanny brûlait de lui faire découvrir à son tour les premiers plaisirs que la lecture lui avait apportés, de développer chez elle un goût pour la biographie et la poésie qu'elle appréciait tant elle-même.

De plus, elle espérait qu'en se consacrant à une telle occupation, elle parviendrait à chasser certains souvenirs de Mansfield qui avaient trop tendance à lui revenir à l'esprit, quand ses doigts seuls s'activaient ; et ceci était d'autant plus vrai que durant cette période elle souhaitait éviter de songer au voyage d'Edmund à Londres, où la dernière lettre de sa tante lui avait appris qu'il se trouvait. Elle n'avait aucun doute sur ce qui allait en résulter. L'annonce promise était suspendue au-dessus de sa tête. L'approche du facteur, annoncée par le marteau de porte des maisons voisines, l'emplissait déjà de terreurs quotidiennes – et si la lecture parvenait à bannir cette idée de son esprit ne serait-ce que pour une demi-heure, ce serait déjà cela de gagné.

41

Une semaine s'était écoulée depuis l'arrivée supposée d'Edmund à Londres, et pourtant Fanny ne recevait aucune nouvelle de lui. On pouvait tirer trois conclusions de ce silence, et son esprit ne cessait de balancer entre elles, les considérant tour à tour comme étant la plus vraisemblable. Ou le départ de son cousin avait été une fois encore retardé, ou il n'avait pas eu l'occasion de voir Mlle Crawford en tête à tête, ou bien encore, il était trop heureux pour écrire des lettres !

Un matin, durant cette période, alors que Fanny avait quitté Mansfield depuis plus de quatre semaines – un point auquel elle ne manquait pas de consacrer chaque jour des réflexions et des calculs –, et qu'elle et Susan se préparaient à se retirer dans leur chambre, elles furent interrompues par un coup de marteau à la porte annonçant un visiteur ; elles jugèrent ne pouvoir l'éviter, étant donné l'empressement de Rebecca pour aller ouvrir, une tâche qui l'intéressait entre toutes.

La voix qui s'éleva était celle d'un gentilhomme ; et cette voix fit pâlir Fanny, tandis qu'un instant après M. Crawford pénétrait dans la pièce.

Le bon sens, tel celui dont elle était pourvue, vient toujours à la rescousse lorsqu'on fait sérieusement appel à lui, aussi fut-elle en mesure de présenter le jeune homme à sa mère, et de rappeler à cette dernière qu'elle avait déjà entendu mentionner son nom comme étant celui de l'« l'ami de William », même si, auparavant, elle se serait jugée incapable d'articuler une syllabe en de telles circonstances. Le fait de savoir qu'il n'était connu dans cette maison que comme une relation de William lui apporta quelque réconfort. Toutefois, après l'avoir présenté et que tous eurent pris un siège, la crainte qui s'empara de nouveau d'elle à la pensée des conséquences que pourrait avoir une telle visite fut si forte qu'elle se sentit au bord de l'évanouissement.

Tandis qu'elle luttait pour demeurer consciente, le visiteur, qui s'était tout d'abord approché d'elle avec un visage fort animé, comme il en avait l'habitude, eut la sagesse et la générosité de détourner son regard, lui donnant ainsi le temps de se reprendre, cependant que lui-même se consacrait à Mme Price, lui adressait la parole et lui accordait son attention avec une politesse et un respect extrêmes des convenances, tout en lui témoignant une sympathie – ou du moins un intérêt – qui montrait l'excellence de ses manières.

Mme Price se montrait aussi sous un jour favorable. Mise de bonne humeur par la découverte d'un tel ami pour son fils, et poussée par le désir de paraître à son avantage, elle débordait de reconnaissance ; une gratitude maternelle dénuée d'artifices, qui ne pouvait que plaire. M. Price était sorti, ce qu'elle regrettait beaucoup. Fanny était assez remise pour ne pas le déplorer de son côté ; car à bien d'autres sources d'embarras s'ajoutait l'humiliation profonde de voir M. Crawford la trouver dans une telle maison. Elle était en mesure de se reprocher une telle faiblesse ; non de se défendre d'en souffrir. Elle était honteuse et l'aurait été encore davantage si son père avait été présent.

Ils parlèrent de William, sujet dont Mme Price ne se lassait jamais, et M. Crawford se montra aussi élogieux à son égard que pouvait le souhaiter le cœur d'une mère. Celle-ci eut l'impression de n'avoir jamais rencontré un être aussi courtois de sa vie ; elle s'étonna simplement d'apprendre qu'un homme aussi distingué et aussi aimable ne fût venu à Portsmouth ni pour rendre visite à l'amiral du port, ni au commissaire de la marine, ni même avec l'intention de visiter l'île de Wight ou les chantiers navals. Rien de ce qu'elle avait l'habitude de considérer comme une preuve d'importance ou l'un des emplois de la fortune ne semblait l'avoir attiré dans ce port. Il était arrivé tard, la veille au soir, avait l'intention d'y séjourner un jour ou deux, était descendu à l'auberge de la Couronne, avait rencontré par hasard un ou deux officiers de marine de sa connaissance, mais tel n'était pas là l'objet de sa visite.

Une fois qu'il eut fourni toutes ces informations, il ne lui parut pas déraisonnable de supposer qu'il pourrait se tourner vers Fanny et s'adresser à elle ; et elle se sentit en mesure de croiser son regard et de l'écouter raconter qu'il avait passé une demi-heure en compagnie de sa sœur, la veille de son départ de Londres, que cette dernière l'avait chargé de lui transmettre son souvenir le meilleur et le plus affectueux, mais n'avait pas trouvé le temps de lui écrire ; qu'il s'estimait lui-même heureux d'avoir pu voir Mary durant une demi-heure, étant donné qu'à son retour du Norfolk il n'était demeuré que vingt-quatre heures à Londres, avant de reprendre la route ; que son cousin Edmund était dans la capitale, qu'il y séjournait depuis plusieurs jours déjà, à ce qu'il avait cru comprendre, qu'il ne l'avait pas vu pour sa part, mais qu'il allait bien, qu'il avait laissé tous les habitants de Mansfield en bonne santé, et qu'il était invité à dîner, la veille, chez les Fraser.

Fanny l'écouta sans se départir de son calme apparent, même lorsque fut évoquée cette dernière circonstance ; et ce fut comme un soulagement pour son esprit las que de parvenir à une certitude ; et elle se dit « alors, tout est décidé à cette heure », sans laisser paraître d'autre émotion qu'une légère rougeur.

Après avoir parlé un peu plus longuement de Mansfield, un sujet pour lequel elle manifestait l'intérêt le plus évident, Crawford suggéra que l'on pourrait entreprendre une promenade plus tôt qu'à l'ordinaire : « La matinée était belle, et en cette saison le ciel se couvrait si souvent qu'il serait plus sage pour tout le monde de ne pas retarder le

moment de prendre de l'exercice », et comme de telles suggestions restaient sans écho, il en vint à recommander fermement à Mme Price et à ses filles de sortir sans différer
plus longtemps. C'est alors qu'ils en vinrent à un accord.
Mme Price, semblait-il, ne sortait presque jamais de chez
elle, si ce n'est le dimanche ; elle admit qu'étant donné les
soins qu'exigeait sa nombreuse famille, il était rare qu'elle
s'autorisât une promenade. « Dans ce cas, ne persuaderait-
elle pas ses filles de profiter du beau temps, et lui accorde-
rait-elle le plaisir de les accompagner ? » Mme Price se
trouva très obligée d'une telle offre et consentit volontiers.
« Ses filles demeuraient très souvent enfermées ; Portsmouth
était une ville dangereuse ; elles ne sortaient pas souvent ;
mais elle savait qu'elles avaient des emplettes à faire dans
le centre de la ville, et qu'elles seraient très contentes de
pouvoir s'y rendre. » En conséquence, Fanny, aussi étrange
que cela pût lui paraître – étrange, embarrassant et éprouvant –, se retrouva dix minutes plus tard avec sa sœur, en
train de marcher vers la Grand-Rue, en compagnie de
M. Crawford.

Ce fut bientôt pour elle une succession de surprises
douloureuses et de confusions, car à peine étaient-ils entrés
dans la Grand-Rue qu'ils rencontrèrent son père, dont
l'apparence était d'autant moins soignée qu'on était samedi.
Il s'arrêta, et bien qu'il eût aussi peu l'air d'un gentilhomme,
Fanny fut bien obligée de le présenter à M. Crawford. Elle ne
douta pas un instant de l'impression désagréable qui devait
frapper ce dernier. Il était sans nul doute honteux pour elle
et dégoûté. Il renoncerait très vite à elle et n'aurait plus la
moindre inclination pour former une pareille alliance ; et
néanmoins, bien qu'elle eût tant souhaité le voir guéri de l'affection qu'il lui portait, cette sorte de traitement lui paraissait
presque aussi désagréable que l'était la maladie ; et selon moi,
il n'est guère de jeune fille bien élevée, dans nos royaumes
unis, qui n'aimerait pas mieux connaître l'infortune d'être
poursuivie des assiduités d'un homme intelligent et d'allure

agréable, plutôt que de voir la vulgarité de ses proches l'inciter à renoncer à elles.

M. Crawford ne considérait sans doute pas son futur beau-père comme un modèle d'élégance vestimentaire ; mais, ainsi que Fanny s'en rendit compte presque aussitôt, à son grand soulagement, son père se montrait sous un tout autre jour, il se comportait comme un M. Price fort différent en présence de cet étranger très respectable qu'il ne le faisait chez lui, au sein de sa famille. Les manières dont il faisait montre pour le moment, sans être raffinées, étaient plus qu'acceptables ; elles traduisaient de la gratitude, de la vivacité, une mâle vigueur ; les expressions dont il usait étaient celles d'un père attaché à ses enfants, d'un homme de bon sens ; sa voix sonore portait bien en plein air ; et il n'émaillait sa conversation d'aucun juron. Tel était l'hommage instinctif qu'il rendait aux excellentes façons de M. Crawford ; et quelles qu'aient dû en être les conséquences, Fanny en fut aussitôt infiniment apaisée.

En conclusion de cet assaut de politesses entre les deux hommes, M. Price offrit à M. Crawford de lui servir de guide dans les chantiers navals, et ce dernier se montra désireux de considérer comme une faveur une proposition qui était avancée comme telle, quoiqu'il eût vu les chantiers à bien des reprises ; et comme il espérait demeurer d'autant plus longtemps en compagnie de Fanny, il manifesta avec beaucoup de gratitude son désir de bénéficier d'une telle offre si les demoiselles Price ne redoutaient pas la fatigue que cela entraînerait ; et, après que l'on s'en fut assuré d'une manière ou de l'autre, ou qu'on l'eut supposé, ou du moins que l'on eut fait comme si elles n'en souffriraient pas du tout, ils décidèrent tous d'aller visiter les chantiers navals ; et si M. Crawford n'était intervenu, M. Price les y eût menés tambour battant, sans la moindre considération pour les emplettes que ses filles devaient faire dans la Grand-Rue. Il prit soin, toutefois, de ne les autoriser à entrer que dans les boutiques où elles devaient expressément se rendre ; et cela ne leur prit guère de temps, car Fanny supportait si mal de susciter l'impatience chez les autres, ou de se faire attendre, que les messieurs, demeurés sur le pas de la porte, eurent à peine le temps d'évoquer les derniers règlements de la marine, ou d'établir le nombre de trois-ponts en cours d'armement, que leurs compagnes étaient prêtes à poursuivre.

Il était prévu qu'ils se dirigent alors sans plus attendre vers les chantiers navals, et la promenade se serait déroulée de manière singulière – aux yeux de M. Crawford –, si M. Price avait été autorisé à en assurer seul l'entier déroulement, car il se rendit compte que le père aurait laissé les deux jeunes filles les suivre comme elles l'auraient pu, et leur emboîter ou non le pas, tandis qu'ils iraient ensemble de l'avant, à grandes enjambées. Il apporta à plusieurs reprises diverses améliorations à cette situation, mais pas autant qu'il l'eût souhaité ; il refusa catégoriquement de les quitter ; et à chaque carrefour, ou à chaque attroupement, alors que M. Price se contentait de crier : « Allons, les filles, allons, Fan, allons, Sue, faites attention ; prenez garde », lui-même leur accordait une assistance particulière.

Une fois qu'ils eurent pénétré assez avant dans le périmètre des chantiers navals, il se prit à espérer de pouvoir s'entretenir avec Fanny, car ils furent bientôt rejoints par un autre flâneur, ami de M. Price, qui était venu faire sa ronde quotidienne afin de voir le train où allaient les choses, et qui devait se révéler bien plus digne d'attention que lui ; et après un certain temps, les deux officiers semblèrent fort heureux de déambuler ensemble et de discuter de questions, pour eux d'un égal et inépuisable intérêt, tandis que les jeunes gens prenaient place sur quelques madriers ou cherchaient un siège à bord d'un vaisseau sur la cale de construction qu'ils étaient tous allés examiner. Fanny avait fort opportunément besoin de repos. Crawford n'aurait pu souhaiter la voir plus fatiguée ou mieux disposée à s'asseoir, mais il aurait bien voulu que sa sœur s'éloignât. Une jeune fille observatrice de l'âge de Susan était, dans une conversation, le pire tiers que l'on pût imaginer, sans commune mesure avec lady Bertram, car elle était tout yeux et tout oreilles ; et il ne lui était pas possible d'aborder son principal sujet de préoccupation. Il dut se contenter de se montrer aimable envers toutes deux et de distraire aussi Susan, mais il s'accorda, de temps à autre, le plaisir d'un regard ou d'une allusion destinés à la seule Fanny, mieux avertie et plus consciente de ses intentions. Le Norfolk fut surtout au centre de sa conversation ; il y avait séjourné quelque temps, et tout ce qui s'y rapportait prenait de l'importance en vue de ses projets en cours. Un homme tel que lui ne pouvait venir d'un lieu ou d'un cercle quels qu'ils soient sans en rapporter des observations amusantes ; il mettait à profit tant ses déplacements que ses relations, aussi Susan s'en trouva-t-elle divertie d'une façon toute nouvelle. À l'intention de Fanny, il soulignait autre chose que le caractère simplement agréable des réceptions auxquelles il avait pris part. Dans le but d'obtenir son approbation, il expliqua les raisons précises pour lesquelles il s'était rendu dans le Norfolk, à cette période inhabituelle de l'année. Il était allé régler des affaires sérieuses, relatives au renouvellement d'un bail dont dépendait le bien-être d'une famille nombreuse et – selon lui – travailleuse. Il avait soupçonné son régisseur de manquer de franchise, de chercher à le prévenir contre des gens méritants, aussi avait-il résolu d'enquêter en personne sur le fond de la question. Il était donc allé sur place, et avait fait plus de bien qu'il ne l'avait prévu, s'était rendu plus utile qu'il ne l'avait de prime abord envisagé, et pouvait à présent s'en féliciter, se dire que tout en accomplissant un devoir, il avait acquis pour sa part d'agréables souvenirs. Il s'était présenté à quelques métayers qu'il n'avait jamais vus auparavant ; il avait entrepris de visiter des chaumières dont il ignorait jusqu'alors l'existence, bien qu'elles fussent implantées sur ses terres. Tout cela était destiné à Fanny et la touchait. Il lui était agréable de l'entendre parler de manière si honorable ; dans cette affaire, il avait agi comme on était en droit de l'attendre de lui. Il s'était montré l'allié des pauvres et des opprimés ! Rien ne pouvait susciter plus de reconnaissance chez elle, et elle était sur le point de lui adresser un regard d'approbation quand il l'effraya en ajoutant d'une manière trop révélatrice, lui parutil, qu'il nourrissait l'espoir d'avoir bientôt auprès de lui une assistante, une amie, un guide pour tous les projets utiles ou charitables concernant Everingham, quelqu'un qui rendrait cette terre et ses dépendances plus chères qu'elles ne l'avaient encore jamais été pour lui.

Elle se détourna et souhaita qu'il ne dise pas de choses pareilles. Elle était disposée à admettre qu'il possédait sans doute davantage de qualités qu'elle ne lui en avait supposé. Elle commençait à envisager qu'il puisse devenir enfin un homme de mérite ; mais il n'avait, ni n'aurait jamais rien en commun avec elle, et il ferait mieux de ne plus penser à elle.

Il s'aperçut qu'il s'était assez appesanti sur Everingham et qu'il serait préférable d'orienter la conversation sur un autre thème, aussi se mit-il à évoquer Mansfield. Il n'aurait pu mieux choisir ; c'était là un sujet propre à lui rendre presque aussitôt l'attention de Fanny et à ranimer ses traits. Elle goûtait un plaisir véritable à entendre parler ou à parler de Mansfield. Séparée maintenant depuis si longtemps de tous ceux qui connaissaient le domaine, elle eut l'impression d'entendre la voix d'un ami sincère quand il le mentionna, et qu'il l'amena à se récrier avec chaleur sur ses beautés et le réconfort qu'on y trouvait, puis il rendit un digne hommage à ses habitants, ce qui conduisit Fanny à leur consacrer du fond du cœur de vibrants éloges, car elle considérait son oncle comme le représentant parfait de tout ce qu'il y avait d'intelligent et de bon, et sa tante comme la femme ayant le caractère le plus aimable qu'on pût imaginer.

Il était lui-même très attaché à Mansfield ; il le reconnut ; il nourrissait l'espoir d'y passer une bonne part, voire la majeure partie de son temps – là ou dans les environs –, et il attendait ce moment avec impatience. Il espérait surtout y vivre un été et un automne très heureux, cette année-là ; il sentait qu'il en serait ainsi ; il comptait là-dessus ; un été et un automne sans commune mesure avec ceux qu'il avait connus l'année précédente. Aussi animés, aussi diversifiés, aussi riches en événements mondains, mais vécus dans des circonstances d'une supériorité indicible.

— Mansfield, Sotherton, Thornton Lacey, poursuivit-il, quelles relations s'établiront entre ces maisons ! Et à la Saint-Michel, une quatrième viendra peut-être s'y ajouter, un petit pavillon de chasse, situé à proximité de tout ce à quoi l'on est attaché… car pour ce qui est d'une association pour l'occupation de Thornton Lacey, telle qu'Edmund Bertram l'avait un jour généreusement proposée, je prévois qu'il s'élèvera deux objections à la réalisation de ce projet, deux belles, deux excellentes, deux irrésistibles objections.

Fanny se trouva doublement réduite au silence sur ce point ; même si, quand le moment fut passé, elle regretta de ne pas s'être contrainte à admettre qu'elle avait compris à demi ce qu'il entendait par là, et à l'encourager à s'étendre davantage à propos de sa sœur et d'Edmund. C'était un sujet qu'elle devait s'habituer à aborder, car bientôt la faiblesse qui la poussait à l'éviter serait tout à fait impardonnable.

Quand M. Price et son ami eurent examiné tout ce qu'ils souhaitaient voir ou que le temps qu'ils avaient à y consacrer fut écoulé, ses autres compagnons de promenade furent prêts à rentrer ; et en cours de route M. Crawford réussit à parler quelques instants en privé à Fanny, et à lui annoncer que la seule affaire qui l'amenait à Plymouth était de la rencontrer, qu'il n'y était venu un ou deux jours que pour elle seule, car il ne supportait plus que se prolongeât une complète séparation. Elle en éprouva des regrets, des regrets très sincères ; et pourtant, en dépit de cet aveu ou de deux ou trois autres remarques qu'elle aurait préféré qu'il n'eût pas prononcées, elle jugea qu'il s'était amélioré, pour l'essentiel, depuis la dernière fois où elle l'avait vu ; il montrait bien plus de douceur, d'obligeance, d'attention à la sensibilité des autres qu'il n'en avait témoigné à Mansfield ; elle ne l'avait jamais connu aussi aimable – si près de devenir aimable ; le comportement qu'il adoptait envers son père n'avait rien qui pût offenser, et il y avait quelque chose de très bien-veillant et de louable dans l'attention qu'il portait à Susan. Il était incontestable qu'il avait fait de nets progrès. Elle souhai-tait en être déjà au lendemain soir et qu'il ne fût venu que pour une journée, mais cette visite ne se déroulait pas de façon aussi désagréable qu'elle eût pu le redouter ; le plaisir de parler de Mansfield était si grand !

Avant qu'ils ne se séparent, elle eut l'occasion de lui être reconnaissante pour lui avoir offert une autre raison de se réjouir, et non des moindres. Son père l'invita à lui faire l'honneur de partager avec eux son dîner, mais à peine Fanny avait-elle eu le temps de frémir d'horreur qu'il déclara être pris par un engagement antérieur. Il était déjà prié à dîner pour le jour même et pour le lendemain ; il avait ren-contré une de ses connaissances à l'auberge de la Couronne, et il n'avait pu refuser son invitation ; toutefois, il aurait l'honneur de leur rendre à nouveau visite le lendemain, et c'est ainsi qu'ils se quittèrent. Fanny éprouva une joie pro-fonde à la pensée d'avoir échappé à un péril aussi atroce !

Il eût été affreux de le voir partager un repas avec les membres de sa famille et de relever toutes leurs insuffisances ! La cuisine de Rebecca et son service, la tenue de table de Betsey, qui ne respectait aucune discipline et tirait les choses à elle comme elle l'entendait, tout ce contre quoi Fanny elle-même ne s'était pas encore endurcie et qui l'empêchait sou-vent de faire un repas convenable. Si *elle* en était simplement choquée du fait de sa nature délicate, il le serait, lui, parce qu'il avait été élevé à l'école du luxe et de l'épicurisme.

42

Les Price partaient pour l'église, le lendemain, quand M. Crawford surgit à nouveau. Il venait non pour les empêcher de mettre ce projet à exécution, mais pour se joindre à eux ; on l'invita donc à venir à la chapelle de la Garnison, ce qui était précisément l'intention qu'il avait eue, et ils s'y rendirent à pied tous ensemble.

La famille se présentait alors à son avantage. La nature leur avait accordé une part non négligeable de beauté, et le dimanche les voyait lavés de frais et revêtus de leurs tenues les plus élégantes. Le dimanche apportait toujours un tel réconfort à Fanny, et ce jour-là, elle l'éprouva plus encore que de coutume. Sa pauvre mère ne lui paraissait pas pour le moment trop indigne d'être la sœur de lady Bertram, ainsi que cela lui arrivait trop souvent. Il était fréquent pour Fanny d'être touchée au cœur à la pensée du contraste qui existait entre elles, à l'idée que là où la nature avait créé si peu de différences entre elles, les circonstances en avaient établi de si grandes, et que même si elle était d'une beauté comparable à celle de lady Bertram et de plusieurs années sa cadette, sa mère avait l'air tellement plus usée et fanée, découragée, si peu soignée et si dépourvue de dignité. Néanmoins, le dimanche faisait d'elle une Mme Price très présentable et d'assez bonne humeur, qui sortait entourée d'enfants de belle mine, jouissait d'un peu de répit après les soucis de la semaine, et ne se départait de son calme que si elle voyait les garçons s'exposer à quelque danger ou Rebecca, coiffée d'un chapeau orné d'une fleur, les dépasser.

Une fois à la chapelle, ils furent obligés de s'éparpiller, mais M. Crawford fit en sorte de ne pas être séparé de la branche féminine de la famille ; et après le service, il demeura auprès d'elles et les accompagna sur les remparts.

Mme Price faisait tout au long de l'année sa promenade du dimanche sur les remparts, quand le temps était favorable ;

elle s'y rendait aussitôt après le service du matin, et y demeurait jusqu'à l'heure du dîner. C'était son lieu public ; elle y rencontrait ses connaissances, apprenait quelques nouvelles, se lamentait sur les déboires que causaient les domestiques de Portsmouth, et ranimait son courage pour supporter les six jours à venir.

C'est donc là qu'ils se rendirent. M. Crawford se fit une joie de prendre les demoiselles Price sous sa responsabilité personnelle ; et avant peu, qu'il eût procédé d'une manière ou d'une autre, sans que l'on sût comment – et Fanny ne l'eût pas cru possible –, il se retrouva entre elles, un bras glissé sous celui de sa sœur et l'autre sous le sien, et elle ne parvint ni à s'en défendre ni à s'en dégager. Cela la mit mal à l'aise durant quelque temps, mais elle fut tout de même sensible aux plaisirs que réservaient la journée et le panorama.

Ce jour-là, il faisait un beau temps exceptionnel. On n'était encore qu'en mars, mais on se serait cru en avril, tant l'air était doux, la brise, stimulante et légère, et vif, l'éclat du soleil, que voilaient par instants les nuages ; et tout paraissait si admirable sous un tel ciel, avec les effets des ombres qui couraient sur les vaisseaux amarrés au Spithead, puis au-delà, sur l'île de Wight, et la mer aux nuances sans cesse changeantes, alors à marée haute, qui dansait d'allégresse, et le ressac qui se brisait contre les remparts avec un bruit si exaltant ; et l'ensemble se combinait pour charmer Fanny au point qu'elle devenait peu à peu insensible aux circonstances auxquelles elle devait d'éprouver ces sensations. Qui mieux est, si elle n'avait pas eu le bras de M. Crawford pour reposer le sien, elle en aurait bientôt éprouvé le besoin, car elle manquait de force pour supporter une promenade de deux heures de cette sorte, venant, comme souvent, après une semaine d'inactivité physique. Fanny commençait à se ressentir d'être privée d'exercice régulier, comme à son habitude ; sa santé en était affectée depuis qu'elle vivait à Portsmouth, et sans M. Crawford, et sans la douceur du temps, elle aurait déjà été épuisée.

Il était aussi touché qu'elle par la beauté de cette journée et par celle du paysage. Ils s'arrêtaient souvent parce qu'ils éprouvaient les mêmes sentiments et avaient les mêmes goûts, et ils s'appuyaient sur les créneaux durant quelques minutes, afin d'observer et d'admirer ; et tout en se rendant compte qu'il n'était pas Edmund, Fanny ne pouvait s'empêcher de reconnaître qu'il était assez sensible aux charmes de la nature, et fort capable d'exprimer son admiration. Elle se laissait aller de temps à autre à une tendre rêverie, ce dont il tirait quelquefois avantage pour contempler son visage à son insu, et ces regards lui révélèrent que même si elle était plus charmante que jamais, son visage avait moins d'éclat qu'il ne l'aurait dû. Elle *affirmait* qu'elle se sentait bien, et ne voulait pas que l'on supposât qu'il en fût autrement, mais tout bien considéré, il acquit la conviction que son séjour actuel ne devait pas être très confortable, et donc ne pouvait lui être salutaire, aussi fut-il pris d'impatience de la voir regagner Mansfield, où son bonheur, et celui qu'il éprouvait à la voir, seraient sans doute bien plus grands.

— Voilà un mois que vous êtes ici, je pense, lui dit-il.

— Non, pas tout à fait un mois. Il y aura tout juste quatre semaines, demain, que j'ai quitté Mansfield.

— Vous êtes très exacte et très honnête dans vos calculs. J'appelle cela un mois.

— Je ne suis arrivée ici que le mardi soir.

— Et votre séjour doit durer deux mois, n'est-ce pas ?

— Oui, mon oncle a parlé de deux mois. Je suppose que cela ne sera pas moins.

— Et par quel moyen retournerez-vous là-bas ? Qui viendra vous chercher ?

— Je l'ignore. Ma tante ne m'en a encore rien dit. Peut-être devrai-je rester ici plus longtemps. Il est possible qu'il ne soit pas commode de venir me chercher au terme exact de deux mois.

Après un moment de réflexion, M. Crawford répondit :

— Je connais Mansfield, j'en comprends les habitudes, je sais les torts que l'on y a envers vous. Je vois qu'il existe un risque que l'on vous oublie au point que l'on fasse passer votre confort après la commodité imaginaire de chacun des membres de la famille jusqu'au dernier. Je me rends compte que l'on peut vous laisser ici semaine après semaine, si Sir Thomas ne parvient pas à venir vous chercher lui-même, ou à vous envoyer la femme de chambre de votre tante, sans opérer pour autant le moindre changement dans les dispositions qu'il a prises pour le prochain trimestre. Il ne doit pas en être ainsi. Deux mois suffiront amplement. J'imagine que six semaines conviendraient tout à fait. Je songe à l'état de santé de votre sœur, précisa-t-il à l'intention de Susan, car je crois que le confinement qui lui est imposé à Portsmouth lui est défavorable. Elle a besoin de bon air et d'exercice constant. Quand vous la connaîtrez aussi bien que moi, je suis certain que vous l'admettrez et verrez qu'il ne faut jamais la priver de l'air pur et de la liberté de mouvement qu'elle trouve à la campagne. Si donc, enchaîna-t-il en se tournant à nouveau vers Fanny, vous vous apercevez que vous déclinez, et que s'élèvent des difficultés à propos de votre retour à Mansfield, et sans attendre que les deux mois se soient écoulés, car vous ne devez pas considérer *cela* comme ayant la moindre importance, si vous sentez que vous vous affaiblissez le moins du monde, ou que vous soyez moins confortable que de coutume, contentez-vous d'en informer ma sœur, faites-y la moindre allusion, et elle et moi descendrons aussitôt jusqu'ici, et nous vous ramènerons à Mansfield. Vous savez avec quelle facilité et avec quel plaisir cela se réalisera. Vous n'ignorez pas tout ce qu'inspirerait une telle occasion.

Fanny le remercia, mais voulut prendre cette offre à la légère et affecta d'en rire.

— Je suis tout à fait sérieux, protesta-t-il, et vous le savez fort bien. J'espère que vous n'auriez pas la cruauté de nous dissimuler la moindre tendance à une altération de votre état.

En vérité, vous ne le ferez pas, et ce ne sera pas en votre pouvoir, car aussi longtemps que vous indiquerez clairement dans chacune de vos lettres à Mary « Je vais bien », et je vous sais incapable de dire ou d'écrire un mensonge, nous estimerons qu'il en est ainsi, et seulement dans ces conditions.

Fanny le remercia de nouveau, mais elle se sentit si touchée et si émue qu'il lui fut impossible d'ajouter grand-chose, et elle demeura même dans l'incertitude à propos de ce qu'il serait bon de lui répondre. Ceci se passait au moment où se terminait la promenade. M. Crawford veilla sur elles jusqu'au bout et ne les laissa qu'à la porte de leur maison, parce qu'il savait qu'elles allaient dîner, et prétendit donc à nouveau être attendu ailleurs.

— Je voudrais que vous ne soyez pas si fatiguée, dit-il, en retenant Fanny après que tous les autres furent entrés dans la maison. Je souhaiterais vous quitter en meilleure santé. Y a-t-il quelque chose que je puisse faire pour vous à Londres ? Je me demande si je ne vais pas retourner bientôt dans le Norfolk. Je ne suis pas satisfait de Maddison. Je sens qu'il persiste dans son intention de m'en faire accroire, s'il le peut, et de confier à l'un de ses cousins un certain moulin que je destine à quelqu'un d'autre. Je dois parvenir à un accord avec lui. Il faut que je lui fasse comprendre que je ne me laisserai pas plus berner au sud qu'au nord d'Everingham, et que je resterai le maître sur ma propre terre. Je n'ai pas été assez explicite auparavant. Les torts que peut causer un tel homme sur un domaine, tant en ce qui concerne la réputation du propriétaire que le bien-être des pauvres, sont inimaginables. J'ai bonne envie de repartir pour le Norfolk sans plus attendre, et de tout mettre en telle voie que l'on ne puisse plus s'en écarter par la suite. Maddison est un homme qui s'y entend. Je ne tiens pas à le remplacer dans la mesure où il ne cherche pas à se substituer à *moi* ; mais il serait sot de se laisser abuser par quelqu'un qui n'a pas sur moi les droits dont peut prétendre un créancier pour me duper ; et il serait plus que naïf de le regarder engager comme meunier un homme dur et cupide au lieu d'un garçon honnête, auquel j'ai déjà presque donné ma parole. Ne serait-ce pas là faire preuve de plus que de la stupidité ? Irai-je ? Me le conseillez-vous ?

— Moi ! vous donner un conseil ! Vous savez fort bien comment il convient d'agir.

— Oui. Quand vous me donnez votre avis. Je sais toujours alors ce qui est bien fondé. Votre jugement me sert de règle pour ce qui est juste.

— Oh non ! ne dites pas cela. Il existe en nous-mêmes un guide préférable à n'importe quel autre, à condition de l'écouter. Au revoir, je vous souhaite un agréable voyage pour demain.

— N'y a-t-il vraiment rien que je puisse faire pour vous à Londres ?

— Non, rien, mais je vous suis très obligée.

— N'avez-vous aucun message à transmettre ?

— Mes amitiés à votre sœur, s'il vous plaît, et quand vous verrez mon cousin – mon cousin Edmund –, je vous prie d'être assez aimable pour lui dire que... je suppose que j'aurai bientôt de ses nouvelles.

— Certainement, et s'il se montre paresseux ou négligent, j'écrirai moi-même ses excuses.

Il ne put en dire davantage, car Fanny ne voulut pas être retenue plus longtemps. Il pressa sa main dans la sienne, la regarda et s'en fut. Il alla passer, de son côté, les trois heures suivantes auprès de son autre connaissance, en attendant que fût servi, pour leur plaisir, le meilleur dîner que put préparer l'auberge réputée où il était descendu ; quant à elle, elle passa sans plus tarder à la table beaucoup plus modeste qui l'attendait.

Leur ordinaire était bien différent ; et s'il avait pu se douter du nombre de privations, outre celle de l'exercice, qu'elle supportait dans la maison de son père, il aurait été surpris que son apparence physique n'en fût pas plus affectée. Elle était si peu capable d'absorber les hachis et les puddings de

Rebecca, dont les plats étaient apportés sur la table et s'accompagnaient d'assiettes malpropres, et de couteaux et de fourchettes plus mal nettoyés encore, qu'elle était souvent obligée de remettre à plus tard son repas le plus important de la journée, et d'attendre le soir pour pouvoir envoyer ses frères lui chercher des biscuits et des petits pains au lait. Après avoir été élevée à Mansfield dans le raffinement, il était trop tard pour qu'elle s'accoutumât au mode de vie fruste de Portsmouth ; et bien que Sir Thomas, s'il eût su tout cela, eût sans doute estimé que sa nièce était en bonne voie d'être réduite, tant d'esprit que de corps, à accorder une valeur bien plus exacte à la société et à la fortune de M. Crawford, il aurait probablement hésité à pousser plus loin l'expérience, de crainte de la voir succomber au traitement.

Fanny resta découragée jusqu'au soir. Bien qu'elle fût presque certaine de ne pas revoir M. Crawford, elle ne put se défendre de se sentir accablée. Elle se séparait là de quelqu'un qui ressemblait à un ami ; et si, d'une certaine manière, elle était contente de le voir partir, elle avait l'impression de se trouver à présent abandonnée de tous ; c'était comme si elle passait par un nouvel arrachement d'avec Mansfield ; et quand elle pensait à son retour à Londres, aux occasions fréquentes qu'il aurait d'être en compagnie de Mary et d'Edmund, ce n'était pas sans nourrir des sentiments proches de l'envie, et elle s'en voulait de les éprouver.

Rien, dans son entourage, n'était propre à alléger sa tristesse ; un ou deux amis de son père, qui venaient toujours chez lui quand il n'était pas sorti les rejoindre, y demeurèrent durant une longue, une très longue soirée, et, de six heures à neuf heures et demie, les éclats de voix et les grogs se succédèrent presque sans interruption. Elle demeura très abattue. La surprenante amélioration qu'elle croyait encore avoir constatée chez M. Crawford était la seule chose qui lui apporta quelque réconfort dans le cours de ses réflexions. Sans prendre en considération le milieu si différent dans lequel elle venait de le voir, ni l'influence que pouvait exercer un tel contraste, elle se persuadait qu'il s'était adouci de façon surprenante et qu'il était devenu beaucoup plus ouvert aux autres qu'auparavant. Et s'il se comportait ainsi pour les choses de faible importance, ne devait-il pas se conduire aussi de la sorte pour les grandes ? S'il montrait à présent tant d'intérêt pour sa santé et son réconfort, tant de sensibilité dans ses paroles et, semblait-il, dans sa manière d'être, n'était-elle pas en droit de supposer, en toute équité, qu'il ne chercherait guère plus longtemps à la courtiser, alors que cela l'affligeait tant ?

43

On supposa chez M. Price, le lendemain, que M. Crawford était reparti pour Londres, car on ne l'y vit pas réapparaître, et, deux jours plus tard, Fanny en acquit la certitude grâce à la lettre qu'elle reçut de sa sœur et qu'elle ouvrit et lut, pour d'autres raisons, avec une très vive curiosité, mêlée d'anxiété :

« Je dois vous informer, ma très chère Fanny, qu'Henry est descendu à Portsmouth pour vous voir ; qu'il a fait une charmante promenade avec vous jusqu'aux chantiers navals, samedi dernier, et une autre le lendemain, sur les remparts, à propos de laquelle il s'est appesanti plus encore, car une brise chaude, une mer étincelante, votre allure et votre conversation séduisantes se sont associées pour créer la plus délicieuse des harmonies et faire naître chez lui des sensations qui l'ont plongé dans une sorte d'extase, même en rétrospective. Telle doit être, si je comprends bien, la substance de mes informations. Il m'oblige à vous écrire, mais j'ignore ce que je dois vous communiquer en dehors de cette visite à Portsmouth, et des deux promenades dont il vient d'être question, et de sa présentation à votre famille, en particulier à l'une de vos charmantes sœurs, une belle jeune fille de quinze ans, qui était avec vous sur les remparts, et qui a dû prendre là, je présume, sa première leçon d'amour. Je n'ai pas le temps de vous écrire longuement, mais l'aurais-je que ce serait déplacé, car il s'agit ici d'une simple lettre d'affaires, composée dans le but de vous transmettre des renseignements nécessaires, qui ne sauraient être retardés sans risque. Ma chère, chère Fanny, si je vous avais auprès de moi, comme j'aimerais vous parler ! Il vous faudrait m'écouter jusqu'à la lassitude, et vous me prodigueriez vos avis jusqu'à en être plus lasse encore ; mais il est impossible de mettre par écrit la centième partie de ce qui me passe par l'esprit, aussi vais-je m'abstenir de toute confidence et vous laisserai-je deviner ce que vous voudrez. Je n'ai pas de nouvelles à vous apprendre. Il y a la politique, bien entendu ; et puis il serait mal de ma part de vous accabler d'ennui avec les noms des gens et des parties de plaisir qui occupent mon temps. J'aurais dû vous envoyer un compte rendu de la première réception que votre cousine a donnée ; mais je me suis montrée négligente, et maintenant ceci s'est déroulé il y a trop longtemps ; qu'il me suffise de vous dire que tout était précisément préparé comme il le fallait, avec un art que tous ses parents et connaissances ont dû être satisfaits d'admirer, et que tant sa robe que ses manières lui ont fait le plus grand honneur. Mon amie, Mme Fraser, meurt d'envie d'avoir une pareille maison, et *moi*, je ne m'y sentirais pas malheureuse. Je suis invitée chez lady Stornaway, après Pâques. Elle paraît fort gaie et très heureuse. J'imagine que lord Stornaway est un homme d'un caractère facile et agréable à vivre, au sein de sa famille, et je ne le trouve plus aussi laid que jadis, du moins voit-on pire que lui. Il ne supporte pas la comparaison avec votre cousin Edmund. Que vous dire de ce dernier héros ? Si j'évitais entièrement de mentionner son nom, cela paraîtrait suspect. Je dirai donc que nous l'avons vu deux ou trois fois et qu'il a fait une profonde impression sur mes amies avec son air de gentilhomme. Mme Fraser – qui n'est pas mauvais juge – affirme ne connaître que deux ou trois hommes dans cette ville qui soient aussi bien de leur personne, aussi grands et qui aient aussi belle allure ; et je dois admettre que lorsqu'il est venu dîner ici, l'autre jour, nul ne pouvait lui être comparé, quoique nous ayons réuni seize personnes. Heureusement que l'habit ne permet plus, à présent, d'opérer de distinctions, mais... mais... mais.

Affectueusement vôtre.

» J'allais oublier – c'est la faute d'Edmund, car je songe plus souvent à lui qu'il ne le faudrait –, mais il est une chose très importante que je dois vous dire de la part d'Henry et de la mienne, je veux parler de votre retour dans le comté de Northampshire en notre compagnie. Ma chère petite, ne demeurez pas à Portsmouth au point de perdre votre joli teint. Ces abominables brises de mer seront la ruine de votre beauté et de votre santé. Elles affectaient toujours ma tante, quand elle s'approchait à moins de dix milles de la côte, ce que l'amiral se refusait à croire, bien entendu, mais je sais qu'il en était ainsi. Je serai donc à votre disposition et à celle d'Henry une heure après que vous m'aurez avertie. J'aimerais beaucoup mettre en œuvre ce projet, et nous ferions un petit crochet pour vous montrer Everingham, en cours de route, et peut-être même ne seriez-vous pas fâchée de passer par Londres et de voir l'intérieur de l'église Saint-George, à Hanover Square. Veillez simplement à ce que votre cousin Edmund reste à distance, durant cette période, car je ne voudrais pas être tentée. Quelle longue lettre !... Un mot encore. J'apprends qu'Henry a l'intention de retourner dans le Norfolk, afin de régler une affaire à laquelle *vous* avez donné votre approbation, mais ceci ne pourra se réaliser avant le milieu de la semaine prochaine, car nous ne pourrons nous passer de lui qu'après le 14, puisque nous donnons une réception, ce soir-là. Vous n'imaginez pas à quel point un homme comme Henry peut être précieux en de telles circonstances, mais si je vous dis qu'il est inestimable, croyez-moi sur parole. Il verra les Rushworth, ce dont j'avoue ne pas être fâchée, car j'éprouve un peu de curiosité à cet égard, et lui aussi, je pense, même s'il ne veut pas en convenir. »

C'était une lettre qui incitait à la lire d'un trait, puis à la reprendre à tête reposée, car elle fournissait matière à bien des réflexions et laissait tout en suspens plus qu'auparavant. La seule certitude que l'on pouvait en tirer, c'est que rien de décisif n'avait été arrêté jusque-là. Edmund n'avait toujours pas parlé. Quant aux sentiments véritables de Mlle Crawford, à la manière dont elle avait l'intention d'agir ou à son éventuel comportement involontaire ou contraire à ses desseins, si l'importance que ceux-ci avaient pour elle était tout aussi grande qu'elle ne l'était avant leur dernière séparation, ou si elle avait diminué, était-il envisageable qu'elle continuât à se réduire, ou au contraire à redevenir ce qu'elle avait été ? Tout cela, aussi bien ce jour-là que durant nombre de jours à venir, offrait autant de sujets de conjecture et de réflexion, sans permettre d'aboutir à la moindre conclusion. L'hypothèse la plus fréquente était que Mlle Crawford, même si elle avait retrouvé son sang-froid et se trouvait ébranlée par la reprise de ses habitudes londoniennes, allait se révéler au bout du compte trop attachée à Edmund pour y renoncer. Elle essaierait de se montrer plus ambitieuse que son cœur ne le lui permettrait. Elle hésiterait, le provoquerait, poserait des conditions, exigerait beaucoup et finirait par l'accepter. C'était la conclusion à laquelle Fanny parvenait le plus souvent. Un hôtel particulier à Londres ! – cela serait impossible à réaliser, se disait-elle. Et pourtant, il était impossible de dire ce que Mlle Crawford était capable de demander. Les perspectives qui s'ouvraient devant son cousin s'assombrissaient de plus en plus. Voilà une femme qui, en l'évoquant, ne parvenait à parler que de son apparence physique ! Quel attachement indigne de lui ! Et aller chercher un soutien dans l'approbation de Mme Fraser ! Elle qui entretenait des relations familières avec lui depuis six mois ! Fanny en avait honte pour elle. Les passages de la lettre qui ne faisaient allusion qu'à M. Crawford et à elle-même la touchaient peu. Elle ne se souciait assurément pas que M. Crawford allât dans le Norfolk avant ou après le 14, même si, tout bien considéré, elle pensait qu'il aurait mieux fait de s'y rendre sans délai. Que Mlle Crawford projetât d'organiser une rencontre entre Mme Rushworth et lui correspondait tout à fait au côté le plus néfaste de son comportement, et manifestait un terrible manque de délicatesse et de jugement, mais Fanny espérait que, de son côté, il ne se laisserait pas guider par une curiosité aussi dégradante. Il n'avait manifesté aucun intérêt de cette sorte, et sa sœur aurait dû lui supposer de meilleurs sentiments que les siens.

Après cette lettre, Fanny devint pourtant encore plus impatiente qu'elle ne l'avait été jusqu'alors d'en recevoir une autre de la capitale, et durant quelques jours, elle fut si troublée par cette idée, par ce qui s'était passé et par ce qui risquait de se produire, que les lectures et les conversations qu'elle avait pris l'habitude d'avoir avec Susan furent très souvent interrompues. Elle n'arrivait pas à fixer son attention comme elle l'aurait souhaité. Si M. Crawford s'était souvenu de transmettre le message qu'elle lui avait confié pour son cousin, elle tenait pour vraisemblable, des plus vraisemblables, qu'Edmund lui écrive, quoi qu'il arrive ; cela correspondrait avec sa bonté coutumière, et aussi longtemps qu'elle ne put se débarrasser de cette idée, qui ne la quitta que peu à peu, que trois ou quatre jours s'écoulèrent sans lui apporter la moindre lettre, elle demeura dans un état d'agitation et d'inquiétude extrême.

Au bout du compte, elle finit par retrouver un peu de quiétude. Il fallait se soumettre à cette attente, ne pas la laisser l'épuiser et la rendre inutile. Le temps joua un rôle, ses propres efforts de domination eurent un effet plus grand encore, elle accorda à nouveau de l'attention à Susan, et son intérêt se réveilla pour elle.

Susan s'attachait toujours plus à elle ; et même si elle n'avait pas éprouvé très tôt la passion pour les livres qui avait été si vive chez Fanny, si elle était, par nature, beaucoup moins encline aux activités sédentaires ou à l'acquisition de connaissances pures, elle avait très grand désir de ne pas paraître ignorante, ce qui, associé à une solide et claire capacité de compréhension, en faisait une élève très appliquée, aux progrès encourageants, et reconnaissante. Fanny était son oracle. Les explications et les commentaires de Fanny apportaient un complément très important à chaque essai ou à chaque chapitre d'un livre d'histoire. Ce que Fanny lui disait des époques passées frappait davantage son esprit que les pages de Goldsmith ; et elle faisait à sa sœur le compliment de préférer son style à celui de tout auteur publié. Ce qui lui manquait, c'était d'avoir acquis de bonne heure l'habitude de la lecture.

Néanmoins, leur conversation ne portait pas toujours sur des sujets aussi élevés que l'histoire ou la morale. Elles accordaient aussi du temps à d'autres questions de moindre importance, et aucune ne revenait plus souvent ou n'était traitée plus longuement que celle du Parc de Mansfield – la description des habitants, des manières, des distractions et des habitudes du Parc de Mansfield. Susan, qui avait un goût inné pour ce qui était raffiné et bien agencé, était avide d'écouter, et Fanny ne se lassait pas d'évoquer longuement ce thème. Elle espérait ne pas commettre d'erreur, même si, au bout de quelque temps, la profonde admiration dont témoignait Susan pour tout ce qui se disait et se faisait dans la maison de son oncle, et son grand désir de se rendre dans le comté de Northampton, lui parurent comme autant de reproches d'avoir ainsi fait naître des aspirations qu'elle ne pourrait satisfaire.

La pauvre Susan ne supportait guère mieux que sa sœur aînée le genre de vie que l'on menait chez ses parents, et lorsque Fanny s'en fut bien rendu compte, elle se prit à penser qu'une fois elle-même libérée de Portsmouth, son bonheur ne serait pas complet si elle la laissait derrière elle. Qu'une jeune fille si capable de s'élever, dotée de tant de qualités, dût être abandonnée en de telles mains la rendait de plus en plus malheureuse. Si elle-même avait disposé d'une maison à elle où l'inviter, quelle bénédiction cela aurait été ! Et si elle avait été en mesure de répondre à l'attachement de M. Crawford, la probabilité qu'il n'eût élevé aucune objection à un tel arrangement aurait accru plus que tout sa propre satisfaction. Elle estimait qu'il avait un caractère accommodant et l'imaginait bien en train d'adopter volontiers un tel plan.

44

Sept semaines s'étaient déjà presque écoulées sur les deux mois de séjour prévus pour Fanny quand la lettre d'Edmund, la fameuse lettre qu'elle attendait depuis si longtemps, lui fut remise. Lorsqu'elle l'ouvrit et vit sa longueur, elle se prépara à y trouver une description dans le moindre détail de la félicité de l'auteur, ainsi qu'une profusion de protestations d'amour et d'éloges à l'égard de l'heureuse créature qui était à présent maîtresse de sa destinée. Voici quel en était le contenu :

« Le Parc de Mansfield,

Ma chère Fanny,
Pardonnez-moi de ne pas vous avoir écrit plus tôt. Crawford m'a dit que vous souhaitiez recevoir de mes nouvelles, mais j'ai jugé impossible de vous écrire de Londres, et je me suis persuadé que vous comprendriez mon silence. Si j'avais pu vous envoyer quelques lignes heureuses, vous les auriez à coup sûr reçues, mais il n'a pas été en mon pouvoir de rien vous adresser de ce genre. J'ai regagné Mansfield dans une plus grande incertitude que je ne l'avais quitté. Mes espérances sont beaucoup plus faibles ; vous le savez sans doute déjà. Mlle Crawford a tant d'affection pour vous qu'il est tout naturel qu'elle vous fasse suffisamment part de ses sentiments pour vous permettre de deviner en grande partie les miens. Cela ne m'empêchera pas toutefois de vous exposer mon point de vue. Il n'est pas dit que les confidences que nous vous faisons soient nécessairement discordantes. Je ne pose pas de questions. Il y a quelque chose de réconfortant à la pensée que nous ayons une amie commune, et que, quelles que soient les

malheureuses divergences d'opinion qui existent entre nous, nous nous accordions pour vous aimer. Ce sera un réconfort pour moi que de vous dire où en sont les choses à présent, et quels sont mes projets du moment, si je puis parler de projets. Je suis de retour ici depuis samedi. J'ai passé trois semaines dans la capitale, où je l'ai vue – pour Londres – très souvent. Les Fraser ont eu pour moi toutes les attentions qu'il était sensé de ma part d'attendre d'eux. J'admets qu'il n'était pas raisonnable d'espérer entretenir des relations sur un pied comparable à celles que nous avions à Mansfield. Néanmoins, c'est son attitude envers moi qui a compté davantage que la rareté de nos rencontres. Si elle ne s'était pas montrée différente, quand j'ai enfin réussi à la revoir, je ne me serais pas plaint, mais dès le début, elle m'a paru transformée ; la façon dont elle m'a reçu la première fois correspondait tellement peu à ce que j'en avais attendu que j'ai failli quitter à nouveau Londres sur-le-champ. Je n'ai pas besoin d'entrer dans les détails. Vous connaissez les faiblesses de son caractère, et vous pouvez imaginer les sentiments et les expressions qui me torturaient. Elle était pleine d'entrain, et entourée de ceux qui apportaient le soutien de leur jugement néfaste à un esprit d'une trop grande vivacité comme le sien. Je n'aime pas Mme Fraser. C'est une femme insensible et vaine, qui a fait un mariage de convenance, et bien qu'à l'évidence cette union soit malheureuse, elle attribue cette déception non à des défauts d'appréciation, de tempérament ou à des disparités d'âge, mais au fait qu'elle se trouve disposer, au bout du compte, de moins de moyens que nombre de ses relations, en particulier de sa sœur, lady Stornaway, aussi soutient-elle tout ce qui est mercenaire et ambitieux, pourvu que cela n'ait d'autres visées. Je tiens pour le plus grand malheur de la vie de Mlle Crawford et de la mienne les relations étroites qui la lient à ces deux sœurs. Voilà des années qu'elles la détournent du droit chemin. Si seulement on parvenait à l'en détacher ! et il m'arrive parfois de l'espérer, car il me semble que l'affection est surtout de leur côté. Elles tiennent beaucoup à elle, mais pour sa part, elle n'éprouve pas à leur égard un intérêt comparable à celui qu'elle vous porte. Quand je pense au grand attachement qu'elle a pour vous, à vrai dire, et sa conduite si juste et si droite en tant que sœur, elle m'apparaît comme une tout autre personne, capable de la plus grande noblesse, et je suis prêt à me blâmer d'interpréter de façon trop sévère ses manières enjouées. Je ne puis renoncer à elle, Fanny. Elle est la seule femme au monde que je puisse envisager d'épouser. Si je ne pensais pas qu'elle eût quelque sentiment favorable envers moi, il est évident que je ne dirais pas cela, mais je le crois. Je suis convaincu qu'elle n'est pas sans avoir une préférence marquée pour moi. Je ne suis jaloux de personne. C'est l'influence du monde à la mode qui me rend envieux. Ce sont les habitudes nées de l'opulence que je crains. Ses idées ne vont peut-être pas au-delà de ce qu'autorise sa fortune personnelle, mais elles dépassent ce que nos revenus réunis nous permettraient de dépenser. Je trouve cependant du réconfort même dans cette constatation. Je supporterais mieux de la perdre parce que je ne suis pas assez riche que du fait de ma profession. Cela prouverait simplement que son affection n'est pas assez grande pour supporter des sacrifices qu'en réalité je ne suis guère en droit d'exiger d'elle ; et si elle m'oppose un refus, ce sera là, je pense, le motif le plus honnête qu'elle puisse invoquer. Ses préjugés ne sont plus aussi forts, me semble-t-il, qu'ils ne l'étaient. Je vous livre mes pensées telles qu'elles me viennent, ma chère Fanny ; peut-être sont-elles parfois contradictoires, mais ne donneront-elles pas pour autant une image moins fidèle de mon état d'esprit. À présent que j'ai commencé, c'est un plaisir pour moi que de vous dire tout ce que je ressens. Je ne puis la perdre. Liés, ainsi que nous le sommes et, je l'espère, allons le demeurer, renoncer à Mary Crawford serait me priver de la société de certains de ceux qui me sont le plus chers, me bannir loin de maisons et d'amis auprès desquels chercher la consolation, si j'étais dans la détresse pour tout autre raison. Il me faut considérer que la perte de Mary entraînerait celle de Crawford et de Fanny. Si c'était une décision irrévocable, un refus sans appel, j'espère que je saurais le supporter et m'efforcer d'affaiblir l'emprise qu'elle a sur mon cœur, et, au bout de quelques années – mais j'écris des sottises –, si elle me refusait, il me faudrait bien le supporter ; et aussi longtemps qu'elle ne l'aura pas fait, je ne cesserai de lui demander sa main. Voilà quelle est la vérité. La seule question

...ui se pose est *comment*? Quels sont les moyens les plus propres à employer pour y parvenir? Il m'arrive d'avoir envie de retourner à Londres après Pâques, et à d'autres moments je prends la résolution de ne rien tenter avant qu'elle ne soit de retour à Mansfield. Maintenant encore, elle parle avec plaisir de se retrouver à Mansfield au mois de juin, mais juin est très éloigné, et je crois que je vais lui écrire. Je suis presque décidé à m'expliquer par lettre. Il est primordial d'acquérir très vite une certitude. Je me trouve dans un état d'esprit aussi douloureux que pénible. Tout bien réfléchi, je crois qu'une lettre offrira nettement le meilleur moyen de s'expliquer. Je serais en mesure d'en écrire bien plus long que je ne pourrais lui en dire, et je lui accorderais ainsi du temps pour méditer avant qu'elle ne décide de sa réponse, et je ne redouterais pas autant le résultat de sa réflexion que celui d'un premier mouvement trop impulsif ; du moins, je le crois. Le plus grand danger qui me guetterait serait qu'elle consulte Mme Fraser, et comme je serai loin, je me verrai dans l'incapacité de défendre ma cause. Une lettre expose à tous les dangers de la consultation, et là où quelqu'un est loin d'être parvenu à une parfaite décision, un conseiller peut, en un moment malencontreux, l'inciter à adopter ce qu'il regrettera peut-être par la suite. Il faut que j'étudie un peu plus la question. Cette longue lettre, consacrée à mes seuls soucis, va finir par lasser même l'amitié d'une Fanny. La dernière fois que j'ai vu Crawford, c'était à la soirée de Mme Fraser. Je suis de plus en plus satisfait de ce que j'observe à son propos ou que l'on me rapporte sur lui. Il n'a pas l'ombre d'une hésitation. Il sait à merveille ce qu'il veut, et – qualité inestimable – il met en œuvre ses résolutions. Je n'ai pas pu les voir dans le même salon, lui et ma sœur aînée, sans me souvenir de ce que vous m'aviez confié un jour, et je dois admettre qu'ils ne se sont pas comportés en amis, lors de ces retrouvailles. Ma sœur lui a marqué beaucoup de froideur. C'est à peine s'ils ont échangé quelques mots. J'ai vu Crawford battre en retraite sous l'effet de la surprise, et j'ai regretté que Mme Rushworth ait conservé du ressentiment à l'égard d'un affront imaginaire fait à Mlle Bertram. Vous voudrez sans doute connaître mon opinion sur la satisfaction qu'éprouve Maria en tant qu'épouse. Il ne me semble pas qu'elle soit malheureuse. J'espère qu'elle et son mari s'entendent bien. J'ai dîné deux fois à Wimpole Street, et j'aurais pu me rendre chez eux plus souvent, mais il est mortifiant d'avoir Rushworth pour frère. Julia me paraît se plaire infiniment à Londres. Je n'y ai pas goûté beaucoup de plaisirs pour ma part, mais j'en éprouve moins encore ici. Nous ne formons pas un cercle très gai. Nous regrettons beaucoup votre absence. Vous me manquez plus que je ne saurais le dire. Ma mère tient à vous adresser son affectueux souvenir et espère recevoir bientôt de vos nouvelles. Elle parle de vous presque à chaque instant, et je suis navré d'apprendre qu'elle devra sans doute se passer de vous encore bien des semaines. Mon père a l'intention d'aller lui-même vous chercher, mais ce ne sera qu'après Pâques, date à laquelle il doit se rendre à Londres pour affaires. Vous êtes heureuse à Portsmouth, j'espère, mais votre séjour ne doit pas s'y prolonger tout une année. Il me tarde que vous reveniez ici, car je souhaite que vous me donniez votre avis sur Thornton Lacey. Je n'ai guère envie d'y entreprendre des embellissements d'importance avant de savoir si cette maison aura jamais une maîtresse. Je crois bien que je vais écrire. Tout est arrangé pour que les Grant se rendent à Bath ; ils quittent Mansfield lundi. J'en suis content. Je ne me sens pas d'assez bonne compagnie pour fréquenter qui que ce soit ; mais votre tante semble penser qu'il est regrettable qu'une nouvelle aussi considérable, relative à Mansfield, tombe de ma plume et non de la sienne. Je demeure à jamais, ma très chère Fanny, votre affectionné. »

« Je souhaite ne jamais, assurément ne jamais plus recevoir une lettre pareille, se dit Fanny dans son for intérieur, alors qu'elle achevait sa lecture. Qu'apportent-elles sinon des déceptions et des chagrins ? Ne partir qu'après Pâques ! Comment le supporterai-je ? Et ma pauvre tante qui parle de moi à chaque instant ! »

Fanny s'efforça de refréner autant qu'elle le put l'envie de s'abandonner à de telles pensées, mais il s'en fallut de peu qu'elle ne tienne Sir Thomas pour fort cruel, tant envers sa tante qu'envers elle-même. Quant au principal thème de la lettre, elle ne trouvait rien là pour calmer son irritation. Elle était fâchée d'en éprouver presque du déplaisir et de la colère contre Edmund. « Rien ne sert de prolonger cette attente, se disait-elle. Pourquoi n'est-ce pas réglé ? Il est aveugle et rien ne lui dessillera les yeux ; rien n'y parviendra plus, après qu'on lui a en vain fourni tant de preuves manifestes. Il l'épousera, et il sera pauvre et malheureux. Dieu fasse que l'influence qu'elle exerce sur lui ne le prive pas de sa respectabilité ! » Elle parcourut de nouveau la lettre. « "Elle éprouve tant d'affection pour moi !" Sottises que tout cela ! Elle n'aime personne en dehors de son frère et d'elle-même. "Ses amies la détournent du droit chemin depuis des années." Elle est tout à fait capable de les en faire dévier. Il est possible qu'elles se corrompent l'une l'autre, mais si ce sont elles dont l'affection est la plus vive, elle aura sans doute été d'autant moins circonvenue, sinon par leurs flatteries. "Elle est la seule femme au monde que je puisse envisager d'épouser." En cela, je crois sincèrement qu'il dit vrai. L'attachement qu'il lui porte domine toute sa vie. Qu'elle l'accepte ou le repousse, le cœur d'Edmund sera lié au sien à jamais. "Il me faut considérer que la perte de Mary entraînerait celle de Crawford et de Fanny." Edmund, *moi*, vous ne me connaissez pas. Nos familles ne seraient jamais liées si vous ne les unissiez pas. Oh ! écrivez, écrivez. Finissez cette affaire sans plus tarder. Décidez-vous, engagez-vous, condamnez-vous. »

De telles réactions étaient trop proches du ressentiment pour dominer longtemps les réflexions que se faisait Fanny. Elle s'adoucit bientôt et devint plus mélancolique. La considération chaleureuse d'Edmund, l'expression de son affection, le traitement particulier qu'il lui réservait en se confiant à elle, la touchaient beaucoup. Il était simplement trop bon avec tout le monde. En bref, c'était une lettre dont elle n'aurait voulu être privée pour rien au monde, et à laquelle elle ne saurait jamais accorder trop de prix. Un point c'est tout.

Quiconque aime à écrire des lettres, même lorsqu'il n'y a pas grand-chose à dire, et ceci inclut une bonne partie de la gent féminine, conviendra que lady Bertram joua de malchance le jour où, ayant eu vent d'une nouvelle d'importance aussi capitale pour Mansfield que l'assurance du départ de M. et de Mme Grant pour Bath, elle n'ait pu en tirer parti, et cet amateur admettra qu'il dût être mortifiant pour elle de laisser le soin de la transmettre à un fils qui n'en eût aucune reconnaissance, et qui la traita de façon aussi concise que possible, à la fin d'une longue lettre, au lieu d'y consacrer, comme elle l'aurait fait, presque toute une page. Car si lady Bertram brillait assez dans le genre épistolaire, ayant pris l'habitude, peu après son mariage, faute d'autres occupations, et du fait que Sir Thomas siégeait au Parlement, de se créer des correspondants, puis de maintenir des relations avec eux, et s'étant forgé un style honorable, pertinent, et tendant aux embellissements, si bien qu'elle se contentait de peu ; toutefois, elle ne pouvait se passer de tout ; il lui fallait avoir quelque chose à dire, même à sa nièce ; aussi, devant perdre bientôt tout le bénéfice des symptômes de la goutte dont souffrait le Dr Grant, et des visites que lui rendait Mme Grant dans la journée, trouvait-elle fort cruel d'être privée de l'une des dernières occasions d'en tirer parti sur le plan épistolaire.

Néanmoins, il se préparait pour elle de généreuses compensations. L'heure de la chance se préparait à sonner pour lady Bertram. Quelques jours après avoir reçu la lettre d'Edmund, Fanny en vit arriver une de sa tante, qui commençait de la sorte :

« Ma chère Fanny,
    Je prends la plume pour vous communiquer une nouvelle très alarmante, qui, j'en suis sûre, vous causera bien du souci. »

C'était là beaucoup plus satisfaisant que d'écrire pour fournir les détails du voyage projeté par les Grant, et la nouvelle dont elle souhaitait l'entretenir à présent était de nature à promettre de l'occupation à sa plume durant bien des jours à venir, puisqu'il s'agissait d'une grave maladie de son fils aîné, dont on les avait informés par exprès, quelques heures auparavant.

Tom avait quitté Londres avec d'autres jeunes gens pour se rendre à Newmarket, où une chute négligée et une forte consommation d'alcool avaient entraîné un accès de fièvre ; et lors de la dispersion du groupe, comme il était dans l'impossibilité de se déplacer, il avait été laissé dans la maison d'un ami, abandonné à la maladie et à la solitude, livré aux soins des seuls domestiques. Au lieu de se remettre rapidement et de rejoindre ses compagnons, ainsi qu'il l'avait espéré, il avait vu son état empirer de façon considérable, et, en peu de temps, il s'était senti si malade qu'il s'était rangé à l'avis du médecin et avait fait expédier un courrier à Mansfield.

« Cette nouvelle désolante, ainsi que vous pouvez le supposer, observait sa seigneurie, après en avoir exposé l'essentiel, a causé ici un grand bouleversement, et nous ne pouvons nous défendre d'être très inquiets et pleins d'appréhension à propos du pauvre invalide, car Sir Thomas redoute que son état ne soit fort critique ; et comme Edmund propose généreusement d'aller sans plus tarder s'occuper de son frère, je suis heureuse de préciser que Sir Thomas ne m'abandonnera pas en des circonstances aussi défavorables, car ce serait trop éprouvant pour moi. Nous allons beaucoup regretter l'absence d'Edmund dans notre petit cercle, mais je crois et j'espère qu'il trouvera le pauvre malade dans un état moins grave que l'on ne pourrait le craindre, et qu'il sera en mesure de le ramener sous peu à Mansfield, ainsi que Sir Thomas le suggère, une solution qu'il estime préférable à tous égards d'adopter, et moi, je me flatte de penser que le malheureux sera bientôt à même de supporter le voyage sans inconvénient majeur ni aggravation. Comme je ne doute pas que vous n'éprouviez de la compassion pour nous en ces éprouvantes circonstances, je vous écrirai à nouveau très bientôt. »

Les sentiments de Fanny, en cette occasion, furent en effet bien plus vigoureux et sincères que ne l'était le style épistolaire de sa tante. Elle éprouvait vraiment beaucoup de sympathie pour eux tous. Tom, tombé dangereusement malade, Edmund, parti prendre soin de lui, et le triste petit cercle demeuré à Mansfield, tels étaient les sujets d'inquiétude qui l'emportaient ou presque sur toutes ses autres préoccupations. Elle eut pour seule curiosité égoïste celle de se demander si Edmund avait *bien* écrit à Mlle Crawford, avant qu'ils ne reçoivent cet appel, mais en dehors de la pure affection ou de l'inquiétude désintéressée, nul sentiment ne persistait longtemps en elle. Sa tante ne la négligea pas ; elle lui écrivit à maintes reprises ; comme Edmund la tenait souvent au courant, elle transmettait ces comptes rendus à Fanny avec la même régularité et dans un style tout aussi diffus, avec un mélange identique de vœux, d'espérances et de craintes, qui se succédaient ou s'enchaînaient l'un l'autre au petit bonheur. On avait l'impression qu'elle jouait à se faire peur. Les souffrances que lady Bertram ne voyait pas avaient peu d'emprise sur son imagination, aussi se contenta-t-elle de parler avec beaucoup d'aisance d'agitation, d'angoisse et de pauvre invalide, jusqu'au jour où Tom fut effectivement transporté à Mansfield, et où elle constata de ses propres yeux à quel point son fils avait changé d'apparence. C'est alors qu'elle acheva une lettre destinée à Fanny sur un tout autre mode, en usant du langage qu'inspirent une émotion et une inquiétude sincères ; c'est là qu'elle lui écrivit enfin comme elle lui aurait parlé :

« Il vient d'arriver, ma chère Fanny, et on est en train de le monter ; et je suis si bouleversée de le voir que je ne sais que faire. Je suis sûre qu'il a été très malade. Pauvre Tom ! j'éprouve de la tristesse et de la crainte pour lui, et Sir Thomas en a aussi ; et comme je serais contente si vous étiez ici pour me réconforter. Mais Sir Thomas espère que notre fils ira mieux demain, et il affirme que nous devons prendre le voyage en considération. »

La profonde sollicitude qui s'était maintenant éveillée dans le sein maternel n'était pas prête à se dissiper. Devant l'extrême impatience que Tom avait manifestée d'être conduit à Mansfield pour trouver le réconfort que lui assureraient un foyer et une famille dont il avait fait peu de cas, du temps où il était en bonne santé, on l'avait sans doute déplacé trop tôt, car la fièvre remonta et, durant une semaine, il se trouva dans un état plus alarmant que jamais. Ils furent tous pris d'angoisse. Lady Bertram faisait part de ses terreurs quotidiennes à sa nièce, dont on aurait pu dire à présent qu'elle vivait uniquement de lettres, car elle passait son temps à souffrir de celle qu'elle avait reçue le jour même et à attendre celle du lendemain. Sans éprouver une affection particulière pour l'aîné de ses cousins, elle avait un cœur tendre qui l'incitait à croire qu'elle ne pourrait supporter sa disparition ; et la pureté de ses principes moraux augmentait encore sa sollicitude, quand elle songeait à quel point l'existence de Tom avait été – selon toute apparence – peu utile et peu désintéressée.

Susan était sa seule compagne et sa seule confidente à ce sujet, comme en tant d'autres occasions. Sa sœur était toujours prête à l'écouter et à lui exprimer sa sympathie. Personne d'autre ne s'intéressait à un danger aussi éloigné de leurs préoccupations qu'une maladie survenue dans une famille vivant à plus de cent milles de là, pas même Mme Price, qui se bornait à poser une ou deux questions brèves, quand elle voyait sa fille une lettre à la main, avant de commenter sur un ton paisible : « Ma pauvre sœur Bertram doit avoir bien du souci. »

Les liens du sang ne comptaient presque plus entre deux sœurs si longtemps séparées et occupant une position sociale si différente. Leur affection mutuelle, aussi calme que leur tempérament, n'était plus que nominale. Mme Price en usait avec lady Bertram ainsi que cette dernière se serait conduite envers elle. À l'exception de Fanny et de William, trois ou quatre Price auraient pu disparaître, l'un après l'autre ou tous ensemble, que lady Bertram leur eût accordé à peine une pensée ; à moins qu'elle n'eût repris à son compte une expression hypocrite de Mme Norris, pour qui ce serait une fort bonne chose et une grande bénédiction pour leur pauvre et chère sœur Price que de les savoir si bien pourvus.

45

À la fin de la semaine qui suivit son retour à Mansfield, Tom fut estimé hors de danger immédiat, et il fut jugé en si bonne voie que sa mère se sentit tout à fait soulagée ; car comme lady Bertram s'était maintenant accoutumée à le voir dans un état de souffrance et d'impuissance, comme elle n'entendait que des promesses flatteuses à son égard, comme elle ne songeait jamais qu'il eût fallu mettre des réserves à ce qu'on lui en disait, et comme elle n'avait aucune disposition pour l'inquiétude ni la moindre aptitude à saisir une allusion voilée, elle était la personne la plus propre au monde à se laisser en partie abuser par les médecins. La fièvre avait baissé ; c'était une fièvre qu'il avait contractée, et donc il serait bientôt rétabli ; lady Bertram n'aurait su être d'un avis différent ; aussi Fanny partagea-t-elle le sentiment de sécurité de sa tante jusqu'au moment où elle reçut quelques lignes d'Edmund, écrites dans le seul but de lui donner une idée plus précise de la situation où se trouvait son frère, et de lui faire part des appréhensions que son père et lui nourrissaient depuis que le médecin avait attiré leur attention sur certains symptômes hectiques marqués, qui s'étaient manifestés dans tout le corps après que la fièvre fut tombée. Ils jugeaient préférable de ne pas tourmenter lady Bertram avec des craintes qui, il fallait l'espérer, se révéleraient sans fondement, mais il n'y avait aucune raison de laisser Fanny dans l'ignorance. On craignait pour ses poumons.

Ces quelques lignes d'Edmund lui permirent de se représenter le malade et sa chambre sous une lumière plus exacte et plus forte que tous les feuilles remplies par lady Bertram ne les lui avaient dépeints. Il eût été difficile de trouver dans sa demeure une seule personne qui, partant d'observations personnelles, ne les eût mieux décrits qu'elle ou qui n'eût parfois été plus utile à son fils. Elle se contentait d'entrer chez lui sur la pointe des pieds et de le contempler ; mais lorsqu'il était en mesure de parler ou d'écouter quelqu'un, c'est la compagnie d'Edmund qu'il recherchait. Sa tante le fatiguait par les soins dont elle l'entourait, et Sir Thomas ne savait pas limiter sa conversation ou le volume de sa voix à un niveau supportable pour convenir à une condition d'irritation et de faiblesse. Edmund était tout pour lui. Fanny, du moins, ajoutait volontiers foi à ce qu'il lui en disait, et sentait grandir plus encore l'estime qu'elle avait pour lui, quand il lui apparaissait comme celui qui se montrait plein de prévenances, soutenait et égayait son frère souffrant. Il ne suffisait pas d'aider ce dernier à surmonter l'affaiblissement qu'avait entraîné la récente maladie ; il fallait aussi, ainsi qu'elle l'apprenait maintenant, calmer des nerfs très fragiles et relever un courage chancelant ; et elle se figurait en outre qu'il y avait un esprit à remettre dans la bonne voie.

La famille n'était pas prédisposée à la consomption, aussi était-elle plus portée à l'espoir qu'à la crainte pour son cousin, sauf quand elle songeait à Mlle Crawford, car la jeune fille lui paraissait être une enfant favorisée par la fortune, et cette dernière satisferait son amour-propre et sa vanité si elle faisait d'Edmund un fils unique.

Mary la fortunée n'était d'ailleurs point oubliée dans la chambre du malade, car Edmund terminait par ce post-scriptum : « Au sujet de ce que je vous écrivais la dernière fois, j'avais bien commencé à rédiger une lettre quand j'ai été interrompu par la maladie de Tom, mais j'ai maintenant changé d'avis, et je redoute d'avoir à compter avec l'influence des amies. Quand Tom sera mieux, j'irai moi-même. »

Telle était la situation à Mansfield, et elle y demeura sans grand changement jusqu'à Pâques. Une ligne ou deux d'Edmund ajoutées parfois à l'une des lettres de sa mère suffisaient à renseigner Fanny. Le rétablissement de Tom s'opérait avec une lenteur éprouvante.

Pâques arriva, et la date en était particulièrement tardive cette année-là, ainsi que Fanny l'avait constaté avec beaucoup de tristesse, quand elle avait appris qu'elle n'aurait aucune chance de quitter Portsmouth avant que cette fête ne soit passée. On la célébra donc, et Fanny n'entendait toujours pas parler de son retour ; on ne mentionnait même pas le voyage à Londres qui devait précéder sa propre mise en route. Sa tante exprimait souvent le désir de la revoir, mais elle ne transmettait aucun message de son oncle, dont tout dépendait. Fanny supposait qu'il n'était pas encore en mesure de quitter son fils, mais c'était pour elle un cruel, un terrible délai. Avril touchait à sa fin ; il y aurait bientôt trois mois au lieu des deux prévus qu'elle se trouvait loin d'eux, et que ses journées s'écoulaient dans un état de pénitence, mais elle les aimait trop pour souhaiter qu'ils s'en rendissent vraiment compte ; et qui pouvait dire quand ils auraient le loisir de penser à elle ou de venir la chercher ?

Son souhait ardent, son impatience, son aspiration profonde à se retrouver parmi eux étaient tels qu'elle ne cessait de s'appliquer à elle-même ce vers du « Tirocinium » de Cooper : « Avec quel intense désir, il aspire à rentrer chez lui », car c'était là la description la plus fidèle qu'elle connût du regret obsédant qui ne pouvait être ressenti avec plus de violence dans le cœur d'un écolier que dans le sien, selon elle.

Lorsqu'elle était arrivée au domicile de ses parents, à Portsmouth, il lui avait plu de le considérer comme son foyer, et elle avait aimé à dire qu'elle rentrait à la maison ; elle s'était beaucoup attachée à cette expression, et elle l'appréciait toujours, mais elle considérait désormais qu'elle s'appliquait à Mansfield. C'est là que se trouvait sa demeure. Portsmouth était Portsmouth, mais c'est à Mansfield qu'elle se sentait chez elle. C'est ainsi qu'elle les opposait depuis longtemps, lorsqu'elle s'abandonnait à de secrètes méditations, et rien n'était plus réconfortant pour elle que voir sa tante utiliser le même langage : « Je ne saurais dire à quel point je regrette que vous ne soyez pas chez nous en cette triste période, si éprouvante pour mon courage ; je crois, j'espère, et même je souhaite sincèrement que vous ne vous absenterez plus jamais de la maison aussi longuement. » Elle s'en réjouissait cependant en cachette. Un sentiment de délicatesse à l'égard de ses parents l'incitait à prendre garde de ne pas témoigner d'une telle préférence pour la demeure de son oncle ; elle se contentait toujours de dire : « Quand je retournerai dans le comté de Northampton » ou bien « quand je regagnerai Mansfield, je ferai ceci ou cela ». Il en fut ainsi durant longtemps, mais à la fin, son impatience devint si grande qu'elle l'emporta sur la prudence, et elle s'entendit annoncer, sans même en avoir pris conscience, ce qu'elle ferait une fois rentrée chez elle. Elle en éprouva du remords, rougit et jeta un coup d'œil inquiet vers son père et sa mère. Elle aurait pu s'épargner ce sentiment de malaise. Ils ne firent mine ni d'être contrariés, ni même de l'avoir entendue. Ils n'éprouvaient pas la moindre jalousie à l'égard de Mansfield. Il leur était tout aussi égal qu'elle souhaitât se trouver là-bas ou qu'elle y fût.

Fanny s'attrista d'être privée de toutes les joies du printemps. Elle n'avait pas eu jusqu'alors la moindre idée des plaisirs auxquels il lui faudrait renoncer si elle passait les mois de mars et d'avril en ville. Elle avait ignoré auparavant à quel point les premiers signes de la reprise de la végétation et son développement l'avaient enchantée. Quelle revivification du corps et de l'esprit elle avait tirée de l'observation des progrès d'une saison qui ne saurait manquer d'attraits, en dépit de son caractère capricieux, et à en admirer les beautés sans cesse croissantes, depuis les premières fleurs apparues dans les parterres les plus ensoleillés du jardin de sa tante jusqu'à l'ouverture des feuilles des plantations de son oncle et l'aspect que prenaient ses bois dans toute leur gloire. Ne plus disposer de tels agréments n'était pas une mince privation ; ne plus en jouir du fait qu'elle se trouvait soumise à une cohabitation désagréable et bruyante, et voir se substituer le confinement, l'air vicié et les odeurs déplaisantes à la liberté, la fraîcheur, les parfums et la verdure était infiniment pire ; mais ces incitations aux regrets elles-mêmes étaient faibles comparées à celles qui naissaient de la conviction qu'elle manquait à ses meilleurs amis, et à l'envie de se montrer utile à ceux qui regrettaient son absence.

Si elle s'était trouvée à la maison, elle aurait pu se mettre à la disposition de chacun de ceux qui y vivaient. Elle était persuadée qu'elle se serait rendue utile à tous. Elle leur aurait épargné jusqu'au dernier des soucis, qu'ils soient d'ordre intellectuel ou manuel ; et si elle avait simplement soutenu le courage de sa tante Bertram en lui épargnant l'épreuve de la solitude, ou celle, plus grande encore, d'avoir une compagne agitée, trop zélée, trop portée à grossir le danger pour rehausser son importance, sa présence sur les lieux eût été bénéfique. Elle aimait à se figurer de quelle manière elle aurait fait la lecture à sa tante, comment elle lui aurait parlé, se serait efforcée de lui faire sentir les bons côtés de la situation présente, puis aurait préparé son esprit à ce qui pourrait arriver ; et combien d'allées et venues du haut en bas des escaliers elle lui aurait épargnées, et les nombreux messages qu'elle aurait transmis.

Elle s'étonnait que les sœurs de Tom se soient contentées de rester à Londres en de pareilles circonstances, tout au long d'une maladie qui durait maintenant depuis plusieurs semaines, avec différents degrés de gravité. *Elles*, elles pouvaient regagner Mansfield quand elles l'entendaient ; voyager ne représentait aucune difficulté pour elles, et elle ne comprenait pas comment toutes deux pouvaient encore demeurer à distance. Si Mme Rushworth s'imaginait qu'elle avait des obligations qui l'en empêchaient, Julia était assurément à même de quitter Londres quand elle le désirait. À en croire l'une des lettres de sa tante, Julia avait bien proposé de rentrer si l'on avait besoin d'elle, mais elle s'était contentée de cette offre. Il était évident qu'elle préférait rester où elle se trouvait.

Fanny était disposée à croire que l'influence de Londres était hostile à tout attachement digne de ce nom. Elle en voyait la preuve chez Mlle Crawford comme chez ses cousines ; le penchant que la première avait éprouvé pour Edmund avait été respectable, et représenté peut-être la part la plus louable de son caractère, et l'affection qu'elle avait eue pour elle-même avait au moins été honnête. Qu'en était-il de ses sentiments, à présent ? Il y avait si longtemps que Fanny n'avait reçu de lettre de sa main qu'elle avait des raisons de penser peu de bien de cette amitié tant vantée. Il s'était écoulé des semaines depuis qu'elle avait eu la moindre nouvelle de Mlle Crawford ou des parents qu'elles avaient à Londres, si ce n'est par l'entremise de Mansfield, et elle commençait à supposer qu'elle ne saurait jamais si M. Crawford était retourné ou non dans le Norfolk à moins de le revoir, et qu'elle n'entendrait pas parler de sa sœur avant la fin du printemps, quand la lettre suivante lui parvint, qui, tout en réveillant d'anciennes émotions, en fit naître de nouvelles.

« Pardonnez-moi, ma chère Fanny, dès que vous le pourrez, pour mon long silence, et agissez, je vous en prie, comme si vous me pardonniez sans plus attendre. Telle est mon humble requête et mon modeste espoir, car vous êtes si bonne que je compte sur vous pour me traiter mieux que je ne le mérite, et je vous écris maintenant pour vous supplier de m'adresser une réponse immédiate. Je voudrais savoir où en est l'état des choses au Parc de Mansfield, et vous, sans aucun doute, êtes tout à fait à même de m'en informer. Il faudrait être sans cœur pour ne pas être touché par la peine qui les frappe tous, car d'après ce que l'on m'en dit, le pauvre M. Bertram a peu de chances de se remettre. J'ai d'abord cru que sa maladie était bénigne. Je le tenais pour quelqu'un qui aime à être entouré de soins et qui fait tout une histoire du trouble le plus insignifiant, et je me préoccupais surtout de ceux qui devaient le soigner ; mais on m'assure à présent avoir acquis la certitude qu'il est vraiment sur le déclin, que les symptômes sont des plus alarmants, et qu'une partie de la famille, au moins, en a conscience. S'il en est ainsi, je suis certaine que vous êtes de cette partie-là, de celle qui sait discerner le vrai du faux, et donc je vous conjure de me préciser dans quelle mesure l'on m'a bien informée. Il est inutile que je vous dise à quel point je me réjouirais d'apprendre que l'on a commis une erreur, mais la rumeur est si répandue que j'avoue ne pas me défendre de trembler. Voir un si beau jeune homme enlevé à la fleur de l'âge engendre une extrême mélancolie. Le pauvre Sir Thomas en sera fort affecté. Je suis vraiment bouleversée par cette affaire. Fanny, Fanny, je vous vois sourire et prendre un air entendu, mais sur mon honneur, je n'ai jamais suborné un médecin de ma vie. Pauvre jeune homme ! Si jamais il meurt, il y aura *deux* pauvres jeunes gens de moins en ce monde ; et c'est avec un visage déterminé et d'une voix ferme que je dirai à qui voudra l'entendre que la richesse et l'importance ne sauraient échoir à des mains plus méritantes. Il s'est produit, à Noël dernier, une sotte précipitation, mais un malentendu de quelques jours peut être en partie dissipé. Le vernis et la dorure masquent bien des taches. Cela se résumera à la perte du titre honorifique d'Esquire après son nom. Et une affection aussi sincère que la mienne, Fanny, pourrait passer sur bien davantage. Écrivez-moi par retour du courrier : songez à mon anxiété et ne la traitez pas à la légère. Dites-moi la vérité, puisque vous la tenez de source. Et surtout, ne vous laissez pas arrêter parce que vous auriez honte de vos sentiments ou des miens. Croyez-moi, ils sont naturels, philanthropiques et vertueux. Je vous demande si, en conscience, vous n'estimez pas que "Sir Edmund" ne gérerait pas mieux tous les biens des Bertram qu'aucun autre "Sir" de ce nom. Si les Grant avaient été chez eux, je ne vous aurais pas importunée, mais vous êtes pour le moment la seule personne à qui je puisse m'adresser pour savoir ce qu'il en est, puisque je ne puis joindre ses sœurs. Mme Rushworth a passé les fêtes de Pâques à Twickenham avec les Aylmer – comme vous le savez sans doute –, et n'est pas encore revenue ; et Julia se trouve chez des cousins qui demeurent près de Bedford Square, mais dont j'oublie le nom et la rue. Serais-je en mesure de me renseigner sans plus tarder auprès de l'une ou de l'autre que je préférerais encore m'adresser à vous, car je suis frappée de voir que leur réticence à se priver de leurs plaisirs est telle qu'elles se ferment les yeux sur la réalité. J'imagine que les vacances de Pâques de Mme Rushworth ne vont pas durer beaucoup plus longtemps ; nul doute que ce ne soient de véritables vacances pour elle. Les Aylmer sont des gens très agréables ; et maintenant que son mari est parti, elle a tout le temps de se distraire. Je lui reconnais le mérite de l'avoir encouragé à s'acquitter de son devoir en allant à Bath pour y chercher sa mère, mais comment la douairière et elle-même vont-elles supporter de vivre dans la même maison ? Henry n'est pas près de moi, aussi n'ai-je rien à vous transmettre de sa part. Ne pensez-vous pas qu'Edmund serait déjà revenu à Londres depuis longtemps sans cette maladie ? – Votre affectionnée, Mary.

» J'étais en train de plier ma lettre quand Henry est entré, mais il n'apportait aucune nouvelle qui m'empêche de vous l'envoyer. Mme Rushworth sait que l'on redoute une aggravation. Il l'a vue ce matin ; elle a regagné Wimpole Street aujourd'hui ; la vieille dame est arrivée. À présent, ne vous tourmentez pas en vous mettant en tête de curieuses idées, sous prétexte qu'il est allé passer quelques jours à Richmond. Il s'y rend tous les ans au printemps. Soyez assurée qu'il ne songe qu'à vous. Au moment où je vous parle, il a grande hâte de vous voir, ne se préoccupe que du moyen d'y parvenir, et de faire en sorte que son plaisir contribue au vôtre. J'en veux pour preuve qu'il répète, et avec plus d'insistance, ce qu'il a dit à Portsmouth lorsqu'il s'est proposé de vous raccompagner chez vous, et je me joins à lui de toute mon âme. Chère Fanny, écrivez sans plus attendre et demandez-nous de venir. Cela nous fera du bien à tous. Henry et moi pourrons nous établir au presbytère, vous le savez, et nous ne gênerons en rien vos amis du Parc de Mansfield. Nous serons vraiment très contents de les revoir tous, et une légère augmentation de leur société leur serait peut-être très utile ; et pour ce qui vous concerne, vous devez sentir qu'ils ont besoin de vous, et que vous ne pouvez en vérité – consciencieuse comme vous l'êtes – rester à distance, quand on vous offre le moyen de les rejoindre. Je n'ai ni le temps ni la patience de vous communiquer la moitié des messages d'Henry ; soyez assurée qu'ils sont tous jusqu'au dernier animés d'une affection inaltérable. »

Le dégoût qu'avait éprouvé Fanny à la lecture de la majeure partie de cette lettre, et sa répugnance extrême à contribuer au rapprochement de celle qui l'avait écrite et de son cousin Edmund, la rendaient incapable, estimait-elle, de juger avec impartialité si elle devait ou non accepter l'offre qui lui était faite à la fin. En ce qui la concernait personnellement, cette proposition était des plus tentantes. Se trouver en route pour Mansfield dans moins de trois jours, peut-être, était pour elle une image d'une grande félicité, mais cela comportait une difficulté majeure, celle de devoir un tel bonheur à des gens dont les sentiments et la conduite, en ce moment, lui paraissaient, pour une bonne part, condamnables ; les inclinations de la sœur, le comportement du frère ; la froide ambition dont témoignait l'une, la vanité inconsidérée de l'autre. Penser qu'il avait renoué des relations, voire une intrigue amoureuse avec Mme Rushworth ! Elle en était mortifiée. Elle avait mieux espéré de lui. Heureusement, elle n'eut toutefois pas à peser longtemps entre le pour et le contre, ni à trancher entre d'imprécises notions sur ce qu'il convenait de faire ; elle n'eut pas l'occasion de décider si elle allait ou non maintenir Edmund et Mary à distance l'un de l'autre. Elle appliqua une règle qui répondait à tout. Le respect que lui inspirait son oncle et la crainte de prendre la moindre liberté à son égard lui firent aussitôt comprendre où était son devoir. Il lui fallait refuser l'offre de manière catégorique. Si son oncle le souhaitait, il l'enverrait chercher ; et se proposer de rentrer chez lui avant cela aurait été d'une présomption que rien ou presque ne semblait justifier. Elle remercia donc Mlle Crawford, mais répondit par la négative à son offre d'un ton décidé. « Son oncle, comprenait-elle, avait l'intention de venir la chercher, et comme la maladie de son cousin se prolongeait depuis tant de semaines sans que l'on eût estimé sa présence le moins du monde nécessaire, elle était en droit de penser que son retour ne serait pas tenu souhaitable pour le moment, et que l'on considérerait qu'elle était de trop. »

La description qu'elle fit de l'état de santé actuel de son cousin correspondait de façon fidèle à ce qu'elle en pensait, et elle était telle qu'elle inciterait, supposait-elle, l'esprit porté à l'optimisme de sa correspondante à espérer obtenir tout ce qu'elle souhaitait. Elle pardonnerait à Edmund, semblait-il, sa vocation de pasteur, à condition qu'il disposât d'une certaine fortune, et c'était là, se disait Fanny, ce à quoi se limiterait le triomphe sur des préjugés dont il était si prêt à se féliciter. Elle avait simplement appris à ne donner de l'importance qu'à l'argent.

46

Fanny ne doutait pas que sa réponse n'apportât une profonde déception à Mlle Crawford, aussi, connaissant le caractère de cette dernière, s'attendait-elle à ce qu'elle la pressât d'accepter de nouveau ; et bien qu'aucune lettre nouvelle ne lui eût été adressée durant toute une semaine, quand il lui en parvint une, elle était toujours de cette opinion.

À peine l'eut-elle reçue qu'elle se rendit compte aussitôt qu'il s'agissait d'un billet ne comportant que quelques lignes, et elle se persuada qu'il avait été écrit à la hâte, comme pour traiter d'une question d'affaires. Elle n'avait aucune incertitude quant à son objet, et durant un moment, elle se dit qu'il s'agissait simplement de l'avertir de leur arrivée à Portsmouth le jour même, et elle fut prise d'inquiétude à la pensée de la manière dont il lui conviendrait d'agir en de telles circonstances. Néanmoins, s'il suffit de deux courts instants pour se sentir assailli de difficultés, un troisième peut être de nature à les dissiper ; et avant même d'ouvrir la feuille, elle se tranquillisait en envisageant la possibilité que M. et Mlle Crawford se soient adressés à son oncle et qu'ils aient obtenu l'autorisation de l'emmener. Cette lettre était ainsi conçue :

> « Une rumeur malveillante et scandaleuse vient tout juste de me parvenir, et je vous écris, chère Fanny, pour vous avertir de ne pas lui accorder le moindre crédit, si jamais elle se répandait dans le pays. Soyez assurée qu'il s'est produit là quelque méprise et qu'un jour ou deux suffiront à la dissiper – à tout le moins, Henry n'est pas blâmable, et en dépit d'un moment d'*étourderie*, il ne pense qu'à vous. N'en dites pas un mot, n'écoutez rien, ne conjecturez rien, ne communiquez rien en confidence avant que je ne vous écrive de nouveau. Je suis sûre que tout sera étouffé, et que rien ne sera confirmé, sinon la sottise de Rushworth. S'ils sont partis, je parierais sur mon âme qu'ils se sont rendus au Parc de Mansfield, et que Julia se trouve avec eux. Mais pourquoi ne nous avez-vous pas permis de venir vous chercher ? Je souhaite que vous n'ayez pas à vous en repentir.
>
> Votre affectionnée. »

Fanny fut frappée de stupeur. Aucune rumeur malveillante et scandaleuse ne lui avait été transmise, aussi lui était-il impossible de comprendre l'essentiel de cette étrange lettre. Elle se rendait simplement compte que la nouvelle devait se rapporter à l'hôtel particulier de Wimpole Street et à M. Crawford, et supposait seulement qu'il s'était commis là quelque grave imprudence dont Mlle Crawford appréhendait qu'elle n'attirât l'attention du monde et n'excitât sa propre jalousie, si elle l'apprenait. Mlle Crawford n'avait nul besoin de s'alarmer à son sujet. Elle éprouvait uniquement des regrets pour les parties concernées et pour Mansfield, si pareil bruit y parvenait ; elle espérait cependant qu'il n'en serait rien. Si les Rushworth étaient partis pour Mansfield, ainsi qu'elle le déduisait de ce que Mlle Crawford en disait, il était peu vraisemblable que la médisance les y eût précédés, ou du moins, qu'elle y eût fait la moindre impression.

Quant à M. Crawford, elle espérait qu'il prendrait conscience de ses propres dispositions, qu'il se convaincrait de son incapacité à s'attacher de façon durable à aucune femme au monde, et qu'il aurait la pudeur de ne pas persister à la poursuivre de ses assiduités.

Tout cela était fort étrange ! Elle avait commencé à penser qu'il l'aimait sincèrement, et à s'imaginer que l'affection qu'il éprouvait pour elle sortait de l'ordinaire… du reste, sa sœur continuait à prétendre qu'il ne tenait à personne d'autre. Pourtant, il devait avoir accordé des attentions marquées à sa cousine ; il fallait que des indiscrétions flagrantes aient été commises, car sa correspondante n'était pas de celles qui en considéraient de légères.

Elle éprouvait un sentiment de gêne et comprenait qu'il lui faudrait demeurer dans cet état aussi longtemps qu'elle n'aurait pas reçu d'autres précisions de Mlle Crawford. Il lui était impossible de chasser cette lettre de ses pensées, et elle ne pouvait trouver de soulagement en en parlant à quiconque ; Mlle Crawford aurait pu s'épargner la peine de lui enjoindre le secret avec tant d'insistance ; elle aurait pu se fier à son sens du devoir envers sa cousine.

Le lendemain n'apporta pas de nouvelle lettre. Fanny en fut déçue. Elle ne put pratiquement pas songer à autre chose durant la majeure partie de la journée ; mais quand son père revint, l'après-midi, en apportant le journal, comme à l'ordinaire, elle s'attendait si peu à recevoir une élucidation par son entremise que le sujet lui était, sur le moment, sorti de l'esprit.

Elle était plongée dans de tout autres réflexions. Le souvenir de la première soirée qu'elle avait passée dans cette pièce, celui de son père absorbé par son journal lui revenaient. Il n'avait plus besoin de chandelle à présent. Le soleil demeurerait encore une heure et demie au-dessus de l'horizon. Elle se rendait compte qu'elle avait bel et bien passé trois mois complets dans cette maison ; et au lieu de la réconforter, le soleil, dont les rayons inondaient le salon, ajoutait encore à sa mélancolie ; car sa lumière lui paraissait être tout à fait différente en ville qu'à la campagne. Ici, lorsqu'elle était la plus vive, elle frappait par un éclat trop brutal, un éblouissement oppressant, pernicieux, et ne servait qu'à mettre en évidence des tachés et de la poussière qui, autrement, seraient passées inaperçues. Le soleil n'apportait ni santé ni gaieté, en ville. Fanny demeurait assise dans une touffeur accablante, environnée de grains de poussière en suspension ; et son regard ne pouvait aller que des murs, où subsistait la marque de la tête de son père, à la table entaillée et encochée par ses frères, où l'on avait déposé le plateau à thé, jamais récuré à fond, avec des tasses et des soucoupes mal essuyées, où le torchon avait laissé des traces, où le lait se composait d'un liquide bleuâtre à la surface grumeleuse, et les tartines dont le beurre fondait chaque minute davantage prenaient un aspect plus graisseux qu'elles n'en avaient eu au sortir des mains de Rebecca. Son père lisait le journal et sa mère se plaignait, comme à son ordinaire, de l'état délabré du tapis, pendant que le thé était en préparation, et elle exprimait le vœu que Rebecca le réparât ; et Fanny fut tout d'abord arrachée à sa torpeur par son père qui s'adressait à elle à haute voix, après avoir poussé plusieurs exclamations étouffées en examinant un entrefilet :

— Comment s'appellent vos cousins de la haute volée, à Londres, Fan ?

Il fallut à Fanny faire un effort de mémoire avant de répondre :

— Rushworth, monsieur.

— Et n'habitent-ils pas Wimpole Street ?

— Oui, monsieur.

— Alors, il y a de sérieux problèmes entre eux, voilà tout. Tenez, ajouta-t-il en lui présentant le journal, cela vous fera une belle jambe que d'avoir des parents aussi huppés. J'ignore ce que pense Sir Thomas de pareilles affaires ; il est possible qu'il soit trop courtisan et trop grand seigneur pour en apprécier moins sa fille. Mais parbleu ! si c'était la mienne, je lui donnerais de la garcette aussi longtemps que je pourrais me tenir penché sur elle. Quelques coups de fouet, parfois, tant pour l'homme que pour la femme, seraient la meilleure façon d'empêcher que de telles affaires ne se reproduisent.

Fanny se mit à lire à son tour l'entrefilet suivant : « C'est avec d'infinis regrets que notre journal se doit d'annoncer au monde qu'il s'est produit un *fracas* matrimonial dans la famille de monsieur R., de Wimpole Street ; la belle madame R., dont le nom est inscrit depuis peu sur les listes de l'hymen et qui promettait de devenir l'une des plus brillantes arbitres des élégances, a quitté le domicile conjugal en compagnie du séduisant et renommé monsieur C., ami intime et associé de monsieur. R., et tout le monde, y compris le rédacteur en chef de ce journal, ignore où ils sont partis. »

— C'est une erreur, monsieur, déclara aussitôt Fanny ; il faut que ce soit une erreur ; ce ne peut être vrai ; il doit s'agir d'autres personnes.

Elle obéissait ainsi au désir instinctif de ne pas se laisser encore envahir par la honte ; elle s'exprimait avec l'énergie du désespoir, car elle ne parvenait pas elle-même à se persuader de ce qu'elle disait. Elle avait acquis la conviction du contraire en cours de lecture et l'avait ressentie comme un choc. La vérité s'était soudain imposée à elle ; et par la suite elle s'émerveillerait d'avoir pu prendre la parole, et même d'avoir continué à respirer.

M. Price ne s'intéressait pas assez à cette nouvelle pour lui donner une réponse circonstanciée. Il se contenta d'admettre :

— Tout cela pourrait être un mensonge, mais, de nos jours, tant de belles dames vont à leur perte de la sorte que l'on ne peut plus répondre de personne.

— En toute sincérité, j'espère que ce n'est pas exact, intervint Mme Price d'une voix plaintive, ce serait trop choquant ! Si je n'ai pas parlé cent fois à Rebecca de ce tapis, je ne lui en ai pas parlé une, n'est-ce pas Betsey ? Et c'est là un travail qui ne prendrait pas plus de dix minutes.

On ne saurait décrire l'horreur qui s'empara de l'esprit de Fanny au moment où elle acquit la certitude de l'existence d'une telle culpabilité et où elle commença à envisager les souffrances qu'elle allait engendrer. Au début, elle fut frappée de stupéfaction, mais chaque instant qui passait aiguisait sa perception de l'horrible méfait. Elle ne pouvait avoir de doutes ; elle n'osait espérer que l'entrefilet se révélât mensonger. La lettre de Mlle Crawford, qu'elle avait lue et relue au point d'en savoir par cœur la moindre ligne, était tout à fait en conformité avec cette effrayante nouvelle. La vivacité avec laquelle elle avait pris la défense de son frère, son espoir de voir tout *étouffé*, son agitation évidente s'accordaient avec une situation très déplaisante ; et s'il existait sur la terre une femme capable de traiter de véniel un péché capital, de s'efforcer de le masquer et de souhaiter qu'il demeurât impuni, c'était bien Mlle Crawford ! À présent, Fanny comprenait sa propre méprise à propos de ceux qui étaient partis ou dont on prétendait qu'ils l'étaient. Il ne s'agissait pas de M. et de Mme Rushworth, mais de Mme Rushworth et de M. Crawford.

Fanny eut l'impression de n'avoir jamais été aussi choquée auparavant. Il lui était impossible de retrouver son calme. La soirée s'écoula sans que son trouble connût de répit, et elle ne ferma pas l'œil de la nuit. Elle était simplement envahie tour à tour par le dégoût et les frissons d'angoisse ; et sous l'effet de la fièvre, elle brûlait ou elle grelottait. L'événement lui paraissait tellement heurter les convenances que tantôt son cœur se révoltait et le tenait pour impossible, tantôt son jugement l'estimait par trop invraisemblable. Une jeune femme, mariée depuis six mois à peine, un homme qui se déclarait épris, et même *engagé* envers une autre – cette dernière étant la proche parente de la première –, la famille entière, et même les deux familles réunies par tant de liens, ne comportant que des amis, tous intimes ! C'était là un mélange trop abominable de culpabilité, une accumulation trop lourde de mauvaises actions pour que la nature humaine puisse en être responsable, si elle n'était pas plongée dans la barbarie la plus complète ! Et cependant, son bon sens lui disait qu'il en était ainsi. L'instabilité des sentiments de M. Crawford, qui vacillaient selon sa vanité, le penchant déclaré de Maria pour lui, et l'insuffisance de principes de part et d'autre permettaient d'en envisager l'éventualité – et la lettre de Mlle Crawford confirmait que c'était ce qui s'était produit.

Quelles en seraient les conséquences ? Qui en sortirait indemne ? Quels points de vue n'en seraient-ils pas affectés ? Qui n'en perdrait à jamais la paix ? Mlle Crawford elle-même… Edmund…, mais il était peut-être risqué de s'engager sur un tel terrain. Elle se limita, ou s'efforça de se limiter au simple, à l'indubitable malheur familial qui allait les toucher tous, s'il s'agissait bien de culpabilité avérée et de scandale public. Les souffrances de la mère, celles du père – elle médita sur ce point un instant. Celles de Julia, de Tom, d'Edmund – et elle fit là une pause plus longue encore. Le coup frapperait deux d'entre eux de façon plus terrible. La sollicitude paternelle de Sir Thomas, son sens élevé de l'honneur et des convenances, et les principes intègres d'Edmund, son tempérament confiant et la sincérité de ses sentiments, tout incitait Fanny à penser qu'il leur serait très difficile de conserver la vie et la raison après avoir été ainsi accablés d'opprobre, et il lui paraissait que si l'on prenait seulement en considération ce monde-ci, la plus grande bénédiction pour tous les parents de Mme Rushworth serait de se voir anéantir sur-le-champ.

Il ne survint rien de nouveau le lendemain ni le surlendemain pour apaiser ses alarmes. Deux courriers arrivèrent qui n'apportèrent aucune réfutation, publique ou privée. Il n'y eut pas de seconde lettre de Mlle Crawford pour expliquer la première ; il n'y eut pas non plus de message de Mansfield, bien que le temps fût largement venu pour Fanny de recevoir un courrier de sa tante. C'était là un mauvais présage. Il lui restait à peine une lueur d'espoir pour calmer son esprit, et elle se trouvait dans un tel état de faiblesse, de pâleur et d'ébranlement qu'à l'exception de Mme Price, toute mère un peu sensible l'eût remarqué, quand, le troisième jour, retentit enfin à la porte le coup de marteau qui lui serrait le cœur, et une lettre fut à nouveau déposée entre ses mains. Elle portait le timbre de Londres, et venait d'Edmund.

« Chère Fanny,
Vous connaissez notre présente infortune. Que Dieu vous donne la force d'en supporter *votre* part. Nous sommes ici depuis deux jours, mais il n'y a rien que nous puissions tenter. On ne parvient pas à les retrouver. Il est possible que vous n'ayez pas encore appris le dernier coup qui nous a été porté. Julia s'est enfuie ; elle est partie pour l'Écosse en compagnie de Yates. Elle a quitté Londres quelques heures avant notre arrivée. En toute autre circonstance, nous en aurions été accablés. Pour l'heure, cela paraît négligeable, et pourtant cela empire encore la situation. Mon père ne se laisse pas abattre. On ne saurait espérer davantage. Il est toujours capable de penser et d'agir, et je vous écris, à sa demande, pour vous proposer de regagner la maison. Il est impatient de vous savoir là-bas pour ma mère. Je serai à Portsmouth le lendemain matin du jour où vous recevrez ce billet, et j'espère vous trouver prête à partir pour Mansfield. Mon père émet le vœu que vous invitiez Susan à vous accompagner et à venir passer quelques mois chez nous. Arrangez cela comme il vous plaira ; dites ce qui semblera approprié ; je suis certain que vous apprécierez cette marque de bienveillance en un pareil moment ! Rendez justice à son intention, même si je vous la présente de façon confuse ; vous pouvez vous figurer en partie dans quel état je me trouve, pour l'instant. Le malheur qui se déchaîne sur nous est infini. Vous me verrez arriver de bonne heure, par la malle-poste. Votre affectionné. »

Jamais Fanny n'avait eu davantage besoin d'un cordial. Jamais elle n'en avait reçu autant que cette lettre n'en contenait. Demain ! Quitter Portsmouth demain ! Elle était menacée, elle le sentait bien, de connaître un bonheur exquis, alors qu'un si grand nombre d'autres étaient plongés dans l'affliction. Un malheur qui lui apportait tant de bien ! Elle craignait d'en arriver à s'y montrer insensible. Partir si rapidement, être réclamée avec tant de gentillesse, être envoyée chercher pour apporter de la consolation, et être autorisée à emmener Susan, c'était là un ensemble de bienfaits qui lui embrasait le cœur, et pour un temps, paraissait devoir écarter toute peine, et la rendre incapable de partager la détresse de ceux auxquels elle songeait le plus. En comparaison, la fuite de Julia la touchait peu ; elle en était surprise et heurtée, mais cela ne parvenait pas à hanter son esprit, à l'accabler. Elle était obligée de se rappeler à l'ordre pour y penser, et d'admettre qu'il s'agissait d'un acte grave et affligeant, sinon elle l'oubliait parmi toutes les considérations, pressantes, joyeuses, auxquelles elle se livrait, afin de répondre à l'ordre de rentrer qui lui avait été donné.

Il n'est rien de tel pour chasser la tristesse que de s'employer, d'user son énergie de façon active, indispensable. L'emploi, même s'il s'exerce dans un état d'inquiétude, permet de dissiper la mélancolie, et les occupations de Fanny étaient chargées d'espoir. Elle avait tant à faire que même l'affreuse aventure de Mme Rushworth – à présent établie de façon certaine – ne l'affectait pas comme auparavant. Elle n'avait plus le temps de s'en désoler. Elle espérait être partie dans moins de vingt-quatre heures ; il lui fallait prévenir son père et sa mère, avertir Susan, tout préparer. Une besogne suivait l'autre, la journée était à peine assez longue pour s'acquitter de toutes. Elle répandait à son tour le contentement, un contentement fort peu terni par la brève communication des nouvelles déplaisantes dont il lui fallait la faire précéder, le consentement joyeux accordé par son père et sa mère au séjour de Susan en sa compagnie, la satisfaction générale avec laquelle on semblait accueillir leur départ à toutes les deux, et l'exaltation de Susan elle-même, tout contribuait à soutenir son courage.

On eut peu de commisération pour l'affliction des Bertram dans la famille de Fanny. Mme Price parla durant quelques minutes de sa pauvre sœur, mais elle s'inquiéta surtout de trouver une malle pour y mettre les effets de Susan, car c'est Rebecca qui rangeait tous les bagages et qui les abîmait ; quant à Susan, qui voyait à présent se réaliser de manière inespérée le vœu le plus cher à son cœur, et qui ignorait presque tout, pour sa part, de ceux qui avaient péché et de ceux qui s'en attristaient, si elle évitait de se féliciter de cette affaire du début jusqu'à la fin, c'est bien tout ce que l'on pouvait attendre d'une vertu humaine de quatorze ans.

Comme rien ou presque ne fut laissé à la décision de Mme Price ou aux bons offices de Rebecca, tout fut accompli de façon rationnelle et dans les règles, et les jeunes filles furent prêtes pour le lendemain. Il leur fut impossible de tirer avantage d'une longue nuit de sommeil en prévision du voyage. Le cousin qui était en train de les rejoindre visita d'autant plus leurs esprits agités que l'un n'était que contentement, et l'autre, plein de troubles aussi divers qu'indescriptibles.

À huit heures du matin, Edmund était dans la maison. Les jeunes filles l'entendirent entrer depuis leur chambre, et Fanny descendit. La pensée de le voir sans plus attendre, la connaissance de ses souffrances firent revivre en elle tous ses premiers sentiments. Il était si proche et si malheureux. Elle était prête à s'évanouir lorsqu'elle entra au salon. Il était seul, et s'avança aussitôt à sa rencontre, et elle se retrouva pressée sur son cœur, tandis qu'il articulait avec peine ses simples mots :

— Ma Fanny… mon unique sœur… mon seul réconfort désormais.

Elle ne put prononcer une parole, et durant quelques minutes il ne parvint pas, de son côté, à en dire davantage.

Il se détourna pour reprendre ses esprits, et quand il s'adressa de nouveau à elle, même si sa voix était encore hésitante, son comportement montra qu'il entendait se maîtriser et qu'il était résolu à éviter toute allusion à la situation : « Avez-vous pris votre petit déjeuner ? Quand serez-vous prête ? Susan vous accompagne-t-elle ? », telles furent les questions qu'il posa en rapide succession. Il avait pour objectif principal de se mettre en route dès que possible. Quand il songeait à Mansfield, le temps paraissait précieux, et son état d'esprit était tel qu'il ne trouvait d'apaisement que dans le mouvement. Il fut décidé qu'il demanderait que la voiture se présentât devant la porte une demi-heure plus tard ; Fanny promit qu'elles auraient déjeuné et seraient prêtes à partir à ce moment-là. Il avait déjà mangé et déclina l'offre qui lui était faite de prendre part à leur repas. Il ferait une promenade sur les remparts et viendrait les chercher avec la voiture. Il repartit donc, heureux de s'isoler, même de Fanny.

Il avait l'air fort mal en point, et, d'évidence, il était en proie à de violentes émotions qu'il était résolu à dominer. Fanny savait qu'il devait en passer par là, mais c'était très éprouvant pour elle.

La voiture arriva et, au même moment, Edmund pénétra de nouveau dans la maison, à point nommé pour passer quelques minutes avec la famille et être le témoin – mais il ne se rendit compte de rien – de la sérénité avec laquelle on prenait congé des filles, et juste à temps aussi pour les empêcher de s'asseoir à la table du petit déjeuner, qui, grâce à un déploiement inhabituel d'activité, fut tout à fait prête lorsqu'ils s'ébranlèrent. Le dernier repas auquel avait été conviée Fanny dans la maison de son père ne déparait pas, par son caractère, le premier qu'elle y avait pris ; on l'en congédiait en faisant preuve d'un sens de l'hospitalité aussi grand que celui dont on avait témoigné pour l'accueillir.

On imagine volontiers combien son cœur se gonfla de joie et de gratitude quand elle franchit la barrière de Portsmouth, et combien le visage de Susan s'éclaira du plus large des sourires. Néanmoins, comme cette dernière était assise à l'avant et qu'elle était abritée par son bonnet, son expression de joie ne fut pas aperçue.

Il fallait s'attendre à ce que le voyage se déroulât dans le silence. Fanny percevait souvent les profonds soupirs que poussait Edmund. S'il avait été seul avec elle, il lui aurait ouvert son cœur, en dépit de ses résolutions, mais la présence de Susan le poussa à se replier sur lui-même, et il ne parvint jamais à soutenir les efforts qu'il fit pour aborder des sujets neutres.

Fanny le considérait avec une sollicitude infinie, et quand il lui arrivait de rencontrer son regard, elle se voyait accorder un sourire affectueux qui la réconfortait. La première journée de voyage s'écoula sans qu'elle l'entendît prononcer un mot sur les questions qui le préoccupaient. Le lendemain matin lui en apprit un peu plus. Juste avant qu'ils ne quittent Oxford, à un moment où Susan s'était mise à la fenêtre pour observer avec curiosité le départ d'une famille nombreuse sortant de l'auberge, ils se trouvèrent tous deux debout près du feu ; et Edmund, frappé de l'altération des traits de Fanny, ignorant les privations quotidiennes dont elle avait eu à souffrir dans la maison de son père, et en attribuant la responsabilité, pour une part excessive, ou plutôt l'imputant tout entière aux récents événements, lui prit la main et lui glissa à voix basse, sur un ton très expressif :

— Il ne faut pas s'en étonner… Vous devez être très éprouvée… vous souffrez sans doute. Comment un homme qui vous aimait a-t-il pu vous abandonner ! mais de votre côté… votre affection était nouvelle, comparée à… Fanny, pensez à *moi* !

La première étape de leur voyage avait pris une longue journée et les avait vus arriver presque harassés à Oxford, mais la seconde se termina beaucoup plus vite. Ils se trouvèrent dans les environs de Mansfield bien avant l'heure où l'on y servait d'habitude le dîner, et comme ils approchaient de ce lieu bien-aimé, le cœur des deux sœurs défaillit un peu. Fanny se mit à redouter les retrouvailles avec ses tantes et avec Tom, après qu'ils eurent subi une aussi profonde humiliation ; et Susan ressentit quelque inquiétude à la pensée qu'il allait lui falloir mettre en œuvre ses meilleures manières, et toutes ses acquisitions récentes sur la façon dont on vivait ici. Elle voyait défiler devant ses yeux des exemples de bonne et de mauvaise éducation, des souvenirs de comportement vulgaire et des modèles de distinction nouvelle, et elle réfléchissait beaucoup à l'usage des fourchettes en argent, des serviettes de table et des rince-doigts. Fanny était demeurée sensible, tout au long de la route, aux changements qui s'étaient produits dans la campagne depuis le mois de février, mais lorsqu'ils entrèrent dans le domaine du Parc de Mansfield, la perception et les joies qu'elle en eut devinrent des plus vives. Trois mois s'étaient écoulés, trois mois pleins, depuis qu'elle l'avait quitté ; et l'on était passé de l'hiver à l'été. Son regard tombait partout sur des pelouses et des plantations du vert le plus tendre ; et si le feuillage des arbres n'avait pas encore atteint son plein développement, il se trouvait dans cet état plein de charme où l'on sait qu'il atteindra bientôt toute sa beauté, et où, s'il offre déjà beaucoup à la vue, il laisse encore davantage place à l'imagination. Elle gardait toutefois pour elle-même le plaisir qu'elle en éprouvait. Edmund n'était pas en mesure de le partager. Elle lui jeta un coup d'œil, mais il s'était renfoncé sur le siège, plongé dans une mélancolie plus profonde que jamais, et il gardait les yeux fermés comme si l'aspect d'une nature aussi riante l'eût oppressé et qu'il dût s'interdire la contemplation du ravissant paysage qui entourait la résidence de sa famille.

À le regarder, Fanny se sentit à nouveau abattue, et le fait de savoir ce que l'on endurait dans cette demeure lui parut conférer un air de mélancolie à cette dernière, quoiqu'elle fût moderne, aérée et bien située.

L'une des personnes qui souffraient dans cette maison les attendait avec une impatience telle qu'elle n'en avait jamais ressenti auparavant. Fanny avait à peine dépassé les valets à l'air solennel que lady Bertram sortit du salon pour venir à sa rencontre d'un pas qui n'avait plus rien d'indolent, puis, elle se jeta à son cou et s'écria :

— Chère Fanny ! maintenant, je vais me sentir réconfortée.

47

Ils avaient formé tous les trois un cercle fort éprouvé, chacun d'eux s'estimant plus malheureux que les autres. Néanmoins, Mme Norris, qui s'était le plus attachée à Maria, souffrait en vérité davantage. Maria avait été sa favorite et lui était plus chère que tous les autres. C'était elle qui avait œuvré pour que son mariage ait lieu, ainsi qu'elle avait pris l'habitude de le penser et de le dire avec tant de fierté, et le voir arriver à une telle conclusion l'avait presque anéantie.

Elle était méconnaissable, silencieuse, stupéfiée, indifférente à tout ce qui se passait. Elle n'avait pas tiré le moindre avantage de se retrouver en la seule compagnie de sa sœur et de son neveu, et d'avoir la responsabilité de toute la maison ; elle se montrait incapable de diriger ou d'ordonner, et même de se figurer qu'elle était utile. À partir du moment où la détresse l'avait profondément touchée, elle s'était trouvée dans l'incapacité d'agir, et ni lady Bertram ni Tom n'avaient reçu le moindre secours ou même bénéficié d'un mouvement en leur faveur. Elle ne leur avait pas été plus utile qu'ils ne l'avaient été l'un pour l'autre. Ils étaient tous demeurés solitaires, impuissants et livrés à eux-mêmes ; et voilà que les nouveaux arrivants ne faisaient que confirmer sa supériorité dans le malheur. Ses compagnons se sentaient soulagés, mais *elle* n'en attendait rien de bon. Edmund fut presque aussi bien accueilli par son frère que Fanny ne l'avait été par sa tante, mais au lieu de trouver du réconfort auprès de l'un ou de l'autre, Mme Norris fut d'autant plus irritée en voyant celle que, dans l'aveuglement de la colère, elle aurait volontiers accusée d'être le démon de la pièce. Si Fanny eût accepté M. Crawford, rien de tout cela ne serait arrivé.

Susan aussi fut pour elle une source de griefs. Elle n'eut pas le courage de lui accorder plus de quelques regards dégoûtés, mais elle la tint pour une espionne, une étrangère, une nièce indigente, bref, tout ce qui lui était le plus odieux. Susan fut reçue par son autre tante avec une affabilité tranquille. Lady Bertram ne put lui accorder ni beaucoup de temps, ni beaucoup de paroles, mais elle estima qu'en sa qualité de sœur de Fanny, elle avait des droits à Mansfield, et elle fut prête à la serrer dans ses bras et à l'aimer ; et Susan en fut plus que satisfaite, car elle se rendit bien compte qu'il n'y avait rien à attendre de sa tante Norris, sinon de la mauvaise humeur ; et elle se voyait de la sorte offrir tant de joie, ainsi que ce plus grand des bienfaits qu'était l'occasion d'échapper à tant de maux certains, qu'elle aurait supporté bien davantage que l'indifférence qu'elle rencontra auprès des autres membres de la famille.

Elle était pour le moment beaucoup laissée à elle-même, afin de se familiariser avec la maison et le domaine du mieux qu'elle le pouvait, et c'est ainsi qu'elle passait des journées très heureuses, tandis que ceux qui se seraient sans doute autrement occupés d'elle restaient enfermés ou accordaient leurs soins, chacun de leur côté, à la personne qui dépendait alors d'eux pour tout ce qui touchait à son bien-être. Edmund s'efforçait de faire passer au second plan ses propres sentiments afin d'accomplir des efforts pour soulager la peine de son frère, et Fanny se dévouait pour sa tante Bertram, reprenait avec plus de zèle encore toutes les occupations qu'elle avait eues autrefois, et estimait qu'elle n'en ferait jamais assez pour une femme qui semblait avoir tant besoin d'elle. La seule consolation de lady Bertram était de débattre avec Fanny de cette lamentable affaire, d'en parler et de se lamenter. L'écouter sans la désapprouver, puis lui faire entendre en retour la voix de la générosité et de la sympathie, voilà tout ce que l'on pouvait pour elle. La réconforter davantage était hors de question. La situation ne permettait pas la consolation. Lady Bertram n'était pas capable de réflexions profondes, mais, guidée par Sir Thomas, elle pensait avec justesse sur les questions essentielles, et elle voyait donc toute l'énormité de ce qui s'était produit, aussi n'essayait-elle pas, pour sa part, d'excuser la culpabilité et l'infamie, ni n'attendait-elle de Fanny qu'elle le lui conseillât.

Son affection n'était pas intense et son esprit manquait de ténacité. Au bout de quelque temps, Fanny s'aperçut qu'il n'était pas impossible d'orienter le cours de ses pensées sur d'autres sujets, et de lui redonner de l'intérêt pour leurs occupations habituelles ; mais toutes les fois où lady Bertram fixait son attention sur cette affaire, elle ne l'envisageait que sous un seul jour : il entraînait pour elle la perte d'une fille, et une disgrâce que rien n'effacerait jamais.

Fanny apprit d'elle tous les détails dont on avait eu connaissance jusqu'alors. Sa tante n'était pas très méthodique dans sa narration ; mais grâce au contenu de plusieurs lettres adressées à Sir Thomas ou expédiées par lui, ajouté à ce qu'elle savait déjà et que l'on pouvait raisonnablement y rattacher, elle fut bientôt en mesure de comprendre tout ce qu'elle désirait savoir sur les circonstances entourant cette histoire.

Mme Rushworth était allée passer les vacances de Pâques à Twickenham, en compagnie d'une famille qui était depuis peu de ses intimes, des personnes aux manières agréables, pleines de vivacité, et sans doute de morale et de jugement en rapport, car c'est dans leur maison que M. Crawford avait ses entrées à toute heure. Fanny savait déjà aussi qu'il se trouvait dans le voisinage. M. Rushworth s'était rendu à Bath, durant cette période, afin d'y passer quelques jours auprès de sa mère avant de la ramener à Londres, et Maria demeurait chez ses amis sans aucune contrainte, et sans même l'appui de Julia ; car Julia avait quitté Wimpole Street deux ou trois semaines auparavant pour séjourner chez des parents de Sir Thomas, un changement de domicile que son père et sa mère étaient à présent disposés à attribuer au désir de faciliter ses relations avec M. Yates. Fort peu de temps après le retour des Rushworth à Wimpole Street, Sir Thomas avait reçu une lettre de l'un de ses plus anciens et plus fidèles amis, qui, ayant entendu bien des rumeurs ou assisté à des scènes alarmantes à leur sujet, lui recommandait de venir en personne à Londres, afin d'user de son influence sur sa fille et mettre fin à une intimité qui l'exposait déjà à des remarques déplaisantes et inquiétait à l'évidence M. Rushworth.

Sir Thomas s'apprêtait à agir selon ces exhortations, sans les communiquer à aucun des habitants de Mansfield, quand la lettre fut suivie d'une seconde, dépêchée par le même ami, afin de l'informer de la situation quasi désespérée où se trouvaient à présent les affaires du jeune couple. Mme Rushworth avait quitté la maison de son mari ; M. Rushworth, plein de colère et de détresse, était venu le voir – lui, M. Harding –, afin de le consulter ; M. Harding craignait qu'il n'y ait eu, à tout le moins, une indiscrétion flagrante. La femme de chambre de la mère de M. Rushworth représentait une menace inquiétante. S'il faisait son possible pour tout étouffer, dans l'espoir d'un retour de la jeune Mme Rushworth, ses efforts étaient tellement contrecarrés à Wimpole Street par l'influence de la douairière qu'il craignait les pires conséquences.

Il fut impossible de cacher cette terrible nouvelle au reste de la famille. Sir Thomas partit. Edmund tint à l'accompagner, et les autres furent abandonnés dans un état d'abattement à peine moins pitoyable que celui où ils sombrèrent au reçu des lettres de Londres. Tous les faits étaient alors devenus notoires de façon irréparable. La femme de chambre de Mme Rushworth mère avait les moyens de faire éclater un scandale et, soutenue par sa maîtresse, n'avait pu être incitée à garder le silence. Même si elles avaient passé fort peu de temps ensemble, les deux ladies avaient vécu en mésintelligence ; et l'amertume de la plus âgée à l'égard de sa belle-fille était peut-être due autant à l'irrespect avec lequel elle était traitée qu'aux sentiments qu'elle éprouvait pour son fils.

Quoi qu'il en soit, elle resta intraitable. Pourtant, même si elle s'était montrée moins obstinée ou avait exercé moins d'influence sur son fils, qui se laissait toujours guider par le dernier interlocuteur, par toute personne qui l'accaparait et le réduisait au silence, l'affaire eût été désespérée, car la jeune Mme Rushworth ne reparut point, et on eut tout lieu de croire qu'elle s'était cachée quelque part avec M. Crawford ; ce dernier avait en effet quitté la maison de son oncle, comme s'il partait en voyage, le jour précis où elle avait disparu.

Sir Thomas était demeuré néanmoins un peu plus longtemps à Londres, dans l'espoir de la retrouver et de l'empêcher de s'enfoncer davantage dans la dépravation, bien que tout fût perdu sur le plan de la réputation.

Fanny avait peine à penser à l'état d'esprit dans lequel Sir Thomas se trouvait pour le moment. Parmi tous ses enfants, un seul ne l'accablait pas de soucis. La santé de Tom s'altéra beaucoup du fait de l'émotion brutale causée par la conduite de sa sœur et sa guérison en fut à ce point retardée que lady Bertram elle-même fut frappée par la précarité de sa condition, et qu'elle fit savoir de façon régulière à son mari toutes les inquiétudes qu'elle lui inspirait ; en outre, il avait sans doute vivement ressenti la fuite de Julia, ce nouveau coup qui lui avait été porté à son arrivée à Londres, même si l'effet en avait été atténué sur le moment. Elle voyait bien qu'il en était ainsi. Ses lettres révélaient combien il la déplorait. En toute autre circonstance, une telle alliance eût été mal accueillie, mais la voir ainsi formée de façon clandestine, et qu'il ait été décidé de la sceller en une pareille conjoncture, plaçait les sentiments de Julia sous un jour des plus défavorables, et augmentait gravement la folie de son choix. Il considérait ce mariage comme navrant, contracté de la pire des manières et au plus mauvais moment, et même si Julia était plus pardonnable que Maria, ainsi que la folie l'est du vice, il ne pouvait se défendre de penser que la décision qu'elle avait prise pourrait bien, comme celle de sa sœur, aboutir aux conclusions les plus néfastes. Telle était l'opinion qu'il s'était formée du milieu auquel elle avait lié son sort.

Fanny éprouvait pour lui la commisération la plus vive. Il ne pouvait trouver de réconfort qu'auprès d'Edmund. Chacun de ses autres enfants devait lui briser le cœur. Comme elle raisonnait autrement que Mme Norris, elle avait bon espoir que le mécontentement dont il avait témoigné à son égard aurait maintenant disparu. Son attitude à *elle* serait justifiée. M. Crawford l'aurait pleinement absoute de l'avoir refusé, même si, en dépit de l'extrême importance qu'elle y accordait, ce serait là une bien maigre consolation pour Sir Thomas. Le déplaisir de son oncle était très pénible pour elle, mais le dégagement de sa propre responsabilité, sa gratitude et l'affection qu'elle lui portait l'aideraient-ils ? Il ne compterait que sur le soutien d'Edmund.

Elle se trompait toutefois en supposant qu'Edmund ne causait alors aucun souci à son père. Ce tourment était de nature beaucoup moins vive que celui provoqué par ses autres enfants, mais Sir Thomas estimait que le bonheur de son jeune fils était fortement menacé par le scandale causé par sa sœur et par son ami, car cela le séparait de la femme dont il recherchait la main, pour qui il éprouvait un indéniable attachement, et auprès de laquelle il avait de fortes chances de réussir ; et elle eût permis une union si recommandable s'il n'y avait eu ce méprisable frère. Il s'était aperçu qu'Edmund souffrait pour sa propre part, outre ce qu'il ressentait à propos de tout le reste, lors de leur séjour à Londres ; il avait constaté ou deviné ses sentiments, et il avait des raisons de croire que son fils avait eu au moins une entrevue avec Mlle Crawford, dont ce dernier n'avait retiré qu'un accroissement de tristesse, aussi avait-il été impatient, pour cette raison parmi d'autres, de lui faire quitter la capitale et de lui confier le soin de raccompagner Fanny chez sa tante, en vue d'apporter un soulagement à une peine, qui, il l'espérait, lui serait au moins aussi bénéfique que celui qu'il leur procurerait. Et si Fanny n'était pas dans le secret des sentiments de son oncle, Sir Thomas n'était pas non plus dans celui du caractère de Mlle Crawford. S'il avait connu la teneur de la conversation qu'elle avait eue avec son fils, il n'eût pas souhaité qu'elle devînt son épouse, quand bien même elle eût disposé de quarante et non de vingt mille livres.

Fanny ne doutait pas un instant qu'Edmund dût être à jamais séparé de Mlle Crawford ; et pourtant, aussi longtemps qu'elle n'avait pas reçu la confirmation qu'il en jugeait comme elle, sa propre conviction demeurait insuffisante. Elle pensait qu'il était de cet avis, mais elle voulait en avoir l'assurance. S'il lui avait parlé à présent avec la franchise qui lui avait parfois été si difficile à supporter auparavant, elle y aurait trouvé une grande consolation, mais elle s'aperçut que de *cela*, il ne saurait être question. Elle le voyait rarement – jamais seul –, et il évitait sans doute d'être en tête à tête avec elle. Que fallait-il en conclure ? Que son jugement se soumettait à tout ce qui constituait sa part personnelle et amère de l'affliction touchant sa famille, mais que le sujet était trop sensible pour qu'il pût se livrer à la moindre communication. Tel devait donc être son état d'âme. Il s'inclinait, mais ses souffrances étaient si grandes qu'elles n'admettaient pas qu'il les exprimât. Il se passerait longtemps, très longtemps, avant que le nom de Mlle Crawford ne sorte de ses lèvres ou qu'elle-même puisse espérer voir reprendre des échanges de confidences tels qu'ils en avaient eu autrefois.

De fait, ce fut long. Ils étaient arrivés à Mansfield un jeudi, et ce ne fut pas avant le dimanche qu'Edmund commença à lui parler sur ce sujet. Comme il était assis près d'elle – par une soirée pluvieuse, le moment rêvé où, si un ami se trouve à vos côtés, l'on est enclin à lui ouvrir son cœur et à tout lui dire –, alors qu'en dehors d'eux il ne restait dans la pièce que sa mère, laquelle, pour avoir entendu un sermon émouvant, s'était endormie après avoir versé bien des larmes, il lui fut impossible de ne pas s'adresser à elle ; et c'est ainsi qu'après le discours préliminaire habituel, où il était difficile de distinguer ce qui était important, et la déclaration courante selon laquelle, si elle voulait bien lui accorder quelques minutes d'attention, il se montrerait très bref et ne mettrait plus jamais sa patience à l'épreuve de la sorte… elle n'aurait pas à redouter que cette scène se répétât… ce serait là un thème sur lequel il s'interdirait de revenir…, il s'offrit le luxe d'exposer dans le détail des circonstances et des sensations de la première importance pour lui à celle dont la sympathie affectueuse lui était tout acquise, il en était convaincu.

Il est aisé d'imaginer avec quelle curiosité et quelle sollicitude, quelle peine et quel plaisir Fanny l'écouta, quelle attention elle prêta à l'émotion qui passait dans sa voix, et quel soin elle mit à éviter de poser son regard sur lui. L'entrée en matière fut alarmante. Il avait rencontré Mlle Crawford. Il avait été invité à venir la voir. Il avait reçu un billet de lady Stornaway pour le prier de leur rendre visite et, considérant que ce serait leur dernière, leur toute dernière entrevue amicale, et lui prêtant tous les sentiments de honte et de confusion qu'aurait dû éprouver la sœur de Crawford, il était allé la trouver dans une disposition d'esprit si apitoyée, si pleine de ferveur, que Fanny redouta quelques instants qu'il fût impossible de croire que cette rencontre eût été la dernière. Mais lorsqu'il progressa dans son récit, ces craintes se dissipèrent. Mlle Crawford l'avait reçu, dit-il, avec un air grave, assurément grave, et même troublé ; mais avant qu'il ait été en mesure de prononcer une phrase intelligible, elle était entrée dans le vif du sujet d'une manière, qui, il le reconnaissait, l'avait choqué : « J'ai appris que vous étiez à Londres, dit-elle, et je tenais à vous voir. Parlons de cette triste affaire. Y a-t-il quelque chose qui égale la folie de nos deux parents ? »

— Je n'ai pu répondre, mais je crois que l'expression de mon visage fut éloquente. Elle s'aperçut que je la réprouvais. Comme elle est prompte, parfois, à sentir les choses ! Adoptant un air et un ton plus posés, elle ajouta alors : « Je n'ai pas l'intention de défendre Henry aux dépens de votre sœur » ; c'est donc ainsi qu'elle commença, mais ce qu'elle dit par la suite, Fanny, n'est pas digne… n'est vraiment pas digne de vous être rapporté. Je ne me souviens pas de toutes les paroles dont elle usa. Je n'y insisterais pas même si je le pouvais. En substance, elles exprimaient une grande colère à l'égard de la *folie* dont chacun d'eux avait fait preuve. Elle déplorait l'égarement de son frère qui s'était laissé entraîner par une femme dont il ne s'était jamais soucié dans une aventure qui devait le conduire à perdre celle qu'il adorait ; mais elle s'irritait plus encore contre l'inconséquence de... la pauvre Maria, qui sacrifiait une aussi brillante position dans le monde et se jetait dans de pareilles difficultés pour s'être mis en tête que l'homme qui avait depuis longtemps manifesté une nette indifférence à son encontre l'aimait sincèrement. Jugez, Fanny, de ce que j'ai pu éprouver. Entendre la femme que... pas de terme plus sévère que celui de folie ! En débattre de façon si spontanée, si libre, si froide ! Aucune répugnance, aucune répulsion, aucune aversion – comment dire ? – féminine ou modeste ! Voilà ce que produit la fréquentation du grand monde. Car où trouverait-on, Fanny, une femme que la nature ait comblée d'autant de dons ? La voilà perdue, perdue !

Après un moment de réflexion, il poursuivit d'une voix calme, où perçait une tristesse proche du désespoir :

— Je vous dirai tout et puis j'en aurai terminé à jamais. Elle ne voyait dans cette affaire qu'une aberration, et encore méritait-elle seulement ce nom parce que le scandale l'avait marquée de son sceau. Le manque de discrétion, de prudence... le séjour qu'il avait fait à Richmond durant tout le temps où elle était à Twickenham... le fait qu'elle ait laissé une femme de chambre avoir barre sur elle... en bref, c'était la révélation publique... Oh ! Fanny, c'était l'effet produit, et non la faute qu'elle réprouvait. C'était l'imprudence commise qui avait conduit à cette extrémité et obligé son frère à renoncer à ses projets les plus chers, afin de s'enfuir avec elle.

Il s'arrêta. Fanny, croyant qu'il attendait d'elle qu'elle intervienne, lui demanda :

— Et que... qu'avez-vous pu lui répondre ?

— Rien, rien d'intelligible. J'étais comme abasourdi. Elle poursuivit et se mit à parler de vous ; oui, c'est alors qu'elle se mit à parler de vous, regrettant, à juste titre, d'avoir perdu une telle... Et sur ce point, elle s'exprima de façon très rationnelle. Mais elle vous a toujours rendu justice. « Il a perdu, dit-elle, une femme telle qu'il n'en reverra jamais plus. Elle l'aurait fixé, l'aurait rendu heureux pour toujours. » Ma très chère Fanny, je vous donne, je l'espère, plus de plaisir que de peine avec cette évocation rétrospective de ce qui aurait pu avoir lieu et qui ne se produira plus, à présent. Ne désirez-vous pas que je me taise ? Si vous le souhaitez, il me suffira d'un regard, d'un mot, et j'en finirai.

Aucun regard, aucun mot ne lui furent adressés.

— Dieu merci ! s'exclama-t-il. Nous étions tous disposés à nous étonner... mais il semble que dans sa miséricorde la providence n'ait pas voulu qu'un cœur innocent en souffrît. Elle a fait de vous de vifs éloges et vous a évoquée avec une chaleureuse affection ; mais là encore, il se glissait un élément étranger, un trait de malignité ; car au beau milieu de ses louanges, il lui arrivait de s'écrier : « Pourquoi n'a-t-elle pas voulu de lui ? Tout cela est de sa faute. Quelle simple fille ! Je ne le lui pardonnerai jamais. Si elle l'avait accepté, comme elle l'aurait dû, ils auraient été à présent sur le point de se marier, et Henry aurait été trop heureux et trop occupé pour s'intéresser à quelqu'un d'autre. Il ne se serait pas donné la peine de renouer avec Mme Rushworth. Tout se serait terminé par quelques galanteries échangées lors des rencontres annuelles à Sotherton et à Everingham. » Auriez-vous cru cela possible ? Mais le charme est rompu. Mes yeux sont dessillés.

— Cruel ! dit Fanny, tout à fait cruel ! En un pareil moment, céder à la gaieté, parler avec légèreté, et à vous ! De la cruauté absolue !

— De la cruauté, dites-vous ? Nous différons là-dessus. Non, elle n'est pas cruelle de nature. Je ne considère pas qu'elle ait eu l'intention de blesser mon amour-propre. Le mal est plus profond encore ; dans sa totale ignorance de tels sentiments, son incapacité à soupçonner qu'ils existent, dans une perversion de l'esprit qui lui fait tenir pour naturelle cette façon de traiter le sujet. Elle exprimait simplement son opinion, comme elle a pris l'habitude d'entendre les autres la donner, comme elle s'imagine que tout le monde traduit sa pensée. Ses défauts ne tiennent pas à son caractère. Elle ne causerait pas délibérément de la peine à qui que ce soit, et même si je me trompe, je ne puis m'empêcher de me dire que par égard pour moi, pour mes sentiments, elle tiendrait à… Ses défauts viennent d'un manque de principes, Fanny, d'une sensibilité émoussée, et d'un esprit corrompu, perverti. Peut-être est-ce préférable pour moi… car cela me laisse bien peu à regretter. Et pourtant, non. Je supporterais volontiers la souffrance accrue de la perdre plutôt que de garder d'elle l'opinion qu'elle m'en a donnée. Je le lui ai dit.

— Vraiment ?

— Oui, lorsque je l'ai quittée, je le lui ai dit.

— Combien de temps êtes-vous restés ensemble ?

— Vingt-cinq minutes. Eh bien, elle a enchaîné en me disant que ce qu'il restait à faire, maintenant, c'était d'arranger un mariage entre eux. Elle a abordé ce sujet, Fanny, avec une voix plus ferme que ne l'est la mienne.

Il fut contraint de s'arrêter plus d'une fois dans la suite de son récit.

— « Nous devons persuader Henry de l'épouser, dit-elle, et tant en faisant appel à son sens de l'honneur qu'en lui donnant la certitude qu'il a perdu à jamais Fanny, je ne désespère pas de l'y amener. Pour ce qui est de Fanny, il lui faut y renoncer. Je ne crois pas que lui-même puisse espérer réussir auprès de quelqu'un de cette trempe, et j'ai donc l'espoir que nous ne rencontrions pas de difficultés majeures. Mon influence, qui n'est pas mince, s'exercera jusqu'au bout, et une fois qu'ils seront mariés, et soutenus comme il le conviendra par sa famille, justement renommée pour sa respectabilité, elle regagnera jusqu'à un certain point son rang dans la société. Elle ne sera jamais admise dans certains cercles, on le sait, mais avec de bons dîners et de grandes réceptions il se trouvera toujours des gens qui seront bien aises de la fréquenter ; et il existe sans nul doute, de nos jours, plus de tolérance et de franchise sur ce chapitre qu'autrefois. Ce que je conseillerais, c'est que votre père se tienne tranquille. Ne le laissez pas risquer de perdre sa cause par une intervention. Persuadez-le de laisser les choses suivre leur cours. Si, du fait de démarches trop zélées de sa part, elle est amenée à quitter la protection d'Henry, les chances de le voir l'épouser seront bien moindres que si elle reste auprès de lui. Je sais de quelle manière il est susceptible de se laisser influencer. Que Sir Thomas se fie à son sens de l'honneur et à sa compassion, et tout cela peut encore bien finir. Mais s'il éloigne sa fille, cela reviendra à supprimer son principal moyen de pression. »

Après avoir répété cette conversation, Edmund était si bouleversé que Fanny, qui l'observait en silence mais avec la plus tendre sollicitude, regretta presque que le sujet eût été abordé. Il fallut longtemps avant qu'il ne retrouvât l'usage de la parole. Enfin, il déclara :

— Maintenant, Fanny, j'en aurai bientôt terminé. Je vous ai rapporté l'essentiel de ce qu'elle m'a dit. Dès que j'ai pu intervenir, je lui ai répondu que je n'aurais pas cru possible, en l'état d'esprit où je me trouvais à mon arrivée dans cette maison, que quoi que ce soit pût augmenter mes souffrances, mais que chacune de ses phrases ou presque avait aggravé ma douleur. Que même si, au cours de nos relations, j'avais souvent perçu nos différences d'opinion sur certains points importants, je ne m'était jamais figuré que cette divergence pouvait avoir la profondeur qu'elle venait de me révéler. Sa présentation du forfait effroyable dont s'étaient rendus coupables son frère et ma sœur – je ne prétendais pas établir quel était celui des deux qui avait le plus cherché à séduire l'autre –, la façon dont elle parlait de ce crime, en adressant toutes sortes de reproches à cet égard excepté le bon, en ne passant ses conséquences désastreuses en revue que pour envisager la manière de les affronter ou de n'en tenir aucun compte, en défiant la bienséance ou en bravant avec impudence le tort causé ; en dernier lieu, ce qui était pire, nous recommandant d'user d'une complaisance, d'un sens du compromis, d'un acquiescement, d'une persistance dans le péché, avec l'espoir de voir se conclure une union qui me paraissait devoir plutôt être interdite que recherchée, étant donné l'estime dans laquelle je tenais désormais son frère, toute cette accumulation m'avait douloureusement convaincu que je ne l'avais jamais comprise auparavant, et que sur le plan de la pensée, c'était à une chimère née de mon imagination, et non à Mlle Crawford, à laquelle j'avais été trop porté à songer, durant tant de mois. Il valait sans doute mieux pour moi qu'il en fût ainsi ; j'aurais moins à regretter le sacrifice d'une amitié, d'espérances, de sentiments, auxquels je devrais en tous les cas renoncer à présent. Et cependant, il me fallait avouer que, s'il m'avait été possible de lui restituer dans mon esprit la place qu'elle y avait occupée auparavant, j'aurais infiniment préféré voir s'accroître la souffrance de la séparation dans la mesure où j'aurais pu lui conserver, en partant, le droit à ma tendresse et à mon estime. Voilà ce que je lui dis – la substance de mes propos –, mais, vous l'imaginez bien, je ne les ai pas formulés avec autant de sang-froid ni de méthode que je n'en ai en vous les répétant. Elle fut surprise, extrêmement surprise, stupéfaite même. Je la vis changer de contenance. Elle devint cramoisie. Je crus voir défiler sur son visage toute une gamme d'émotions… une lutte violente mais courte se livra en elle… partagée, comme elle l'était, entre l'envie de céder devant tant de vérités, et la honte, mais c'est l'habitude, l'habitude qui l'emporta. Elle se serait esclaffée si elle l'avait osé. Aussi est-ce avec une sorte de rire qu'elle me répondit : « Une belle remontrance, en vérité ! Faisait-elle partie de votre dernier sermon ? À ce train, vous aurez bientôt réformé tout le monde à Mansfield et à Thornton Lacey, et la prochaine fois que j'entendrai parler de vous, vous serez sans doute devenu célèbre comme prédicateur dans quelque grande assemblée de méthodistes ou missionnaire dans des pays lointains. » Elle s'efforçait de parler avec insouciance, mais elle n'était pas aussi indifférente qu'elle souhaitait le paraître. Je me bornai à lui répondre que je lui souhaitais du fond du cœur de trouver le bonheur, que j'espérais sincèrement qu'elle apprendrait très vite à penser avec plus de justesse, et qu'elle ne serait pas redevable aux leçons de l'affliction pour la connaissance la plus précieuse que chacun de nous puisse acquérir, celle de soi-même et du devoir, et là-dessus, je sortis de la pièce. J'avais fait quelques pas, Fanny, lorsque j'entendis la porte s'ouvrir derrière moi. « Monsieur Bertram », dit-elle. Je me retournai. « Monsieur Bertram », reprit-elle avec le sourire, mais c'était un sourire qui correspondait mal avec la conversation que nous venions d'avoir, un sourire mutin, effronté, qui semblait vouloir me provoquer, afin de mieux me soumettre, du moins est-ce ainsi qu'il m'apparut. Je résistai ; sous l'impulsion du moment, je ne cédai pas et je me remis en route. Il m'est arrivé depuis, l'espace d'un instant, de regretter n'être pas revenu sur mes pas ; mais je sais que j'ai eu raison ; et c'est ainsi que nous avons cessé d'entretenir des relations. Et quelles relations ! Comme je me suis trompé ! Comme j'ai été abusé, aussi bien par le frère que par la sœur ! Je vous remercie pour votre patience, Fanny. Cela m'a apporté un grand soulagement, et maintenant, nous n'y reviendrons plus.

Et la confiance que Fanny mettait dans sa parole était si absolue que durant cinq minutes, elle fut persuadée qu'ils en avaient vraiment terminé. Mais alors il reprit, à peu de chose près, le même discours, et il fallut que lady Bertram se réveillât tout à fait pour que la conversation prît fin. Entre-temps, ils continuèrent à parler de la seule Mlle Crawford, de la façon dont elle avait réussi à le séduire, des délicieuses qualités que la nature lui avait accordées, de l'excellence à laquelle elle aurait pu parvenir si elle était tombée plus tôt entre de bonnes mains. Fanny, qui s'estimait libre à présent de lui parler ouvertement, se sentit plus qu'autorisée à compléter la connaissance qu'il avait acquise de son véritable caractère, et elle lui fit comprendre quel rôle l'état de santé de son frère avait sans doute joué dans le dessein qu'elle avait eu de parvenir à une complète réconciliation. Ce qu'elle intimait là n'avait rien d'agréable. Le naturel d'Edmund le repoussa quelque temps. Il eût bien préféré apprendre qu'elle avait eu pour lui un penchant plus désintéressé, mais sa vanité n'était pas assez grande pour s'opposer longtemps à la raison. Il consentit à croire que la maladie de Tom avait eu une part dans l'attitude de Mlle Crawford, et garda simplement la pensée consolatrice que si l'on tenait compte de l'influence persistante d'habitudes opposées aux siennes, elle lui avait été davantage attachée qu'on n'aurait pu s'y attendre, et que par égard pour lui, elle avait été plus près de se comporter comme elle l'aurait dû. Fanny était tout à fait de cet avis, et ils partageaient également la même opinion sur l'effet durable, l'impression indélébile qu'aurait cette déception sur l'esprit d'Edmund. Le temps affaiblirait sans doute un peu ses souffrances, mais il en resterait toujours un je-ne-sais-quoi dont il ne saurait se délivrer ; quant à rencontrer un jour une autre femme qui pourrait... il lui était impossible d'en parler sans indignation. L'amitié de Fanny était la seule chose à laquelle il pût se raccrocher.

48

Laissons d'autres plumes que la mienne s'appesantir sur la culpabilité et le malheur. Je renonce à ces odieux sujets avec toute la promptitude possible, impatiente que je suis d'apporter à ceux qui n'ont pas commis pour leur part trop d'erreurs un réconfort relatif, et d'en terminer avec tous les autres.

En vérité, j'ai la satisfaction de savoir que, durant cette période, ma Fanny était heureuse, en dépit de tout. Elle connaissait le bonheur, malgré ce qu'elle éprouvait ou croyait éprouver à propos de la détresse de ceux qui l'entouraient. Elle avait des motifs de réjouissance qui devaient se faire jour. Elle avait regagné le Parc de Mansfield, s'y montrait utile, y était aimée ; elle était à l'abri des assiduités de M. Crawford, et lorsque Sir Thomas revint, elle reçut de lui toutes les assurances qu'il pouvait lui accorder, dans l'état de tristesse où il se trouvait, de son entière approbation et de l'accroissement de son estime pour elle ; et même sans tout cela elle se serait quand même réjouie, car Edmund n'était plus la dupe de Mlle Crawford.

Il est vrai qu'Edmund, de son côté, était loin d'être heureux. Il souffrait de désillusion et de regrets, déplorait l'état des choses et soupirait après ce qui ne pourrait jamais être. Fanny savait qu'il en était ainsi pour lui et s'en attristait, mais c'était là une peine mêlée d'une telle satisfaction, qui contribuait tant à sa tranquillité d'esprit et se trouvait en si grande harmonie avec les sentiments les plus doux, que rares auraient été ceux qui n'auraient pas volontiers échangé la plus franche gaieté contre elle.

Sir Thomas, le pauvre Sir Thomas, père de famille avant toutes choses et conscient des erreurs de comportement commises en tant que tel, fut celui qui se tourmenta le plus longtemps. Il sentait qu'il n'aurait pas dû permettre ce mariage, qu'il n'avait pas eu une connaissance suffisante des sentiments de sa fille pour être en mesure de l'autoriser, qu'en agissant ainsi, il avait sacrifié ce qui était juste à ce qui était avantageux, et qu'il s'était laissé guider par des motifs d'égoïsme et de sagesse mondaine. C'étaient là des réflexions qui demandaient du temps avant de s'atténuer, mais le temps triomphe de presque tout, et bien qu'il n'y ait guère eu à attendre de réconfort de la part de Mme Rush-worth pour les épreuves qu'elle avait fait subir, il trouva auprès de ses autres enfants davantage de consolation qu'il ne l'eût supposé. Le mariage de Julia se révéla moins désastreux qu'il ne l'avait jugé en premier lieu. Elle fit preuve d'humilité et souhaita obtenir le pardon ; quant à M. Yates, qui désirait sincèrement être reçu dans la famille, il se montra disposé à s'en remettre à lui pour le guider. Il n'était pas très solide, mais on pouvait espérer qu'il devînt moins léger, qu'il s'attachât de manière raisonnable à une paisible vie de famille ; et en tous les cas, il était encourageant d'apprendre que ses biens étaient plus considérables et ses dettes moindres que le jeune homme lui-même ne l'avait craint, ainsi que de se voir consulter et traiter comme l'ami qui méritait le plus qu'on l'écoutât. On envisageait aussi avec davantage d'optimisme l'avenir de Tom, qui recouvrait peu à peu la santé, sans manifester l'indifférence et l'égoïsme caractéristiques de ses habitudes anciennes. Il s'était beaucoup amendé de par sa maladie. Il avait souffert, puis appris à réfléchir, deux expériences qui lui avaient été profitables et qu'il n'avait encore jamais connues auparavant, et les reproches qu'il s'adressait à propos des pénibles événements de Wimpole Street, où il estimait avoir eu une part de responsabilité, étant donné la dangereuse intimité encouragée par son injustifiable théâtre, avaient fait dans son esprit une impression profonde, car, à vingt-six ans, il ne manquait ni de bon sens, ni d'amis de valeur. Il devint ce qu'il devait être, un garçon utile à son père, raisonnable et calme, et ne vivant plus seulement pour lui-même.

Voilà qui était un véritable réconfort ! et à peine Sir Thomas s'était-il mis à compter sur de telles sources de bonheur qu'Edmund contribua lui aussi à son bien-être en s'améliorant sur le seul point où il lui avait causé de l'inquiétude – celui du découragement. Après s'être promené à travers le parc et assis sous les arbres en compagnie de Fanny durant toutes les soirées de l'été, il avait si bien entraîné son esprit à la résignation qu'il se montrait de nouveau mieux disposé à l'optimisme.

Telles furent les circonstances et les raisons d'espérer qui apportèrent peu à peu du soulagement à Sir Thomas, atténuant le sentiment de ce qui était perdu et le réconciliant en partie avec lui-même ; il n'allait toutefois jamais parvenir à bannir entièrement l'angoisse née de la conviction qu'il était tombé dans l'erreur au sujet de l'éducation de ses filles.

Il s'apercevait trop tard combien pouvait être nuisible pour le caractère des jeunes gens et des jeunes filles le traitement tout à fait contraire que Maria et Julia avaient subi chez lui, où elles avaient connu tour à tour la flatterie excessive de leur tante et sa propre sévérité. Il voyait à quel point il avait mal jugé lorsqu'il avait cru contrebalancer les torts que leur causait Mme Norris en adoptant une attitude inverse, et se rendait clairement compte qu'il avait contribué à accroître le mal en leur apprenant à réprimer leurs élans en sa présence, de sorte qu'il ignorait leurs vraies dispositions, et que pour satisfaire leurs inclinations, il les avait poussées à aller trouver une personne uniquement capable de se les attacher par une affection aveugle et un excès de louanges.

Il avait donc fort mal régi la situation, mais aussi fâcheuse qu'ait été la manière dont il s'y était pris, il en venait peu à peu à sentir que ce n'était pas là l'erreur la plus fatale dont il était responsable dans son projet d'éducation. Il avait fallu que le *fonds* fût déficient, sinon le temps eût diminué la plupart de ses mauvais effets. Il craignait que les principes, les principes actifs leur aient manqué, qu'elles n'aient jamais appris à maîtriser comme il le convenait leurs penchants et leurs tempéraments, en acquérant le sens du devoir qui seul permet d'y parvenir. Elles avaient reçu un enseignement théorique grâce à la religion, mais on ne leur avait jamais demandé de le mettre en pratique dans la vie quotidienne. Se distinguer par l'élégance et les acquisitions dans les arts d'agrément – le but qu'on leur avait fixé dans leur jeunesse – ne pouvait exercer sur leur esprit aucune influence utile dans ce domaine, n'avoir aucun effet sur leur moralité. S'il avait désiré qu'elles deviennent bonnes, il avait mis tous ses soins à développer leur compréhension et leurs manières, et non leurs dispositions ; et il craignait qu'elles n'aient jamais entendu tomber des lèvres de quiconque des paroles dont elles auraient pu tirer profit sur la nécessité de l'altruisme et de l'humilité. Il déplorait amèrement une déficience dont il avait peine à concevoir maintenant comment elle avait pu se créer. Il était malheureux de constater qu'en dépit de toute la dépense et les soins accordés à une éducation coûteuse et zélée, il avait élevé ses filles sans leur faire comprendre où se trouvaient leurs premières obligations, ni appréhender leur caractère et leur tempérament.

L'ardeur impétueuse et les vifs emportements de Mme Rushworth, en particulier, ne lui avaient été révélés que par leurs tristes conséquences. On ne parvenait pas à la persuader de quitter M. Crawford. Elle espérait l'épouser, aussi demeurèrent-ils ensemble jusqu'au moment où elle fut obligée d'admettre qu'une telle espérance était vaine, et où la déception et la douleur nées de cette conviction détériorèrent son caractère et changèrent en haine les sentiments qu'elle éprouvait pour lui, au point de les amener, un temps, à se punir l'un l'autre, puis à les inciter à convenir d'une séparation.

Elle avait vécu avec lui assez longtemps pour s'entendre reprocher d'être la cause de tout le bonheur qu'il aurait pu connaître auprès de Fanny, et de son côté, elle n'emporta d'autre consolation en le quittant que la satisfaction de les avoir à jamais séparés. Peut-on imaginer des souffrances supérieures à celles que son esprit endura dans une telle situation ?

M. Rushworth n'eut aucune difficulté à obtenir le divorce ; et ainsi prit fin un mariage qui, contracté en de telles circonstances, ne pouvait avoir d'autre issue, à moins d'une intervention de la chance. Elle l'avait méprisé, en avait aimé un autre… et il s'était bien rendu compte qu'il en était ainsi. Les humiliations dues à la sottise, et les déceptions auxquelles s'expose une passion égoïste n'incitent guère à la pitié. La punition qu'il subit découla de sa conduite, tout comme dériva de la culpabilité plus grave de sa femme une sanction plus lourde encore. Il ne fut libéré de cette union que pour se retrouver humilié et malheureux, en attendant le jour où une autre jolie fille l'attirerait assez pour qu'il demande sa main et qu'il s'aventure dans un second mariage, avec cette fois, espérons-le, plus de succès, ou, s'il devait être trompé, qu'il le prît au moins de bonne grâce et en s'en tirant bien ; tandis que sa femme, *elle*, en butte à une hostilité beaucoup plus vive, fut contrainte à se soustraire au monde et à chercher une retraite sous des reproches tels qu'elle n'avait pas le moindre espoir de retrouver jamais sa réputation.

L'endroit où elle pourrait s'installer devint le sujet d'une consultation aussi mélancolique qu'importante pour l'avenir. Mme Norris, dont l'affection pour sa nièce semblait augmenter en proportion de l'accroissement de ses torts, aurait voulu la voir accueillie chez son père, et soutenue par tous. Sir Thomas ne voulut pas en entendre parler, et la colère que Mme Norris ressentait à l'encontre de Fanny prit d'autant plus d'ampleur qu'elle considéra que la présence de *cette dernière* dans la maison motivait la prise d'une telle décision. Elle persista à dire que si Sir Thomas éprouvait des scrupules, c'était à cause d'*elle*, bien qu'il lui eût affirmé sur un ton solennel que même s'il n'y avait pas eu de jeune fille en question, ni de jeunes gens de quelque sexe que ce fût qui lui fussent apparentés ou dont les chances risquaient d'être compromises par la fâcheuse réputation de Mme Rushworth, il n'aurait pas fait le grand affront à son prochain de s'attendre à ce qu'il lui prête attention. Comme elle était sa fille – et il l'espérait repentante –, il lui accorderait sa protection, lui assurerait tous les réconforts et lui apporterait tous les encouragements à se bien conduire, dans la mesure où leurs situations respectives le permettraient, mais *au-delà*, il refusait d'aller. Maria avait perdu sa réputation, il n'entendait pas essayer en vain de lui rendre ce qui ne pouvait lui être rendu, en entérinant la faute ou en cherchant à diminuer la disgrâce qu'elle entraînait, ni être le moins du monde complice de l'introduction dans une autre famille de la détresse qu'il avait lui-même connue.

Pour finir, Mme Norris résolut de quitter Mansfield, de se dévouer à la malheureuse Maria, et de vivre avec elle dans une retraite écartée et obscure d'une autre région, où, enfermées ensemble et recevant peu, n'ayant aucune affection d'un côté et aucun jugement de l'autre, il est raisonnable de supposer que l'affrontement de leurs caractères devint leur mutuelle punition.

Le départ de Mme Norris de Mansfield apporta un grand soulagement supplémentaire dans la vie de Sir Thomas. L'opinion qu'il avait d'elle n'avait cessé de baisser depuis le jour de son retour d'Antigua ; dans chacune des transactions qu'ils traitaient ensemble depuis cette période, dans leurs échanges quotidiens, en affaires ou au cours de conversations à bâtons rompus, elle avait peu à peu perdu du terrain dans son estime ; et il était persuadé que de deux choses l'une, ou le temps qui passait la desservait beaucoup ou sa propre surestimation de son bon sens avait été considérable et sa tolérance de ses manières, admirable. Il l'avait tenue pour un mal sensible à tout instant, et d'autant plus difficile à supporter qu'il semblait n'y avoir aucune chance de le voir cesser sa vie durant ; elle lui paraissait être une partie de lui-même dont il lui faudrait subir la présence à jamais. En être débarrassé lui apporta donc une telle félicité que si elle n'avait laissé d'autres souvenirs amers, il eût peut-être risqué de se féliciter de l'épreuve à laquelle il devait un si grand bienfait.

Nul ne la regretta à Mansfield. Elle n'avait jamais su s'attacher ceux qu'elle aimait le plus, et depuis la fuite de Mme Rushworth, elle était devenue d'un caractère si irritable qu'elle harcelait tout le monde. Fanny non plus ne versa pas une larme sur sa tante Norris, pas même lorsqu'elle fut partie pour toujours.

Si Julia s'était mieux tirée d'affaire que Maria, elle le devait dans une certaine mesure à une heureuse différence de dispositions et de circonstances, mais surtout au fait que sa tante avait moins cherché à satisfaire ses désirs, l'avait moins flattée et moins gâtée. Sa beauté et ses talents n'avaient tenu que la seconde place. Elle s'était habituée à se considérer comme un peu inférieure à Maria. Des deux sœurs, c'est elle qui avait le caractère le plus ouvert, et ses passions, bien que vives, étaient plus faciles à dompter, cependant que l'éducation ne lui avait pas laissé une impression aussi préjudiciable de sa propre importance.

Elle avait mieux supporté la déception que lui avait causée Henry Crawford. Après qu'eut disparu la première amertume née de la conviction qu'il lui avait fait un affront, elle avait été assez vite capable de l'oublier ; et quand ils avaient renoué connaissance à Londres, et que la maison de M. Rushworth était devenue le centre d'intérêt de M. Crawford, elle avait eu le mérite de la quitter, et de choisir d'aller séjourner chez d'autres amis, afin d'éviter de se laisser à nouveau trop attirer par lui. Tel avait donc été le motif qui l'avait poussée à se rendre chez ses cousins. L'idée de faciliter des entrevues à M. Yates n'était entrée en rien dans sa résolution. Elle laissait ce dernier lui faire la cour depuis un certain temps, mais sans vraiment envisager de l'accepter un jour ; et si l'inconduite de sa sœur n'avait entraîné un scandale, augmenté sa propre crainte de son père et de sa maison, car elle se figurait les conséquences certaines que cela entraînerait pour elle sous forme de sévérité et de contrainte accrues, et ne l'avait décidée à éviter à toutes fins le sort horrible qui la menaçait dans l'immédiat, il est probable que M. Yates ne l'aurait jamais emporté. Elle s'était enfuie en n'éprouvant d'autres sentiments qu'une inquiétude pour sa propre personne. Il lui avait paru que c'était la seule solution à adopter. La culpabilité de Maria avait été à l'origine du comportement irréfléchi de Julia.

Henry Crawford, perverti par une indépendance trop précoce et des mauvais exemples dans sa famille, s'était autorisé un peu trop longtemps des écarts de conduite en se laissant guider par une froide vanité. Une fois, de façon imprévue et immérité, cela l'avait mené sur la voie du bonheur. S'il s'était borné à conquérir l'affection d'une jeune fille aimable, s'il avait su trouver assez d'enthousiasme pour surmonter sa résistance, puis gagner l'estime et l'affection de Fanny Price, selon toute probabilité il eût remporté la victoire et connu la félicité. L'affection qu'il lui avait manifestée l'avait déjà touchée. L'influence qu'elle exerçait à son envers lui avait déjà permis d'avoir quelque ascendant sur elle en retour. S'il avait mérité plus, il n'est pas douteux qu'il en eût obtenu davantage ; d'autant que si le mariage avait eu lieu, il lui aurait apporté l'assistance de la conscience de sa jeune femme pour qu'elle surmontât sa première inclination, et ils se seraient trouvés très souvent proches l'un de l'autre. S'il avait persévéré dans la droiture, Fanny eût été sa récompense, et une récompense accordée très volontiers – une fois un temps raisonnable écoulé après le mariage d'Edmund et de Mary.

S'il avait agi comme il en avait eu l'intention, et sentait qu'il aurait dû le faire, en se rendant à Everingham dès son retour de Portsmouth, il eût peut-être été en mesure de décider de son bonheur futur. Mais on l'avait pressé de participer à la soirée de Mme Fraser en accordant une importance flatteuse à sa présence, et en lui annonçant qu'il y rencontrerait Mme Rushworth. La curiosité et la vanité étaient toutes deux entrées en jeu, et la tentation d'obtenir un plaisir immédiat avait été trop forte pour un esprit inaccoutumé à sacrifier quoi que ce soit au devoir ; il résolut de reporter son déplacement dans le Norfolk, estima qu'une lettre répondrait au but qu'il lui avait fixé, ou encore que l'objet était sans importance, et il demeura sur place. Il vit Mme Rushworth, et fut reçu avec une froideur qui aurait dû le décourager et établir à jamais entre eux une indifférence apparente ; mais il se piqua et ne supporta pas d'être rejeté par une femme dont il avait su obtenir les sourires comme il l'entendait ; il lui fallut déployer des efforts pour faire disparaître un étalage aussi arrogant de ressentiment ; c'était là de la colère à l'égard de Fanny ; il devait la dominer et amener Mme Rushworth à le traiter de nouveau comme l'avait fait Maria Bertram.

C'est dans cet esprit qu'il passa à l'attaque ; et grâce à une vive persévérance, il rétablit bientôt le genre de rapports familiers, de galanteries, de marivaudage, auxquels il bornait ses prétentions ; mais en triomphant de cette réserve, qui, même si elle avait été inspirée par la colère, eût pu les sauver tous les deux, il s'était mis à la merci des sentiments qu'elle éprouvait à son encontre et qui étaient plus vifs qu'il ne l'avait supposé. Elle l'aimait ; il devint impossible de cesser de lui accorder des attentions qu'elle appréciait si ouvertement. Il se trouva entraîné d'une manière inextricable par sa vanité, sans avoir l'excuse d'éprouver un véritable amour pour Maria, et sans avoir renoncé à sa cousine, dans son esprit. Il se fixa alors pour but essentiel d'empêcher Fanny et les Bertram d'apprendre ce qui se passait. Rien n'aurait été plus désirable que d'en conserver le secret, tant pour le crédit de Mme Rushworth que pour le sien. À son retour de Richmond, il eût été bien content de ne plus voir Mme Rushworth. Tout ce qui se produisit ensuite résulta de l'imprudence de cette dernière ; et quand il s'enfuit enfin avec elle, parce qu'il ne pouvait plus s'y soustraire, il regretta aussitôt Fanny ; mais il déplora infiniment plus de l'avoir perdue quand toute l'agitation née de cette intrigue fut retombée, car il lui fallut bien peu de mois pour comprendre mieux encore, du fait de la violence du contraste, à quel prix élevé il convenait d'évaluer la douceur de son caractère, la pureté de son esprit et l'excellence de ses principes.

Qu'un châtiment, le châtiment public de la disgrâce, ait dû lui être infligé comme une juste mesure pour tenir compte de *son* rôle dans l'offense commise, n'est pas, on le sait, l'une des barrières que la société accorde à la vertu. En ce bas monde, la punition frappe de façon moins égale qu'on ne le souhaiterait, mais sans présumer que l'on doive s'attendre à une répartition plus juste dans l'au-delà, on est sans doute fondé à croire qu'un homme de bon sens, tel qu'Henry Crawford, s'était réservé une part non négligeable d'humiliation et de regrets – une mortification l'amenant parfois à s'adresser des reproches, et des remords le conduisant à la tristesse – pour avoir aussi mal récompensé l'hospitalité qui lui avait été accordée, troublé la paix d'une famille, renoncé au meilleur, au plus estimable et au plus proche de ses amis, et perdu la femme qu'il avait aimée avec autant de raison que de passion.

Après les événements qui avaient blessé dans leur dignité et désuni les deux familles, il eût été trop difficile pour les Bertram et pour les Grant de continuer à vivre dans une proximité aussi immédiate ; mais l'absence de ces derniers, prolongée quelques mois de manière délibérée, prit fin fort heureusement lorsque s'imposa la nécessité, ou du moins l'intérêt pratique, d'une séparation permanente. Grâce à une intercession en sa faveur sur laquelle il avait presque cessé de compter, le Dr Grant fut nommé chanoine à la cathédrale de Westminster, ce qui lui offrit l'occasion de quitter Mansfield, l'excuse pour établir sa résidence à Londres, et un revenu accru permettant de subvenir aux frais d'un tel changement, une solution qui se révéla fort opportune, tant pour ceux qui partaient que pour ceux qui restaient.

Mme Grant, qui, par nature, était portée à aimer et à être aimée, renonça sans doute avec quelques regrets aux lieux et aux gens auxquels elle était accoutumée, mais le même heureux caractère lui permettrait à coup sûr de trouver partout et en toute société nombre de choses auxquelles s'attacher ; en outre, elle disposait à nouveau d'une maison où accueillir Mary, et cette dernière avait eu le temps de se lasser de ses propres amies, de la vanité, de l'ambition, de l'amour et des déceptions au cours des six derniers mois pour éprouver le besoin de compter sur la générosité sincère et cordiale de sa sœur, ainsi que sur la raisonnable tranquillité de son comportement. Elles vécurent donc ensemble, et quand le Dr Grant fut frappé d'apoplexie et mourut pour avoir pris part à trois grands dîners d'investiture en une semaine, elles continuèrent à partager une demeure ; car si Mary était tout à fait résolue à ne plus jamais s'attacher à un fils cadet, il lui fallut longtemps avant de trouver parmi les brillants représentants des grandes familles ou les héritiers présomptifs désœuvrés, qui étaient subjugués par sa beauté et par ses vingt mille livres, un homme qui parvînt à satisfaire le goût plus raffiné qu'elle avait acquis à Mansfield, dont le caractère et les manières puissent lui donner l'espoir d'atteindre au bonheur domestique qu'elle avait appris à apprécier, et à lui permettre de chasser suffisamment Edmund Bertram de ses pensées.

Edmund avait à cet égard un grand avantage sur elle. Il n'avait pas besoin d'attendre, privé d'affection, et d'espérer trouver un objet digne de lui succéder. À peine en avait-il terminé avec les regrets inspirés par Mary Crawford, et avait-il observé devant Fanny combien il serait impossible de jamais rencontrer une autre femme comparable, qu'il commença à entretenir l'idée qu'une femme d'un tout autre genre lui conviendrait peut-être autant, sinon mieux ; et il se demanda si Fanny n'était pas en train de lui devenir aussi chère, aussi importante, avec ses sourires et ses manières d'être que Mary Crawford ne l'avait jamais été ; et si ce ne serait pas une entreprise possible, chargée d'espoir, que de la persuader de considérer la chaleureuse et fraternelle tendresse qu'elle éprouvait pour lui comme un fondement suffisant de l'amour conjugal.

Je m'abstiens de propos délibéré de préciser des dates, en la circonstance, afin que l'on soit libre de choisir les siennes, car l'on sait que la guérison de passions inoubliables et le transfert d'attachements inaltérables ne prennent pas le même temps selon les êtres humains. Je me contente d'inviter chacun à croire qu'au moment précis où il était naturel de s'attendre à ce que cela se produisît, et pas une semaine plus tôt, Edmund cessa de regretter Mlle Crawford, et devint tout aussi désireux d'épouser Fanny que cette dernière pouvait elle-même le souhaiter.

Étant donné l'affection qu'il éprouvait de longue date à son encontre, une affection fondée sur les droits si touchants que donnent l'innocence et la faiblesse, et l'approfondissement que celle-ci avait connu avec chacun des mérites croissants de Fanny, y avait-il rien de plus naturel qu'un tel changement ? Il avait été attentif à la guider et à la protéger depuis qu'elle avait l'âge de dix ans, mis tous ses soins à former l'essentiel de son esprit, assuré son réconfort par sa bienveillance, et lui avait accordé un intérêt si assidu et si particulier que, du fait du rôle qu'il tenait auprès d'elle, elle était devenue plus chère à son cœur que n'importe qui à Mansfield, aussi que lui restait-il à ajouter maintenant, sinon apprendre à préférer de doux yeux clairs à des yeux de jais au regard étincelant. Et comme il était toujours en sa compagnie, qu'il se confiait sans cesse à elle, et que ses sentiments demeuraient dans cet état favorable que donne un chagrin récent, il ne faudrait guère de temps pour qu'un doux regard lumineux n'obtienne auprès de lui la prééminence.

Une fois engagé de la sorte sur la voie qui mène au bonheur, et s'en étant rendu compte, rien n'intervint du côté de la prudence pour l'arrêter ou ralentir sa progression ; aucun doute sur les mérites de Fanny, aucune appréhension quant à une opposition entre leurs goûts, aucune nécessité de rechercher de nouveaux espoirs de bonheur en se fondant sur une dissimilitude de caractères. L'esprit de Fanny, ses dispositions, ses opinions et ses habitudes n'avaient rien à lui cacher, et il n'avait nul besoin, pour sa part, de se nourrir d'illusions à propos du présent ni de compter sur de futures améliorations. Au temps où il était encore engoué de sa dernière conquête, il reconnaissait déjà la supériorité du jugement de Fanny. Quelle opinion ne devait-il donc pas en avoir, à présent ? Elle était, à l'évidence, trop bonne pour lui, mais comme personne ne regrette d'acquérir ce qui est trop bon pour soi, il s'appliquait avec beaucoup de persistance et de sérieux à obtenir sa bénédiction, aussi ne croyait-il pas qu'il lui faille attendre longtemps des encouragements. Aussi timide, craintive et incertaine fût-elle, il était impossible que la tendresse qu'elle éprouvait pour lui ne promît pas parfois de lui offrir les plus grands espoirs de réussite, même s'il lui fallut attendre encore avant qu'elle ne lui révélât dans sa totalité la délicieuse et surprenante vérité. La joie qu'il éprouva en apprenant qu'il était depuis si longtemps l'être le plus cher à son cœur dut être assez intense pour justifier la vigueur du langage dont il usa pour l'exprimer tant devant elle que pour lui-même ; sa satisfaction dut être si vive ! Mais une autre que lui connut un bonheur sans mélange. Nul n'oserait s'avancer à dépeindre les sentiments d'une jeune femme qui reçoit l'assurance d'un amour qu'elle avait presque perdu l'espoir d'inspirer.

Une fois qu'ils se furent assurés de l'inclination qu'ils éprouvaient l'un pour l'autre, il ne leur resta plus à vaincre de difficultés ni à redouter l'obstacle de la pauvreté ou de la parenté. C'était là une union que Sir Thomas lui-même avait souhaitée et anticipée. Las des alliances ambitieuses et mercenaires, il appréciait chaque jour davantage la pureté des principes et des caractères, et se montrait par-dessus tout désireux d'unir par les liens les plus solides ce qui subsistait de son harmonie domestique ; il avait envisagé avec une véritable satisfaction la forte probabilité que les deux jeunes amis trouvent l'un dans l'autre une mutuelle consolation pour les déceptions qu'ils avaient connues chacun de leur côté ; et le consentement joyeux avec lequel il accueillit la demande en mariage d'Edmund, la persuasion d'avoir fait une grande acquisition en ayant la promesse d'avoir Fanny pour fille, formèrent avec l'opinion qu'il avait exprimée sur le sujet, quand il avait été question pour la première fois de la venue de sa pauvre petite nièce, un juste contraste comme le temps en produit toujours entre les projets et les décisions des mortels, aussi bien pour leur donner une leçon que pour amuser leur voisin.

Fanny était bien, en vérité, la fille dont il rêvait. Dans sa charitable bonté, il avait su se préparer un grand réconfort. Sa libéralité trouvait une riche récompense, et c'est la générosité de ses intentions qui la lui valait. Il eût pu rendre l'enfance de Fanny plus heureuse, mais c'était simplement une erreur de jugement qui, en lui faisant adopter une apparente sévérité à son encontre, l'avait privé tout d'abord de son affection ; et à présent qu'ils se connaissaient vraiment l'un et l'autre, leur attachement mutuel allait devenir très vif. Une fois qu'il l'eut établie à Thornton Lacey, en ayant les attentions les plus favorables à son confort, il se fixa pour objectif d'aller l'y voir presque tous les jours ou de la faire venir chez lui.

Étant donné les liens égoïstes que lady Bertram avait noués avec elle depuis longtemps, elle ne consentit pas volontiers, *pour sa part*, à s'en séparer. Ni le bonheur de son fils, ni celui de sa nièce ne parvenaient à la convaincre qu'un tel mariage était souhaitable. Mais il lui fut possible de se séparer de Fanny parce que Susan demeura auprès d'elle pour remplacer sa sœur. Susan devint la nièce résidente – et enchantée de l'être ! –, et elle s'adapta aussi bien à ce rôle par sa vivacité d'esprit, et son désir de se rendre utile, que Fanny l'avait fait par la douceur de son caractère et son profond sentiment de gratitude. Susan devint tout à fait indispensable. Ayant d'abord contribué au réconfort de Fanny, puis l'ayant secondée avant de la remplacer, elle se retrouva établie à Mansfield, selon toute apparence, pour y vivre à son tour en permanence. Son attitude plus résolue et son meilleur équilibre lui facilitèrent la tâche. Grâce à la promptitude avec laquelle elle comprit les caractères de ceux avec qui elle était en relation, et comme nulle timidité naturelle ne l'empêchait d'exprimer la curiosité qui en découlait, elle fut très vite bien acceptée et se montra utile à tous ; et après le départ de Fanny, elle prit sa suite avec tant d'aisance pour assurer à chaque instant le confort de sa tante que, petit à petit, elle devint peut-être pour cette dernière la plus aimée des deux sœurs. Les services qu'elle rendait, l'excellence de Fanny, le bon comportement persistant de William, ainsi que sa réputation croissante, la bonne conduite et la réussite des autres membres de la famille Price, qui s'aidaient l'un l'autre à progresser, et faisaient honneur à ses encouragements et à son aide, Sir Thomas eut maintes occasions de les constater, et à chaque nouvelle raison qu'ils lui en donnaient, il se réjouissait de ce qu'il avait fait pour eux, et reconnaissait l'intérêt des épreuves et de la discipline précoces, et la conscience d'être né pour lutter et supporter avec patience.

Avec tant de mérites et d'amour véritables, et ne manquant ni de fortune ni d'amis, les deux cousins ainsi unis dans le mariage trouvèrent sans doute un bonheur aussi durable que l'on peut espérer en connaître sur cette terre. L'un et l'autre formés pour apprécier la vie domestique, et attachés aux joies de la campagne, ils firent régner dans leur maison l'affection et le réconfort ; et pour compléter ce tableau de leur félicité, ils purent faire l'acquisition du bénéfice de Mansfield, à la mort du Dr Grant, et ce, juste au moment où ils étaient mariés depuis assez longtemps pour aspirer à une augmentation de revenu et pour juger que la distance qui les séparait de la demeure paternelle leur posait des difficultés.

Ils s'installèrent alors à Mansfield, et même si, du temps de ses deux précédents occupants, Fanny n'avait jamais pu approcher de ce presbytère sans éprouver une pénible sensation d'oppression ou d'inquiétude, il devint bientôt cher à son cœur, et aussi parfait à ses yeux que l'était depuis longtemps tout ce qui se trouvait dans le voisinage et sous le patronage du Parc de Mansfield.

Jane Austen
RAISON ET SENTIMENTS

Injustement privées de leur héritage, Elinor et Marianne Dashwood sont contraintes de quitter le Sussex pour le Devonshire, où elles sont rapidement acceptées par la bourgeoisie locale, étriquée et à l'hypocrisie feutrée.

L'aînée, Elinor, a dû renoncer à un amour qui semblait partagé, tandis que Marianne s'éprend bien vite du séduisant Willoughby. Si Elinor, qui représente la raison, dissimule ses peines de cœur, sa cadette étale son bonheur au grand jour, incapable de masquer ses sentiments.

Jusqu'au jour où Willoughby disparaît…

Publié en 1811, Raison et Sentiments *est considéré comme le premier grand roman anglais du XIXᵉ siècle. L'avant-propos éclairant d'Hélène Seyrès permet de replacer dans son contexte ce classique de la littérature, dont l'auteur a influencé nombre d'écrivains majeurs, tels Henry James, Virginia Woolf ou Katherine Mansfield.*

ISBN 978-2-35287-017-3 / H 50-3876-5 / 448 pages / 7,20 €

Tamara McKinley
LA DERNIÈRE VALSE DE MATHILDA

Dans la chaleur étouffante du bush australien, Mathilda, treize ans, fait ses adieux à sa mère. Dans le petit cimetière, quelques voisins sont rassemblés pour rendre un dernier hommage à cette femme courageuse.

Un peu à l'écart, le père de Mathilda n'a qu'une hâte : que tout cela se termine pour qu'il puisse vendre le domaine de Churinga. Mathilda comprend que les choses ne seront jamais plus comme avant. Elle sait que la vie, déjà dure dans cette contrée sauvage et reculée, va mettre son courage et sa détermination à rude épreuve...

Cinquante ans plus tard, Jenny découvre le journal intime de Mathilda. À mesure que progresse sa lecture, l'angoisse l'assaille... A-t-elle bien fait de venir s'installer à Churinga ?

Par son atmosphère envoûtante, la force de ses personnages, cette saga australienne s'inscrit dans la lignée des chefs-d'œuvre de Colleen McCullough.

Tamara McKinley est née et a été élevée par sa grand-mère en Australie. Traduit dans le monde entier, La Dernière Valse de Mathilda a enthousiasmé des centaines de milliers de lectrices et de lecteurs. En Suède, il a été élu roman étranger de l'année.

ISBN 978-2-35287-018-0 / H 50-3877-3-0701 / 576 pages / 8,50 €

John Jakes
CHARLESTON

Une ville, Charleston, en Caroline du Sud, de la déclaration d'Indépendance, en 1779, à sa destruction, lors de la guerre de Sécession, en 1865…

Une famille, les Bell, partagée entre soif d'argent et valeurs morales. Un clan parti de rien, qui deviendra l'un des plus influents du Sud…

Une lutte, celle d'Edward Bell, 21 ans, avec son frère aîné, Adrian, qui lui a pris sa bien-aimée…

Dans un monde de calculs et d'intrigues, l'innocence et la pureté d'un amour se retrouvent confrontées aux pulsions dévastatrices des hommes.

Le destin des héros de *Charleston* est à l'image du rêve américain qui prend corps : épique.

Né à Chicago en 1932, **John Jakes** *est, avec James Michener, le maître du roman historique américain. Son œuvre la plus célèbre, la trilogie* Nord et Sud, *s'est vendue à plus de dix millions d'exemplaires dans le monde et a été adaptée en feuilleton à la télévision.*

« Une fiction historique bouillonnant de personnages attachants : lâches et patriotes, aristocrates et abolitionnistes, esclaves et hommes libres. »
Planète Québec

ISBN 2-35287-000-3 / H 50-3860-9 / 672 pages / 8,50 €

*Cet ouvrage a été composé
par Atlant'Communication
aux Sables-d'Olonne (Vendée)*

*Impression réalisée par Liberduplex
pour le compte des Éditions Archipoche
en décembre 2006*

Imprimé en Espagne
N° d'édition : 26
Dépôt légal : février 2007